Ernst Kreuder
Die Unauffindbaren
Rotbuch Bibliothek

ROTBUCH BIBLIOTHEK
Herausgegeben von
Wolfgang Ferchl und Hermann Kinder

Ernst Kreuder

Die Unauffindbaren

Roman

Mit einem Nachwort
von Wilfried F. Schoeller

Hermetismus
Hermes Trismegistos

Rotbuch Verlag

Die Deutsche Bibliothek – CIP-Einheitsaufnahme

Kreuder, Ernst:
Die Unauffindbaren : Roman / Ernst Kreuder.
Mit einem Nachw. von Wilfried F. Schoeller. – 1. Aufl. –
Hamburg : Rotbuch-Verlag, 1996
(Rotbuch-Bibliothek)
ISBN 3-88022-495-1

© 1996 by Rotbuch Verlag, Hamburg
Zuerst erschienen 1948
Umschlaggestaltung: MetaDesign
Herstellung: Das Herstellungsbüro, Hamburg
Satz: Greiner & Reichel, Köln
Druck und Bindung: Druckerei Pustet, Regensburg
Printed in Germany
Alle Rechte vorbehalten
ISBN 3-88022-495-1

GESCHRIEBEN IN DEN MONATEN
APRIL 1938 BIS OKTOBER 1940
UND MÄRZ 1946 BIS MÄRZ 1947

MEINEN FREUNDEN

*»Die Dichtkunst ist kein platter Spiegel
der Gegenwart, sondern der
Zauberspiegel der Zeit, welche nicht ist.«*
Jean Paul

Erster Teil

I

Ob er in diesem Augenblick wußte, daß er verschwand? Er blickte eine Sekunde später in die sommerliche Luft, ohne etwas zu sehen, weil er noch immer das Z e i c h e n sah. Aber nun war es schon, als sähe es ihn. Als hätte es die ganze Zeit ihn gesehen, und dann hatte er zufällig das Gesicht in diese Seitenstraße gewandt, und nun war es durch seine Augen in ihn eingedrungen, tiefer, für immer, und sah ihn dort weiter an. Nur zufällig?

So zufällig, wie er Gilbert Orlins hieß, in der Drachenstraße wohnte, Hypotheken, Immobilien, Finanzierungen. Er war in diesem Augenblick fast fünfunddreißig, es fehlten noch sieben Stunden. Daran dachte er nicht, es ging gegen fünf, ein warmer Sonntagnachmittag.

Niemand bemerkte, daß sich sein Gesicht mit Blässe überzog, wie in den Augen das fahrige Glühen entstand, verstörtes Flehen glomm. Er befeuchtete die trockenen Lippen, als befürchtete er, sie könnten aufeinander kleben, wenn er zu seiner Frau die wenigen Worte sprechen würde, die jetzt zu sagen waren. Er streckte atemholend die Zunge heraus. Cora ging in dem prallen Sonnenschein neben ihm her. Sie war in den Anblick ihrer Kinder versunken, die beide voraus gelaufen waren. Nun stürmten sie in den großen Garten, der zum Hause gehörte. Gleich würden sie zu Hause sein.

»Cora«, sagte Orlins, »geh bitte vor und richte schon den Tee. Ich komme in einer Minute nach.«

Er hatte so natürlich gesprochen, daß sie im Gehen nur nickte und sich nicht nach ihm umsah. Sie wußte nichts davon, daß sie mit diesen wenigen Worten wie mit einem Vermächtnis davonging. Sonst hätte sie sich umgewandt und wäre überrascht gewesen. Denn Gilbert Orlins stand still und eigentümlich da. Er hatte den Hut abgenommen und fuhr mit dem Zeigefinger zwischen Hals und Kragen hin und her.

Sie sah nur ihre beiden Kinder. Sie kletterten schon, in den neuen, blauen Sonntagsanzügen, an dem alten Kirschbaum hoch. Sie dachte, daß sie sich nicht so wilde Kinder gewünscht hätte, und nicht gleich zwei Buben. Das Verschwinden ihres Mannes vollzog sich unaufhaltsam an ihrer Seite. Später dachte sie manchmal, daß sie es selbst begünstigt hatte, da sie sich nicht ein einziges Mal nach ihm umsah. –

Da die meisten Spaziergänger um diese Stunde noch draußen vor der Stadt im Grünen waren, sah zufällig niemand, wie Orlins in die Seitenstraße einbog. Die kleine Gasse lag fast im Schatten. Er hatte den Hut wieder aufgesetzt und in die Stirn gezogen. Er ging langsam, wie um nicht aufzufallen. Obwohl die Gasse völlig leer war, hatte er die Vorstellung, von den alten Häusern beobachtet zu werden. Dann stand er unter dem grünen Hotelschild.

Die Aufschrift, die er entzifferte, lautete:

HOTEL ZUM LEICHEN STERN

Zögernd sah er sich um, erschrocken. Dann schüttelte er den Kopf und blickte wieder auf das Schild. Er mußte sich verlesen haben. Er blickte schärfer hin und sah die leere Stelle, wo der Buchstaben fehlte. Abgeblättert, verschwunden. Er dachte, daß die Zeit, Regen, Hitze und Wind dem BLEICHEN STERN das B geraubt hatten. Dann trat er ein.

In dem kühlen, halbdunklen, langen Flur, der zum Treppenhaus führte, löste sich aus der dunkelsten Ecke langsam eine schwarze Gestalt. Ein kleiner, alter, schwarzgekleideter Mann, der leise und zäh den Kopf schüttelte. Aber er hörte mit dem Kopfschütteln nicht auf, als genügte es nicht, über diese verlorene Welt nur dann und wann den Kopf zu schütteln. Die Verwunderung schien so endgültig, daß auch das nachdrücklichste Kopfschütteln nicht mehr ausreichte. Da erkannte Orlins, daß der kleine Alte das Schütteln abgegeben hatte. Es schüttelte sich von selbst, der Alte hatte nichts mehr damit zu tun. Man nannte das einen Tick.

Als ihm dieses Wort einfiel, hatte Orlins einen noch unwahrscheinlicheren Eindruck von dem kleinen, traurigen Alten. Es war gar kein Schütteln, der ausgemergelte Kopf des alten Mannes tickte im Hausflur hin und her. Wenn man hinsah, sah man, wie die Zeit verging. Langsam, aber unaufhaltsam.

»Guten Tag, mein Herr«, sagte der dürre, schwarze Mann mit einer brüchigen, hohen Stimme. Er zog den flatterigen, schwarzen Hut vom Kopf, der Kopf tickte weiter. »Es ist im dritten Stock.« Dann setzte er den Hut wieder auf den kahlen, gelben Greisenschädel. Wandte sich ruckend um und begann, ein wenig unnatürlich regelmäßig, als würde ihn ein Mechanismus lenken, die ausgetretenen Treppen hochzusteigen.

Orlins folgte ihm wie unter Zwang, er spürte die Versuchung, verwundert den Kopf zu schütteln, wagte es aber nicht, aus Scheu vor dem Ticken. Während sie in dem grämlich düsteren, totenstillen Treppenhaus hochstiegen, wehrte er die Vorstellung ab, in einem unbewohnten Hause zu sein. Danach schüttelte er doch den Kopf, denn es war ihm der Gedanke gekommen, daß in dem Hause Leute gestorben wären, ohne Hilfe, allein, und nun lagen sie noch in ihren Zimmern. Er prüfte einen Augenblick den Geruch. Die Luft war kühl.

Der seltsam veränderte, verunstaltete Name auf dem Hotelschild hatte vermutlich den Gedanken an Leichen in verlassenen Zimmern in ihm entstehen lassen. Wehrlos schien er bereits allen Einflüsterungen seiner Phantasie preisgegeben zu sein. Es kam ihm vor, als befände er sich schon mitten in einem geheimen und widersinnigen Zeremoniell.

Sie waren im dritten Stock auf einem blutroten Kokosläufer angekommen. Der alte Mann streckte mechanisch langsam und zugleich feierlich den rechten Arm und deutete mit dem dürren, gelben Zeigefinger auf eine weiße Tür. Sein Ticken machte jetzt auf Orlins den Eindruck einer geheimen Warnung, eines stummen, nachdrücklichen Abratens. Orlins ging über den Kokosläufer auf die schmale Zimmertür zu. Als er die Hand hob, um zu klopfen, war er noch einmal ein bekannter und geachteter Mitbürger, Makler, Hausbesitzer, Inhaber eines Bankkontos bei der Nordwest-Bank, von einfacher Herkunft, ausreichender, höherer Schulbildung, wenig belesen, der eine anhängliche Frau und zwei lebhafte Kinder hatte, die auf ihn warteten. Bevor er mit dem Fingerknöchel seiner großen, kräftigen Hand die weiße Türfüllung berührte, sah er noch einmal zurück. Der schwarzgekleidete Alte stand noch mit dem ausgestreckten Arm da, der Arm deutete auf Orlins, es sah aus, als würde Orlins aus einem unsichtbaren Land verwiesen. Als müßte er nun die Grenze überschreiten. Und hinter ihm, schon fern, lag sein bisheriges Leben.

Er klopfte zögernd an die Tür und hörte ein leises, ruhiges »Herein«. Langsam öffnete er die Tür und trat ein. Er dachte, daß er sich in der Tür geirrt haben müßte, denn er stand in einem weißen, sonnenerhellten Badezimmer. Er hatte den Türgriff vor Überraschung losgelassen und starrte in den hohen, schrägen Wandspiegel, da merkte er schon nicht mehr, daß die Tür lautlos hinter ihm zugemacht wurde. Er stand zwischen einem hohen, gelben Wandschirm und der weißen Wand, und aus dem Spiegel blickte ihn, wie aus einem Bild, still und unbeweglich entrückt, eine junge Frau an. Sie lag in dem gelben Sonnenfeuer des Sommernachmittags im Bad ausgestreckt. Das Wasser war bis auf den Grund der hellgrünen Kacheln klar, die Sonnenkringel blitzten zuweilen im Spiegel auf. Hätte Orlins noch fortgehen wollen, so war es in diesem Augenblick schon zu spät. Die Zeit, da er noch hätte fortgehen können, schien schon wieder fern zu liegen, weit zurück, und der tickende Alte, der irgendwo draußen stand, tickte sie ständig weiter und unwiederbringlicher fort.

»Gilbert Orlins«, hörte er die junge Frau im Wasser sagen, die nichts als eine weiße Badehaube trug, er sah, wie sie einen braunen, schmalen Arm aus dem Wasser hob, »erinnerst du dich noch?«

»Ja, Jessie«, sagte Orlins in den Spiegel, kehlig, fast tonlos. Er sah im Spiegel den braunen Arm zurück ins Wasser sinken, sah sie gebräunt und schmal und reglos im sonnenhellen Wasser liegen und fühlte nicht mehr, wie sein Blick verlorener und erinnerungsloser wurde. Unsichtbar und widerstandslos schien er tiefer in das flirrende Bild im Spiegel zu sinken, während sich etwas gegen seine Kehle wölbte, aus Lust und Traum schwebend verschmolzen, wie Atemholen nach vergessenem Schluchzen, lang, vorbei. Ein eiliges Klopfen hinter der Tür zerklopfte den aus dem Augenblick in die schattenlose Süße entschwundenen Traum. Orlins taumelte und stolperte wie träumend, er stand noch immer still und vorgebeugt zwischen der Mauer und dem Wandschirm, links von ihm öffnete sich, dicht neben dem Spiegel, eine Tür um einen Spalt, aber es erschien kein Gesicht dahinter, nur ein Flüstern, eilig, brüchig, das ein einziges Wort losließ, wie man eine Brieftaube losläßt in der Gefahr:

»P o l i z e i!«

Durch das geöffnete Fenster des Badezimmers hörte Orlins den rasch anfahrenden Wagen unten in der stillen Gasse. Die Bremsen quietschten, schrill, gleichzeitig sah er im Spiegel, wie das Wasser blinkend in Bewegung geriet und Jessie Hobbarth mit einem leichten, anmutigen Sprung auf dem blauen Badeteppich landete. Tropfend, sich schüttelnd, stand sie dort, ihr hohes, gebräuntes Gesicht schien in dem scheuen, bekümmerten Lächeln um einen Schatten schmäler, er hörte, wie unten die Tür gegen die Mauer schlug, Stimmen, Schritte, fühlte sich am Arm gepackt und blindlings durch die Tür in einen dunklen Raum gezogen. Nur ganz oben an der weißen Stuckdecke ließen die Fensterläden dünne, bleiche Lichtstreifen herein. Er hörte, wie Jessie etwas anzog, wie jemand hereintappte und etwas fortschleppte, er hörte sein Herz träg und dumpf schlagen und dachte dabei an das quirlende Bullern einer Kaffeemaschine.

Plötzlich hielt er einen Koffer in der Hand, er wurde von Jessie aus dem Raum gezogen auf den hellen Gang hinaus, sie liefen nebeneinander über den blutroten Kokosläufer, schwere Schritte kamen im Treppenhaus hoch, dort hinten am Ende des Ganges stand schon der kleine, schwarze Alte, wartend, mit einem kleinen Koffer, jetzt winkte er, und Orlins sah ihn unerwartet beweglich, aber mechanisch beweglich über die Hintertreppe hinunterrennen. Jessie folgte dem kleinen Alten mit leichten, großen, federnden Sprüngen, im hellen Trenchcoat, in dem ungewissen Treppenlicht sah Orlins an den hohen, strumpflosen, gebräunten Beinen hinauf, sah den Ansatz des roten Badeanzuges und lief mit dem schweren Koffer hinterher, sah um die rehbraunen Oberschenkel den hellroten Trikotstoff gespannt. Da duftete es im Treppenschacht stark und festtäglich süß nach Kaffee aus einer Fensterklappe im Treppenschacht, sie liefen schon einen halbdunklen Gang hinunter, an dem Hirschgeweihe hingen und ausgestopfte, große Raubvögel, der Gang endete vor einem hohen roten Vorhang, den der kleine Alte beiseite schob, worauf sie in den großen Saal eindrangen. Die hohen Saalfenster waren mit schwarzem Tüll verhängt, auf dem breiten Podium standen zwei dichte, dunkelgrüne Lorbeerbäume in weißen Kästen, und Orlins sah, während er als letzter und schon etwas keuchend hinterher kam, wie der kleine Alte im Vorbeilaufen sich auf die Zehenspitzen hob, den dünnen Arm schwang und dem starren Lorbeerbaum eine Art Ohrfeige gab. Laufend dachte er, daß er nun auch verfolgt wurde, daß es im Grunde zwei Arten von Menschen gab, die man verfolgte, Übeltäter und Außenseiter. *Es kostete mich Mühe, Fleiß und Geduld*, dachte er, *kein Außenseiter zu werden, als ich damals die Nachricht von Jessies Tod bei dem Eisenbahnunglück erfuhr, am Weihnachtsabend, damals, vor sieben Jahren, diese Nachricht, die nicht stimmte.* Er lief durch den muffigen Saal und überlegte, wem die Ohrfeige des kleinen, schwarzen Alten galt.

Die Saaltüre stand offen, sie liefen durch die gekalkte Torhalle auf das sonnenüberflutete Gäßchen zu, in das friedliche, in das sonntägliche Nachmittagslicht. Orlins sah den ziemlich ramponierten, ehemals grünen Viersitzer am Bordstein stehen, im Schatten des starkästigen, dichtbelaubten Kastanienbaumes. Das aufgespannte Verdeck hatte Rostflecken, er fühlte, wie nach der kühlen Torhalle die warme Luft um sein Gesicht strömte, und sah Jessie über die niedrige Tür auf den Fahrsitz klettern, hörte den Motor anlaufen, er half dem kleinen Alten, die Koffer hinten im Wagen zu verstauen. Sie kletterten hinein, er ließ sich auf den zu kurzen, harten Sitz fallen und warf die in Lederscharnieren hängende Tür zweimal zu, bis sie schloß. Sie fuhren schon.

Der Motor klopfte und zischte, es klang wie metallisches Niesen. Für Sekunden hatte Orlins die Augen geschlossen, sie fuhren durch lauter bekannte kleinere Straßen, durch enge Mauergäßchen, aber damit konnte man sich ja nicht unkenntlich machen. Als er die Augen öffnete, zog er rasch den Hut etwas tiefer in die Stirn, denn über die niedrigen alten Mauern hinweg mit den überhängenden grünen Ranken sah er hinter einem freien Gartengrundstück das rote Ziegeldach und dann die Rückseite seines Hauses. Sah Cora dort stehen mit dem kleinen, blauen Gießkännchen, das Nick zum letzten Geburtstag bekommen hatte, sie begoß die fett blühenden Geranien vor dem Bürofenster, der kleine Nick warf eben einen Stein nach einer schwarzen Katze im Garten, nah und nachbarlich geruhsam zog das vorbei, sie warteten mit dem Tee auf ihn, und er sehnte sich schon danach und sehnte sich davon fort und sah wiederum Jessie im Sonnenfeuer im Bad liegen, fühlte noch einmal nachzeichnend in bestürzter, leuchtender Lust allen Wasserlinien entlang, die Worte zugleich zärtlich scheu denkend, der hohen, runden braunen Schenkel Schwung, der leicht gehobenen Brüste milder, sanfter Rand, der geraden, glatten Schultern stilles, ernstes Hinlehnen, und wieder den klaren Ansatz des Vlieses, sonnenfeuerblond. Er wollte etwas Unsinniges denken, dachte, daß dies wie Musik im Wasser unsichtbar dem Kusse widerstand, entging. Er zog das Päckchen Zigaretten aus der Tasche des hellen Anzugs, bog die zerdrückte Zigarette zurecht und zündete sie zweimal mit dem kleinen, silbernen Feuerzeug an, das er am Morgen frisch gefüllt hatte.

Er dachte zuerst, der kleine alte Mann wäre eingeschlafen, der Kopf mit den gelben, eingefallenen Wangen ruhte still auf dem verschossenen grünen Rückpolster, die gefalteten Hände lagen auf den hochgezogenen, spitzen Knien, sie wurden in dem engen Wagen fortwährend geschüttelt, denn Jessie fuhr schon auf holperigen Feldwegen hinter den letzten Häusern der Stadt unvermindert schnell auf den ansteigenden, gründunklen Buschwald zu. Aber im Rückspiegel über Jessies Schulter trafen sich ihre Blicke, der Alte ruhte mit offenen Augen, befriedigt erwiderte er den Blick von Orlins, es war der Blick des Mitwissers, Orlins rauchte viel zu schnell. Er rauchte den schwarzen Tabak heiß, als könnte er mit diesem hastigen Rauchen zu einem Ziel gelangen, in all der überstürzten Ratlosigkeit zu einem Resultat kommen, während er die fast reglose, hohe Gestalt Jessies wie gebannt beobachtete, die mit dem schwarzen Lenkrad, dem surrenden, klopfenden Motor, dem ächzenden, fliehenden Wagen wie in eine beschlossene, die Flucht bewahrende Abgeschlossenheit eingegangen zu sein schien. Bis er im Rückspiegel neben ihrer weißen helmartigen Leinenhaube, vorn an der Windschutzscheibe, das leise Kopfschütteln des kleinen Alten bemerkte, das von dunklen Baumschatten zuweilen ausgelöscht wurde, friedlich wieder auftauchte und ihm milder und ausgeruhter vorkam, nachsichtiger und mehr vom Fahren geschüttelt.

Er hörte schon wieder die traurig unwiderrufliche Stimme neben sich, sie wurde gerüttelt und zerwippt in dem dahinrollenden Wagen, so daß manches stotternd herauskam und einzelne Sätze von dem brausenden Fahrtwind unter den hohen Bäumen fortgerissen wurden, denn das Verdeck war an den Seiten offen.

»Vor bald sieben nun entschwundenen und hingegangenen Jahren«, hörte Orlins die brüchige, in der Fahrterschütterung wippende Stimme, »fremder, sehr ehrenwerter Herr, wurde die gewaltsame und geheime Untat gegen den alten Pat geplant. War damals eine pechschwarze Nacht, eine sternlose Nacht voller Regen und Nebelschwaden, und in dem großen Abteil saß nur noch Fräulein Hobbarth, sie schälte gerade Orangen, wird um Mitternacht gewesen sein. Und ich hätte ganz hinten im Packwagen stehen sollen, am Ende des Zuges, dort hätte ich zwischen den Kisten wachsam im Dunkel stehen sollen, statt auf den grünen Polstern im erleuchteten Abteil zu sitzen. Denn in dem langen, dunklen Packwagen fuhr es mit, mein Le-le-lebenswerk, die erste und bisher einzige mechanische Nachbildung s-s-sämtlicher ...«, die folgenden Worte gingen in den ächzenden Stößen des schnell über die schattige Waldchaussee ratternden Wagens unter. Es schien unmöglich, allen Schlaglöchern auszuweichen, und erst, als die Fahrt wieder ruhiger wurde, konnte Orlins wieder etwas verstehen, aber der kleine Alte hatte beharrlich weitergesprochen.

»... aus magnetischen Meteorsteinen, begonnen in meinem einundzwanzigsten Jahr und unnachahmlich beendet in meinem dreiundsechzigsten Lebensjahr und dann in weniger als vierzig Sekunden für alle Zeit zer-zer...«. Wieder verstand Orlins die folgenden Worte nicht mehr, er hörte erst wieder:

»... nicht in die Zeitungen gebracht, da es streng geheim reiste und sollte die größten Wunder der Weltausstellung in San-san-san ...«. Die nächsten Worte hörten sich an wie beschwörendes Gemurmel, schienen in dem Rattern zerklappert davonzufluten in die dunklen Baumschatten, »... zu Grabe gebracht«, hörte Orlins wieder, »und seit Jahren völlig allein und dennoch über alle Erwartungen hinaus vollendet. Sieben Minuten nach Mitternacht, als der kleine schwarze Hund, der Scotchterrier zu Fräulein Hobbarths Füßen erwachte und aufsprang. Er schüttelte sich und horchte mit unbewegt gestellten Ohren auf etwas, wovon sich sein Fell sträubte, das wir nicht vernahmen, und schließlich winselte er zum Erbarmen, alles schon zu spät, da fuhren wir gerade über die längste Brücke. Eine Hand, die nicht im Abteil war, schlug mir den Katalog aus der Hand und warf ihn hoch, gegen die Milchglaslampe. Die Glühbirne zerplatzte, alle Lampen gingen aus, und etwas Nasses klatschte mir ins Gesicht, die Blutorange, die Fräulein Hobbarth geschält hatte, brannte mir in den Augen, der arme kleine Hund biß mich im gleichen Augenblick ins Bein, hatte solche Angst vor dem Brausen des To-to-todes. Alles viel schneller als ein Licht ausgeht und dachte noch an den Packwagen, ob er vielleicht durch ein Wunder gerettet, das Karussell des Todes drehte schon alles durcheinander, wir flogen herum und mit dem Zug von der Brücke und drehten uns immer wieder und sanken und hörten noch nicht das Wasser rauschen, und dann schlugen wir auf dem Grund auf. Da hörten wir auch das Schreien nicht mehr, lagen übereinander, das entseelende Schreien, die Stille tat sich auf, und eine Spieldose war ins Klimpern geraten, es rauschte draußen, und sie klimperte aus der Ecke ein Schlummerlied, ein Wiegenlied wie aus den Gräbern der Z-z-zeiten. Dachte, das ist das letzte, was ich von dieser gerichteten Welt höre, und mein Kopf steckte zwischen den Schuhen und ein Arm dazwischen und das Fell des Hundes an meinem Hals, der noch warm war.

Erz-z-zähle das alles viel zu langsam, weil es überhaupt nicht erzählt werden kann, die mächtigen Wasser strömten über uns dahin, es war Nacht und kein Stern, und es regnete. Ich wollte aufstehen oder gehen und rutschte und fiel gegen Glas, das war eins von den großen Fenstern, hatte kein Streichholz und hörte Fräulein Hobbarth etwas sagen, über mir, von der Decke oder wo ich dachte, daß früher die Decke war, ich sagte, ich hätte noch fünf Patronen und würde das Fenster einschießen, vielleicht käme sie dann mit dem Wasser nach oben und drückte die Pistole ans Glas und schoß, und dann wurde ich fortgerissen und schluckte schon Wasser und dachte noch, gib uns deinen Segen Herr, daß wir an die Luft kommen, und dann ging alles in meinem Kopf aus.«

Der alte, kleine Mann, der sich der alte Pat nannte, schwieg und schien noch einmal in die Nacht hinunter zu blicken, in der er ins Fenster schoß und im Fluß davontrieb, nachdem alles in seinem Kopf ausgegangen war. Langsam und drohend hob er den dürren Arm und deutete unter dem Verdeck hinaus. Orlins folgte der Richtung mit dem Blick und sah, daß sie sich einer Wasserfläche näherten, die durch den sich schon lichtenden Wald bläulich herschimmerte. Als sie das letzte Unterholz hinter sich hatten, konnten sie dem sonntäglichen Treiben auf dem Flusse zusehen, dessen Wasser in der Nähe grünlich war und noch in der Sonne aufglitzerte. Die leuchtend gestrichenen Kanus und Paddelboote wurden von gebräunten Gestalten sorglos gesteuert, viele junge Frauen mit riesigen gelben Strohhüten und Sonnenbrillen trieben vorbei, die Klänge der Grammophone dudelten durcheinander, einige winkten ihnen jetzt zu.

»Breiter«, fuhr der Alte mit dem Tick fort, »und viel tiefer, kein solches Rinnsal und Ausflugswasser und stockfinstere Nacht und ein einziges Rauschen, ein gottloser Regen. Als es in meinem Kopf wieder anging, kam ich damit gerade aus dem Wasser in den prasselnden Regen, ich spuckte, als müßte das ganze Leben ausgespuckt werden, und hörte Fräulein Hobbarth nach mir rufen, ich schwamm wie ein Hund und rief zurück, als sich die Finsternis oben auseinandertat auf der zerbrochenen Brücke in knatternden Flammenbüschen, es knallte noch einmal, und vielleicht täuschte mich das Höllengeflacker, aber ich dachte, ich hätte den langen Packwagen erkannt, der hochkant in den hohen Verstrebungen hing, und schwamm, ich wurde von einem Strudel herumgerissen, und dann sah ich ihn wie geplatzt in die Luft fliegen, Feuerfetzen schwebten herum, und ich schwamm mit dem Strom davon und hörte hinter mir ein gedehntes Brechen und Krachen, da kam wohl der Rest der Brücke herunter, und der Fluß hatte seine Eile mit mir, mich auf die Reise zu nehmen, leichtes Frachtgut im Nachtregen, das sollte mal einer ordentlich und der Reihe nach erz-z-zählen, ich deute Ihnen das alles nur ganz flüchtig an. Steuerte nun nach der Seite, wo der schwächste Widerstand im Wasser war, die schwarze Brühe wurde ruhiger, die Schilfstengel kitzelten mich nicht mehr, mein Herr, denn ich war nicht mehr kitzelig und sah schon die Scheinwerfer, die riesigen Lichtfühler der Großfeuerwehren aus der Ferne durch Nacht und Regen schweben und hinter dem Attentat der Finsternis her, als wollten sie das Unglück noch in der Kurve einholen. Zwei-zwei-zweiundvierzig, in die Luft geschickt, ich meine zweiundvierzig Jahre Arbeit, Müh und die Nächte nicht zu zählen, die technischen Wunder übertroffen, in die Hölle geschleudert die größte Erfindung der Neuzeit. Im Schlamm trieb ich an, bei den Fröschen im Schilf, so war es wohl ausgeschrieben als Goldene Medaille für mich, prämiiert mit Algen, so watete ich heraus, nicht nur die Westentaschen mit Wasser wie mit Kleingeld gefüllt, da fing es mit mir an, ganz langsam, während ich triefend durch den strömenden Regen auf Nachtwanderschaft ging, ich konnte es nicht mehr hinausschieben und fing an zu laufen. Naß und kalt bis in die Seele, mach dir nur keine Mühe, Pat, hörte ich es flüstern, immer hinter mir, und lief auf die ersten Lichter zu, das war 'ne Art Vorstadt, und das Gefängnis hatte noch auf, weil sie gerade einen hineinführten, Ruhm und Preis den Schächern der Verdammnis, sagte ich mir und brachte meine Nachfrage um ein Obdach vor.«

Wieder schwieg der kleine, schwarze Alte und ließ nur den Kopf ticken, bewegte die Lippen, als wäre das nächste doch nicht mehr richtig zu erzählen, steif und drohend hob er den Arm, und Orlins sah nun auch den schwarzen Menschenhaufen durch die staubige Windschutzscheibe vorn vor den Häusern des Dorfes, als Jessie wie verrückt bremste.

Sie flogen von den Hintersitzen hoch, mit den Köpfen gegen das niedrige Verdeck. Der Wagen drehte sich, die Pneus quietschten auf dem Asphalt, rutschte schräg breitseits und stand.

Jessie sprang mit dem kleinen Koffer hinaus, Orlins folgte mit dem braunen Koffer Pat, der in mechanischer Eile den hohen, grasigen Hang hinaufstieg.

Pat überholte noch Jessie, erreichte zuerst die Höhe des Hanges, wo er die gelbe Hand über den tickenden Kopf hob, wieder überflutet von den schrägen Strahlen der Abendsonne wie von einem Lichtguß, und mit dem Triumph strenger Einfalt verkündete: »Es ist in der Nähe«.

Im gleichen Augenblick hörte Orlins den fernen Sirenenton, die Sirene des Polizeiwagens. Jessie trug noch die große Staubbrille und den weißen Leinenhelm, beides nahm sie ab und warf es ins Gras; während sie den Trenchcoat zuknöpfte, sah Orlins noch einmal den hellroten Badeanzug darunter, den Ansatz um die hohen, runden, gebräunten Oberschenkel, er sah Pat über die gewellte Wiese laufen wie einen aufrecht ruckenden, schwarzen Riesenkäfer, auf einen von Rost zerfressenen Wellblechschuppen zu. Er nahm den schweren Koffer in die andere Hand und dachte an das Zeichen, das in der »Seitenstraße« erschienen war, unverständlich ihn faszinierend, dachte an Jessies hohes, bekümmertes Lächeln nach dem Sprung auf den blauen Badeteppich, an die Wassertropfen, die vom Hals auf der weichen Biegung der Brüste bis zu den Knospenspitzen liefen, und sah, wie Pat an der Tür des Wellblechschuppens zerrte. Der kleine Alte zerrte so lange, bis die Tür aufflog und ihm die Kipplore gegen die Brust fuhr, die Jessie schon anhielt. Unter den Holunderbüschen stolperte Pat auf der Suche nach etwas über einen Stoß Schienen, die von Brennesseln überwuchert waren, hinkend kam er auf eine rindenzerfetzte Stange gestützt zurück. Orlins war nah genug herangekommen, um zwischen den grünen Büschen die zerklüfteten steilen Abhänge des Steinbruchs vor der blauschattigen Tiefe heraufschimmern zu sehen.

Er sah, wie Pat die Stange unter das Fahrgestell schob, über den Radkranz, als Bremsvorrichtung, und dachte: *das ist wie-, das ist wieder wie-, das ist doch vor vielen Jahren, zwanzig, fünfundzwanzig, nicht recht zu zählen, weil Zeit nicht gleich Zeit, und hinter unserem alten Backsteinhaus läuft ein Schienengleis in den verlassenen Steinbruch hinunter, in die Wildnis hinunter, in die buschbewachsene, weite, stille Tiefe, geröllbewohnt –*, er sah den schwarzen Alten in die eiserne Kippmulde klettern, die rostrot und verbeult war, und dachte: *nach den Schulaufgaben am Nachmittag mit Rosie hinters Haus und auf das Rollwagengestell ohne Kipper, auf das Fahrge-*

stell, die Kippmulde liegt in den Brennesseln, ist zu schwer, Rosie steigt vorn auf und hält sich an den beiden Stützen und ich hinten mit dem Bremsknüppel –, er sah, wie Jessie auf das Fahrgestell sprang und Pats Arm den Koffer in die Mulde zog und reichte nun den schweren Koffer hinauf, er schob die Lore an und sprang auf, an Jessies Seite, und fuhr wieder weit, weit hinter seines Vaters Haus über die Jahre zurück mit Rosie davon und hinunter, fuhr mit Jessie und Pat in den abendkühlen Steinbruch hinein, durch zurückschlagende Büsche, die Räder knarrten ihr altes Rollen und Holpern, die klapprigen Laschen an den Schienen hielten die Strecke eben noch zusammen, fuhr schneller dahin, Jahrzehnte dahin, zwanzig, fünfundzwanzig, Jahre dahin, dahin und hinunter.

Der leise grün werdende Abendhimmel. In dem V-förmigen Eisenkasten kauerte der alte Erfinder, aus dem wie oft verregneten, verkrumpelten schwarzen Rock zog er eine blechglitzernde Kindertrompete mit roten Quasten und blies, zweistimmig schrill, in die holunderbittere Abendluft, das Fahrtsignal.

Der leise grünende Abendhimmel. Orlins dachte, wie Rosie schrie, wenn es zu schnell ging oder ein Frosch über die Schienen hüpfte, zuletzt schrien sie beide im Triumph, der aus Angst und der durch die Glieder ziehenden lustmatten Bangigkeit wie Rausch hochkam, schrien das Dahinsausen, das durch den Leib fuhr, hinaus –, er sah die Grundsohle näher kommen und das Licht dämmerig werden, Jessie bremste stärker, die Luft ward kühl in den blauschwarzen Schatten, und die gegenüberliegenden, ausgebrochenen, zerschossenen Steinwände wuchsen höher hinauf.

Sie rollten schnell auf den schwarzen Tümpel zu, der reglos bis unter die Felshänge reichte, das Rollen kam fern grollend aus den Schattenklüften zurück, er dachte: *wenn Vater auf der Trillerpfeife pfiff, einmal, das galt mir, zweimal für Rosie, und zweimal zweimal für uns beide, wo steckt ihr denn, ihr Räubervolk, wenn ich euch noch ein einziges Mal in diesem gottverdammten Steinbruch erwische!* Verloren. Ach, verloren! Zwanzig, fünfundzwanzig, im Keller der Zeit, staubtote Jugendzeit. Jessie bremste plötzlich mit aller Kraft und brachte den Rollwagen dicht vor dem ungewiß tiefen, schwarzen Wasser zum Stehen.

Reglos verharrten sie auf dem Wagen. In der verlassenen, schattenweiten Stille, auf dem erstorbenen, geröllverlorenen Grunde erschien es Orlins, als wehte etwas näher, als löste sich von den zerstückten Wänden ein Wehen, unsichtbar aus der stummen Wildnis, wie von ungeheuren Grabwänden, ein Wehen, ein Gehen, um ihr kleines Gefährt hier mit einem Hauch zu versteinern, die Verfolgten, die steinerne Gruppe im Abendgrund.

Pat regte sich schon geschäftig, reichte die Koffer heraus. Steif und flink kletterte er hinterher, zog den langen Bremsknüppel unter der Kippmulde hervor, stützte sich darauf, sie standen stumm in dem schwindenden, sterbenden Licht, und Orlins hörte den krächzenden Ton, der aus der Brust des Alten stieg, ein quiekendes, kicherndes Krächzen, hohl und klagend, ein klagendes Gelächter. Dann stieß der alte, heimgesuchte Erfinder plötzlich mitleidlos geschickt, wie im Vollzug einer mechanischen Hinrichtung, den Rollwagen in das schwarze Wasser. Vor dem Gleisende zögerte der Wagen, kippte nach vorn und stürzte schwer in die aufschwappende, nachtschwarze Flut. Das Fahrgestell verschwand sofort in der Tiefe, die Kippmulde löste sich schaukelnd und schwamm über den düsteren Tümpel hin, schlingernd, ein häßliches, trostlos wankendes Gefährt, kippte nach links um, gierig gurgelnd riß das schwarze Wasser den Eisenkasten hinab.

Pat zuckte aus seinem versunkenen Lauern hoch, die hochgezogenen, dünnen, kraftlos erscheinenden Schultern fielen zurück, und als er sich mit jenem Anschein erhabener, geschäftiger Nutzlosigkeit in Bewegung setzen wollte, hielt Jessie ihn an der Schulter zurück und erinnerte ihn lächelnd an das Signal. Während Orlins noch von diesem Lächeln zehrte und im Klang ihrer sanften und etwas tiefen Stimme, wohllautend rein, zu anderen Bildern trieb, hob der alte kleine Mann bekümmert scheu die Blechtrompete schräg an die Lippen und blies, diesmal vorsichtig leise, drei quäkende Töne in den abendlichen Steinbruch hinein. Leicht hinkend und hastig ruckend zog er nun voran und schwenkte nach kurzer Zeit in eine enge, düstere, schattendunkle Schlucht ein, aus der die zerbrochenen Wände lotrecht hochstiegen.

Orlins schritt als letzter hinter Jessie, die Abendkühle drang durch den leichten, hellen Anzug, er gab nicht mehr darauf acht, ob sie schnell oder langsam gingen, er hörte das eintönige Knirschen ihrer Schritte auf dem gerölligen Boden, sah den hellen Trenchcoat Jessies fahler werden und den kahlen gelben Kopf Pats ohne Hut wie einen bleichen Irrklecks unruhig durch die dämmerige Schlucht schweben und verlor das Bewußtsein ihrer Flucht und daß die Polizei hinter ihnen her war. Er fühlte unbestimmt, daß nun etwas mit ihm begonnen hatte, das durch seine gewinnende, einleuchtende Unwahrscheinlichkeit dem vertrauten, heimlichen, so anziehenden Wirrsal ungestörter Fieberträume ähnlich war, der Dämmerung hier entsprechend, ungewiß, still und doch fahrig hastig, er fürchtete plötzlich, die beiden vor ihm könnten in dem ungewissen, schwindenden Licht immer undeutlicher werden, verschwimmen, und zuletzt würde er nur noch ihre S c h r i t t e hören über den Steinen, knirsch, knirsch, und in der endlosen Schlucht vor Müdigkeit hinsinken und zugleich seine eigenen Schritte hören, wie sie über den knirschenden Steinen weitergingen in der sichtlosen Schlucht, unsichere, ratlose Schritte, ganz deutlich Orlins Schritte, und würde in der Schlucht liegenbleiben und die ganze Zeit die drei vor sich hören, Pats kleine, bekümmert ruckende Schritte, ab und zu schleifend, hinkend, und die leichten, großen, mädchenhaft schwingenden Schritte Jessies, leiser werden, ferner werden, er nahm den Koffer in die andere Hand und fühlte eine tiefe, wilde, einsame Lust in seinen Schritten wallen, die aus rieselnden Ängsten und bitterem Jammer und unsinnigem Verlangen gebraut war, aus dem Untergang lebte, aus allen verlorenen, versäumten Stunden und dann hörte er wirklich nur noch ihre Schritte, denn nun war das Dunkel dicht und weglos geworden und das Land begraben und Pat und Jessie und Orlins verhüllt und das Unten im Oben verschollen und Friede mit ihnen und in Ewigkeit Amen.

Das Rauschen fuhr über ihre Schritte hin, es waren nicht Bäume im Wind gebeugt rauschend, nicht die singende, verlorene Mühsal, der hohen Wälder dunkeltiefer Wipfelton, das sausende, raunende Wehn – es rauschte leiser aus der ziehenden Weite her, verging und scholl heran und wiegte sich rauschend und war wie weither kommendes Atmen und Verhauchen, und Orlins erfühlte die schwingende Weite der Wasser, die nächtliche, fließende Gegenwart der dunklen Tiefen, das Meer.

Auf dem Weg wurde es heller, die Nacht wob in sternlosem, unirdischem Scheinen, fahl und nebelverklungen, er konnte den kleinen Pat wieder auftauchen sehen und die hohe Gestalt Jessies und roch den fauligen, verwesenden Dunst, den schwachen, salzigen Leichengeruch des Meeres, hörte das ziehende, leise Fegen der Brandung näher und sah schon den unverdrossenen Erfinder zwischen den dunklen Klippen verschwinden, wieder auftauchen und höher klettern, bis er sich weit draußen aufrichtete und seine gebeugte, lauschende Gestalt keine Bewegung mehr verriet.

Jessie, die weiter zurück in den Klippen stand, schien ebenfalls zu spähen und zu lauschen. Orlins kam still heran. So standen sie eine Zeitlang reglos am Rande des nächtlichen Meeres, das Rauschen ließ nach, und die Brandung schlief glucksend ein, und als die tiefe Stille anhob, sah Orlins, wie der kleine alte Mann auf der vorspringenden Felsenklippe die linke Hand an die dürre Brust legte und die rechte geöffnet weit in die Nacht hinausstreckte und hörte, wie er mit seiner hohen, brüchigen, heimsucherischen Stimme vor den schwarzen, unermeßlichen, nächtlichen Wassern sang:

»Wenn das letzte Licht schwand,
wenn das weite Meer schläft,
wollen auch wir wieder heimkehren,

zu ihr,
zu ihr,
zu der kleinen Hütte im großen Moor.«

Darauf zog er die kleine Jahrmarktstrompete und blies ein mißtöniges Signal in bestimmten Intervallen.

Das noch schwache, regelmäßige Geräusch von Ruderschlägen näherte sich langsam und stetig, schien abzukommen und zu verhallen, der kleine alte Erfinder hüpfte behend auf den Klippen herum und klatschte ab und zu in die dürren hohlen Hände.

Dann stieg das Rauschen wieder an, flüsternd, wehend, von allen Seiten zugleich, leises, schwingendes, schwebendes, irrendes Klagen, zog über den nächtlichen Strand hin, das Geräusch der Ruderschläge war wieder nah und brach unvermittelt ab, der alte Pat war in den Klippen verschwunden.

Orlins stand neben Jessie, jeder still und allein, und es schien ihm der Sonntagnachmittag in einem anderen Land zu liegen, weit, über Land und Meer, und die Nacht schien sie wie einsamer Regen aus Zeit und Vergessenheit zu befallen, da hob er verwundert die kleine Armbanduhr ans Ohr, sie stand. Es fröstelte ihn, sie tickte nicht mehr, die Stunde war stundenlos und verfallen wie ein Pfand, das keiner mehr holte. Und nun wartete er schon drüben, jenseits von allem Zuspät.

Zu ihr, zu ihr, zu der kleinen Hütte im großen Moor.

Wenn die Uhr im Zimmer stehen blieb, wurden die Spiegel verhängt, hob der Tod sein Ungesicht und ging. Dort, wo er den alten, geübten Griff verrichtet hatte, der den Schlag im Herzgehäuse anhielt, dort am Lager ließ er das Nichts zurück. Orlins wartete den näherkommenden Ruderschlägen entgegen, dem unsichtbaren Boot der Nacht und der Ferne entgegen und dem raunenden Geflüster der fließenden Tiefen, er sah draußen in den Klippen den kleinen Alten wieder auftauchen und dachte daran, daß er seine erste Uhr ..., *vierzehn ..., Geburtstag ...*, dachte: *die Stimme sagte das vielleicht ein wenig sal-*

bungsvoll oder feierlich gerührt, die Stimme sagte: »... und damit du immer pünktlich bist und niemals vergissest, daß Gott uns nur ein einziges Leben geschenkt hat, auf daß wir jede Stunde nutzen zu Seinem Wohlgefallen und zum Wohle der Unsrigen, erhältst du diese deine erste Uhr heute zu deinem vierzehnten Geburtstag, und halte sie stets in Ehren und werde dereinst ein gewissenhafter und tüchtiger Kaufmann, wie es unsere Väter und die Väter ihrer Väter waren...«, es war noch früh am Tage und noch beinahe Nacht, vierzehn dünne, weiße Kerzen brannten in dem dunklen, stillen Wohnzimmer auf der Pistazientorte, weißer, dicker Zuckerguß, darin die grünen Rauten der Pistazienschnitte eingelegt waren, und die Schrift war aus dünnen, roten Geleebuchstaben, und der runde Tisch war weiß gedeckt, die Schrift mit den Tauben dazwischen und dem Herz aus Schokoladeguß: UNSEREM LIEBEN GILBERT ..., gleich würde er wieder Geburtstag haben, fünfunddreißig ..., und würde kein Geburtstag und würden keine Kerzen sein, und einst war es nur eine Kerze gewesen ..., er hörte jetzt vor sich in der Dunkelheit das knirschende Geschiebe des aufsetzenden Bootes und sah Jessie winken und schritt hinter ihr her und dachte: *und einmal wird es keine Kerze mehr sein, kerzenlose, lichtlose Zeit zu Seinem Wohlgefallen und in Ehren ...,* er hatte plötzlich Jessie verloren und stieg mit dem Koffer am Wasser herum und hörte dicht unter sich den kleinen Alten flüstern: »Keine Zeit mehr.«

Er kannte den dunklen Dollbord des langen Bootes und stieg mit dem Koffer hinein und über die vordere Ducht an einem bärtigen Gesicht mit Wachstuchkapuze vorbei und an Pat vorüber und nahm neben Jessie auf der hinteren Ducht Platz, ruhig und hochaufgerichtet saß sie neben ihm, er hörte, wie sie die Ruder eintauchten, mit dem Bootshaken abstießen, dann legte das Boot ab und sie pullten es aus den dunklen Klippen heraus, wendeten und fuhren ins offene Meer. Er sah, wie ihr die feinen, dünnen Strähnen ins Gesicht wehten, sie hatte den Kragen des Trenchcoats aufgestellt, sah ihr bekümmert scheues Lächeln und fühlte wieder die Begegnung ihrer unausfühlbaren Anmut, einte sich ihrer unvereinbaren Nähe, die entschwebend war wie das Hingleiten des

Augenblicks und doch immerzu hielt wie das Anruhn der Ferne.

Ihr Haar streifte sein Gesicht und dann lag eine Weile, und doch meilenweit über alle Weilen lang, ihre kühle, behutsame Hand auf seinem Handgelenk, und die beiden Männer zogen im Takt die Ruder in den knarrenden Dollen durch und brachten das Boot über das schwappende, gurgelnde Wasser voran, ihre leichte, wie mühelose, länglich gegliederte, schmiegsame Hand, und Orlins neigte den Kopf, und die Jahre beugten sich mit ihm, die nutzreichen versäumten Jahre, die einträglichen verfallenen Jahre, die verlebten ungesichtigen Jahre, die verbuchten fehlenden Jahre, rechtschaffen und vertan.

Und richte schon den Tee, denn ich komme nie mehr nach, weil ich schon fortgehe aus dem Hernach ...

Er hörte Jessies Stimme zwischen den Ruderschlägen ... die genußreichen unerloteten Jahre ... hörte sie fragen, ob er von dem Zwieback ... in ihrer Tasche ..., wollte nicken und den Kopf schütteln zugleich, erkannte in der dunklen Luft die dunklere Bordwand und hörte, wie sie die Strickleiter herunterwarfen. Jessie brach einen Zwieback, das Boot legte bei, er kaute schon und spürte, wie ihn der Hunger anfiel, sie zogen die Ruder ein. Der große, bärtige Mann mit der Kapuze stand auf, ergriff die Strickleiter und zog das Boot noch mehr heran. Sein Arm war lang und seine Hand schien gewaltig zu sein. Kunstfertig und ruckend wie ein Papagei turnte der alte Pat hoch und verschwand im Dunkel. Danach griff Jessie in die geknüpften Stricke und schwang sich leicht pendelnd und schwingend und gewandt hinauf. Wieder sah Orlins, daß sie noch immer den Badeanzug unter dem Trenchcoat trug, das sich verjüngende Säulenrund der Schenkel. Die Bordwand roch nach Teer, nach Muscheln und verkohltem Holz. Orlins starrte auf die gewaltige Hand des Bärtigen und zog sich ungelenk an den sich dehnenden Sprossen hoch.

An der Reling stand, wie aus der Nacht getaucht, ein kleiner Junge mit einem zu großen Sweater, einem zerzausten, schwarzen Haarbusch über dem blassen, fremden Kindergesicht mit den ernsten, schwarzen Augen. Der Junge half Orlins mit den dünnen Armen beim Übersteigen der Reling.

Auf dem lautlosen, nächtlichen Deck schwebte ein traniger Geruch, dann roch es plötzlich ätzend süßlich nach Benzin. Orlins sah die dunklen Masten und daß alle Segel gestrichen waren. Da wurde er von einem eiligen Flüstern gerufen.

Mittschiffs aus einer Luke blickte ihn das fahle, tickende Gesicht Pats an, die fahrige, dürre Hand winkte, dann war alles wieder verschwunden. Die Dunkelheit schien ständig aus dem ungesichtigen weiten Nachthimmel niederzusinken, zugleich überall umherzufließen und entschwebend zu verwehn. Orlins ging über das stille Deck und stieg tastend die Stufen des Niedergangs hinunter, er mußte sich im Dunkeln bücken und hörte einen Knall, es fielen noch einige Schüsse, die er zuletzt als Fehlzündungen erkannte, das tackende Knattern des Motors setzte ein, er trat gebückt durch die angelehnte Tür in die niedrige Kajüte, als das Schiff unmittelbar Fahrt machte. Er schwankte gegen einen Tisch, auf dem jetzt ein Licht aufflackerte und erkannte in dem zuckenden, gelben Schein der Bootslampe den alten Pat, der ihm etwas über den Tisch zuschob. Draußen dröhnte ein schwerer Schritt vorüber, der leise tickende, müde Kopf Pats schien über dem Tischrand zu schweben und die knochigen gelben Hände zerbröckelten eine Brotscheibe. Orlins saß schon auf einem Hocker und sah zu. Pat legte die Brotstückchen hintereinander und stellte vorn eine längliche Kruste auf, das war der verhängnisvolle Eisenbahnzug, den er mit einem Griff durcheinanderwirbelte und aufzuessen begann. Das nächtliche Schiff zog, sich wiegend und in den Spanten ächzend, über die dunklen Tiefen. Jessie war nicht hier, und doch glaubte er ihre Nähe zu fühlen auf dem Hintergrund dieser mit dem einsamen Schiff über das Meer ziehenden Stunde. Er zog den Teller mit den gebratenen, kalten Fischchen heran und die Brotscheibe, tunkte das Brot ins Öl, lehnte sich an die Wand, streckte die Füße aus, kaute, schluckte, die Lampe blakte, er aß nicht nur den Fisch und das Öl und das Brot, unsichtbar aß er mit von allem, was sich mit ihm zutrug, und so aß er von der nächtlichen Fahrt und der fremden Zeit, und schluckte von der Ferne und vom Meer und kaute an der sonntäglichen Flucht und hatte das Lampenlicht auf der Zunge und das heimsucherische Gewese des ins Vergangene fortstürzenden Lebens.

Der Motor klopfte tackend im Hinterschiff, Pat hob eine Flasche und Orlins hörte dem langsamen glub-glub-glub zu, Pat goß den verbeulten Becher voll, der Becher mit Rotwein wurde ihm zugeschoben, er setzte ihn an die Lippen und trank durstig, und während er trank, blickte er über die Lampe hinweg ins Dunkel hinauf, starr, ohne etwas zu sehen, denn der Trinkende scheint das Trinken zu sehen. Dann sah er doch etwas. Er stellte den Becher hin, wischte mit der Hand über die Lippen, dort oben in der Koje lag ein Gesicht, es nickte ihm zu, das gebräunte, zärtlich schmale Gesicht Jessies, mit einem Lächeln grüßend, da hörte er schon die unwiderrufliche Stimme des alten, kleinen, traurigen Erfinders, hastig flüsternd, er nickte zurück, hörte:

»Aber sie wollten mich nicht hineinlassen. Kein Obdach für einen nassen Nachtbürger, sie sagten, das wär ein Gefängnis und kein Seemannsheim für invalide Steuermänner und klapprige Maate, oder ob ich vielleicht einen umgebracht hätte? Dann würden sie das Tor weit aufmachen und den Strick schon einfetten, sie wären hier kein Krankenhaus für Nichtschwimmer, wo ich denn so lange im Schlamm getaucht wäre und wo ich meine Schwimmweste hätte?

Wenn ihr eure Fragen alle gestellt habt, sagte ich zu ihnen, dann will ich euch auch ein paar Fragen stellen. Und ich fragte sie, ob sie schon etwas von dem großen Eisenbahnunglück auf der Brücke gehört hätten, da käme ich nämlich her, von der Brücke runter und durch den Fluß, da griffen sie plötzlich zu, denn nun hielten sie mich für einen der Täter, nach denen man schon überall suchte. Sie schleppten mich fort und in eine Zelle, im Hof klatschte der Regen auf die Steine, ich dachte, daß es mich hier in Ruhe ließe, zweiundvierzig in die Luft, zweiundvierzig Jahre in die Hölle geschickt, ich war auf die Pritsche geklettert und zwängte das Gesicht zwischen die Stäbe und spürte doch, wie es jetzt hinter mir in der Zelle war, es hatte mich eingeholt, ohne Füße, und die Hand ohne Finger streckte sich nach mir aus, in der dunklen Zelle, das wollte eine lange Nacht werden, Herr, das nasse Zeug wurde schon langsam warm auf meiner Haut. Und die Nacht wurde älter, und als das grüne Frühlicht kam, wurde es in den Mauern geschäftiger, und ich dachte, daß es nun überstanden sei. Sie rasselten mit den Schlüsseln im Gang, und dann hörte ich nebenan einen beten, den Geistlichen, und der andere betete den ersten Satz nach und den zweiten nicht mehr, weil er zu jammern anfing. Dann betete er doch wieder einige Worte und stöhnte, dann brüllte er plötzlich: ›Laßt mich raus!‹ und der Geistliche betete weiter ›und vergib uns unsere Schuld‹, das Beten und das Jammern gleichzeitig und durcheinander und das Licht wurde grüner, Geplapper und Schreien ineinander gemischt, und dann die Pause und die Stille, und: ›Dein ist das Reich und die Kraft und die Herrlichkeit‹, er brüllte jetzt mit aller Kraft dazwischen und schrie dauernd ›nein, nein! ich kann ja nicht, ich kann ja nicht, laßt mich raus, ich kann ja nicht sterben!‹, und dann: ›In Ewigkeit Amen!‹. Das röhrende Jammern, Schlucken, Brüllen, das Schlüsselgerassel und die ziehenden, schleifenden Schritte, und dann führten sie ihn draußen im grünen Frühlicht zum Gerüst.

Sehen konnte ich ihn nicht, ich hörte nur, wie sie ihn schoben, denn er wollte nicht auf das verregnete Gerüst, und oben am grünen Himmel stand noch ein einsamer Stern und funkelte, den mußte er sehen, wenn er aufblickte. Dann schrie er wieder, aber sie ließen ihn nicht los, es klatschte ein paar Mal, da schlugen sie sich mit ihm herum, und dann war es auf einmal still. Geräusch von Hantierungen und Stille. In die Stille floß noch einmal die ölige, fette Stimme: ›Herr, sei seiner armen Seele gnädig!‹ und sogleich das Kommando: ›Fertig!‹ Und dann schrie er noch einmal, zum letzten Mal, ob er den

Stern gesehen? ›Mutter!‹ schrie er, ›Mutter, Mutter, Mutter!‹ Und da knackte es schon. Stille. Ich hielt mich an den Eisenstangen am Fenster fest, aber da war es in mich gefahren, für immer und ohnegleichen und wollte mir die Seele aus dem Leibe reißen und schüttelte mich und rüttelte mich überall, so daß ich hinterrücks von der Pritsche auf die Steine fiel und mich zuckend herumwälzte, die Hand ohne Finger war an mich geraten und zog mich in die Länge und bog mich in die Quere und ließ mich klappern und schnattern, vielleicht schlugen sie ihn, als er den einsamen Stern im Frühlicht sah, das Reich und die Herrlichkeit, und als die Hand wieder von mir ging, da war alles ausgeschüttelt an mir und nur am Kopf war es zurückgeblieben, der Herr sei seiner armen Seele gnädig, der Kopf wackelte weiter in dem großen Gewackel, in dem die Welt durcheinandergeraten und verloren ist und einmal untergehen muß, Amen.«

Pat schwieg und Orlins sah, wie der Mund des alten, kleinen Mannes weiter zuckte, ohne zu reden, die Wochenschau des Ungemeinen war abgelaufen, an der blakenden Bootslampe vorüber, durch das schaukelnd dahinziehende Schiff hinaus, der Vorsehung Bericht, vielleicht bis zu jenem fernen Tisch hin, auf dem die große Waage steht, wo unablässig gewogen wird, seit Unzeiten schon. Orlins hörte hinter sich Schritte, sein Hals war zugeengt und wie hart geworden, er dachte an den Schrei im grünen Licht, an den einsamen Stern, sah den leise wackelnden Kopf vor sich und packte den frisch gefüllten Becher und goß es in mundvollen Schlucken hinunter. *Ich habe Grundstücke gehandelt,* dachte Orlins, *Sonntag abend, nacht, die Uhr ist stehen geblieben, zuhause wird mein Geburtstag stehen bleiben, bis ich nicht mehr wiederkomme. Wir fahren doch übers Meer und Jessie schläft dort oben in der Koje,* er spürte, daß jemand hinter ihm stand und sah in dem gedämpften Licht der Lampe, wie allein der große Junge in dem Sweater, der ihm zu weit war, an der Tür stand. Pat scheuchte mit der dürren, fahrigen Hand etwas fort in der Luft, des Kummers Schatten, des einsamen Sterbens zuckenden Umriß, er winkte den Jungen heran, der sich stumm neben Pat auf dem Hocker niederließ. Das blasse, einsame Kindergesicht mit den stummen, schwarzen Augen schwebte im Lampenlicht über dem Tischrand neben dem alten, gelben, tickenden Gesicht des heimsucherischen Erfinders. Beide waren im Sitzen gleich klein, Pat legte den schmächtigen Arm um die Schulter des Jungen, der kleine, alte Arm reichte nicht ganz herum, so saßen sie wie kleine Brüder am Abend bei der Lampe, und Pat sagte:

»War eine tapfere, brave Frau, deine Mutter, Jappy.«

»Ja, Herr, danke, Herr«, sagte der Junge leise, rein und verloren war sein Gesicht in abendlicher Anmut.

»Traf einmal vor vielen«, sagte Pat flüsternd, und der andere Arm kam aus dem Dunkel empor und schwebte über dem nächtlichen Tisch und deutete an Orlins vorbei über den Rand der Jahre, »vor vielen vielen Jahren ein kleines Mädchen im Regen, war nicht größer als du und saß auf der alten Haustreppe im Regen und sang vor sich hin, und der Regen strömte und floß über ihr schwarzes Haar und lief über ihre Augen und tropfte von Nase und Lippen, ihr Kleidchen war naß, und barfüßig saß sie da, vor vielen Jahren, ein kleines Mädchen, ganz naß, und ich blieb stehen und sagte, das mußt du nicht tun, mein Kind, geh hinein und trockne dich ab, sonst wirst du dich zu Tode erkälten. Aber sie lächelte mir freundlich zu und sagte, sie hätte gar keine Zeit, sich zu erkälten, denn sie müßte schnell wachsen, und das ginge im Regen besser. Und gleich sang sie wieder mit ihrer pfiffigen, dünnen, fröhlichen Stimme, es regnete unaufhörlich und sie war patschnaß und sang:

Zuhaus hab ich ein kleines Bett,
gehört mir ganz allein,
lieber Regen sei doch nett,
laß mich bald größer sein.

Da sagte ich, was willst du denn so schnell groß werden? Und was willst du denn bloß werden, wenn du groß bist? Und da sagte sie, sie wollte ein Kapitän werden, ganz und gar wie ihr Pap, der müßte auch Tag und Nacht im Regen stehen, um sein Schiff heimzubringen, aber einmal wird auch er nicht mehr heimkommen, sagten die Leute, dann wollte sie groß sein und selbst hinausfahren, und dann sang sie wieder:

> Das alte Meer war schwarz und tief
> und der Regen hörte nicht auf,
> manch einer drin um Hilfe rief
> und der Regen hörte nicht drauf.

So war das vor vielen, vielen Jahren auf einer alten Haustreppe im Regen, eines Nachts, Jappy, und eines Nachts kam ihr Pap nicht mehr nach Haus und war mit seinem Schiff untergegangen, mit Mann und Maus und der Regen hörte nicht auf, und wenn sie um Hilfe riefen, der Regen hörte nicht drauf. Nie fand man mehr etwas von ihm. Und als das kleine Mädchen groß geworden war, da kam eines Tages ein Mann zu ihr und nahm sie zur Frau, das war dein Pap, Jappy, und sie lebten dankbar und glücklich bis zu jenem Abend, an dem das große Hochwasser kam und das Dorf Stück für Stück in der Flut fortschwamm. Euer Häuschen am Hang vorm Friedhof kam als letztes dran und ihr drei, deine Mammi und du und dein Pap kletterten aufs Dach und vom Dach in die alte, hohe Eiche, und die Wasser strömten, und es war Abend und der Himmel fahl und still, und die letzten Raben flogen wild krächzend über den Wassern dahin und fort nach den schwarzblauen Höhen, aber ihr hattet nichts, auf den sausenden, brausenden Wassern zu fahren, und wenn deine Mutter auch hätte schwimmen können, hier wars für geübte Schwimmer nur noch ein Zappeln in Höllenstrudeln. Mächtige alte Bäume kamen vorbeigeschossen und tote Kühe und Pferde, die ihre Beine zum Himmel streckten wie Totenmäler und es wurde schon dämmerig über den eilenden Wassern, die noch immer stiegen und stiegen. Sie trieben euch in die letzten Äste hinauf, und dann begann die alte Eiche zu zittern und zu wanken, da zerrten die Wasser schon in den Wurzeln die Erde raus und da gabs den ersten Ruck und sie neigte sich ein Stück, und bevor es den zweiten Ruck gab, sagte deine Mutter zu deinem Vater, laßt mich allein, vielleicht treffe ich unterwegs den, den mir einst das Wasser geholt hat, nimm den kleinen Jap auf den Rücken und sieh zu, daß du an einen von den treibenden Bäumen rankommst, der Himmel beschütze euch. Damals warst du fünf, und dein Vater sagte, lieber wollte er hier mit euch in den Ästen ersaufen, als sie allein im Wasser sterben lassen. Da sagte deine Mutter nichts mehr, und als dein Vater rief, war sie schon fort, und der Ast war leer, dick, grün und leer, an dem sie sich festgehalten hatte, und die Wasser sausten und brausten. Da verfluchte dein Vater das Wasser, das sie ihm genommen, und verfluchte den Himmel, der es mit ansah und verfluchte die Erde, die sie geboren hatte zu diesem End, er verfluchte den Tag und die Nacht und dann packte er dich, als ein mächtiger alter Stamm mit viel Gezweig herantrieb und sich gerade mal drehen mußte, und ließ los und verfehlte den Stamm, und du hieltst dich an seinem Halse fest, da hatte er schon etwas Besseres gefunden, das war das Dach von der Zuckerfabrik fünf Meilen weiter unten am Strom, da schaffte er sich hinauf mit dir, und das Dach fuhr dahin mit euch in dem Sausen und Brausen. Die Wachtboote leuchteten euch an und schossen Taue auf euch ab, holten euch raus aus den Wassern, war eine brave Frau, deine Mammi, die euch das Leben geschickt hatte, als sie den Ast losließ und sich auf Fahrt machte wie ein Kapitän ohne Schiff, daher soll die Geschichte erzählt werden von Geschlecht zu Geschlecht, erzählt ohne Unterlaß, Verdammnis und Qualen über die Brut der Finsternis!«

Pat zog aus der Brusttasche des schwarzen, verkrumpelten Rocks die kleine Blechtrompete, setzte sie an den leise gehenden Mund und blies einen dünnen, langen, kläglichen Ton heraus, bedacht, die Schlafende in der Koje nicht zu wecken. Jappys Kindergesicht erhellte sich, geschäftig steckte der alte Erfinder die Trompete wieder ein, wühlte in seinen Rocktaschen und brachte eine zerknitterte Tüte zum Vorschein, drückte sie Jappy in die Hand. Der Junge riß die Tüte auf und schüttete etwas davon in die hohle Hand, gebrannte Mandeln, bot Pat und Orlins die zuckerigen braunen Kerne an, die jeder einen davon nahmen und schüttete sich den Rest in den Mund, herzhaft kauend. Orlins dachte an die schnellen Wachtboote, die ihre Taue nach den Schiffbrüchigen auf dem dahintreibenden Dach abschossen, zerkaute den Mandelkern und starrte in das gelbe Licht der Bootslampe, sah den leeren Ast in der Eiche noch einmal und hörte das Sausen und Brausen, und wie Jappys Vater die Elemente verfluchte. Da setzte der Motor im Hinterschiff aus.

»Müssen gleich da sein«, sagte der alte Erfinder, »haben noch zu tun, was haben sie eigentlich gefunkt, Jappy?«

»Sie haben nur an die Streifen gefunkt«, sagte Jappy, »an alle Polizeistreifen, haben den kleinen Viersitzer beschrieben und die Richtung angegeben, in der Sie aus der Stadt gefahren sind, Herr. Pap hat die Meldungen aufgefangen, dann sind wir euch entgegengefahren.«

»Gut, Jappy«, sagte Pat leise, »immer hinter uns her, quer durch das Land, wir sind ihnen in einem Rollwagen entkommen.«

Orlins sah, wie sich Jessie in der dunklen Koje oben aufrichtete und plötzlich heruntersprang. Da stand sie im hellroten Badeanzug, tief gebräunt, hellblond, langmähnig, von der blakenden Bootslampe beschienen, von Orlins Augen angeschienen, sie beugte sich über Jappy, fuhr ihm über den zerzausten, schwarzen Haarbusch, schelmisch-zärtlich mit ihm flüsternd, sie konnte nicht sehen, wie ihre große, schmale Läuferinnengestalt in der Beugung eintrat in Orlins' nahes Schauen, im schmerzenden Frohlocken seines leuchtenden Aufruhrs immerzu durch ihn fort ging, von ihrer geraden, großmütigen Schulter schwang sein Blick zur warmen Armbeuge, mitschwingend in den blumenhaft geneigten Halbmonden der Brüste, die reichen Monde rundeten sich ruhend in ihn ein, Schwung und Schein der hohen, anmutigen Gestalt, Mädchen im roten Badeanzug, überwand ihn immerfort stumm und weit hinaus, über alle erntelos verwehrten, im Sehnen fruchtlos erschöpften Stunden hinaus, er atmete schwer, sah den Glanz der Hüfte, der Schenkel tönend Steigen und Ruhn, sah nicht mehr des Vlieses Feuertal, der alte Pat schrieb mit der mageren Greisenhand unsichtbare Worte auf den schwarzen Tisch, durch die Krümel hin, alles verging zu unaufhaltsam, und doch wollte Orlins auch diesen Augenblick retten, an Land bringen aus der Sturzflut des Dahinschwindens, Landgut, Strandgut, er fühlte, wie diese kleine, von der Lampe erleuchtete Kajüte, der alte, gelbe Mann am Tisch, der schwarzbuschige Junge daneben, die gebeugte große Mädchengestalt, auf dem dahinziehenden nächtlichen Schiff sein Leben größer werden ließ, ihm Fahrtwind brachte, Hypotheken, Immobilien, Finanzierungen sanken fort in Straßen mit Geschäftsläden, mit roten Briefkästen, Polizisten an den Straßenecken, die Morgenzeitung, Bäcker, Metzger, Friseur und Teppichklopfen, er hielt den Atem an, gleich würde es ihn überfluten, das Strandgut der Straße fortschwemmen, in die Windeseilen der Namenlosigkeit, da fühlte er das hohe, stille Gericht ihrer mondrunden Augen über sich kommen, Jessie blickte ihn über den Jungen hinweg an, er ging schon hinein in ihren Blick wie durch eine Tür in ein einsames, lautloses, anemonenweißes Haus vor dem schwebendleisen Licht der schwermutsklaren Ferne, sie blickte ihn an aus der verklungenen Helle tiefer Nachbarschaft, nahen, ruhenden Lebens, und er ging schon vor ihr den Weg der Stunde zurück, zurück durch die grüne, kühle Frühe, unter dem verlorenen Schreien und Beten hervor, unter dem einsamen, funkelnden Stern dahin, zurück durch den strömenden Regen an dem kleinen, singenden Mädchen vorbei, mit den sausenden, brausenden Todesgewalten der eilenden Wasser hin, in der dämmerfahlen Abendstille, und kam wieder an unter der gelben Bootslampe am schwarzen Tisch, trat ein durch die Tür der Stunde und die Stunde fiel hinter ihm zu. Jessie lehnte mit ihrer Hüfte an seiner Schulter, sie griff über ihm zur Wand und nahm den Trenchcoat vom Haken, er hörte eine Uhr schlagen nebenan, Ping, Ping, zählte die Schläge mit, Ping, Ping, zählte weiter und zählte elf, da schlug es Pong, zwölf, es war Mitternacht, und Jessie kam von der Tür zurück, *fünfunddreißig,* dachte Orlins, sie zog aus der Tasche des Trenchcoats ein dünnes, flaches, kleines Ledermäppchen, Visitkartentäschchen, nahm ein randloses Hochglanzfoto heraus und gab es ihm, zupfte ihn an beiden Ohren, unwillig flüchtig die klare, hohe, braune Stirn runzelnd, lächelnd, und verließ die Kajüte. Auf dem Hochglanzfoto schwebte ein langgliederiges Mädchen mit Schwimmhaube und Badeanzug hoch über glitzerndem See durch die Luft, hinter ihr ragte das Ende eines Sprungbretts ins Bild.

Fünfunddreißig, dachte Orlins, zu *meinem fünfunddreißigsten Geburtstag.* Ein großes Mädchen schwebt, eine Schwimmerin, über den See abwärts, nach dem Absprung in die Luft gestreckt, wie eine Schwinge gebogen, die sonnengebräunte, schmalgliedrige Gestalt knapp umschlossen vom weißen Badeanzug, klar zeichnen die sanften Kuppen der Brüste sich ein in das dunkle Himmelsblau. Jessie Hobbarth springt, schwebt, er schob das Foto in die Tasche, Pat war aufgestanden, Jappy stand wartend an der Tür.

Orlins ging hinter ihnen her, die dunkle Treppe hinauf, so begann sein Geburtstag, als sein Kopf aus der Luke auftauchte, legte sich etwas Feuchtes um sein Gesicht, vielleicht wird ihn doch gleich jemand wecken …, wie dünner Sprühregen wehte das heran in der dunklen Luft, wecken …, Gilbert, bist du wach? … ringsum scholl leise das Rauschen heran und fort, über dem Schiffsdeck schien eine dunkle, lautlose, undurchdringliche Wolke zu zögern, nahm zu und wischte wie ein Schwamm Masten und Aufbauten aus. Er sah, daß sie Nebel hatten.

In der Nebelstille stand er einen Augenblick allein, niemand weckte ihn, die sprühende Nässe klebte Tücher in sein Gesicht, …. auch Rosie wurde dann geweckt und stand neben ihm und hielt sich an seiner Hand … hast du schon gebetet?

... sie hatten die langen weißen Nachthemden an ... kannst du dein Gedicht noch? ... sie sind hinter der Tür noch nicht fertig ... sie flüstern noch und rascheln mit Papier ... er sagte es in Gedanken noch einmal her: Liebe Mammi, lieber Pap, ich dank euch für die schönen Sachen, will euch auch immer Freude ... Freude ... Freude machen, euch lieben und ... er stockte, sie kommen, flüsterte Rosie ... da ging die Tür auf ... er fuhr zusammen, eine Hand hatte ihn leicht am Arm berührt.

»Sie sind schon im Boot, Herr«, sagte der kleine Jappy neben ihm. Orlins folgte dem Jungen durch den schwülen, feuchten Dunst, stieg über die Reling und kletterte das Fallreep hinunter, stieg über die Vorderducht ins schaukelnde Boot, das sogleich ablegte. Der große, bärtige Fremde saß hinten am Steuer, Jessie und Pat ruderten, in den schwärzlichen Rauch hinein, es war nichts zu sehen, bis lautlos unvermittelt steile Bordwände auftauchten, unter denen sie herfuhren, an großen Schiffen entlang, die vor Anker lagen, das Tuten eines Nebelhorns durchzog die Stille, Orlins spürte den tragen, faulenden Geruch des Hafenwassers heraus, säuerlich nach Holz und rostigem, salzzerfressenen Eisen, spürte den pilzig gärenden Geruch schimmeliger Früchte, den dicken Ammoniakgeruch verwesender Fische, und einmal ging über ihnen der zögernde Schritt einer Schiffswache vorüber, der Schritt, der die Nacht hinter sich brachte mit Glasen, da gab der bärtige Kapitän mit der großen Hand ein Zeichen, die Riemen blieben über dem Wasser, der Kapitän beugte sich vor in den Dunst, ergriff etwas und zog das Boot bei, eine Kette klirrte. Als erster stieg Orlins die schwärzlichen, ausgetretenen Stufen hinauf, oben auf der Kaimauer drehte er sich um, da tauchten schon Pat und Jessie von unten auf, langsam gingen sie nun nebeneinander über den dunklen, völlig stillen Kai, an einem langen Güterzug entlang, dahinter über glitschige Geleise, sie mieden die in Nebel wie in Rauchschwaden schwebenden spärlichen Laternen, es roch jetzt stark nach Gerberlohe, beizend, ihre Gesichter waren ganz naß, ein endloser Kai, bis sie vor dem Verdeck des großen Lastwagens standen. Pat stieg vorn ins Führerhaus, ruckend zog er sich hinauf, der Anlasser summte auf, Jessie stellte einen Fuß auf den unteren Nottritt und schwang sich, die Plane beiseite ziehend, in den Laderaum, der Motor lief schon schwerfällig, brummend, der bärtige Kapitän tauchte neben Orlins auf mit den Koffern und reichte sie hinauf. Dann kletterte Orlins in den Wagen, der Motor bullerte los, der Boden vibrierte unter ihm, er tappte durch den dunklen Laderaum, seine Hand berührte eine Schulter, Jessie zog ihn auf eine breite Bank mit hohem Lederpolster neben sich, der Lastwagen fuhr an und rollte ruhig auf den riesigen Doppelreifen über den nächtlichen Kai.

Zuweilen hörten sie fernes Hupen, das ging in dem summenden Rattern unter, die Luft im Wagen war warm und trocken, staubig, er saß ganz nah neben Jessie, lehnte sich wie sie gegen das Rückpolster, die Füße auf dem dicken Gummibelag.

»Gilbert Orlins?«

»Ja, Jessie.«

»Erinnerst du dich noch?«

»Ja, Jessie.«

»Damals suchte ich ihn noch, das ist schon lange her, solange kann ich es nicht erzählen.«

»Sieben Jahre«, sagte Orlins.

»Ich hatte gerade das Examen bestanden, für ihn, das weißt du noch. Jetzt sind wir auf der großen Überlandstraße, wenn ichs erzähle, wird es mir wieder nah, auch du wirst noch erzählen müssen, und dann bin ich vielleicht nicht dabei. Ich hab es gern, wenn du jetzt rauchst, mit dem Diplom kam ich nach Hause, zusammengerollt hielt ichs in der Hand, ich wollte ihn doch überraschen. Auf den Zehenspitzen schlich ich mich hinauf in unseren oberen Stock, vor sein Zimmer, das Mädchen war auf den Markt gegangen, es war sonst niemand im Haus. Einundzwanzig war ich und das Herz klopfte mir vor Freude, ich war den ganzen Weg nach Hause gelaufen,

Mutter lebte seit Jahren nicht mehr bei uns, sie hatte sich in Frieden von ihm getrennt, der mit den Fünfzig noch stiller und sonderbarer geworden war. Ich wollte nicht klopfen, ich hustete, um ihn nicht zu erschrecken, und ich hatte lange auf diese Stunde gewartet. Ich hatte ein gutes Examen gemacht, sagte man mir, ich sei eine gute Dolmetscherin geworden, Russisch, Spanisch, Deutsch, Französisch, Italienisch, Portugiesisch, geläufig, Arabisch das Nötigste, Holländisch, Chinesisch, Indisch ein wenig, ist er nicht der beste aller Väter, dachte ich, für ihn habe ich es all die Jahre gelernt. Meine Stunde, nun war sie gekommen. Ich brauchte sie nicht mehr zu träumen, aber die Verwirklichung seines Traumes konnten wir nun beginnen, was hatte ich ihm denn bisher sein können? Eine große, ernste Tochter, die ihn verehrte. Sein Traum war mein Traum und mehr als viele Träume zusammen, er war so lange schon dahin unterwegs, nur war diese Scheu vor den fremden Sprachen immer ein Hindernis und sein Gedächtnis so launig gewesen, er zwang ihm nichts auf, was es nicht behalten wollte, und so blieb es ihm nur für Erinnerungen. Auch mit unserer Umgangssprache wollte er kein Einverständnis, er drückte sich ungebräuchlich und am liebsten phantastisch aus, liebte die Dichter, liebte Gedichte, las sie sich lang und laut vor, als lebte er mitten unter ihnen.

Er lebte so einfach wie ein Vogel, trug altmodische Kleider, die Erwachsenen mochte er nicht. Für Kinder und Narren gab er gern, sein ererbtes Vermögen hatte zugenommen, weil wir die Zinsen nicht verbrauchten, jederzeit hätte er reisen können, aber es widerte ihn vor den Betrügern. Über seinem zierlichen, alten, eingelegten Schreibtisch hing an der Wand ein Spruch von ihm, da stand:

> In der Liebe Luft und tief im Traum
> Betrügt er noch den Vogel um den Flaum.

Er meinte den Betrug um Freude und um Lieblichkeit, um argloses, leuchtendes Leben, und er wollte mit mir durch die

Welt ziehn, durch Landschaften und Himmelsstriche, wollte fremde Mädchenstimmen hören, nicht die Sprachen, Lieder, auf der Spur nach einem Geheimnis, das er niemand nannte.

Nun konnte er mit mir um die ganze Welt, heute noch. Mit den gewöhnlichen Betrügern hoffte ich fertigzuwerden, ich war kein Mann geworden, wenn ich auch nicht schlechter focht und ungesattelt ritt, war es vermessen von mir? Von zehn Jahren hatte er einmal gesprochen, dann wäre er sechzig, zu seinem Geburtstag wieder zuhause, und dann konnte er abends, vorm Einschlafen dem Himmel danken und sagen: ›Ich habe die weite Welt gesehen.‹ Wer würde das abends nicht gerne sagen, Gilbert Orlins?«

»Ja, Jessie«, sagte Orlins in dem fahrenden Wagen, rauchend, selbstvergessen, gegen ihre Schulter gelehnt, in den dunklen Laderaum starrend.

»Oben vor seiner Tür«, fuhr Jessie fort, »das gerollte Diplom hielt ich in der Hand, in der anderen Hand einen frischen Blumenstrauß, langstielige, ungefüllte Zinnien, die liebte er, weil sie altmodische Farben hatten, und als sei im Gelb und Rot und Rosa ein wenig Silber unterlegt, weil sie am schönsten in alten Bauerngärten leuchteten, bei Minze und Rosmarin, und Silber ehrte er, es ist doch dem Mond zugehörig, dem Totenreich. Ganz nahe stand ich nun und hinter der Tür war es still, das war es meistens, und draußen im Garten sangen Vögel in den Bäumen, in der warmen, stillen Luft. Zehn schlug es jetzt in der Diele, von der alten, geschnitzten Standuhr, hell und silbern. Ein gutes Zeichen, dafür konnte ichs doch halten, wollte er nicht zehn Jahre …? Ich hielt's nicht mehr aus, die Blumenstengel wurden in meiner Hand warm, er mußte mein Räuspern überhört haben, sonst hörte er mich immer kommen. ›Ich bins, Vater‹, rief ich, ›darf ich hereinkommen?‹ Es kam keine Antwort, nur das Schweigen und die Stille des alten Hauses, aber die kommen und gehen nicht, weil sie das Gehäuse sind, in dem wir wohnen. Ob er am offenen Fenster saß und in den Garten hinaus träumte? Die Angst, die mich traf, war unbestimmt, wie hinter einem

Unglück öffnete ich die Tür, langsam, trat in das stille, leere Zimmer ein und sah die oberen Sprossen der Leiter im Fenster lehnen, ich dachte mir nichts dazu, die grüne Gartenleiter im offenen Fenster.

So stand ich eine Zeitlang, das Diplom und den Blumenstrauß in der Hand, blickte in das Zimmer, darin etwas erblindet schien, wie von Gespensterzorn flog noch die Tür hinter mir zu. Der Brief, ich sah den Brief auf dem Tisch, da war die Hoffnung schon zerschnitten und wie in Funken ausgetreten. Ich setzte mich müde und legte die Blumen und das Diplom behutsam hin, wie um etwas zu schmücken, das begraben war. Betrachtete lange seine liebe, altmodische Schrift, mit grüner Tinte hatte er geschrieben, ›an meine liebe Tochter Jessie‹. Dann hörte ich wieder unsere alte Uhr in der Diele schlagen, die Vögel sangen im Garten draußen, ganz zartes, gelbes Papier, ich hatte den Umschlag schon aufgerisssen und las. Ja, Gilbert Orlins, mit grüner Tinte und dann über die grüne Gartenleiter fort, er hatte mich wirklich verlassen. Goldlack, Primel, Honigbär, so hatte er sie oft genannt, seine große Tochter, mit grüner Tinte stand es da noch einmal, ›leb wohl‹. Ich rührte mich nicht und fiel, als fiel ich aus dem Leben fort, ich machte den Mund nicht auf und jammerte ohne Lippen, das war mir angetan, damit war ich allein. Goldlack, Primel, Honigbär. Er war fortgegangen, um mich zu mir zurückzubringen, schrieb er, ich dürfte nicht länger sein Eigentum sein, Menschen gehören nicht Menschen, aber nicht weit, daran hielt ich mich fest, nicht weit, unsichtbar wollte er in meiner Nähe bleiben, einst hatte er mich das Gehen gelehrt, das Sprechen. ›Das Leben‹, schrieb er, ›kann nur das Leben lehren, fast wäre ich zum Betrüger geworden an dir für meinen Traum. Nun bist du volljährig nach den Gesetzen‹, schrieb er, ›die Bank hat Vollmacht, dir jeden Betrag auszuzahlen, glaub nicht, daß ich dich verlasse. Wir sehen uns wieder, über eine grüne Leiter komme ich einst zu dir. Leb wohl.‹ Darunter stand sein Name, schräg auf einer grünen Leiter, auf jeder Sprosse ein Buchstabe. Da saß ich noch am Tisch und dachte nach, und dann machte ich die erste Entdeckung, ich hatte bisher nie an mich selbst gedacht, er hatte die Wahrheit geschrieben, ich hatte bisher für ihn gelebt. Er würde in der Nähe sein, ich wollte ihn suchen, ihn in allen Verkleidungen erkennen. Finden. Ich wollte findig werden, er mußte mir Leid antun, damit ich aus der Verzauberung erwachte. Ich wollte über dem Suchen nicht das Finden vergessen. Einen Plan wollte ich mir machen, überlisten wollte ich ihn, fast wäre es geglückt. Zuerst durchsuchte ich das Haus, ich schrieb es auf, was er mitgenommen hatte auf seine wunderliche Reise, einen Stock, einen schwarzen Hut, den grünen Rucksack, die karierte Reisedecke und sein Tagebuch. Damit war er über die grüne Leiter fortgegangen. Durch den warmen, stillen Sonnenschein.

Später hast du das alles gelesen, Gilbert Orlins, in den Zeitungen, als meine Pläne gescheitert waren und ichs für die letzte Chance hielt, und weil ich fürchtete, es könnte ihm etwas zugestoßen sein. Unter dem Vordach des Zirkuswagens habe ich die Geschichte dem jungen Journalisten erzählt. Ich nannte ihm keinen Namen, und er versprach, den Namen nicht ausfindig zu machen. Ein großer, sommersprossiger Junge, der eine Chance suchte, ich gab ihm ein paar Butterbrote mit, denn er schien mir auch hungrig zu sein. Er hatte keine Eltern mehr, niemand kümmerte sich um ihn, war ohne Anstellung, ja, an einem grauen, kühlen Herbstmorgen erzählte ich es ihm, diese Zirkuswagen sind sehr breit und haben einen geräumigen Balkon vor der Tür. Ich dachte damals nicht daran, daß der Junge, der es gewiß ordentlich geschrieben hätte, nur den Rohstoff für eine gierige Neuigkeitsfabrik heranträgt, daß man ihm im Büro das Material abnimmt und nach Gutdünken damit verfährt, ich hoffte, von den Lesern einige Fingerzeige über seinen Aufenthalt zu bekommen, denn ich wollte mich nicht an die Polizei wenden. Und dann schämte ich mich, als ich die Überschriften las, da hatte man eine Sensation daraus gemacht, ›Geschichten, die das Leben schrieb‹, nannten sie das und die Schlagzeile lautete:

DER MANN, DER ÜBER DIE GARTENLEITER VERSCHWAND

In Fortsetzungen. Mit den Briefen, die dann später kamen, konnte ich nichts anfangen, und dann schrieb mir jemand, der ihn nicht nur gesehen, sondern auch mit ihm gesprochen hatte, er hieß Gilbert Orlins. Erinnerst du dich noch?«

Orlins nickte in dem dunklen Lastwagen, der mit gleichmäßiger Geschwindigkeit dahinfuhr, die Abrechnung wird später kommen, dachte er, dies war das Vorspiel, das Vorwort zu einem Buche, an dem sie alle mit ihrem Leben schrieben. Er machte eine ungläubige Handbewegung ins Dunkel, streifte ihr Handgelenk, hielt es, während er durch die Erinnerungen hindurch schon wieder zuhörte.

»Damals besuchte ich dich«, fuhr die Stimme neben ihm fort, »ich kam zu dir in den Garten, das war alles viel später. In den ersten Tagen, nachdem er verschwunden war, lief ich noch in den Straßen umher, ging in die großen Läden, suchte ihn in den Warenhäusern, und wenn ich durch eine stille Seitenstraße kam und zufällig sah, daß sich ein Vorhang hinter einem Fenster leicht bewegte, dachte ich, er steht dort oben und hat gewartet, bis ... Dann begann ich, ihm Briefe zu schreiben, postlagernd, auch in die Städte der Umgebung, ich bat ihn, mir von Zeit zu Zeit ein Zeichen zu geben, einen Gruß zu schicken. Erst später dachte ich mir eine Methode aus, ich schrieb mir seine Gewohnheiten auf aus früheren Jahren, er hatte mich, als ich noch klein war, oft mit in den Zirkus genommen. Er nannte ihn ›Noahs fahrendes Zelt‹, damals malte er noch, mit dem Malkasten ging er zu den Proben, ich holte die Aquarelle aus dem Schrank, wo sie verstaubten und hing sie auf. Die Titel hatte er oben hineingeschrieben, sie hatten solche Namen wie ›Das Trapez der Ikariden‹ oder ›Die Löwen von Tausend Watt‹. Ich betrachtete sie und das kleine, lebhafte Mädchen ging wieder neben ihm her, abends, auf den Zirkusplatz, warum war das so fremd und so vieles verheißend? Hinter den riesigen Zelten ging immer jemand, den man nicht sah, und der da und dort das Zelttuch bewegte, dann kam man zu den großen, schwarzen Lokomobilen, funkelnd standen sie auf dem welken, niedergetretenen Gras, und der Boden zitterte von ihnen, man hörte ihr Brummen und Fauchen weit über den Platz, und die geschwärzten Männer putzten daran herum und hantierten mit kleinen, langschnäbeligen Ölkannen, dann riß der Heizer die Feuerungstüre auf und schaufelte grinsend in den lodernden Feuerschein die fetten, schwarzglänzenden Kohlen. Da stand er mit mir an der Hand und sah zu, und der Heizer warf noch einen dicken Ballen öliger Putzwolle ins Feuerloch, was zog ihn da wohl immer wieder hin? Damals sprach er gern mit den Feuerwehrleuten, die an den Zelteingängen standen, mit blitzendem Helm, in schwarzen Uniformen, er brachte dem einen und anderen Kautabak mit, sie durften nicht rauchen. Weit hinaus und hoch schwebten die Lichtketten aus Glühbirnen, reihten sich um die Zelte, festlich schimmernd. Ich glaube, wir beide waren jedesmal wie von einem Fieber matt und zerstreut, das Geheime erregte uns zu lange und ließ uns doch leer, bis auf die Tiere. Ich ging lieber vormittags mit ihm dorthin. Um elf Uhr wurde die Tierschau geöffnet, und ich durfte Würfelzucker mitnehmen und manchmal einen Rucksack voll Mohrrüben, auch Brot und Hafer, und dann fütterten wir die Kamele und Bären, die Elefanten und die Pferde, die weißen Ponies.

Vielleicht konnte ich ihn in einem Zirkus finden. Zum ersten Male packte ich meine Koffer allein, in einer Stadt an der Küste war vor Wochen ein großer Zirkus eingetroffen, dort fuhr ich hin. Ich hatte mir noch nie ein Zimmer gemietet, Gilbert Orlins.«

»Noch nie ... gemietet«, murmelte Orlins schläfrig, auf der Bank im dunklen, fahrenden Wagen dem Schlafe wehrend. Er kann die Dauer des Augenblicks, da er zwischen Erschöpfung und Schlaf, zwischen Zuhören und Träumen hin und her schwebt, nicht ermessen, als hätten sich die beiden Schichten, Zuhören und Träumen, vorstellendes Zuhören und hörendes

Träumen, einander genähert, sich überschiebend, er schläft nicht ein, sondern bleibt schläfrig halbwach, halbträumend, daß er nicht einschläft, und zuhört, wie Jessie das Zimmer im Hotel mietet, Männer laufen über den Gang, hinter ihr her, ihr entgegen, stehen auf dem Läufer herum, blicken ihr nach, ihren Gang ausfühlend, ihr Gehen auswitternd, Schenkel, Hüfte, Brüste, Schulter, Hals und Mund, ihr Heimlich-Einziges ausspürend, im Nacken ein flüchtig schwingendes Glänzen, eine Neigung zu unausdenkbarer Anmut, hinterm Ohr der Schimmer verborgener, hochherziger Scham, im Schreiten aprilsüßes Grünen, unauffällig belagern sie schon ihr Zimmer, glosend, ins Glühen fiebernd, sie schließt die Tür ab, es ist schon Nacht, plötzlich erlischt die Lampe, fahler Mondschein dringt durch die Gardinen, sie klopfen an der Tür, sie versuchen die Tür einzudrücken, in ihrer Ratlosigkeit schiebt sie den Tisch vor die Tür, die Tür gibt nach, der Tisch gibt nach, sie schiebt das Bett davor, den Schrank, sie haben die Sicherung herausgeschraubt, denkt Orlins im Halbtraum und sinnt auf Rettung. Die gibt es längst nicht mehr, die Glühenden schweben durch die Barrikade, unstofflich leuchtend, phosphoreszierend schweben sie, zuckend wie Kerzenflammen, ins dunkle Zimmer, flüsternd, sie umringend, sie hält den Atem an, solange sie den Atem anhält, können die Glühenden, die waagrecht schweben, sie nicht berühren, und Orlins sinnt auf Rettung. Er hört die geflüsterten Worte, seufzend, klagend, die durchsichtig Glühenden flüstern unbeherrscht durcheinander, hört: »Deinen Hals«, »Deine Knie«, »Deine Hüfte«, »Dein Geheimstes«, sie kann den Atem nicht mehr lange anhalten, sie steht im Badeanzug im kalten Hotelzimmer, die Glühenden lagern überall im Zimmer, sie warten, sie liegen auf der Fensterbank, auf dem Sofa, auf dem Waschtisch, sie wird jetzt atmen und sich preisgeben müssen, von allen Seiten umringt zugleich, jetzt ... da blinkt ein Stern auf im Fenster, ein zweiter daneben, werden größer, es sind keine Sterne, sondern Lampen, und ein großer Lastwagen fährt ins Zimmer, das größer wird, ein Saal, noch größer, eine

Landstraße, noch größer, eine nächtliche Landschaft, Pat winkt vorn aus dem Führerfenster, sie steigen hinten ein, setzen sich im dunklen Wagen auf die Bank, Orlins ist wach und hört: »... vormittags in den heißen Ställen und abends stand ich neben der Kasse, von vielen Männern umringt, wie im Hotel, die mich betrachteten, was wußte ich von ihnen, Gilbert Orlins, als daß sie sich mit jungen Mädchen nicht nur unterhielten, sondern ihnen zudringlich nachstellten, auf der Suche nach dem, was sie süchtig machte, und ich suchte doch ihn allein. Aber auch dies sollte ja zu meinen Erfahrungen zählen, zu meinem Leben, daß ich allein war und mir nicht mehr nach seinen Gedanken, sondern aus den unzweifelhaften, den angeschauten Bildern solche Ansichten von der Welt erwarb, die nicht gelehrt werden können, die uns widerfahren müssen. Ach, es war ein recht trostloser Anschauungsunterricht, den ich mir gab, und ich konnte vorerst mit niemand über die schonungslosen Entdeckungen reden. Während ich ihn auf dem Zirkusplatz suchte, nachmittags und abends in die Vorstellungen ging, das Programm wechselte täglich, begriff ich das Anziehende und zwiespältig Lockende dieser fahrenden Welt von Zelten, Ställen, Lokomobilen und Tumult, eine bunte, grelle, drastische Welt, in der es a u c h ums Geschäft ging, aber nicht so schwunglos und krämerhaft wie in unserer kleinen Stadt, sondern verwegen, waghalsig, oft unter Lebensgefahr. Ich begann, diese Luft begierig zu atmen, in der es nach Heu und Sägemehl roch, nach süßlich welkendem Gras und dem lauen Dampf der Lokomobile, nach dem scharfen Dunst der Raubtiere, nach Schweiß und Ölfarben und Staub und Zigarettenrauch. Ich sah, wie roh und lieblos mit allem umgegangen wurde, wie abgenutzt das meiste war, wie ramponiert, es war dem Wind ausgesetzt und dem Regen, dieses Leben, Ungemach und gräßlichen Unglücksfällen, Hast und Unrast, der Verrottung und wüsten Begierden, ich wollte es nicht anders sehen, Gilbert Orlins, und doch zog mich sein falsches, schreiendes Pathos an, seine Übertriebenheiten, sein Ungestüm, es hatte etwas diesen Geschäfts- und Fabrikstädten voraus. Noch verwirrte es mich, und ich konnte ja mit niemand darüber sprechen. Vielleicht war es das Fahrende, Nichtbleibende, Unstete, das keine Sicherheit vorgab und dann vor allem doch das ständige Üben, Proben, sie durften ja nicht erschlaffen und träg werden, diese Zirkuskünstler und Artisten, nicht hinterm Ladentisch schwerfällig und plump und schläfrig werden, immerzu mußten sie weiter üben und blieben angespannt und rosteten nicht. So lief ich dort oft herum, ich fiel in der Zeltstadt nicht auf, mit Trenchcoat und Kopftuch, und dann sah ich eines Morgens im Schatten auf der Wagentreppe einen Mann sitzen. Ich lief auf ihn zu, mit einem Schrei, er drehte sich herum, und war wie durch einen raschen Zaubertrick ein völlig Fremder. Er stand freundlich auf und bot mir seinen Platz auf der Wagentreppe an. Es trieb mir die Tränen in die Augen, er schien von seiner Verwandlung nichts zu wissen, und vor einer Sekunde mußte er doch noch ein anderer gewesen sein, ich hatte nur die aufgestützten Arme und den gebeugten Rücken gesehen, den schmalen Hinterkopf unter dem maisgelben Strohhut, aber den hatte Väterchen ja zuhause am Nagel hängen lassen, ich konnte nicht mehr fortlaufen, er fragte mich schon, ob er mir behilflich sein könnte, er sähe mich schon die ganze Woche hier herumgehen, und er war keiner von den Männern, Gilbert Orlins, die uns mit dem Blick wie mit einer Zunge berühren, als wären wir ein süßes Gewürz, und das Wasser läuft ihnen im Mund zusammen. Ich wollte noch immer nicht an den Verwandlungstrick glauben, die gleiche Gestalt wie der Verschwundene, mittelgroß schmächtig, nicht schwächlich, und das gescheitelte, silbergraue Haar hatte den gleichen Glanz, die Augen waren etwas größer und dunkler das Braun, lagen tiefer unter der gebuckelten Stirn. Es war sehr heiß an diesem Morgen, schwül und die Sonnenstrahlen stechend, so lernte ich ihn kennen, eine Stunde vor dem tückischen Morgengewitter, bei dem ein Blitz in die Ställe einschlug, er war schon fünfzig wie mein Vater und trat nur zuweilen noch auf, als Kunstschütze oder Gedankenleser, er lief auch noch auf dem hohen Seil, später hörte ich, daß man ihn den »Philosophen« nannte. Er gehörte gar nicht zur Truppe und reiste in seinem eigenen Wagen, ein gelber Wagen mit fünf roten chinesischen Drachen, ich konnte mir den Wagen an diesem Morgen innen ansehen, denn ich wartete darin das Gewitter ab. Charles reiste allein und unabhängig durch die Länder, er hatte keinen Anhang, keine Familie, nur einen kleinen Begleiter, das war Hiob, der kleine, schwarze Scotchterrier, der mir im Wagen seine kurze, schwarze Pfote reichte und mich von unten her, schwarz, stumm und traurig, aus seinen blanken, jungen Augen ansah.

Das hatte ich nicht vorgehabt, daß ich ihm nach und nach alles erzählte, und er hörte geduldig zu, er war nicht überrascht und nicht verwundert, nickte nur ab und zu, als hätte er das vorausgesehen und sagte, ich möchte ihm heute nur den Anfang erzählen und dann wiederkommen, wenn ich Zeit hätte, und er und seine Freunde hätten immer Zeit für mich. Und ich kam wieder, Gilbert Orlins, und als ich ihm alles erzählt hatte, griff er ein. Er griff plötzlich ein, zerstörte meinen Plan und meine Illusionen, und ich fügte mich. Wir werden nach folgenden Worten handeln, sagte er zu mir, ein alter Spruch, der nicht veralten kann, die Worte lauten: ›Wolle nicht gehen, mache kommen!‹ Und ich begriff zuerst nicht, daß ich meinen Vater nicht mehr suchen durfte, um ihn zu finden.

Charles nahm mich ins Training. Im Anfang merkte ich, daß er zuweilen zauderte, aber als ich die ersten Fortschritte machte, ermunterte er mich und ging zu schwierigen Übungen über. Es wurde ein langes, hartes und zuletzt recht bitteres Training. Aber ich wurde mitgerissen von den Leistungen und vom Ehrgeiz, er warnte mich, festigte meinen Mut, meine Sicherheit, zuletzt nahm er mir das Netz weg – und dann war es so weit. Es war wieder Sommer geworden. In dem Wagen der Direktion unterschrieb ich in seiner Gegenwart einen Vertrag für einen einzigen Tag. Seit Wochen klebten große Plakate der ›West–Welt–Zirkusspiele‹ mit meinem

Bild an den Mauern und Zäunen in den Städten und Dörfern, an Scheunen und Bahnhöfen, und längs den großen Bahnstrecken an Wellblechschuppen und Blockhäusern, Brücken und Straßenbahnen und Lastwagen. Die Hauptprobe war gut verlaufen. Drei Tage vorher mußten sie das Schild ›Ausverkauft‹ hinter die Kassenfenster hängen, so übertrieb sich das Ganze von selbst und wuchs mir über den Kopf fort, und wenn er noch am Leben war, mußte es auch ihn erreichen. In der Stunde vor meinem Auftreten las mir Charles aus einem zerlesenen Buche indianische Märchen vor. Als ich dann gehen mußte, blieb er im Wagen zurück, um das Abendessen vorzubereiten, er kochte besser als ich. Den Salat, sagte er noch, wollte er erst anmachen, wenn ich zurück käme. Er blieb in der Hängematte liegen und zündete sich eine dünne, lange Brasil an, der kleine Hiob sah mir unter der Bank auf der Wagenveranda schwarz und zutraulich nach. Ich hatte den glatten Lederpanzer schon an und darüber den schwarzen Umhang mit den Silberstickereien, die zwanzig Clowns füllten eben die Pause mit ihren Purzelbäumen und drolligen Possen aus, aber ich fühlte, wie sich bei meinem Eintritt die Gesichter bis oben unter dem Zeltdach nach mir hindrehten, die Zirkuskapelle auf der Balustrade spielte einen grollenden, rollenden Marsch, ich hörte nur das Dröhnen, die großen Scheinwerfer oben gaben mir das Geleit, ich verneigte mich vor dem brausenden Beifall in der sägemehlbestreuten, mittleren Manege, gab einem der glitzernd betreßten Wärter meinen Umhang und ließ mich, einen Fuß in der Schlinge, an dem dünnen Drahtseil hochziehen. Die Marschmusik setzte aus, die Lautsprecher wurden angestellt, der Sprecher bat um ›völlige Ruhe‹. Ich war oben auf der kleinen Plattform am Hauptmast angekommen, sie war mit rotem Samt ausgeschlagen und der Rand ringsum mit langen silbernen Fransen behängt. Da stand ich in der heißen Luft unterm Zeltdach, zog die etwas unförmigen Lederhandschuhe an, und der Sprecher machte das Publikum noch einmal darauf aufmerksam, sich nicht von den Plätzen zu erheben während der

›Attraktion‹ und absolute Stille zu bewahren. Dann verkündete er den ›Ersten und einmaligen Todessprung von einer Frau ausgeführt‹, die Kapelle spielte ein Potpourri, gedämpft, ich prüfte den Sitz des Brustpanzers und der ledernen Beinschienen und hatte das Gefühl, noch einmal vor seiner Tür zu stehen mit dem Blumenstrauß meines Heimwehs zu ihm und mit dem Diplom, das draußen im Abendwind an Bretterzäunen flatterte, einem Diplom noch ohne Siegel und Unterschrift, und den Namenszug würde ich gleich selbst mit meinem Sprung in die Tiefe schreiben, durch die lichterheiße Zirkusluft. Charles hatte den günstigsten Tag für mich genau berechnet, nach meinem Horoskop, er wollte den Salat erst anmachen, wenn ich zurückkäme, Fenchel, Tomaten, Oliven und Gurken und zarte Salatblättchen, damit er frisch und knusprig wäre. Da erloschen die tausend kleinen bunten Glühbirnen ringsum und es wurde totenstill auf den Tribünen. Die bläulichen Scheinwerfer wurden auf die steile Sprungbahn eingestellt, dort blieben sie unbeweglich. Sie war aus mehreren Stücken aufgebaut, diese Sprungbahn, einer Rutschbahn ähnlich, und zwischen den einzelnen Teilen war die Luft und die Tiefe. Von der kleinen Plattform, auf der ich oben stand, waren es etwas mehr als vier Meter bis zu dem gebogenen Anfang der obersten Gleitbahnlänge, ich dachte jetzt an nichts mehr als an den Sprung und fühlte mit den Gliedern noch einmal genau den Absprung und die Richtung voraus, dann gaben sie das Zeichen.

Es war kein Netz ausgespannt wie bei den Proben, das hatte Charles bei den Gebrüdern West nicht durchsetzen können, die alle übrigen Bedingungen erfüllt hatten. In dem abgeblendeten Licht sah ich die Gruppen der funkelnd betreßten Wärter in den drei Manegen stehen, sie standen unter die Lücken der Sprungbahn verteilt und hielten ausgespannte Sprungtücher, ausgesucht flinke, junge Mexikaner. Die Kapelle hatte das Potpourri abgebrochen, der langsame Trommelwirbel setzte dumpf ein, die atemlose Stille schien sich jetzt wie ein Riesenballon mit Spannung bis zum Zerreißen zu füllen und zu mir heraufzuschweben, ich trat an den Rand der kleinen Plattform und ging in Kniebeuge, das dumpfe Trommeln schwoll an und ich streckte die Arme vor und in dem Augenblick, da ich zum Absprung leicht hoch und zielend vorschnellte, brach das Trommeln ab und meine Füße verließen den Halt, u n d d a n n s a h i c h i h n. Mein Blick traf ihn schneller, als ihn eine Kugel getroffen hätte und nicht so lang, wie ein Schuß dröhnt, denn ich stürzte schon steil abwärts aus der Höhe durch die Luft auf den Rand der obersten Gleitbahn zu, um den Namenszug unter das Diplom zu schreiben, ich hatte nur noch die fallschräge Richtung der taghell beleuchteten Bahnlängen starr mir entgegenkommend im Blick, die ich nicht um Handbreite verfehlen durfte, aber mein Blick hatte i h n vorher getroffen, erreicht, und nahm das Bild mit hinunter, es war in einer der obersten Bankreihen, die zweithöchste unter der rotglühenden Lampe eines Notausganges, fast auf gleicher Höhe mit mir, und wenn Charles später meinte, daß alles schneller ging als das Fünfhundertstel eines Kameraschnappschusses, dann dachte ich im ersten Viertel dieser Fünfhundertstelsekunde, als meine Füße den Boden des Mastbrettes verließen: ›Da springt ein Mann auf‹ und im zweiten Viertel dieser Zeitlücke: ›Vater sieht mir zu‹, aber dann sah ich ihn nicht mehr und den Rand der obersten Gleitbahn blitzschnell auf mich zukommen im Scheinwerferlicht, doch das erbeutete Bild rückte in mir nicht mehr fort, ich fiel mit ihm auf die Gleitfläche, die ich zuerst mit den dicken Handschuhen berührte und dann mit dem Brustpanzer, im Hechtsprung abwärts sausend und sah hinter meinem Blick den kleinen, silbergrauen Spitzbart, rötlich beschienen im Licht der Notlampe, und das war wohl dann im dritten Viertel dieser Fünfhundertstelsekunde, da dachte ich: ›Vater trägt jetzt einen kleinen Bart‹ und war schon über die erste Gleitbahn hinab und stürzte durch die Luft weiter auf die mittlere Bahnlänge zu und konnte hinter meinen angespannten Blicken noch immer sehen, wie er allein dort oben aufsprang mit ausgestreckten Händen, als wollte er mich zurückhalten oder segnen, ich war schon über die mittlere Bahn hinabgeglitten wie ein Eisschlitten und stürzte schneller durch die mich anwehende und leis umbrausende Luft auf die letzte Gleitbahn zu, die an ihrem Ende in einer aufwärts strebenden Kurve über dem dicken Sägemehlbelag der Manege endete, dahinter die Brüder Ralph und Tobby standen, bereit, mich aufzufangen, ich atmete schon etwas von der gepreßten Luft aus und sah ihn noch immer in mir vorgebeugt stehen, als wollte er sich auf die Luft stützen und fühlte sein erschrecktes Lächeln, das in dem schmalen, braunen Gesicht wie etwas Verschüttetes ausgelaufen war, sah den weinroten Schlips, den ich ihm oft gebunden, und rutschte schon über die unterste Bahnlänge auf die Kurve zu, und dann schoß ich wie aus einer Kanone abgefeuert den untersetzten, sehnigen, gespannt mich erwartenden Akrobaten entgegen, die mich in ihrem Blick hatten und unbeweglich vorgebeugt dastanden, ich bremste mit Armen und Händen und in dem Augenblick, da sie mich am Auslauf der Bahn mit ihren Armen, sie sagten beide gleichzeitig ›Hoppla‹, auffingen, schloß ich, sie stellten mich schon auf die Füße, glücklich die Augen. Der Beifall tobte los wie eine nicht mehr aufzuhaltende Panik. Ich verbeugte mich, ich hatte das Diplom unterschrieben, auf der Luftleiter, im Sprung, ich blickte nach den höchsten Bänken hinauf, sein Platz war leer, und verbeugte mich weiter und dachte, er ist schon draußen und wartet auf mich, das Tosen des Beifalls schien mir das Siegel zu werden neben der Unterschrift. Nun hatte ich ihn ja wieder, und ich kannte ihn noch immer nicht. Wußte nicht, daß er nicht nur von Sommer zu Sommer fortgegangen war in ein fremdes Leben hinaus, er hatte mich verlassen, aber nicht mich allein, den Blick aus seinem Fenster, Bücher, Bilder und Stuhl, den Schreibtisch und das Haus und die Blumen, die Abende, im Garten, da er auf der bemoosten steinernen Bank und der Weißtanne saß, wenn es dämmerig wurde und ich ihn suchte. Dachte, während ich mich wieder und wieder verneigte, daß ich ihm bald die Arme um den Hals legen durfte und war froh, daß ich nicht versagt hatte in der Verlassenheit, hörte ihn ›Goldlack, Primel, Honigbär‹ sagen und die Wärter legten mir den schwarzen Umhang um.

An den bunt aufgezäumten Elefanten lief ich vorbei aus der Manege hinaus, und Charles wollte erst den Salat anmachen, wenn ich zurückkäme, galt nicht der brausende Beifall auch ein wenig unserem Wiedersehen? Lief draußen über das vertretene Gras und rief nach ihm, lief zu den anderen Ausgängen, eine sternlose Nacht ohne Wind, sicher ist er schon im Wagen bei Charles, dachte ich, und das fliegende Stürzen zog noch wie sinkende Luft durch mich weiter, an den rastlos puffenden Lokomobilen lief ich vorbei und nur die Feuerwehrmänner standen still herum und hatten niemand gesehen, hinter den Raubtierkäfigen kam ich zu unserem Wagen, da lehnte Charles im mittleren Fenster, er hatte kein Licht im Wagen, ruhig und freundlich blickte er mir entgegen, den gelben Strohhut aus der Stirn gerückt. Ich wollte nicht begreifen, noch konnte ich es nicht, wenn es auch die ganze Zeit wie um mich herum geschrieben stand in den Buchstaben aus Luft, in der Schrift aus Zeit und Dunkelheit, hörst du noch zu, Gilbert Orlins? Ich sah, wie Charles Licht machte im Wagen und nach vorn in den Küchenraum ging, um den Salat anzumachen, ich ging nicht mehr, es ging nicht mehr, als seien meine Füße tief in die Erde eingegraben und dann mußte ich den Schrei, den niemand hörte, ohne Lippen schrie ich, hinausschicken in den Nachtraum, ich weinte ohne Naß mit trockenen Tränengängen und spürte mein Gesicht nicht mehr, als wär's verloren und vergangen. Da stand ich in der milden Nachtluft und hatte das Diplom unterschrieben und das Examen durch die Luft bestanden, für ihn, und begriff nicht, daß dies alles nur Proben waren und Übungen und daß ich nun mitten in der Hauptprobe stand, allein, ohne Netz und ohne Plakat, des Grames Hauptprobe, ohne Training, das konnte wohl über meine Kräfte gehen, wenn sie im Kummer nicht beherzt waren und die geschickten Griffe und Wendungen nicht kannten. Begriff nicht, daß er mich nun ein zweites Mal verlassen hatte, begriff nicht, daß das Verlorene und Vertane mehr wiegt als der Gewinn. Ich weiß nicht mehr, wie lange ich dort stand, bis etwas Schwarzes auf mich zukam, über die Wagentreppe, und nun schien sich auch die Zeit wieder zu regen, kam zu mir heran und setzte sich vor mich auf das niedergetretene Gras, Hiob, der später sterben mußte, und blickte vor sich hin und sah mich nicht an, als wartete er mit mir, ob aus der Luft eine Hand käme und mich fortführte oder eine Stimme, so stand ich in der offenen Tür meines verwiesenen Eifers, als wäre ich vorhin vorbeigesprungen, als hätte ich vorhin um eine Handbreit alles verfehlt.

Dann bückte ich mich und hob Hiob aus dem Gras und trug ihn zum Wagen, er war warm und still und traurig, ich setzte mich auf die Wagentreppe und hörte Charles oben im Küchenraum hantieren, er wusch den Salat und eine Schüssel klirrte, drüben vom Hauptzelt drang Applaus herüber, ich hielt Hiob im Arm, und so war diese Nacht für mich gekommen, vorbereitet und unentrinnbar beschert. Damals begann ich schon etwas einzusehen, das man nicht proben konnte, vielleicht hatte er es mir sagen wollen, als er unter der Notlampe aufsprang, und es ging gar nicht so sehr die Not und die Verlassenheit an, nicht das Furchtbare, nicht hoffnungsloses Leid. Je drastischer das Entsetzliche geschah in der Welt, um so rascher fiel es der Vergängnis anheim, es ging darüber hinaus, was ich einsehen sollte, es war etwas Unauffälliges, fühlend Erwittertes, es betraf diesen späten, alten, heimatlosen Wandersmann über der Erde, der hinter sich das Verstummen der Toten hat, und vor sich den Pfad in den zunehmenden Widersinn eines gebrochenen Lebens, eines entlichteten, aus dem Geheimnis geratenen Widerlebens. Ich ahnte etwas von der Trauer um den verlorenen Sinn, um den verschütteten Quell eines Segens.

Aber ich wehrte mich noch, Gilbert Orlins, wollte nicht, konnte nicht einsehen, und er hatte alles dafür vorbereitet, die Luft und die Zeit und meine Liebe zu ihm auf die bittere Probe gestellt, die ich noch nicht bestanden, und doch konnte er dies nicht getan haben aus einer verstiegenen Laune, aus einem phantastischen Einfall, das fühlte ich, ich war an einem Spiegel vorbeigegangen, ich hatte darin uns beide erblickt, ich hatte ihn zu einem Zeichen herausgefordert, wir gehörten einander in einem anderen Spiel, und der Todessprung hatte mir die Sicht frei gemacht für den tieferen Sprung, den ich mit meinem Leben wagen mußte, um ihm einst ebenbürtig zu werden in dem schwermütigen Ernst seiner Liebe. Ich streichelte das warme, schwarze Fell des kleinen Hundes und wollte nicht mehr verzagt sein, ich wollte nie mehr weinen und klagen, ich hatte ihn doch wiedergesehen, das behielt ich wie einen geheimen, unverlierbaren Zuspruch. In der dunklen Luft war das mechanische Puffen der Lokomobile, und dann gähnte einer der alten Löwen im Käfig vergrämt und müde. Mit einem Male erschien mir doch alles ringsum wie entstellt und verkehrt, ich hatte es hinter mir, und das Brausen des Beifalls drüben im Hauptzelt, die Schüsse der Cowboys auf den jagenden Pferden, das Knallen der Peitschen und die Trompetenrufe waren wie aus einem anderen Tag, und dann fragte Charles aus dem Wagen, ob ich nun kommen wollte.

Wie soll ich dir das alles erzählen, Gilbert Orlins? Es wird mir nur unwahrscheinlicher damit, und es war doch ein Plan, der Plan seiner Liebe, die mich erzog. Ich war doch sein einziger Freund, ein junger Freund, schülerhaft, der ihm noch einmal das Land gezeigt hatte, durch das auch er einst gegangen war, das ohne Grenzen war und über dem die Fahnen der Träume schwebten und die Zeit still war und süß, süß und lang, wie viele Sommer in einem Tag. Das Land, durch das man nur einmal ging, und das dann für immer und alle Zeiten fern und verschollen blieb, das Kindheitsland. Meine kleine Fußspur hatte ich ihm darin noch einmal gezeigt, im verwehenden Sand, und er hatte mit mir die Spiele gespielt in hohlen Bäumen und schattigen Gräben und dämmrigen Gartenverstecken, diese ungenauen und wunderlichen Spiele, geheim und aus dem Tag gewandt wie die Verabredung in Träumen.

Damit waren wir umgegangen wie mit etwas Wirklichem, wie mit Blumen, Steinen und Gräsern, das hatte er alles noch einmal mit mir erfahren, während ich es noch nicht wußte, daß ich ihm den Spiegel meiner Kindheit aufstellte und er in meinem Spiegelraum glücklich umging, auch um dieser Stunden willen konnte ich seines Gedenkens und seiner Liebe gewiß sein.

Hiob sprang davon und lief hinauf in den Wagen, und ich folgte ihm langsam, Schritt für Schritt ging ich schon aus diesem verlorenen Spiel hinaus, und als ich in den erleuchteten Wagen trat, fühlte ich, daß Charles noch etwas vorhatte. Er war nicht mehr so ruhig wie sonst. Nicht hastig, zögernd und geduldig reichte er mir die kleinen Schüsseln, aber er hatte seinen Hausanzug mit einem grauen Anzug aus feinem Tuch vertauscht, er hatte sein Haar sorgfältig gescheitelt, und der gelbe Strohhut, den er sonst nicht absetzte und der mir die Nuancen seiner Stimmungen anzeigen konnte, weil er ihn immer wieder anders trug, hing an dem Türhaken mit dem Porzellanknopf, gleichgültig, als hätte er seinen Wert eingebüßt, seine Bedeutung, dort hing auch das rote Halsband für Hiob.

Wortlos beendeten wir die kleine Mahlzeit, am Klapptisch vor dem geöffneten Wagenfenster, und Hiob verzehrte aus seiner Schüssel etwas Fisch und Reis.

Charles wußte schon alles, er war d o c h im Zelt gewesen, als ich sprang, und er hatte alles mit angesehen. Jetzt ließ er sich noch einmal das Foto von mir geben, das im Garten aufgenommen war, Vater und Tochter auf der Steinbank unter der Weißtanne. Betrachtete es lange und nickte. Durch das geöffnete Fenster hörten wir die Kapelle den Schlußmarsch spielen. Hörten, wie die Leute herauskamen und zu ihren Wagen gingen, das Zuschlagen der Türen, das Motorengebrumm. Ich bemerkte eine quälende und feierliche Unrast an ihm, er stand als erster auf und nahm den grauen Hut aus dem Schrank und fragte mich, ob ich wirklich den Spaziergang noch mit ihm machen wollte? Ich nickte nur dankbar, und er bückte sich und redete mit Hiob einige Worte, leise, die ich nicht verstand, in einer Art Hundesprache, der Hiob mit schiefem Kopf offenbar verständnisvoll zuhörte, denn er hob am Ende der Unterredung die kleine schwarze Pfote, sich ins Unvermeidliche findend, schwach mit dem Schwanzstummel wedelnd. Wir gingen schon hinaus. Charles schlug die Wagentür zu, im Vorbeigehen las ich das kleine Pappschild: ›Charles Pitt, Artist‹, so begann dieser nächtliche Spaziergang, über den wir am nächsten Morgen, als die Pferde vorgespannt wurden und wir fortfuhren, nicht mehr sprachen, über den wir nie mehr gesprochen haben. – Wir kamen gleich hinter den dunklen Zelten auf die Landstraße, die ins Gebirge führte. Eine Zeitlang sahen wir noch die erleuchteten Wagen, dann blieben sie hinter den dunklen, staubigen Bäumen zurück, schweigend schritten wir dahin, und als dann in der Ferne das kleine Dorf auftauchte, wurde ich noch einmal von einer unsinnigen Hoffnung erfaßt. In dem alten Dorfwirtshaus, dachte ich, wird e r am Fenster lehnen und mich erwarten.

Aber wir ließen das Dorf und den breiten, dunklen Bach seitlich liegen und kamen schon an der fahlweißen Mauer entlang zu dem schwarzen Eisengitter, das Charles aufstieß, so daß ich die Reihen der Kreuze sah, die Grabsteine zwischen den schwarzen Büschen, ich war nicht darauf gefaßt. Charles reichte mir die Hand, Hand in Hand gingen wir hinein in den stillen Totengarten, an den Lorbeerbüschen vorbei und den Lebensbäumen, Charles hatte seine Taschenlampe mitgenommen, jetzt leuchtete er einen hohen, schwarzen Grabstein an. Der Marmor spiegelte im Licht, und dann las ich den Namen, den niemand mehr trug, der hier blieb, unter all den verlorenen Namen, das Gespenst eines Namens, den Namen

ANNE ESTELLE PITT

Und dann las ich noch die Worte, die in altmodischen, vergoldeten Buchstaben darunter standen:

UNSER GEDENKEN ENDET NICHT HIER

Die Zahlen waren unter dem dunklen Lorbeer verdeckt. Charles machte die Taschenlampe aus und sprach leise mit mir. Da war einmal eine kleine Tochter gewesen und war groß geworden und hatte ihren Vater verlassen, und war in Leid und Unglück immer weiter fortgetrieben, und hatte sich dann umgebracht. Und war seine Tochter gewesen, seine einzige, und war es n i e m e h r. Bleib noch ein wenig bei ihr, sagte Charles. Du findest mich auf der Bank am Ausgang. Und ließ mich allein an dem Grab. War er fortgegangen, weil er noch nicht verziehen hatte? Nicht ihr, sondern den mitleidlosen Mächten, die dies Geschick gewoben und dann zerrissen hatten wie einen brüchigen Fetzen, der von Tränen zu lange getränkt worden war? Und ich führte meinen Auftrag aus, den ich nicht kannte, ›bleib noch ein wenig bei ihr‹. Und hatte keine Blumen, die ich ihr bringen konnte, wo war ich da noch hingekommen an diesem Tag, da sie mich in die Höhe gezogen hatten mit dem Fuß in der Schlinge und der dumpfe Trommelwirbel brach ab und dann mußte ich ihn sehen, als ich schon stürzte. Als sollte mich s e i n Bild tragen während des Todessprunges, sein Bild, nicht mein Gleichgewicht und die Schnelligkeit des Sturzes und die Steilbahnlängen, sein Bild, das meine Kindheit getragen hatte, den Schlaf und die Träume, meinen Atem und meine Jahre, und er hatte mich nicht verloren, ich war ihm nicht entglitten aus der Welt. Und nun stand ich in der windlosen Sommernacht an einem Grab, als gälte es, der Einsamen da drunten etwas zuzurufen, Schwester, sie kreisen noch in der Höhe und strahlen in klaren Nächten, die Sterne, Schwester, sie blühen und duften noch, wenn das Gras dicht und grün geworden, die Blumen, Schwester, er singt noch sein altes Lied abends in den Bäumen vor den ergrünenden Himmeln, der Wind, Schwester, und unser Herz hat die Unschuld der Einfalt nicht verloren und nicht die Dornenröte der Liebe und nicht die Schauer der Hoffnung, Schwester, Liebe, was mußt du gelitten haben, weil du geliebt hast, was mußten die Krüge der Tränen viele sein und die Brote der Bitternis und die Wegzehr der Schmerzen und der Armut, gelitten, Schwester, bis zum dunklen, verschlingenden Grund, und unser Gedenken endet nicht hier.

Danach fühlte ich, daß ich nun wieder fortgehen konnte, ich war ausgegangen aus der Verlassenheit und war angekommen an einem Grab. Das war, wie ein inneres Jahr sich schließt, und die Prüfungen waren nicht ausgesandt, um bestanden zu werden, sondern um mich willfähriger zu machen und geübter für die nächsten, die vielleicht nicht mehr so jäh und deutlich sein würden, sondern enthobener, nicht leichter, aber unsichtbarer. Ich wandte mich um und ging von dem Grab fort und suchte den Weg zum Ausgang im Dunkel, der mich hinausführte aus dem Weiler der verlorenen Namen, und dann sah ich Charles von der Bank unter den Zypressen aufstehen. Er stand ruhig auf, als hätte er sein Gebet oder seinen Fluch gründlich beendet, sein Bekenntnis an die Geschikkesflechter gerichtet, er nickte mir zu, als er mich kommen sah, und so gingen wir den langen Weg durch die Nacht zurück, schweigend, als wären die Worte gesprochen, die nie gefunden werden, und von den Worten nichts übrig geblieben als ein Grab.«

Jessie schwieg, und Orlins hörte noch eine Weile das Rumpeln des fahrenden Wagens, das Schütteln und Rütteln, das gleichmäßige metallene Singen des Motors, er hörte noch immer ihre Worte in der dunklen Luft verklingen, die Erzählung Jessies war in sein Leben eingeklungen und wirkte dort fort, er spürte die Wärme ihres Armes an seiner Schulter und fühlte, daß sie in dieser Geschichte noch einmal in die Ferne gegangen war für ihn, wie konnte er sie einholen? Und er war doch noch immer unterwegs zu ihr und wußte nicht, daß sie nicht ruhte für ihn am Ende des Weges, sondern wie er und nun mit ihm unterwegs war nach einem verlorenen, schattentiefen, grünenden, blühenden Gartengrund, der wie eine unaussprechliche Ahnung durch verschollene Träume seinen Duft herüberwehte, sternblütiges Gartenreich, das im Sommer der Träume schwebte und wie über alle Erwartungen hinaus aus der Welt lag, die ihnen vergänglich widerfuhr.

Dorthin, er wußte es nicht und meinte den versehrenden Glanz ihrer geheimen Anmut, dorthin war er in ihrer Nähe unterwegs und sie würden die Verheißung des blühenden Grundes vernehmen ein Leben lang, und den duftenden Rain suchen, der unerreichbarer blieb als vergangene Zeit, als verklungenes Leben.

»So ist es nun erzählt worden, Gilbert Orlins«, sagte Jessie neben ihm im fahrenden, dunklen Lastwagen, »und ich suche ihn noch immer, nicht mehr draußen, aber in mir, als wüßten wir, wer wir sind. Bin ich nicht ein Zweig, ein Blatt, ein Blütenblatt aus ihm? Sieh, ich hörte selbst noch einmal gern zu. Nun ist es auch für mich, nach allem, eine Geschichte geworden, und so kannst du mit mir an ihr weiter träumen, und eines Abends kam ich dann zu dir in den Garten, erinnerst du dich noch, Gilbert Orlins? Deine Mutter schälte Erbsen in der kleinen Laube ...«

Und ich hatte die Wolke gesehen, dachte Orlins, als sie von dem Bremsruck gegeneinanderprallten und der Wagen plötzlich hielt.

Sie standen in dem dunklen Wagen auf, und da sie ihre Hände unter seine Arme schob, atmete er tief aus, seine Arme lagen um ihre Schulter, sanft berührten ihn ihre Knie, ihre Schenkel, die Rundungen der Brüste, seine Stirn ruhte an ihrem Hals, näher fühlte er sich dem verlorenen Blühen, dem duftenden, grünenden, verschollenen Garten, dem Sommer der Träume, der entzündenden Qual aller Schwermut, die, für immer unerlöst, die Welt zu entrücken suchte, solange die Hälften fern blieben in den Zonen der Pole, solange die Rückkehr nicht androgyn entschwang. Sie löste leicht die Umarmung, von draußen wurde die Wagenplane zurückgeschlagen, ein Mann mit Strohhut winkte, den Jessie mit »Charles« anrief.

II

Ein mittelgroßer, schmalschulteriger Mann, der den gelben Strohhut etwas nach hinten schob und sich mit Jessie in der Nacht entfernte.

»Warte hier«, hatte Jessie ihm zugerufen, und Orlins hatte noch einmal auf der Bank im Lastwagen Platz genommen, von der flüchtigen, leichten Umarmung gelöst, ihre Stimme, ihre Erzählung im Gehör. *Wie war das?* dachte er und riß ein Streichholz an, sah die Koffer gegenüberstehen, erblickte weiter hinten einen Teppich am Boden, zündete die Zigarette an, wie war das?

Ihr Duft ist noch im Wagen, er hörte ihre Schritte leicht über das Gras davongehen in der Dunkelheit. *Es wird nach Mitternacht sein, denkt er, bald wird es hell werden draußen, die Uhr steht, Montag. Das Büro in der Drachenstraße wird geschlossen bleiben. Hypotheken, Immobilien, geschlossen. Keine Sorge um Cora und die Kinder, sie kann zur Bank gehen. Warte hier.* Nun gehen die Geschichten, die er gehört hat, in ihm um. Der Eisenbahnzug, der in den Fluß stürzte. Die Hinrichtung in der grünen Frühe. Der Tod im Hochwasser. Der Mann, der über die Gartenleiter verschwand. Der Todessprung. Das Grab der Selbstmörderin. Die Fahrt auf dem Rollwagen in den Steinbruch, die wurde nicht erzählt, er hat sie mitgemacht, es wurde auf der kleinen Trompete geblasen. Halali. Lange her. Ist er müde? Gleich vorbei. Das Raunen, Mahnen, Weben von Stimmen hat ihn eingesponnen, er sitzt auf einer Bank und steht nicht mehr auf festen Füßen. Hängt, schwebt, auf der Reise. *Wir sind irgendwo im Land*, denkt er und schließt die Augen, lehnt sich zurück. *Wir sind in der Nacht, Sommernacht, warte hier.* Das Ungewisse ist schwebend, Rufe und Gesichte schweben hindurch, bedrängend, gleich wird er die Tür finden, hinter der es wieder gewiß wird, er sieht die Fische auf dem Küchentisch liegen, nimmt den Ammoniakgeruch wahr, seine Mutter hat die Fische auf dem Tisch doch ausgepackt. Ein braunes Papier, dann ein nasses, durchsichtiges Papier und dann werden sie unter den Wasserstrahl gehalten und gewaschen. Nun liegen sie wieder auf dem Küchentisch, es sind Kabeljaue, seit zwanzig Jahren liegen sie dort und riechen schwach nach Seewasser und Ammoniak, glatt, grau und glitschig, es ist nichts mit ihnen zu vergleichen, was sonst auf dem Küchentisch lag, nicht die dunkelroten Fleischstücke, Rindfleisch, nicht die blutschwarze Leber, blaßrotes Schweinefleisch, nichts damit zu vergleichen, fremd und naß liegen die Seefische auf dem Küchentisch, glänzend, schuppig, nach fauligem Salzwasser riechend, und die Mutter sagte, Vater hat schöne Fische mitgebracht, und dann sagte sie noch, sie sind frisch und haben noch ganz rote Kiemen. Als wäre er gefragt worden: Was ists mit den Fischen, und er weiß es nicht. Was ists mit den zwanzig Jahren? Es gibt keine Antwort auf die Fische. Es kann nur eine Geschichte davon geben. Die Kabeljaue auf dem Küchentisch werden der Titel sein, und in der Geschichte kommt eine kleine Küche vor, im Erdgeschoß eines gelben Backsteinhauses, Vater und Mutter und das Gefühl, das er von dieser Küche hatte, unbegreiflich, das Gefühl seiner fünfzehn Jahre, Schwimmen, Schlittschuhlaufen, er ging schon zur Bank, trug die Haare wie eine Bürste geschnitten, rauchte schon Zigaretten, ging ins Kino, kaufte heimlich Fotos von nackten Frauen, die mit nackten Männern …, begierig, die Laster kennenzulernen. Fünfzehn. Ging in den Ruderklub, ruderte abends auf dem sommerlich stillen Fluß, Vierer ohne Steuermann mit drei Kameraden, sah die Angler im Schilf stehen, sah die Fische wieder auf dem Küchentisch zuhause, nackt, spürte den Geruch von Fischen und nackten Frauen, er stolperte über die Küchenschwelle und wurde wach und öffnete die Augen im dunklen Lastwagen.

Ruckende Schritte näherten sich draußen, rauschten im Gras, eine Stimme tauchte auf, brüchig, unwiderruflich. Es ist noch immer nicht hell:

»Die Koffer, Herr.«

Über dem Wagenrand schwebte der fahle, tickende Kopf des kleinen, alten Erfinders, Orlins stand auf, tastete nach den

Koffern, reichte einen nach dem anderen hinaus. Nun mußte die Tür kommen, dachte er, oder was er darunter verstand, *gleich*, er sah die abgezehrte Gestalt mit den beiden Koffern ins Dunkel der Wiese rucken, verschwimmen, *gleich ... bist du allein, Gilbert Orlins? Ich bin allein. Hast du alles verlassen, Gilbert Orlins? Alles verlassen.* Er fühlte ein Röhren, etwas stieg in ihm auf, sprengte die Tür in ihm, ein Sausen und Brausen wehte durch ihn hin, verlassen, er lehnte sich an die Wagenwand. Er wollte nicht schlafen, nicht träumen, Traumgewisper verscheuchen, hörte die mundlose, die stimmlose Stimme in sich flüstern, – deinen Namen mußt du verlassen und dein Gesicht, Laster und Fische, und dann weit hinaus über die Verlassenheit wirst du am Anfang sein. Nickte er in der offenen Tür, zögernd? Er hatte nachgegeben, nun überwand ihn ratlose Traurigkeit, trieb ihn fort, schwermütig sommerlang, da lag Jessie noch einmal im Sonnenfeuer im Wasser ausgestreckt, im Bad, zaudernd neigte er sich über das stille Wasserbild, als gälte es, jenem heraufschimmernden Glanz, tödlich süß aus brennender Vergängnis blühend, vom Fieber alles Verfallens glühend, das Opfer zu bringen, vernichtungsbereit. Er hörte die vogelsamtene Nacht ihrer Stimme, Gilbert Orlins, erinnerst du dich noch? Die Sommernacht und den Flußgesang und die Traumrufe ihrer Stimme.

Er richtete sich auf. Er war nicht von Träumen gebrochen, nicht von Müdigkeit entmutigt. Es war, als hätte er die Seele, im Kampf gegen das fordernde, lebenverschlingende Ich, aus dem Schutt befreit, aus dem Schutt der Sättigung, aus der Ödnis des hohlen Gewinns, aus der nutzbringenden Wüste der öffentlichen Zeit, aus den Fängen des leeren und kahlen Eifers, der die Welt verunstaltete zum Widertraum, zum gespenstischen Geschäft.

Warte hier. Er wollte nicht länger warten. Er sprang aus dem Wagen hinunter, kam mit beiden Füßen auf, ging in die Knie, kniete im Gras, als kniete er vor der Fremdnis der Nacht und dem Dunkel der Erde, erhob sich und schritt, schlenkernd und flatterig, ins Dunkel hinein. So geht er, als käme er endlich an. Als käme er von einer allzulangen Reise, und nun wird er dorthin kommen, wo er zuhause sein wird als Fremder im Licht und Wind seiner Tage, in den Traumgesichten der Nächte. Er war dem schwachen Schall ferner Stimmen nachgegangen. Nun wäre er fast über die reglose Gestalt am Boden gestolpert. Orlins stand still und erkannte den alten, kleinen Pat, der schlafend schief auf den Koffern saß, still hing der kahle, gelbe Greisenschädel über den kurzen, eingefallenen Schultern, aber nun begann der Kopf schon zu ticken wie eine Uhr, die stehengeblieben war und wieder läuft und nachgehen wird, denn sie kann nichts mehr einholen.

Im warmen Dunkel der Nacht hörte er die Stimme während er den milchig-herben Wiesengeruch einatmete:

»Noch Zeit, Herr.«

Pat rückte ein wenig auf den Koffern, Orlins setzte sich neben ihn, die dunstige Weite blieb ungesichtig, aber das Dunkel ward in der Ferne schon etwas fahl. Orlins zog das zerknitterte Zigarettenpäckchen heraus, bog eine Zigarette zurecht, zündete sie mit dem kleinen, silbernen Feuerzeug an, rauchte, zog den Rauch tief ein. Rauchte selbstvergessen. Bis er in der fahlen Dämmerung die ersten Umrisse bemerkte, die Rückwand eines Möbelwagens, schief, die Räder waren in den Boden eingesunken. Zugleich hörte er die hohe Wisperstimme neben sich, klagend, Orlins wandte den Kopf, hörte zu, es gab keine Einleitung, die beschwörende Stirnme war schon mitten in der Geschichte: »War ein langer und einsamer Winter dort oben, und ich hatte Charles versprochen, nach seiner Tochter zu sehen und ob dort alles in Ordnung wäre. Denn sie hatte lange nicht mehr geschrieben, und es quälte ihn mehr, als er jemals zugegeben hätte, ein trostlos kalter und bitter schweigsamer Winter, die Luft kalt wie Eisen, und der Schnee lag seit Wochen gleich hoch. Und als ich durch den Schnee abends zu dem Blockhaus kam, wollte mir die eingefrorene Pumpe nicht gefallen. Ich dachte, daß ich sie in Ordnung bringen müßte und sah mich im Vorbeigehen auf dem verschneiten Hof nach einem Werkzeugschuppen um. Aber die baufälligen Schuppen waren verschlossen, ich stellte erst mal den Koffer in den Schnee, pustete, rieb mir die Hände, aus dem Schornstein kein Wölkchen Rauch?«

Sie hörten jetzt beide die Rufe über der dunklen Wiese, man rief nach den Koffern. Sie standen auf, jeder nahm einen Koffer in die Hand, die Tür in der Rückwand des Möbelwagens schwang auf, sie schleppten die Koffer dorthin, ein langer, junger Mensch mit einer schwarzen Hornbrille beugte sich heraus, blaß, verschlafen gähnend, und nahm ihnen die Koffer ab. Dann fühlte Orlins eine kleine, kalte, knochige, lederhäutige Hand in der seinen, Pats Hand, sie liefen an dem Möbelwagen entlang, das Gras war niedergetreten, Orlins sah jetzt überall Möbelwagen stehen, ein Lagerplatz, niedrige, lange Schuppen mit Dachpappe auf den Dächern, sie liefen auf ein mehrstöckiges, langes Lagerhaus zu, auf eine schief in den Angeln hängende, rissige Hintertür. Die Klinke war abgebrochen, Pat zog eine verbeulte Taschenlampe aus dem schwarzen Rock und leuchtete sie vorsichtig an, den Lichtstrahl mit der Hand abschirmend.

KEIN EINGANG!

las Orlins, in gelber Ölfarbe auf das Holz geschrieben. Pat knipste aus, Orlins packte die staubige Hintertür, stemmte sie aus den rostigen Angeln und lehnte sie gegen die schwärzliche Mauer. Dumpfe, muffige Luft drang ihm entgegen. Pat war schon auf den knackenden, ächzenden Stufen, hielt aber ein, zog die kleine Trompete aus der Brusttasche und brachte einen langen, wimmernden Ton hervor. Dann lauschte er.

Auch Orlins lauschte, es war nichts zu hören, der lange, stille Leichenzug fiel ihm wieder ein, dem er einmal begegnet war vor Jahren, die Reihe der alten, schwarzgekleideten Männer konnte er wieder sehen, und hinter dem offenen Wagen mit dem dunklen Sarg ging eine kleine, gebückt trippelnde Frau, allein, unter dem langen schwarzen Schleier, ängstlich, vermummt, und das Grammophon in dem Wirtshaus an der

Ecke spielte gellend einen schummerigen, schwülen, süßlich gezogenen Tango, das Wirtshaus war leer, Tür und Fenster standen offen, der polierte Kasten stand neben der Bar, und Orlins hatte plötzlich den Eindruck, als bewegten sich die alten, schwarzen Männer auf der Straße nach dem schiebenden Takt des glatten Tangos, heimlich, mit gesenkten Liedern, sündig schlottrigen Beinen, heuchlerisch frömmelnd vergrämten Mienen in den engen, steifen schwarzen Anzügen, die nach Schrankpapier rochen und Mottenkugeln, unbehaglich lüstern, hinter der gebückt trippelnden vermummten Witwe her, im herbstblauen Vormittagslicht, schweigend, in einer steifen, trüben Lasterhaftigkeit, der Begräbnis-Tango, die unzüchtig im Tanztakt sich wiegende Leichenfeier ...

Er hörte Pat die hölzerne Stiege hinaufrucken, folgte ihm. Zählte die Stockwerke, zwei, es roch wie auf einem Speicher, nach Staub und in der Hitze ausgedörrtem Holz, warm abgestandene Luft, drei, modrig-stickig, auch auf den Gängen der Stockwerke war es dunkel, vier, quietschende, knarrende Stufen, er holte Pat auf der Treppe ein, sie waren unter dem Dach angelangt. Pat leuchtete einen Bretterverschlag an, stieß eine Lattentür auf, Kisten und Fässer standen ihnen im Weg, Pat stieß eine zweite Tür auf, leuchtete den Verschlag ab, der bis auf eine weiß gestrichene Anlagen-Bank leer war. In schwarzen Buchstaben stand auf der Lehne: »Nur für Erwachsene.« Eine Untertasse mit abgebrannten Streichhölzern und Zigarettenstummeln stand auf dem Boden, eine leere Coca-Cola-Flasche, sie setzten sich auf die Bank, die mit dem Rücken nach der Tür stand, Pat leuchtete die Wand vor ihnen an, klopfte gegen den Schalter in der Vertiefung, knipste aus. Orlins lehnte sich zurück, hörte noch eine Weile das Nasengeräusch der Atemzüge, schloß die Augen. *Zeit*, dachte er, *noch Zeit, viel Zeit, ein fünfstöckiges Lagerhaus voll Zeit.*

Er träumte von Tabakballen, Kaffeesäcken, Weinfässern, der Fußboden öffnete sich unter ihnen, und die Bank glitt durch fünf Stockwerke lautloser, weicher Baumwolle, überall hausten Käfer und Spinnen, Holzwürmer tickten in den Balken, Motten schwärmten umher, und die Baumwolle war nichts als der Schlaf der Jahre, die hier säumten und im Schatten verklangen. Da bedrängte ihn Geflüster und Geraune, er öffnete die Augen, hörte Pat schon neben sich auf der Bank erzählen vom Winter und einem alten Auto, in den Ritzen des Verschlages lagen jetzt dünne Gewebe von blassem Licht, hörte:

»... war ein altes, klappriges Gestell, das ich auf den Namen ›Heuschnupfen‹ getauft hatte, weil sein Zischen wie'n verschnupftes Niesen klang. Ich mußte ihn vorn am Weg im fußhohen Schnee stehen lassen und ging mit dem Koffer auf das verwitterte und trostlose Blockhaus zu, es war alles so sonderbar still, als wohnte hier niemand mehr. Ich entdeckte auch keine Spuren im frisch gefallenen Schnee, wenn das nur das richtige Blockhaus war. Ging zum vorderen Eingang hinauf, wischte den Schnee von einer Holztafel runter, da stand in krakeligen Buchstaben, mit Teer aufs rohe Holz gemalt, die Buchstaben waren ausgelaufen wie schwarze Tränen:

JOHN WILLS

War also doch richtig, hier sollte ich die Grüße bestellen, kein Vieh regte sich in den Schuppen, wenn nur der ›Heuschnupfen‹ inzwischen nicht einfror, ich hatte eine Decke über den Kühler gehängt, aber nun fing es schon wieder zu schneien an, da war die Kälte nicht mehr so scharf und es wurde schon dunkler. Ich klopfte an der Tür, mehr um zu klopfen, denn wo kein Rauch aus dem Schornstein steigt, da ist es kalt und wohl niemand in der Nähe. Die lange Dämmerung ging zu Ende, und ich wollte zurück, ehe die Nacht kam, wenn ich nicht eingeschneit werden oder den Weg verlieren wollte. Ich klopfte, und niemand kam an die Tür, die verschlossen war, und keine Stimme und nichts regte sich. Da ging ich noch einmal ums Haus herum und blickte durch die Scheiben in die dunklen Stuben. Ich hatte Charles den Gefallen tun wollen und war auch mit meiner Erfindung damals fast fertig, sollte einmal die alles umstürzende Geheimerfindung der Neuzeit werden. Hatte Erholung nötig. Die Zahlen gingen mir schon nachts im Kopf hin und her, ich merkte es rechtzeitig und sagte Charles, daß ich die Schlüssel von meiner Werkstatt in den Holunderbusch gehängt hätte, falls er mal in die Werkstatt wollte. ›Wenn ich hinauf in den Norden käme‹, sagte er zu mir, ›dann könnte ich auch mal nach seiner Tochter sehen. Du kennst sie doch?‹ fragte er und schob den Strohhut bis über die Augen. ›Warum sollte ich deine kleine Anne nicht mehr kennen‹, sagte ich, und da nickte er und beschrieb mir das Land, es war etwas entlegen, was man so eine Einöde nennt. Ich könnte dort mal nach dem Rechten sehen, meinte er, und wenn sonst etwas nicht in Ordnung wäre, dann sollte ich Anne in den ›Heuschnupfen‹ setzen und einfach mitbringen. Dann gab er mir noch die Grüße auf und ging so merkwürdig langsam in seinen Wohnwagen und Hiob hinter ihm her. Erholung. Nach einer Woche war ich schließlich hier oben, ich war ganz gut durchgekommen bisher mit dem kleinen ›Heuschnupfen‹.

Ich machte also noch einen Rundgang um das Blockhaus, es schneite jetzt stärker und wenn sie gerade verreist waren, dann hatte ich eben Pech, ja, es wurde dunkler, als ich vor dem fünften Fenster stand, konnte ich schon kaum noch etwas dahinter in der Stube erkennen, wird auch wohl alles in Ordnung sein, dachte ich gegen mein Gefühl, denn ich war etwas unruhig geworden. Ich wollte schon weitergehen, und dann ging es mir doch kalt und mittendurch, aber ich zuckte nicht, konnte mich ja getäuscht haben. In dem schummerigen Licht, war vom Schnee geblendet. Dort drin aus einer dunklen Ecke blickte mich jemand unbeweglich an.«

Pat schwieg und Orlins hörte eine Weile nur das leise Hauchen der Atemzüge neben sich auf der Bank, klagend, seufzend, dann gingen sie ruhiger, und er hörte:

»Wollen sehen, ob sie schon angefangen haben.«

Die Taschenlampe blitzte auf, Pat erhob sich von der Bank und leuchtete den Schalter in der Vertiefung der Wand an. Als er den Griff gefunden hatte, löschte er die Lampe und zog den Schalter hoch, beugte sich wie durch ein Fenster hinaus. Orlins trat neben ihn, blickte hinunter in die Tiefe, wo einzelne Stallaternen aufgehängt waren, die den Saal mit den Bankreihen erleuchteten. Die Bänke waren leer. Die Bühne davor war mit grell bemalten Wagenplanen verhängt, er konnte die rote Aufschrift in den gelben Wolken mit den schwebenden blauen Fratzen nicht entziffern. Aber jetzt traten die ersten Männer in den Saal, sie bewegten sich scheu und zögernd, wie benommen, ermattet, setzten sich in größeren Abständen auf die Bänke. Pat zog den Kopf aus der Luke und setzte sich wieder auf die Bank.

»Sind erst die Schlaflosen«, sagte er, »haben noch Zeit«. »Damals waren die Jahre noch nicht vergangen, die nie mehr kommen«, fuhr er verdrossen fort, und Orlins verließ den Schalter und setzte sich wieder auf die Bank.

»Und so tappte ich noch weit im Ungewissen«, hörte Orlins die Stimme des alten Erfinders, im dunklen Verschlag, unterm Dach, »was die himmlischen Pläne und Vorbereitungen betraf. Ich war ja zur Erholung hinauf in den Norden gefahren, und als ich vor dem fünften Fenster stand und der Schnee auf mich in dicken Flocken herunterflockte, konnte ich im ersten Augenblick in der niedrigen, länglichen Stube so gut wie nichts erkennen, aber dann sah ich die gestreifte Tischdecke und die Stuhllehne dahinter, und dann sah ich die rotgewürfelte Bettdecke, in dem Bett an der Wand hatte sich jemand in einer weißen Jacke hochgesetzt, aber schon bevor ich ans Fenster gekommen war, und sein Gesicht blickte mich mit unnatürlich weiten Augen vollkommen unbeweglich an. So wenig wußte ich damals von den himmlischen Absichten, daß ich der jungen Frau mit dem schwarzen, aufgelösten Haar im Bett zuerst grüßend zunickte, und als sie mich weiter so regungslos anstarrte, als hielte sie Gericht über mich, da ringelte sich der Wurm des Schreckens in mir zusammen, da blies ich nicht auf der Trompete, Herr, ich drehte mich um und lehnte mich gegen die Wand. Niemand weit und breit, auch kein Hund. Es kam keiner durch den Flockentanz, der gesagt hätte: ›n' Abend, Herr, ist was passiert?‹ Das war schon geschickt eingefädelt, und im ersten Augenblick dachte ich noch einfältig, ›laß alles nur ein Trugbild sein, Herr, eine Sinnestäuschung‹, weiter nichts. Wenn sie mich schon erschrecken wollen, die Fallensteller, laß es einen Spuk sein, ein Gespenst im Bett, und nicht die Wahrheit, von der ich noch nichts wußte.

Aber die Fallen waren gestellt. Wer konnte etwas davon wissen, daß ich zu einem Blockhaus im Norden fuhr und durch die Scheiben blickte? Und ich wußte noch immer nicht, worauf es hinauslief, wie alles längst abgemacht war, zur Erholung, Herr, damit sie mich klein kriegten, bevor die Erfindung fertig wurde, die jedem Schutz bieten sollte vor den verderblichen Strömen über und unter uns, abgekartet, von langer Hand vorbereitet, hinter der Hand, hinter der Wand. Einen Augenblick dachte ich auch daran, durch das Schneegestöber zu laufen, in den ›Heuschnupfen‹ zu klettern und los- und davonzufahren. Wenn er nicht auch schon im Bunde gegen mich und eingefroren war. Und dann würde ich eines Tages wieder vor meiner alten Werkstatt ankommen und den Schlüssel aus dem Holunderbusch holen und aufschließen und sagen, dem Herrn Dank, daß ich zurückgekommen bin. Aber dann hätte ich Charles Rede und Antwort stehen müssen. Es schneite so dicht, daß von dem Hof und den Schuppen nicht mehr viel zu sehen war. Der Augenblick, wo sich der Wurm im Magen ringelte und mich feig gemacht hatte, war vorüber. Die Schneenacht wurde nicht richtig dunkel, nur so ungenau, die rechte Zeit für ungenaue Vorgänge, und als ich ahnte, was hier gespielt wurde, fraß mich der Wurm an und machte mich grimmig. Es konnte jetzt losgehen. Ich nahm es auf. Erst viel später haben sie mich dann richtig fertiggemacht, die himmlischen Boten, das habe ich Ihnen schon erzählt, damit Sie im Bilde sind und nicht glauben, ich hätte die Absichten von hoher Hand hinterher in die Katastrophen gelegt. Damit Sie nicht meinen, es wären

Zufälle gewesen, traurige Unglücksfälle. Sie ließen mich ja auch die Erfindung fertigmachen und im Packwagen verstauen, um mich zu täuschen, und dann entgleiste der Eisenbahnzug ganz zufällig, und die Brücke stürzte zusammen, da hatten sie erst mein Lebenswerk in die Hölle geschickt, ich kam noch einmal raus aus den Fluten und erst als ich die Schreie in der Todeszelle hörte und wie er im grünen Frühlicht nach seiner Mutter schrie, e r s t d a n n. Als hätten sie mit einem scharfen Instrument an mir herumgesucht, um die richtige Stelle zu finden, damit der erste Stoß mitten hineintraf. Diese Wunde konnte man niemand zeigen, und das Schütteln, Herr, das nennen die Leute einen Tick.

Davon wußte ich noch nichts, als ich an der Wand des Blockhauses lehnte, der Grimm vertrieb den Schrecken, und dann war es mir einen Augenblick, als ob die arme, kleine Anne gesagt hätte: ›Fürchte dich nicht vor ihnen, Onkel Pat, ich will dir helfen.‹ Ich suchte mir einen Stein im Schnee, damit schlug ich das Schloß des Werkzeugschuppens auf, zündete die Ölfunzel an und spannte einen dicken Nagel in den Schraubstock. Ich bog ihn an der Spitze um, schlug sie platt und feilte einen Bart hinein, ich wollte die Tür nicht aufbrechen und kein Fenster einschlagen, es sollte alles ganz still bleiben. Keine Übereilung. Die Haustür sprang auf, ich nahm den Hut ab, hing ihn an den Haken im Gang, den Mantel zog ich nicht aus, es war bitterkalt im Haus. Durch die nächste Tür kam ich in die Küche, dort standen die Lampen auf dem Bord, der Größe nach nebeneinander, die vorderste war mit Petroleum gefüllt. Dann zündete ich die Lampe und einen Kerzenstumpf an, damit es in der Küche hell blieb, wenn ich hineinging.

Die Stubentür war nicht verschlossen, ich hielt die Lampe etwas hoch und sah zuerst nicht nach dem Bett hin. Stellte sie auf den Tisch mit der gestreiften Decke und schraubte den Docht herunter, damit sie nicht rußte. Dann setzte ich mich auf den Stuhl, die Schneeflocken tanzten gegen die Fensterscheiben, ein friedliches Bild.

Es konnte so aussehen, als wäre ihr alter kleiner Onkel Pat abends noch einmal mit der Lampe ins Zimmer gekommen, um ihr ›Gute Nacht‹ zu sagen. Ganz langsam drehte ich mich um. Sie saß fast aufrecht in den Kissen, kaum zurückgelehnt, und starrte zum Fenster, noch immer, als hätte sie ganz zuletzt dort etwas g e s e h e n. Und dann sah ich, daß sie es gar nicht war. Eine Fremde. Ein Maskengesicht. Und hinter der Maske hatte sie sich aufgemacht und war fortgegangen, als der Schächer seine Arbeit getan und sein Handwerkszeug eingepackt hatte. Kalt und starr, eine fremde, bläuliche Nasenspitze. Wie horchend, horchend und schweigend, aber wo kein Laut mehr ist, gibt es auch kein Schweigen, das kalte, schiefe Lauern des Grausens hinter der hohlen Maske mit den Totenflecken. Ich kenne den Maskentrick, mit dem wir getäuscht werden sollen, die Zaubernummer des Jenseits, die uns den himmlischen Frieden vorspiegeln soll, damit wir nichts von den scheußlichen Gebräuchen ahnen, mit denen sie es gemacht haben. Arme, kleine Anne. Sie war nicht mehr hier, das Bündel der Schmerzen, das dort saß, hatte sie bewohnt und war liegengeblieben. Und ich hatte noch immer nicht den Zettel entdeckt, der unter dem Briefbeschwerer aus Glas lag, aus rotem Glas mit der weißen Taube darauf, die einen Ölzweig im Schnabel hält. Lag wie eine Rechnung dort, Tinte und Federhalter waren wieder weggeräumt. ›Lieber, guter Vater‹, las ich, es war ein altes Rechnungsformular, ich drehte den Docht etwas hoch, und dann las ich, daß sie es selbst getan hatte, im Elend und in der Verzweiflung. Das traf mich noch einmal unerwartet und bitter. Lieber, guter Vater. Nicht etwa: Lieber, guter Mann, oder: Lieber John. Das genügte für mich. Und mehr brauchte niemand zu wissen. Ich faltete die Rechnung zusammen und steckte sie ein. So war das mit der Erholung, Herr, und mit den Grüßen, und nun mußte ich Charles dies überbringen, den Zettel einer Selbstmörderin, die seine Tochter einmal war.

Jeden Morgen können Sie das in Ihrer Zeitung lesen, zum Frühstück, und dann denken Sie vielleicht, wenigstens hat sie jetzt ihre Ruhe gefunden, wovon nichts stimmt, denn Ruhe und Frieden könnten wir nur h i e r finden, und Sie haben weder die Geduld noch die Erfahrung, sich das einmal nacheinander vorzustellen, wie bitter und geheim dieser Weg ist bis zur letzten Handreichung, mit der sie alles aufgegeben hat. Und wie lang, und wie allein.

Als ich den Zettel einsteckte, wußte ich, daß es wirklich eine Rechnung war, eine Quittung, über erhaltenes Leben, über empfangene Tage und Nächte, Tränen, Schmerzen, Jammer und Qualen, dankend erhalten, Anne Estelle Wills, geborene Pitt. Du hast es also getan, kleine Anne, dachte ich und war noch einmal elend und hilflos, und draußen schneite es wild und frohlockend, als gäbe es in der Welt nichts mehr zu tun als Schneeflocken herunterzuschicken und herumzuwirbeln, hast es getan, arme, liebe Anne, und sicher waren sie alle dabei, um dir hilfreich die Hand zu führen, die Verzweiflung beugte sich über deine Schulter, und der Kummer stützte dir den Arm, und das leere, ausgebrannte Weh hielt dir die zitternden Füße, das Grausen streichelte deine Wange, und die Verlassenheit sang dir ein Liedchen, da waren sie freundlich zu dir und nickten dir zu, denn du warst ihre liebe Beute, und sie hatten dich endlich zur Strecke gebracht! Liebreich standen sie um dich herum und sagten dir noch, das Messer sei nicht richtig scharf, und du würdest dir wehtun mit einem stumpfen Messer, und dabei überlegten sie noch, wie sie dem Vater das Herz lähmen konnten mit einem einzigen Hieb, und sie rieten dir, vorher noch den Zettel zu schreiben, mit den Tränenspuren darauf, mit der zitternden Hand, die nun nie mehr schreiben konnte: Lieber Vater, wie geht es dir? Bald besuche ich dich einmal, und du bist doch der Liebste und Einzigste, den ich habe, und ich bin immer noch deine kleine Anne, die dich so oft in Gedanken küßt. Nie mehr, weil sie dann nicht mehr schreiben konnte, kalt und steif ins Nichts gereckt. Das rieten sie dir wohl, ihm noch einmal recht lieb zu schreiben, damit ihm das Wasser in die Augen sprang beim Lesen, und damit er blind herumtoben sollte vor Tränen und würgendem Jammer, ja, so hatten sie sich das fein ausgedacht, die himmlischen Mächte.

Und dann tatest du es. Ganz allein. Dankend erhalten, deine getreue Tochter. Wie einer, der jetzt viele Stufen hinuntergehen muß, und er weiß, er ist noch immer nicht ganz unten, und er weiß, daß er schon die Kraft nicht mehr hat, je wieder hinaufzukommen, es geht noch tiefer, und er möchte zuletzt doch wieder hinauf, zurück, keine Kraft mehr, und dann läßt er sich plötzlich fallen.

Und während du es tatest, war nichts mehr da, die Welt war leer, der Brunnen war lange versiegt, die Erde war hart und die Halme waren verdorrt, und dann mußtest du dich noch einmal aufsetzen und durchs Fenster sehen, als käme das Leben, das dich verließ, dort draußen noch einmal zurück, aber vielleicht wolltest du das Schneien sehen, zum letzten Mal, und hinter dem Schneien den e i n e n Weihnachtsabend, den man nie mehr vergißt, denn unter allen Weihnachtsabenden hat es den einen gegeben, der unvergeßlich geworden ist, und du sahst ihn noch einmal, und draußen schneite es wie damals, dicht und leis, wie damals, arme, kleine Anne. Nicht wegen der vielen, kleinen Geschenke, die dich vor Freude schlaflos machten, nicht wegen der stillen, süßen Fröhlichkeit war es der schönste Weihnachtsabend, sondern weil da einmal, ein einziges Mal und dann nie wieder, das Geheimnis da war, das mehr ist als Freude und Fröhlichkeit, das Geheimnis, das durch alle Märchen wie eine verborgene Lampe scheint, und du wolltest noch einmal sein seligmachendes Wehen spüren, aber es wehte dich schon kalt an aus den Tiefen des Todes.

Ich mußte jetzt vom Stuhl aufstehen und mußte das alles wieder ausatmen, was ich hier eingeatmet hatte, das konnte ich nicht im Sitzen tun, und als ich ausgeatmet hatte, wußte ich, was zu tun war.

Ich ließ die Lampe auf dem Tisch brennen und ging in die Küche hinaus, legte trockene, kleine Reiser in den Küchenherd und dickere Stücke darüber und machte Feuer, dann ging ich mit dem Wasserkessel in das tobende Schneetreiben und füllte ihn mit Schnee, damit ich heißes Wasser bekam, falls der ›Heuschnupfen‹ doch noch eingefroren war. Als ob mir etwas anderes zu tun übrig geblieben wäre, sie zu ihrem Vater zu bringen, damit sie von ihm in ein rechtes Grab gelegt würde.

An Essen und Trinken dachte ich in diesem Hause nicht mehr, obwohl ich hungrig war, als ich ankam. Ich trank nur einen Schluck Schneewasser. War 'ne friedliche Stunde zur Erholung, Herr, die Winternacht und mit einer Toten in dem verlassenen Haus, aber es war mir doch willkommen, daß ich der alte Pat Flint war, um nichts in der Welt hätte ich jetzt ein gewisser John Wills sein mögen, solange Charles noch lebte. Und vielleicht war John es selbst nicht mehr gern, war es die längste Zeit gern gewesen, aber einmal mußte er es wohl besonders gern gewesen sein, als er die liebe, kleine Anne, die so hübsch und zart war, zu seiner Frau gemacht hatte.

Das Auftauen dauerte nicht lange, und als der ›Heuschnupfen‹ wieder zischte und ich ihn aus dem Schneehaufen herausgefahren hatte, dann mußte ich es tun. Ich hob sie aus dem Bett und trug sie durch das Schneegestöber, ich sank immer wieder ein, über den nächtlichen, stillen Hof, ich dachte, ich käme damit bis zum Wagen, sie war ja nicht schwer, aber dann mußte ich sie in dem flimmernden Schneien doch einmal hinlegen, ich sah auch fast nichts mehr vor lauter Flocken, und dann trug ich sie behutsam das letzte Stück und legte sie hinten auf den breiten Ledersitz und deckte sie mit einer Decke zu. – Ich denke, jetzt hat er sie dort unten so weit, wollen mal runtersehen.«

Pat schwieg und Orlins glaubte das regelmäßige, leise Wetzen zu hören, das der tickende Kopf mit dem Kinn am Kragen verursachte, dann sah er die Taschenlampe aufblinken und stand mit Pat auf, und sie beugten sich durch die Luke, aus der Tiefe drang schwaches Händeklatschen herauf.

Auf der von schwachem, grünen Licht erleuchteten Bühne stand ein schmächtiger Mann vor einem schwarzen Tischchen, in jeder Hand einen Zylinderhut. Auf seiner rechten Schulter saß eine Taube, auf der linken ein weißes Kaninchen, auf seinem Kopf stand ein Blumentopf, eine blühende Azalee. Aus dem Zylinderhut in seiner linken Hand schwebten goldene Worte, aus dünnem Glanzpapier, Orlins entzifferte: »Habt Dank! Schlaft ein! Schlaft nicht auf einem Bein! Schlaft schön in Reih'n!« Aus dem Zylinder in seiner rechten Hand stiegen zwei große, dunkle Augen aus dünner Gaze, die langen, schwarzen Wimpern senkten sich jetzt langsam über die Pupillen, die Augen schliefen ein. Das Klatschen hatte schon lange nachgelassen, zuletzt blieb nur noch ein Mann übrig, der zögernd und schwer die Hände bewegte, bis sie nicht mehr zusammenkamen, dann sank auch der letzte Mann stumm und seitwärts auf der Bank um. Die übrigen lagen schon reglos, schief und wie verrenkt auf den Bänken ausgestreckt. Als der Mann die Azalee vom Kopf verschwinden ließ, erkannte ihn Orlins. Es war der Mann, den Jessie Charles genannt hatte. Er stellte die Zylinderhüte auf den schwarzen Tisch, zog aus der Hüfttasche einen schweren Revolver und feuerte nacheinander sechs Schüsse über die schlafenden Männer ab. Keiner von ihnen zuckte im Schlaf. Das grüne Licht erlosch, auf der Bühne wurde es dunkel, die hängenden Laternen im Saal leuchteten still über die Schlafenden hin.

Pat zog den Kopf aus der Luke, leuchtete die Bank an und setzte sich. Orlins gähnte, setzte sich auf die Bank, die Taschenlampe erlosch, er schloß für einen Augenblick die Augen.

Eine Zeitlang drang das Gewisper in seinen Traum, er suchte ihm zu entfliehen, lief über den hohen Schnee, sank ein, stolperte und wurde wach und hörte die Stimme neben sich auf der Bank:

»Keine Schaufel, Herr, und wenn ich im Schnee wieder festgefahren war, mußte ich mit den Händen den Schnee wegschaffen und die Decke vorn unter die Reifen legen, weit und breit kein Haus oder ein Lichtschein, nur die Flocken tanzten dicht und weiß herum, und ich war immer noch ahnungslos und glaubte, nun wäre ich aus der Falle heraus.

Das Vertrauen, Herr, das sie alle eine Zeitlang haben, und wenn ihnen etwas Schreckliches passiert, dann war's ein

Zufall, und wenn ihnen wieder und wieder die traurigen und bitteren Dinge widerfahren, Kummer und Elend, dann sind es noch immer die Umstände, die schlechten Zeiten, die ungerechten Verhältnisse. Mitunter lassen sie auch einmal die eigene Unfähigkeit und Schwäche daran schuld sein, und sie kommen noch immer nicht dahinter, daß es etwas ganz anderes ist, nämlich die Unsichtbaren, die Überirdischen, die Mächte! Die gelobten, himmlischen Mächte, die so vollkommen sind. Und nur, wenn sie wirklich alt genug werden und das trostlose Schäbigwerden und Hinschwinden ihrer letzten Hoffnungen und Illusionen erleben, erst dann. Dann kommt vielleicht einmal die Stunde, der Augenblick, wo sie mit den von Alter und Tränen geschwächten Augen an den Himmel sehen und es ihm zurückgeben aus dem lange aufgesparten Hab und Gut ihres Elends und ihrer erbärmlichen Ohnmacht. Aber was macht er sich aus ihren entzündeten Augen, aus ihren krächzenden Flüchen, aus ihren heiseren Verdammungen! Nicht e i n e n aus der Millionenschar seiner Sterne läßt er ein wenig lebhafter funkeln. Aber so dachte ich ja damals noch nicht, Herr, es mußte alles erst deutlicher kommen, vorher merken wir ja nichts. Und dann tauchten nach einer halben Ewigkeit, und in Wirklichkeit waren's nur ein paar Stunden, in dem nassen Schneegeriesel vor mir auf dem Weg die ersten spärlichen Lichter auf. Ich hatte höchstens noch 'nen halben Liter im Tank, und als ich die Lichter sah, fühlte ich mich fast zuversichtlich und guten Mutes, denn was eine sorgfältig gelegte Falle ist, der merken Sie nicht das geringste an und gehen hinein, als gingen Sie auf Daunen oder ins Wannenbad, bis dann die Eisen am Hals richtig festsitzen.

Es waren kaum hundert Blockhäuser, ich nahm das Gas weg und dachte, daß ich ihnen morgen früh die Arbeit und das Holz bezahlen könnte für einen einfachen Sarg, schnell gezimmert, da kam schon das Wirtshausschild in Sicht unter der nassen, tropfenden Lampe, und weil die schäbige Kneipe ›Zum glücklichen Ende‹ hieß, hielt ich das auch noch für ein gutes Zeichen!

Sie mußten mich trotz ihres Lärmes und ihrer Grölerei drinnen schon gehört haben, denn jetzt wurde die Tür aufgestoßen und ein langer und stämmiger, blatternarbiger Kerl ohne Kragen und ohne Hut trat raus, und hinter ihm drängten sich noch ein paar Rattengesichter, die er wieder hineinjagte. Ich stieg aus und wünschte ›Guten Abend‹ und fluchte auf das scheußliche Wetter und sagte, daß ich über Nacht hier bleiben müßte.

Er musterte mich argwöhnisch, aber unauffällig, wie er dachte, vielleicht ein bißchen zu lang, als käme er nicht gleich damit zu Rate, womit er mich betrügen und wieviel er bei mir stehlen könnte, dann machte er mir den Preis für die Nacht, viel zu hoch. Es schien das wahre Paradies einer Ansiedlung zu sein, nämlich für die Letzten, auf die der Strick überall wartet, aber ich war ja kein Schoßkind und brauchte Benzin und wollte die Nacht nicht im Wagen zubringen. Ich wollte das Loch gleich sehen, das er als sein bestes Logis pries und ließ ihn vorangehen auf das dunkle Haus nebenan. Er machte kein Licht, und ich stieg im Dunkeln die Treppen hinter ihm rauf, bis er unterm Dach eine Tür aufstieß und ein Streichholz anrieb. Er hielt es an einen Kerzenstummel, der auf einer staubigen Flasche klebte. Das Licht schien sich zuerst ein bißchen zu schämen, aber dann wurde es in der Dachhöhle hell. Ich hatte schon manches jämmerliche Loch gesehen, und das hier war offenbar 'n Verschlag für besoffene Strolche. Aus dem alten, schäbigen Bett stand das Stroh raus wie aus 'ner Futterkrippe.

Es war mir schon alles recht, ich wollte den Kerl wieder los werden und ging nochmal mit ihm hinunter und fuhr den ›Heuschnupfen‹ hinten in den Hof, unter ein vorspringendes Schuppendach, nahm den Koffer raus, und da er mißtrauisch darauf wartete, zählte ich ihm unter einem erleuchteten Fenster das Geld in die gierige, klebrige Hand. Er brummte etwas von verdammt schlechten Zeiten und verschwand durch die Hintertür in die Kneipe, und jetzt hatte das nasse Schneien endlich aufgehört.

Aber erst als ich in dem finsteren und zugigen, offenbar unbewohnten Haus die knackenden Treppen hinaufging, erst dann kam mir eine unheimliche Ahnung. Ich blieb sogar einen Augenblick stehen, die Hand auf dem schmierigen Geländer. Überlegte, ob ich da oben allein die Nacht zubringen sollte, ob ich überhaupt noch einmal hinaufgehen sollte. Denn das finstere Haus schien eine Warnung zu enthalten, von der ich nur die Hälfte begriff. Es war nicht so, als ob mir eine Stimme, die berühmte ›innere‹ Stimme, die ich noch nie gehört habe, gesagt hätte: ›Geh nicht hinauf, Pat Flint. Du kommst vielleicht nie wieder herunter.‹ Das war es nicht, ich hatte nur für einen Augenblick dieses komische Gefühl im Magen, das man vor einem Unglück hat, aber ich war von der Fahrt und von dem anderen wie zerschlagen und kam mir selbst vor wie 'n Wrack, das auf 'ner finsteren Treppe gelandet ist, gestrandet, ich hatte genug für heute und morgen. ›Sie zahlten soeben‹, dachte ich, heißt es auf dem schwarzen Schildchen oben in den Registrierkassen. Ich wollte davon nichts mehr raushaben, tappte also weiter hinauf auf der Treppe und trat ein in den zugigen Winkel, in dem die Kerze flackerte und schob den unförmig langen, aber wackeligen Riegel vor die Tür.

Als ich dann bei dem Flackerlicht der billigen, qualmenden Kerze auf dem feuchten Strohlager saß, im Mantel, mit dem Hut auf dem Kopf, durch die Dachsparren tropfte es da und dort eintönig und gleichmäßig herunter, da war ich doch wieder zufrieden, daß ich ein Dach überm Kopf hatte. Man soll sich in einer Falle wohlfühlen, bevor sie zuschnappt. Aus dem Koffer nahm ich ein doppeltes Schinkenbrot heraus, trocken und hart, wickelte es aus dem fettigen Papier und würgte es trocken hinunter. Ich hatte keine Lust, in die Kneipe zu gehen zu den Rattengesichtern und ein Glas Tee zu trinken. Ja, und dann war es also langsam Zeit für das ›Glückliche Ende‹. Und Charles hatte mir gute Reise und Erholung gewünscht!

Ich war nämlich gerade vom Bett aufgestanden und hatte den Hut und den Mantel an einen von den langen, rostigen

Nägeln gehängt, die wie sinnlos überall in die Dachbalken getrieben waren, sonst war nichts vorhanden an Gerät als ein wackeliger Stuhl am Fenster, das man nicht aufzumachen brauchte wegen der frischen Luft, denn es war keine einzige Scheibe mehr ganz, als ich die Stimmen und Schritte aus dem Hof heraufhörte. Und dann hörte ich deutlich, wie sie an meinem Wagen herumhantierten, aber nun war es ja schon zu spät.

Gleich darauf hörte ich sie fortschleichen, dann war es im Hof still wie zuvor. Alles, was später kam, war nicht so unheimlich wie dieses Nichts, dieses Spinnenlauern in der Stille. Und wenn Sie glauben, Herr, die himmlische Vorsehung hätte es eilig, Sie auf die letzte Station zu bringen, dann kennen Sie nicht mal den Anfang des himmlischen Alphabetes. Sie ist ja keine Anfängerin mehr.

Aber vielleicht finden Sie das, was ich jetzt über diese Stille sagte, übertrieben. Sie war ja nichts. Und doch, sie war genug, sie hatte genügend Sekunden und Minuten für mich, um dahinter zu kommen, daß jedermann allein ist auf der Welt. Sie ist von Krankheiten und von Verbrechen befleckt und wird ausgeplündert Tag und Nacht, diese alte Erde, aber jeder ist allein. Wenn er umstellt ist. Es muß nicht immer Gewalt sein, es können auch andere Schritte sein, die er hört, und er weiß, er kann nicht mehr entrinnen. Ausgesetzt. Und kommen Sie mir nicht mit der Ruhe im Grab. Vielleicht ist das Grab nur der Eingang in eine geheime Arena, gehetzt werden Sie immer und zur Ruhe legen Sie sich nie!

Sie dauerte ja nicht lange, die Stille, dann hörte ich sie unten ins Haus kommen, die Treppen rauf, näher, plötzlich war alles still. Sie sind also schlafen gegangen, wollte ich denken, und ›Hast du dir gedacht‹ dachte es in mir, denn jede ordentliche Falle wird vorher eingeölt.

Ich klapperte ein bißchen vor Nässe und Kälte, das hatte nichts zu sagen. Ich ging auch nochmal an die Tür und betrachtete den Riegel, er hielt so gut wie nichts aus. Habe nie eine Waffe bei mir getragen, vielleicht, weil ich nicht durch eine umkommen will, obwohl das noch am schmerzlosesten sein kann. Was hätte mir jetzt ein Schießeisen, eine Taschenkanone genützt? Ein Maschinengewehr hätte ihnen wohl Eindruck gemacht. Und dann kamen sie also langsam die Treppe herauf, unten wurde gerufen, ich konnte aus den Schritten nicht zählen, wieviele es waren, sie blieben draußen vor der Tür stehen, flüsterten noch 'ne Weile und dann rüttelte einer an der klapprigen Klinke.

›Mach auf, alter Mann‹, rief eine Stimme und rüttelte und schlug mit der Faust gegen die Tür. Und im Hof und auf der Straße wurde gerufen, gelacht. ›Eilt euch 'n bißchen‹, riefen sie, ›ihr braucht verdammt lange! Hoch mit ihm! Wir wollen ihn hochleben lassen in der Luft! Wir wollen seine Zunge sehen, wenn er noch eine hat, der Lustmolch, vielleicht hat er sie schon vernascht, der Feinschmecker!‹

Es war noch nicht die rechte Wut und Gier, mit der sie es riefen. Hätten Sie jetzt noch ein Streichholz für mich gezogen? Hätten Sie jetzt noch knobeln wollen mit mir, wer dran kommt, Schere oder Papier, Sie oder ich?

Ich saß noch immer unbeweglich auf dem modrigen Strohlager und hörte es trübselig durchs Dach tropfen, die Kerze flackerte im Luftzug, und wenn ich mich umdrehte, sah ich meinen Schatten an der Wand hin und herziehen. Ich konnte auch nicht fluchen, aber es fiel mir das Drehorgellied ein von der Kammer, die die letzte ist.

Sagte kein Wort. Hätte ich was sagen sollen? Geht zum Teufel und laßt mich in Ruhe? Denn dahinter steckten ja andere Boten, heute weiß ich, was ich den Boten, von denen die da draußen auch nichts wußten, hätte sagen können.

›Ist gut‹, hätte ich gesagt, ›ihr habt mich. Schade, daß ich danach niemand mehr vor euch warnen kann. Ich mache euch nicht das Vergnügen, zu jammern. Aber ich kenne euch. Es genügt. Ihr habt euch schlechtbezahlte Handlanger ausgesucht, vielleicht damit es nicht so auffällt. Pfuscher. Wie ihr euch nennt, ist nicht so wichtig, vielleicht stehts an den Krankenhäusern angeschrieben, oder an den Kriegerdenkmälern, ihr himmlischen Heerscharen. Und nun greift zu! Bedient euch!‹ Sie rüttelten draußen wieder an der Tür, und dann sagte die Stimme, die schon mal gerufen hatte:

›Geh weg von der Tür!‹

Ich war nicht an der Tür, sondern auf dem Strohsack. Rührte mich nicht. Es wurde draußen zweimal geschossen, in die Tür, tief gehalten, die Kugeln rissen Streifen aus dem Bodenbrett und blieben stecken. Und dann protestierte der Wirt, der mir das Logis angewiesen hatte. Er war also auch draußen. ›Die werdet ihr mir bezahlen, die Tür‹, rief er, ›und wenn in meinem Hause einer schießt, dann bin …‹ Ich hörte nicht mehr, was er sagen wollte, denn es hatte sich einer gegen die Tür geworfen, sie platzte auf, und im nächsten Augenblick war es dunkel, der Luftzug hatte die Kerze ausgeblasen. Was hätten Sie jetzt noch auf mich gewettet? Keine Ziegenbohne.

Was das Zusammenleben mit Menschen so unerträglich macht, ist die Neugier. Alles andere, Neid, Gehässigkeit, Geschwollenheit, ist nur wie Vater und Söhne. Nur wer seine Lektion von oben gründlich bekommen hat, gibt die Neugierde ab, frei Haus. Wird bescheiden und umgänglich, für hiesige Gefahren vielleicht einmal unerschrocken.

Ich hatte mich erhoben, als sie hereinfielen. Es griff mir einer ins Gesicht, als wär ich 'ne Zeitung, die er lesen wollte, ich wehrte mich nicht. Sie waren nur nicht darauf gefaßt, daß es stockdunkel war. Dadurch kam es, daß sich einige von ihnen auf den Verkehrten stürzten, der sich wütend zur Wehr setzte, worauf sie noch lebhafter mit ihm umgingen, bis sie ihn am Schreien erkannten, sie waren ja alle ziemlich betrunken. Dann riß einer ein Schwefelholz an. In dem blauen Flämmchen sah ich ihre schlauen, grinsenden Gesichter, die Kainsvisagen, die Rattenlichter, verkommen, und der Herr schuf ihn nach seinem Bilde. Das dachte ich nicht, denn sie packten mich, banden mir die Hände auf dem Rücken fest, mit einem Riemen, und stießen mich die stockdunkle Treppe hinunter, und beim nächsten Stoß schlug ich mir das linke Auge am Treppenpfosten blutig.

Das Folgende sah ich dann nur noch mit einem Auge, das andere war gleich von Blut verklebt und geschwollen, Friede auf Erden und den Menschen ein Wohlgefallen. An den Ohren hatte ich nichts abbekommen, ich konnte alles hören, denn nun zählten sie auf der Straße meine Schandtaten auf. Vielleicht konnte ich darauf einen Plan gründen, wenn sie mir noch soviel Zeit ließen.

Wenn Sie in einem Buche eine solche Geschichte lesen, sinnt das Opfer ununterbrochen auf Rettung. Damit der Leser die Hoffnung nicht aufgibt. Die Hoffnung braucht er zur Unterhaltung, sie läßt die Spannung wachsen, knospen und grünen. Ich sann auf nichts, was hätte es da noch an Rettung geben sollen? Flucht? Sie stießen mich über den dunklen Platz wie ein Stück Vieh, das geschlachtet wird. Die besoffenen Halunken grölten und beschimpften mich, schon waren Frauen darunter, die Aufregung brachte sie aus den Betten, ich hörte, wie sie sich erzählten, daß man den Massenmörder gefangen hätte. Die Tür der Kneipe stand offen, dort standen ein paar kleine, zerlumpte Kinder, die sich vor mir fürchteten, sie starrten mich wie ein Ungeheuer an, den Finger im Mund.

›Lyncht ihn, den Kerl!‹ schrien sie und das paßte zu ihrem Suff, zu ihren Visagen, sie stießen mich in eine große Scheune. Von dem angeschlagenen Augenknochen zog ein brennender Schmerz über das Gesicht, ich mußte da schon eine dicke Beule haben, aber ich konnte ja nicht hingreifen oder in den Spiegel sehen, ich wußte nur, daß sie mir inzwischen schon etwas von dem Aussehen verschafft haben mochten, das zu der Rolle paßte, in der sie mich sehen wollten. Das Blut lief in dünnen Streifen übers Gesicht und tropfte etwas vom Kinn herab, ich hatte mich zwei Tage nicht rasiert. Mit dem geronnenen Blut in den Bartstoppeln wird man einem hohlwangigen, gehetzten Gesicht im Schein der rußenden Fackel nicht mehr viel von Schuldlosigkeit glauben. Die Fackel steckte schief in einer Eisenlasche am mittleren Pfosten, daneben stand ein langer Tisch mit verschmutzten Brettern. Vielleicht nahmen sie den sonst zum Schlachten. Über einen der Querbalken oben hatte einer schon ein dünnes Seil geworfen, die doppelt geknüpfte Schlinge hing in Augenhöhe, sonst war nichts in der Scheune. Und meine Schlüssel hingen im Holunderbusch, und Charles wartete auf Nachricht von seiner Tochter Anne, die ich ihm bringen sollte. Die Scheune füllte sich. Das Gejohle nahm zu, sie rülpsten laut, zogen ihre Schnapsbuddel aus den verdreckten Jacken und soffen weiter. Ich hatte jetzt die schwammigen, stinkenden Rattengesichter um mich herum, eine glimmende, blinde Hast war schon in ihren Bewegungen, sie wurden ungeduldig, es dauerte ihnen zu lang, sicher hatten sie ihre Erfahrungen darin und wußten, wann der Augenblick war, wo ihnen der Schauer durch die Knochen zog. Hätten sie es nicht so eilig gehabt, dann wäre es vielleicht anders gekommen, sie zerrten mir schon die Schlinge über den Kopf, fühlten die richtige Stelle hinten am Genick ab, zogen an, und plötzlich zappelte ich über dem Boden und schnappte nach Luft, aber der pockennarbige Wirt brüllte sie an, sie mußten mich wieder herunterlassen und die Schlinge lockern, das Blut rauschte mir in den Ohren, mit einem Male ließ das Gegröle nach, alle Gesichter drehten sich um, da trugen sie die tote Anne herein.

Sie legten den kleinen, steifen Körper auf den Brettertisch. Jetzt zog der Wirt die Decke von ihrem Gesicht und stellte die Stallaterne dicht daneben. Sie drängten sich um den Tisch, die trüben, glasigen Augen starrten auf das Elendsbild, einige kratzten sich am Kopf und schoben verlegen an ihren lumpigen Hüten.

Da lag sie so ruhig und unheimlich weiß auf dem Tisch in dem gelben Laternenschein und schien mich aus den weit aufgerissenen Augen noch einmal anzusehen, gebrochen, von weit her. Der Wirt kletterte auf den Tisch, rülpste, spuckte aus und machte ein Zeichen mit der Hand.

›Hört zu, Leute‹, sagte er und kam ins Schwanken, er schwankte vor und zurück, als wäre er aus Gummi und die Füße unten an der Tischplatte festgeschraubt. Einige lachten schon, er drohte ihnen mit der Faust, und einer rief, er sollte sich das Theater sparen. Sie wollten mich endlich zappeln sehen. Aber dann wurden sie doch ruhig, und in dem gleichen Augenblick, da er mit schwerer Zunge anfing, ihnen klar zu machen, daß sie jetzt den Mann gefunden hätten, der auch die beiden anderen Mädchen auf dem Gewissen habe, die sie kürzlich im Wald verscharrt fanden, fing auf dem Heuboden ein wüstes Schreien und Schimpfen an.

Ich verstand nicht gleich, was die schwarzhaarige, wilde Kleine dort oben wollte, sie hielt sich mit einer Hand an einem Tragbalken fest und beugte sich über den Rand des Heubodens und drohte mit der kleinen, geballten Faust herunter. Aber dann wunderte ich mich über die seltsame Unruhe, die unter dem wüsten Haufen entstand. Sie murrten und grunzten, redeten aufgeregt durcheinander, bis der schwankende Wirt ›Ruhe‹ brüllte. Während die Kleine auf dem Heuboden weiterschimpfte, sagte er, er streckte dabei den Zeigefinger, an dem vorn ein Glied fehlte, gegen mich:

›Mach zu, alter Mann, sag dein Gebet und erzähl uns noch schnell, daß du unschuldig bist wie 'n nackiger Kinderarsch!‹ Jetzt johlten sie wieder, pfiffen, warfen die Hüte in die Luft, und die kleine, schwarze Wilde oben auf dem Heuboden war verstummt. Sie hielt sich noch an dem Balken fest und starrte mit einer wütenden Grimasse herunter.

Ich brachte zuerst nur einen Ton heraus, als wär mir der Hals eingerostet, aber dann löste sich's und ich konnte sprechen. Die Neugier machte sie still, es war völlig neu für sie, daß ich den Mund aufmachte, und vielleicht dachten sie jetzt, der blutige Stoppelbart wird um sein Leben winseln.

›Ich heiße Pat Flint‹, sagte ich, ›wohne im Süden, im vierten Distrikt, und habe vor dreißig Jahren den Glenfort-Tunnel gebaut, mit anderen Ingenieuren. Die Tote auf dem Tisch ist die Tochter von Charles Pitt, den ich seit 25 Jahren kenne, sie heißt Anne Estelle Wills und …‹

›Halt!‹ brüllte der Wirt, ›wo ist John? Bringt John rein! Beeilt euch, aber nehmt ihm die Flasche weg! Weiter!‹

›Ich habe sie schon gekannt‹, sagte ich, ›als sie ein kleines Mädchen war, und Charles Pitt hat mich gefragt, ob ich mal zu dem Blockhaus im Norden fahren und nachsehen wollte, ob alles in Ordnung wäre. Und als ich heute kurz vor Dunkelheit hinkam, da lag sie in ihrem Bett und hatte sich mit einem Küchenmesser umgebracht.‹

›Ruhe‹, brüllte der Wirt auf dem Tisch, und jetzt schwankte er nicht mehr. Ich drehte mich um und sah, daß sie einen langen, mageren Burschen in die Scheune schoben. Als sie ihn einen Augenblick losließen, fiel er nach vorn, da mußten sie ihn wieder festhalten. Sie stießen ihn durch die Gaffer hindurch an den Tisch, und als er die Tote liegen sah, schnüffelte er und rieb sich die Augen, als könnte er nicht richtig sehen. Er starrte sie mit offenem Mund und wie blöde an, und sie hielten ihn noch immer fest.

›Ist das deine Frau, John?‹ fragte der Wirt auf dem Tisch.

›Das ... das is' sie doch‹, stotterte der Lange. Er fuhr sich mit der gekrümmten Hand über den offenen Mund und schüttelte sich.

›Wer hat denn das gemacht?‹ schrie er mit seiner schrillen, weinerlichen Stimme. Jetzt war er nüchtern und weiß im Gesicht wie 'n Blatt Papier. Dann erblickte er mich, mit der Schlinge um den Hals und die Hände auf den Rücken gefesselt. Er wollte sich auf mich stürzen, sie hatten ihn losgelassen, aber er war noch nicht nüchtern in den Beinen, denn er drehte sich einmal um sich selbst, und da fingen sie ihn wieder auf. Es zog kalt durch die Scheune, aber der Fusel, den sie ausatmeten, schien dicker zu sein als die Luft und wurde nicht vertrieben.

›He, alter Mann‹, rief der Wirt auf dem Tisch und fing wieder an zu schwanken, ›mach's kurz jetzt, rat ich dir!‹

›Auf dem Tisch in ihrem Zimmer lag ein Zettel‹, fuhr ich fort und ließ den Langen nicht aus dem Auge, ›und auf dem Papier, es war 'ne Rechnung, stand, daß sie sich umbringen wollte, weil sie in dem Elend nicht weiterleben konnte. Und der Zettel steckt hier in meiner Tasche.‹

Das Gemurmel ging wieder los, sie machten sich an meinen Taschen zu schaffen, mit Rippenstößen, schließlich hatten sie den Zettel gefunden.

›Gebt das Papier her, sage ich euch!‹ brüllte der Wirt. Er bückte sich und wäre fast vom Tisch gefallen, als er die Hand darnach ausstreckte, als wäre der Schnaps in ihm zu schnell geschüttelt worden, aber dann fing er sich wieder und faßte das Papier und hob die Laterne vom Tisch, um zu lesen.

›Mein lieber, guter Vater‹, las er mit schwerer Zunge und ziemlich mühsam vor, ›es ist zuletzt immer schlimmer geworden mit John, vielleicht klebte ein Fluch an dem Geld, das er von seinem Vater erbte, denn er arbeitete nichts mehr und ließ die Farm verkommen und hörte nicht mehr auf, zu trinken. Ich habe in diesem einen, unglücklichen Jahr so viel ertragen, daß ich nie mehr froh werden kann, denn ich habe ihn doch einmal sehr gern gehabt und ihm all meine Liebe gegeben. So bin ich schon langsam vorher gestorben und ganz allein wie ein Gespenst, das sich nicht mehr helfen kann. Es ist auch besser, wenn ich nicht mehr hier bin. Und ich bitte dich, mir zu verzeihen, wenn ich es tue. Du hast mir immer nur Gutes getan, und ich hörte nicht auf dich, ich habe dir nur Sorgen gemacht. Leb wohl, lieber Vater und denke nicht …‹

Der Wirt las nicht weiter, er schüttelte den Kopf, stieß auf und schluckte etwas hinunter. Dann fragte er John Wills, ob das die Schrift seiner Frau wäre. Der Lange riß das Papier an sich, starrte mit offenem Mund auf den Zettel, und ich sah, wie die flinken Augen hastig die letzten Worte Annes lasen, dann hob er die Faust gegen mich und schrie mit seiner weinerlichen, schrillen Stimme:

›Das hat sie niemals selbst geschrieben! Das ist eine verdammte Lüge, das hat er selbst gemacht, der Halunke! Das hat sie nicht geschrieben, laßt mich los, das hat der alte Halunke selbst geschrieben, weil sie ihm nicht zu Willen war, als er sie im Bett überfiel, laßt mich los! Ich will's ihm besorgen, dem alten, schmierigen Schwein, loslassen, sage ich euch!‹

›Ruhe‹, brüllte der Wirt auf dem Tisch. ›Haltet ihn fest, wir machen Schluß mit dem Alten, macht Platz.‹

Er kletterte vom Tisch herunter, sie stützten ihn dabei, der Strick wurde angezogen, die Schlinge drückte mir die Luft ab, da fing die schwarzhaarige Kleine auf dem Heuboden noch einmal mit ihrem wütenden Fluchen und Schimpfen an, sie war schon etwas heiser. Sie drohte ihnen mit ihrem Vater, der hier die Rolle des Friedensrichters zu spielen schien und jetzt in der Amtshauptstadt war. Sie kündigte ihnen an, daß jeder einzelne hier, der jetzt seine Hand im Spiele hätte bei diesem Verbrechen, das sie an mir begingen, in der gleichen Schlinge hängen würde, bis er schwarz würde. Und dann rief sie noch, sie käme gleich zurück, sie müßte nur noch diesen Brief holen, den ihr Vater vor vier Wochen von Anne Wills bekommen hatte, als John für einige Zeit verschwunden gewesen war. Und dann turnte sie oben durchs Gebälk davon.

Sehen Sie, Herr, da hatte die arme, tote Anne doch noch einmal eingegriffen, von weit her, war noch einmal umgekehrt in dem schwarzen Wald, wo sie allein war ohne Weg und Steg, um das mit dem Brief wie ein Zeichen in die dunkle Scheune zu schreiben, damit es die wütende Kleine lesen konnte. Ich sah jetzt, wie der Lange, der inzwischen nüchtern geworden war, die Hand in die Tasche schob und mit einem verschlagenen Lauern um sich blickte. Ich hörte, wie er mit den Kumpanen sprach, er war jetzt so eine Art Attraktion geworden. Und er sagte ihnen, daß ihm der Unfug viel zu lange dauerte und daß sie wahrscheinlich noch einige Tage brauchen würden, um den Alten kalt zu machen, dem doch jeder ansehen könnte, daß er's gemacht hätte, so lange könnte er nicht warten. Vor Schreck und Ekel sei ihm ganz mulmig geworden, er müsse jetzt mal was zu sich nehmen, nicht den Fusel, den sie da in ihrer Buddel hätten. Und wenn es dann soweit wäre, könnten sie ihn ja rufen.

›Du bleibst jetzt hier, John!‹ rief der Wirt, der hinterm Tisch zu Häupten der toten Anne stand, ›ist genau so deine Sache, die wir hier abmachen.‹ Da rannte das Mädchen schon über den dunklen Platz und in die Scheune herein, einen Arm ausgestreckt, in der Faust den Brief, keuchend machte sie sich Platz, was dann vor sich ging, kam so schnell, daß der Wirt nicht mehr eingreifen konnte. John Wills hatte versucht, sich aus der Scheune zu drücken, als das Mädchen ankam, nun entlud sich die Wut der Galgengesichter gegen ihn. Er hatte noch keine drei Schritte nach dem Scheunentor hin gemacht, da fielen sie wie eine Schar hungriger Ratten über ihn her, er konnte auch nichts mehr aus der Tasche ziehen. Er lag schon auf dem Boden, und sie richteten ihn wüst zu. Wenn der Wirt sie nicht mit dem Kolben seines Revolvers auseinandergetrieben hätte, wäre John Wills nie mehr aufgestanden. Es vergingen einige Minuten, er krümmte sich wie ein überfahrener Wurm, kam auf die Knie und kroch wie ein Hund auf allen Vieren davon. Das Mädchen erzählte mir später, daß sein Gesicht nur noch ein blutiger Brei war. Sie hatten ihm ein Auge ausgeschlagen. Niemand kümmerte sich mehr um ihn. Der Wirt stützte sich auf den Tisch und verglich im Schein der Laterne die beiden Briefe. Es war ein und dieselbe Schrift, die Tochter des Richters zog schon die Decke über Annes weißes Gesicht. Der Wirt stellte prahlend fest, daß John versucht hätte, sie zu bluffen, was ihm aber nicht gelungen sei. Das Mädchen brauchte sich gar nicht auf die Zehenspitzen zu stellen, um die Schlinge über meinen Kopf zu ziehen und dem Wirt ins Gesicht zu werfen, sie war beinahe so groß wie ich, sie trieb die Bande mit Schimpfworten aus der Scheune, die zu dem Anwesen ihres Vaters gehörte, mit einer Rasierklinge schnitt sie mir die Handfessel durch. Und als einer der letzten, der rausging, sie grinsend an den schwarzen Haaren zog, spuckte sie nach ihm und trat ihm gegen das Schienbein. Die Fackel brannte nieder, der Wirt hatte die Laterne mitgenommen, nun war die Scheune leer bis auf uns beide und die arme, tote Anne. Die himmlischen Boten hatten das Spiel verloren, sie hatten nicht mit der Toten gerechnet, bis zum Hals hatte ich wohl schon in der Erde gestanden, in dem Loch, in dem wir alle verschwinden, und dann war ich noch einmal herausgezogen worden, von ihr, die auf dem Tisch still unter der Decke lag.

Sechzehn oder siebzehn wird sie wohl gewesen sein, die kleine Wilde, die mich jetzt an der Hand aus der Scheune führte. Über den dunklen Platz, geschäftig wie eine kleine Mutter, aber ich hatte doch vorerst genug, das Fell war mir gründlich gesotten und gegerbt worden, und wenn ich vorhin sagte, daß die himmlischen Boten das Spiel verloren hatten, so muß ich gestehen, daß die Probe etwas reichlich ausgefallen war. Ein Spiel um Hals und Kragen. Wir stiegen nebeneinander die morschen Stiegen in dem leeren, finsteren Haus hinauf, so landete ich noch einmal in dem Elendsverschlag, der mir jetzt wie das Eiland der Ruhe selbst erschien.

Ich zündete den Kerzenstumpf an und streckte mich auf der Moderwiege aus, hörte sie unten noch johlen und grölen, und einen Augenblick stand die Kleine noch wie benommen da und sah sich zufrieden und satt an mir. Sie hatte ja auch Grund genug, dann lief sie hinunter. In dieser Nacht kam ich noch nicht auf das Wort, das mir fehlte und das ich am anderen Abend hören sollte, sein Sinn lag mir auf der Zunge, aber die Zunge gabs noch nicht her. Dafür hatte ich jetzt Zeit, einige Fragen zu sammeln und an mich selbst zu stellen. Ich war bisher in der Welt herumgelaufen wie ein Mann, der sich beim Blumenpflücken nur bückt, aber nicht umsieht. Er merkt eben nichts. Er sieht nichts von den lauschigen Schützengräben, von den Gewehrläufen auf den Sandsäcken, die auf ihn gerichtet sind, er hat noch keine Abbildung gesehen von den himmlischen Schützengräben, mit dem geweihten Finger am Abzug. Und plötzlich hat ihn eine Garbe gestreift, und er hat nicht nur mit den Ohren geschlackert. Man kann in einer Minute mehr sehen als in zehn Jahren, hatte ich das himmlische Alphabet jetzt erblickt? Da lag ich friedlich auf einem feuchten Strohsack und fühlte immer noch den Strick um den Hals, das würde noch oft mein Lieblingsbild sein, Hände auf den Rücken gebunden, Auge zugeschwollen und vor mir auf dem verdreckten Tisch die weit aufgerissenen Augen in dem weißen Totengesicht, die leise vor Entsetzen schielten. Aber das war nur erst der Rahmen um Seine Herrlichkeit, um Seine Macht und Sein Reich, und von der Krone des Lebens hatte ich auch noch keine Abbildung gesehen. Nicht nur im Traum würde ich mit dem Hals in der Schlinge schaukeln, auch Sommers daheim, wenn die Sonne heiß auf den Holunderbusch schien vor der Hütte, wenn es so bitter und fröhlich aus dem Holunderbusch roch, da konnte mir das gallische Würgen in den Mund kommen und ich konnte noch einmal den Becher der Freude kippen hinter der Herrlichkeit dieser Welt. Wohl bekomms!

Aber da erschien die kleine schwarze Hexe schon wieder, mit einem Bierglas, der heiße Tee dampfte noch, und ich mußte die harten Kekse hineintunken, die sie für mich aufgetrieben hatte in der Nacht. Wie 'ne richtige Puppenmutter wirkte sie da oben herum. Schleppte eine alte Pferdedecke herbei, und die Flöhe darin bissen mich die ganze Nacht. Eine Zeitlang saß sie noch an meinem Lager, hielt meine Hand, als sollten jetzt die Märchen erzählt werden, es war einmal ein Mann, der hieß Pat Flint, und er war jetzt soweit, die himmlischen Fallensteller zu verhöhnen, auf ihre Stümperarbeit zu husten. Kommt heraus, wollte er sie herausfordern, und es kam nur der Schlaf heraus, der den alten Pat in der letzten Runde hinlegte und auszählte. Als die Nacht herum war, taute der Schnee nicht mehr, das Wetter war klar und kalt, das scharfe Licht schnitt blendende Streifen in die Kammer, wo sich der Staub auf den verfaulten Dielen tummelte, der Ruß auf den Schimmelplacken, wo Konservenbüchsen und zerrissene Schuhe in Frieden ruhten, Schokoladenpapier und aufgeweichte Zigarettenschachteln. Während ich ganz neue Schlüsse aus dem Anblick des Gerümpels zog, störte mich das Gefühl, daß mich jemand beobachtete. Ich drehte mich unter der scharfriechenden Deckenlast um und blickte in die blanken, furchtlosen Augen der Kleinen, die dort hinten im Winkel hockte. Sie hatte einen Mantel um sich gewickelt, in den zwei Männer hätten hineingehen können. Vor ihr am Boden stand eine Schüssel mit blutigem Wasser und allerlei Lappen. Wie ich sie ansah, merkte ich, daß ich wieder auf beiden Augen sah, sie hatte also in der Nacht nasse Umschläge auf die Geschwulst gelegt, während der alte Mann schlief, den sie aus der Schlinge gezogen hatte. Als sie aufstand, schleppte sie den Mantel wie 'n Teppichläufer hinter sich her, sie winkte mir vergnügt zu und verschwand. Wissen Sie, wie sich diese barmherzige Ansiedlung nannte? Adlersfall! Konkurrenzlos. Versichern Sie rechtzeitig Ihre Angehörigen, wir bieten Schutz und Hilfe! Mit einem Topf voll heißer Milch und einer dicken Scheibe Brot schwebte der schwarze Schutzengel im Riesengoliathmantel herein, es fehlte noch, daß sie mich wie 'n Hundebaby fütterte. Fröhlich saß sie auf dem Stuhl daneben und sah mir zu, wie in der Wochenschau, sie hatte Stirnrunzeln, so genau gab sie acht, und als ich sie fragte, ob ich das alles jetzt bezahlen könnte, nickte sie vor Lust und Freude, abgemacht, wir hatten beide rote Nasenspitzen vor Kälte und kleine Hauchwolken vorm Mund, wenn wir sprachen. Sie zog einen Schuh aus und stopfte das Geld in die Schuhspitze, während ich unter der Flohdecke herauskroch und mir die Strohhalme abzupfte, mit denen ich wie gefedert war. Dann ging sie mit mir hinunter, die Helden von Adlersfall schnurrten noch in den Betten, wir mußten den Totengräber wecken, der hier der Sargmacher war. Keine Kleinigkeit. Aber bis Mittag war der Kistensarg fertig, ich nagelte ihn zu. Auf den Sargdeckel schrieb ich mit blauer Kreide:

HIER RUHT ANNE ESTELLE WILLS
AUF DER LETZTEN REISE

Und darunter dann das Datum und die Stunde, da ich sie in der Blockhütte am Abend gefunden hatte.

Mürrisch und mundfaul standen die Helden von Adlersfall an ihren Fenstern, als ich den ›Heuschnupfen‹ in Gang brachte, als ich tankte und dann in das verschneite, menschenleere Land fuhr, der Schnee glitzerte in der Wintersonne, die Schatten in den Gräben waren noch blau. Zufrieden hörte ich dem mahlenden Klopfen und Zischen des alten Klapperkastens zu, der rollenden Straßenmühle, und nach einigen Stunden dachte ich schon manchmal: Alter Mann Pat, laß uns weiterfahren durch Land und Wintertag, immer weiter, und dann noch eine Meile, zu nichts soll einer mehr zurückkehren, das denkt man oft im Fahren, und dann laß uns Umschau halten nach den Männern, die im Verborgenen wirken und den himmlischen Kampf aufgenommen haben, nicht mit Waffen oder Gebeten, sondern mit geheimen Gedanken und Anweisungen hinter Ödnis und Ungemach. Hatte ich die Fallen vergessen? Die alte Versuchung kam wieder über mich, mit dem Sinnen und Spinnen wagte ich mich schon wieder aus der Vorsicht heraus, aber ich blieb nüchtern den ganzen Tag, ließ den Magen knurren, wollte von einer Einkehr bei Gottes Ebenbildern nichts mehr wissen.

Gegen Abend tauchten aus der Dämmerung die ersten blinkenden Pünktchen auf, bald war's ein Lichterfunkeln weit und breit, und da mußte ich nun wohl hindurch, 'ne große Stadt, die Überlandomnibusse überholten mich, Fernlastzüge und zweistöckige Trams drängten an mir vorbei, in den brausenden Straßenschluchten ging ich nicht verloren, aber ich fühlte die Gefahr, von Scheinwerfern geblendet, sie war wie ein saugender Schatten über der Stadt, hinter Mauern und geschlossenen Fensterläden, wo sie im Schlaf sich wälzten und stöhnten und mit Traumgeschrei den Schatten sich vom Leibe hielten. Ich fuhr und fuhr und vergaß nicht die schlimme Fracht auf dem Rücksitz, das mußte doch die Unsichtbaren zu neuen Plänen gegen mich anregen. Ich war froh über die Frostkälte, scharf und bitter klar war die Luft, und als ich nach einer Stunde über die Stadtmitte hinaus war, fuhr ich an den kahlen, schwarzen Anlagen entlang, an den schwarzen Baumreihen. Wo es dunkler wurde, blieb der Lärm zurück, standen die Häuser nicht mehr so dicht, drang die Nacht weiter vor von draußen und schüttete Ruhe und Dunkel über die verlassenen Plätze, in einem öden Winkel wollte ich die lange Fahrt beenden. In einer der letzten Straßen bog ich in einen ungepflasterten dunklen Seitenweg ein, an einem Lattenzaun, der schief in schwarzem Gestrüpp hing, unter mächtigen, alten Bäumen, hielt ich an. Nahm das Licht weg, steckte das bißchen Proviant ein, das mir die kleine Schwarze in den Wagen gelegt hatte, und stieg aus. Die Beine und der Rücken waren von der langen Fahrt steif und ich mußte mir Bewegung verschaffen. Ich ging aus dem Seitenweg heraus und in das Ende der Anlage hinein, bis ich unter kahlen Sträuchern eine Bank fand. Spuren von Schnee leuchteten da und dort aus dem schwarzen Laub, in den Ohren brauste es mir noch von der Fahrt, und nachdem ich eine Zeitlang auf und ab gegangen war, setzte ich mich auf die dunkle Bank und wickelte aus den Maisblättern den Schafskäse und die Oliven, die drei Sardellen und das Kastenbrot. Dazu sog ich die klare, kalte Luft durch die Nase, ich hatte zehn Stunden Benzindunst geschluckt, natürlich sah ich mich von Zeit zu Zeit auch um. Aber es gab nichts zu sehen, weit und breit nur ein einziges erleuchtetes Fenster drüben in der Straße und an der Ecke der Laternenschein, die Gegend schien mir verlassen genug. Das erleuchtete Fenster konnte meine Phantasie etwas beschäftigen, bei schärferem Hinsehen entdeckte ich, daß es vergittert war. Nicht mit Stangen, sondern mit eisernen Stielen, Blättern und Ranken. Als ich daran dachte, daß ich jetzt gern bei einer Lampe in Sicherheit gesessen hätte, ging das Licht drüben aus, als ob das erleuchtete Fenster oder was dahinter war, nicht länger von mir beobachtet werden wollte. Nach einiger Zeit wurde in der Nähe der Straßenecke, im Laternenschein, langsam eine Haustür geöffnet, vorsichtig und zögernd, wie mir schien. Aber aus dem dunklen Viereck dahinter kam niemand zum Vorschein.

Ich stand auf, weil mir das unbehaglich wurde, vielleicht war hinter der Tür etwas passiert. Vielleicht fürchtete sich jemand, auf die Straße zu treten. Als ich hinter den Sträuchern am Rand der Anlage stand, sah ich plötzlich einen Mann schnell heraustreten, argwöhnisch und suchend blickte er sich um. Dann zog er die Haustür zu und schloß sie ab. Er stützte sich auf einen schwarzen Stock, weil er hinkte. Als das Licht der Laterne sein Gesicht streifte, sah ich die dunklen Brillengläser in seinem Gesicht, dann war er um die Ecke verschwunden.

Es ist nichts, dachte ich, er hat den Hut tief in die Stirn gezogen und den Mantelkragen hochgeschlagen, weil es kalt ist. Es kann nichts bedeuten, daß man nur die Nase und die dunkle Brille von ihm sieht. Ich kehrte um und setzte mich wieder auf die Bank. Der blatternarbige Wirt von Adlersfall fiel mir jetzt ein oder was sich unsichtbar seiner bediente, und nun mußte ich doch die Herausforderung loswerden, und es wurde eine Rede daraus.

›Glauben Sie denn‹, sagte ich zu jemand in Gedanken, ›daß das immer so weitergeht und keiner merkt etwas? Nämlich, daß er nur auf dieser Welt erscheint, damit sie satt werden können an seinem Stöhnen, wenn die Verzweiflung ihn endlich so weit gebracht hat, daß er nicht mehr entrinnen kann und ihn der erste Stoß der Qual von unten her trifft? Müßten nicht die Blumen in den Balkonkästen der Krankenhäuser und Irrenanstalten schwarz werden von dem Schreien und Weinen hinter den Mauern, von den Verlassenen, die nie mehr gesund werden? Wer ißt sich denn satt an dem tränenerstickten Wimmern und dem hohlen Todesröcheln in der Stunde vor Morgengrauen, wer denn dort oben in der luftigen Höhe?‹ Aber da hörte ich ihn schon kommen, ich erkannte ihn an dem Klopfen des Stocks, an dem hinkenden Gang, er war in die dunkle Anlage gekommen, ich hörte ihn in der stillen Luft vor sich hinsprechen, und wenn ich mich jetzt auf der Bank bewegt hätte, wären die folgenden Dinge nie geschehen. Auf einem Seitenweg kam er vorüber, ich rührte mich nicht und hielt das Gesicht gesenkt, damit ihn mein Blick nicht etwa warnte, sein Stock klopfte und sein Schritt hinkte auf mich zu, ich hielt den Atem an und verstand das Zischeln und Murmeln nur einen Augenblick, es waren folgende Worte: ›… auch die Luft gefährlich, Luft und Wasser,

Erde von Toten bewacht, keinen Schritt breit über die Luft, in Deckung bleiben ...‹, dann verstand ich schon nichts mehr. Aber nun wußte ich genug, ich wußte das Wo r t. Ich hatte es in der Dachkammer von Adlersfall gesucht, fast wäre ich doch noch aufgesprungen und hätte ihn eingeholt, um ihm für das Wort zu danken, aber damit hätte ich ihn ja erschreckt und verjagt.

DECKUNG, das war es, Herr, nun wußte ich es. Die Kälte war durch meinen Mantel gedrungen, wo sollte ich wohl hin in dieser Nacht? Ich mußte mir doch noch ein Logis suchen, eine Kammer, wo ich mich hinlegen konnte, und obwohl mich das Wort wieder warm gemacht hatte, stand ich auf und ging aus der Anlage hinaus und dann den Seitenweg hinein unter die hohen schwarzen Bäume, und da stand der ›Heuschnupfen‹ nicht mehr. Zuerst dachte ich ganz ruhig: ›Also gut, es fängt wieder an‹. Ich fühlte, wie mir der Schrekken kalt über den Rücken strich, und erst dann überlegte ich mir, daß ich das doch hätte hören müssen, wenn einer damit losgefahren wäre. Fortgeschoben im Dunkeln? Und dann sah ich erst, daß der Lattenzaun hier nicht umgesunken war, ich war in den falschen Seitenweg geraten.

Ich ging wieder vor auf die Straße, und nun kam sie mir noch viel fremder vor, suchte und irrte mich noch einmal, und dann fand ich schließlich wieder den alten ›Heuschnupfen‹ am schiefen Zaun. Und als ich mich umdrehte, sah ich den Hinkenden aus der dunklen Straße auftauchen und durch den Laternenschein auf das Haustor zugehen. Dort blieb er stehen, blickte sich zögernd und argwöhnisch um und schloß auf. Er versuchte es vielmehr einige Male, brachte aber die Tür nicht auf. Wenn ich ihn nicht auf dem dunklen Weg in der Anlage gehört hätte, wie er mir das Wort zuwarf in der kalten, stillen Luft, dann hätte ich seiner Gestalt und seinen Bewegungen jetzt doch etwas angemerkt. Etwas, das nicht in diese Gegend hier paßte, nicht in die Zeit.

Schlapphut und schwarze Brille fielen hier weniger ins Gewicht, das gab es überall und alle Tage, ich mißtraute seinem Äußeren weniger, und einen Augenblick glaubte ich ihm auch das Hinken nicht. Das Ungewöhnliche an ihm mußte wo anders herkommen, aus dem inneren Gehaben, dort schien er stark beschäftigt, als verkehrte er darin mit einem Phantom.

Ich durfte nur nicht lange überlegen, wie ich an ihn herankommen konnte, ohne ihn zu verscheuchen. Und daß er noch andere Dinge wußte, daran zweifelte ich jetzt nicht mehr. Er kam mir vor wie ein Mann, der auf der verlassenen, nächtlichen Straße, vor der Haustür, wie vor Kulissen, die man vorher aufgestellt hat, die Rolle eines Spaziergängers spielt, der an die frische Luft geht und jetzt nach Hause zurückkommt. Er kann die Rolle längst auswendig, die Straße, die Häuser und der Laternenschein haben nichts mit ihm zu tun, man kann sie nachher wieder abnehmen und forttragen bis zur nächsten Vorstellung, er hat nur noch vor der Haustüre zu stehen und aufzuschließen, vielleicht gehörte es dazu, daß er das Schloß nicht aufkriegte. Aber ich selbst gehörte nicht dazu, ich war nicht gestellt. So ruhig als möglich kam ich aus dem Seitenweg heraus und ging über die Straße, und dann blieb ich wie zufällig neben ihm stehen.

Wenn auf der Bühne, mitten im Stück, Feuer ausbricht, wird man das zuerst noch zum Stück rechnen, aber wenn das fressende Feuer vom Diener, der mit dem Schaumlöschapparat ins Zimmer läuft, nicht mehr gelöscht werden kann und das Stück stehen bleibt, weil alle plötzlich so unnatürlich natürlich werden, überlegt man nur noch, ob man sich rechtzeitig retten kann. Denn jetzt gab er seine Rolle auf und wurde beweglich. Er fuhr gereizt herum und starrte mich mit entsetzter Gefaßtheit an, ich gehörte nicht auf die Bühne und in sein Stück, er hob abwehrend die Hände, aber doch auch wieder so, als wäre er zugleich erleichtert, denn nun blickte er dem so lange erwarteten und geheimen Feind endlich ins Angesicht.

Zu jeder anderen Stunde wäre ich ungeschickter und schnell zu entmutigen gewesen, aber ich hatte meinen Eintritt bezahlt für diese Vorstellung, in der Scheune von Adlersfall, das Schicksal hatte mich längst ins Programm aufgenommen, es reichte für mehrere Freikarten aus, ich ließ mich nicht mehr vertreiben.

›Guten Abend‹, sagte ich zu ihm. ›Wie ich sehe, bringen Sie das Schloß nicht auf. Wenn Sie erlauben …, ich glaube, ich habe darin etwas Erfahrung.‹

Das war vielleicht unvorsichtig. Erfahrung mit fremden Türschlössern? Er war so verblüfft, daß er sich den langen Schlüssel aus der Hand nehmen ließ. Bevor er protestieren konnte, hatte ich das Schloß geöffnet und die Tür weit aufgestoßen, aber in dem stockfinsteren Flur dahinter war nichts zu erkennen. Er stierte mich ängstlich und fassungslos an.

›Man muß mit dem Schlüssel im Schloß wie mit einer Hand fühlen können‹, sagte ich geschäftsmäßig, ›aber das kann man nur, wenn man weiß, wie das Schloß innen aussieht.‹

›Das Schloß innen?‹ fragte er argwöhnisch, als hätte ich damit einen Doppelsinn verbunden. Ich nickte trocken, während er schnell in die dunkle Türöffnung trat.

›Können Sie mir‹, sagte ich sofort, ›hier in der Nähe ein einfaches Gasthaus nennen? Denn ich bin eben erst hier angekommen.‹

Er schüttelte ungeduldig und abweisend den Kopf.

›Nicht irgendein beliebiges‹, sagte ich und tat so, als wollte ich nun gehen, ›sondern wo es auch einigermaßen sicher ist. Es kommt doch darauf an, daß man die richtige D e c k u n g findet.‹

Jetzt hörte ich, wie er Atem holte, er sprang erschrocken zurück und warf mir die Haustür vor der Nase zu. Nun, ich hatte Zeit. Der Zünder war gestellt. Langsam ging ich über die Straße und überlegte, was ich nun eigentlich von seinem Gesicht gesehen hatte. Nichts. Ein paar schwarze Augengläser! Er hatte immer im Schatten gestanden. Plötzlich hörte ich jemand hinter mir rufen. Ich blieb stehen und drehte mich um. Er winkte mit dem schwarzen Stock in der offenen Haustür, als winkte er um Hilfe.

Jetzt werden Sie denken, daß ich ziemlich unvorsichtig war, als ich zurückging, daß ich die Fallen vergessen hätte. Ich hatte es nicht, denn mit einem Sarg abends in ein Gasthaus zu gehen, ist bestimmt unvorsichtiger. Und dann hatte ich ja auch das Wort von ihm erfahren.

Natürlich konnte das ein neuer Trick von ihm sein. Aber man wird bald dort unten, ich meine hier, im Lagerhaus, auf der Bühne, das Lied singen, das Sie nicht versäumen dürfen, daher muß ich mich kurz fassen und meine Geschichte vorher zu Ende bringen. Es ist nicht ausgeschlossen, daß wir hier noch Schwierigkeiten bekommen, bevor es draußen Tag wird. Ich ging also zurück, und er stand jetzt vor der Haustür, stützte sich auf den Stock und blieb mit dem Gesicht im Schatten. Er wartete unbeweglich, bis ich herangekommen war, auf der dunklen Straße zeigte sich niemand, und die Sterne schienen klar in der schwarzen, unerbittlichen Höhe, ich wußte, daß er mich jetzt genau beobachtete.

›Kommen Sie bitte noch einen Schritt näher‹, flüsterte er, ›ich kann hier nicht so laut reden.‹ Dabei sah er sich rasch noch einmal um, viel zu ängstlich, als daß es nicht auffällig gewesen wäre. Ich dachte natürlich einen Augenblick daran, daß er mir jetzt nur einen Stoß zu geben brauchte, damit ich durch die offene Tür in den dunklen Hausflur fiel. Ich stellte mich daher so neben ihn, daß ich ihn und die Tür im Auge hatte, aber nun war ich doch nicht darauf gefaßt, daß er an mir herumschnupperte.

›Wieso‹, flüsterte er, ›riechen Sie nach Verwesung?‹

Bei dieser Kälte konnte er ja nicht viel riechen, dachte ich und versuchte, etwas von seinem Gesicht zu erkennen.

›Was haben Sie dort hinten im Wagen?‹ fragte er jetzt lauernd. Er machte mir nicht den Eindruck eines berufsmäßigen Hellsehers. Ich wollte aufs Ganze gehen.

›Eine Tote‹, sagte ich, ›sie liegt noch in einem provisorischen Sarg. Aber Sie sollten nicht danach fragen.‹

Einen Augenblick schien er steif zu werden. Seine Lippen bewegten sich, er brachte nicht mehr als ein Keuchen zustande.

›Wie heißt sie?‹ fragte er heiser.

›Ihr Name ist gut und ehrlich‹, sagte ich, ›nun wird sie ihn hier nicht mehr tragen. Sie hieß Anne Estelle Wills.‹

Er atmete auf.

›Was haben Sie an Ihrem Auge?‹ fragte er leise.

›Ich bin gegen einen Treppenpfosten gestoßen‹, sagte ich. Ich wußte ja nicht, welche Gründe er hatte, mir noch immer zu mißtrauen.

›Ein Gasthaus, wie Sie es suchen‹, sagte er, um mich abzulenken, ›gibt es hier nicht. Das Hotel ›Monopol‹ wird Sie nicht aufnehmen. Aber Sie könnten den Sarg hier im Flur unterstellen.‹

Mir war das ängstliche Lauern in seiner Stimme nicht entgangen. Aber ich hatte meine Gründe, sein Angebot nicht abzuschlagen. ›Ich warte hier‹, sagte er, ohne meine Antwort abzuwarten. Ich nickte und ging also noch einmal zum ›Heuschnupfen‹ zurück. Während ich den Motor in Gang brachte, um rückwärts aus dem Seitenweg herauszufahren, begriff ich plötzlich, was es mit seinem Mißtrauen auf sich hatte. Er glaubte mir den Namen der toten Anne nicht. Er wollte sich von etwas überzeugen, von einer Identität. Aber ich war entschlossen, den Sarg nicht zu verlassen. Ich konnte mich im Hausflur in eine Decke wickeln, und wenn er mir einige Stühle hinausstellte, konnte ich bequem auf Stühlen schlafen. Er sollte keine Gelegenheit haben, den Sarg zu öffnen.

Ich hielt mit dem Wagen vor dem Hause, und er mußte mir helfen, den Sarg hineinzutragen. Dabei merkte ich, daß er nicht mehr hinkte. Wir stellten den Sarg in den dunklen Flur und er bat mich flüsternd, den Wagen wieder zurückzufahren, er könnte unmöglich die Nacht über vor dem Hause stehen bleiben. Ein geschickter Einfall, mich loszuwerden. Aber es war ein neuer Ton in seine Stimme gekommen, etwas Flehentliches, es war nicht gestellt.

›Ich möchte den Sarg nicht allein lassen‹, sagte ich.

›Hier ...‹, flüsterte er, ›nehmen Sie zur Sicherheit den Schlüssel.‹

Ich nahm den Schlüssel und strich im Vorbeigehen mit der Hand über das Schloß, es hatte keinen Riegel von innen. Dann fuhr ich den ›Heuschnupfen‹ also wieder zurück.

Er konnte natürlich einen zweiten Schlüssel haben, er hatte genügend Zeit, ihn inzwischen zu holen, abzuschließen und den Schlüssel von innen stecken zu lassen. Das fiel mir ein, als ich den Wagen abstellte. Zugleich glaubte ich nicht daran, denn ich hatte bereits eine Witterung für seinen ›Fall‹ bekommen.

Als ich zurückkam, stand er in der dunklen Türöffnung und beobachtete die Straße. Er sah niemand, aber es schien ihn mehr zu beunruhigen, als wenn er jemand gesehen hätte. Erleichtert atmete er auf, als ich an ihm vorbei in den dunklen Flur trat und er hinter mir abschließen konnte. Dann knipste er das Flurlicht an und faßte mich von hinten am Arm. Ruhig und traurig starrte er mich an, bevor er seine Frage stellte: ›Hat man Sie – geschickt?‹

›Man hat‹, sagte ich, ›man hat mich nicht geschickt.‹

Er nickte traurig und legte einen Finger vor den Mund, er horchte nach der verschlossenen Tür hin. Aber es blieb draußen still, und ich sah mich in dem steinernen, kahlen Hausflur um. Zwei alte Glühbirnen, rötlich ausgebrannt, verstaubt und mit Spinnweben überzogen, beschienen die schadhaften, grauen, mit einem körnigen Bewurf bedeckten Wände, aus dem einzelne große Stücke abgefallen waren.

›Hörten Sie nichts?‹ fragte er leise, ›hat es nicht geklopft?‹ Ich schüttelte den Kopf. Er nickte und forderte mich auf, ihm zu folgen.

Durch eine seitliche Pendeltür traten wir in einen kleinen, gewölbten Vorraum, wo er mich bat, zu warten, bis er drinnen Licht gemacht hätte. Es ist entschieden vorteilhafter, dachte ich, wenn sich ein Mann sonderbar, schrullig oder eigensinnig benimmt, als daß er platt und gewöhnlich ist, denn dann ist er auch bald niederträchtig und gemein und wird gefährlich. Er machte in dem kleinen Gewölbe kein Licht, ich hörte ihn eine Tür öffnen, dann glomm dort drin ein nebelhafter, grüner Lichtschein auf, er rief mich herein.

Die sogenannten ernsten Männer haben das Lächerliche erfunden, damit sie ihre würdevolle Rolle spielen können. Dabei kann das Lächerliche oft mehr Sinn und Bedeutung haben als ihre erhabene und großtuerische Haltung. Eines ist das Lächerliche allerdings nie, es ist nicht brutal. Natürlich hatte ich längst noch nicht alle Vorurteile in mir ausgerottet, und so stieß ich mich etwas an seiner Geheimnistuerei. Aber es kam ja eins nach dem anderen, und wenn ich nicht in dem Blockhaus gewesen wäre und am Bett der toten Anne, hätte ich den blutigen Schwank in Adlersfall nicht mitbekommen und hätte ihn hier nicht getroffen, der mir das Wort zugeflüstert hatte, das mir nirgends verkauft worden wäre. Und das Folgende wäre mir dann auch nur überspannt vorgekommen, komisch oder verstiegen.

Als ich in das dunkle Zimmer mit dem schwachen grünen Licht in der Mitte trat, betrachtete ich mir alles sorgfältig. Vielleicht hatte es einen bestimmten Sinn. Es war ein leuchtendes Aquarium und stand auf einem gewöhnlichen, schwarzen Tisch. Die Glühbirnen mußten in der Tischplatte unter dem Glasboden stecken. Das Licht drang von unten herauf durch das grüne Wasser, und die dichten Ranken der Pflanzen, der silbrige Sand hatte mehrere Trichter aus glatten weißen Steinen, hier drang das Licht heraus. Er nahm mir Hut und Mantel ab, dann setzten wir uns an den Tisch. Er benahm sich jetzt wie in einer Pause, bevor seine nächste Rolle drankommt.

Ich konnte zum ersten Male sein Gesicht sehen, ohne Schlapphut, er hatte auch die dunklen Gläser abgenommen. Ich schätzte ihn auf Mitte fünfzig, seine grauen Augen hatten etwas Glasiges, Fischartiges und waren nicht nur feucht, sondern flehend, auf eine vereinsamte Art, wie ich es zuletzt in seiner Stimme bemerkt hatte. Unter der blassen Haut war kaum noch Fleisch in dem langen, hohlen Gesicht. Die hohe, weiße Stirn war nicht glatt und gewölbt wie bei den Idealisten und Schöngeistern, sondern zerfurcht und buckelig, und die beiden Beulen sahen aus, als sollte er einmal Hörner bekommen. Da war schon was reingeschrieben, und was er mitgemacht hatte, war ja auch danach. Die schwarzen Haarsträhnen waren lange nicht geschnitten worden, an den Schläfen war er eisgrau. Weil er nichts sprach, merkte ich, daß mir nun eine Rolle zugefallen war, eine Aufgabe, wenn Sie wollen, er hatte mich vor das Aquarium gesetzt, und ich mußte es herauskriegen. Es zog eine Menge winziger Fische dort drin herum, und wenn sie zwischen den Ranken vom Licht getroffen wurden, leuchteten sie perlmutten auf, aber das hatte nichts zu bedeuten, und die Schnecken, die sich an den Wänden durch den grünen Algenbelag fraßen, das konnte es auch nicht sein. Ich mußte anders hinblicken, ich durfte nicht nur beobachten.

Natürlich beobachtete er mich die ganze Zeit. Es war warm in dem Zimmer und ich war einen Augenblick schläfrig geworden. Das Ganze ist eine verbannte und verlassene Welt, dachte ich, friedfertig und doch erbarmungslos, denn wahrscheinlich wurden die kleinsten gelegentlich von den größeren Fischen aufgefressen, selbst wenn er sie regelmäßig fütterte. Eintönig und ausweglos war dieser Wasserkäfig, aber ich kam noch immer nicht darauf. Daß es keine Liebhaberei von ihm war, wie sie die Quälerei mit gefangenen Tieren nennen, das konnte ich schon an seinem Gesicht ablesen, aus dem die Angst wie ein unsichtbares Zwielicht glomm. Und endlich fragte er mich, was ich davon hielte. Ich sah mir noch einmal den kalten, grünen Wasserdschungel an, und dann fielen mir die geflüsterten Worte ein, die ich von ihm in der Anlage gehört hatte.

›Vielleicht ist es so‹, sagte ich, ›daß wir genau so gefangen sind, wie die Fische im Aquarium. Es wird jeder schon in sein Aquarium hineingeboren, das Wasser gibt nur Leben, aber keinen Schutz, und dann sitzen vielleicht einige draußen herum und sehen zu.‹

Ich war einfach zu lange gefahren und auf solche Prüfungen nicht vorbereitet. Er riß die Augen auf und starrte mich an, als wollte er mich in Hypnose versetzen, aber ich hielt seinen Blick, und dann war es mir einen Augenblick, als löste sich das Flehen in seinen fischgrauen Augen und drängte nun langsam durch seinen Blick in mich ein. Sofort blickte ich wieder in das Aquarium und zwang mich, zu horchen, denn ich dachte noch immer, daß er mit seiner Familie hier lebte, aber ich hörte keinen Schritt, es fiel keine Tür. Wozu hat er gerahmte Familienbilder an der Wand hängen, dachte ich, als er mich noch einmal fragte:

›Sie sind also nicht von i h r – geschickt?‹

Ich schüttelte den Kopf.

›Aber es könnte ja einmal klopfen‹, fuhr er langsam fort, ›und dann müßte man wissen, ob es das r i c h t i g e Klopfen ist.‹

›Das richtige Klopfen‹, sagte ich aufs Geratewohl, ›muß wie ein Zeichen sein, das man kennt.‹

›Vielleicht ist es doch besser‹, sagte er und stand plötzlich auf, ›wenn wir den Sarg hier hereintragen. Er könnte draußen gestohlen werden.‹

Vorbereitungen, dachte ich. Er ist noch immer nicht fertig damit. Womit hält er eigentlich zurück?

Ich stand sofort auf und ging mit ihm hinaus in den äußeren Flur, und dann trugen wir den Sarg herein. Er las noch einmal die Aufschrift mit blauer Kreide. Rückwärts näherte er sich dem dunklen Hintergrund des Zimmers.

›Ich muß jetzt für einen Augenblick dunkel machen‹, sagte er, ›es dauert nicht lang.‹ Dabei streckte er den Arm nach hinten, und das grüne Aquarium erlosch. Ich hörte ein Summen, dann ein Knacken und ein ziehendes, saugendes Geräusch, im Dunkel fuhr mir ein Luftzug ins Gesicht. Ich hörte ihn wieder herankommen.

›Kommen Sie jetzt‹, sagte er leise und tastete über meine Brust nach meinem Arm, an dem er mich durch das stockdunkle Zimmer führte. Wir gingen eine Zeitlang nebeneinander, dann blieben wir stehen, ich war bisher nirgends angestoßen, und dann hörte ich wieder das ziehende, saugende Geräusch, als stünden wir in einem Kassenschrank, der sich hinter uns schließt. Dann gingen wir weiter, auf einem dicken

Teppich, noch einmal bat er mich, stehen zu bleiben. Jetzt hörte ich seine Schritte nicht mehr, aber nun glomm eine kleine, rötliche Lampe auf einem alten, runden, steinernen Tisch auf, und ich sah, daß wir in einem hohen Bücherzimmer waren. Die Wände waren ohne Lücken mit Büchern angefüllt, bis an die gewölbte Decke, nirgends konnte ich die Tür finden, durch die wir hereingekommen waren. Ein schwerer roter Teppich und wenig Möbel, ein paar Sessel, ein langer Schreibtisch, die beiden Vorhänge an den Fenstern waren zugezogen. Er stand am Schreibtisch, hantierte mit Teegläsern, rührte mit einem Löffel darin um und bat mich, Platz zu nehmen. Ich sank tief in einen weichen, niedrigen Sessel. Er kam mit den beiden Gläsern zurück und stellte sie auf den Steintisch, eine Dose Keks daneben. Der heiße Tee war stark gesüßt, etwas rötlich, wie mir schien, aber das konnte von der Beleuchtung herrühren. Er setzte sich in den Sessel mir gegenüber, schien zu horchen und bat mich noch einmal, den Tee nicht kalt werden zu lassen.

Ich ließ mir den Tee und die zarten Biskuits schmecken, und was er jetzt von den Büchern erzählte, sollte mich ja doch nur ablenken.

›Die Männer‹, sagte er, indem er auf eine Bücherwand deutete, ›die sie geschrieben haben, sind damit in Deckung gegangen. Sie haben damit für alle, die nach ihnen kamen, vorgearbeitet. Während sie dachten, mußte es im Zimmer still sein, und sie schrieben in stillen Behausungen. Wenn wir lesen, tauchen wir unter, in den Grund der Stille. Und wie still sind die Bücher selbst, wenn sie allein gelassen werden. Die Männer, die hinter ihren Buchstaben stehen, haben die Stollen angelegt in die unterirdische Stille. Sie haben uns die Zeichen gegeben, damit wir die Stollen finden. Tote Buchstaben? Es hat noch nie etwas Totes gegeben, alles ist wirksam. Nur für das Denken gibt es leblose Dinge, nicht für den, der fühlt, wie alles am Leben teilnimmt. Schränke und Stühle, Tassen und Körbe, Häuser und Straßen, nicht nur Wolken und Wiesen, steckt alles geheim ineinander, wirkt auf uns ein, ist nicht leblos, hängt alles zusammen, und Sie meinen doch nicht, daß wir nur mit unseren Gedanken zusammenhängen, mit Händen und Füßen und unserem Namen?‹

Vielleicht hatte er das in diesen Büchern gelesen, ich hatte noch nicht darüber nachgedacht. Klang mir nicht unrichtig, kam mir nur etwas unzusammenhängend hier vor, und Sie werden gleich sehen, was er alles noch behauptete. Wieder schien er zu lauschen. Von dem rötlichen Tee blieb mir ein merkwürdiger Geschmack auf der Zunge.

›Was?‹ sagte er plötzlich und stand bleich und zitternd auf, ›hat es eben nicht geklopft?‹

›Ich höre sehr gut‹, sagte ich, ›Sie können sich auf mich verlassen. Wenn es draußen klopft, höre ich es bestimmt zuerst.‹

Aber er blieb stehen, eine Hand hinterm Ohr, vorgebeugt, seine dürre Hand strich mehrere Male abwesend über den schwarzen Rock, als säße dort wie Angst eine Schicht, die sich nie mehr fortwischen ließ. Langsam setzte er sich wieder, nachdem er den Sessel näher herangerückt hatte. Er beugte sein Gesicht vor, mager und blaß, es war nicht mehr so verschlossen ausdruckslos wie auf der Straße, sondern haltlos erstaunt, er hatte die Sicherungen verloren, mit denen er sich sonst tarnte, und hinter dem Erstaunen war ein trauriges Flehen.

Auch ihn, dachte ich, auch ihn müssen sie in den Fingern gehabt haben, und dann haben sie ihn so weit gebracht, daß er nur noch dahinlebt, um auf ein Klopfen zu warten, und wenn es dann klopfte, wußte er nicht einmal, ob es das richtige Klopfen war.

›Ich werde mich ihnen möglichst regelmäßig zeigen‹, sagte er und deutete mit der Hand, die gleichmäßig zitterte, zu den verhängten Fenstern, er meinte offenbar die Straße damit. ›Regelmäßig‹, fuhr er fort, ›damit sie mir nicht nachstellen, aus Neugierde, damit sie mich nicht einfangen, um zu sehen, was in mir ist. In einem alleinstehenden Hause am Wald wäre es nicht so sicher wie hier. Eine große Stadt, das hat viel für sich, und wenn man Glück hat, halten sie einen für einen Sonderling, für einen Narren, Phantasten, für den sie ein trockenes, abfälliges Mitleid haben wie für einen Hund, der in einer Falle den Schwanz oder eine Pfote verloren hat. Ich will es ihnen erleichtern, darum hinke ich absichtlich draußen, aber ich gehe erst hinaus, wenn kein Büchsenlicht mehr ist. Wissen Sie denn ganz genau, wieviel Mordfälle auf einen einzigen Monat in dieser Stadt ...‹

›Entschuldigen Sie bitte‹, unterbrach ich ihn. ›Es klopft draußen.‹

Man konnte es jetzt draußen am Tor klopfen hören. Ich war darauf gefaßt, ein Bild des Schreckens, wenn nicht des Entsetzens zu sehen, ich dachte, daß sich ihm sämtliche Haare nun sträuben würden, aber ich sah überhaupt nichts. Er hatte das Licht ausgedreht. Es klopfte noch immer draußen.

›Sprechen Sie bitte kein Wort‹, sagte er flüsternd dicht neben mir. Seine kalte, magere Hand legte sich um mein Handgelenk, er zog mich einige Schritte über den Teppich, dann auf den Boden nieder, wir knieten beide auf dem Teppich. Draußen wurde jetzt ans Tor gehämmert.

Ich hatte den Eindruck, daß er mit einem Male unsäglich erleichtert und ganz gefaßt geworden war. Er knipste eine kleine Taschenlampe an und blendete sie bis auf einen Spalt ab. In dem schwachen Lichtschein konnte ich seine Hand sehen, sie hatte die Ecke des Teppichs zurückgeschlagen und tastete die Dielen ab, bis sein Zeigefinger den Messingstift fand, der kaum hervorstand. Als er den Stift herauszog, sank ein rechteckiger Ausschnitt des Bodens nach unten.

›Steigen Sie bitte hinunter, und warten Sie unten auf mich‹, sagte er leise.

Ich setzte mich auf den Boden, zwängte die Beine in den Schacht und kam mit den Fußspitzen auf eine Leitersprosse. Langsam stieg ich hinunter, es war genügend Luft vorhanden, sie war warm und abgestanden. Dann waren die Leitersprossen zu Ende, und ich stand in einem dunklen Gang, den ich mit beiden Händen abtastete. Ich hörte, wie er oben mit der Klappe hantierte und hörte sie einschnappen. Langsam stieg er herunter. Ich bildete mir ein, daß jetzt die Luft auf einmal stickig wurde. Sein Atem ging etwas keuchend, aber ruhig, er stand still neben mir und schien zu horchen. Aber hier unten war nichts mehr zu hören. So weit, dachte ich, so weit also. Sie haben ihn noch ein Stückchen weiter gebracht, es genügte nicht, daß er auf ein Klopfen wartet, es muß noch die Falltüre unterm Teppich dazukommen und der unterirdische Gang. Der Stollen.

Er knipste die Taschenlampe wieder an und ging voran. Eine Zeitlang war der Gang mit roten Ziegelsteinen gemauert, in den Ritzen stand weißlicher Schimmel, dann hörte die Mauerung auf, und die Lehmwände waren mit Hölzern abgestützt, das Rundholz war teilweise schon morsch, mit Schimmelfäden und kleinen, weißen Pilzen überzogen. War nicht ganz ungefährlich hier unten, wenn die morschen Pfosten nicht bald erneuert wurden, knickten sie ein, und dann konnte der Gang eines Tages einstürzen.

Ich folgte dem Licht der Taschenlampe und dem Laut seiner Schritte, er hatte es eilig, aber es schien mir eine nahezu aufgeräumte Eile zu sein, überstürzter Tätigkeitsdrang. Ab und zu war er plötzlich um eine Ecke verschwunden, so daß ich mich im Dunkeln nur noch nach dem Laut seiner Schritte richten konnte.

Ich dachte auch einmal an Adlersfall, an die Fallen. Aber das war in einer anderen Schicht vor sich gegangen. Natürlich war es alles andere als vorsichtig von mir, hier herumzuturnen, während der Sarg oben im Aquariumzimmer stand. Jetzt holte ich ihn ein, er stand am Rande eines gemauerten, runden Schachtes, in den er hinunterleuchtete. Ich hatte früher selbst unterirdische Kanäle gebaut. Aber es drang keine Feuchtigkeit herauf und die Steigeisen, die in der Wand eingemauert waren, waren nicht von Rost zerfressen.

›Am besten‹, sagte er jetzt mit seiner gewöhnlichen Stimme, ›leuchte ich Ihnen von unten.‹

Ich nickte und er setzte sich auf den Rand des Schachtes, ließ die Beine hinunter und stieg rasch und sicher in die Tiefe. Mit einem Male, während ich ihm mit dem Blick folgte, oder was ich von ihm dort unten noch sehen konnte, kam mir das alles nicht mehr verstiegen oder überspannt vor. Es hatte etwas von einem Gleichnis, nur wußte ich es noch nicht zu deuten. Er machte es mir ja nicht leicht. Fällt Ihnen übrigens auf, daß ich nicht einmal seinen Namen wußte? Wie eine symbolische Handlung kam mir dieser Rückzug unter die Erde vor, und seine Angst war nicht nur die Angst vor dem Klopfen und vor unbekannten Mördern, sondern gleichsam vor etwas Unsichtbarem. Der Lichtschein dort unten war dünner und schwächer geworden, jetzt richtete er ihn plötzlich herauf. Ich konnte die Eisen gut sehen, ich kletterte bedächtig hinunter, das Licht blendete mich erst zuletzt. Durch einen niedrigen, schlauchförmigen Gang, einen sogenannten Fuchsbau, verließen wir den Schacht. Und nun hielt er mir eine kleine Rede. Er sprach davon, daß diese Gänge und Schächte sein wahres Zuhause seien, seine Werkstatt sozusagen, sein Atelier. Ich hatte auf der Zunge, ihn zu fragen, ob er hier ›Deckungsübungen‹ abhielte? Aber da deutete er schon an, daß man hier unten am besten nachdenken könnte. Und dann griff er wieder das wissenschaftliche Denken an.

›Als ob man mit Meßgeräten und Mikroskopen‹, sagte er und leuchtete mir einen Augenblick ins Gesicht, ›etwas Wesentliches aufspüren könnte, wo es sich im Grunde immer mehr um Ahnungen handelt. Und man hat uns in Nutzen und Gewinn die Welt vorgedacht. Licht und Dunkel, Hitze und Frost, Blitz und Donner, zu Bequemlichkeiten abgestellt. Es käme darauf an, wieder mit dem Fühlen zu sehen, statt mit dem Denken, statt zu beobachten, gleichsam mit den Augen zu lauschen, wenn sich das nicht zu poetisch anhört. Visionen gibt es längst nicht mehr, und das Namenlose wird rasch etikettiert. Der Sündenfall der Neugierde, das Fernrohr statt der Mythologien. So wird die Ahnung vernichtet und die alte Heimat des Fühlenden ausgerodet. Was, denken Sie, befindet sich jetzt über uns?‹

›Erde und Himmel‹, sagte ich, ›die Sterne‹.

›Fische‹, sagte er mit geheimem Triumph, ›Wellen, Wasser und Fische, der Fluß wälzt sich über uns dahin.‹

Dann eilte er wieder voraus und hielt erst ein, als wir den zweiten Schacht erreicht hatten, der nach oben führte.

›Ich steige zuerst hinauf‹, sagte er. ›Dann leuchte ich Ihnen wieder.‹

Er begann an den Steigeisen hochzuklettern, und ich stand in der Mitte des gemauerten Schachtes, es tropfte an den Wänden, seine Tritte klangen dünner und ferner, er mußte bald oben sein. Mit einem Mal überfiel mich ein warnender Gedanke, die Falle war jetzt sozusagen zum Zuklappen fertig. Welchen Grund er auch dafür hätte haben können, sich meiner zu entledigen, jetzt konnte er es gründlich tun, mühelos, es würden keine Spuren zurückbleiben. Der ›Heuschnupfen‹ stand in einem Seitenweg unter alten Bäumen, hatte jemand beobachtet, daß ich in dieses Haus gegangen war? Ich wollte jede Wette eingehen, daß es hier Vorrichtungen gab, Verfolgern den Weg abzuschneiden. Vielleicht brauchte er jetzt nur einen Hebel herunterzudrücken, um den Schacht und die Gänge unter Wasser zu setzen, wenn die Gänge das noch aushielten, mit einem Handgriff käme mir der Fluß entgegen, die ›Wellen und die Fische‹. Keine Stümperarbeit wie in Adlersfall. Hatte er mich mit seinem Mißtrauen angesteckt? Es geschah nichts, er leuchtete schon von oben herunter, und ich begann mich an den Steigeisen hochzuziehen. Er kniete oben an der Einfassung des Schachtes und half mir, herauszusteigen. Dann klappte er die Falltüre zu. Ich sah mich um, das Mondlicht fiel durch den oberen Teil des Fensters, schwarze Sträucher hoben sich draußen davor ab. Der Raum war tapeziert, an der Wand stand ein Kleiderschrank, daneben ein schwarzgestrichenes, eisernes Feldbett. Vor dem länglichen Tisch standen zwei Stühle, einige Drucke hinter Glas hingen an den Wänden. Hier war es ungewöhnlich kalt. Als ich mich umwandte, kniete er in der Ecke und zündete den Petroleumofen an. Die blaugelben Flämmchen brannten mit einem tiefen, hohlen Summen und erwärmten die kalte Luft ziemlich schnell.

›Hier ist es ganz sicher‹, sagte er leise, nicht mehr triumphierend, sondern mit dem alten, ängstlichen, flehenden Ton in der Stimme, ›jetzt können sie klopfen und das Haus durchsuchen. Wir hätten allerdings den Sarg versenken sollen. Die Köpfe dort an der Wand‹, er bewegte die Hand unbestimmt durch das Mondlicht, ›sind bedeutende Männer gewesen. Kaiser, Könige, Präsidenten, sie wurden allesamt ermordet.‹

Er deutete jetzt auf die Stühle, und als ich mich hingesetzt hatte, blieb er noch einen Augenblick stehen und horchte reglos. Es war nichts zu hören. Dann setzte er sich so an den Tisch, daß er das Fenster vor sich hatte. Er stützte die Arme auf, bedeckte das Gesicht mit den Händen und rührte sich nicht. Ich sah mich noch einmal in dem tapezierten Raum um, vielleicht war es ein kleines Gartenhaus, das Bücherbrett an der Wand war leer.

›Wir sind hier auf der Insel‹, sagte er plötzlich und legte die Arme auf den Tisch, er sah jetzt älter aus. Die Risse und Furchen in seinem Gesicht, das war nicht nur die Säure der Zeit, hier hatte noch etwas anderes geätzt. Das Gehäuse seiner Seele, die hinter seinem blassen, erschöpften Gesicht wohnte, war noch von anderen Mühen geschrumpft, gilb und welk geworden, vom Warten verdorrt, in schrecklichen Ängsten ausgehöhlt.

›Sind Sie verheiratet?‹ fragte er leise und blickte mich an, nicht mehr gequält und flehend, sondern in einer Art stiller, erstorbener Vereinsamung. Ich schüttelte den Kopf, es fiel mir auf, daß ich mich jetzt besinnen mußte, wie ich überhaupt hierher gekommen war. Es ist der Tee, dachte ich, der rötliche Tee.

›Ich war es einst auch nicht‹, fuhr er fort und strich mit der Hand über den weißen Fleck auf seinem Ärmel, bis er merkte, daß sich der Fleck nicht fortwischen ließ, weil er aus Mondlicht war.

›Damals war es auch nicht anzunehmen‹, sagte er, die Stimme hebend, damit er das Summen des Petroleumofens übertönte, ›daß ich noch einmal herauskäme aus dem Verlies, aus dem Schlupfwinkel, ich meine, aus der unfreiwilligen Verlassenheit, in der ich hauste. Aus dem Zaudern und Warten der langen Jahrzehnte. Wenn wir aufrichtig sind, müssen wir zugeben, daß es uns im Grunde immer, schon als Kind, vor etwas in dieser Welt grauste, das man nicht nennen kann. Man wurde der Pracht und Herrlichkeit nie recht froh, man blieb argwöhnisch, und später ahnte man, daß diese Welt sich nicht allein vom Sonnenschein nährt und von der Feuchtigkeit, sondern ebenso unersättlich von der Verwesung, vom Verfall, also lebt sie auch vom Hinschwinden, vom Tode. Es geschehen zu viele Dinge, die man nicht übersehen kann. Nicht nur die uns bekannten Peinigungen und Heimsuchungen, und das hilflose Verbluten zusammengeschossener, gedungener Soldaten gewährt vielleicht noch am ehesten die höhere Lossprechung, weil es das schuldloseste sein kann. Aber diese Greuel reden uns doch in einer Sprache an, die keiner zu lernen braucht, und sie fordern nichts anderes als unseren Untergang. Manchmal dachte ich, wenn sich in der gleichen Stunde auf der ganzen Erde nur ein einziger Jahrgang freiwillig opfert, nicht die Älteren, sondern das junge, noch frevellose Blut, das vom Verhängnis der Liebe noch verschont blieb, daß dann, wenn auch nur für eine unbestimmte Frist, ein Stillstand der Greuel wäre und endlich Frieden in der Welt. Ein furchtbarer Gedanke, aber er drängte sich mir auf. Vielleicht, dachte ich, wäre dann die Erde einmal gesättigt mit Blut und jungen Toten und ein Menschenalter lang von der Verdammnis verschont. Sehen Sie, solche Gedanken waren nicht geeignet, einen Sinn dafür zu bekommen, wieviel die Vergessenheit bedeuten kann, die uns befällt, wenn wir in ein freundliches, vertrautes Gesicht blicken können, unverwandt, vielleicht an einem späten, stillen Nachmittag, wenn die Jalousien heruntergelassen sind, wenn die Hitze schon nachläßt und die grüne Einsiedelei im Garten verstummt. Nach dieser Vergessenheit wollte ich immerzu aufbrechen wie all die anderen, die stets allein waren. Aber bis ich ganz dahintergekommen war, daß dies der Fund war, den sie unablässig in den stillen Zärtlichkeiten suchten, diese lebenslängliche Hinrichtung zu vergessen, die an uns ohne Begnadigung vollzogen wird, da war es schon zu spät, da war ich schon zu abstoßend geworden. Ich hatte zuviel gewittert vom Verderben, zu schrullenhaft, wie sie es nennen, als daß eine schuldlose Seele noch Freude und Gefallen an diesem Zerrbild des Schreckens hätte finden können.

Zu spät, und erst als es lange genug zu spät war, und als ich hätte genügend gewarnt sein können, fand eine noch einmal Gefallen daran, aber da war es ja schon unwahrscheinlich, es war unglaubhaft geworden, und vom ersten Augenblick an wurde ich den Eindruck nicht mehr los, daß hier so etwas wie eine undurchsichtige und entsetzliche Verwechslung begann. Sie war in einem Warenhaus angestellt und verkaufte Spielsachen im dritten Stock. Kaufläden, Eisenbahnen, Festungen aus grünglitzerndem, geleimtem Pappzeug. Dort trieb ich mich zuweilen vor Weihnachten herum, nicht nur wegen des Spielzeugs, das mir den Gedanken eingab, der eherne Maschinenpark der technischen Welt sei im Grunde zu etwas anderem erfunden und entstanden als zur Bequemlichkeit, denn das Leben ist gegen frühere Zeiten nur unbequemer geworden, anstrengender, unruhiger, gehetzter und ermüdender, ja, zu irgend einem anderen, dunklen Zweck oder Zeitvertreib. Früher hatte man die Zeit nicht so rastlos vertrieben, und man hatte viel mehr Zeit. Aber ich kam nicht dahinter. Irgend eine Eigensinnigkeit war die Ursache dieser Technisierung, ein wahrscheinlich völlig unzulänglicher Versuch, die Dämonen zu vernichten mit Motoren, und nun saßen sie selbst darin und wucherten und fühlten sich nirgends wohler als in den ratternden Phantomen. Ja, nicht nur wegen der Spielsachen, sondern auch wegen der Kinder. Kinder halten sich im allgemeinen noch in der Nähe von Quellen auf, die uns nicht mehr zugänglich sind. Nähren sich noch von einer anderen Speise als wir. Dort oben kam ich mit ihr ins Gespräch, als ich einem ungewaschenen, kleinen Burschen, der von Wassersuppen wohl nie richtig satt geworden war, eine grüne, sechsräderige Schnellzugslokomotive schenken wollte, vor der er schon über eine Stunde stand, und sie, wie an das Eisenzeug verloren und verraten, anstarrte.

Es war das einzige Mal, daß ich so etwas tat, und ich konnte mich dabei nicht als Wohltäter fühlen oder als Gönner, ich brauchte beinah eine ganze Stunde, bis ich mich aus der Scham über meine Großmut, die mich nichts kostete, herausgefunden hatte, denn im Grunde war i c h nun der Beschenkte, einer von denen, die sich aus einem kleinen, ein bißchen verklebten, aber unvermindert zart schimmernden Kindergesicht etwas schenken ließen.

Bitte vergessen Sie jetzt nicht, daß ich durch eine L o k o m o t i v e mit ihr ins Gespräch kam, das ist für später nicht ohne Bedeutung. Zuerst gegen meinen Willen. Ich hatte darin keinerlei Erfahrung und war etwas ungewandt. Nicht aus vorsätzlicher Steifheit oder Hochmut, sondern weil ich es nie fertig brachte, ein belangloses Gespräch zu führen, denn es gab keinen belanglosen Gegenstand für mich. Überall leuchtete der Hintergrund des Unheils herein, regten sich die Schatten mit ihrer drohenden Fracht.

Verwirrung und grenzenlose Verlegenheit, ich hätte ihr aus Versehen beinah ein Trinkgeld gegeben, als sie so ohne weiteres darauf einging, dem schmächtigen Kleinen zu erzählen, der Weihnachtsmann sei vorhin dagewesen, hätte sich nach einem besonders lieben und nicht verwöhnten Kinde erkundigt, und da wäre denn die Wahl auf ihn gefallen, denn er drückte sich ja nicht zum ersten Male hier oben herum, mit den leuchtenden, braunen, verängstigten Augen die Spielsachen anstarrend. So vermeide ich es, ihn mit meinem Geschenk zu beschämen. Das Herz der Armen ist scheu. Zu spät fiel es mir ein, daß ich das stümperhaft gemacht hatte. Hatte der Kleine Schienen, einen Bahnhof, Wagen? Aber da wußte sie schon Rat. Der Kleine würde wiederkommen, gewiß. Vielleicht sogar öfter als bisher, denn die Sache mit dem Weihnachtsmann würde ihm keine Ruhe mehr lassen. Und ich kaufte einen Stapel Schienen, eine Drehscheibe, einen gelben Bahnhof mit rotem Dach und einer großen Uhr über dem Eingang, einen moosgrünen Tunnel und eine Barriere mit weißem Bahnwärterhäuschen.

›Sie haben wohl selbst keine Kinder?‹ fragte sie mich lachend, als sie die Sachen einpackte. Sie war noch jung, sechsundzwanzig, gesund und schwarz und lebhaft, nicht sehr groß und schlank. Sie war kein ›Kind‹ mehr und besaß doch noch eine Spur von jenem zu nichts verpflichtenden Hang zum Träumen, sozusagen voll ungereimter Hoffnungen, verwischter ›Ideale‹.

›Wieso?‹ fragte ich bestürzt, erschrocken, und dann merkte ich, welchen Fehler ich begangen hatte. Ich hatte sie fragen wollen, wieso sie mich danach fragte.

›Das müssen Sie selbst am besten wissen‹, sagte sie mit gleichgültiger Anzüglichkeit, die Umgangssprache hinterm Ladentisch.

›Doch, doch, natürlich‹, sagte ich ziemlich verwirrt, und nun lachte sie wieder, und ich fühlte, daß mich etwas wie aus einem Hinterhalt getroffen und hilflos gemacht hatte. Eine Empfindung, in Wahrheit waren es mehrere, als ob ihr Blick, ihre Stimme, ihr Lachen und der Sinn ihrer Worte meine Haut berührt hätten. Es lähmte mich.

›Ein hoffnungsloser Fall?‹ fragte sie vergnügt und schrieb den Kassenzettel aus. Der entsetzliche Doppelsinn ihrer Worte ließ mich erzittern. Ich lehnte mich gegen den Ladentisch und holte tief Atem, eine Spieldose klimperte in der Nähe, eine Registrierkasse schnurrte ab, ich war wie betrunken. Und ich hatte bei Gott keinen Tropfen zu mir genommen. Ich konnte gar nicht trinken, denn dann wurde alles viel schlimmer. Aber ich mußte jetzt ein Wort herausbringen. Hinterher fiel mir ein, daß meine Stimme verändert geklungen hatte, einer fremden Stimme ähnlich, die auf diesen Augenblick gewartet hat, da ich ins Wanken kommen und nachgeben mußte.

›Wenn man die Gelegenheit hat, Sie anzublicken‹, sagte die fremde Stimme aus mir, vermummt und sicher, ›dann erscheint einem nichts mehr so hoffnungslos.‹

Überrascht blickte sie auf. Sie hatte mit dieser Stimme nicht gerechnet, aber ich konnte noch nicht gehen. Die fremde Stimme in mir hatte noch eine Chance, sie wollte sie ausnutzen. Ich fragte die Verkäuferin, und ich hörte mir zugleich zu, wie ich sie fragte, ob sie am Sonntag mit mir spazieren gehen wolle, oder ob sie lieber ins Kino ginge? Ins Kino ginge sie fast jeden Abend, sagte sie, und so blieb es bei dem Spaziergang. Das heißt, es blieb nicht bei dem Spaziergang, ich kann Ihnen nicht alles so ausführlich erzählen, nur die wichtigsten Szenen, denn wir müssen bald wieder in das Haus zurück. Ich wollte Ihnen nur zeigen, wie ich plötzlich nicht mehr allein war. Und danach war alles anders. Sie wissen, wie ein Stück Brot und ein Teller Suppe schmecken. Aber als ich sie noch nicht kannte, wußte ich es nicht. Es war nicht so, als ob das Brot nun wie Kuchen geschmeckt hätte, es war nur mit einem Male wirklich Brot geworden, die Bäume draußen im Garten waren jetzt wirkliche Akazien geworden, und vorher war das Brot etwas gewesen, das man hinunterschluckte und die Bäume fremde, geduldige, unbeachtete Gegenstände. Wie hatte ich denn gelebt? Wenn man im Schatten steht, hat man seinen Schatten verloren. Und nun war sie den ganzen Tag im Haus und kämmte sich und zog sich an und deckte den Tisch und machte die Fenster auf, damit die erste warme Luft hereinkam, wir hatten im April geheiratet. Und ich stand da und sah ihr zu und begriff es nicht. Es war zu unmittelbar gekommen. Ohne Übergang. Als ob man im Gefängnis ein Theaterstück aufführt, und die Rolle des Jungverheirateten, sorglos und glücklich, wird von einem Sträfling gespielt, der noch fünfzehn Jahre abzubüßen hat. Und an der Stelle, da er die sieben glücklichen Worte zu sagen hat, es ist der Höhepunkt des Stückes, verstummt er plötzlich, setzt sich hin und weint. Und die Zuschauer meinen, er weint vor Glück, sein Weinen sei nicht echt, es sei nur ein echtes Spielweinen, dabei hat er die beiden Schichten verwechselt, und er weint vor Angst. In welcher Schicht dieser Welt hatte ich mich bisher aufgehalten, verborgen, bevor ich dies alles sah? Es war zu unwahrscheinlich, als daß ich nun die Angst verloren hätte, sie nahm eher zu. Blendwerk, dachte ich oft, Gespenstertrick, eine entsetzliche Verwechslung. Sie werden ja gleich sehen. Sie überraschte mich manchmal dabei, wie ich einen Brotlaib anstarrte und befühlte, braun und knusprig die Kruste, so fängt es an, dachte ich, mit dem Staunen, Verwunderung, man begreift nichts mehr, und dann fällt der Vorhang runter und das Stück ist aus, das der verödete Verstand sich bisher vorgespielt hat. Sie tat nichts Besonderes. Sie war sicher nur eine einfache, glückliche und zufriedene Frau, aber wenn sie abends ins Zimmer kam und sich in den Lehnstuhl setzte und ihr Kleid glatt strich, war es mir beinahe unheimlich. Als hätte jemand angefangen, im Zimmer ein Lied zu singen, ein einfaches, einfältiges und rührendes Lied, mit einer ergreifenden Melodie, und es war gar nicht zu hören. Nur zu fühlen, und dann wurden es mehrere Stimmen, unhörbar, und schließlich war es wie ein geheimer, alles übertönender Lobgesang.

Und ich stand da und lehnte mich an die Wand und hörte dem Lied zu, das niemand sang, ein Strauß roter und weißer Nelken stand auf dem Tisch, durch das Glas sah man die feinen Perlen, die das Wasser an den glatten Stengeln ansetzte, und in dem bequemen Lehnstuhl saß das kräftige, schwarzhaarige Mädchen und wippte zufrieden mit dem Fuß und aß einen Riegel Schokolade, und sie hatte von alldem keine Ahnung.

Keine Halluzinationen, denn ich hörte ja nichts als die Stille im Zimmer, aber ich f ü h l t e es. Und ich fühlte etwas ähnliches, wie wenn man unverhofft jemand singen hört, den man nicht sieht, ein Mädchen vielleicht, abends unter einem offenen Fenster in der stillen, milden Luft. Und man muß stehen bleiben und weiß nicht, warum es einen so elend macht und doch glücklich zugleich, ein kunstloses und rührseliges Lied, aber in diesem Augenblick ist es wie eine geheime, ungeahnte und unwiederbringliche Verständigung, worüber, das wissen Sie nie, aber vielleicht denken Sie dabei an eine Geschichte, die Sie einmal gelesen haben. Da sandte ein havariertes Schiff im Sturm seinen Notruf, und das Wasser bricht schon in den Funkraum ein, der Funker sitzt schon bis zu den Hüften im Wasser, es ist stockfinstere Nacht und er hat kein Licht mehr und die Notbatterie hat kaum noch Strom, und dann hört er die Antwort auf seinen Notruf, er hört sie ganz schwach und sie lautet: ›Könnt ihr euch noch halten? Wir sind in drei Stunden bei euch.‹ Es ist kein Vergleich, aber es ist Ihnen eingefallen, als Sie das Mädchen singen hörten in der Abendstille am offenen Fenster, ›könnt ihr euch noch halten?‹ Denn Sie wissen, daß Sie sich immer über dem Versinken halten müssen und daß nie jemand zu Ihnen kommt. Das Mädchen singt Ihnen keine Antwort auf Ihren Notruf, aber Sie werden den Eindruck nicht los, als wäre an diesem Menschengeschlecht etwas am Untergehen, das noch immer auf Rettung hofft.

Und dann die Nächte. Ich konnte mir nicht vorstellen, wie man Schlaf finden kann, wenn noch jemand im Zimmer ist, und man hört ihn, wie er sich bewegt und sich auf die andere Seite legt, und da sie behauptete, sie würde sich nachts im Hause fürchten, wenn sie allein schliefe, gab ich nach und versuchte es, die Nacht mit ihr in einem Raum zu verbringen. Aber es ging einfach nicht. Sie schlief schon ein, wenn das Licht noch brannte, und dann las ich noch eine Zeitlang und machte das Licht aus, aber ich konnte nicht einschlafen, nicht aus Angst, sondern eher aus Verwunderung. Ich begriff es nicht, daß sie so ruhig in den Kissen lag mit einem glücklichen Lächeln, sorglos und zufrieden schlief, daß sie dem Leben vertraute und dem Schlaf, der ihre Atemzüge nicht unterbrach und sie nicht in Gefahr brachte, und dies in meinem Hause, darin die Angst und die Hoffnungslosigkeit längst ihr Anrecht auf alles hatten, was sich zutrug, unfaßlich, ein Wunder, es kann gar nicht stimmen, dachte ich, ich müßte den Schlag eigentlich schon an seinem Sausen kommen hören, der auf mich niederfahren wird, ein Sprichwort drückt es anders aus: ›Es war zu schön, um wahr zu sein‹. Und ich stand im Dunkeln auf und lief im Zimmer herum, weil ich an das schreckliche Leben denken mußte, das ich so lange gelebt hatte, die Kindheit eine einzige lange Einöde und dann die Jugend, verschroben und bedroht, ausgesetzt dem Wahn von den geheimen Plänen der Finsternis, verfallen, verlassen und in der Angst verirrt. Hätte ich geheime ›Laster‹ gekannt! Aber ich kannte nur den Jammer, und der kam jetzt wieder in mir hoch, und wenn sie davon wach wurde und plötzlich Licht machte, murmelte ich etwas von Schlaflosigkeit und wischte mir das Gesicht trocken, ich hatte die Tränen nicht bemerkt. Dann lenkte sie mich ab von meinen Grübeleien mit all den unschuldigen Tröstungen ihrer sinnverrückenden Zärtlichkeit.

Ja, ein Lied, und dann hatte das Lied eines Tages ein Ende. Später wunderte ich mich, daß man sich gar keine Mühe mit mir machte, durchsichtig und plump war das Ganze inszeniert, ich brauchte nur für eine Minute das Abteil zu verlassen, um auf dem Bahnsteig ein Magazin zu kaufen, das genügte völlig und war das Ende vom Lied.

Sie wollte damals gern mit mir reisen, ein Jahr war vergangen und sie lebte ungetrübt zufrieden und glücklich mit mir, aber sie hatte noch nie das Geld zu einer Reise gehabt. Zur Küste hinunter, ans Meer, sie hatte das Meer noch nicht gesehen. Zu unserem ersten Hochzeitstag hatte sie sich diese Reise gewünscht. Und nicht, daß sie auf der Fahrt etwas davon gesagt hätte, ich sah nur, daß sie nichts mehr zu lesen hatte, ein Buch konnte sie hier nicht lesen, und die Zeitungen hatte sie in diesen vier Stunden ausgelesen, ich dachte nur, sie wird sich über ein Magazin mit spannenden Kurzgeschichten und amüsanten Fotos freuen, denn sie las gerne Detektivromane. Als der Zug in dem letzten größeren Bahnhof hielt, zog ich das Fenster herunter und blickte auf den Bahnsteig hinaus. Aber der Mann mit dem Zeitungswagen war zu weit vorn, und ich sagte zu ihr: ›Elise, ich bin sofort wieder zurück.‹ Ich ging durch den Wagen und auf den Bahnsteig hinaus, die große Bahnhofsuhr zeigte auf 12 Minuten nach zwei, ich hatte gerade noch eine Minute Zeit, 13 würde der Zug weiterfahren. Ich mußte mich beeilen und lief am Zug entlang, und obwohl ich jemand dicht hinter mir laufen und keuchen hörte, fiel mir nichts auf, und ich ahnte noch immer nichts, bis die Hand von hinten zufaßte. Mein Arm wurde mir auf den Rücken gedreht, ich warf mich herum, da griff der andere schon zu, zwei nachlässig angezogene, kräftige, untersetzte Männer, die vom Laufen schwitzten und die schwarzen Hüte aus der Stirn geschoben hatten, breite, harte Gesichter und graue, flinke Augen. Einer zeigte mir schnell seine Blechmarke, sie hatten es eilig, sie schoben mich weiter, und ehe ich etwas sagen konnte, sagte der kleinere von ihnen gepreßt: ›Machen Sie keine Bewegung, Mann!‹, und ich hatte schon längst keine Wut mehr, ich wußte genug, ich hatte zwar nicht das Sausen gehört, das den Schlag ankündigt, nur ein Keuchen hinterm Rücken, und das genügte. Die Reisenden stiegen in ihre Wagen, da stemmte ich mich gegen die beiden Beamten und sagte: ›Lassen Sie mich meiner Frau im Zug nur ein einziges Wort sagen!‹

›Haben wir alles schon einmal gehört‹, sagte der Kleinere, sie lachten nachsichtig und schoben mich wie ein Paket in ihren festen Griffen weiter, den Ausgängen zu. Und in diesem Augenblick fuhr der Zug an, die Leute auf dem Bahnsteig zogen ihre Taschentücher, winkten und riefen, einige von ihnen gingen noch unter den offenen Fenstern mit und schüttelten die Hände, die von oben herausgestreckt wurden, es war sehr heiß an diesem Nachmittag, und das Licht grellweiß, und jetzt fuhr der Wagen mit unserem Abteil vorüber. Elise hatte sich aus dem Fenster gebeugt, unruhig suchte mich ihr Blick auf dem Bahnsteig, und dann sah sie mich zwischen den beiden Männern, die mich vorwärtsstießen, und der Schrei, der ihr entfuhr, war in dem Rollen der Räder nicht zu hören, ich sah nur, wie sie den Mund weit aufmachte, weiß wie der Tod im Gesicht, und in ihren wilden, schwarzen Augen glomm das Entsetzen. Die Männer stießen mich durch die Tür der Bahnhofswache, es war das letzte, was ich von Elise sah, jetzt ist es gleich Mitternacht, und morgen mittag sind es fünf Jahre auf den Tag, das letzte, was ich von Elise gesehen habe.‹

Er schwieg, steckte die altmodische, goldene Uhr, nachdem er das Zifferblatt ins Mondlicht gehalten hatte, wieder ein und fuhr sich langsam über den Kopf, ohne das Haar zu berühren. Wieder versuchte er in der Zerstreutheit den Mondfleck vom Ärmel zu wischen, dann zog er den Arm zurück, und das Mondlicht glitt vom Ärmel herunter auf die dunkle Tischplatte. Ich knöpfte meine Jacke auf, es war mir warm geworden in dem Gartenhaus, ich hatte Durst von der überhitzten Luft bekommen, aber wenn ich damals noch ein Glas von diesem rötlichen Tee getrunken hätte, dann könnte ich Ihnen dies alles jetzt nicht erzählen. Was Sie gleich erfahren werden.

Vielleicht hatte er noch mit keinem Menschen über diese Dinge gesprochen, es nahm ihn ziemlich mit. Er mußte sich etwas erholen.

›Auf der Wache‹, fuhr er dann fort, ›zog der Kleinere die Handschellen aus der Tasche und legte sie mir mit einem geübten Griff an. Zugleich zeigte mir der Größere einen roten Zettel, er war noch frisch und die Druckerschwärze schmierte noch, ein Lichtbild hatten sie noch nicht von mir, aber die genaue Beschreibung und daß ich zwei Karten für den Frühzug gelöst hatte:

RAUBMÖRDER GESUCHT!

Ich setzte mich auf einen Stuhl und las den Steckbrief in Ruhe durch, nun hatte ich ja genügend Zeit. So war also diese Verwechslung inszeniert worden. Es wurde mir zur Last gelegt, gestern nachmittag die Eigentümerin unseres kleinen Hauses in ihrer abgelegenen Gartenvilla ermordet und beraubt zu haben. Ich war kurz vor der Tat dort gesehen worden, sie hatten meine Fingerabdrücke in dem Mordzimmer gefunden. Es stimmte alles, auch die Uhrzeit, bis auf den Täter, den ich nicht kannte. Ich hatte der Witwe Wellers das Pachtgeld gebracht für das Quartal, die alte, gichtkranke Frau war etwas sonderbar, sie bestand stets darauf, daß ich ihr den Betrag selbst ins Haus brachte und auf den Tisch zählte. Sie nahm keinen Scheck in Zahlung, wollte mit den Banken nichts zu tun haben. Wie ich aus dem Steckbrief erfuhr, war ihr gesamtes Barvermögen, das sie in einem altmodischen Geldschrank aufbewahrt hatte, geraubt worden. Frau Wellers litt so stark an der Gicht, daß sie an ihrem Stock nur mühsam einige Schritte machen konnte, auf die Straße kam sie nie. Eine alte Haushälterin war seit zwanzig Jahren bei ihr. Ich durfte ihr das Geld auch nicht durch die Post schicken, sie wollte mich jedes Vierteljahr einmal sehen und sprechen. Dann stellte sie mir Fragen.

Es waren meist Fragen, die sich auf den Zustand des Häuschens bezogen, das ich von ihr gepachtet hatte, verblüffende und ausgefallene Fragen, nach Spinnen und Käfern, Mäusen, sie war in ihrer Krankheit schrullenhaft geworden, galt als ungewöhnlich geizig.

Der Täter, der sie mit dicken Handschuhen erwürgt haben mußte, denn an ihrem Hals fanden sich keine Fingerabdrücke, schien alles sorgfältig vorbereitet zu haben. Er wußte offenbar Tag und Stunde, da ich das Pachtgeld hintrug, es war nachmittags zwischen fünf und sechs Uhr. Er wird in der Nähe des Hauses gewesen sein, auf der Lauer, und dann beobachtete er uns vielleicht durch ein Fenster, vom Garten her. Ich trank dort eine Tasse Tee und zählte ihr das Geld auf den Tisch, und sie zählte es genau nach, wozu sie ihre Brille aufsetzte. Sie prüfte jeden Schein, indem sie ihn gegen das Licht hielt. Dann humpelte sie an ihrem Stock zu dem Kassenschrank in der Ecke und schloß das Geld vor meinen Augen ein. So mußte der Mörder nicht erst lange die Schlüssel suchen, die sie sonst sicherlich gut versteckte, denn sie hatte den Schlüsselbund noch bei sich, als ich fortging. Er konnte nach der Tat den Kassenschrank ohne Eile aufschließen, denn die Haushälterin besorgte jeden Abend um die gleiche Stunde ihre Einkäufe. Es war eine Summe von nahezu einer Viertelmillion geraubt worden, und von den Nummern der Banknoten gab es kein Verzeichnis.

Ich gab bei dem Verhör ohne weiteres zu, daß ich zu der angegebenen Zeit dort gewesen und die Pacht bezahlt hätte. Aber das wußten sie längst, sie hatten ja meine Taschen untersucht und die Quittung gefunden. Die Verhöre wurden fortgesetzt, denn es kam ihnen weniger auf die Wahrheit als auf das Geständnis an. Und ich konnte nicht viel Widerstand leisten. Diese Verhöre sind mit großer Sorgfalt ausgedacht und oft erprobt worden. Folterungen sind nicht nachweisbar. Und das Merkwürdige ist, es waren völlig gesunde, normale Menschen, welche diese Quälereien an mir verübten, keine Verbrecher, Menschen, die verheiratet sind und an ihren Kindern hängen, die ihren Sonntagsspaziergang machen und abends mit ihrer Frau ins Kino gehen. Sie haben sich diese Untersuchungsmethoden zu eigen gemacht wie eine Liebhaberei, eine Jagd, eine Jagd im Dienst der guten Sache, die jede Schändlichkeit rechtfertigt, wenn es gelingt, den Feind der Gesellschaft zur Strecke zu bringen. Es sind keine Geisteskranken, keine sadistischen Fanatiker, es ist nur die alte, teuflische Lust des Menschen, den Wehrlosen zu quälen, und die gute Sache, der sie dienen, verlangt, daß sie jede menschliche Regung in sich unterdrücken, um zum Ziel zu gelangen.

Über ein Jahr hatte ich das fast vergessen, diese unterirdische Rachsucht der Gerechten. Wofür rächen sie sich eigentlich? Es geben sich ja nur ganz bestimmte Charaktere dazu her. Ist denn die Lust des Schindens so einträglich? Die Gerechten, die die ›gute Sache‹ erfunden haben und den unwiderstehlichen ›Schrei nach Vergeltung‹! Ich hatte es beinahe vergessen, weil ich ein Lied gehört hatte, das niemand sang und mich täuschen ließ, ein Lied, das mir das Herz traurig machte und das mich ahnen ließ, wie unverdient alles Glück ist und doch mit dem Leben bezahlt. Denn der Wind weht nicht, wohin er will, ein Lied, und Elise hatte ja selbst nie gesungen, sie summte nicht einmal vor sich hin, obwohl sie stets zufrieden war, sie saß nur im Zimmer und hatte den Lehnstuhl in die Sonne ans offene Fenster gerückt, und manchmal hatte sie eine Handarbeit bei sich, die ließ sie aber bald liegen, und dann blickte sie zum Fenster hinaus in den Garten, und vielleicht fühlte sie sogar zuweilen, daß sie mich durch ihre Friedlichkeit, durch ihre unbekümmerte Jugend, durch ihre Zutraulichkeit an den Rand des Erträglichen brachte. Aber sie schwieg und sah in den Garten hinaus, und es geschah nichts. Die Wände taten sich nicht auf, und keine himmlischen Gestalten schwebten ins Zimmer, und vielleicht bekam ich nur eine Gänsehaut, sonst gab es keine Anzeichen dafür, daß ich etwas Unhörbares vernahm, und es waren keine Wachträume und keine Sinnestäuschungen. Die Überwältigung traf mich in jener geheimen Schicht des Lebens, wo sich die unsichtbaren Wurzeln in den Grund senken, wie bei einem Baum, der dann oben ins Erzittern gerät. Jene Schicht, die unter all dem Feuchten, Verwesenden und Versinkenden am Wirken ist und schließlich die Blumen zum Blühen bringt und den Vogel singen läßt in den einsamen Wäldern.

Vergessen, und wer vergißt, hat schon Verrat begangen und läßt die Gemarterten im Stich, und nun gaben sie mir Gelegenheit, mich wieder daran zu erinnern, daß das oberste Geschäft hier auf Erden und Gott wohlgefällig die Kreuzigung ist, die Peinigung, die Menschenschändung, der Dienst am Verbluten, das Hochamt der Verstümmelungen. Und es war noch immer die gute Sache, die am Röcheln des Verendenden erstarkte und am Wahnsinnsschrei des zu Tode Geschundenen zum Siege reifte. Denn es sind nicht die Unerschrokkenen, die das Erbe der Finsternis antreten, sondern die Mißratenen, und das gute Gewissen war ihnen noch stets das beste Mörderkissen. Ein Fühlender bringt sich doch nur selbst ins Verderben, wenn er die Hand oder das Wort leiht für die Hetzjagd auf Seelen.

Und wenn sie mich in der Geständniskammer soweit hatten, daß ich nur noch brüllte, dann wischten sie mir den

Schaum vom Munde und nahmen mein Brüllen als Geständnis zu Protokoll. In den Verhandlungen widerrief ich dann alles, aber was nützte mir das noch. Ich hatte den letzten Grad erfahren. Es genügte. Ich wurde aus Mangel an Beweisen freigesprochen. Was konnte es danach noch für mich bedeuten, weiterzuleben? Gewiß, ich hatte einmal Auge in Auge gestanden mit den Häschern dieser Welt, und es waren nun keine Theorien mehr, die ich mir über das geheime Wirken in dieser Widerwelt machte. Und zugleich war es der Beweis meiner Theorie von der Verwechslung. Ich war ja nicht nur mit einem Mörder, sondern auch mit einem G l ü c k l i c h e n verwechselt worden. Und den gab es nun nicht mehr. Und selbst wenn Elise zurückgekehrt wäre, wen hätte sie nach diesem halben Jahr Untersuchungshaft angetroffen? Nicht den, den sie einmal kannte, nicht jenen etwas sonderbaren, aber doch stillen und an ihrer Seite glücklichen Mann, der das Lied gehört hatte. Sondern einen verzerrten Schatten, das Gespenst eines Gatten, welches das Grab wieder ausspie.

Und doch hoffte ich noch bis zur letzten Stunde, die Hoffnung ist der Freibrief der Zaudernden, Schwachen, das Geduldspiel der Unmündigen, Kinder und Frauen. Als ich an jenem Winterabend unter die Laterne vor dem Gefängnistor trat, in das stille, dichte Schneetreiben, hoffte ich noch immer, sie konnte sich ja verspätet haben, wenn sie mir auch nie eine Zeile geschrieben hatte, und als ich die nächsten Monate hinter geschlossenen Fensterläden in meinem Zimmer verbrachte und in den Nächten darin herumlief wie in einem lebenslänglichen Wartesaal, hoffte ich weiter.

Aber es kam auch jetzt nicht einmal eine Postkarte von ihr. Und sie mußte doch in den Zeitungen alles über mich erfahren haben, den Freispruch und die Entlassung aus dem Gefängnis. Kein Brief, keine Karte, kein Zeichen, nichts. Fällt Ihnen da etwas auf?

In unserer glücklichen Zeit hatten wir oft wie Kinder zusammen gespielt, Elise hatte diese Spiele gern, und eines davon war das ›Spiel des Heimkommens‹. Ich erschrak noch immer, wenn plötzlich die Klingel im Flur schrillte, wenn auch fast nie jemand zu uns kam und die Lieferanten an der Küchentür klopften, der Milchmann, der Zeitungsmann und der Briefträger. Elise war vergeßlich, sie war eine glückliche Natur. Meistens vergaß sie ihre Schlüssel mitzunehmen, wenn sie fortging, oder wenn sie daran dachte, dann fand sie in der Eile die Schlüssel nicht, sie hatte immer etwas verlegt, sorglos, wie sie war. Und als wir das Spiel ausgemacht hatten, verlegte ich ihre Schlüssel absichtlich, und dann mußte sie das Zeichen klopfen, das wir ausgemacht hatten. Dreimal laut und schnell hintereinander und dann noch zweimal langsam und ganz leise. Da sie vergeßlich war, brachte sie manchmal das Zeichen durcheinander, und dann ließ ich sie warten, und sie mußte sich besinnen. Schließlich schrieb sie sich das Zeichen auf einen Zettel und legte ihn in ihr Portemonnaie. Es war mir auch aus einem anderen Grunde lieber, daß sie keinen Schlüssel mitnahm. Sie konnte mich dann nicht in der Wohnung überraschen bei den harmlosen Dingen, die ich in ihrer Abwesenheit trieb. Ich stand gerne vor ihrem Kleiderschrank und betrachtete die stillen Kleider, ihre Kleider, in denen sie einmal umhergegangen war und aus denen sie nun wieder fortgegangen, ich atmete den Duft ein, der noch darin hing, dieser Duft lebte ja noch und war zugleich gespenstisch, stumm, und doch schien er etwas zu erzählen, es machte mich traurig und glücklich, ich hielt die Kleider eine Zeitlang fest, das grüne Kleid hatte sie zuletzt angehabt, als wir den Ausflug zu den Wasserfällen machten, da hing es still im Schrank und ließ sich von mir bewegen, und es war niemand darin, und dann erschien es mir unfaßlich, daß sie nur zurückzukehren brauchte und hineinzuschlüpfen, und dann würde das Kleid wieder mit ihr leben. Einmal sah ich im Bad ihren Schlafrock hängen, oder Morgenrock, kenne mich da nicht aus. Der Anblick ging mir lange nach. Es war mir, als ob sich alle Erinnerungen an die vielen Morgenstunden, da ich sie in der Wohnung in diesem Morgenrock gesehen hatte, in mir überstürzten, in einer stummen Namenlosigkeit mich überwältigten, ich kam mir wie ein Spurenleser vor, der im Sand kniet und über einer seltsamen Spur grübelt, die nicht von einem Fuß herrührt und nicht von einer Hand, sondern von etwas ganz anderem, das keine Spuren hinterläßt, einem Schrei, einem Weinen, Worten, Atemzügen, einer Spur von all dem Unaussprechlichen, welches das Gewebe der Seele ausmacht, das wir niemals erkennen. Da hing dieser Morgenrock am Türhaken, schlaff und reglos, als wäre sie für immer daraus fortgegangen, ich wagte ihn nicht anzurühren, wie man die Kleider eines Toten nicht gern berührt. Eine Ahnung dämmerte mir, daß vielleicht das Grauenhafteste sich hinter dem Unauffälligsten verbarg, nämlich hinter der Vergänglichkeit. Denn sie ist doch nichts anderes als ein unaufhörliches Sterben. Genug davon. Ich ging in der stillen Wohnung herum und durfte mich auf ihr Heimkommen freuen, es war ja das erste Mal in meinem Leben, daß ich nicht auf das U n - m ö g l i c h e wartete. Aber diese Kleider hatten doch etwas von Phantomen an sich.

Auf dieses Zeichen, auf dieses Klopfen wartete ich nun all die Jahre: Ich ließ Elise nicht durch Detektive suchen, soviel hatte ich ja inzwischen gelernt. Ich wartete. Ich zog nur in ein anderes Haus in der gleichen Straße, ich kaufte es von einem Bibliothekar, einem Sonderling, er verriet mir die geheimen Gänge darunter, von denen hier in der Stadt längst niemand mehr etwas wußte, er selbst hatte den Plan in einem Archiv entdeckt und war dann hierhergezogen. Er verkaufte mir auch seine Bücher, denn er hinterließ keine Erben, sein Vermögen vermachte er zu gleichen Teilen der ›Gesellschaft zur Bekämpfung der Vivisektion‹ und dem ›Verein der Fürsorge entlassener Strafgefangener‹. Mit diesem Hause war ich endlich an den richtigen Ort gekommen, denn ich mußte jetzt vorsichtiger sein, als ich jemals war, sie haben den Mörder noch immer nicht gefunden, und es ist nicht ausgeschlossen, daß sie mich eines Tages wieder verhaften und verhören wollen, wenn sie mit einem rätselhaften Mordfall nicht weiterkommen.‹«

Pat schwieg, nahm die Taschenlampe aus dem schwarzen Rock, knipste sie an und richtete den weißen Lichtstrahl auf das Zifferblatt der alten, dicken, silbernen Uhr, nickte, steckte die Uhr wieder ein und knipste die Taschenlampe aus.

»Noch Zeit, Herr«, sagte er, und Orlins nahm die Hände von den Knien und richtete sich aus seiner erstarrten, gebeugten Haltung auf, er lehnte sich auf der Bank zurück und dachte ungeduldig, daß Jessie auf der Bühne dort unten jetzt noch nicht das Lied singen sollte, nicht jetzt, denn er mußte zuerst das Ende dieser Geschichte hören, gleich, der alte Pat sollte sich beeilen, vielleicht kam Elise doch noch zurück zu diesem alten Sonderling, denn wozu wurde dann diese unglaubliche und verrückte Geschichte erzählt, wenn sie nicht am Ende das Zeichen klopfte, dreimal kurz und zweimal lang?

»Manchmal«, kam Pats Stimme aus dem Nichts, aus dem Dunkel zurück, »erschien es mir selbst wie eine Verwechslung, daß ich in einer Hütte auf einer Flußinsel saß und Dinge hörte, die mir wie aus der Seele gesprochen waren, die ich eigentlich, dem Sinne nach, selbst hätte erzählen sollen. Der Petroleumofen in der Ecke summte noch, und er sprach jetzt etwas leiser, so daß ich mich vorbeugen mußte, um ihn zu verstehen.

›Vorsichtiger‹, fuhr er fort, ›vorsichtiger. Wie Sie gesehen haben, hat diese Einrichtung hier bestimmte Vorzüge. Draußen liegt ein Boot an der Kette im Schilf, und es wird nun Zeit, daß wir uns dem Hause wieder nähern, in Deckung natürlich. Sie müssen zugeben, daß ich im ersten Augenblick nicht darauf gefaßt sein konnte, daß es n i c h t die tote Elise war, die Sie im Sarg mitbrachten, denn so hätte ja das Stück auch schließen können, drastisch wie alles, was vorangegangen war. Aber wenn es nicht Elise ist, wie Sie versichert haben, dann kann sie eines Tages noch klopfen, wenn sie zurückkehrt, sie wird ja meine neue Wohnung ohne weiteres finden. Und nun will ich Ihnen auch sagen, was das Ganze war, diese Verwechslung.‹ Er beugte sich im Mondlicht zu mir herüber und schloß die Augen, als könnte durch seine Worte etwas

Sichtbares hervorgerufen werden, das er zu sehen fürchtete. Ganz langsam und flüsternd sprach er es aus:

›Geister-Handstreich.‹ Er hustete mit geschlossenen Augen und flüsterte noch: ›Gespensterüberfall, eine Posse, ein Schwank der Finsternis. Und das Lied, das ich einst hörte, war die Litanei der Seildreher des Unheils, zurechtgemacht als verlockender Gesang.‹

Langsam öffnete er die Augen, sah sich einen Augenblick in der Gartenhütte um, als könnte sich darin etwas verändert haben und fuhr mit ruhiger, geduldiger Stimme fort:

›So wartete ich noch immer auf das Zeichen, auf das richtige Klopfen. Ihre Kleider hängen noch in ihrem Schrank, und der Duft darin wird von Mal zu Mal schwächer. Kommen Sie. Wir wollen versuchen, wieder ins Haus zu gelangen.‹

Sie wird nie mehr klopfen, dachte ich, und an Gespenster glaubte ich nicht. Wir standen auf, er kniete im Mondlicht vor dem Petroleumofen in der Ecke und schraubte den Docht herunter, bis der Kranz der spitzen, blauen Flammen erlosch. In diesem Augenblick, als er sich aus der Ecke wieder erhob und mir sein Gesicht zukehrte, das jetzt im Schatten war bis auf einen Flecken Mondlicht, der wie ein weißer Klecks neben seinem Munde klebte, sah ich, daß es wieder mit ihm anfing. Er stand da und rührte sich nicht, er starrte mich blinzelnd an und schluckte einige Male, und als er mit einer leichten Bewegung den Mund öffnete, glitt das Mondlicht hinein wie ein Geisterbissen, an dem er genug hatte, sein Mund fiel wieder zu, und er brachte kein Wort heraus.

Während er aus seiner Schreckenschronik berichtet hatte, war er in einen Zustand ruhiger Unangreifbarkeit geraten, unbehelligt, wenn auch mit bitterer Andacht und Gründlichkeit hatte er berichtet und so, als führte er noch einmal diesen Kampf, bei dem er damals unterlegen war, aber mit anderen Waffen, nämlich mit dem Triumph über die Vergänglichkeit und mit der Einsicht in die unabwendbaren Verstrickungen, denen er sich entrissen hatte, um in Deckung zu gehen und um zu warten. Denn wer sich im Warten einrichtet, gerät in den Besitz der Geduld, die unverletzlich macht. Aber das schien nun vorüber, er hatte sein Stück noch einmal vor mir aufgeführt, die Posse der Finsternis. Ich ahnte schon, was er auch später gestand, daß er die Geschichte noch niemand erzählt hatte, und nun hatte er sich diesen Vorgängen noch einmal genähert, er hatte sie geweckt aus dem Scheintod der Vergänglichkeit und mit Namen gerufen, und vielleicht mußte er jetzt noch einmal die grüne Lokomotive im Kaufhaus fahren sehen, sah das Kind wieder, dem er sie schenkte und sah das Mädchen, das seine Frau werden sollte für ein Jahr, sprach die ersten Worte noch einmal mit ihr am langen Verkaufstisch, wo er das verwechselte Glück erstand, das man ihm gegen die Verhöre umtauschte, sprach mit ihr, und dann war sie bei ihm zu Hause, und er sieht sie am offenen Fenster in der stillen Sonne sitzen, und dann hört er das Lied. Das Lied, das ihn erzittern läßt und ihm vielleicht eine Spur von Unsterblichkeit verlieh, nicht für hier, und dann geht er noch einmal hinaus auf den Bahnsteig, um das Magazin zu kaufen, bis sie ihm den Arm rumdrehten und der Zug anfuhr und er sie im Fenster sah mit dem Schrei, den er nicht mehr hörte und der ihr Lebewohl an ihn war, ihr Reiseandenken, und danach wischten sie ihm den Schaum vom Munde mit dem Wattebausch und er lallte widersinnige Geständnisse.

Sein Gesicht war jetzt nicht verzerrt, er zuckte nur einmal, als wäre eine unsichtbare Hand daran gestoßen, und dann schien der Geisterbissen wieder aus seinem Munde zu quellen, blieb am Kinn hängen, und in seinen Augen war nicht nur das Flehen, nicht nur das geduldig gesparte Leid der unsinnigen Wartezeit, sondern es war darin wie ein Schein von Blut in die grauen Augenringe gedrungen, der sie verdunkelte, als wäre dahinter etwas am Verbluten, das nicht mehr körperlich war, und dann wußte ich, daß ich das schon einmal gesehen hatte, es war das Dunkeln des Sterbens, der Schatten, der den Eintritt des Unsichtbaren in die Kammer des Lebens verrät. Jetzt hob er den Arm, über den das Mondlicht wie aufgescheucht zurückglitt, und seine Hand führte die Bewegung des Winkens aus, dünn und kraftlos, ja, er winkte. Vielleicht winkte er jetzt noch einmal allem zu, was er verloren hatte, und zuletzt winkte er Elise im Fenster des fahrenden Schnellzugs nach, denn damals hatten sie ihm ja den Arm verdreht und hatten ihn festgehalten. Mit einer grünen Lokomotive zum Aufziehen hatte es angefangen und mit einem fahrenden Zuge hörte es auf.

Und ich dachte daran, daß sie ihm mit feinen und gefährlichen Waffen gekommen waren, um ihn fertig zu machen, bei mir hatten sie sich nicht so viel Mühe gegeben. Adlersfall war eine blutige Stümperei dagegen. Aber ich konnte jetzt nicht seine Hand nehmen und zu ihm sagen: ›Winken Sie nicht mehr, verlassen Sie dieses Haus, und kommen Sie mit, ich will Sie in dem alten ›Heuschnupfen‹ zu meinen Freunden bringen!‹ Ich fühlte, daß er bis zur letzten Stunde hier bleiben und warten wollte. Aber ich konnte ihm zeigen, daß er in seinem Elend nicht allein war, ich konnte ihm noch eine Unterweisung geben von dem, was sonst alles im Gange war, was sonst noch gespielt wurde.

›Sie sind in eine Falle gegangen‹, sagte ich, unvorsichtig, denn er sprang an die Wand, wo er offenbar nach einem Knopf tastete, den er nicht gleich fand und dessen Berührung ich verhindern mußte. Es konnte ja sein, daß er uns beide in die Luft sprengen wollte. ›Halt!‹, rief ich, ›halt, Sie haben mich mißverstanden, ich bin kein Verräter!‹ Und da kam er wieder näher, das Entsetzen noch im Gesicht, das Wahnsinnsflakkern in den Augen, und ich berichtete ihm rasch das Nötigste von Adlersfall. Ich sah, wie es ihn erleichterte, und als ich an die Stelle kam, wo sie die tote Anne in die Scheune trugen und auf den schmierigen Tisch legten, kehrte das Leben zusehends in ihn zurück und richtete ihn aus seiner Verdorrung, aus seiner Gebrochenheit auf, aus seinem Begrabensein. Und als ich ihm erzählte, wie sie das erste Mal den Strick anzogen und ich zu baumeln anfing, straffte sich seine müde Gestalt und er nickte mir zu, fast hingerissen, in einer kalten und einsamen Begeisterung, und so hatte ich ihn wieder zurückgeholt aus seinem Irrlichtsumpf, herüber ans hiesige Ufer, ich fragte mich nicht, wie oft er schon drüben gewesen sein mußte, außer Rufweite, ganz dicht an dem schwarzen Strand, der ihn wie eine grausige Heimat anzog.

Als ich mit meinem Bericht zu Ende war, kam die alte, ruhlose Beweglichkeit wieder in ihn, geräuschlos schloß er die Tür der Hütte auf und blickte vorsichtig hinaus. Ich trat zuerst auf das bereifte Gras hinaus, umständlich schloß er hinter mir zu, jetzt hinkte er sogar wieder und wir zwängten uns durch das kahle Gestrüpp, und dann hatten wir das ruhig fließende, schwarze Wasser vor uns. Das Boot lag im verdorrten Schilf und scherte leicht in der Strömung, ein Boot ohne Steuer und nur mit einem Ruder in der Dolle. Die Strömung war nicht stark, aber die Strudel in der Mitte verrieten doch, daß das Wasser tief war. Er zog das Boot an der Kette heran, seine Hand zitterte etwas, als er das Vorhängeschloß mit dem kleinen Schlüssel aufmachte. Wir stiegen in den altmodischen Kahn und ich sah, daß er nicht ungeschickt war, wir trieben bis zur Mitte, und dann brachte er das Boot mit einigen Ruderschlägen ans andere Ufer.

Niemand zeigte sich zu dieser späten Stunde am Wasser. Wir stiegen an Land und er zog das Boot in ein Gebüsch und schloß es wieder an eine Kette an. Dann gingen wir im Mondlicht den Feldweg hinauf und dann auf die Straße mit den schwarzen, hohen Bäumen, die Äste standen kahl und steif in die kalte Winterluft und das fahle Mondlicht hing darin wie vergilbte Farbstreifen. Ein verlassener Pfad zwischen morschen Zäunen und kleinen schwarzen Hütten dahinter brachte uns wieder in Deckung, dann rückten Mauern und Giebeldächer näher und dunkle Fensterscheiben, in denen das Mondlicht wie ein Lichtsignal aufglänzte und beim Weitergehen verschwand. In einem Durchgang zwischen zwei schwarzen Zäunen aus Bohnenstangen blieb er plötzlich stehen und verlangte etwas von mir.

Ich rechnete es ihm nicht als Mißtrauen an, er wollte Sicherheit, Gewißheit haben, und ich holte den Zettel aus der

Tasche, Annes Brief an ihren Vater, und er nahm das zerknitterte Papier und faltete es vorsichtig auseinander. Er hielt es so, daß das Mondlicht darauf fiel, und während ich ihm zusah, wie er den Brief las, schlug ich den Rockkragen hoch, da es mich in der kalten Luft fror und wußte mit einem Mal, daß er es nicht nur zu seiner Sicherheit las, sondern um auch diesem Tod nachzugehen, der seine Spuren in dieser Schrift, in dieser Tinte hinterlassen hatte, er bewegte beim Lesen lautlos die Lippen, und vielleicht war es für ihn mehr als die zerknitterte Inschrift auf einem vergilbten, ramponierten Grabmal. Wie ich ihn so dastehen sah im ungewissen Mondlicht, in der kalten und stillen Winternacht, gebeugt und frierend, hatte seine Gestalt etwas Phantastisches für mich bekommen, erhaben und gesegnet, ein Don Quichotte der Schwermut und des einsamen Triumphes über die endlose und verlorene Passion der Schmerzen. Und dann dankte ich noch einmal der toten Anne, nicht dem Himmel oder den Geschickesflechtern, daß sie mich aus der elenden Hölle von Adlersfall herausgeholt hatte, damit ich ihm begegnen durfte. Fragte mich, mit welchem geheimen Auftrag solche Gestalten wie er wohl noch hier unten weilten, wo sie nichts mehr zu erwarten hatten als den Untergang, den Auszug aus dem Elternhaus ihrer wilden Einsamkeit.

Da gab er mir den Brief zurück, schweigend, und als er mich ansah, war es mir, als wäre er noch einmal gestärkt worden in seiner traurigen Verlassenheit, ermutigt wie von einem Ruf, der alles durchdringt und doch zu spät kommt. Und der ihn vernimmt, weiß, daß er jetzt alles auf sich nimmt, das schwerste, nämlich das Nichts.

Auf dem gefrorenen Boden des Hüttenweges gingen wir weiter, der Weg stieg an und führte auf die gepflasterte Brücke, dort konnte ich noch einmal die Flußinsel und die Gartenhütte zwischen den Sträuchern sehen, in der leblosen Friedlichkeit, die durch die bleiche Mondbeleuchtung entstand. Dann bogen wir nach rechts ab und umgingen im Schatten der Häuser einen leeren, verlassenen Platz, bis wir unter den alten, hohen Bäumen den ›Heuschnupfen‹ vor uns erblickten. Er sah ganz verändert aus mit den Mondklecksen, aber ich war ja wohl auch etwas geändert worden inzwischen, nach all dem, was ich in der Hütte gehört hatte. Das Hören ist nur der Anfang, da wird nur eine Tür aufgestoßen und dann gehts die Treppen hinunter, bis es ganz unten bei uns ankommt und ins Brüten gerät, ins Plänemachen. Sie wissen nie, wann ein Plan bei Ihnen angefangen hat, vielleicht sahen Sie nur aus der Luft ein Blatt herunterkommen, ein gelbes Blatt mit fünf schwarzen Flecken darauf, wie von einer Hand, die ich nicht benennen will, sämtliche Blätter über Ihnen sind noch ganz grün und fest an den Zweigen, oder Sie hören hinter einer Mauer ein Kind rufen, oder es lag mal eine Wespe in Ihrem Bierglas.

›Niemand vor dem Haus, und die Straße ist völlig leer‹, sagte er jetzt zu mir, er, dessen Namen ich nie erfuhr. Und er holte den Schlüssel aus der Rocktasche und sagte, ich sollte hinübergehen und die Tür aufschließen und nachsehen, ob jemand im Hause sei. Und nach dem Sarg sollte ich mich ebenfalls umsehen.

Er hatte wieder Angst. Und mir kam es jetzt auf nichts mehr an. Ich nickte nur, nahm den Schlüssel und ging unter den Bäumen auf dem Weg vor zur Straße, als mir etwas einfiel. Um mir Gewißheit zu verschaffen, mußte ich jetzt seine Angst nutzen. Ich drehte mich um und ging langsam zurück. Er saß auf dem Trittbrett, die Hände auf den Knien gefaltet, vorn auf der Brust einen Flecken Mondlicht und starrte mich aus dem Baumschatten unbeweglich und gefaßt an.

›Es ist nicht unwahrscheinlich‹, sagte ich zu ihm, ›daß drüben etwas nicht in Ordnung ist. Es sieht alles so ruhig aus, aber es kann eine Falle sein. Darum müssen Sie mir die Wahrheit sagen, bevor ich hinübergehe.‹

›Die Wahrheit?‹ murmelte er betroffen im Schatten und strich sich langsam über die Stirn, als wäre die Wahrheit eine Erinnerung, die ihm entfallen wäre.

Ich beugte mich zu ihm herunter, der Mondfleck auf seiner Brust erlosch.

›Was hatten Sie in den rötlichen Tee getan?‹ fragte ich rasch.

›Warum?‹ flüsterte er und rückte auf dem Trittbrett von mir fort, ›fühlen Sie sich nicht wohl?‹

›Gut‹, sagte ich und setzte mich neben ihn auf das Trittbrett, das Trittbrett senkte sich und der alte ›Heuschnupfen‹ schwankte einen Augenblick, ›dann gehe ich also nicht hinüber‹.

Noch vor einer halben Stunde hatte er mir das Geheimnis seines Lebens gebeichtet, und ich hatte eine aufrichtige Zuneigung zu ihm gefaßt. Aber nun war er wieder in seine alte, störrische, argwöhnische Undurchdringlichkeit verfallen, ich dachte nicht daran, locker zu lassen.

›Geben Sie mir Ihr Wort, keinem Menschen etwas von den Dingen zu erzählen, die Sie von mir gehört haben?‹ fragte er endlich und hielt mir seine lange, dürre Hand hin.

›Ich verspreche Ihnen‹, sagte ich, ›alles g e n a u meinen Freunden zu erzählen. Denn die Wahrheit muß man miteinander teilen wie die letzte Rinde Brot. Glauben Sie denn, wir wären der Sprache mächtig, nur um uns damit zu verständigen? Das kann man auch mit den Händen tun, mit Winken und Augenzwinkern, mit Gebärden, wie die Stummen. Und es kommt doch nur darauf an, daß wir uns über die Geheimnisse, auf die man nicht mit dem Finger hinzeigen kann, etwas mitteilen. Meine Freunde sind Eingeweihte, genügt Ihnen das? Was war in dem Tee?‹

›Wenn es nicht geklopft hätte‹, sagte er zögernd, zog und drückte an seinen kalten Händen, ›dann hätten Sie morgen früh kein Wort mehr davon gewußt. Sie hätten alles vergessen, wenn Sie noch ein einziges Glas davon getrunken hätten.‹

Ich nickte und stand sofort auf, er hatte die Wahrheit gesprochen. In der Hütte war mir für einen Augenblick die Erinnerung fortgeblieben, ich hatte plötzlich nicht mehr gewußt, wie ich auf die Flußinsel gekommen war. Nun ließ ich ihn allein und ging auf die Straße hinüber, ging ruhig an seinem Hause vorbei und dann wieder zurück und schloß auf. Er hat also irgend ein Kraut, dachte ich, mit dem er sich das

Vergessen verschafft, für einige Zeit. Ich knipste das Licht im Flur an, nachdem ich die Haustür geschlossen hatte, dann trat ich durch den Vorraum in das Zimmer mit dem Aquarium. Hier fand ich den Lichtschalter nicht, hatte weder Streichhölzer noch eine Taschenlampe. Ich mußte mich also bücken und den Fußboden abtasten im Dunkeln, bis ich an die Bretter stieß. Ich tastete den Sarg sorgfältig ab, schien nicht geöffnet worden zu sein. Dann ging ich zurück vor die Haustür und winkte ihm.«

Pats erschöpfte Stimme schwieg, und die Stille floß in dem dunklen, niedrigen Verschlag unterm Dach wieder ineinander und zusammen, wie Luft oder Wasser, die sich lautlos vereinigen. Orlins hob den Kopf und setzte sich hoch, er rückte auf der Bank hin und her und blickte sich in dem dunklen Raum um, als suchte er nach einem Ausweg aus dieser Geschichte, die ja noch weiter ging. Er fühlte, daß Pat ihm nur seinen Anteil davon gegeben hatte, wie sollte er mit diesem Bruchstück jetzt zurechtkommen? Und er fühlte, daß er nicht fragen konnte, was es mit diesem Erzählen von Geschichten auf sich hatte. Wollten sie ihn prüfen? Würden sie ihn eines Tages fragen: ›Wie war das mit dem Lied, das er nicht hörte?‹ Oder: ›Wie war das mit dem Kind, dem er die grüne Lokomotive schenkte? Erwartete Elise vielleicht ein Kind von ihm?‹

Im gleichen Augenblick bemerkte Orlins, daß sich das Dunkel hier oben schon verfärbt hatte, daß die Schwärze verfiel, ein graues, fahles, noch farbloses Unlicht erschien in den Dachritzen, die Nacht war vorüber. Pat stand von der Bank auf, trat an die Luke in der Wand und streckte den Kopf hindurch. Da stand auch Orlins auf, er hatte lange genug still gesessen und zugehört, als hätte ihm das Schicksal noch einmal eine Schulbank hingestellt, damit er das Einmaleins lernte, das nicht mehr aufging und mit dem nur die Gescheiterten rechneten, die Gezeichneten, wenn sie die begrabenen Hoffnungen und Träume zusammenzählten, die Einkünfte an Kummer und Gram, die Spargroschen ihres Elends, die Zinsen der Tränen und der Heimsuchung.

Aber Orlins trat noch nicht zur Luke, er tappte im Hintergrund des Verschlages herum, spähte durch eine Ritze in der Mauer, wo er die dunstige, graue Tiefe des Morgens erblickte. Er zog einen Ziegel aus dem Dach und atmete die kühle Luft der Frühe ein. Übernächtig und von einer hellsichtigen Leere in den Sinnen geschärft, blickte er in die noch ungesichtige Verwandlung des Tages hinaus. Er spürte das kalte, frierende Rinnen über den Rücken kommen, von den Seiten her die Schauer über den Rippen, er atmete tief und regelmäßig, die Müdigkeit verflog. Dort draußen, fern, in den noch erblindeten Weiten schwanden die dunklen Bahrtücher der Nacht, erhob sich der Tag aus der Grabhalle der Zukunft. Am Horizont glomm nun eine fahlgrüne Himmelswand herauf, es sah aus wie der Widerschein eines versinkenden Geisterlandes, hintergründig, eine Nachtwiese des Jenseits, das Wetterleuchten einer sterbenden Weltennacht. Tote Zeit, dachte Orlins, rings sinkt das erloschene Leben hinunter und füllt die Grabtäler der Vergangenheit, und an den ewigen Brunnen des Ungeborenen werden die Eimer gefüllt, und das Nievergangene kommt herauf. Ein fremdes Pathos fuhr in ihm auf, eine kalte, wirbelnde Trunkenheit, ein Erwachen, ein Nahen der immer verwehrten Entäußerung, des überwältigenden Außersichseins. Er war nicht mehr weit davon, durch jene Rückwand von Traum und Gesichten zu dringen, die den Schauenden ins Freie des Hintersichseins entläßt. Da rief ihn Pat mit einem ruhigen Flüstern zurück.

Während er zur Luke ging, fiel es ihm ein. So war das vor Jahren einmal gewesen, unstillbar, betäubend, eine Ahnung, ein Hauch von einer versunkenen Herrlichkeit, nach dem sich die Seelen bis zum Verderben sehnten, damals, als er vor sieben Jahren im Garten des roten Backsteinhauses, in dem er mit seiner Mutter wohnte, am Brunnen stand, an jenem warmen, stillen Frühlingsabend, und die weiße Wolke am Himmel sah.

»Jetzt singt sie das Lied«, sagte Pat. Der Verschlag zeigte im Morgenzwielicht seine verstaubten Wände, die gesprungenen

Tannenbretter und Balken, Spinnweben hingen in den Winkeln. Orlins streckte den Kopf durch die Luke und blickte aus der fünfstöckigen Höhe hinunter. In der Tiefe wurde die offene Bühne von einer altmodischen Hängelampe erleuchtet, er sah einen Tisch und einen Stuhl, sonst war die Bühne leer. Der Hintergrund war dunkel.

Während Orlins den Auftritt Jessies erwartete, betrachtete er die Zuschauer, die sich im gelben Schein von Windlampen und großen Wagenlaternen im ersten Stockwerk auf einer Art von Galerie, an der Flaschenzüge und Rollen befestigt waren, zeigten. Er sah wenig ältere Leute darunter. Es schienen alles junge Arbeiter und Arbeiterinnen zu sein, ihre Gesichter waren hart und neugierig, einige gähnten, sie hatten die Kaffeeflaschen umgehängt, und einige verzehrten schon ihre Stullen. Sie schienen unterwegs zur Frühschicht.

In den Saal darunter, in dem noch immer die Männer auf den Bänken schliefen, fiel nur spärlicher Lichtschein. Jetzt sah er Jessie aus dem dunklen Hintergrund auf die Bühne kommen. Sie trug den alten Trenchcoat und war ohne Strümpfe und Schuhe. Sie trat an den leeren Tisch, unter die Zuglampe und strich sich die Haare zurück. Dann betrachtete sie den Tisch, strich zögernd mit der Hand darüber, legte die Hand auf die Stuhllehne. In diesem Augenblick begriff Orlins, wie leer dieser Tisch war, leer der Stuhl. Namenlos, nicht verlassen von Fortgegangenen, nicht erwartet von Heimkommenden. Der Tisch ohne Heimkehr. Jessie sah von dem leeren Tisch auf, schob die Hände in die Taschen des Trenchcoats, das lose auf den Mantelkragen fallende Haar glänzte im Lampenlicht strohfarben. Sie hob die Hand über die Augen, suchte die Gesichter auf der Galerie, ihr schmales, gebräuntes Gesicht verlor den angespannten, sinnenden Ausdruck, sie lächelte stirnrunzelnd, zeigte eine bekümmerte Heiterkeit, plötzlich begann sie mit ihrer klaren Altstimme zu singen:

»Ach, wer nicht heimkehrt, der lebt schlecht.
Die Füße hebt ihr leichter bei der Heimkehr,

ihr Leute, Schiffer, Packer oder Knecht,
denn aller Schritte Ende ist die Heimkehr.

Da habt ihr diese weite Welt zum Leben,
zum Segen und auch zum Verdruß,
und keiner kann die vielen Fäden weben,
die so ein Heimkehrteppich haben muß,

denn der ward schon von früher her begonnen,
und ihr webt weiter und ihr wißt es nicht,
und webt hinein, was ihr verloren und gewonnen,
und was die Falten euch grub ins Gesicht.

Heimkehr ist mehr als bloß Nachhausegehn,
den Hut an' Haken, Füße untern Tisch,
mehr als die alte Stube wiedersehen,
den Blumentopf, die Lampe überm Tisch.

Ist mehr als Ruh und Frieden abends – kein Gebet
braucht ihr zu sprechen, aber fühlt und schweigt!
Gedenkt der Stimmen, die hier lang verweht,
und auch der Stunde, da ihr wieder abwärts steigt.

So kehrt ihr heim und findet Ruh und Zeit,
Zeit fürs Gespräch, fürs Essen, Rauchen, Trinken,
auch für die Liebe, für die Schweigsamkeit,
o laßt euch nur in Träumerei versinken.

Träumen ist Heimkehr in ein älteres Haus,
dort saßen einst Mutter und Vater beim Spind,
und brachen das Brot und hörten den Wind,
und dann löschte der Tod ihre Lampe aus.

Denn keiner lebt von heute nur und morgen,
um euch steht das Vergang'ne wie ein Zelt,
und eure Müh, all euer Leid und Sorgen,
die sind vom ew'gen Vorrat dieser Welt.

Reichtum und Macht vergehn wie Jahr und Zeit,
Liebe ward oft betrogen und vertrieben,
Armut schmeckt bitter und die Einsamkeit,
und doch ist vielen dann noch eins geblieben:

Denn aller Schritte Ende ist die Heimkehr,
ihr Leute, Schiffer, Packer oder Knecht,
die Füße hebt ihr leichter bei der Heimkehr,
ach, wer nicht heimkehrt, der lebt schlecht!«

Ein Schuß fiel in das Ende des Liedes, die Hängelampe auf der Bühne erlosch, eine Hand riß Orlins aus der Luke zurück, Pats Geflüster traf ihn mitten ins Gesicht:
»Das Warnungssignal! Polizei!«
Orlins eilte schon hinter Pat durch den Verschlag, bückte sich unter der niedrigen Tür, stolperte über einen Bündel Säcke, das Knallen von Schüssen drang fern und schwach herauf. Sie liefen die Treppen hinunter, ab und zu ließ Pat die Taschenlampe aufblinken, Orlins ließ die Hand nicht vom Geländer, er hatte die letzte Strophe noch im Sinn, denn aller Schritte Ende ist die Heimkehr, und ob er wohl bald aus aller Heimkehr fortgeraten war, dachte er, ob er nun das Ende mit vielen Schritten immer weiter hinter sich ließ? Während er die steilen Treppen dicht neben dem schwarzen, gußeisernen Geländer hinunterlief, das Klappern und Poltern verwünschend, sah er den kleinen, alten Pat mit regelmäßigen, automatenhaften Sprüngen auf den Fußspitzen vor sich die Stufen abwärts hüpfen, summte das Lied in ihm weiter ... ihr Leute, Schiffer, Packer oder Knecht ... denn nun war er ohne Beruf und Haus, war einem Zeichen gefolgt, einer Stimme, die gerufen hatte, die gefragt hatte: ›Gilbert Orlins, erinnerst du dich noch?‹
Er eilte die Stockwerke in einem verlassenen Lagerhaus hinunter, im Morgengrauen, und hörte den Lärm und die Rufe draußen, die Trillerpfeifen und die Kommandos der Polizisten, Pat hatte die Türöffnung erreicht, und bevor er hinaus-

spähte, winkte er Orlins vorsichtig heran, still stand er jetzt neben dem kleinen, alten Erfinder, noch war es nicht ganz hell draußen.

Im Frühnebel waren die Umrisse draußen noch verschwommen, der Lagerplatz dehnte sich in dem fahlen, grauen Dunst weit hinaus, die dunklen Blöcke waren abgestellte, alte Möbelwagen, sie standen in Reihen und bildeten enge, noch ungesichtige Durchgänge, der Lärm der Pfiffe, Stimmen und Schritte ließ nach, plötzlich war es auf dem Platz still geworden, Pat stieß einen quäkenden Laut aus und schlich geduckt hinaus. Orlins wartete noch einen Augenblick, folgte Pat mit dem Blick, von der Seite, trat aus dem Nebel, auf Fußspitzen, lange Schritte machend, ein untersetzter, breiter Polizist mit erhobenem Gummiknüppel dicht hinter Pat. Blitzschnell drehte sich Pat herum, wich dem niedersausenden Schlag mit einer Drehung aus, im nächsten Augenblick stand Orlins hinter dem Polizisten und legte ihm die Hände um den Hals, über dem grauen Kragen der Uniform, dicht unterm Kinn, drückte zu und versuchte den stämmigen, schweren Mann nach hinten umzuwerfen. Ein Schuß fiel in der Nähe, ein Stein schlug Orlins gegen die linke Schulter, mit Pats Hilfe riß er den Polizisten nach hinten um, Pat kniete auf der breiten Brust des Uniformierten, Orlins drückte dem japsenden, keuchenden Mann noch immer die Kehle zu, da hatte Pat den Gummiknüppel der zusammengekrampften Faust entwunden. Er führte damit einen seitlichen Hieb gegen die Schläfe des im Gesicht schon bläulich werdenden Polizisten, Orlins nahm die Hände von dem dicken, weichen Hals, der Kopf des Getroffenen fiel leicht zur Seite, der Betäubte regte sich nicht mehr. Pat sprang auf, nahm Orlins an der Hand, der jetzt das Brennen in der Schulter spürte, sie liefen im Zickzack über den nebligen Platz, durch die Gassen der Möbelwagen, da spürte Orlins, wie es warm unter dem Hemd den Arm hinunterlief. Sie blieben stehen, Orlins zog den Rock aus, streifte das Hemd herunter, Pat kramte in den Hosentaschen, brachte eine zusammengedrückte Rolle Klebstreifen zum Vorschein, riß einen Streifen mit den Zähnen ab und klebte ihn auf die blutende Wunde, aber das Blut drang unter dem Streifen wieder hervor. Da preßte Orlins die Lippen auf die Wunde, saugte das Blut fort, spuckte es wieder aus, Pat klebte zwei Streifen übers Kreuz darauf, sie hörten Schritte in der Nähe, Orlins zog Hemd und Rock wieder an und fühlte eine Schwäche in den Knien. Er mußte sich an die Wand des Möbelwagens lehnen, es wurde ihm schwarz vor den Augen, aber es dauerte nur Sekunden, dann sah er wieder. Pat kniete am Boden, klappte einen Deckel unter dem Wagen auf, dann kroch Orlins vorsichtig in den schmalen, geräumigen Spiegelkasten des Möbelwagens hinein, in dem er sich nicht mehr umdrehen konnte, er lag auf dem Rücken, hörte Pat flüstern, er sollte liegen bleiben, sie würden ihn bald holen oder ihm Nachricht bringen. Dann wurde es dunkel in dem Kasten, Pat hatte draußen den Deckel wieder zugeklappt. Es war das letzte Geräusch, das Orlins hörte.

Zweiter Teil

I

Das Traumgespinst wurde dünner, zerriß und verflog. Der Mann war dicht davor, die unsichtbare Tür zu finden, zu öffnen, sich über die mühevolle Schwelle der Klarheit zu heben.

Ich habe mich doch erst hingelegt, dachte er halbwach, *da klopft einer draußen, wer klopft denn? Da klopft einer draußen, aber es ist doch drunten, es klopft im Keller, da steht einer im dunklen Keller, klopft mit dem Stock, er hinkt, er hinkt am Stock, hinkt durch den Keller, klopft seit vielen Jahren, keiner klopft zurück.*

Ich habe mich doch erst hingelegt, da ruft einer draußen, wer ruft denn? Die Tür geht auf, ein kleiner alter Mann kommt durch die Tür, ruft, die Post ist gekommen, er hält einen schwarzen Sarg unterm Arm, klein, mit silbernen Beschlägen, die Post des Todes ist darin.

Hingelegt. Mit einem Schuß in den Spiegelkasten, die Möbelwagen fahren in alle Welt. Cora hat schon den Tee gerichtet, ich stehe gleich auf, ich komme gleich nach, ach, wer nicht heimkehrt, der lebt schlecht.

Mit einem Ruck richtete sich Orlins auf, völlig wach. Er s a ß i m W a l d. Zwischen den Kieferstämmen hing schräg ein gelbes Leuchten, rötliche, schuppige, rissige Rinden, oben, zwischen den dunkelgrünen dichten Nadeln dehnten sich hellblaue Lichtungen, er blickte auf die Uhr, die Uhr war stehen geblieben, schräges Sonnenlicht, dünstige Wärme.

Es ist Nachmittag, dachte Orlins. *Es ist ja so still.* Er rutschte im Waldgras ein kleines Stück zur Seite, nun konnte er sich im Sitzen an den Stamm lehnen. Als er den linken Arm hob, spürte er einen Stich, stechenden Schmerz, aber Arm und Hand ließen sich bewegen. *Montag, Dienstag? Dort unten ist eine Straße, wird irgendwo hinführen.* Er griff in die Rocktasche, suchte eine Zigarette, Papier knisterte in seiner Hand, er zog einen Zettel heraus, las: »Bleib liegen, wir holen dich. Der Streifschuß ist ungefährlich, die Wunde ist verbunden.«

Er erkannte die Bleistiftschrift. Die Handschrift Jessies. Er fühlte sich nicht mehr allein. Fand die Zigaretten, das Feuerzeug, rauchte.

Aber wie bin ich denn hierher gekommen? Überhaupt nicht gekommen. Noch etwas benommen. Muß mich erinnern können, an irgend etwas. Der Streifschuß, die Wunde, der Stein, der gegen die Schulter flog, als ich den Polizisten umriß. Der Spiegelkasten unterm Möbelwagen. Ich kroch mit einem Streifschuß in den Spiegelkasten.

So fand er die Spur. Er mußte einige Zeit in dem Spiegelkasten geschlafen haben, als er wach wurde, Stimmen hörte, Licht sah. Pats Stimme, eifrig, leise und eine jüngere Stimme, ruhig, besonnen. Er kroch heraus, sah Pat und den Fremden, einen blassen, schmalen, jungen Mann mit freundlichen Augen draußen stehen, sie schwiegen jetzt, es war heiß und still. Wohl Mittagsstunde. Er fühlte sich schwach und setzte sich ins Gras. Der junge Mann kniete neben ihm, öffnete eine gelbe Aktenmappe, auch Pat kniete neben ihm und streifte ihm den Rockärmel hoch, Hemdärmel zurück, Orlins sah, wie der junge Mann die Spritze mit der haardünnen Nadel nach oben hielt, aus der Nadel trat ein Tropfen Flüssigkeit, ganz heiß und still ringsum, der Himmel wolkenlos blau. Der Einstich im Unterarm, ein kurzes Brennen, das gleich verschwand. Durst. Sie halfen ihm, aufzustehen, stützten ihn, man ging zwischen den Möbelwagen zu einem Lieferauto, graugrün, er las die rote Aufschrift:

KAISERS BEKÖMMLICHER HAUSTRANK

Hinten die beiden Türen standen offen, er stieg hinein, es roch nach Röstkaffee darin, auf der Tragbahre lag ein Stapel brauner Decken. Er streckte sich aus, wartete, hörte die Stimmen draußen, schloß die Augen, hörte eine Grille zirpen, hörte nichts mehr, schlief ...

Orlins drückte den Zigarettenrest in eine Rindenkerbe, suchte in den Taschen, fand einen Riegel Schokolade, wollte die blaurote Hülle aufreißen und bemerkte die Bleistiftschrift.

»Erinnere dich!« las er, die Silben nachsprechend. Er biß ein Stück Schokolade ab, kaute, schluckte, *erinnere dich*.

Er fühlte sich leicht, wie dünn und leicht die Waldgräser waren. Es war ihm, als wäre er noch einmal, aus einer anderen Richtung, in die Welt gekommen. Bäume, Gräser, stille, dünstige Luft. Zeit, viel Zeit, *bleib liegen, wir holen dich*. Aller Lasten ledig, verschwunden, nicht mehr auf dem Posten? In dieser Welt mußte man doch auf dem Posten sein, jeder Tag war wie ein lautloses Gefecht, das man gewinnen mußte gegen Zahlen, Uhren, Maschinen, Papiere, gegen Bedenken, mit Ausflüchten, Überlistungen, Eile, Behendigkeit. Wie sollte man da mit dünnen Gräsern zurechtkommen? Mit der stillen Luft, dem warmen, grünen Glänzen?

Aber einmal, dachte er, *war man anders damit zurechtgekommen, das war lang her. Lang her,* dachte er, *klein war* ... Ein Weidenbusch über einem immer dunklen Tümpel, fern vom Rande der Stadt, weit in einer gräserverschollenen Wiese, die für kleine Leute endlos schien. Sie krochen durch das warme, feuchte, klebrige, hohe Gras, krochen Wege hinein, durch den dikken, schwülen Wiesenblumenduft, dann kletterten sie in die krummen, federnden Äste hinauf, der bittere Geruch der verletzten Rinden umgrünte sie, die tagferne Wildniswelt des Weidenbuschs hüllte sie in ihre Dickichtstille; das moordunkle Wasser darunter schien sie fremd anzublicken, wenn sie reglos oben in dem buschigen, dichten Gezweig hingen, bezaubert von der Fremdnis der Sommerwelt. Aber auch später, anders, allein, die Fremdnis der Mädchen. Sophie. Hinter der Landstraße, zwischen den Wiesen lag die verlassene Fabrik mit grün begrasten Dächern, gelblich verblichene Backsteinmauer zog sich weit darum, dahinter der mit hohem Unkraut wild umwucherte, lautlose Fabrikhof. Ein loser Stein, den man aus der Mauer nehmen konnte, war ihrer beider Briefkasten. Damit ihn niemand beobachtete, war er lange durch das hohe Gras und die Klettenbüsche gekrochen, hatte in der heißen Stille gelegen, nur ein Bussard schrie hinter ihm, dann legte er das Briefchen, blauliniertes Blatt aus einem Schulheft, in die Mauerhöhlung, schob den heißen Stein davor, wartete, und schlich wieder fort. Zwölf? Er war zwölf Jahre alt, es schien ihm schon eine endlose Welt von Jahren vergangen. Am Abend näherte er sich wieder der langen, verlassenen Mauer. Das Herz klopfte ihm bang, schuldig und glücklich, er zog den Stein aus der bröckeligen Mauerfuge, in Kniehöhe, starrte die Botschaft an, den weißlich schimmernden Zettel, gefaltet auf verabredete Weise. Hielt ihn lange in der Hand, die noch nicht erwachsen war. Schlich im Überschwang davon, der noch nicht erwachsen war, kroch in einen Wiesengraben hinunter, faltete den Zettel auseinander, schnupperte verwirrt. Und vielleicht stand nicht mehr darauf, in runder Schulmädchenschrift, als: »Um acht Uhr – Sophie.«

Vier Worte. Aber was geheim war und beklommen süß in der unsichtbaren Fülle und Tiefe der Welt, schien ihn mit anderen Worten zu grüßen, unzähligen. Und dann wartete er vielleicht hinter einem vor Alter schrägen Baum, hinter der Holzbrücke, die über den Graben zum Fabriktor führte, wartete, bis in der Dämmerung das Abendlicht milchig und blau wurde, bis in der stillen Luft ihr weißes Gesicht mit den dunkelbraunen Zöpfen über dem Brückengeländer auftauchte und näher schwebte, sich rötete unter seinem leisen Anruf, dann sah er nur noch die blanken, jungen, braunen Augen, darin sich für ihn alle Mädchenzeit der Welt spiegelte. Zögernd gingen sie e i n m a l den Weg durch die Wiesen in der warmen, unsichtigen Abendluft, an den Händen leicht sich führend, aus denen die Fremdnis schwand, Grashang und stille Bäume zogen durch ihn hindurch, so schwebt der Vogel durch die Bilder der Ferne, da w a r es doch einmal, was sich später wieder entwand, aus der Welt schwand, unhörbare Strömung des grünenden Landes, Abendheimat der stillen Erde, die verschollene Spur, und er war tiefer allein in der Nähe des Mädchens, trieb dahin durch strömenden Glanz, durch die selig gewordene Zeit.

Verloren? Traumverloren. Und später war alles W e l t geworden, Wälder und Felder, ging der Weg in das Herz der

Mitte verloren. Wo war das Geheimnis hingekommen? Der Weidenbusch blieb immer in ihm, die Wiese war längst verschwunden, der Busch war abgeholzt, niedergehauen, dort stand jetzt eine Stadtrandsiedlung. Kleinsiedler, Typenhäuser mit Ställen, Schweineställe, Ziegenställe, Gemüsegarten, Kohl, Kraut, Kartoffeln, Rüben.

Auf dem Posten sein? Erinnere dich. *Ich sitz im Kiefernwald und habe das Gefecht verloren.* Hypotheken, Immobilien. Er wollte dies Gefecht nicht mehr gewinnen. Er wollte die Gesichte finden, die Stimmen, ausziehen, auf die Suche gehen, er suchte den Anfang eines Feldwegs in die entschwundenen Jahre ...

Im Wald. Im Wald hatte es angefangen. Verweile. Erinnere dich. Durch die Ferne der Zeit blickte er in die Dämmerung eines Wintertages. Auf einem verschneiten Weg im Wald hatte es angefangen. Bevor er in den Wald kam, stand er im wintergrauen Nachmittagslicht an einem schwarzen Pult. Erster Stock, Büroräume der Firma Spinger & Spinger, Grundstücks- u. Hypothekenmakler, Frontstraße 113. Er schob das Bündel Papiere in die braune Aktentasche, den Quittungsblock und die nagelneuen, vernickelten Schlüssel. Dann zog er den schwarzen Mantel an, setzte den grauen Hut auf und verließ das Büro, ging die Treppen hinunter durch das öde, kalte Stiegenhaus, auf der Straße schneite es schon wieder.

Orlins hielt inne. Etwas fehlte. Der Zuhörer. Jeder Zuhörer ist noch einmal geheim an der Entstehung einer Geschichte beteiligt. Geheimer Teilhaber. Denn unwillkürlich wird man einem dicken, ruhigen Manne die Geschichte anders erzählen als einem dürren, fahrigen, lebhaften Männchen. Er wollte keinen dicken, satten Zuhörer haben, der beim Atmen schnaufte. Er wollte die Geschichte dem alten, kleinen Pat erzählen. Wenn ich mich etwas beeilte, Herr –, würde er zu dem alten Erfinder sagen, konnte ich den Omnibus an der Ecke noch bekommen. Der Wind trieb mir die nassen Schneeflocken ins Gesicht, ich lief und rutschte aus und ruderte verzweifelt mit den Armen in der Luft, und vielleicht stand jetzt

J. C. Spinger oben am Fenster und blickte mir nach, die beiden Daumen in den oberen Westentaschen und auf der dicken, schwarzen Zigarre völlig abwesend kauend, kahlköpfig, mit den dicken Tränensäcken unter den schwimmenden Augen. Ich sollte in der neuen Siedlung am Waldrand die Mieten kassieren, der ›Sechsundzwanziger‹ bremste eben an der Ecke, seine Scheiben waren gefroren, dicker Schnee lag auf seinem Dach, ich sprang gerade noch auf, sechsundzwanzig, siebenundzwanzig, achtundzwanzig bin ich damals gewesen, und Cora war seit einigen Jahren als Sekretärin bei Spinger & Spinger angestellt. Wir wollten uns bald verloben. Es war ein trostloser Nachmittag im Dezember.

Draußen, vor dem verschneiten Wald, stieg ich aus, überquerte die breite Überlandstraße und ging zu den neuen Häusern. Sie waren eben erst fertig geworden und standen noch mitten im Bauschutt, hatten noch keine Einfassungen, und der Zugang war ein durch den Schutt getretener Pfad. Aber hinter den Fenstern hingen schon die Vorhänge, ›die preiswert billige Kleinvilla‹, es sah aus, als hätte man sie in Eile, samt Vorhängen und rauchenden Schornsteinen, hier abgeliefert, fix und fertig, mit der Post im Briefkasten, mit der unermüdlich putzenden Hausfrau am Küchenspülstein, nach dem Katalog bestellt, Katalognummer 2228, Lieferung frei Haus. Friedlich und zögernd sanken die Schneeflocken unhörbar durch die graue und kalte Luft.

In den nach Kalk und feuchtem Zement riechenden neuen Häusern hatte ich nicht lange zu tun. Vorerst waren die Leute zufrieden, daß sie vor der großen Kälte, die man im Januar erwartete, noch unter das neue Dach gekommen waren. Die ersten Beschwerden würden nicht vor dem Frühjahr eingehen. Ich kassierte die Mieten und Amortisationsraten, dann hatte ich noch über eine Stunde Zeit bis zum Fünf-Uhr-Omnibus. Auf einer Lichtung im Wald stand ein altes Wirtshaus. Sonntagnachmittags im Sommer hatte ich dort manchmal mit Cora Kaffee getrunken, »Zum Waldparadies« stand auf dem verrosteten grünen Eisenschild über dem Garteneingang. Ich ging hinein, die Wirtsstube war leer, ich nahm das Wurstbrot aus der Aktentasche und bestellte Tee. Der Wirt saß an dem altmodischen eisernen Ofen, der dem Vorderteil einer kleinen Lokomotive mit dünnem, hohen Schornstein glich. Ein alter, rothaariger Mann, der trübsinnig und hartnäckig vor sich hinstarrte. Ich kümmerte mich nicht um ihn, und dann mußte ich doch wieder zu ihm hinsehen, und schließlich hatte ich den Eindruck, daß er gar nicht allein am Ofen säße. Auch schien er mich von Zeit zu Zeit zu beobachten, als befürchtete er, daß ich etwas merken könnte. Er blickte sich auch einmal nach der anderen Richtung um, vielleicht war er nicht ganz sicher, ob man nicht doch etwas sah in dem grauen Zwielicht, eins der Gesichter, mit denen er hier Zwiesprache zu halten schien. Es glomm und schwelte in seinen nächtigen Augen, nicht nur die Einsamkeit schien ihn hier draußen umstellt und eingekesselt zu haben, und nun mußte er noch mit seinem Gewissen, oder was er dafür hielt, Tag und Nacht allein leben während der unsichtbaren Belagerung, und die Erinnerungen hatten leichte Arbeit mit ihm. Die Heimsuchungen konnten sich gedulden und jeweils die Stunde abwarten, in der er am hilflosesten war, um wie verkleideter, vermummter Besuch zu ihm zu kommen, der im belanglosen Gespräch plötzlich die Schuldscheine aus der Tasche zieht, die längst fällig sind, und die er nicht einlösen kann. Damals wußte ich noch nicht, was das für eine Schuld war, und im Grunde gibt es ja nur die eine. Er hatte genommen und nichts dafür bezahlt. Er hatte Leben genommen und mit dem Falschgeld der leeren Versprechungen, der kostenlosen Beteuerungen und der nichtssagenden Schwüre dafür bezahlt. Da saß er nun und konnte sein Wort nicht einlösen, die Unterschrift, und die Gläubiger wichen nicht von ihm und hielten sich schadlos. Sie stahlen ihm nicht den Bissen vom Munde, sondern alles Friedliche, das noch das Alter gewährt, Ruh und Frieden seiner alten Tage, und vielleicht noch den Schlaf.

Plötzlich sprang er auf und knipste die Deckenlichter an. Vielleicht half ihm das für einige Zeit, vielleicht waren die Besucher jetzt geblendet und blinzelten verstört. Dann schenkte er sich einen großen Schnaps ein und goß ihn auf einen Zug hinunter, mit geschlossenen Augen, und als er sie wieder aufriß, blickten sie nicht mehr so schwimmend, stand etwas wie leichter Rauch darin, als rauchten sie vor Wut. Er war wieder einmal unerschrocken geworden, und einen Augenblick fühlte er sich so sicher, daß er die Hand erhob und der verstaubten Mahagoni-Uhr über dem Schanktisch drohte. Da sah ich, daß ich mich verspätet hatte. Der Omnibus war fort. Ich fragte ihn, ob es nicht eine Abkürzung gäbe? Vielleicht konnte ich eine andere Omnibuslinie erreichen, bevor es dunkel wurde. Er fuhr beim Klang meiner Stimme zusammen, als käme sie aus dem Hinterhalt, aber ich blickte ihn freundlich an. Er schüttelte sich und wurde mit einem Male unnatürlich lebhaft, er kam an meinen Tisch, warf einen schnellen Blick auf meine Aktentasche und zeichnete dann, mit dem Finger auf der Tischplatte, die Abkürzung. In diesem Augenblick fiel mir mein Vater ein, ich hatte ihn einmal, als ich von der Schule nach Hause kam, in der Küche angetroffen, in der es schon dunkel war. Die Mutter war verreist, und er saß oben auf dem warmen Küchenherd, auf einem eisernen Gartenstuhl, den er auf die Herdplatte gestellt hatte, und blickte mich stumm und reglos an, und ich konnte damals nicht auf den Gedanken kommen, daß auch e r sich eingelassen hatte in die Unterhandlungen mit einem unsichtbaren Parlamentär. Aber ich mußte jetzt gehen und mich beeilen, und da überall frischer Schnee lag, verlor ich bei der einbrechenden Dämmerung nicht so leicht die Sicht, die Schneisen waren noch gut zu erkennen. Nach einiger Zeit schien es mir, daß ich immer tiefer in den Wald hineinkäme, ich hätte längst an der bezeichneten Chaussee sein müssen, ich blieb stehen, zündete ein Streichholz an und blickte auf meine Uhr, und in diesem Augenblick sah ich einen Mann unter der Tanne stehen.

Er stand still unter der hohen Tanne und schien mich die ganze Zeit beobachtet zu haben. Zuerst hielt ich ihn für meinen sonderbaren Wirt aus dem »Waldparadies«. Ich dachte, er hat mir einen Umweg beschrieben, um mir aufzulauern, denn ich trug ziemlich viel Geld in der Mappe. Die reglose Gestalt war in einen ärmellosen, schwarzen Umhang, der bis zu den Füßen reichte, gehüllt, das Gesicht war teilweise unter dem schwarzen, großrandigen Hut verborgen. Dann sah ich meinen Irrtum ein. Es war ein Fremder. Er stand auch nicht lauernd da, sondern versunken. Ich stapfte durch den hohen Schnee auf ihn zu. Er bewegte sich noch immer nicht, er beobachtete mich, und er blickte auch an mir vorbei, aber hinter mir war niemand, das hätte ich in der tiefen Stille des Waldes gehört.

»Guten Abend«, sagte ich verlegen. »Könnten Sie mir vielleicht auf den richtigen Weg helfen? Ich möchte nämlich zur Chaussee und den Omnibus kriegen.«

Er wartete, bis ich ganz nah herangekommen war, und einen Augenblick hatte ich den Eindruck, als wollte er in der nächsten Sekunde blitzschnell im Tannendickicht verschwinden. Doch dann grüßte er freundlich wieder. Ich war verwundert über seine milde, väterliche Stimme, und nun sah ich auch sein mageres, blasses Gesicht, ernst und still blickte er mich mit seinen sanften braunen Kinderaugen an.

»Den r i c h t i g e n Weg, mein Freund?« sagte er und nickte nachdenklich. Er legte seine Hand auf meinen Arm, eine leichte, kleine, zögernde Hand. »Ich weiß nicht, ob Sie ihn in dieser Welt noch finden werden. Es ist schon spät. Für uns alle. Ich suche ihn auch noch. Es ist die letzte Gewähr, die wir noch haben. Geben Sie die Suche nicht auf. Wer sucht, wird vieles sehen und hören. Wer sieht und hört, wird f ü h l e n. Das ist die Richtung. Erfühlen und erahnen. Und dem, was lebt, kein Leid antun. Auch die Bäume leben, das Laub, der stille Bach. Nicht nur die Ameisen und die Fische.«

Das Wasser ist doch leblos, wollte ich sagen, aber er schüttelte den Kopf, als hätte er meinen Gedanken gehört.

»Ja, auch das Wasser«, fuhr er fort. »Wir sollten auch das Wasser ehren. Nicht, weil es mächtig ist und uns Leben schenkt, uns das Leben erhält, wie die Luft und wie die Erde.

Sondern weil es ein Spiegel des Unaussprechlichen ist, eine Seite von Seinem Kleid, das er der Erde geschenkt hat. Es hat viele Seiten, Feuer und Wind sind auch darin. Hören Sie das Quietschen der Bremsen? Sie haben mich wieder einmal umstellt. Ich muß mich beeilen. Es genügt nicht, k e i n Unrecht zu tun. Was not tut, ist das inständige, ja das glühende Verehren, die tiefste Herzlichkeit zum Wasser und zur Sonne, zum Grashalm und zum grünen Blatt, zum Windhauch, und zu dem schuldlosen Auge der Kreatur. Alles Verhängnis entsteht aus der tatenfrohen Ruchlosigkeit, mit der sie über das Lebendige herfallen, um es zu v e r s c h l i n g e n! Ich habe diesem Tun abgesagt. Wenn man Sie fragen sollte, mein Beruf ist Anwalt. Nicht der Rechte des Menschen, er hat sie längst verwirkt, sondern der Bäume und Tiere, Verwalter alles Verehrungswürdigen. Grüßen Sie meine Tochter Jessie, wenn –«

Der schmächtige Fremde, den ich auf fünfzig Jahre geschätzt hatte, war mit einem unerwartet großen und mühelosen Sprung unter den niederhängenden Tannenzweigen verschwunden. Still und dünn rieselte der Schnee von den schon schwächer wippenden Zweigen nach. Der weiße, rieselnde Schnee, das war die letzte Spur, die ich von dem sonderbaren ›Verwalter‹ sah. Ich hatte das schrille Quietschen der Bremsen längst gehört, konnte das gelbe Scheinwerferlicht durch die Bäume und über den Schnee gleiten sehen. Jetzt sah ich das Aufblinken der Taschenlampen zwischen den Stämmen. Es waren mehrere Männer in großer Eile, im Halbkreis verteilt, die mich einkreisten. Plötzlich stürmten sie auf mich los. Fünf jüngere Männer, drei von ihnen rannten keuchend an mir vorbei und warfen sich in das Tannendickicht, in dem der seltsame Anwalt verschwunden war. Die beiden zurückbleibenden Männer stellten sich schnaubend vor mir auf, wischten sich den Schnee aus Gesicht und Haaren. Sie hatten fixe, wachsame Augen, farblose, blasse, kalte Gesichter.

»So, mein Junge«, sagte der Mann mit dem zerbrochenen Nasenbein und den abfallenden Schultern. Er zog das Zigarettenpäckchen aus der Tasche des schwarzen, schweren Mantels, hielt es mir hin. »Und nun reden Sie schnell. Jetzt wissen Sie's noch Wort für Wort, das heißt, s p r e c h e n sollen Sie langsam, aber gleich, ehe die Eindrücke sich verwischen!«

Unwillkürlich hatte ich die aus dem Päckchen halb hervorstehende Zigarette genommen. Er gab mir schon mit dem flachen Nickelfeuerzeug Feuer, in der anderen Hand das Notizbuch, steckte das Feuerzeug ein und deutete mit dem langen, grünen Bleistift auf mich:

»W i e haben Sie ihn gefunden? Wa s hatte er an? Können Sie ihn noch genau beschreiben? Unterernährt? Verzweifelt? Oder hielt er sich gut? Heiliger Vater, bleiben Sie doch nicht stumm wie ein Kabeljau!«

»Du siehst doch, daß er ihn gar nicht erkannt hat«, sagte der andere Reporter. Er war kleiner als sein Kollege, untersetzt, hatte ein kurzes, schwarzes Schnurrbärtchen in dem feisten, fetten, massiven Gesicht. Er hatte sich eine Zigarre angezündet und kaute beim Sprechen auf ihr herum, er blinzelte öfter, als nötig war, ebenso oft zuckte er mit den Augenbrauen.

Wo hatte ich den Namen Jessie schon einmal gehört? Ich hatte ihn schon oft gelesen. Ein Mädchenname, der überall vorkam. Es fiel mir nicht ein.

»Von d e r Seite am besten«, sagte der Lange mit der zerbrochenen Nase. Der Blinzler hatte den Mantel geöffnet, hantierte an seinem Kodak, schraubte eine Blitzlichtbirne in seine Taschenlampe. »Denn die Tanne muß unbedingt draufkommen.«

»Nun machen Sie uns doch keine Schwierigkeiten, Mann!« Er klopfte mir auf den Arm, klopfte gegen meine Aktentasche. »Geben Sie doch zu, daß Sie sich mit ihm getroffen haben. Was haben Sie ihm denn gebracht? Rasierseife? Zeitungen? Oder hat er Ihnen etwas gegeben, und es steckt jetzt in Ihrer Aktenmappe?«

»Ich kannte ihn wirklich nicht«, sagte ich. »Ich kenne auch seine Tochter nicht, für die er mir Grüße aufgetragen hat.«

»Ich sage dir doch, daß er ihn nicht ke nn t«, sagte der Blinzler neben mir. Er trat jetzt drei Schritte zurück, und dann war ich einen Augenblick von dem Glühblitz geblendet.

Der Lange hatte eine Notizbuchseite vollgeschrieben. Er schlug sie um, sah mich prüfend an.

»Gut«, sagte er, »Sie haben ihm also versprochen, den Mund zu halten. Wir haben jetzt Ihr Bild, Sie können nicht mehr leugnen, daß Sie ihn hier vor der Tanne getroffen haben.«

»Denken Sie doch auch an seine Tochter, Herr«, sagte der Blinzler, er kaute und biß auf seiner qualmenden Zigarre herum. »Sie sucht ihn doch wie verzweifelt, und keiner holt sich das Lösegeld, das sie ausgesetzt hat. Lesen Sie denn k e i n e Zeitung? Haben Sie n i e ein Bild des alten Hobbarth gesehen?«

Jetzt wußte ich erst, wer dieser Mann war. Eine Sensation für sie. Ich konnte sie zappeln lassen. Sie hatten ja einen Wagen, und ich wollte in die Stadt zurück.

»Wenn Sie mir das gleich gesagt hätten«, sagte ich. »Ich habe meinen Omnibus versäumt, ich muß auf dem schnellsten Wege in die Stadt zurück.«

»Na endlich«, sagte der längere Kollege, der wieder eine Seite vollgeschrieben hatte. »Kommen Sie mit in unseren Wagen. Wir bringen Sie zurück, eine Pulle haben wir ebenfalls, falls Ihnen schon kalt geworden ist.«

Ich ging mit ihnen durch den verschneiten Wald, in dem es immer noch hell genug war, um zu schreiben, auf die Schneise vor, wo die beiden geschlossenen Wagen standen. Der Blinzler warf die halbgerauchte Zigarre in den Schnee und setzte sich ans Steuer. Ich stieg nach dem Langen hinten ein. Er knipste die Lampe an der Decke an, aber wir fuhren noch nicht. Aus der Seitentasche an der Tür zog er eine flache Aluminiumflasche, schraubte den Becher ab, goß ihn voll und hielt ihn mir hin. Während ich das scharfe Zeug trank, sagte er zu seinem Kollegen am Steuer: »Du fährst jetzt sofort los. In der nächsten Kneipe rufen wir an. Muß noch in den Satz, klar?«

»Alles klar«, sagte der untersetzte Blinzler, er ließ den Anlasser schnurren. Dann nahmen die beiden ebenfalls einen Becher voll. Mir wurde warm, draußen schien es schon dunkel zu sein, das machte das grelle Licht im Wagen. Wir fuhren schon.

»So«, sagte der Mann mit der gebrochenen Nase neben mir und hielt mir noch einmal sein Zigarettenpäckchen hin. »Sie fangen am besten nochmal ganz von vorne an. Jede Einzelheit ist wichtig, ich kriege einen Titel über drei Spalten, und uns interessiert alles!«

Ich hatte seinerzeit in den Zeitungen den Bericht über das Verschwinden des Privatgelehrten Hobbarth gelesen. Seine Tochter Jessie hatte auf der Veranda eines Zirkuswagens einem jungen Reporter das Interview gegeben, und wenn ich Jessie an diesem Dezemberabend schon gekannt hätte, wäre ich jetzt stumm geblieben oder hätte ihnen eine Lügengeschichte aufgebunden. Ich berichtete also von Anfang an. Wir fuhren auf einer schon glatt gefahrenen Chaussee, der Wagen lief wie auf einem Teppich dahin, und als der Journalist mit seinen Notizen zu Ende war, hielten wir kurz darauf vor einem Wirtshaus an der Straße, in der Nähe der ersten Vorstadthäuser. Sie nahmen mich mit hinein, sämtliche Tische waren leer, weil die Männer ihr Bier an der Theke tranken. Eine gewöhnliche, nicht einmal besonders schmierige Kneipe, mit Zirkusplakaten an den Wänden und Fotos von Box-Meistern, und bevor der Mann mit den abfallenden Schultern zur Telefonzelle neben dem Schanktisch ging, las er mir noch einmal seine Notizen vor, das Bierglas in der Hand. Ich verbesserte ihn erst am Schluß, als er den letzten Absatz vorlas, so gut ich es noch im Gedächtnis hatte. Es war die Stelle mit dem Wasser.

»Wir sollten auch das Wasser verehren, oder anbeten, so genau weiß ich es schon nicht mehr –, nicht weil es so mächtig ist und uns das Leben erhält, wie die Luft und der Erdboden, sondern weil es das Unaussprechliche spiegelt. Es ist e i n e Seite von Seinem Kleid, das er der Welt geschenkt hat,

Sein Kleid hat viele Seiten, Feuer und Wind sind auch darin. Es genügt nicht, Unrecht zu vermeiden. Notwendig ist das inständige, werbende Verehren, die glühende Herzlichkeit zu Wasser und Sonne, zu den Grashalmen und dem grünen Laub, zum Lufthauch und zu dem reinen Auge der Kreatur. Alles Verhängnis kommt durch die tatenfrohe Ruchlosigkeit, mit der der heutige Mensch über alles Lebendige herfällt, um es zu verschlingen. Ich habe diesem Raub oder Tun abgesagt, wenn man Sie fragen sollte, mein Beruf ist Anwalt, nicht der Menschenrechte, denn die sind lange verwirkt, sondern Anwalt der Bäume und Tiere, Verwalter des allein Verehrungswürdigen. Grüßen Sie meine Tochter Jessie, falls –, und hier verschwand er mit einem Sprung im Tannendickicht.«

»Gut, sehr gut«, sagte der Journalist. Er hatte diese Stelle noch einmal geschrieben. »Überschrift: ›Kassierer begegnet Hobbarth im Wald! Die Spur des rätselhaften Privatgelehrten gefunden!‹ Es klappt noch, sie haben erst mit dem Satz begonnen. Gleich zurück.«

Er lief in die Telefonzelle, der Blinzler nahm sein Bierglas und rückte auf den Platz neben mir. Seine Augenbrauen zuckten, dicht und schwarz und beinahe zusammengewachsen.

»Sie soll ihren alten Vater ja wiederhaben«, sagte er zu mir, »und wenn wir ihn in Stanniol verpackt ihr auf den Weihnachtstisch legen müssen. Verschwunden! Was heißt schon verschwunden! Heute g e h t niemand mehr verschwunden. Wir können mit Blitzfunk einen Steckbrief um die Erde jagen. Es hat eben keiner mehr zu verschwinden. Persönlich, wissen Sie, habe ich gar nichts dagegen, wenn die Spur wieder mal verloren geht und neu gefunden wird. Verbrechen haben wir jeden Tag, aber so ein Wasserprophet fällt völlig aus dem Rahmen. Eben w e i l er keine Sekte gründet und offenbar auch keine Anhänger will. Er will nicht einmal etwas damit verdienen, und er ist so wenig verrückt wie ich und Sie, das ist das Neue. Er hat Grips und macht sich über uns lustig. Von mir aus! Er sollte mal so 'ne Art Armenhaus für Dackel und Papageien aufmachen, ein Altersheim für Katzen, Schildkröten und Piepmätze, in Erholungsheim für pensionierte Mähren, mit Wasseraltar und Luftkapelle, und wenn er das nicht bald macht, werde ich für ihn die Nachricht e r f i n d e n ! Trinken Sie aus, wir nehmen noch einen Kurzen.«

Ich wußte längst, daß ich besser ganz den Mund gehalten hätte. Deshalb schrieb ich auch später den Brief an Jessie Hobbarth, ich entschuldigte mich bei ihr, denn ich hatte einen guten Eindruck von ihrem Vater bekommen. Und dann kam sie eines Abends zu uns heraus, da sah ich sie zum ersten Mal, als sie am Gartentor stand.

Der Lange kam aus der Telefonzelle zurück an den Tisch, wir brachen auf, sie setzten mich in der Stadt vor Spinger & Spinger ab. Damit hatte es also angefangen. Am nächsten Tag konnte ich das alles noch einmal lesen, konnte mein Bild betrachten, ein schwarzer Pfeil zeigte auf die Stelle, wo Hobbarth unter der Tanne gestanden hatte. Ich ahnte noch nichts. Auch nachdem ich den Brief an Jessie geschrieben hatte, ich adressierte ihn an die Abendzeitung, ahnte ich noch nichts von dem, was später kommen sollte. Ich hatte einen Mann im Wald getroffen. Wenn ich ein Buch schreiben könnte, es gäbe schon ein dickes Buch, müßte es mit diesem Satz anfangen ...

Orlins im Waldgras, am Stamm der Kiefer lehnend, unterbrach die Erzählung ohne Zuhörer, er fühlte eine Lücke, der nächste Tag, die nächsten Wochen, die nächsten Monate waren wieder eine einzige, eintönige Strecke, sie konnten keinen Zuhörer fesseln. Die Weihnachtstage, die Kälte, der scharfe Frost, man hatte das Gemüse im Keller eingeschlagen, die Kellerfenster mit Strohsäcken abgedichtet, damit die Kartoffeln nicht erfroren. Berichten? Ende Februar kamen dann die ersten linden Tage, die Erde dampfte morgens im Garten unter den Sonnenstrahlen, die Schneeglöckchen blühten, in der Luft war eine erste, laue Mattigkeit, die ersten, schwachen Gerüche, ja, ich hatte abends wieder viel im Garten zu tun, und später legte ich dann schon die Erbsen und säte Spinat und richtete die Blumenbeete, und Cora kam in der Woche zweimal abends zu uns heraus, Dienstags und Freitags, in das kleine, rote Backsteinhäuschen. Im Dezember hatte ich den Brief an Fräulein Hobbarth geschrieben. ›Sehr geehrtes Fräulein Hobbarth, es tut mir leid, daß ich mich so überrumpeln ließ, ich hatte einen guten Eindruck von Ihrem Vater, ich hätte seine einsichtigen Worte nicht den Journalisten preisgeben sollen, die ihn ja doch nur für verrückt hielten. Selbst wenn sie ihn nicht für verrückt hielten, dann war das Ganze ein widerwärtiges Geschäft, für sie, im Grunde ist es solchen Leuten ziemlich egal, ob die Menschen leiden oder glücklich sind. Sie bringen eben ihre Spalten darüber, sie liefern ihren Satz, und sie verdienen vielleicht am Elend, an den Verbrechen, mehr, als an den guten Taten.‹ Dezember, und dann kam jener Abend im Frühling, ich saß in meiner Kammer oben, am offenen Fenster und konnte die Mutter in der Laube hören, sie schälte Erbsen, konnte das leichte, helle Prasseln der Erbsenkörner in der Emailleschüssel hören, und spürte die keimende, warme Stille draußen, atmete den Duft aus den Gartenbeeten ...

Hier mußte er fortfahren mit der Erzählung, aber er fühlte, daß dies keine Geschichte für den alten Pat gewesen wäre. Wem konnte er sie erzählen in der Stille des Waldes, in dem ruhvollen Schweigen des weiten Sommertags, am verborgenen Wälderort? Und dann wußte er, daß er die Geschichte, das nächste Kapitel, nur einem einzigen Menschen, daß er sie nur Jessie selbst erzählen konnte. Damals, Jessie, weißt du noch ...?

Damals war noch nichts geschehen, und ich hatte die Gurkenpflanzen begossen in dem schmalen, langen Beet neben dem Brunnen, und dann hatte ich die Wolke gesehen am Abendhimmel und wie sie langsam und weiß und leuchtend näher kam. Da mußte ich mit einem Mal an all das denken, an das ich sonst nie dachte, die Wolke schwebte dort oben und kam unmerklich näher, war sie nicht wie ein Garten mit einem See und mit Hügeln aus einer fernen Welt? Und dann saß ich später oben am Fenster und rauchte eine Pfeife, ich las einen Roman, und bevor du noch den rostigen Klingelzug am

Torpfosten zogst, hatte ich dich schon gesehen. Denn ich hatte den Regattapokal umgeworfen, den ich als Aschenbecher benutzte und blickte dadurch vom Lesen auf, die weiße Wolke am Himmel war jetzt ganz nah, und für einen Augenblick, gerade, als ich dich den Feldhang herunter zum Gartentor kommen sah, vielleicht war es das schon ins Bräunliche sinkende Licht, die Verzauberung der Stille –, für einen Augenblick war ich verwirrt und hielt deine Erscheinung für ein Bild. Für ein Traumbild, wie ich es manchmal mit halbwachen Sinnen sehen konnte, das gleich wieder verschwinden würde. Aber ich sah dich ja gehen, nur gingst du so, als kämst du von nirgends her und vielleicht aus der Luft, als hättest du die weiße Wolke verlassen. Und wie du dann dort unten am Tor standest, in dem schon vergehenden Licht, im hellen Trenchcoat, das lange blonde Haar bis über die Schultern, fühlte ich schon, daß du nicht aus meiner, nicht aus unserer Welt kamst. Du konntest gar nicht aus einer Stadt, aus einer Straße, aus einem Hause kommen, wie ich sie kannte, ich kannte dich nicht und fühlte es doch, als könnte ich es um dich herum sehen, was dich so unbekannt machte, und vielleicht war es nur die Spur, der Ernst, die Milde deiner reinen Verlassenheit.

Noch einmal hielt Orlins mit der Geschichte inne. Das war es noch nicht, so konnte er das nicht erzählen, es fehlte etwas, er war noch nicht ganz eingedrungen in diesen raumlosen Raum, in diese zeitlose Zeit, die aus Abend und Himmel und Luft gebildet war, in dem das Unwägbare, kaum daß es entstand, zu schwinden schien, aus Licht und Vergehen sich nährend. *Erinnere dich.* Er besann sich, wie man sich auf einen Geruch besinnt, der die Erinnerung an den verlorenen Klang eines mit keinem Wort und nicht mit hundert Worten zu beschreibenden und so nur einmal und nie wieder erlebten Gefühles wachruft, weckt, eines Gefühles, das die verschollene Heimat des Lebens zu streifen schien, die Gefährdung, die flutende Bangnis jener geheimen und fliehenden Überwältigung eines endlosen Augenblicks von wildem Glück, Wildnis und Dickicht von Glück –, er suchte nach der Stelle, dem

Ort, dem Lager, da er das Unvorstellbare wieder traf, den Schmerz des ersten Atemzuges der tiefen Glut, die doch so still und voll Wehmut brannte. Er mußte noch einmal anfangen, es mußte alles noch einmal mit der Wolke beginnen.

Vor dem Abendessen, das die Mutter ihm in der Küche gerichtet hatte, er war mit dem Gießen gleich zu Ende, noch die letzte Reihe der Gurkenpflanzen, wenn er die Gießkanne noch einmal gefüllt hatte –, er hatte leise vor sich hin gepfiffen, ein Liedchen, er fühlte sich in der abendlichen Stille wohl und fast ein wenig glücklich, die Luft blieb noch bis zum Dunkelwerden warm, er hatte den Rock im Haus gelassen, die Hemdärmel hochgeschlagen. Die Primeln dufteten noch schwach, die feuchte Erde roch frisch und sandig mild, das war es nicht, was ihn zuweilen einhalten ließ im Gießen, daß er die Gießkanne hinstellte und tief einatmete und durch den Garten blickte und zu den grünen Hängen hinüber, hinter denen der Himmel begann, hellzartes, luftiges Blau. Das war es noch nicht, nichts regte sich um ihn, nichts ging um ihn vor, und doch fühlte er eine Gegenwart, es war etwas in diesem Frühlingsabend, unhörbar, unsichtbar, wie von weit und doch nah, wie ein alter Weg, auf dem es immer stiller wird und fremder, so weit und mild, so leise, daß es schon nicht mehr verführte, nicht mehr ergriff, es ist Abend, dachte er, es ist Frühling, es ist etwas in der Stunde zwischen Land und Himmel, wo zieht es uns denn hin, ein Deuten, es deutet etwas nach uns, es will etwas aufgehn, in uns, wie in Blumen, leise, es blüht in der Welt, blüht ins Fühlen hinaus.

Er kam wieder zu sich, hob die Gießkanne auf, ging zum Brunnen. Und in dem Augenblick, da er die Gießkanne herauszog aus dem lauen, dunklen Wasser, auf dem die grünen Algenfäden schwammen, die Grashalme, sah er die weiße Wolke am Himmel.

Die Gießkanne stand auf dem Brunnenrand, er hörte einen Tropfen ins Wasser fallen, den nächsten Tropfen hörte er schon nicht mehr, er sah nur noch die große, weiße Abendwolke. Schwebend, noch fern, hoch, unmerklich schwamm sie heran durch die stille Weite, alles Licht glühte in ihren schneeigen Tälern, während darunter die Abendferne dämmerte. Wie des Abends Krönung, leise, schwebte sie über der Welt. Da drang es durch ihn hinaus, da durchdrang es ihn mit der scheuen, verborgenen Gewalt der Milde, in der nahen, heimatlichen Gartenumfriedung traf ihn ein Wehen, unstillbar, flutete eine Ahnung über ihn fort, überflutete ihn die Gewißheit der unauflösbaren G e f a n g e n s c h a f t des Menschen. Ging die blinde, verschüttete Sehnsucht mit ihm um, die vergrabene Sehnsuchtsqual dieser die Erde bewohnenden, ruhelosen und sterblichen Gestalt. Durch den riesigen Torflügel dieses Augenblicks trat er ein in die unerkannte Brüderschaft der Stillen und an den Traum Verlorenen dieser Welt, gesellte er sich, über die Horizonte der Jahre hinweg jenen verschworenen und unscheinbaren Gestalten, die je und einmal an einem Gartenzaun standen abends und in die Weite der Welt hineinblickten, nicht verloren, aber aufgegeben, nicht geächtet, aber übersehen und vergessen, allein, allein in der Ödnis ihrer Zeit, an einem Gartenzaun, auf einem Holunderhügel, am Rande eines verlassenen Feldwegs, den nie gefundenen Ort, den verschwundenen Eingang suchend in die strömende Tiefe der Erde, in das Herz eines ewigen Segens.

Da rief die Mutter aus dem Küchenfenster. Sein Abendessen stand auf dem Tisch. ›Gilbert‹, rief sie, ›komm zum Essen.‹ Als sollte sie ihn nun zurückrufen. Und während er sich umwandte und zum Haus ging, sah er sich noch immer dort am Brunnen, schwebte die Wolke vor seinem Gesicht, nah und groß, als könnte er aus ihr trinken, wie aus dem Quell, dessen Klarheit nie mehr stillt.

Nun konnte er seine Geschichte erzählen, damals, Jessie, weißt du noch? An jenem Abend hatte ich die weiße Wolke gesehen, und als ich nach dem Abendbrot unterm Dach in meiner Kammer saß, am offenen Fenster und den Roman aus der Leihbibliothek las, als könnte ich noch einmal so tun, wie wenn nichts geschehen wäre, und ich hätte das Zeichen nicht gesehen, mild und still im Abendlicht, da sah ich dich vorm

Gartentor stehen unter der weißen Wolke. Ich hörte die Mutter unten aus dem Haus treten und in die Laube gehen, hörte, wie sie sich auf die Bank setzte und Korb und Schüssel abstellte, auf dem kleinen Tisch vor mir am Fenster stand Coras Bild in dem ovalen Ebenholzrahmen, aus dem ich einst das Bild meiner Großmutter herausgenommen hatte, Vaters Mutter, die beide begraben waren. Coras Bild, die blanken Augen, die jungen zärtlichen Lippen, die wie zum Atemholen, zum Einatmen geöffnet waren, nicht nur der Luft, sondern einer glücklichen Zeit, unbeirrt, unbedenklich der Zukunft geöffnet. Vertrauend, lächelnd, bereit, das Unerschöpfliche zu atmen, morgen, morgen Abend würde ich sie wiedersehen. Es wurde nichts mit dem Lesen, immer wieder vergaß ich die gedruckten Zeilen, ich las andere Sätze, die es nicht gab, die man nicht lesen konnte, die in der Abendstille geschrieben standen, in der Felder Ruh und in der Fernen Schweigen. Als läse ich die Geschichte eines Frühlingsabends mit, das platzende, hohle Aufspringen der Erbsenschoten in der Laube, den schwachen Duft der Primeln und den strahlenden Schnee der Wolke, ich wollte die Pfeife ausklopfen und stieß den Silberpokal um, den ich vor Jahren bekommen hatte, Regatta-Preis, Vierer ohne Steuermann, gewonnen, ich ruderte längst nicht mehr, ich blickte vom Buch auf, Tabakasche und abgebrannte Streichhölzer waren über das grüne Tischtuch gestreut, da sah ich dich auf das Gartentor zukommen, unter der weißen Wolke. Eine Weile standest du noch still, zögernd, dann sah ich, wie deine Hand sich ausstreckte nach dem Griff des rostigen Klingelzugs.

Wieder unterbrach er das Erzählen, er wird noch einige Male einhalten, schweigen, nachsinnen. Er verweilt vor diesem Bild. Er ist ganz nah davor, das Namenlose dieser Erregung noch einmal zu fühlen, damals, vor sieben Jahren. Er versucht, das fremde, große Mädchen am Gartentor ein einziges Mal wieder zu sehen wie in jenem ersten Augenblick, v o r allem Wissen, gleichsam durch alle späteren Bilder hindurchblickend. Denn was wir zum zweiten Mal sehen, hat schon den Zauber der Fremdnis verloren. Ein hohes, schmales, gebräuntes Mädchenantlitz, er will vergessen, daß er weiß, wie die folgenden Stunden und Tage waren, er will dieses ernste, schöne, fremde Gesicht sehen, wie eine Geschichte beginnt, am Gartentor, und er weiß nicht, wie sie weitergeht, er will die Seite noch nicht umblättern. Leuchtendes, blondes, offenes Haar, er kann das unverhofft tiefe Blau der Augen nicht von hier oben sehen, der Gürtel des Trenchcoats ist fast zu eng über den schmalen Hüften zugezogen. Und dann eine Mädchenhand, die sich in die Luft hebt und vor der er zurückfährt, als griffe sie nicht nach dem hölzernen Klingelgriff, sondern nach ihm dort oben, nach jener Stelle in seinem Leben, die vor Erwartung anfällig ist, nach dem Fenster seiner blinden Hoffnungen, um es aufzustoßen.

Ich hörte den rostigen Draht auf den Pfosten knirschen und die Glocke schepperte blechern an der Hauswand, konnte mich nicht rühren, aber du sahst schon, daß die Gartentür nur angelehnt war, und kamst in den Garten herein. Du gingst in die Laube und ich hörte, wie du mit der Mutter sprachst, dann saßest du neben ihr, nahmst eine Handvoll Erbsen, und dann hörte ich beide Stimmen, du halfst ihr, die Erbsen zu entkernen, und ich wußte nicht, wer du warst. Alles um mich herum schien jetzt still zu stehen, in eine Verzauberung eingetreten, die wie seit Jahren über dem Garten und dem Haus ruhte. In der ich mich nie geregt hatte, nicht wissend, daß ich auf etwas wartete, weil die Erwartung das Wesen, die Essenz dieses Zauberbannes war, in dem nichts verging, und eure Stimmen und die fallenden, rollenden Erbsenkörner in der Laube schienen keine Abfolge mehr zu haben, die Laute erhielten sich nebeneinander, die Zeit ließ sie unversehrt, wie auf einem Bild, und dann sagte eine Stimme, die niemand hörte, denn sie hielt sich nur in mir auf, etwas über diesen Bann. Zwanzig Jahre, sagte die Stimme aus der Ferne in mir, zwanzig Jahre sitzt er hier oben am offenen Fenster, damals bekam er das Fieber und konnte nicht mehr rufen und nicht mehr aufstehen. Niemand war im Haus, niemand wußte, daß ihn das Fieber überfallen hatte. Er saß auf diesem Stuhl und hatte Schulaufgaben gemacht, er schrieb an einem Aufsatz und konnte sich nicht mehr bewegen, aber er hörte noch, er hörte in der Stille die Stimmen der Eltern im Garten wie aus einem Gebüsch, in dem sie sich versteckt hielten, aus Scham, weil er verloren war, was sie doch gar nicht wußten. Und dann fuhr etwas auf ihn zu, groß, das wie die Luft selbst war, in die sich alles ringsum verwandelt hatte, das Fenster, der Tisch und das Licht über dem Garten und die Pyramide der Weymouthskiefer mit dem hellblauen Email des Himmels darüber, fuhr auf ihn zu, lautlos, und wurde riesig und wich wieder hinaus, begann zu schweben, hin und her zu schweben, um ihn von allem abzulösen, woran er sich noch festhalten konnte in seiner ratlosen Not, ein zwölfjähriger Junge, der seine Zunge und die steifen Lippen nie mehr bewegen kann, weil ihn das Große ringsum wie mit bleischwerer Luft lähmt. Zwanzig Jahre, sagte die Stimme, weil er nicht rufen kann, weil ihn das Fieber erbeutet hat und nun sein Spielgefährte sein wird, um das große Spiel mit ihm zu spielen, bis sie eines Tages nach ihm rufen werden, weil Besuch gekommen ist.

›Gilbert‹, hörte ich die Mutter in der Laube rufen, ›es ist Besuch für dich gekommen!‹

Wie auf einer Drehbühne, die nun zu kreisen beginnt, während auf allen Szenen zugleich das Spiel einsetzt, aber es sind noch gar nicht die Schauspieler, es ist noch nicht das richtige Spiel, Männer in blauen Kitteln, die vom offenen Vorhang überrascht wurden, während sie die Aufbauten herrichten –, so geriet mit dem Ruf der Mutter ringsum alles wieder in Bewegung. Und dann setzte dies eilige Herzklopfen in mir ein, mit dem ich nun aufstand wie mit einem atemlosen Läufer in der Brust, die Dachkammer und die Treppe schienen durch mich hindurchzugehen, und die Haustür öffnete sich in mir, da kamst du mir auf dem Gartenweg schon entgegen. Der Läufer in meiner Brust lief nicht mehr allein, in allen Pulsen eilten Läufer dahin, während wir uns die wenigen Schritte entgegengingen.

Wieder sah ich zuerst nur, wie fremd, wie seltsam, wie seltsam schön du warst. Wie aus dem gebräunten, schmalen, reinen Gesicht das Licht des Schönen hervorging und sich vertiefte in dem ernsten, bestürzten Lächeln, während du deinen Namen nanntest und mir die Hand gabst, behutsam, um das unbekannte, große Spiel nicht zu stören, das mit uns begonnen hatte, das Spiel, darin ich bald auf die Flucht gehen mußte, im Morgengrauen. Und dann hörte ich dich sagen, daß du gekommen warst, um mir für meinen Brief zu danken. Da hattest du schon die Schwelle überschritten, und nun schien die tiefe Heimlichkeit dieses Frühlingsabends ins Haus zu kommen, die zarte Botschaft des Primelduftes, die Kunde aus Felderstille und dem Atem des Gartens.

Ich hatte die Tür geöffnet zu einem halbdunklen Zimmer mit grünen Plüschsesseln, in den großen, schwarzen Rahmen darüber an der grauen Tapete blickten die Verstorbenen versonnen an uns vorbei, du warst auf der Schwelle stehen geblieben, und während du die Familienbilder ansahst, fragtest du mich schon, ob dies mein Zimmer sei.

Du wolltest nicht als ›Besuch‹ kommen, wir gingen schon die Stiegen hinauf in der Dämmerung, und als ich die Tür der kleinen Kammer hinter uns schloß, standest du schon am Fenster und blicktest zu der weißen Abendwolke hinauf, und dann sah ich dich, wie grüßend, ihr zunicken. Als hättet ihr euch noch einmal sehen wollen, ehe sie über das Haus zog und davonschwebte, und du hattest ihr wie zum Abschied zugenickt. Dir kam es wohl zu, die weiße Wolke zu grüßen, die einer anderen Heimat der Welt zugehörte. Denn dies wußte ich nun, daß du nicht zu unseren Tagen zu zählen warst, in denen die Lieblichkeit verborgen und abgewandt bleiben muß, weil die Hast nach dem Greifbaren die Anmut überrennt, die Innigkeit überrumpelt, Tau und Schmelz des Schönen zur Seite fegt.

Ich erzählte dir dann von deinem Vater, im Schnee, unter der Tanne, abends, im Wald. Und es war mir, wie es einem Menschen ist, der zu sich kommt, während er sich auf einer langen Reise befindet und das fremde Land noch nicht begreift. Unter der Giebelwand, dort saßest du auf einem Stuhl, der mit blauem Rips überzogen war, das Fenster war leer, jetzt zog die Wolke über das Haus. Deiner Wange, deinem Haar, dem blauen Leuchten der Augen, deiner Nähe erzählte ich die Begegnung mit dem Manne, der sich der Verwalter des Wassers genannt hatte, der Gräser und der schuldlosen Kreatur. So begann die Abrechnung, die nicht mehr aufzuschieben war, begann der Prolog, der gesprochen werden mußte, ehe das seltsame Spiel anhebt, die Verkündigung der Träume, die Verwandlung der Schatten, das Gericht der Liebe.

Als ich mit meinem Bericht zu Ende war, gab es keinen Vorwand mehr, dich wie verzehrend anzustarren, oder nur noch den einzigen, zu bekennen. Die Schatten an den Wänden rückten jetzt zusammen, eine geheime Gesellschaft von Richtern, sie würden jedes Bekenntnis sorgfältig prüfen. W i e hatte ich denn bisher gelebt? Ich erzählte dir davon, als wäre keine Zeit mehr zu verlieren. Ich hatte wie die vielen gelebt, wie alle anderen. Ich hatte die Garnitur der meisten getragen, sie verpflichtet zu nichts, sie kleidet auch die Zaudernden, die Schwachen, die Sparsamen und die Ängstlichen. Sie trug sich wohl etwas ab, aber sie hielt ein Leben lang, wurde wohl schäbig, fadenscheinig, fleckig, glänzig, aber sie genügte und hielt. Ich wollte sie loswerden. Aber wie, wenn ich mit ihr schon verwachsen war? Gleich, sofort, mußte ich sie loswerden. Ich hatte länger kein Recht, mich mit ihr zu begnügen, vor d i r, die du aus der geheimen Teilhaberschaft des Leuchtens zu kommen schienst. Hatte ich ein Recht, mich damit zu begnügen, m i n d e r zu sein als du? Damals versprach ich mir, d i r einmal ähnlich zu werden, und ich kannte die Wege noch nicht, auf denen es mir gelingen könnte, unterwegs, vielleicht auch im Schatten, und längst ging es hier nicht mehr um Gewissen oder Schuld.

Ich hatte nicht unrecht gelebt, ich wollte mein Leben ändern. Ich hatte es mir nicht schwer und nicht leicht gemacht, und ich fühlte, daß es vor dir nicht genügte. Wozu war er denn durch das Fenster über die grüne Gartenleiter gestiegen und fortgegangen, der Verwalter der Ulmen und Eschen, der Freund des Wassers und der Libellen? Er hatte sein Leben geändert, nicht für eine Idee, sondern zum Ruhme des Lebendigen, gegen das der Mensch im Angriff lag, und ich hatte nur für meinen Tag gelebt, für mein Abendbrot, für meine Jahre. Ach, es war nicht schwer, in deiner Nähe, in deiner strahlenden, strömenden Gegenwart mich zu solchen Gedanken und Plänen aufzuschwingen. Denn ich hielt es nicht auseinander, was davon d i r galt, weil ich jetzt viel für dich getan hätte. Ich lebte in diesen Minuten aus der fremden Fülle und Bewährung deiner Gegenwart, sie gab mir die Luft und die Ausblicke für solche Einkehr, und ich hielt die Saat schon für die Ernte. Im Grunde warb ich um dich. Nicht bei dir, sondern bei jener unbekannten Instanz, die mich und dich atmen ließ. Noch wurde im Sichtbaren nichts gefordert, kein Versprechen. Nur diese quälende, aber ruhige und zunehmende Ungewißheit. Dies namenlose Verirrtsein, es ist einer vom Weg abgekommen, nicht durch eine Stimme, nicht durch ein Licht, Irrlicht, verlockt, sondern durch die Ahnung des Unnennbaren, das über Tod und Leben wie eine Zeichnung im Wasser erscheint, verirrt kann er nicht querfeldein ans Ziel kommen, und der alte Weg war nur die Geschichte seiner Gewohnheiten. Ist das so, fragte ich mich, eines Abends kommt jemand, tritt ins Zimmer, und du willst dein Leben ändern? Du willst alles ändern, von nun an, tritt ins Zimmer und alles, was bisher nah war und heimatlich, wird dir gering und unnatürlich erscheinen, vorgeblich, als hättest du es hastig und wahllos aneinander geträumt? Tritt ins Zimmer und sitzt in einem blauen Stuhl, sieht dich an, und schon gerät es ins Wanken, was dein Lebenshaus war, fällt zusammen, und nichts bleibt davon als eine Staubwolke in der Luft, die sich erhebt und dem Nichts entgegenzieht, dorthin schwebt, wo alles ungültig wird und alles vergeblich gewesen war. Aber wenn der Staub die Sicht frei gab, mußte ich den Weg erblicken können und die Wanderung beginnen. Wohin? Ich glaubte, ich müßte erst elend vor dir werden, unkenntlich, ein Schiffbrüchiger der Zeit, der abends an deine Türe klopft, und während ich dies dachte, fühlte ich, daß es mit den drastischen Rollen nicht zu spielen war, das Spiel der Verwandlung.

Die Schatten an den Wänden nährten sich von dem schwindenden Licht, da ahnte ich deine Botschaft, von deiner Stirn, von deinem Haar, von deiner Wange las ich sie ab. Ich sollte mich nicht verlesen, du rührtest dich nicht. Kehr zurück, las ich dort, dreh dich um, ruf nicht, damit du es hörst, wenn es dich ruft. Kehr zurück, damals, als du klein warst. Kehr zurück, als du klein warst, warst du größer, nirgends war Leere, dicht, groß und fremd war die Welt, die Stube, das Haus, Stimmen und Schritte. Kehr zurück, hör die Stimmen im Garten wieder, die Stimmen in der wie fernen Nachmittagsluft. Die Spieldose auf dem braunen Schrank ist noch aufgezogen, wenn du den Stift mit dem Daumen berührst, wird es dunkel im Zimmer, wird der Stuhl wieder klein, wartest du unterm Tisch, bis das Lied beginnt, klimpernd, ach kehr zurück.

Nun bist du lange groß geworden, die Stille ist laut geworden, das Große klein und was dicht war und nah, wurde fern und leer. Um durch das Jahr zu fahren, brauchtest du einst einen Augenblick, quer durch die Welt, im Garten, abends, zwischen den alten Kirschbäumen und dem verwitterten bräunlichen Schuppen, in dem die Gartengeräte standen und das Gerümpel, rote Topfscherben, aus dem die Ameisen kamen. Und dazwischen, immer, stand das Fremde, das du nie sahst, und es war mehr als das, woraus das Licht und die Luft sich bildet und die Stimmen dringen und die Schritte hindurchgehen, und es war geheim und seltsam, wie ein Gesicht aus Staub und Rissen, das dich ansah, nah und groß, vor dem sich dein Spielzeug verwandelt, und du konntest es nicht nennen, du durftest nicht hinzeigen, nicht deuten, dreh dich um kehr zurück. Nicht zur Liebe. Und doch zur Liebe, für die es kein Wort gibt, denn sie ist dein letztes Pfand, das dir mitgegeben wurde auf den Weg, damals, in die kleine Hand voll

Sand und Kirschenflecken. Tausch es nicht ein für die grünen Verheißungen des Durstes nach dem, wonach sie beben und glühn, lechzend nach dem Feuerschwung des Schauers, der dich überlistet und entmächtigt. Tausch es nicht ein, nimm dein Pfand, geh zurück, dreh dich um, leg es auf die Gartenmauer voller Moos und Gräser, am Morgen wird es fort sein. Gib es zurück, damit du es immer behältst. Das, was einst dein war, klein war. Immer behältst.

Las ich richtig in deinem Gesicht, in deinen Brauen, über den Wimpern, war ich vorbereitet für die Botschaft der versunkenen Spiegel?

Du standest schon auf, es war nicht mehr hell, und es wurde nicht mehr dunkel in dieser Nacht. Ich wollte Licht machen, aber du sagtest, du sähest genug.

»Nun will ich gehen«, hörte ich dich sagen, »und ich danke Ihnen auch, daß Sie mir von meinem Vater erzählt haben. Und für diese stille Stunde hier oben. Sie sollen mich nicht begleiten, ich gehe gern allein.«

Deine Gestalt im hellen Trenchcoat kam in der dunkleren Luft auf mich zu und ging an mir vorbei, wir gingen schon die Stiegen im schwärzlichen Dämmer hinunter und dann durch die Stille des Gartens, an der Laube vorüber, am Brunnen vorbei, es wurde schon kühl über den nächtlichen Feldern. Am Gartentor gabst du mir die Hand, deine Hand, wie nach einem Versprechen. Sahst mich noch einmal an. Das verwunderte Lächeln wehte noch einmal auf und vorüber, dann sah ich dich durch das Felderdunkel davongehen, hörte deine Schritte noch eine Weile in der Luft über dem sandigen Feldweg, und dann hörte ich deine Schritte nicht mehr. Ich stand allein am Gartentor und hörte der Stille zu und der Nacht, die wie viele Nächte in einer einzigen Nachtstunde war, und dann war das Dunkel nicht mehr leer und verlassen wie sonst, sondern wie durch die Anwesenheit eines geheimen Zeugen verändert, der zurückgekommen war, als wärst du noch einmal lautlos zurückgekehrt. Ständest dort drüben am Hang, um mich zu mahnen. Als solltest du noch warten, bis ich so weit war in der Nacht, daß ich wie im Feuer schrie. Aber du warst es nicht. Was dort stand und was ich nicht sah, weil es mich ansah, war das Ungesichtige, Fremde, das wir noch manchmal hinter alten Mauern wittern, hinter versunkenen Zäunen, hinter Nesseln und Holunder. Das Fremde aus dem Schuppen unter den Kirschbäumen, dort stand es und rührte sich nicht, und es war mehr als das, was den Wind bewegt und das Flüstern der Felder weckt in der Nacht. Als ob es wartete. Wartete, daß ich ihm entgegenging, den einzigen Schritt den keiner weiß. Ich wandte mich um, ich lief durch den Garten zurück, verriegelte das Haus. Damals, Jessie, an einem Frühlingsabend, vor sieben Jahren, damals, weißt du noch?

So konnte er es erzählen. Er lehnte am Kiefernstamm, im Waldgras, ein Goldkäfer eilte vorüber, schillernd, die Schatten der Bäume hatten sich gedreht über dem Staub dort unten, auf der Strecke, welche die grünen Büsche freiließen, auf der Landstraße. Dunstig stand die Luft, heiß und reglos in der grünen Dämmernis. Konnte er ihr weiter erzählen, das, was danach kam, nach diesem Abend, in dieser Nacht, da er erst gegen Morgen schlief? Man kann nicht erzählen, was man schrie. Er hatte nicht nur den Stuhl in die Arme genommen, in dem sie gesessen hatte, als müßten ihre Linien noch in der Luft sein, als könnte er sie, wie eine entblößte Stelle, mit dem Gefühl berühren, das lose fallende, blonde Haar, die Zeichnung des schmalen, gebräunten, hohen Gesichts, eine Spur ihres Duftes war noch geblieben, fremd, ein Arom, daran er das Feuer entfachen konnte, den quälenden Durst steigern. Er fand sich auf dem Boden liegen, kniend, vor dem Stuhl, er drückte das Gesicht auf den blauen Überzug, als könnte er es für immer zwischen ihre Knie pressen.

Ein Messer, er stand auf und suchte das Taschenmesser mit dem Horngriff, gelblich, vergilbt, öffnete die Klinge, sah, wie seine Hand zitterte, als hätte sie schon ihre Knie dort auf dem Stuhl berührt, streifte den Ärmel hoch und schnitt fest in das bräunliche, nachgiebige Feld des Unterarms einen großen Buchstaben, ungelenk, das große J blutete sofort, er nahm das Blut mit den Lippen fort, es war nur der Vorwand, um diesen Buchstaben mit den Lippen zu berühren. Dann band er das Taschentuch darum, beruhigte sich. Als wäre nun die unverlierbare Verbindung hergestellt, der Bezug, dem auch sie nicht mehr entrinnen konnte. Er wollte es nicht zuheilen lassen, die Narbe vertiefen, sie mußte das Bild, die Figur dieses Abends bewahren, den die Vergängnis schon zu zerbröckeln begann. Und später wird er diesen Buchstaben auf seinem Arm lesen, und jener Abend wird sich erheben, erscheinen aus den Gräbern ungezählter Abende, und so wird er die Botschaft wieder lesen. Es ist der Arm, der angeschossen wurde im Frühnebel vorm Lagerhaus. Das frühe, fahle Morgenlicht glomm schon aus der Himmelsquelle auf, da schlief er ein. Drei Stunden später weckte ihn die Mutter, fuhr er wie an jedem Tag mit dem Omnibus in die Stadt, zu Spinger & Spinger, saß vor dem Pult mit den Tintenspritzern und Kratzern und erfuhr, daß Cora, unentschuldigt, fehlte. Am späten Nachmittag war er wieder zuhause. Er trank mit seiner Mutter Kaffee, zweimal fragte er sie, ob Post gekommen sei. Erst dann fiel ihm ein, daß Cora am Abend kommen wollte.

Sie mußte sich verspätet haben, der Abendstern ging schon auf, es stand schon der bläuliche Rauch in den Feldern, er beschloß, ihr entgegenzugehen. Was sollte er ihr erzählen? Der Arm war verbunden. Er sah sie von weitem durch die Wiesen kommen, sie trug helle Strümpfe, und das neue, hellbraune Kleid kannte er noch nicht an ihr. Sie lief schon den Feldweg zwischen den beiden hohen Pappeln herauf und winkte, er winkte zurück, dort oben war jetzt ein zweiter Stern aufgegangen in der blaßgrünen Weite, funkelte leise, da fiel ihm noch einmal die Botschaft Jessies ein. Die Wunde an seinem Arm brannte nicht mehr, Cora lief durch das Gras auf ihn zu, da lief auch er, aber nun lief sie dreimal um ihn herum, sie war ausgelassen, sang und jubelte, schwang die Arme, und dann riß sie ihn fast um, als sie ihre Arme um ihn schlang und ihn küßte, ausgelassen, so hatte sie ihn noch nie geküßt. Wie ein

Elixier drang es ihm von ihren Lippen, zärtlichen, warmen Lippen, in die Glieder, in den Atem, ein Elixier, das schon getränkt ist von dem Triumph, der die Bewegung des Rausches erhöht. Und dann fiel ihre Handtasche ins Gras. Er löste sich von ihrem warmen Gesicht, er hob die Tasche auf, das gelbe Leder war feucht vom Abendtau. Singend, lachend, als hätte sie getrunken, öffnete sie die Tasche und zog einen Brief heraus, schwenkte ihn in der Luft. Dann stand er hinter ihr und las, aber es war kein Brief, es war ihre Anstellung, ihr Angestelltenvertrag mit Spinger & Spinger. Hast du ihn gelesen? Komma für Komma, Punkt für Punkt? Ich habe ihn gelesen, Punkt für Punkt, der ist doch schon einige Jahre alt. Sie nickte befriedigt und riß ihn langsam, sorgfältig in Stücke, warf die Papierfetzen in die Wiese.

»Gilbert«, sagte sie und ordnete mit beiden Händen das gewellte, braune Haar, »Gilbert, jetzt mußt du raten, warum ich so glücklich bin.«

Sie gingen dicht nebeneinander den Feldweg zu dem roten Backsteinhäuschen hinauf.

Er konnte nichts raten, was konnte nach dem Abend gestern noch an Rätseln geschehen? Und während sie unter den silbrigen Weiden noch einmal stehen blieben und Cora die Arme um seinen Nacken schlang, sah er in den grünen Abendhimmel hinauf und sah den blinkenden Stern. Er konnte die Sternenbotschaft nicht lesen, vielleicht war sie so einfach wie ein Gruß, vielleicht war sie geheim, eine chiffrierte Nachricht, verschlüsselt, und er kannte den Schlüssel der Sterne nicht. Er dachte sich aus, wie eine solche Botschaft lauten konnte, dachte: ›Geh den Weg bis ans Ende der Schlucht, hinter der Schlucht wirst du an einen Hügel kommen. Dort steht ein einsames Haus. Wenn dir eine Gestalt im Garten das Zeichen gibt, dann ist es soweit. Gehe zum Brunnen, tauche die Hand ins Wasser und netze Stirn und Augen. Danach wirst du die Tür sehen. Klopfe dreimal an, es wird dir geöffnet werden. Und während du eintrittst, mußt du die folgenden Worte sprechen: – – –‹

»Wir bauen uns, wir bauen uns, wir bauen uns ein Haus, Gilbert, hörst du, wo bist du denn, ein ganzes, ein schönes, ein nagelneues Haus! Warum hörst du denn nicht zu?«

Er hörte schon zu. Eine Tante war auf dem Land gestorben, Cora hatte eine Tante beerbt, in einer Vase im Küchenschrank war das Testament versteckt. Und der Notar hatte ihr schon einen größeren Vorschuß gegeben. Er hört ihre glücklichen Worte, nickt dem leise blinkenden Stern zu, sie bauen sich ein Haus. Sie gehen nicht mehr zu Spinger & Spinger, ein nagelneues Haus. Eine Tote baut ihr Haus, gestorben auf dem Lande. Er will sich für Cora freuen, sie gehen nebeneinander durch den stillen, durch den abendlichen Garten, wie wird sich seine Mutter freuen, für ihn, für sie beide, für sie drei. Er hört Cora etwas sagen, daß sie nun frei wären, für immer, er hört sie fragen, bin ich nicht deine Frau, eine junge, eine glückliche, eine überglückliche Frau? Und nun ahnt er, daß ihre Worte noch einen Sinn haben, Doppelsinn, nun fühlt er, daß dies Leben, das er bisher gelebt, sich noch einmal vor ihm entfaltet, es ist der Glanz, Glut und Zauber der unerkannten Versuchung, die grüne Verheißung der Wildnis, in die ihn die Flammenschauer verstricken. Ein unverhoffter Doppelsinn, bald, heute, heute Abend?

Orlins sah den Mann schräg unten auf der Landstraße vom Rad steigen und legte sich flach ins Waldgras. Der Mann lehnte das Rad an einen Baum, er hatte einen verblichenen, hellblauen Anzug an mit kleinen Nickelknöpfen, das blaue Käppi mit dem waagrecht abstehenden breiten schwarzen Schild verlieh der Gestalt des Radfahrers etwas Halbamtliches. Sofort dachte Orlins an die bekannte Botenorganisation der »Blauen Radler«. Orlins beobachtete, wie der Mann das blaue Käppi abnahm, mit dem blauen Taschentuch sich die Stirn und hinten den Hals trocknete, das Käppi aufsetzte und zu dem Meilenstein zurückging. Dort begann er mit dem Finger in der Luft die Bäume zu zählen, ging zu dem abgezählten Baum, und nun kam er den Hang herauf. Orlins legte sich platt ins Gras, nun sah er den Radler nicht mehr, aber dann hörte er das Knacken von Zweigen, das Rauschen der Schritte im Gras.

»Hallo!«

Orlins blickte auf, in das ermattete, freundliche Gesicht unter dem breiten Mützenschild, der Mann zwinkerte ihm nikkend zu.

»Na also«, sagte der Mann, »das hätten wir auch wieder einmal gefunden. Ich habe die Außenbezirke, speziell den sogenannten illegalen Dienst.« Er hustete und mußte sich mit der Hand an der Kiefer stützen. Sein Gesicht war von kräftigen Falten durchzogen.

»Ein Brief für Sie, Antwort ist nicht gefordert, bitte hier unterschreiben.«

Orlins setzte sich auf, nahm den blauen Bleistift und unterschrieb in dem aufgeschlagenen Quittungsbuch, er schrieb seinen Namen in die Rubrik, auf die der knochige Zeigefinger des Radfahrers deutete. Er suchte in den Taschen nach einem Geldstück, gab es dem Boten, nahm den Brief, bedankte sich.

»Nichts zu danken, Herr«, sagte der Blaue Radler, tippte mit dem Zeigefinger an das Mützenschild, steckte das blaue Quittungsbuch ein und stieg den Waldhang hinunter. Orlins folgte ihm mit dem Blick, wartete, bis er das Rad bestieg und auf der Landstraße verschwand. Dann betrachtete er den Brief, las die Aufschrift:

»Durch Boten! Landstraße nach C. Oberhalb siebenter Baum westlich Meilenstein 341. Empfänger liegt unter Kiefern.«

Er riß den blauen Umschlag auf, zog die gelbe Karte heraus und las:

»Wir sind unterwegs. Streifendienst wird die Wälder durchkämmen, daher müssen Sie vorsichtig zum Fluß gehen. Folgen Sie der Landstraße nach Westen, an der Kreuzung biegen Sie rechts ein. Unter dem Brückenbogen steht ein alter Eisenbahnwagen. Sobald Sie niemand beobachtet, gehen Sie über die Planke in den Waggon und riegeln hinter sich ab. Sie finden heißen Tee unter der Haube. Wir sind unterwegs. Die Unauffindbaren.«

Erinnere dich, dachte Orlins, *erzähle*. Erinnern, erzählen, wiederträumen. Er hörte ein Summen auf der Landstraße, es näherte sich langsam, ein schwarzer Polizeiwagen fuhr ins Blickfeld, der Polizist hatte die graue Uniform am Hals aufgeknöpft, die große Tellermütze lag auf dem Sitz neben ihm. Jetzt knackte es im Wagen, dann schallte eine Stimme über die Landstraße, durch den Wald, die Stimme fuhr langsam mit dem Wagen vorüber. Orlins hatte sich wieder hingelegt, er verstand Wort für Wort: »Suchdienst CBC, an alle Streifen! Wir wiederholen in 15 Minuten. Suchdienst CBC. Gesucht wird der Kassenbote Robert Thompson, verschwand auf dem Weg von der Parkstraße zur Nordwestbank, gestern nachmittag 15 Uhr. 40 Jahre alt, 1,65 m groß, Gewicht 57 kg, Haarfarbe: schwarz, Farbe der Augen: grau, große Narbe unterm linken Auge, trug braunen Botenanzug, braune Aktenmappe, Inhalt: Zwanzigtausend in Scheinen zu zehn und hundert, vermutlich Raubüberfall. Rufname Robby.

Suchdienst CBC, an alle Streifen! Wir wiederholen in 15 Minuten. Suchdienst CBC. Gesucht wird der Hypothekenmakler Gilbert Orlins, verschwand auf dem Weg zu seinem Hause, Drachenstraße 37, Sonntagnachmittag 17 Uhr. 35 Jahre alt, 1,70 m groß, Gewicht: 65 kg, Haarfarbe braun, Farbe der Augen: braun, keine Narben, trug hellgrauen Anzug, grauen Hut, vermutlich Entführung. CBC schaltet ab.«

Der Wagen war hinter den Chausseebäumen verschwunden. Orlins wartete noch eine Weile, dann zerriß er die gelbe Karte und den blauen Umschlag und stopfte die Papierschnitzel unter die Graswurzeln. Etwas taumelig stand er auf, die Wunde an der Schulter schmerzte beim Gehen. Er stieg den Hang zur Landstraße hinunter durch den Kiefernwald. Während er auf der staubigen Landstraße dahinschritt, in der Nachmittagsglut, kramte er seine Taschen aus, zerriß Briefe und Mitgliedskarten, das Inserat fiel ihm ein, das gestern oder heute im »Immobilien-Anzeiger« hätte erscheinen müssen.

Der Text lag noch auf seinem Schreibtisch zuhause, er wußte ihn auswendig, er konnte von der nächsten Telefonzelle die Annoncen-Expedition anrufen, konnte zu dem Fräulein mit der verwundert hohen Stimme sagen: »Hier spricht Orlins. Nehmen Sie bitte auf. 15 mal 20. In Hauptgeschäftslage günstiges Industrie-Grundstück, Block, gesperrt, darunter: mit massivem, vierstöckigen Gebäude und Lagerhaus, ca. 4300 qm Nutzfläche, Zentralheizung, Laderampe, Gleisanschluß, trockene Keller, Hausmeisterwohnung, Garage, für jeden gewerblichen Zweck oder Fabrikation geeignet. Zum Einheitswert zu verkaufen. Haben Sie? Danke.«

Der Wald lichtete sich und rückte von der Landstraße ab, dann kamen rechts und links Weizenfelder, dann kam die Kreuzung. Am Straßenrand lag ein Mann, barfuß, das Gesicht mit einer Zeitung bedeckt und schlief. Orlins ging leise vorbei, um ihn nicht zu wecken. Aber der Mann mußte schon wach gewesen sein, er zog die Zeitung von dem roten, verbrannten Gesicht, rieb sich die große Nase und setzte sich auf.

»Haben Sie vielleicht ein Streichholz, Herr?«

Orlins bückte sich, zündete dem schläfrigen Mann die halbgerauchte Zigarette mit dem kleinen Feuerzeug an und zeigte ihm einen Geldschein.

»Haben Sie hier um diese Zeit«, sagte Orlins und schloß die Hand um den Geldschein, »jemand vorbeikommen gesehen, der so aussah wie ich?«

»Keine Menschenseele, Herr, wenn ich gefragt werden sollte«, sagte der Mann im Gras. »Ich habe die ganze Zeit geschlafen.« Orlins gab ihm den Geldschein, der Mann zwinkerte ihm mit dem linken Auge zu.

Der grasige Feldweg führte durch Brachfeld und an Weidenbüschen vorbei, die erhitzte Luft flimmerte über dem Weg. Der hohe, wolkenlose Himmel war fast dunkel vor Hitze, die Stille erreichte jenen Grad betäubender Regungslosigkeit, der wie ferner, unirdischer Lärm klingt, ein anschwellendes Brausen, als wäre das überstille, überglühte Land in eine zweite Erscheinungsform eingetreten, neben seiner Sichtbarkeit in ein unaufhörliches, bis unter die Horizonte reichendes Klingen, das aus unzähligen Singtönen zusammenklang, und nun sind die Gräser und das Gesträuch ins Klingen geraten, die Steine, die Blumen, Bäume und noch die Luftschichten und Lichttönungen, ein klingendes, sausendes Brausen im Ohr, und dennoch unhörbar.

Orlins erblickte den Strom. Das breite, grüngraue, dahin und weiter, unmerklich weiterrückende Wasserband. Wenn man nur einmal hinblickte, war die Bewegung nicht gleich zu erkennen, schien das Wasser zwischen den Uferlandschaften zu ruhen, nur wenn man lange hinsah, denn er war noch nicht nahe genug herangekommen, war das stetige, kaum wahrnehmbare und aus der Ferne wie zögernd erscheinende Ziehn, das Gleiten, ein Dahinschieben des breiten Strombandes zu s e h e n. Als er näher kam, veränderte das Wasser seine Farben, wurde dunkler, ein dunkles Gelbgrün, zog es schon fast eilig vorüber.

Die hohe, graue, steinerne Brücke war wie ein Kamm mit sechs Zinken in das fließende Haar des Wassers gesteckt, um es immerzu auszukämmen von Treibgut und schwimmenden Hölzern. Orlins stieg die Uferböschung hinunter und sah sich den Eisenbahnwagen im Wasser an. Er war unter dem zweiten Brückenbogen auf Pfählen im Strom befestigt. Hinter einem dichten Weidengebüsch beobachtete er den Uferweg. Als alles still blieb, als er keinen Menschen sah und hinter dem Gebüsch hervortreten wollte, hörte er über sich eine wütende Stimme:

»Was machen Sie denn dort unten?«

Er zog den Kopf ein, duckte sich, bewegte sich nicht.

»Geht Sie nichts an«, sagte eine Stimme in der Nähe.

»Hast du den Sack?« fragte eine andere Stimme, gedämpft.

»Dann los!«

Orlins hörte Schritte im Gras vorbeikommen, sehr schnell, über ihm brüllte jemand, die Schritte verschwanden, die brüllende Stimme erklang ferner, dann wurde es oben und unten wieder still. Er roch jetzt den dicken, sumpfigen Geruch des Wassers, den Algendunst, langsam quakte ein einzelner Frosch, dann war nichts mehr zu hören als das schwappende Flüstern des Wassers, das hohe Sirren der Mücken und das gärende, schmatzende Geräusch des Uferschlammes, der Blasen trieb.

Orlins trat in den Schatten des Brückenbogens, in der Wölbung oben schwankten Lichtkringel her und hin, die Spiegelungen schrumpften und dehnten sich zitternd aus, verschossene, braune Vorhänge hingen hinter den Fenstern der einzelnen Abteile. Er trat auf die Laufplanke, im Wasser stak eine Eisenstange, oben war ein weißlackiertes Brett befestigt mit der Aufschrift:

PRIVAT

Darunter stand: Kein Telefon. Nächster Unfallmelder jenseits der Brücke, Gasthaus zum Anker.

Er ging über die wippende, schmale Bohle, ergriff das Geländer der Plattform und stieg die Stufen des Trittbretts hinauf. Unter dem Dach der Plattform blickte er zurück. Niemand beobachtete ihn. Er drehte den Türgriff, trat ein und schob den Riegel von innen vor. Er stand in der heißen, abgestandenen Luft des kleinen Vorraums, der mit ungehobelten, ungestrichenen Tannenbrettern verschalt war. In der Ecke stand ein Faß mit einem Brett darüber. Links durch das schmale Fenster in Schulterhöhe blickte man am Schilf vorüber nach der Mitte des Stromes. Im gleichen Augenblick sah er das Polizeiboot. Es war grau gestrichen, die Männer hatten ihre Mützen abgesetzt, sie hatten Silberlitzen auf den lehmfarbenen Hemdärmeln. Das Boot hielt auf den mittleren Brückenpfeiler zu. Orlins bückte sich rasch, er setzte sich auf das Faß in der Ecke. Das Motorbrummen näherte sich, dann setzte es aus, sie hatten den Motor abgestellt, er hörte das Wasser gegen die Pfosten klatschen, blickte nach den Luftlöchern in den Dachleisten und wunderte sich, daß die Luft so stickig war, als der Eisenbahnwagen einen harten Stoß erhielt. Weiter zurück wurde gegen ein Fenster geklopft.

»Sah ihn reingehen«, sagte eine Stimme über dem Wasser. Orlins fühlte sein Herz wie einen weichen, trägen Pumpenkolben gehen.

»Hab ihn reingehen sehen«, sagte die Stimme wieder, draußen, über dem Wasser. Hartes Klopfen gegen eine Fensterscheibe. Vorsichtig wischte Orlins die Schweißtropfen von der Stirn, schnickte die nasse Hand nach unten, die Tropfen spritzten hörbar auf den Fußboden, das trockene Holz sog sie auf.

»Is ja auch egal bei d e r Hitze«, sagte eine andere Stimme über dem Wasser, »sollen sich ihre Anarchisten selbst fangen mit 'nem Netz.«

»Müßten eigentlich mal reingehen«, sagte die erste Stimme. »Vielleicht sitzt er drin und hört uns zu.«

»Siehst doch, daß wir nicht weiter rankönnen, zu flach. Höchstens durchs Fenster. Wenn wir 'ne Scheibe einschlagen und es war nichts los, gibts 'ne Beschwerde. Bei der Hitze tobt der Chef wie 'n Bulle. Machen sie alle, wenn sie mal Chef geworden sind. Vorher, ich kannte ihn ja lange vorher, schimpfte er auf den alten Chef, nannte ihn einen Affenschinder, Schweinetreiber, Maulhupe, Läusefresser. Immer dasselbe. Jeden harmlosen Geheimklub hält er für 'n Anarchistennest, das ausgehoben werden muß. Kümmert sich um jeden Spinnenschiß.«

»Offenbar haben sie schon genug ausgefressen«, sagte die erste Stimme, schläfrig.

»Ne große Blonde soll auch dabei sein, bei dem Ticker. Hieß sie noch?«

»Der Kasten da gefällt mir nicht. Kann ebensogut einer drin liegen, mit 'nem Messergriff im Hals.«

»Was hat sie denn ausgefressen?«

»Hab sie mal im Zirkus gesehen, Todessprung, ohne Netz, hat Rasse, das Biest. Sah toll aus, bandagiert.«

»Haben die nicht den Makler entführt? Erpresser.«

»Mit 'nem Rollwagen in den Steinbruch, als sie verfolgt

wurden. Hatten einen Sergeanten verschleppt, Menschenraub, Beamtenraub.«

»Von mir aus. Laß sie Beamte rauben. Habs schon lange satt. Jedenfalls sind sie selbständig, und das sind wir nicht. Was können wir uns schon leisten? 'nen freien Nachmittag. Beamte? Wir sind verkauft und wir haben uns verkauft. Für ein dreckiges Gehalt. Sieht ein Beamter etwas von der Welt? Verheiratet und vier Kinder. Da läufste nicht mehr davon, ducken, ›jawohl, Chef, wird erledigt, Chef‹, immer kriechen, klein machen, ›wird sofort erledigt, Chef!‹. Sonst wirst du rausgeschmissen. Was sind wir denn? Männer des Gesetzes. Die Hüter der Ordnung. Wer macht die Gesetze, frage ich. Etwa die armen Leute? Beschiß. Und wie sieht es mit der Ordnung aus, hinter der Ordnung? Ist doch alles fauler Zauber. Geld. Laß uns was trinken.«

»Sei doch mal still, da drin hat sich was gerührt.«

»Nichts, war mein Fuß, wir wollen mal bei Flynch oben reinsehen, ob sein Bier die richtige Temperatur hat.«

Orlins hörte den Motor aufbrummen, das Wasser klatschte gegen die Pfosten, das Brummen entfernte sich, langsam stand er auf, wischte noch einmal den Schweiß von der Stirn, schnickte die Hand aus. Dann zog er die Tür in der Bretterwand auf und trat in eine enge Küche. In der Ecke stand ein niedriger, kleiner Herd, die Herdplatte war weißlich ausgeglüht, die Herdringe gesprungen. Daneben stand ein grüner, eiserner Gartentisch, ein eiserner Gartenstuhl. Vor dem Fenster hing ein brauner Eisenbahnvorhang, mürb wie Zunder. Pfannen und Töpfe standen auf einem Regal unterm Fenster. Die Luft roch nach erkaltetem Fettdunst, gebratenen Fischen. Er hob den Deckel von dem blauen Wassereimer ab, stieß den dicken, grünlichen Karpfen mit dem Finger an, der Fisch bewegte träg die Schwanzflosse. Er legte den Deckel wieder auf den Eimer. Öffnete die Tür in den angrenzenden Raum, sah sich um. Die längliche Wagenstube war von gedämpftem, bräunlichen Licht angefüllt, es wurde durch die zugezogenen Vorhänge gefiltert. Rechts an der Wand stand ein hohes, altmodisches Holzbett, eine rote Wolldecke mit blauen Streifen lag über dem dicken Federzeug. Daneben ein alter Kleiderschrank. Gegenüber, an der linken Wand stand eine breite, bequeme Bank, ein breiter Tisch, der Tisch war gedeckt. Geblümte Tischdecke, gelbe Teetasse, über der Teekanne hing eine gestrickte, blaue Teehaube. Orlins setzte sich auf die Bank, die Haube war warm, er zog sie hoch, um sich Tee einzugießen. Ein weißer Zettel fiel aus der Haube, er fing den Zettel auf, las: »Hatten keine Zeit mehr, Ihnen den Karpfen zu braten. Zünden Sie im Herd kein Feuer an, nehmen Sie den Benzinkocher, der darunter steht. Beobachten Sie das gegenüberliegende Fenster bei Sonnenuntergang. Wenn ein Schatten auf den Vorhang fällt, öffnen Sie das Fenster. Sie werden den Namen erkennen. Dann kommen Sie auf die Brücke. Inzwischen haben Sie Zeit, am besten für Erinnerungen. Die Zukunft führt durch die Erinnerung. Die Unauffindbaren.« Orlins steckte den Zettel ein, goß Tee in die Tasse, versuchte ihn, stark gesüßt. Er zog die Tischschublade auf, blaulinierte Bogen, Bleistifte, ein angebrochenes Zigarettenpäckchen, 16 Zigaretten. Genügend Tee, die Kanne war bis oben gefüllt. Er steckte eine Zigarette an, rauchte, trank einen Schluck dazwischen, die Zukunft führt durch die Erinnerung.

Er lehnte sich in der Bank zurück, vergaß das Geschwätz der Wasserpolizisten, rauchte, trank schon die zweite Tasse Tee. Guter Tee, er fühlte, wie er ruhig wurde, leicht, ungewöhnlich leicht? Ob sie da in diesen Tee etwas hineingegeben, ein Mittel, eine Tablette? Zum Einträumen, zum Aufwachen, wohin? Die Wiederträumer. Er streckte die Füße unterm Tisch aus, draußen, wo er nicht hinsah, rings um den Eisenbahnwagen hielt sich ein unaufhörlicher, schwacher, unbestimmbarer Ton wie von unzähligen, sich fortwährend verändernden Lauten, ein nie stillstehendes Gemisch aus einem in an- und abschwellenden Wogen dahinflutenden, hauchdünnem Brausen. In der Waggonkammer war es so völlig still, keine Uhr tickte, kein Wasser tropfte, als wäre die Zeit hier gewichen wie die Luft aus einem Behälter, zeitleeres Gehäuse.

II

Wer bin ich denn? Einer, der noch nicht abgerechnet hat. Aus der Abrechnung aufgestanden und fortgegangen. Hausbesitzer. Kindervater. Einkommensteuerbescheid. Adressat unauffindbar, unbekannt verzogen. Durch die Erinnerung verreist. Bis Sonnenuntergang.

Er liegt in der Bankecke, raucht, hat die dritte Tasse Tee getrunken. Hat man ihn je in Ruhe gelassen? Hat ihn das Leben je in einer Ecke, auf einer Bank ungestört gelassen, ohne Zukunft, für sich allein? Schweigend? Der Tod wird einmal nichts als Erinnerung sein. Was hab ich denn getan? Verschwunden. Warum war ich nie verschwunden? Ferien, Urlaub, das ist alles auf der gleichen Strecke, mit Rückfahrkarte, nun bin ich ungültig geworden, ich werde nicht mehr geknipst. Gestrichen. Fällt aus. Eingestellt.

Die Spaltung gelingt mühelos. Teerausch? Während er in der Bankecke liegt, mit offenen Augen, rauchend, steht etwas in ihm auf, geht fort, öffnet eine Tür, tritt in die Küche seiner Mutter ein. Er setzt sich an den Küchentisch mit dem stumpf gewordenen, vergilbten Wachstuch und schreibt, einen Zettel, es ist noch früh, blaues Frühlicht, er ist gerade durch die taunassen Wiesen heimgekommen, er hat ein Mädchen zum Omnibus gebracht. Im letzten Augenblick, als der Schaffner abpfiff, füllten sich die Augen des Mädchens langsam mit Tränen.

Lebwohl. Er sucht noch den Zusammenhang. Es war das e r s t e Mal, denkt er. Sie war die Nacht bei mir geblieben. Das allererste Mal. Die Mutter war schlafen gegangen. Gute Nacht, Mutter. Gute Nacht, Gilbert, gute Nacht, Cora, verspätet euch nicht. Und dann hatte sie es getan. Dann? Noch nicht. Wir saßen oben in meiner Dachkammer, wir machten Pläne, wir malten Häuser aufs Papier, mit den kleinen Buntstiften, die ich noch in der Krimskrams-Schublade fand. Phlox im Garten, grüne Hecken, die den Staub abhalten. Wir konnten miteinander schon durch die Zimmer gehen, mit dem Finger auf dem Papier. Dort sitzt jemand am Schreibtisch, sagte Cora, das bist du. Dein Arbeitszimmer, Büro. Telefon. Büchergestell. Freust du dich? Er nickte und dachte an den Besuch vom vergangenen Abend, an den Buchstaben, den er in der Nacht in den linken Arm geschnitten. Er wird also am Schreibtisch sitzen und telefonieren. Quasselstrippe. Inserate entwerfen, Briefe diktieren, Cora will sich einarbeiten. Grundstücke vermieten, Häuser verkaufen, den Konto-Auszug nachrechnen, verdienen, das stand nicht in der Wolke geschrieben, auf Jessies Stirn. Und es gab keinen Ausweg. Er ließ das Zifferblatt nicht aus den Augen, stellte den Zeiger der Armbanduhr etwas vor, sie durfte den letzten Omnibus nicht versäumen. Dann war es Zeit, sie mußten aufbrechen, er würde sie begleiten.

Wenn er früher ständig, inständig daran gedacht hatte, daß sie es einmal tun würde, einmal, tun könnte, an diesem Abend dachte er nicht mehr daran. Es war nicht so, als hätte sich die Substanz des Sehnens, Begehrens, verzehrt, sondern als wäre er, wie aus Versehen, in eine andere Richtung gelaufen, einer Wolke nach, in den verschollenen Grund eines Frühlingsabends, einem unbekannten Besuch entgegen.

Wie immer, küßten sie sich noch einmal, zum Abschied, bevor sie hinuntergingen. Er hatte gezögert, ihr diesen Kuß zu geben, sie stand so still vor ihm und betrachtete ihn mit einer ruhigen, sicheren Nachdenklichkeit. Er stand neben dem Tisch, verdeckte etwas den Schein der Tischlampe und sah das verschlossene Lächeln in ihrem Gesicht. Er hielt den Hut in der Hand, flüchtig wollte er durch dieses leichte Zeremoniell hindurch, und als seine Lippen ihren Mund berührten, schlang sie plötzlich, mit einem hohen, kurzen Laut, wie in Gefahr, die Arme um seinen Hals und küßte ihn wie ohne Besinnung. Noch war er zu überrascht, erschrocken, dann war er getroffen und fiel. Nur der Hut fiel zu Boden, unbeweglich stand er noch neben der Tür, während er durch das Wanken fiel, den gleitenden Weg hinaus, auf dem es süß schallt und das Weinen nahe ist und die Verzauberung dicht wie die

Kindheit, und die verlorenen Wünsche aus ihren Klagen auferstehen.

Später wußte er nicht mehr, wie lange sie beide neben der Tür gestanden, die Augen geschlossen, als wäre er nicht mehr dabei gewesen. Und schien es nicht, als wären es zuletzt gar nicht ihre Lippen gewesen, die er noch immer küßte, fremde Lippen, auch er war es nicht mehr, der sie küßte, als wäre jemand in ihm, traumwandlerisch sicher, an jene Stelle des Lebens geraten, wo es seine Verschlossenheit löste, wo er die verborgene Quelle fand, und nun vermochte er etwas in tiefen Zügen an ihr zu stillen, d a s   m e h r   w a r   a l s   e r   s e l b s t   u n d   n i c h t   m i t   i h m   h i e r h e r   g e k o m m e n   w a r, sondern von weit her, von früher her, und er war nur der Kundschafter, der Abgesandte dieser zu todloser Entschlossenheit gegorenen Sehnsucht, ergrimmt und entstellt, er wußte nichts davon. Er dachte nichts davon. Vielleicht hätte er noch fühlen können, wie dieser Kuß mächtig wurde, gleichsam von fremder Gewalt übernommen, und daß e r es nicht mehr allein war, der dieses Mädchen küßte, nicht weil sich fremde, unsichtbare Lippen zwischen sie drängten, und weil es doch so war, als stillte hier die Last der längst Versunkenen, Untergegangenen, Begrabenen ihren in den unlöschbaren Wahn geretteten und vom Entsetzlichen genährten Durst nach dem ungewährten Trank. Dem Trank aller Verheißungen, ihren todlosen Hunger nach dem niegefundenen Bissen des Glücks, der nichts als die Essenz aller Süßigkeit des Lebens enthielt; Verlorene, Vergrabene, deren Samen und Blumen, deren Brüste Milch, deren Atem er hereingebracht hatte in die flüchtige Dauer dieser irdischen Gestalt, der Vergängnis entrissen, und im gleichen Nu wieder in die Vergängnis gebannt, eine Menschengestalt, jugendlich, die an einem Frühlingsabend in einer Kammer stand, zwischen Tisch und Tür und ein Mädchen küßte. Und dieses Mädchen, dieses eine Mädchen zwischen seinen beiden Armen war längst nicht mehr allein, war wie er der Erscheinungen Umriß, des Sehnens Vorwand, des in Qualen verkommenen und in Verheißungen gepeinigten Sehnens, das durch die Zeiten die Spur der Entrückung verfolgte, auf der Jagd nach dem fliehenden Schimmer einer seligen Gestalt, deren Berührung noch in die Ewigkeit hinaus erlösen mußte.

Als er die Augen öffnete, konnte er nichts mehr sehen, denn das Zimmer war dunkel, die Lampe war dunkel, das Mädchen hatte das Licht gelöscht. Nun wußte er, daß sie es tun würde, jetzt, gleich, einmal, zum ersten Mal.

Als ihre Lippen sich nicht mehr berührten, war der Schwung, das flutende Schwingen unterbrochen. Er nickte im Dunkeln, als er hörte, daß ihre Schuhe auf den Boden flogen, daß sie ihr Kleid an ihm vorbei warf, er zog seine Kleider aus, warf sie dazu, er traf Cora am Bettrand, sitzend, er fühlte sich bebend und kalt vor Verlangen, traurig und »verrückt«, und erlöst, daß es nun nicht mehr, nie mehr zu widerrufen war.

Seitdem sie beide in dieses Leben gekommen waren, fremd und voller Müh, hatte dieser Augenblick sie erwartet, war die Bühne längst gezimmert für das bewußtlose Spiel, das sie zärtlich und traurig das ihre wähnten, ihr heimliches, ihr süßes, ihr eigenes Spiel, bei dem sie sich allein wähnen durften, ohne Zuschauer, und doch war die Bühne unter unerbittlichen Sternen errichtet, die seit je ihre Geschicke wirkten, dies Gewebe, darin kein Faden von ungefähr hineingekommen war und nie mehr herausgenommen werden konnte.

Saßen nebeneinander auf dem Bettrand und gingen noch einmal miteinander, lernten sich kennen, fühlten die ersten fremden, unvermuteten Berührungen und mußten zuerst wieder den Ruf vergessen, mit dem sie sich hierher gerufen hatten, waren verloren und verschollen in der Schlucht des Alleinseins, während das Geschick ihnen keinen Aufschub mehr gönnte. Hielten sich in der Bangnis ihrer Not und ihres Nacktseins umschlungen, fühlten sich in der Wärme beieinander durchdrungen, meinten der Liebe Flut und Tiefe zu suchen, Glückstaucher, Schatzgräber seliger Stellen, bis sie unversehens dem Strudel in die kreisenden, schlingenden Fänge gerieten, bis das unzärtliche, bittere, das Schluchzen losbrechende Riesige sie schleuderte und riß, der Tumult des Wankens, Frist des Jubels, Gefälle von Schauer und Traum, darin die Wahrnehmung, daß sie nun erlagen, weggenommen war an den Rand ihres Daseins, in dessen Tiefe sie eingebrochen waren unter der blinden, verzweifelten Forderung einer Macht, die nichts mehr vorgab, entschlossen, die Entgeltung durch das Außersichsein zu vollziehen.

Später, Stunden später, in der Verwunderung des Abschieds, dachte er es zögernd, beruhigt, als beträfe es ihn schon nicht mehr, daß sie es wirklich getan hatte. Und er streichelte ihr Haar, und er küßte sie scheu, wieder zurückgekommen zu sich, der Macht entronnen, die in der Genugtuung der Stillung schwieg.

Damals, vor sieben Jahren. Und nun sitzt er allein in einem alten Eisenbahnwagen am Strom, er hat sich eingeriegelt, er geht durch die Jahre zurück, von jenem Bettrand bis zu dieser Bank sind es viele tausend Schritte und kein Schritt, er versucht, über die Gegenwart des Erinnerns nachzudenken, es fällt ihm ein, daß er sich vieles ausdenken kann, daß er die Erinnerungen im Nachsinnen verwandeln kann, verkleiden, übermalen, verschmelzen, er kann sie aus vielen Jahren in eine Stunde versammeln, denn sie können es ihm nicht verwehren. Nur eines ist ihm nicht vergönnt, er kann keine Erinnerung mehr tun, wiederholen, vollziehen. Was getan war, war dem Unwiderruflichen verfallen, noch während es geschah. Vorbei.

Auch jetzt, auch später. Als sie zusammenlagen, lange, lange und still, damals, in der Kammer unterm Dach, in der es schon leise hell wurde, wie hätte er damals auf diesen Gedanken kommen können, daß er später einmal, nach Jahren, in einer Bankecke sitzt, allein und zurückblickt nach diesem Bett, das sie beide noch nicht verlassen haben. Und doch war etwas von dieser Stunde hier im Eisenbahnwagen schon damals vorbereitet, ein grüner Keim, der lange reifen würde, ein bleicher Keim unter der Erde der Jahre, ein Zeichen, das er vergaß, mit einem Anfangsbuchstaben hatte diese Nachmittagsstunde über dem Strom schon damals begonnen, in der Dachkammer, mit einem verbundenen Buchstaben auf seinem Arm.

Cora hatte ihn nicht danach gefragt. Später, als es heller wurde unter der schrägen Wand, hob er die Kleider vom Boden auf und zog sich an. Er legte Coras Kleider auf einem Stuhl übereinander, er war mit blauem Rips überzogen, der Stuhl, auf dem Jessie gesessen hatte, als er mit der Abrechnung begann. Und das Haus war noch nicht gebaut in der Drachenstraße, in dem er nun schon lange wohnte, das er verlassen hatte, auf dem Tisch lagen die weißen Bogen mit den buntschraffierten Zimmern, Ulmen und Kiefern im Garten, Schreibtisch, Telefon, und Cora war vom Bett in die Stube gesprungen, und wiederum war es ein erstes Mal, daß er sie so s a h, Spiel der Glieder, er betrachtete sie zärtlich-scheu, aufgewachsen war sie bis zu dieser Stunde, da er ihr seltsames, ihr schönes Nacktsein zum ersten Mal sah. Beruhigt.

Und während er es noch einmal sieht, hier, nach sieben Jahren, sieht er in der gleichen Dachstube, durch ihre Glieder hindurch in einen Spiegel, in dem ein Wasserbild erglänzt, zum ersten Mal, Jessie im Bad. Auf die Erde gekommen, durch ein Tausendjahr von Vergangenem hin, der Brüste Rosen, der Hüften Anemonenlicht, des Halses Margeritenneigung. Wohin, woher, mit welchem Auftrag den fühlenden Augen dargetan?

Aber es war Cora, die ihm zulächelte, ruhig, froh, eine junge Frau, mit schläfrigen Bewegungen, und das Wasserbild verging. Sie streifte das braune Kleid über den Kopf, sie kämmte sich vor dem kleinen Spiegel, den er ihr hielt, das Teewasser auf der Kochplatte summte, sie mußten aus einer Tasse trinken, sie hatten zusammen eine Nacht zugebracht, sich neigend zu dem einen, gleichen Quell.

Bevor sie die Kammer unterm Dach verließen, er hatte die Tür schon geöffnet, beschäftigte sich Cora, abgewandt, noch einmal mit ihrer Handtasche, am Tisch, bei dem Silberpokal. Später, als der Omnibus anfuhr, rief sie ihm etwas zu, das er nicht gleich verstand. Da war er schon mit der Vorstellung seiner Flucht beschäftigt. Sie verließen leise das Haus, um die Mutter nicht zu wecken.

Es war noch still und früh, als er wieder kam, und bevor er dann in die Küche ging, um den Zettel zu schreiben, trat er noch einmal in die kleine Kammer. Er wollte ihr Lager noch einmal sehen, die zerwühlten Kissen, aber er erblickte zuerst das Päckchen Geldscheine, das aus dem Silberpokal ragte, er zog es heraus, glatte, ganz neue Scheine, wie gewachst, nach Farbdruck riechend, ein grüner Papierstreifen mit einer aufgedruckten Zahl hielt sie zusammen. Er steckte das Päckchen in die Tasche und dachte, daß sie unmöglich seine Flucht erraten hatte, die Worte fielen ihm ein, die sie ihm aus dem fahrenden Omnibus zugerufen hatte, er sollte sich doch etwas Besonderes, Schönes kaufen. Vorschuß der Gestorbenen. Ausgeben für etwas Besonderes, Schönes. Und er hatte nie Geld ausgeben können bisher für etwas anderes als für das Nötige. Er neigt sich über das Bett, atmet den verblassenden Duft ein, um ihn mit auf die Flucht zu nehmen. Ihres Haares, ihrer Glieder, als hätte er nicht anders zu dieser Flucht kommen können, die mit einem Buchstaben in seinem Arm begann, als hätte er zuvor diese Nacht mit ihr verbringen müssen, zusammenliegen. Durfte er das Geld nicht auch für etwas Sinnloses, Ausgefallenes, ja Verrücktes ausgeben? Er zog den braunen Koffer vom Schrank, Vaters alter Lederkoffer, legte das Nötige hinein, den guten grauen Anzug, die guten braunen Halbschuhe, Wäsche, Unterwäsche, Waschzeug, Rasierapparat, den Entwurf des Briefes, den er damals an Jessie geschrieben hatte, und dann war es ihm, als ob er auch diese Nacht mit in den Koffer gebracht hätte, damit sie ihn nicht mehr verließ. Er klappte den Koffer zu, trug ihn hinunter in die Küche, vor den Fenstern war es schon hell, vom Küchenschrank nahm er das blaue Ausgabenheftchen, der rote Bleistift hing an einem Bindfaden daran, er riß eine Seite heraus, setzte sich an den Küchentisch, trank einen Schluck kalte Milch und schrieb:

»Liebe Mutter! Ich gehe für einige Zeit fort, ängstige Dich bitte nicht. Ich schreibe bald ausführlicher.
Dein dankbarer Sohn
Gilbert.«

Er lehnte das blaulinierte Papier gegen den irdenen Milchkrug. Strich noch einmal mit der Hand über das vergilbte Wachstuch, spürte, daß er nun sehr müde war und stand auf.

Als er die Haustüre hinter sich geschlossen hatte, blickte er zu dem noch grauen, fahlen, kühlen Morgenhimmel hinauf. Kein Zeichen, keine Wolke, kein Stern. Er eilte durch den Garten ... kauf dir etwas Schönes, dein dankbarer Sohn Gilbert ... Dann kehrte er noch einmal um. Man darf nicht umkehren, dachte er, schloß noch einmal leise die Tür auf, ging auf den Fußspitzen in die Küche, riß den grünen Papierstreifen von dem Päckchen, teilte die Geldscheine nach Augenmaß und legte die Hälfte davon auf den Küchentisch, stellte einen Gewichtstein darauf.

Genug vorbereitet, nun ist er in Schwung gekommen, die Flucht hat begonnen, er sucht den einzigen Zuhörer, dem er das Folgende schildern, Wort für Wort entstehen lassen kann, es ist die Zuhörerin im Spiegel, es ist das Wasserbild im Bad, es ist der Nachmittag im »Bleichen Stern«, Gilbert Orlins, erinnerst du dich noch?

Ja, Jessie. Ich hatte schon den Stadtrand erreicht, Jessie. Ich hörte das schrille, metallische, schleifende mißtönige Gellen der Straßenbahn in der Kurve straßenweit. Es war noch immer grau und leer und kühl in den Außenbezirken, sie schliefen noch hinter Mauern, in Steingewölben, und wenn ich stehen blieb, schien es mir, als wären die verlassenen Straßen von einem anderen, unsichtbaren Verkehr durchzogen, still, von den weiten, fließenden Regungen des Lichts, von den scheuen, flüchtigen Bewegungen der Lüfte, überweht von den Strömungen des Landes, der Felder, Weiten und Wälder draußen, begangen von der schwindenden Dämmerung des Frühhimmels. Einige Gaslaternen glühten noch schwach und grünlich in den Altstadtgassen, ich wollte nicht mit der Straßenbahn fahren, ich wollte auf meiner Flucht nicht gesehen werden, ich wollte die grämlichen Frühaufsteher, die zu den Fabriken und Büros fuhren, jetzt nicht sehen. Auf Umwegen, durch enge Gassen, näherte ich mich dem Bahnhof. Und dann hörte ich den Betrunkenen, bevor ich ihn sah. Ich hörte ihn singen, sein Gesang war nicht froh, sondern bitter und fahrlässig und voller Hohn, er verhöhnte sich selbst und forderte sich heraus, und dazwischen hörte ich Schläge von einem Spazierstock gegen die geschlossenen Rolläden vor den Schaufenstern der Ladengeschäfte. Als genügte es nicht, daß er seinen Kummer niedersang, er mußte Streiche führen gegen die Armseligkeit dieser trostlosen Gassen, in denen kein Grashalm mehr wachsen konnte, ausgerodet waren Blumen, Bäume, Nester, Schmetterling, wo sie sich die Käfige errichtet hatten ihrer vorgeblichen Geschäftigkeit, wo nichts mehr der Verehrung galt, wo die gefräßigen Verschlinger hausten, Räuberbande des Fortschritts, Gestank und Verelendung hinterlassend hinter den Zäunen. Dann sah ich den Betrunkenen, ich kannte ihn vom Sehen, einen dürren Kontoristen, grauhaarig, verwitwet, jetzt hieb er mit dem Spazierstock gegen den eisernen Laternenpfahl, er schwankte vor und zurück und sang:

»Ja ja, die Li-iebe, die – Liiiebe war schuld daran ...«, er schlug mit der Brust gegen den Laternenpfahl, ließ den Spazierstock fallen, niemand war in der Nähe, schlang die Arme um die Laterne, blickte in die Gosse, sang den Refrain leiser, ratlos, verzweifelt, gerührt, dann bekam er den Schluckauf und dann heulte er schluchzend los. Obwohl ich nun eilig weiterging und in eine Nebenstraße einbog, war es nicht mehr ungeschehen zu machen, daß ich sein Zeuge geworden war, aufgerufen zu dem wüsten Lokaltermin seines Elends. Ich nahm den Koffer in die andere Hand, ich hörte seinen Gesang nicht mehr, und er folgte mir doch, und dann änderten sich die Worte in meinem Gedächtnis, sie sangen sich in meiner Erinnerung selbständig und verwandelt weiter, sangen. »Jaja, die Wo-olke, die Wooolke war schuld daran, daß du mich nicht mehr siehst, im Morgen fliehst, nachdem du mir's angetan ...« Ich lief einige Schritte, ich lief in die erste geöffnete Kneipe hinein, bestellte bei dem verschlafen zurückweichenden Wirt einen Doppelkorn. Der Wirt wollte sich bücken, um die Flasche unter der Theke hervorzuholen, aber er schob es auf, starrte mich geduldig und mit alter Kennerschaft an und sagte zögernd, etwas rauh und heiser:

»Nur nicht vor Aufregung zittern, Herr. Ist nicht gut. Früh genug kommen Sie in die Jahre, da Sie sich einst fragen werden: w o f ü r habe ich denn gezittert?«

Die fettigen Falten in seinem bekümmerten Hundegesicht klärten sich auf, glätteten sich, er holte die Flasche herauf, schenkte zwei Gläser voll, trank mir zu. Ich zahlte für uns beide, für den Schnaps und für den Spruch, trank aus und trat wieder auf die Gasse. Sie verengte sich, es stank nach Müll und Unrat, eine Tür schlug in der Nähe hinter mir zu, Schritte eilten die Gasse entlang, da sah ich ein Bild. Nicht in der grauen Luft, sondern in meiner Phantasie, und es war wie ein Film, denn die vielen jungen Leute, die ich sah, traten gleichzeitig und nebeneinander aus niedrigen, grauen Küchentüren, lautlos vorsichtig auf die noch halbdunklen Treppenflure hinaus, und sie trugen alle einen schäbigen, kleinen Koffer in der Hand, ungewaschene, klebrig verschlafene Gesichter, unrasiert, leise zogen sie die Küchentüren hinter sich zu, zum letzten Mal, noch ungläubige Bewegungen, sie stiegen die ausgetretenen Treppenstufen hinunter, wo die säuerliche Luft der Mietszeit steht, wo der Niederschlag, der Abfall des Mißmuts gärt, wo an den blatternarbigen Wänden der Aussatz der Niedrigkeiten schwärt, der fleckige Schimmel der verdorbenen Gier, Fäulnis seelischen Spüllichts, noch einmal mußten sie hier hindurch, und dann glomm etwas in ihren Gesichtern auf, der Widerschein einer wilden und jungen Hoffnung, machte sie scheu und inständig, schön, und sie hatten alle ihren Zettel geschrieben auf dem Küchentisch, hatten die Tür zum Hinterhof erreicht, denn sie kamen aus den Hinterhäusern, und nun standen sie alle einen Augenblick still, als ob sie horchten, ich konnte es nicht hören, was sie einhalten ließ, aber dann las ich es von ihren Gesichtern ab, und es war wie ein noch fernes, dünnes Trompetensignal, das durch die Mauern ging, das sie ergriff.

Für die Dauer eines Atemzuges lauschten sie, das schlafhäutige Gesicht erhoben wie unter den Schmerzen des Wunders und der Erschütterung. Es war der Ruf, den sie nur einmal vernehmen würden und dann niemals wieder, der zum Aufbruch rief, zur Auferstehung aus den Stiegenhäusern, aus den Hinterhäusern des Lebens, der Zukunft Weckruf. Plötzlich sah ich sie nicht mehr, ich hatte die Gasse verlassen, ich näherte mich der langen, dunklen Eisenbahnunterführung, aber dann hörte ich sie, ich hörte ihre vielen Schritte hinter mir, sie liefen, ihre Koffer klapperten, das eilige Tappen ihrer Schritte klang wie ein vielstimmiges Sausen, ich hörte ihren Atem keuchen und begann selbst zu laufen, Vaters alten Lederkoffer in der Hand, ich hatte doch nur einen Doppelkorn getrunken. Ich lief durch den dunklen Tunnel, vor ihnen her, in weiten Abständen glühten die schimmeliggrünen Gaslaternen, da hörte ich sie im Tunnel singen, sie sangen den Refrain des Betrunkenen, aber so, wie er sich in mir verändert hatte, zu einem brausenden, hoffnungswütigen Chor schwoll ihr Refrain an, sangen: »Ja ja, die Wolke, die Wolke war schuld daran ...«, dahinstürmend, die Auferstehung erstürmend, die Barrikaden der Zukunft, den Wall der wüsten Verelendung und aller stickigen Mißratenheit durchbrechend, bis ein rollendes Donnern und Dröhnen über uns alles überbrauste, ein Brausen, daß wie der Einzug einer hallenden Verkündigung war. Und als der Eisenbahnzug über uns fort und hallend in die Morgenferne schwand, war ich wieder allein im Tunnel, und der Spuk war vorüber. Ich ging der morgengrauen Öffnung zu, überquerte den verlassenen, von Straßenbahnschienen durchzogenen Bahnhofsplatz, die Schienen waren noch feucht, Radfahrer mit dicken, roten Zeitungstaschen überholten mich, dann trat ich in die riesige, kahle Bahnhofshalle ein. Die Lampen brannten wie übernächtig in den Glasverschlägen, ein Mann mit blauer Schürze kehrte bedächtig den Zementboden, Papierknäuel und Zigarrenstummel vor sich her, auf einen Haufen zusammen, stützte den Besenstiel gegen die Brust und döste verdrossen vor sich hin. Ein Polizist lehnte an einem Betonpfeiler, unbeweglich, musterte mich flüchtig und blickte dann auf die erleuchtete, große runde Bahnhofsuhr. Ich lief zu den Fahrplantafeln, dort stellte ich fest, daß mein Zug in drei Minuten abging, Bahnsteig sieben, lief zum Fahrkartenschalter, der Mann dahinter schlief, sein kahler Kopf lag wie umgeknickt auf einem grauen Kissen, ich klopfte ihn wach, da streifte er sich den grünen Augenschirm über und gab mir zögernd die Fahrkarte.

Aus der abgestandenen, von erkaltetem Tabakrauch durchsetzten Luft lief ich auf die kühlen Bahnsteige hinaus, der Qualm der stampfenden Lokomotiven wälzte sich unter der hohen, rußigen Abfahrtshalle, Bahnsteig sieben, ich lief an zwanzig Bahnsteigen vorüber, und in dem Augenblick, da ich den Zug erreichte und mich auf das nächste Trittbrett schwang, kam der Bahnsteig unter mir ins Gleiten und zog mit seinen Lampen und riesigen schwarzen Eisenträgern langsam vorbei, als zöge ihn die Vergessenheit in ihr Nichts.

Ich drehte den kühlen Messinggriff der Wagentür und trat in den langen, erleuchteten Gang, der Zug fuhr schneller und hing in der Kurve etwas über, ich schwankte gegen die Wand mit den Reiseplakaten, fiel gegen eine Abteiltür, die plötzlich aufrollte, das Abteil war dunkel, die Vorhänge waren dicht vorgezogen, nur das blaue winzige Notlicht an der Decke glomm fahl, ich tastete nach der Bank, schloß die Tür, stellte den Koffer darunter und ließ mich, etwas atemlos geworden, in dem leeren Abteil nieder. Ich wollte schlafen.

Ich schloß die Augen und lehnte mich zurück, aber ich konnte nicht in den Schlaf hineinkommen, ich war übernächtig und zu unruhig, Gedanken und Worte liefen wie Schritte in mir herum, Bilder tauchten auf und verschwanden, dann lauschte ich eine Zeitlang dem eintönigen Rütteln und Stoßen des dahinsausenden Zuges, dem Rollen und Klopfen, die Getriebenheit des forteilenden Zuges erschien mir sinnlos, sinnlos wie das Wesen aller Flucht, einen Augenblick bereute ich diese überstürzte Abreise, verhöhnte mich wegen dieses allzu bequemen Ausweges, aber da redete mich schon die Stimme in dem dunklen Abteil an. Ich war nicht allein, ich hatte das Gefühl, die ganze Zeit beobachtet worden zu sein, nicht von Augen, sondern von einem fremden Gehör, das mich nicht aus seinem Horchen ließ.

»Nämlich nur, wenn es recht ist«, sagte die Stimme gegenüber aus der Fensterecke. »Muß meine Augen etwas schonen, Frühlicht bekommt ihnen schlecht, Zwielicht, haben ja auch schon genug gesehen von dieser verrotteten Welt.«

Ich antwortete nichts, vor Überraschung, die Stimme war wieder fort, als wäre sie hinausgeweht. Saß dort hinten nun jemand, oder war ich verwirrt und hörte meine Gedanken mit mir sprechen? Seitdem ich den Chor der Abschiednehmenden im Tunnel gehört hatte, schienen die Schichten, in denen man das Wirkliche von den Einbildungen trennt, durchlässig geworden, nicht vertauscht, aber ungenau und verwischt. Doch schon regte sich die Stimme wieder in dem fahlblauen Dunkel.

»Wie?« sagte die Stimme, »ganz recht. Wollen wohl lieber auch kein Licht, vielleicht nicht gesehen werden? Man muß sich vergewissern.«

Ein Feuerzeug wurde angeknipst, näherte sich meinem Gesicht, wurde wieder ausgemacht. Hinter der kleinen, rußenden Flamme hatte ich eine braune, faltige Hand und einen ausgefransten Rockärmel gesehen, dahinter ein rundes, schlaues, verknittertes Gesicht mit dem wunden Blick eines bekümmerten Affen.

»Orlins, wie?« sagte die Stimme, »zweiter Band, Nachlaß, Herausgeber, war ein un-ver-gleich-licher Mann, Ihr Vater, einziger Freund, den ich auf dieser verfahrenen, entgleisten Welt besaß. Und nicht eingebildet, verstehn? Ging auch in die einfachste Kneipe, arm und reich war für ihn kein Ehrenstandpunkt, Gehaltsfrage, im Gefecht zählt der Mann, nicht der Dienstgrad, Dämonen greifen immer an. War seine gute Sache, daß er sich als Phantast ausgab, verstanden hat ihn doch niemand, aber was für ein un-ver-gleich-licher Mann!«

Mir wurde es warm, ich war ganz wach, ich hätte gern die Vorhänge aufgezogen.

»Sie haben meinen Vater gekannt?« sagte ich zu dem dunklen Umriß in der Fensterecke.

»Gekannt, junger Mann«, sagte die Stimme mit nachsichtigem Nachdruck, »und nicht erst seit gestern, die Erde sei ihm leicht. Aber wer kennt einen aus? Vielleicht hat er auch mich nicht gekannt, wenn er auch immer wieder abends zu mir kam. ›Jim‹, sagte er draußen auf der Straße, am Fenster, ›hast du wohl noch 'nen Augenblick Zeit?‹ Und dann sagte ich zu ihm, immer mit den gleichen Worten, wie er ja auch immer das gleiche fragte: ›Du weißt, Arthur, daß ich immer für dich Zeit habe.‹ Aber wer war ich denn für ihn? Er war ein großer Phantast, und ich konnte ihm nicht das Wasser reichen. Und er hatte niemand auf der Welt, niemand im Land, mit dem er reden konnte, wobei ich nichts gegen Ihre verehrte Frau Mutter sagen möchte. Aber Männer, verstehn? ›Is gut, Jim‹, sagte er dann, er blickte sich noch einmal draußen auf der Straße um, ›dann laß dir etwas holen. Schlag es mir nun einmal nicht ab.‹ Und ich mußte das Geld annehmen, das er aufs Fensterbrett legte, er sah es nicht gern, wenn ich Durst hatte, es gehörte dazu, daß er mich trinken sah, wenn er mit mir sprach. Er sagte, er könnte dann besser reden. Ich hörte meistens nur zu, und er machte sich nichts daraus, aus dem Trinken, er hatte nun eben mal diese Schwäche für die Langzöpfigen. Dann kam er herein und wir gingen hinauf in die Kammer, wo mein Vater gestorben war, das alte Nußbaumbett stand noch in der Ecke wie an seinem letzten Tag, und dann brachte mir eine von den Töchtern die Flasche und wir machten kein Licht, ich trank in der Dämmerung, und Arthur saß in dem alten Ohrenstuhl und versuchte, es mir klarzumachen, was er erlebt hatte. Und da ich ihn lange kannte, war ich vielleicht wirklich der einzige, der ihn verstand.«

Die Stimme in der Fensterecke schwieg, als wäre sie noch einmal mit meinem Vater hinaufgegangen in die Kammer ohne Licht, um sich mit ihm dort oben in der Abenddämmerung zu besprechen, ob noch ein Stuhl gerückt werden solle für mich, ehe sie weitererzählt. Nicht mit dem Verstorbenen, auf dessen Grab der Efeu wuchert am Fuß der alten Ulme, sondern mit jenem Manne in der Zeit, der abends an sein Fenster klopft in der Dämmerung der Straßen, weil die Stimme, die sich erinnert, im Vergangenen umzugehen vermag, wo alles unzerstörbar dauert. Und vielleicht wartet sie jetzt wieder am Fenster und hört seinen Schritt über das stille Pflaster kommen, das Geld wird auf das Fensterbrett gelegt, die Flasche wird in die Kammer gebracht, und dann sagt die Stimme vielleicht: ›Dein Sohn, Arthur. Hab ihn im Zug getroffen. Soll er zuhören?‹

Und der Mann im Ohrenstuhl sagt: ›Gilbert? Dann wird er wohl 28 sein. Dann wird er wohl öfter dorthin kommen, wo man mich eingraben wird. Sag ihm, wo fährt er denn hin? Sag ihm, daß er alles erfahren soll.‹

Aber so konnte ich nicht weiterphantasieren, im Grunde blieb es ein Vorwand, es kam nicht mehr darauf an, mit welcher Stimme mein begrabener Vater zu mir sprach, seine Worte schienen wie ein Diktat aufgenommen und bewahrt in der Erinnerung dieses Fremden im Abteil, der sich Jim nannte, ich hörte schon wieder zu.

»Er hatte nun einmal diese Schwäche für die Schönen, für die seltsam Schönen, wie er sie nannte, wenn er auch eigentlich gar nichts von ihnen wollte, was niemand begreifen konnte, verstehn? ›Weißt du, Jim‹, sagte er, ›sie machen die Welt wieder sonderbar, wie die Wolken den Himmel.‹«

»Wolken?« unterbrach ich die Stimme im bläulichen Abteil, »hatte mein Vater ›Wolken‹ gesagt?«

»Wolken, so wahr ich hier im Dunkeln mit Ihnen fahre«,

sagte die Stimme, »und dann sagte er noch, sie kämen wie aus einer anderen Welt, und das wollte er mir erklären.

›Hör zu, Jim‹, sagte er, ›es ist schon ziemlich dunkel, ich seh dich nicht mehr, sitzt du noch dort hinten auf dem Bett?‹

›Auf dem Bett, Arthur‹, sagte ich.

›Und hast du noch etwas zu trinken?‹ fragte er weiter. ›Dann trink noch ein Glas, damit dir die Seele flüssiger wird. Immer schon schien es mir, als kämen sie aus einer anderen Welt, die Sanften. Nicht wie Gespenster, denn sie sind ja aus Fleisch und Blut, wenn sich auch unsere Augen oft wie mit etwas Unsichtbarem wie mit Luft füllen, wenn wir sie lange ansehen. Und sie selbst wissen nichts davon, und wenn man es ihnen sagt, dann halten sie uns für Phantasten. Als hätten wir uns etwas Neues für sie ausgedacht. Da gehen sie neben uns auf der Erde herum, essen und trinken wie wir, vielleicht nicht so unmäßig, schlafen in Betten und kämmen ihr Haar, und dann merken wir es doch an irgend etwas, daß sie nicht von hier sind, wo sind sie denn zuhause? Und das ist es, was uns zu ihnen hinzieht, es zieht uns nach dieser anderen Welt, die nur noch in ihnen ist, damit wir diese Unwelt hier einmal vergessen, aber wir kommen nie hinein. Geh doch einmal mit einem Mädchen spazieren, abends, durch die Wiesen, wenn das Gras noch nicht gemäht ist, es stehen oft mehr Blumen als Halme darin, und der süße Duft wie von Holunder und Nelken ist schwerer als Wasser, dort ist der richtige Ort, dort kannst du es merken, und dann seid ihr einmal stehen geblieben, und das Mädchen sieht dich jetzt an. Da merkst du etwas, vielleicht in ihren Augen. Sie steht doch ganz nah bei mir, denkst du, wo ist sie denn? Sie hat sogar deine Hand genommen und hält sie mit ihren zarten Fingern. Was ist denn mit ihr, denn es wird dir ein wenig unwirklich zumute. Erde ist Erde, denkst du vielleicht, und zu Staub werden wir wieder werden, aber da ist noch etwas anderes dicht neben dir, das du nirgends in der Welt findest. Ein Gespenst? Aber sie ist kein Gespenst, du spürst ihre kleine Hand, falls dir für einen Augenblick der Gedanke kommen könnte, ein Gespenst stünde in ihr und blickte dich durch ihre Augen hindurch fremd und unkenntlich an. Und nicht, daß du wirklich das Gespenst in ihren Augen sehen könntest. Du könntest nur wahrnehmen, wie es ihre Augäpfel leise hin und her dreht, und an ihren Wangen ein Lächeln eindrückt, zwei Grübchen, dort hätte das Gespenst die Hand im Spiel. Und das Gespenst hätte ihre Hand hochgehoben und in deine Hand gelegt, denn es hätte etwas mit dir v o r, es will deinen Verstand nicht verwirren oder zerstören. Du versuchst vielleicht, dir mit den alten, geläufigen Erklärungen zu helfen, wenn es über dich kommt, es kann ja kein Gespenst in ihr sein, sagst du dir, es ist nur alles so seltsam, es ist doch nur, weil sie so sanft sind, so lieblich wie nichts sonst in der weiten Welt, absichtlich hast du es wieder vergessen, daß du nie dahinter kamst, auch wenn deine Liebe erwidert war und hundert Verlangen gestillt, denkst, dieses Mal wird es ganz anders sein, ich werde nicht wieder ratlos und vernüchtert sein, wie beraubt, wenn ich danach allein bin. Und dann kommt es doch wieder so, und du kannst es nicht aufhalten, was war es nun in aller Welt, das dir wie eine unerkennbare Verheißung zugeflüstert worden war, in diesem Blumenhauch, am Grund des Sommers. Du solltest ein Mal, ein einziges Mal, aus dieser entstellten Welt hinaus, fort, nicht in den Himmel und nicht ins Nichts, sondern dorthin, woher das Mädchen kommt, aus einem fremden Land, aus einer ungesehenen Welt, und was dich überfällt und wie stumm ertrunken macht, tief und glücklich ertrunken, das bringt doch unsere eilende Welt nicht fertig, du solltest einmal ausgelöst werden von all dem hier, das du längst auswendig weißt, und das Mädchen ist nur der Bote mit dem Lösegeld. Aber dann siehst du, daß sie gar nichts davon weiß. Und doch ist es, als stünde sie nicht nur hier im Gras, in einer anderen Gegend, die du nicht siehst, unter einer anderen Luft. Und durch diese Luft kommt jetzt unhörbar ein Schiff gefahren, langsam, wie aus leuchtenden, luftigen Schimmern erbaut, und die Segel sind nur ein Glänzen, fährt langsam auf sie zu, von einem süßen, schwingenden Singen getrieben. Und sie sieht und hört nichts davon, denn sie ist in dem Schiff verborgen, und das Schiff fährt unhörbar durch ihre Augen, durch ihre Lippen, die du an deinen Lippen hältst, durch ihren Leib, den du wie einen Strauß Blumen umfängst, und einen tiefen Atemzug lang glaubst du, nun seist auch du an Bord gegangen, an Bord des Singens, das langsam aus der Welt fährt. Und dann liegst du im Gras, nichts hat sich verändert, bald wird der Tau an die Gräser kommen. Und doch warst du mit deinem Mädchen wie vor einer Tür, und sie stand hinter dem geheimen Eingang, und hörte dich rufen und gab dir Antwort, aber sie konnte nicht öffnen, sie kennt den Schlüssel nicht, und so ist alles wieder verloren, verloren und vertan.‹

Ich frage Sie, wem hätte das Arthur, Ihr Vater, erzählen können? Keiner Menschenseele. Die Leute hätten gedacht, gewöhnlich, wie sie sind, da ist einer, Orlins heißt er, der ist hinter den Schürzen her, kann nicht genug bekommen davon, und spinnen tut er außerdem. Das hätten sie gedacht.«

Die Stimme schwieg, ich hörte ein gepreßtes Husten, als hätte sich der Mann, der sich Jim genannt hatte, beim Trinken verschluckt. Dann hörte ich ihn seufzen, leise, geduldig, das Seufzen verging und kehrte regelmäßig wieder, er schien zu schlafen. Ich war wieder allein mit meinen Gedanken, im verdunkelten Abteil, der Zug ratterte und schnob durch den frühen Morgen, immer weiter kam ich von zuhause fort, und dann dachte ich, daß ich mich innerlich noch viel schneller davon entfernte und schon viel weiter gekommen war. Diese Stimme, die einst mit meinem Vater gesprochen hatte, war auf meinen Weg gekommen, sie hatte mich weiter gebracht als die Bahnkilometer zählten, die wir durchfahren hatten. Ich war auf der Flucht aus meinem bisherigen Leben, und ich kehrte immer wieder zu deinem Bild zurück, Jessie. Keine Gespenster, hatte mein Vater zu diesem Manne hier gesagt, und wie aus einer anderen Welt. War es davon ein Aufglänzen, das mich getroffen hatte, als du in meine Kammer kamst, abends? Die Wolke hing schwebend über dem Haus. Als ich die Tür zumachte hinter dir, war es mir, als wärest du nicht allein ins Zimmer gekomken, eine fremde, unsichtbare Flut schien eingedrungen, über mich hinweg, und als ich ruhiger wurde, da kam es mir vor, als stündest du vor etwas Geheimem, wie vor der Tiefe eines Gefühls, und dort ging es hinunter in eine andere Welt. Aber von dieser Tiefe war ein Strahl, fernher, in die Bläue deines Auges gedrungen, wehte ein Licht über dein Gesicht, klang ein Grundton durch deine Stimme, und das alles war nun in meinem Zimmer. Wie wenn einer durch ein altes Haus geht, vielleicht an einem dunklen Regentag, und man hat ihn allein gelassen, den Gast. Er kommt über den stillen Flur an einem alten, hohen Schrank vorüber, zögert, er möchte den schweren, geschnitzten Schrank öffnen, und dann schlägt er die Schranktüren zurück und blickt in eine tiefe, verwehende, verblauende Ferne hinein, und im Schrank, in der Ferne schimmert ein Stern auf und leuchtet klar und stet, die alten Spazierstöcke mit den vergilbten Elfenbeingriffen im Schrank, die Zylinderhutschachteln empfangen noch ein schwaches Glänzen von seinem Leuchten, und der Gast weiß, daß der Schrank vor undurchdringlichem Mauerwerk steht ...

Nur, daß ich den Schrank nicht fand, die Türe nie öffnen konnte, den Stern niemals sah. War es das, was meinen Vater einst so »verrückt« gemacht hatte, hatte er es einmal, ein einziges Mal, gefunden? Wie vor einer Tür, hatte er mir durch diesen Mann hier im Abteil sagen lassen, und wir stehen ganz dicht davor und hören sie rufen, hinter der Tür, in dem verschlossenen Schrank, und können die Tür nicht öffnen, weil der Schlüssel verloren gegangen ist. Und einmal wird die Tür offen gewesen sein.

Die Stimme im Zug regte sich wieder, schlaftrunken schien sie noch hin und her zu schwingen, aber dann erhob sie sich plötzlich mühelos über das Schwanken des Zuges, über das unaufhaltsame Sausen, das stoßende Rütteln und rollende Klopfen, unbeirrt begann sie zu sprechen:

»Die werden Sie noch nicht kennen, junger, verehrter junger Mann, die Geschichte mit der jungen Sängerin. Sie wollte nämlich gar nichts von Ihrem Vater, von meinem Freunde Arthur wissen, als er abends im Hotel mit ihr hinaufging, in ihr Zimmer. Sie hatte ja einen Freund, der sie verwöhnte, und sie war auch schon zu müde, um sich noch mit Arthur zu unterhalten, aber sie wurde ihn nicht los. Denn da h a t t e es ihn schon, da war er schon so weit, daß man denken konnte, er ist nicht mehr ganz bei sich, er hat noch einen Verstand dazu bekommen, einen höheren, und nun bringt er beide durcheinander, und aus seinem Mund spricht längst nicht mehr die Stimme eines Mannes aus unserer Zeit, sondern aus einem unbekannten Geisterland. Da war er dieser anderen Welt, in der nach seinen Worten die Mädchen wohnen, schon auf der Spur und ganz nahe, und da konnte ihn nichts mehr vertreiben. Sie konnte ja auch sehen, daß er nicht betrunken war, daß er nicht nur scheu und höflich, sondern von jener verrückten Ehrerbietung war, die sie doch wieder anzieht, und weil er immerfort so seltsame Dinge redete, vergaß sie wohl wieder, daß sie ihn loswerden wollte, und dann waren sie schon in ihrem Zimmer, ehe sie es eigentlich merkte. Aber jetzt sah sie zum ersten Male, daß er sehr bleich war und am ganzen Leibe leise zitterte. Er redete noch immer zu ihr, vielleicht wurde es ihr sogar ein wenig schwindelig davon, sicher verstand sie nicht viel von dem, was er in einem fort sprach, aber es schien ihr doch zu gefallen, sonst hätte sie ihn vertrieben, verscheucht, sie brauchte ja nur den Portier anzurufen, auf ihrem Tisch stand ein kleines Telefon. Aber so hatte vielleicht noch niemand zu ihr gesprochen in ihrem Leben, und sie mußte es fühlen, wie dieser fremde Mann sie achtete und verehrte, wenngleich es ihm nie gelang, das Unaussprechliche, das er fühlte, in verständliche Worte und Gleichnisse zu bringen. Da saß er also schließlich auf dem Gestell hinter der Tür in der Ecke, das zum Abstellen der Koffer dient, und fragte sie, ob sie nicht auch einmal etwas erleben wollte, das man sonst nur in seltenen und wahrhaft unirdischen Träumen erlebte, etwas Seliges, aber am hellen Tage und mit offenen Augen, und ohne dabei den Verstand zu verlieren?

›Sicher‹, sagte Arthur zu ihr, denn ich habe es beinahe Wort für Wort behalten, ›ist das Verlangen in Ihnen noch nicht erstorben, die Sehnsucht, einmal etwas zu erleben, wovon man in den frühen Jahren oft geträumt hat, wenn man allein war im Garten oder im Zimmer, abends, vor dem Einschlafen, und es ist nie gekommen, und was gekommen ist, hat uns doch nur wieder enttäuscht, weil es nicht die unermeßliche Zuflucht wurde, nach der wir uns sehnten, weil es uns wieder verließ, auch in der Liebe, denn nach den glücklichsten Stunden kamen wieder die unverständlich unsinnigen, das unausgeschlafene Aufstehn in der Früh, das Abhetzen, Gurgeln, Zähneputzen, um den Nachgeschmack zu vertreiben, denn es blieb bei allem ein trauriger Nachgeschmack zurück. Immer wieder das gleiche, Rechnungen, Miete, Pflichten, ein zersprungenes Uhrglas, ein Brief, den man beantworten muß und nicht kann, ein Brief, den man seit Wochen erwartet und nicht bekommt, und dafür ist man nun so lange klein gewesen, jung gewesen, um eine Ewigkeit auf etwas zu warten, und als die Ewigkeit herum und man erwachsen war, schien alles umsonst gewesen. Oder glauben Sie vielleicht, daß sich d a f ü r die Erde um die Sonne dreht, die Sonne um einen Sternenhimmel, Sternenhimmel um Sternenhimmel in aller Unendlichkeit, wenn man das überhaupt begreifen kann, nur damit wir das alles h i n t e r uns bringen, was einmal unsere Hoffnung, unsere Sehnsucht und unsere tiefsten Gedanken waren, damit wir das alles wieder dem unsinnigen Alltag ausliefern und uns verloren, verdorben, erschöpft und verdorrt in die Grube legen, und wir haben es nie erlebt, wonach wir uns ein Leben lang bis zum Wahnsinn gesehnt haben und wofür uns ein Herz in die Brust gelegt worden ist. Und keiner hat es zustande gebracht, wenn er es im Traum nahen fühlte wie die Flügelschläge eines unausdenklichen Glückes, die Augen aufzureißen mitten im Träumen, mitten im Schlaf, und das Bett zu verlassen, um dem Alltag die Vernichtung anzusagen mit der Essenz des Träumens, denn j e t z t hätte er die Macht dazu, jetzt brauchte er nur aufzustehen und sich einen

Mantel umzuhängen, er hat nicht weit zu gehen, nur bis auf die Straße. Dort sieht er Passanten, aber keine Ebenbilder Gottes, er sieht Passanten vorübereilen, der Alltag ist vor und hinter ihnen, der Alltag hetzt sie, treibt sie die Straßen entlang, saugt ihnen den Schlaf und den Traum aus den Gliedern, und plötzlich merkt er, daß die Bäume und die Sträucher in den Vorgärten heute anders aussehen als sonst. Auch der Himmel ist anders, so hat er das noch nie gesehen, wenn er unausgeschlafen aufstand und sich abhetzte mit dem Waschen und Rasieren, wenn er das Frühstück hinunterschlang, mit dem Blick auf die Zeiger der Armbanduhr, wenn er dann ins Büro lief. Aber auch die Mädchen sehen jetzt anders aus, er sieht nicht mehr wie früher zuerst nach ihren Beinen, nach ihren Schenkeln und Brüsten, nach ihrer begehrenswerten Heimlichkeit unter dem knappsitzenden Kleid. Was sieht er denn, wenn das Träumen in seinen Augen noch mächtig ist? Vielleicht sieht er den begrabenen Schatz der Liebe in ihnen ruhn wie in einem verlassenen See, auf dem Grunde, still, und durch die Tiefe heraufschimmernd, vielleicht sieht er die wunderliche, die einfältige Blume in ihnen blühen, Vergißmeinnicht, wie in einem altmodischen Garten, und sie haben es längst verlernt, die Blume zu hegen, verlernt, darüber zu sprechen, den Garten jemand zu zeigen, ihn an der Hand, ein wenig verzagt und erglühend, hineinzuführen, wie es wohl noch in alten Zeiten geschah, als sie umeinander warben, ungeschickt und träumerisch, als sie einander noch gut waren und sich der tiefen Rührung und des Tränenschimmers nicht schämten, wenn sie vor Glück verstummten. Aber der Alltag treibt sie an ihm vorüber, er geht weiter, nur mit einem Mantel bekleidet, barfuß, er spürt den harten, kalten Asphalt und dann merkt er, daß er die Dinge ringsum ganz anders sieht, daß er sich in den Entfernungen nicht mehr auskennt, denn für das träumende Auge ist das alles nur ein Nebeneinander von Bildern, Farben und Lichtern, er blickt wieder in die Welt hinein, wie vor vielen Jahren, wie als Kind, als er die Namen noch nicht kannte, Haus, Baum, Straße, Fenster, er blickt nicht mehr durch Namen und Begriffe hindurch, er schaut, ohne zu wissen, so haben die Maler im Reich der Mitte einst die Erde gesehen. Die Welt ist ihm wieder ein unendlicher Garten, ein ewiger, bunter, blühender Teppich, damit wir die Anbetung vollziehen können der reinen, der himmlischen Mächte. Da geht er mit einem Mantel über dem Schlafanzug herum, barfüßig, und kennt sich nicht mehr aus, weil alles wieder fremd und wunderbar ist und ins Geheimnis gerückt, das Gemurmel eines Baches in den hohen Wiesen, denn er läuft schon in die Felder hinaus, in den Wind, der die Blätter in den Bäumen, das silbrige Laub der Weiden wie zärtlich bewegt, und vielleicht trifft er dort draußen ein junges Mädchen, das vor sich hinsingt und Blumen pflückt, ein Mädchen, das noch in der Sehnsucht ruht, und das Mädchen scheut sich nicht, die Hand des Mannes mit den träumenden Augen zu nehmen, und vielleicht versteht er jetzt auch die Sprache der Vögel wieder, vernimmt das Oratorium des Lichtes und der Fernen, den überwältigenden Lobgesang der tief in sich ruhenden, von Menschenhand nicht erschaffenen Welten.‹

Auf dem Koffergestell, in der Ecke neben der Tür, in dem kleinen Hotelzimmer redete Arthur zu der Sängerin, und dann muß sie wieder natürlich wie ein Kind geworden sein, das sich noch nicht geniert, denn sie zog sich unterdessen schon ganz unschuldig aus, das grüne Seidenkleid hatte sie über den Kopf gezogen und über einen Stuhl gelegt, und dann zog sie noch die dünne, feine Unterwäsche aus, bis sie schließlich nichts mehr anhatte als ihre Strümpfe. Und erst jetzt schien sie wieder zu sich zu kommen, denn sie fragte ihn, ob er sie hypnotisiert hätte, sie hätte sich noch nie vor einem Fremden ausgezogen. Aber Arthur sagte, er wäre kein Hypnotiseur, sie könnte sich gar nicht vor ihm genieren, weil man sich nicht vor einem Menschen geniert, der die Wahrheit sieht, auch wenn sie in Schuh und Strümpfen und bunten Fähnchen bis zum Halse steckt, der nichts von ihr will und der von ihrem jungen Leben, von ihrem Liebreiz so mitgenommen ist wie von einem Traum, und da zog sie den einen

Strumpf aus, stellte das Bein auf den Stuhl, um den anderen Strumpf auszuziehen, hielt aber wieder ein, um über seine Worte nachzudenken, dabei war sie ihm voll zugekehrt, sie zeigte ihm also nicht den Rücken, was doch eine ganz unerträgliche Quälerei für ihn gewesen sein muß, wenn Sie mir diese Bemerkung erlauben, aber Arthur hat es mir abgestritten, können S i e das verstehn? Er hat es mir am nächsten Abend genau erzählt, da war sie nämlich schon abgereist, auf Tournee, verstehn, und er war sozusagen fix und fertig vor Jammer und Elend, denn er w a r kein Heiliger, er war sündhaft wie wir alle, aber vielleicht sündigte er nur mit den Augen, nun, die Erde möge ihm leicht sein. Aber dann wurde das Mädchen doch zum Umfallen müde, denn Arthur redete noch immer auf sie ein, sie legte sich ins Bett und deckte sich zu, und Arthur setzte sich auf einen Stuhl neben das Bett, und da war sie schon eingeschlafen. Da sah er sie friedlich schlafen, schlafen und träumen, und das brachte ihn erst recht außer Rand und Band. Denn nun, sagte er zu mir, wurde sie erst richtig schön, verlor sie ihr Alltagsgesicht, bekam sie ihr Traumgesicht, Kindergesicht, Mädchengesicht. Und da er nicht aus Stein und Eisen war, schlief er auch mal auf dem Stuhl ein, und als er wach wurde in der Nacht, brannte das Licht noch, und sie sagte im Traum etwas, das er nicht verstand, aber doch fühlte, sie rief auch mal seinen Namen und weinte im Schlaf, da kam er wieder richtig in Fahrt und vergaß alles ringsum, vergaß, wo er wohnte und wie er hieß und seine Familie, die auf ihn wartete und daß er etwas verdienen sollte, denn er sagte, daß sie vom Schlafen und Träumen so schön geworden wäre, daß er glaubte, er müßte verrückt werden, wenn er sie nicht mehr ansehen dürfte, oder umgekehrt, wenn er sie noch lange so ansähe, als hätte sich alles Liebliche in der Welt in ihrem jungen Gesicht getroffen, um nun ungestört und unverletzlich zu leuchten. Er wußte nicht mehr, wie er das aushalten sollte, aber sein schwächlicher, erschöpfter Leib wußte es, denn nun fielen ihm die Augen wieder zu und lange genug, und als das Mädchen am Morgen erwachte, sah sie ihn schlafend auf dem Stuhl an ihrem Bett sitzen, unter der brennenden Deckenlampe, und sein mageres, unrasiertes Gesicht war naß von Tränen. Das rührte sie, und sie weckte ihn mit einem Kuß und schickte ihn mit zärtlichen Worten nach Hause.

Das war noch 'ne harmlose Geschichte, ich müßte Ihnen die Geschichte von dem Mädchen in dem alten Landhaus erzählen, bevor ich aussteigen muß, wenn ich auch so 'ne schwache Ahnung habe, als würden wir uns heute noch einmal sehen. Daß ich Arthur einmal das Leben rettete, das wissen Sie vielleicht. Nicht? Da war er acht Jahre alt, und ich war sieben, er war auf dem Eis eingebrochen, und ich kam gerade dazu, ich hatte ein Huhn gestohlen in der Nähe auf 'ner Farm, weil es bei uns zuhause nichts mehr zu essen gab, ich hatte das Huhn in einem Sack und war auf dem Heimweg, da hörte ich jemand um Hilfe rufen, damals kannten wir uns noch nicht, um Hilfe rufen und jammern und schreien und hörte das Eis krachen, es war schon dämmerig, er wollte ans Ufer zurück und steckte bis zum Hals im Eis, in der eisigen Brühe, und wenn er sich aufs Eis hinaufziehen wollte, brach das Eis immer wieder unter ihm ein. Da warf ich meinen Sack hin und rutschte die Böschung hinunter, kroch in den eingefrorenen Fischerkahn und schob das lange Ruder auf ihn zu, bis er sich daran festhalten konnte, aber ich hatte ja nichts im Leibe und war ein kleines Bürschchen, und nun ging er zuerst mal ganz unter, ließ aber das Ruder nicht los, und ich zog immer wieder ein Stückchen, noch ein Stückchen, bis ich ihn am Kahn hatte, bis er sich am Kahn festhalten konnte, dann an meinem Hals, denn ich mußte mich ja auch festhalten, und so zog ich ihn sozusagen an meinem Halse heraus. Das konnte er nicht mehr vergessen, und seitdem kannten wir uns denn also.«

Wieder war die Stimme fort in dem dunklen, fahrenden Abteil, sie schien sich zu erholen, zu sammeln, um gestärkt zu sein für den letzten Gang, für die letzte Runde, in der ich in die Knie gehen würde, wankend, auf den Boden, wo sie mich auszählen konnte, die Stimme der Heimsuchung und der vergangenen Zeit.

Was hatte die Stimme mit mir vor? Der Zug verlangsamte seine Fahrt, die Bremsen zogen an, mit einem Ruck hielten wir. Die Stimme regte sich nicht, ich hörte keine Türen schlagen, niemand stieg aus, es stieg niemand in unseren Wagen. Die Stimme hat etwas vor, dachte ich. Sie erzählt das alles nicht, um sich die Fahrt zu vertreiben, um mich zu unterhalten. Sie hat einen Auftrag in der Tasche, eine geheime Ordre, sie ist von einer Instanz instruiert, es ist wie bei einer Verabredung, die nur einer kennt und die nur für einen anderen gilt, und die Stimme ist nicht von einem Begrabenen geschickt worden, nicht von einem Grab unter Efeu und Ulmen, sondern von dem, was über das Grab triumphiert wie über die Jahre, weil es nicht mehr ans Sichtbare gebunden ist, denn das könnte der Zufall zerstören, gebunden an eine Wirksamkeit, die unangreifbar ist wie der Sinn, der in den Worten liegt, mit denen sie sich verständigt.

Der Zug fuhr an, kam in Fahrt, erhöhte seine Geschwindigkeit, da kam die Stimme wieder aus der Ecke hervor, ausgeruht, sicher, vorbereitet.

»Nelken«, sagte die Stimme zu mir. »Vielleicht waren es Nelken, weiße oder rote oder rosagesprenkelte Nelken, die ihn in den Garten lockten, der im übrigen ziemlich verwildert war. Damals reiste Ihr Vater ja noch mit diesen Traktätchen, Hokuspokus, ›Wie werde ich hellsehend?‹, ›Wie werde ich energisch?‹, ›Wie erlange ich Zugang in höhere Welten? Zum Selbststudium in 30 Tagen‹, ›Wie verhalte ich mich nach dem Tode?‹. Er hielt selbst nicht viel davon und las eigentlich nur die Traumbücher, verdiente nicht viel daran, aber er mußte ja das Schulgeld für Sie und Ihre Schwester Rosie bezahlen, von anderen Rechnungen ganz zu schweigen. Ob es nun Feuernelken waren, kann ich nicht mehr genau sagen, jedenfalls drang er eines Abends in diesen verwilderten Garten ein. Er war ja immer selbständig, ein Büro konnte ihn nicht halten, schweifen, das wollte er, und so reiste er mit einem alten Koffer durchs Land, da waren die Bestellmuster darin, er las den Leuten daraus vor und schrieb die Bestellungen auf, schickte sie an den Verlag, der die Besteller dann belieferte mit diesen undurchsichtigen Offenbarungen. Am liebsten suchte Arthur abgelegene Gegenden auf, dort waren die Leute viel allein, und davon wurden sie finster, und dann glaubten sie an finstere Dinge, Moor und Heide waren dafür der beste Boden. Er mußte sich erst durch diesen ins Kraut geschossenen Garten hindurcharbeiten. Die Wege waren einfach zugewachsen, und den Hauptweg mied er, um nicht schon von weitem gesehen zu werden, er ließ sich nicht gern von kläffenden Hunden vertreiben. Es war alles wie ausgestorben, als wohnte hier schon lange niemand mehr, und er dachte, irgendwo plötzlich ein verwittertes Schild finden zu müssen mit der Aufschrift:

ZU VERKAUFEN

Ein verwahrlostes Landhaus, auf der Treppe mit Moos und Gräsern, stellte er seinen Traktätchenkoffer hin und klopfte an die Tür. Ob ihm da plötzlich eine Vorahnung kam? Das Klopfen schallte in der stillen Abendluft, aber in dem Hause regte sich nichts. Ein Instinkt verriet ihm, daß jemand in dem einsamen Gemäuer lebte. Nun klopfte er in Abständen, so daß man es für ein verabredetes Zeichen halten konnte. Eine Moorgegend mit schwarzen Seen. Und dann hörte er einen Schritt hinter der Tür.

Ein Schlüssel wurde herumgedreht, das Schloß krächzte, war nicht oft benutzt worden, es mußte noch eine andere Tür geben, eine Hintertür. Langsam ging der schwere, massive Türflügel auf, zögernd. In dem Halbdunkel dahinter stand ein Mädchen, er sah nur ein bleiches Gesicht und eine weiße Hand. Streng, aber ohne Furcht sahen ihn die schwarzen Augen an, noch etwas abwesend, mit einer stillen Ungeduld, als hätten diese Augen noch vor einem Augenblick etwas Sonderbares erblickt, und nun war diese Störung eingetreten. Die Fremde in dem schwarzen Kleid hörte ihn nicht lange an, und er kam nicht dazu, den Koffer aufzuklappen und ihr die Geheimliteratur zu zeigen. Stumm, wie sie erschienen war, drückte sie nach einigen Minuten die Tür wieder ins Schloß, als wäre niemand draußen, als hätte der Wind sie vorhin aufgestoßen. Aber es ging kein Wind an diesem Abend. Nicht mit Hast, ganz langsam machte sie die Türe zu, ihn dabei von der Seite beobachtend, als sähe sie an ihm vorbei in das reglose, fahle Dämmerlicht des Dickichts draußen, das einmal ein Garten gewesen war. Der Schlüssel wurde hinter der Tür zweimal herumgedreht, das Schloß ächzte, der Schritt huschte fort. Dann war alles wieder still, wie zuvor.

Geduld. Ihr Vater hatte genug gesehen. Er setzte sich auf die Treppe, neben den Koffer. Nicht, daß das Mädchen eine besondere Schönheit gewesen wäre, dazu war das Gesicht zu schmal, zu bleich. Nachtschwarzes Haar, rabenschwarze Augen. Ein ungewöhnlich stiller Abend, weit und breit kein Laut, und Arthur fühlte, daß er nicht fortgehen konnte.

Sie müssen nicht denken, daß er sich etwa in dieses schwarze Wesen verliebt hätte, er war erschrocken, und doch hatte ihn etwas von der Erscheinung des fremden Mädchens zur Strecke gebracht, überwunden, völlig aus den Fugen. Dieser Ort, der ihn nicht fortgehen ließ, schien ihm nicht verrufen, nur ringsum getränkt, trächtig von verborgenem Gewese, geheimen, ungeschehenen Dingen. Unwillkürlich blickte er sich um. Aber nirgends ragte ein Schild aus dem Kraut mit der Aufschrift: ›Kein Zutritt‹. Oder: ›Stop. Gelände nicht betreten.‹

Dann dachte er wieder an das fremde Mädchen hinter den Mauern. Es war ihm, als hätte er etwas gesehen, das nur in seiner Phantasie bisher existiert hätte. Als hätte er sich viele Jahre in der Phantasie ein Mädchen vorgestellt, das es nicht geben konnte. Mit schwarzen, jungen Augen, mit schwarz schimmernden Haaren, und im Gesicht einen Ausdruck von etwas Unwirklichem, als befände sie sich in den Händen von Geistern. Oder als lebte sie nur zum Schein in der Gestalt eines Mädchens. Das es nicht geben konnte, weil die Welt zu grobkörnig dafür war, grobfaserig, ungeschlacht, plump und klotzig. Und eines Abends klopfte er im Moor an einem

Landhaus an, und dann geht der Türflügel auf, und er sieht, was bisher nur in seiner Phantasie gelebt hatte, ohne sich verändern zu können, denn dazu müßte es ja der Zeit teilhaftig werden. Und nun hat es seine Phantasie verlassen, ist in ein altes Landhaus gezogen, um geduldig auf die Stunde zu warten, da er mit einem Koffer ankommt. Und dann hört es ihn klopfen. Und nun kann es sich noch mehr Zeit nehmen, denn es weiß, daß er nicht mehr fortgehen kann, wenn es das nicht zugibt.

Er wollte nicht die ganze Nacht auf der Treppe sitzen. Phantasieren. Er wollte sich etwas umsehen. Den Koffer stellte er ins Gebüsch. Dann ging er langsam um das Gebäude herum, beobachtete die Fenster, aber nirgends erschien ein Gesicht. Ein Phantom?

Dabei wurde er die Empfindung nicht los, daß er beobachtet wurde. Er fand auch die Hintertür, unter einem Vordach, über das der wilde Wein herunterhing, er drückte vorsichtig die Klinke herunter, die Tür war verschlossen. Er mußte sich also ein Quartier suchen, ein Lager für die Nacht. Es war Hochsommer. Der einzige Schuppen, den er fand, war verschlossen, das Kraut stand rings bis zur Höhe der Fenster. Blieb ihm nur noch der ausgetrocknete Brunnen, er hatte keinen Mantel und die Nacht wurde in dieser Gegend oft sehr kalt, in den Stunden vor Sonnenaufgang. Er warf genügend Laub und Tannenzweige hinein und kletterte dann vorsichtig hinunter. Deckte sich mit den Zweigen zu. Dort schlief er ruhig ein. In der Nacht hörte er einmal ein schwaches Geräusch, wie von Schritten, die sich leise oben entfernten. Ein Tier? Es konnte ein großer Hund gewesen sein. Dann wurde es ihm doch etwas kühl gegen Morgen, und dann wunderte er sich, daß keine Vogelstimmen zu hören waren, es blieb still im Garten, das schien ja zu diesem Ort zu passen. Er wartete noch, bis das rosa Glühen über ihm wieder verging, bis die Sonne schräg in den Garten fiel. Dann kletterte er heraus, etwas steif und durchgekühlt, und die Sonnenstrahlen wärmten noch nicht. Die Pumpe, die er fand, war eingerostet. In einer Regentonne fand er Wasser, er wusch sich, etwas Warmes zu trinken hätte ihm ganz gut getan, aber er hatte nur eine Tüte Feigen im Koffer, die begann er zu verzehren. Das Haus ließ er dabei nicht aus den Augen, aber auch später sah er keine Spur von Rauch aus den Kaminen steigen.

Er wollte die Zeit für sich wirken lassen, sagte er später zu mir, und es wurde Nachmittag, bis sich etwas ereignete. Klopfen oder Rufen war hier aussichtslos. Er hatte einen besonders schwierigen Fall vor sich. Die Zeit für sich arbeiten lassen. Als er am Nachmittag auf eine Eiche geklettert war, um das Haus besser beobachten zu können, arbeitete endlich die Zeit für ihn, indem sie einen Gewehrlauf aus einem Dachfenster schob und die Mündung auf seinen Kopf richtete. Er ging mit dem Kopf zur Seite und der Gewehrlauf ging mit. Gut. Ruhig blickte er der Laufmündung entgegen und dachte nur: ›Jetzt. Endlich. Jetzt ist es so weit.‹

Aber er sah noch immer kein Gesicht. Er hörte keine Vogelstimme, und die Luft war heiß, tönte vor Hitze. Er sah nur eine weiße Hand, einen gekrümmten Finger am Abzug. Vielleicht verlor er jetzt etwas Farbe im Gesicht, der grelle Himmel blendete ihn. Er wollte ja die Zeit für sich arbeiten lassen. Er wartete auf ihr Gesicht. Bevor sie den Abzug bewegt, dachte er, durchdrückt, muß sie mich warnen. Moor und schwarze Tümpel, sie mußte gar nichts. Notwehr, verstehn? Notwehr aus Furcht oder Schrecken. Als wäre er es nicht wert gewesen, ein zweites Mal ihr Gesicht zu sehen, nur noch einen Schuß Pulver wert. Er mußte annehmen, daß dies jetzt ihre Stimme war da oben hinter dem Dachfenster, denn am Abend, an der Tür, war sie ja stumm geblieben.

›Wenn Sie in einer Stunde nicht fort sind, werde ich schießen!‹

Die Zeit, die für ihn gearbeitet hatte, sie würde auch das Schießen besorgen, Geduld, und er lauschte der fernen, dünnen Stimme da oben wie einer Offenbarung. Der Gewehrlauf wurde eingezogen. Aber es genügte ihm vollauf. Solange er auf dem Ast saß und in die Gewehrmündung blickte, war er gleichsam noch etwas benommen. Jetzt kam er zu sich, kehrte in die Welt zurück, er kletterte von der Eiche herunter. Zwängte sich etwas tiefer in das Kraut und Gestrüpp, bis er an einer geschützten Stelle war, wo er das Haus ohne Gefahr beobachten konnte. Als toter Mann konnte er nichts mehr erreichen, und er vertraute auf die Stimme, sie hatte die Wahrheit gesprochen, sie würde Wort halten, den Abzug durchdrücken.

Wieder arbeitete die Zeit für ihn, sie ließ Abend und Nacht werden, und er kroch wieder in den Brunnen. Das war die zweite Nacht, ohne Verpflegung sozusagen, kräftiger wurde er davon nicht, ein bißchen luftig fühlte er sich werden. Aber er fühlte auch, daß bald etwas passieren mußte. Als die Sonne am anderen Morgen aufging, kam er feucht und steif aus dem Brunnen herauf, unbeholfen, es kostete ihn Mühe, herauszukommen. Dabei fiel der Schuß. Seine Beine hingen noch im Brunnen, der Koffer stand noch im Gebüsch, er war gerade dabei, sich über den Rand des Brunnens herauszuziehen. Ob er vor Schreck das Gleichgewicht verlor? Denn erschrocken war er auch. Er kippte auf jeden Fall hinunter, rücklings, mit einer Schrotladung im Rücken.

Nun, es wird keine ganze Ladung gewesen sein, die ihn traf, und nicht gerade Rehposten, kein Hartschrot, vielleicht ›Vogeldunst‹, wie die Bezeichnung lautet, 1,25 mm. Aber sie brannte, und als er in den Brunnen hinunterfiel, verstauchte er sich den linken Fuß. Er gab keinen Laut von sich, und im Grunde war er jetzt b e f r i e d i g t. Zufrieden. Er sagte sogar zu mir, sie hätte nur auf ihn geschossen, weil sie befürchtete, er könnte sonst wieder spurlos verschwinden. Also aus Angst. Und ich sagte ihm etwas anderes, verstehn? Sie hatte ihn übel zugerichtet. Es hätte zum Spiel gehört, meinte er. Bißchen sonderbare Spielregel.

›Es ist gut, Jim‹, sagte er zu mir, ›sie hatte mich ja gewarnt. Und mit Spatzenschrot bringt man noch niemand um. Du solltest mal kräftig trinken, die Geschichte fängt ja jetzt erst an. Ich hätte sie weiß Gott nicht mehr gesehen, wenn sie ihr

Wort nicht gehalten hätte. War ein Glück für mich, daß sie mich getroffen hatte. Und in die Augen, ins Gesicht hätte sie mir bestimmt nicht geschossen. Vermutlich wollte sie sogar den Schuß etwas tiefer anbringen, natürlich brannte das Kleinzeug wie Feuer. Aber nun hatte ich ja meinen Passierschein, mein Visum, es hatte eben etwas lange gedauert. Sie konnte nicht wissen, daß ich mir den Knöchel verstaucht hatte, er wurde schon dick, und ich zog den Schuh herunter. Dann blieb ich auf dem Bauche längs liegen. Ich zerbrach mir nicht den Kopf, wie ich aus dem Brunnen herauskommen sollte, ich sah nur die ganze Zeit ihre Augen vor mir, im Geist natürlich, denn oben regte sich nichts, oder doch, denn später fing es an zu regnen. Sie waren wie schwarzes Wasser, ihre Augen, oder wie die Luft über einem Abgrund, als hätte noch nie ein menschliches Wesen hineingeblickt. Ich deckte die Zweige über mich, es war ein dünner Landregen, aber dann ging die Nässe doch durch und durch, und manchmal schüttelte es mich. Dieser Regen hörte erst gegen Abend auf. Und als es oben dunkelte, hörte ich einen Schritt. Ich blinzelte hinauf und sah wahrhaftig den verd... Gewehrlauf wieder. Zielen, ich meine visieren konnte sie nicht mehr, dazu war es hier unten zu dunkel. Barmherzige Barbara, dachte ich, sie wird mich doch nicht zusammenpfeffern wie eine Ratte? Warum läuft sie denn noch immer mit diesem Püster herum? Dann erschien ihr Gesicht überm Brunnenrand, bleich in der dunklen Abendluft, unter dem schwarzen Haarbusch, schmal und merkwürdig still, die großen, schwarzen Augen starr auf mich gerichtet. Vielleicht hatte ich doch vor Erleichterung geseufzt, nicht laut, als ich ihr Gesicht erblickte. Zu früh, ich hätte es nicht tun sollen. Als hätte man es von hinten fortgezogen, verschwand ihr Gesicht wieder, lautlos, wie es erschienen war.

Noch eine Nacht hier unten? dachte ich. Ich will dir nichts vormachen, Jim, ich hatte die Runde verloren, es war genug phantasiert worden, ich fühlte mich kläglich, jämmerlich, elend. Ich war naß und hungrig, und mitunter krümmte ich mich vor Schmerzen. Der Fuß war unförmig angeschwollen, es war nicht daran zu denken, damit einen Schritt zu gehen. Ich war gefangen, ich lag in einem feuchten und finsteren Loch. Schießen, weil ich sie noch einmal sehen wollte? Es war ihr Recht, unsichtbar zu bleiben. Gut. Ich bin niemand, dachte ich, aber ich bin Arthur Orlins. Ich bin arm. Ich bin der arme Sohn eines Landpredigers, eines Feuerkopfes, er war ein Weiser mit einem Löwenherz. Furchtlos und hilfsbereit, und seine Gemeinde wäre mit ihm durchs Feuer gegangen. Als er mit siebzig Jahren starb, war er noch immer ein großes Kind, kühn, er liebte die Wahrheit, er betete zu seinem Schöpfer und beugte sich vor keiner irdischen Instanz. Ich dachte lange an meinen Vater Gabriel Orlins. Wäre er in einem Brunnen verzweifelt, wegen eines geschwollenen Fußes und einiger Schrotkörner im Rücken? Diese Gedanken richteten mich auf, ließen mein Elend unbedeutend erscheinen, vergänglich. Und dann sagte mir ein Gefühl, daß diese Geschichte noch nicht zu Ende wäre, und vielleicht hatte ich zuletzt noch einige Worte darin zu sagen, wer weiß. Und es kam anders, es kam nämlich ein Strick herunter. Das Mädchen kniete oben und ließ einen Strick herunter. Ich band ihn mir um die Brust, sie versuchte mich heraufzuziehen, und sie war zu schwach dazu. Es wurde ständig dunkler. So ging es also nicht, ich zog mich an den Steinen hoch, und als ich abglitt, ließ sie mich fallen. Dann holte sie eine Leiter. Als ich oben war, mußte ich mich auf ihre Schulter stützen, mit dem geschwollenen Fuß konnte ich nicht mehr auftreten. Das Gewehr benutzte ich als Stock. Es regnete wieder, es wurde kein Wort gesprochen, und nun kam ich humpelnd ins Haus, mit Verspätung, sie führte mich in ein Zimmer, brachte eine Schüssel Wasser und ein Tuch, damit ich einen kalten Umschlag um den Fuß machen konnte. Später brachte sie heißen Tee und Brot. Käse und Oliven.‹

An dieser Stelle machte Ihr Vater eine längere Pause. Er forderte mich auf zu trinken. Ich nahm einen großen Schluck und war auf einiges gefaßt, aber was nun kam, darauf wären

Sie ja auch nicht gefaßt gewesen. Nicht, daß sie ihm noch an diesem Abend mit einem Taschenmesser, sie hatte die Klinge ausgeglüht, die Schrotkörner aus dem Rücken piekte, damit hatte ich schon gerechnet, sie rieb Jod in die Wunden und klebte Kleinpflaster drauf. Das war das Vorprogramm, der Hauptfilm hatte noch nicht begonnen. Zunächst hatte er ein Dach überm Kopf, etwas Heißes im Magen, Brot und Käse und Oliven. Er kam wieder zu Kräften, sie ließ ihn nun allein, er machte einen kalten Umschlag um den verstauchten Fuß und legte sich in das hohe, altmodische Bett, ein mittlerer Riese hätte darin genügend Platz gehabt. Er schlief bis zum nächsten Abend. Als er wach wurde, sah er ein Tablett auf dem Tisch stehen, eine Teekanne unterm Teewärmer, Brot und Sardellen und eine Schüssel Tomaten. Sein Koffer stand neben der Tür, sie hatte ihn im Gebüsch aufgestöbert. Da er den Fuß schonen wollte, verließ er nur das Zimmer, um zu einer bestimmten Türe zu humpeln. So vergingen drei Tage, er bekam sie nicht zu sehen, und da er viel schlief, auch tagsüber, hatte sie Gelegenheit genug, das gefüllte Tablett auf den Tisch zu stellen, bevor er wach wurde. Nicht gerade ermunternd. Am vierten Tag schlief Arthur nicht mehr und stellte sich schlafend, als sie die Tür leise öffnete, um das Tablett auf den Tisch zu stellen. Er redete sie an, entschuldigte sich, und sie hörte ihm zu. Sie war jünger, als er angenommen hatte, kein Kind, aber doch wieder ein Kind. Sonst wäre sie nicht auf seine Ideen eingegangen. Er hatte den Fuß regelmäßig massiert und Umschläge gemacht und war wieder der alte Arthur Orlins, Traktätchen, Geheimliteratur, und in der Gegenwart von Mädchen der große Phantast vor dem Herrn. Aber sie w o l l t e ihm ja zuhören! Es zwang sie niemand dazu. Und sie nahmen sich gegenseitig ernst. Er hielt also eine ungewöhnliche, wahrscheinlich ziemlich verrückte Rede. Danach schlug er ihr das Spiel vor. Er machte aus Papierschnitzeln zwei Lose, schrieb etwas darauf und legte sie in seinen Hut. Sie zog zuerst, und zwar die Niete. Nun war er berechtigt, das Weitere vorzuschlagen. Sie ging fort, um eine zweite Tasse zu holen, er hatte sie nicht darum gebeten. Sie trank also mit ihm Tee, von den Traktätchen war nicht mehr die Rede, Arthur saß auf dem hohen Bett und das Mädchen auf dem einzigen Stuhl, der im Zimmer war. Als sie die Niete gezogen hatte, sah er zum ersten Mal ein schwaches Lächeln bei ihr. Arthur hatte gewonnen. Der Gewinner durfte das Spiel vorschlagen. Und wer das Spiel gewann, durfte drei Wünsche haben, die der andere erfüllen mußte, Spielwünsche natürlich. Sie war mit allem einverstanden. Er konnte sehen, wie sie sich darauf freute. Sie hatten längst vergessen, sich zu verwundern, einer über den andern. Sie nahmen ihr Spiel ernst. Arthur war in großer Fahrt, aber nun mußten sie bis zum Abend warten.

Sie ließ ihn noch einige Stunden allein, und als es draußen über dem wilden Garten blau wurde in der Luft, brachte sie ihm einen alten Anzug, das gehörte dazu. Einen grünen, verschossenen Gärtneranzug, der ihm viel zu weit war, was ihn nicht störte, er krempelte eben die Hosenbeine und die Ärmel hoch, stopfte die Jacke in die Hose und zog den Gürtel fest. Inzwischen hatte sie sich umgezogen. Er hörte sie nicht kommen, die Tür war nur angelehnt, und da er ein merkwürdiges Gefühl im Rücken spürte, drehte er sich plötzlich um. In diesem Augenblick, da er vor der weißgetünchten Wand eine unbewegliche, bis zum Kinn schwarze Gestalt erblickte, die schwarzen Augen verloren und düster auf ihn gerichtet, schnickte es ihn. Es drang ihm durch Mark und Bein und er gab einen Laut von sich, als wäre er am Ersticken.

Sie müssen sich das einmal ohne Hast und sorgfältig vorstellen. Daß sie keine Schuhe anzogen, das gehörte dazu. Nun war es abends besonders still in dem alten Hause, in dem das Mädchen augenblicklich allein wohnte. Ungewöhnlich, um nicht zu sagen, unheimlich still. Sie war auf Strümpfen hereingekommen. Und wie sie da vor der geweißten Wand stand, hatte sie nichts mehr an als diesen dünnen, schwarzen Trikot, der so eng anlag, als hätte sie sich die Haut schwarz angemalt. Sie hatte darunter wirklich nichts mehr an. Es wütete wie Feuer in ihm, denn sie war unvergleichlich zartgliedrig und nicht klein. Wohlgewachsen und schlank, und nicht hart in den Formen, nicht mager, nicht zu weich, mit einer Andeutung, einem Hauch nur von verwirrender Üppigkeit. Das Wesen, das er in seiner Phantasie erfunden hatte. Die Tochter eines sterblichen Jünglings und einer Göttin, aus einer fremden Welt, die für immer unauffindbar blieb, versunken, verschollen. Das Feuer wütete in ihm, es brannte ihn zu Asche, traurig setzte er sich in dem alten Gärtneranzug auf den Stuhl. Zuviel, verstehn, war zuviel für ihn. Zitterte. Er hatte ja schon Mädchen gesehen, Frauen. Nun, hier sah er ein junges Mädchen, das wie eine junge Frau aussieht und doch wieder jünger, noch nicht sinnlich und nicht mehr unsinnlich, und noch etwas Seltsames ist an ihr. Vielleicht, denkt er, ich will mich nicht versündigen, vielleicht kann eine Spur von einem Engel an ihr sein, vielleicht sieht sie ein wenig einem Engel ähnlich, wenn es diese Wesen gibt, und wenn einer von uns unverhofft die Erscheinung eines Engels sieht, hört er zu atmen auf, streckt die Hände aus und fällt um.

Da saß er in dem verschossenen, grünen Anzug, der ihm zu weit und zu lang war und war hilflos und traurig, es war doch alles umsonst, er würde niemals einen einzigen Schritt in diese unbekannte, fremde, verlorene Welt tun, in der das Mädchen ruhte, sich aufhielt, ohne es zu wissen. Er konnte nur verrückt werden, vergessen, und er wurde es nicht. Und das Mädchen stand vor der weißen Wand, als wäre es nur dazu geboren, erkoren, um durch ihren Anblick allein schon mit dem Blütenstaub des Wahnsinns zu befruchten, den, der sie ansah, zaubern, hexen, und nichts schützt vor ihrem Anblick, und er wird in einen Hund oder in einen Frosch verwandelt, wer zufällig in diesen Garten und in das Haus kommt und sie erblickt, und er sieht da und dort schon verrückte Frösche und Hunde herumspringen, zucken, japsen, als könnten sie nicht leben und nicht sterben, bis er selbst herumhüpft, vielleicht als Hundefrosch, mit grünen Haaren, Schwimmhäuten zwischen den Pfoten, ohne Ohren, durchsichtiger Nickhaut über den Wolfsaugen.

Sie war nicht enttäuscht von dieser Wirkung, und auch daß er jetzt so verloren dasaß und etwas zitterte, blaß, berührte sie. Sie hatte sich nicht getäuscht. Er war keiner von denen, denen beim Anblick einer Frau nur eines einfällt. Stupid. Er hatte wirklich Einfälle, konnte erfinden, nichts Nützliches, gewiß, für Träume gibt es kein Patent, verstehn. Aber nun war es Zeit, daß sie anfingen.

Da er der Gewinner war, hatte er nichts zu tun, als das Zeichen zu geben, danach sitzenzubleiben und zu warten. Er gab also das Zeichen, indem er sie noch einmal ansah, stumm, als hätte er sich nun endlich völlig verirrt, und dann nickte. Fast lautlos huschte sie fort, die Tür blieb offen, Licht durfte nicht angeknipst werden, und so saß Arthur in dem stillen, schummerigen Zimmer und dachte an das schwarzblütige Wesen und wartete auf ihren Schrei. Der Schummergärtner. Es ist kein Spaß dabei. Als sie schrie, hörte es sich wie ein Schrei um Hilfe an, Hilfe! Er durfte die Taschenlampe benutzen, da er sich in dem alten, geräumigen Hause noch nicht auskannte, aber damit verriet er sich höchstens. Wer das Spiel gewann, gewann drei Wünsche. Er schlich strümpfig auf den Gang, völlig dunkel war es noch nicht, und begann sie zu suchen. Er hörte ja sehr weit, aber nun rumorte der Nachtwind draußen und hatte einen Fensterladen gefunden, den er gegen die Hauswand knallen konnte. Zerbrochene Fensterscheiben gab es genug, und später, als es schon ziemlich finster geworden war, fuhr ihm mitunter wie eine Hand aus Luft ein Windstoß ins Gesicht, oder er hörte zwei Käuze schreien, die paßten ja wieder in diesen Garten, in dem kein Vogel sang, obgleich es hier nicht von Katzen wimmelte, Arthur hatte keine Katze gesehen. Natürlich wurde es ihm bald unheimlich, die Gänsehaut wurde er nicht mehr los, Spiel ist Spiel, und er suchte weiter. Wo er einen Türgriff fand, öffnete er die Tür leise, knipste er für einen Augenblick die Taschenlampe an. So kam er schließlich im ganzen Hause herum, er kam auch in den Keller, stolperte über eine Gießkanne, aber er fand das Mädchen nicht. Und er hatte behauptet, er würde sie im Dunkeln finden, er könnte im Dunkeln ihre Nähe spüren. Vielleicht nicht bei diesem Schwarzblut. Er wollte bald aufhören und mit dem Pfiff kundgeben, daß sie gewonnen hätte.

Sich geschlagen geben. Es muß ein ziemlich großes Zimmer oder ein Saal gewesen sein, wo er seinen Entschluß änderte. Er war dort einen Augenblick stehen geblieben, er glaubte, etwas gehört zu haben, der Wind draußen hatte ausgesetzt. Plötzlich legte sich ihm eine kalte Hand ins Genick. Es ging sehr schnell, die Hand strich ihm von hinten übers Genick, und wo sie ihn berührt hatte, brannte die Haut wie Feuer, er streckte die Hände aus, um sich an der Wand festzuhalten, die Wand gab nach, er fiel hin, denn er hatte in einen Vorhang gegriffen. Die Taschenlampe hatte versagt. Die kleine Glühbirne hatte sich gelockert, er mußte im Dunkel damit herumhantieren, die Glühbirne festschrauben, dann hatte er wieder Licht. Er leuchtete überall hin, und natürlich war niemand mehr da. Er entdeckte noch eine Tapetentür, sie führte auf eine Wendeltreppe, dort setzte er sich auf die Stufen, ruhte sich aus. Ein Familienvater mit zwei Kindern, mitten in der Nacht, ruhte sich aus, um zu spielen, denn jetzt wollte er das Spiel gewinnen.

Schule geschwänzt haben wir alle und sind hinter den Busch gegangen, um Molche und Salamander zu fangen, aber Arthur wollte gleich die ganze Welt schwänzen, wollte noch bei Lebzeiten aus dieser Welt heraus, die ihm nicht paßte, sie drückte ihn, überall, war ihm nicht nur am Kragen zu eng, und er behauptete ja, man könnte am hellen Tage aus dieser Welt fortgehen, ohne den Verstand zu verlieren, und nicht ins Grab, verstehn?

Ich muß bald aussteigen. Aber Sie sollen die Geschichte noch komplett hören, vielleicht ist sie doch eine Lehre für Sie, wenn Sie beim Zuhören auch nichts zu trinken haben und ich jetzt heiser geworden bin. Als er sich auf der Wendeltreppe etwas ausgeruht hatte, stand er auf und suchte weiter. So kam er auch wieder auf den Dachboden. Er machte kein Licht mehr, seit der Wind draußen sich beruhigt hatte, verließ sich aufs Hören und Tasten. Und dann meinte er plötzlich wieder ein Geräusch gehört zu haben. Es scheint ein langer, ziemlich enger Gang gewesen zu sein, unterm Dach, wo er sozusagen den Spieß herumdrehte. Gegen die Spielregel. Aber er hatte sich lange genug Mühe gegeben. Und diesmal spürte er, daß sie in der Nähe war. Er setzte sich an die Wand und streckte die Beine über den Gang. Es war stockdunkel, die schärfsten Augen konnten hier kein Pünktchen mehr sehen. Er atmete noch einmal leise durch den Mund tief ein, dann hielt er den Atem an. Irgendwo knackte etwas, ein Brett vermutlich, er spürte, daß sie in der Nähe war, aber vielleicht merkte sie auch, daß er irgendwo lauerte. Jetzt konnte er sie schon atmen hören. Sie zog die Luft durch die Nase ein, als könnte sie ihn wittern. Unhörbar streckte er die Hände in die dunkle Luft. Sie war stehen geblieben und wartete, dann trat sie langsam wieder einen Schritt vor, er hörte etwas klopfen, es war sein Herz, die rechte Hand hatte er vorgestreckt, die linke drückte er gegen das Klopfen, damit es ihn nicht verriet. Jetzt mußte sie eigentlich über ihm sein. Er bewegte die Hand in der Luft, er schloß die Augen, um besser zu hören, und als seine Fingerspitzen etwas berührten, griff er zu, er griff in ihre Kniekehle.

Ihr Schrei war fürchterlich. Er glaubte, das Dach käme auf ihn herunter, aber etwas anderes kam über ihn, das nicht so fest gebaut war, nämlich das Mädchen. Steif und schwer fiel die junge Dame auf ihn runter, als hätte jemand eine Tote durch die Dachluke geworfen. Kein Glied rührte sie mehr. Und sie blieb noch einige Zeit bewußtlos.

Er konnte ja nicht wissen, was sich hier oben auf dem Dachboden vor sieben Jahren abgespielt hatte. Damals suchte man hier oben jemand, man hatte nämlich einen Brief gefunden und suchte im ganzen Hause nach dem, der den Brief geschrieben hatte. Man suchte auch im Garten. Schließlich ging das Mädchen auf den Dachboden, denn dort hatte man noch nicht gesucht. Ungefähr da, wo jetzt Arthur saß, war das Mädchen damals im Dunkeln gegen etwas gestoßen, sie lief da oben herum und rief immerzu, und als sie hingriff, schaukelte der Gegenstand, den sie angefaßt hatte. Es war der Mann, den sie suchten, der den Brief geschrieben hatte, es war der Vater des Mädchens, er hatte sich hier aufgehängt. Davon konnte Arthur nichts wissen. Muß er unbedingt mit 45, er kann auch fünfzig gewesen sein, ich kenne mich mit den Jahren nicht so aus, unbedingt noch ›Nachlauf‹ spielen? Nun hatte er seinen Chok. Er sagte zu mir, als das Mädchen schrie und auf ihn fiel, wäre etwas gerissen in ihm. Nicht körperlich, und der Riß wurde zuletzt wie eine Schlucht, und durch die Schlucht hindurch fühlte er etwas, was er in diesem Leben noch nicht gefühlt hatte. Er konnte es nicht beschreiben, es war keine himmlische Musik, denn die wird man ja hören, und er hörte nichts. Vielleicht war es eine Art von zerschmetterter Seligkeit.

Sie kam natürlich wieder zu sich, vielleicht war sie noch zu schwach, um auf die Beine zu kommen, vielleicht gefiel es ihr so, sie blieb einfach liegen. Sie lag ja sozusagen in seinen Armen, und wenn er auch nichts von ihr sah, so konnte er sie doch fühlen, der schwarze Trikot war dünn wie ein Fliegennetz und darunter hatte sie nichts an. Hätte er damit nicht zufrieden sein können, glücklich und zufrieden? Das war doch ein kleiner Unterschied, mit dem Koffer auf der Treppe stehen, Traktätchen, Hellseherei, die Tür geht auf, nachdem er lange geklopft hat und wird ihm gleich wieder vor der Nase zugemacht, Betteln und Hausieren verboten. Oder mit einer Schrotladung und einem verstauchten Fuß rücklings im Brunnen, während es regnet und zwei Tage nichts im Magen? Aber er wollte ja nicht zufrieden sein. Er sagte, das wäre nun einer der ältesten und bewährtesten Kunstgriffe der Vorsehung, dieser Trick mit dem jungen Mädchen im Arm. ›Da kapitulieren sie, Jim‹, sagte er, ›da verkaufen sie Haus und Hof und verraten Vater und Mutter, schlimmer, sie verraten auch ihr Bestes, ihren Charakter, ihre Ideale, ihren Glauben, und jeder Kuß ist schon ein Nagel, den sie sich in den eigenen Sarg schlagen, in dem sie dann ein Leben lang liegen, den Deckel nie mehr heben können, denn der Sarg ist ihr Alltag, eingemauert, lebendig begraben, und es gibt keine Auferstehung hier. Für so ein junges Ding im Arm. Nicht für eine Prinzessin, Jim, man weiß doch, was gespielt wird!‹

Nun, ich kannte seine Ansichten, ich hatte andere. Es störte ihn nicht, ich trank ja auch. Ein junges Mädchen im Arm soll nicht das Schlechteste sein, wenn sie auch oft nur Zucker und Zimt reden, etwas Süßes gehört ja dazu. Arthur wollte nichts davon wissen. Als das Mädchen den Schrecken überstanden hatte, kramte er die Taschenlampe aus dem Gärtnerkittel und leuchtete sie von der Seite an. Sie sah etwas durchsichtig aus im Gesicht, wie die Schwester von einem Geist, sagte er. Sie hätte jetzt etwas Unwirkliches an sich gehabt. Er setzte sie neben sich auf den Gang, Spiel ist Spiel, er hatte gewonnen, drei Wünsche waren ihm zugefallen. Er begnügte sich mit e i n e m Wunsch. Als er ihr den Wunsch vorbrachte, bekam sie noch mal einen Schreck. Sie hatte ja immer nur Bücher gelesen, Gedichte, Romane, aber selbst dort hatte sie dergleichen nicht gelesen. Arthur meinte, wenn sie Angst hätte, würde er nicht mehr darauf bestehen. Aber da kannten sie die junge Dame schlecht. Sie erhob sich und sagte, das sei noch gar nicht so sicher, w e r hier verzichten würde. Die richtige Sprache für Arthur. Sie stiegen durch das Haus hinunter, wird gegen Mitternacht gewesen sein. Hinunter in den Keller.

›Zieh bitte dein bestes Kleid an‹, sagte er zu ihr, bevor er anfing. Sie nickte und verschwand über der Treppe. In der Waschküche nebenan hing eine Petroleumlampe, die holte er sich. Die Gießkanne füllte er mit Wasser. Eine Schaufel stand in der Ecke, er hatte alles, was er brauchte. Als er nämlich vor einer Stunde oder zwei in den Keller gekommen war, auf der Suche nach der jungen Dame, hatte er sich den Sandhaufen, die Ziegelsteine und den Sack Zement genau angesehen. Da war ihm der Einfall gekommen.

Zuerst mußte er die richtige Mischung bekommen. Drei zu eins. Drei Schaufeln Sand, eine Schaufel Zement, er brauchte ja nicht viel, und dann Wasser darauf und umrühren, aufs

Rühren kams an. Er rührte noch, als sie wieder herunterkam. Sie hatte ein dunkelrotes Kleid an, stand ihr gut, und einen veilchenblauen Hut. Das Ganze vielleicht eine Spur unmodern. Er rührte weiter und fragte sie, wie man vom Garten auf dem kürzesten Wege in den Wald käme. Sie erklärte es ihm. Da er sich in dieser Gegend nicht auskannte, mußte sie den Weg mit dem Finger in den Sand zeichnen. Dann war er fertig mit dem Umrühren, holte einen Kübel und füllte ihn mit der Mischung.

›Stell dich dort hinein‹, sagte er. Er deutete in eine Kellernische, gerade hoch genug, sie streifte nur mit dem Hut eben die Decke. Dort stellte er den Kübel hin und schleppte Steine heran. Hing die Petroleumlampe an einen Haken und fing an. Er hatte keine ungeschickte Hand. Wenn er sich nur nicht in der Mischung getäuscht hatte, er kannte diese Sorte Zement nicht. Eine Lage Steine, Zementmörtel dazwischen, die nächste Lage. Die Nische war nicht breit, er kam gut voran, das Mädchen sah ihm dabei zu und rührte sich nicht. Manchmal hielt Arthur ein und horchte. Es blieb alles still. Als der jungen Dame die Mauer bis zur Brust ging, machte er wieder eine Pause, denn die Lampe rußte. Er schraubte den Docht herunter. Die nächsten Lagen, jetzt reichten ihr die Steine unters Kinn, die Nische war nicht tief, sie zog den Kopf zurück. Jetzt baute er an den Seiten höher, ließ die Mitte frei. Und dann war die Mauer fertig. Bis auf drei Steine. Er nahm die Lampe vom Haken und leuchtete in die Öffnung und sah, daß ihr Gesicht nicht mehr im Keller war. Es stand noch hinter den Steinen. Aber sie selbst, sagte er, war nicht mehr in ihrem Gesicht. Er rief sie leise an. Sie kehrte in ihre schwarzen Augen zurück und blickte ihn verwundert an. Eine Zeitlang oder länger sahen sie einander in die Augen. Ringsum die tiefe Stille.

›Hast du etwas zu bereuen?‹ fragte er. Sie versuchte den Kopf zu schütteln, ihr Hals war etwas steif.

›Nein‹, sagte sie leise.

›Möchtest du noch etwas sagen?‹ fragte er.

Sie schwieg.

›Ich weiß nicht, wie ich dir danken soll‹, sagte er dann. ›Du hast mir die Spur gezeigt, die nach dem Land führt, wo uns die Mühe und die Wünsche nichts mehr anhaben können. Leb wohl. Und – komm zurück.‹

›Leb wohl‹, sagte sie leise.

Es muß ihm doch nahe gegangen sein, vielleicht fühlte er jetzt, daß er sich zuviel vorgenommen hatte. Er konnte sich noch nicht von ihrem Anblick trennen. Oder war es so, daß sie sich schon in einem Zustand befand, in den er ihr jetzt gern gefolgt wäre, eingetreten, hätte gern neben ihr in der Nische gestanden, hinter der Mauer, aber wer hätte dann die fehlenden Steine eingesetzt?

Auch jetzt war er nicht in sie verliebt. Was er für sie fühlte, dafür gibt es kein Wort, wäre jedes Wort nur ein schwacher Laut. Später, als er es mir erzählte, sagte er, sie wäre ihm wie eine Schwester vorgekommen, er hatte ja keine Geschwister, eine Schwester, die zugleich seine Tochter sein konnte und seine Frau, sein Freund, und wieder in einem anderen Sinne eine kleine, noch junge Mutter. Ich kenn' mich nicht so aus in seinen Vergleichen und vielleicht hab' ich es etwas durcheinandergebracht, ich war selbst durcheinander, als er mir die Geschichte erzählte, und dann sagte er noch, mehr hätte er nicht für sie tun können, mehr als diese Mauer. Er meinte, er hätte ihr damit ein Paar Flügel verschafft, mit denen sie nicht nur aus dem Keller, sondern aus dieser unheilbaren Welt hätte fliegen können, in die noch nie ein Engel gekommen wäre, in der nichts heilig ist, in der sie seit Ewigkeiten nur vor einem Ding auf dem Bauche herumrutschen, vor der Macht. In der jeder erhabene Gedanke so lange nachgeplappert wird, bis er in der Gosse liegt, und die unsterblichen Gefühle für alberne Schwächen gelten, weil sie ihren Mann nicht ernähren. Diese Flügel konnte man nicht sehen, er konnte sie nicht rauschen hören, und als er die letzten Steine einsetzte, hatte er das Gefühl, als ob schon niemand mehr hinter der Mauer stände, wenn er auch noch ein letztes Mal ihr Gesicht sah. Ein Gesicht kann noch da sein, sagte er, und der, dem es gehört, ist längst über alle Berge.

Noch einmal hob er die Lampe hoch, er wollte ihr noch ein Wort sagen, das er aufgehoben hatte bis zuletzt, sie sollte es mitnehmen auf ihren Gang, wohin? Er wußte es nicht, und er sprach das Wort nicht mehr aus, sie sah ihn nicht mehr, wenn auch ihre schwarzen Augen weit geöffnet waren und ihre Lippen wie zum Sprechen, still, was ging da vor? Er hing die Lampe an den Haken, etwas tatterig, brach das Rohr von der Gießkanne ab und mauerte es zwischen die beiden letzten Steine, gerade vor ihrem Mund.

Nun war die Nische zugemauert. Er ging mit der Lampe durch den Keller, hatte sie gegen die Mauer geklopft? Er blieb stehen und lauschte. Still. Ging hinauf in das Zimmer, wo seine Kleider lagen, zog die grünen Gärtnersachen aus und den schwarzen, abgetragenen Anzug mit den Schrotlöchern wieder an. Dann verließ er das Landhaus, der Himmel war von einer dünnen, aber niedrigen, schwarzblauen Wolkenschicht zugedeckt bis auf einen bleichen Streifen, der zu glühen schien, aber ein bleiches Glühen, kein Sonnenstrahl, dort war Osten. Er folgte dem Weg, den sie in den Sand gezeichnet hatte im Keller, und kam in den Wald, und dort kippte er um. Er fiel hin in das feuchte Gras und schlug um sich und jammerte und rief seine guten Geister an, die Vögel waren schon wach und piepsten in den Bäumen. Er war fertig, der gute Arthur, heulte und knirschte mit den Zähnen, und es half ihm kein Allmächtiger mehr. Er klagte Himmel und Erde an, weil sie es seit wer weiß wie lange zuließen, daß das Verehrungswürdige in den Dreck getreten wurde, niedergemacht, weil das Gemeine, Unflat und Unzucht, das Schmierige und Listige, Kaltschnäuzige und Verrohte die wahren Besitzer dieser Erde waren, die Inhaber der Welt, seit je damit beschäftigt, ihren Besitz zu festigen, Foltergerät herzustellen, um zu vernichten, was nach den Kriegen noch übrig blieb und nicht zu ihnen gehörte oder sich nicht unterwarf. Schaum trat ihm auf die Lippen, er gab nicht nach, hielt seine Abrechnung mit den unsichtbaren Schächern, die im Hintergrund des Weltalls ihre Geschäfte abwickelten, die es mit ansahen, wie der Schleim des Niedrigen die Erde überzog, damit es zuletzt nur noch einen einzigen Sumpf von ekligem Kot gäbe. Er prophezeite dieser Menschheit einen schauerlichen Untergang, und er hätte ihn ebensogut den Ratten prophezeien können. Was machte sich die Menschheit daraus?

Danach kam die Erschöpfung über ihn. Er murmelte noch etwas von der Verödung, die die Menschen heimsuchen würde auf ihren Raubzügen, mitten im Schwelgen, nackt, kahl und frierend unter Pelzwerk, Samt und Seide, mit verschrumpften Herzen, verdorrten Adern, jung und verrucht, lüstern zu schänden und mit Geifer zu bespritzen, was edel war und heilig, zu schinden, zu hetzen, in den Tod zu hetzen. Darnach schlief er ein oder verlor das Bewußtsein. Wie lange er da gelegen hatte, wußte er später nicht mehr. Es war heller Tag, als er aufwachte, und nun mußte er sich beeilen, in das Landhaus zu kommen. Während er durch den Wald zurücklief, merkte er schon etwas, aber da hetzte ihn schon die Angst, er lief schneller, und es dauerte immer länger, bis er aus dem Wald herauskam, und dann sah er nichts als Heide und Moor weit und breit, er hatte sich verlaufen. Und nirgends ein Haus, nirgends eine Menschenseele, die er hätte fragen können. Er lief querfeldein durch die Heide, die Sonne brannte heiß und stand schon im Nachmittag, schließlich entdeckte er doch in der Ferne einige Dächer und kam völlig ermattet in einem kleinen Dorf an. Die Leute liefen zusammen, als sie ihn daherkommen sahen, ein weltverlassenes Nest, er wird schon etwas von einer Erscheinung an sich gehabt haben, wie er da atemlos zwischen den alten Häusern auftauchte, hohlwangig und starräugig, und sie nach dem Landhaus fragte. Sie antworteten mißtrauisch, weil sie dachten, er hätte etwas verbrochen, Landhäuser gäbe es hier schon einige in der Umgegend, ob er den Namen von dem Haus wüßte? Den wußte er nicht, und da rieten sie ihm, den Omnibus zu nehmen, der einmal im Tage hier durch käme, wenn er sich beeilte, könnte er ihn noch bekommen drüben hinter der Kirche, er hätte ja meistens etwas Verspätung. Ein junger Arbeiter erklärte ihm noch, wo er dann aussteigen müßte, ganz in der Nähe wäre das Landhaus, das er beschrieben hätte, und Arthur lief und bekam noch den Omnibus, und als er endlich auf dem dicken Polstersitz saß, sagte ihm eine Ahnung, daß er wahrscheinlich in die entgegengesetzte Richtung führe.

So war es auch, er fuhr völlig verkehrt, aber jetzt hatte ihn die Angst in der Zange, es war die Strafe für das leichtsinnige Spiel, das er getrieben hatte. Und er konnte nicht aussteigen, der Omnibus hielt nicht auf freier Strecke. In der nächsten Stadt erst konnte er heraus, und dann fuhr er mit einem anderen Omnibus wieder zurück, und die ganze Zeit sah er das Mädchen vor sich, das er eingemauert hatte. Er wußte nicht einmal den Namen des Mädchens, wußte nicht, wie das Haus hieß, nach stundenlangem Herumfragen sah er ein Landhaus vor sich liegen, er war auf das Schlimmste gefaßt. An den vielen Nelken erkannte er den wilden Garten wieder, und in der Nähe des Brunnens fiel er der Länge nach hin, als wäre dort noch einmal auf ihn geschossen worden. Es ging schon auf den Abend zu, er drang durch die Hintertür in das Haus ein, gegessen hatte er den ganzen Tag noch nichts, und im Keller war es schon schummerig, kühl und schummerig. Und vollkommen still. Abgezehrt, keuchend stand er vor der Nische, klopfte gegen die Mauer und legte das Ohr daran. Nichts. Er hörte sein Blut im Ohr brausen. Er klopfte stärker, verzweifelt und schon verzagt, lauschte wieder, da hörte er ein schwaches Klopfen hinter der Mauer, wußte nicht, ob er sich das eingebildet hatte, klopfte wieder und dann antwortete das schwache Klopfen noch einmal. Die Tränen kamen ihm, für einen Augenblick drehte sich der Keller um ihn, drehte sich einige Male und fuhr mit ihm davon, er fühlte, wie er sank, spürte nichts mehr von seinem Körper, nur sein Kopf merkte noch etwas, nämlich daß er zusammengerutscht war und auf dem Boden saß. Er zog sich hoch und holte die Spitzhacke aus der Ecke und brach vorsichtig die ersten Steine aus der

Mauer, murmelte Lobpreisungen und Dankgebete, der Zementmörtel war schon hart geworden, er sah noch genug, mußte aber behutsam vorgehen, um sie nicht zu verletzen. Er hatte jetzt ihre Brust und ihren Kopf frei, zündete ein Streichholz an und leuchtete ihr ins Gesicht, der blaue Hut saß verschoben auf dem schwarzen Haar, dünnes Mauergeriesel lag darauf, ihre Augen waren weit geöffnet und sahen ihn wie von weither an, mit einem solch starken Glanz, daß er wie geblendet zurückfuhr und sich die Finger am Streichholz verbrannte. Noch immer sah sie ihn unbeweglich an, als blickte sie durch ihn hindurch wie durch ein Fenster nach jemand, der hinter dem Fenster stand und ein Zeichen machte, aber auch den wird sie nicht mehr sehen, denn ihr Blick dringt weiter zwischen Land und Himmel und über die Welt hinaus.

›Kannst du mich sehen?‹ fragte er.

Sie antwortete, indem sie die Lider bewegte.

›Fehlt dir nichts?‹ fragte er leise. Wieder antwortete sie, indem sie flüchtig die Augen schloß. Ich habe mich verspätet, wollte er sagen, brachte es aber nicht über die Lippen.

Arthur sagte mir, er wäre ja den ganzen Tag nicht mehr richtig bei sich gewesen, aber nun hatte er sozusagen Gesellschaft bekommen in diesem Zustand, nun hatten sich die beiden wieder getroffen, dort, wo niemand hinkommt, wo sich niemand trifft, dort, wohin er sich ein Leben lang gesehnt hatte. Da war es nun eingezogen in ihn wie eine unsichtbare und vermummte, lautlose Prozession, bezahlt mit Jammer, hingezählt mit Tränen, ausgezahlt mit Heulen und Zähneklappern. Vielleicht waren sie beide auf ihre Weise jetzt durchgedreht und verzückt. Er mußte sie nur noch rausholen, brach mit der Spitzhacke die Steine los, strengte sich an, schwitzte und schnaufte, dann konnte er sie um die Hüfte fassen und herausheben. Hatte sie ihm bis zu diesem Augenblick nicht gehört, so gehörte sie ihm jetzt überhaupt nicht mehr, gehörte dem Nichts, nicht einmal sich selber. Er wunderte sich, wie leicht sie war. Aber das war wohl die Erleichterung bei ihm, die er jetzt gleichsam durch den schummerigen Keller trug. Sie sagte kein Wort, an der Kellertreppe war seine Kraft schon zu Ende. Er stellte sie auf den Boden, sie zitterte nicht, schien etwas steif geworden zu sein. Er legte den Arm um sie und führte sie hinauf. Sie hatte nichts dagegen, daß er sie in das Zimmer brachte, in dem er bisher gehaust hatte. Dort nahm er ihr den Hut ab, zog ihr die Schuhe aus und danach das Kleid, das er über den Stuhl legte. Er legte sie in das große Bett, deckte sie zu, knipste die Lampe auf dem Tisch an und setzte sich auf den Bettrand. Sie blickte vor sich hin, als wäre sie ganz allein, Arthur gönnte sich nur einen Augenblick Ruhe, dann ging er in die Küche hinunter, braute Tee, schnitt Brote, öffnete eine Dose Butter, sonst fand er nur wieder Käse, Oliven, Tomaten. Belud ein Tablett damit und stieg wieder hinauf.

Sie lag noch genau so im Bett, wie er sie hineingelegt hatte, nur daß sie ihn jetzt anblickte. Darüber war er froh, er strich Butterbrote, legte Tomatenscheiben darauf, streute Salz darüber und goß Tee in die Tassen. Auch jetzt redeten sie nichts, und er faßte nicht einmal ihre Hand an. Als sie alles aufgegessen und den Tee getrunken hatten, setzte er sich ans Fußende, weil er sich da anlehnen konnte.

Ich weiß nicht, wie lange sie sich nun ansahen, Arthur hatte keinen Sinn für die Zeit. Sie blickten sich nur in die Augen, im Schein der abgeschirmten Lampe, und vielleicht war das mehr als alles, was sie nun zusammen erleben konnten. Er sagte, in ihren Blicken wäre nun alles Leben und Gefühl gewesen, so daß sie keine Hände und Lippen mehr brauchten, um einander zu spüren, um das Tiefste zu fühlen, das man hier auf Erden fühlen kann. Soweit hatten sie es also gebracht. Sie konnten jetzt, sagte er, einer im andern, ganz und gar hineingehen und hinunter, vielleicht bis ans Ufer der Seele, wo sie am Grund dahinströmt, und dann fühlte er, wie sie in ihn hereinkam, mit ihrem Leben, ihrer Jugend, ihren Träumen, ihren Wünschen und Erinnerungen, fühlte es, wie man etwas in die Augen eindringen fühlt, Schönes oder Schreckliches, und zugleich fühlte er, wie er von ihrem Blick aufgenommen wurde, wie sich ihr Blick öffnete, und er ging hinein und schwebte fort und hinaus in ihre Gestalt, in ihre Jahre, das Atmen wurde ihm schwer, die Augen gingen ihm über, er war glücklich und traurig wie nie in seinem Leben, in diesen schwarzen Augen, die ihn durchdrangen wie Feuer und Wasser und wie Gesang, durch die er sich fortsinken fühlte an den Rand des Lebens, in die Weite der Welt, die man nicht mehr sieht. Er war selig, der gute, alte Arthur, war nichts als Schweben und Seligkeit, das Mädchen lächelte ihn an, und mit dem Lächeln schlief sie ein.

Er wollte jetzt nicht über sein Leben nachdenken, er wollte nicht darüber nachdenken, daß er im Grunde kein bestimmtes Mädchen lieben konnte, das Persönliche an ihnen erschien ihm so unbedeutend und willkürlich und allzu vergänglich wie sein eigenes Geschick. Er war auf der Suche nach dem Unvergänglichen in ihnen, suchte das, was die Gräber übersteht und, weil es nicht begraben werden kann, nie vergeht. Er machte sich auf dem Fußboden ein Lager zurecht, aus Decken, knipste die Lampe aus und legte sich hin. Aber er konnte noch nicht schlafen. Es ging noch zuviel durcheinander in ihm, er hörte die Atemzüge des schlafenden Mädchens über sich und fand noch keine Ruhe. Frieden hatte er gefunden in den Augen des Mädchens, Erlösung? Er hatte einen bedeutenden Schlag gegen den Alltag geführt, aber gewappnet war er noch nicht, da hätten andere Dinge geschehen müssen, er konnte ja nicht mehr aus seiner Haut heraus. Und er wußte genau so wie Sie und ich, daß er morgen wieder in den Alltag gehen mußte, daß er von ihm erwartet wurde, gleichgültig, wie von einer Instanz, die zur Kenntnis nimmt, daß einer zurückkommt aus dem Urlaub, den er sich selbst verschafft hat. Und die Instanz geht zur Tagesordnung über. Und da er nicht einschlafen konnte, grübelte er nach, suchte den Fehler, die Ursache, die Verschuldung, denn dieser Alltag war von Menschen angerichtet worden.

›Weißt du, Jim‹, sagte er zu mir, ›ich fragte mich auch in dieser Nacht, auf dem Fußboden, warum ich nicht mehr an Gott glauben konnte, wie Gabriel, mein Vater. Man kann sich die Frage stellen, auch wenn man nicht die nötige Vorbildung besitzt auf diesem Gebiet. So, wie er gelehrt und gepredigt wurde, war Gott für mich nicht da, konnte ich ihn nicht fühlen oder erleben, und was ich glauben soll, muß ich erlebt haben. Begriffe kann ich nicht erleben, Denken ist nicht Glauben. Bei den Mädchen erlebte ich etwas, was ich wiederum nicht denken konnte, es ging über meine Phantasie hinaus. Ich sah auch, daß das Liebliche in ihnen mehr war, als menschliches Vermögen vermag, daß sich etwas Fremdes, Nichtmenschliches hineinmischte, von Blumen, vom Licht, vom Wasser? Etwas Göttliches? Und dann kam mir der Gedanke, daß Gott einmal unter uns gewesen sein mußte, daß die Menschen ihn erlebt hatten. War er fortgegangen? Wenn er fortgegangen war, dann war in dem Augenblick, da er ging, der Alltag entstanden. Wenn Gott in dieser Welt war und man seine Gegenwart fühlte, wie konnte es dann einen Alltag geben? Seine Gegenwart mußte doch alles Gewöhnliche ungewöhnlich machen, und was die Menschen hier auf Erden vollbrachten, das taten sie dann, um ihm zu gefallen. Um sein Wohlgefallen zu erlangen, seinen Segen. Das war es, darauf kam es an, auf den Segen. Und diese verkommene Welt war ungesegnet. Vielleicht war sie verflucht. Und nun suchten die Menschen nicht mehr den Segen, sondern ihren Erfolg, den sie für Segen hielten. Wie war das mit dem Erfolg, dachte ich? Laß einen Mann Erfolg haben, über alle Maßen hinaus, wenn sein Leben ungesegnet bleibt, wie wird es dann sein? Es wird Mühe und Plage sein, Unrast und Jagd, Jagd nach immer größerem Erfolg, also ruhelos, friedlos, also kein Leben. Wie wird sein Alter sein? Ausgebrannt, ungeliebt. Bringt der Erfolg nicht mit sich, daß er andere übervorteilt, schädigt, ausnutzt? Betrügt? Er wird ein Leben lang von Neid umgeben sein. Und wenn ihn sein Gewissen peinigt, stiftet er eine Million für ein Krankenhaus. Aber auf dem Totenbett hilft das Stiften nichts mehr, wenn sein Geist das Totenreich nahen fühlt, wird er erkennen, daß sein Leben nicht gesegnet war, denn es blieb unerfüllt, es blieb kalt, es ruhte nicht in der Fülle und im Frieden der Liebe.

Vielleicht kam ich doch noch dahinter. Wenn der Alltag verflucht war, dann bewirkte der Fluch, daß die Menschen nur noch dem Nutzen dienten, dem eigenen. Und der mußte sie eines Tages auffressen. Sie mußten sich eines Tages gegenseitig umbringen, wenn der Nutzen nicht mehr für alle ausreichte. Weshalb war Gott fortgegangen aus dieser Welt des Erfolgs, der Maschinen und Automaten? Ich war nicht so vermessen, mir einzubilden, ich, Arthur Orlins, ein Kolporteur, würde die richtige Antwort finden. War er wirklich fortgegangen? War er nicht noch in den Mädchen? Zog es mich deshalb so zu ihnen hin? Vielleicht war er nicht fortgegangen. Vielleicht war er noch da, und wir sahen ihn nicht, fühlten ihn nicht, weil wir nicht mehr an ihn glaubten. Und wenn sie ihn eines Tages wieder sahen, konnte es keinen Alltag mehr geben, denn dann würde noch die kleinste Verrichtung in seinem Sinne sein, mit seiner Zustimmung geschehen, denn s e i n Segen mußte doch alles hiesige Glück aufwiegen, überwiegen, mußte wunderbarer sein als alles, was ihnen sonst widerfahren konnte auf dieser schmutzigen Welt.

Aber wie, wenn mir diese Gedanken von ihm eingeflößt worden waren, durch seine Gegenwart entstanden?‹

Nun, als Arthur so weit gekommen war mit seinen Gedanken, überfiel ihn doch der Schlaf. Er schlief tief und fest und wurde erst wieder wach, als er sie plötzlich singen hörte. Aber das erzählte er mir ein anderes Mal, als er mir seine letzte Geschichte erzählte, denn da war es soweit mit ihm, daß sie ihm die Augen zuhielten, von drüben, um ihn zu holen. Und jetzt muß ich raus, aussteigen, kommen Sie ans Fenster, ziehen Sie den Vorhang weg, lassen das Fenster runter, vielleicht kann ich Ihnen draußen noch sagen, wie die Geschichte im Landhaus endet.«

Die Stimme schwieg, jemand sprang in der Ecke auf und lief in dem schwachen, bläulichen Licht an mir vorbei, ehe ich noch den Vorhang zurückgezogen hatte und mich das weiße

Tageslicht blendete, war hinaus aus dem Abteil, ich hörte die Bremsen fauchen, die Räder klopften stärker, eine Unmenge von Weichen wurde überfahren, ich zog das Fenster herunter, als der Zug hielt. Draußen tauchte ein Mann mit einem zerdrückten, schwarzen Hut auf, ich sah das faltige, runde Affengesicht wieder, den wunden, bekümmerten Blick des ungewöhnlichen Erzählers, meines Vaters Freund, und während die Leute vorbeiliefen, hielt er die runzeligen, breiten, braunen Hände vor den Mund und rief:

»Höchstens 'ne halbe Minute, sie erzählte ihm am anderen Morgen alles von ihren Eltern, daß sich ihr Vater da oben auf dem Dachboden erhängt hatte, weil ihre Mutter es mit anderen trieb, im eigenen Hause, wenn er in seiner Bibliothek saß, dort schloß er sich meistens ein, er hatte ungeheuer viel Bücher, gab alles Geld für Bücher aus und las sozusagen Tag und Nacht, wahrscheinlich ein gelehrter Mann, machte sich nichts aus den gewöhnlichen Freuden, ein Büchernarr, und seine Frau brachte sich im Auto ihre Freunde mit, und wenn er in seiner Bibliothek saß, dann waren sie ungestört, nämlich im Bett, er hing aber sehr an seiner Familie, Frau und der einzigen Tochter, er verzieh ihr immer wieder, denn er merkte ja, was gespielt wurde, hielt es aber zuletzt doch nicht mehr aus, überraschte sie einmal mit gleich zwei Männern im Bett, da schrieb er dann den Brief, er hängte sich aus Ekel auf. Sie hatte noch lange nicht alles erzählt, als es draußen im Garten hupte, sie hörten den Wagen vors Haus fahren, und da merkte Arthur, daß er sich verduften mußte, über die Wendeltreppe und durch die Hintertür, es war ihre Mutter, damals kam sie wohl gerade von irgendeinem Fest, das die ganze Nacht gedauert hatte, oder eine ganze Woche, denn so lange war sie fortgeblieben, denn sie war noch betrunken, sang und johlte und war auch nicht allein, Arthur schlich sich mit seinem alten Traktätchenkoffer durch den Garten, sah die wackere Dame im Abendmantel, Federhut, von weitem, Arm in Arm mit einem Herrn, der den Zylinder etwas schief auf den grauen Haaren sitzen hatte, sein Einglas blitzte in der Morgensonne, sie verschwanden wieder, weil Arthur hinter den Wacholderbüschen untertauchte und mit einer Nelke, die er sich mit Wurzeln ausriß, als Andenken, er pflanzte sie zuhause in einen Topf, das Weite suchte.«

Die letzten Worte hatte Jim schon im Laufen gerufen, der Zug war angefahren und der kräftige, untersetzte alte Mann lief unter dem Abteilfenster her und blieb schon etwas zurück, die Hände als Sprachrohr vorm Mund:

»Denken Sie immer daran, nicht vergessen!« rief er zuletzt, und ich beugte mich hinaus, der Fahrtwind riß an meinen Haaren, ich winkte ihm, und er winkte zurück, und wir fuhren in eine Kurve, und da war er verschwunden.

Immer daran denken, nicht vergessen, waren seine letzten Worte gewesen. Nicht vergessen. Ich schloß das Fenster und setzte mich hin und wollte nichts davon vergessen. Damals wußte ich nicht, daß ich heute in einem Eisenbahnwagen, ohne Räder und ohne Fahrt, die Geschichte weitererzählen sollte, ohne Zuhörer, nach sieben Jahren, zur Erinnerung, Jessie, um daran zu denken, Jessie, um nicht zu vergessen.

III

Orlins in der Ecke der Bank greift nach der Teekanne, er muß sie sehr schräg halten, die letzte Tasse, sie wird nicht mehr ganz voll. Die Essenz ist rötlichbraun geworden, von den 16 Zigaretten hat er 6 geraucht. *Noch Zeit*, denkt er, zündet eine Zigarette an. Hat sich das Licht in der Waggonstube verändert? *Bis Sonnenuntergang.* Als Aschenbecher dient ihm eine Muschelschale, perlmuttfarben. Er weiß keine Zeit, die Zeiger der Armbanduhr sind unbeweglich geblieben, er schlürft den gesüßten, rotbraunen Tee, kein Nachgeschmack außer jener leichten Bitterkeit, Bitterstoffe, vom langen Ziehen, denn die Teeblätter sind noch in der Kanne. Und doch werden sie dem Trank etwas beigemischt haben, denn sein Denken ist ungewöhnlich anschaulich, behend, drängend geworden, fliegend. Er zieht die Schublade auf und nimmt einen Stoß linierter Bogen heraus, einen gespitzten, blauen Bleistift. Seine Finger zittern. Er wird sich eine ungebräuchliche Rechnung schreiben. Zur Übersicht, denn er will zu Rande kommen, bevor der Schatten auf den Vorhang fällt. Einteilen. Er schreibt:

AUFSTELLUNG

Sie erhielten:

1 Menschenleben
1 Haus
1 Frau
2 Kinder
1 Streifschuß

Sie lieferten:

1 Flucht
Diverse Erinnerungen

Er hält ein, denkt nach. Links trägt er noch ein:

1 Begegnung mit Jessie
1 Bekanntschaft mit Pat
Diverse Gelegenheiten:
   Zeit
   Muße etc.
1 Brief

Er wird die Erinnerungen rechts spezialisieren, schreibt:

Sie erinnerten sich an:

I.

KINDHEIT:

Weidenbusch
Tümpel
Fabrik
Mauerbriefkasten
Zettel
Sophie
Spaziergang

II.

Jugend / Mannesalter:

Spinger & Spinger
Cora
Waldrandsiedlung
»Zum Waldparadies«
Gastwirt
Wald (verschneit)
Tanne
Hobbarth (Jessies Vater)
Gewichtige Worte:
   z. B.: Verehrung des
           Wassers, der
           Bäume und Tiere
Zwei Reporter
Brief an Jessie
Rotes Backsteinhäuschen
Frühlingsabend
Wolke
Jessies Besuch
Mutter
Nacht mit Cora (Erbschaft)

Erste Flucht:

Jim im Abteil (dunkel)
Vater:
      Sängerin
      Abenteuer im
      Landhaus

Wiederum hält er mit dem Schreiben ein. Eine Rechnung ohne Datum? Hier hängt kein Kalender an der Wand. Datum: Unterwegs. Ort: Verschwand. Also schreibt er rechts oben hin:

      Verschwunden, den ... (unterwegs)

Er nimmt einen frischen, unbeschriebenen Bogen, hier kann er sich Notizen machen. Überschreibt ihn:

VOR SIEBEN JAHREN

Er beginnt zu schreiben:

Erinnerungen an die erste Flucht vor sieben Jahren. In einem verhältnismäßig klaren Zustand bisher für Jessie erzählt:

Das Lied des Betrunkenen. (Ja ja, die Liebe, die Liebe war schuld daran.)
Worte eines Kneipenwirtes. (Nicht zittern!)
Vision der Freiheit. (Viele junge Leute verlassen ihr Zuhause.)

Ankunft am Bahnhof. Überstürzte Abfahrt. Das dunkle Abteil. Die Stimme im Dunkel. Zwei Geschichten von meinem Vater: 1. Vorprogramm. 2. Hauptfilm.

ANMERKUNGEN:

Schreiber ist von Beruf Immobilien-Makler. Gutes Gedächtnis. Er wird versuchen, die Einzelheiten seiner ersten Flucht gründlich der Reihe nach sich ins Gedächtnis zu rufen. Für Jessie. Bis der Schatten auf den Vorhang fällt, laut Nachricht unter der Teehaube. Die nächsten Stichworte sind:

Ankunft in der Stadt.
Besuch bei Jessie.
(Speicher, Küche, Atelier, Dachgarten, die Turmphantasie.)
Hotelzimmer.
Kino.
Bahnhofshalle.
Abschied.
Passage.
Wirtshaus.

Jim, zum zweiten Mal.
Wie mein Vater starb.
Die Aale.
Das Ende der Flucht.

———

Strich darunter, denkt Orlins und legt den Bleistift hin. *Bis dahin. Habe bisher mein Gewissen nie erforscht.* Wenn wir uns erinnern, sehen wir, wie alles geworden ist. Ursache und Wirkung. Jeder Augenblick ist das Ergebnis einer ungezählten Reihe von Augenblicken, die sich noch in uns aufhalten. Ungewohnte Überlegungen. Jeder Augenblick enthält zugleich die ungezählten Augenblicke der Zukunft, die auf uns zufließen. Unabwendbar? *Als ich damals, vor sieben Jahren, abends, unter der verschneiten Tanne den Mann im schwarzen, ärmellosen Umhang erblickte, wurde da in der Ferne der Zukunft dieser Tee hier nicht schon in die Teekanne gebracht, kochendes Wasser auf die Teeblätter geschüttet? Als ich damals Jessie an unserem Gartentor stehen sah, an einem Frühlingsabend, stand da nicht schon in der Ferne der Jahre der kleine, alte Pat im Schatten des Hausflurs »Zum bleichen Stern«, auf mich wartend, auf den Tag genau? Und während ich dies denke, was wird vorbereitet, bis ans Ende meiner Tage? Wer sind die Vorbereiter? Niemand als ich selbst? Alles, was ich denke und tue, hat seine Folgen. Ursache, Wirkung. Wohlan, ich will weiter erzählen. Du kannst mich nicht hören, Jessie, niemand kann mich hier hören, hör mich an.*

Damals, fuhr Orlins in der unhörbaren Erzählung fort, (er hatte sich eine Zigarette angesteckt, auf der Bank ausgestreckt, ein rotes Kissen, vermutlich mit Roßhaar gefüllt, unter den Kopf geschoben), damals wußte ich nicht, ob ich dich in der Stadt antreffen würde. Hätte ich zuvor ein Telegramm schicken sollen? Der Zug rollte weiter, Jim, der Geschichtenerzähler, war draußen verschwunden, ich saß allein im Abteil, in dem es nun hell war, leuchtende Morgensonne fiel schräg hinein, fuhr mit im Abteil, und ich fühlte jetzt, wie unsinnig das alles war, was ich jetzt tat. (*Mußte auch das Unsinnige getan werden?* denkt der Erinnernde.) Ich wollte mein Leben ändern, ich wollte dir ähnlich werden, vielleicht einmal ebenbürtig, und dazu hatte ich nichts getan als eine Fahrkarte gekauft, war von zuhause fortgegangen, mit der Eisenbahn fortgefahren. Das erschien mir jetzt unzulänglich, bequem, äußerlich, gab es etwas Einfacheres, als sich an den Küchentisch zu setzen und einen Zettel zu schreiben? ›Lebewohl, Mutter!‹ Zum Bahnhof zu gehen und davonzufahren? Hatte ich damit überhaupt schon etwas getan? (*Ich hatte damals noch keine Übersicht, denkt der Erinnernde, ich hätte in Betracht ziehen müssen, daß ich nur an diesem Morgen das Lied des Betrunkenen hören konnte, ich hatte die Vision der ›Freiheit‹, ich hörte im Zug die Geschichten von meinem Vater, einzig in diesem Abteil, der Fluchtversuch war alles andere als unsinnig.*) Ich wollte mein Leben, ich wollte mich ändern und lief zu dir, wie um Zuflucht zu suchen. Hatte ich nicht in deinem Gesicht gelesen: ›Dreh dich um, kehr zurück!‹? Es kam mir vor, als wäre einem Manne etwas Ungewöhnliches widerfahren, eine Erscheinung, eine Stimme, die nachts im Traum zu ihm sprach: ›Du mußt dein Leben von nun an zu einem anderen Leben machen. Steh auf!‹ Und der Mann steht auf, kündigt die Wohnung, bestellt einen Möbelwagen und zieht um. Er hätte sich selbst kündigen müssen. Er hätte zu sich sagen müssen: ›Ich kündige dir dieses Leben. Du hast Zeit bis Neumond, dich vorzubereiten. Prüfe dein Gewissen, suche den rechten Weg.‹ Denn er muß in sich selbst umziehen. War ich ein Schwächling, der den langen Weg scheute, oder wählte ich das verkehrte Mittel? Ich machte es mir zu leicht. Man konnte auch mit der Eisenbahn fahren, wenn man den rechten Weg eingeschlagen hatte. Wenn ich schon begriffen hatte, daß du nicht in unserer Welt lebtest, die jeder kennt, jeder nennt, sondern darüber, in einer Welt, die über dieser Welt lag wie die Wolke über dem Land, dann hätte ich den Weg suchen müssen dorthin, den geheimen Zugang, den ich nur in mir selbst finden konnte. Hattest du nicht einst deinen verschwundenen Vater wiedergesehen, als du ihn nicht mehr suchtest, damals, während des Sprungs, unter der Zirkuskuppel? Aber ich wußte nicht, daß ich dich in mir selbst finden mußte. Das Äußere würde sich dann unter dem inneren Richtpunkt ergeben. Nicht mit der Bahn konnte ich dich finden, nicht in der Stadt, nicht mit meinen Schritten. Dreh dich um, kehr zurück. Also hatte ich mich verloren. Ich hatte mich auf dem Weg aus der Kindheit verloren. Ich konnte dorthin nicht wieder zurück, ich konnte nicht mehr klein werden. Aber ich konnte mich, Schritt für Schritt, den Mächten nähern, die meine Kindheit durchwirkt, durchflochten hatten, sie waren nicht vergangen, sie waren noch in der Wirklichkeit, du warst noch mit ihnen im Bunde. Dem namenlosen Gesicht des Lebens, das mich einst angeblickt hatte, unkenntlich und nah, an manchen Orten, auch im Garten, abends, unterm Kirschbaum, im alten Gartenschuppen, konnte ich mich wieder nahen. Uns Erwachsenen erscheinen die Kinder klein, unbedeutend, unscheinbar. Das war die Spur, im Unscheinbaren hätte ich mich dir nähern können. Vielleicht hätte es damit angefangen, daß ich auf der Suche nach einem anderen Leben, nach einer anderen, unscheinbaren Gestalt, eines Tages zu einem unbekannten, alten Gärtner gekommen wäre, unterwegs, auf der Landstraße. Er hätte mich aufgenommen, hätte mich in seiner Gärtnerei beschäftigt. Dort hätte ich nun mit dem Garten, mit der Erde, den Pflanzen, Blumen und unter dem offenen Himmel gelebt, oft vom Regen durchnäßt, vom Wind getrocknet, von der Sonne gebräunt. Meine Uhr wären die Schatten gewesen, mein Kalender die Jahreszeiten. Dort wäre ich in die Lehre gegangen vom Wirken des Unscheinbaren. Hätte von all dem etwas angenommen, außen und innen, von dem stillen Keimen, dem geduldigen Wachsen, dem unverletzlichen Blühen und Reifen. Zuweilen wäre ich auch in die Stadt gefahren. Mit einem unscheinbaren, einem alten, zweirädrigen Karren, einem Handwagen mit der taufrischen Last von Nelken und Rosen, Astern und Lilien, mit den schwerhäuptigen, goldbestaubten Sonnenblumen, und der süße Duft der Blumen bleibt hinter mir zurück auf den Wegen, lange, wenn die Luft still ist, Kielwasser aus verströmendem Blühen. Und das Leuchten und rein dahinwogende Duften entrückt die, die vorübergehen, für einen Augenblick in frohe Selbstvergessenheit, verwundertes Staunen, Kindheitserinnerung, Geburtstagsaugenblicke, wenn die Tür aufgemacht wird vor dem kleinen Ehrenbürger des Jahres, Geburtstagskind, die Tür am frühen Morgen, und er sieht den großen Blumenstrauß auf dem Geburtstagstisch, gelbe und schwarzrote Dahlien, weiße Dahlien, die Worte des Lehrers fallen ihm dabei ein, Unterricht in Naturkunde, a u s d e m H o c h l a n d, aus der Hochebene von Mexiko kommen sie her, während ihn der Duft des Zimmers trifft, der Blumen, der brennenden Kerzen, der Pistazientorte, des gelbbraunen Kuchens mit Mandeln und Rosinen, der Geburtstagstisch, der ihn erwartet, weiß gedeckt, einziger Tag während vieler Tage und Monate, Duft und Geleucht wie die geheime Essenz festlichen Glücks –, ins Herz trifft, denn nun atmet er vor Glück auf –, und dann tritt ein Mädchen, junge Dame im Trenchcoat an meinen Wagen, um sich einige Rosen auszusuchen, hauchblasses Hellrosa, daran noch die Tautropfen hängen, wie Tränenschimmer des Schlafes der Lieblichkeit. Und du erkennst mich nicht, weil ich unscheinbar geworden bin, nicht nur hinter der Blütenfracht, vielleicht ein wenig der geduldigen Stille der Blumen ähnlich, und die Blumen haben in meiner Pflege eine Spur von mir angenommen, denn wenn es von jemand heißt, er habe die schönsten Blumen, dann wirkt noch etwas mit hinein, außer der Mühe, Umsicht und glücklichen Hand, vielleicht eine verlorene Liebe, die sich in Nelken weitersehnt, eine Erinnerung, die in den weißen Astern weiterträumt, Erinnerung an ein Grab, als wäre neben den beiden braunen, erdigen, behutsamen Händen noch eine Hand im Spiel, im Pflegen, die man nicht sieht, weil die Finger der Hand, die unser Herz bewegt, unsichtbar sind.

Aber ich hätte dich erkannt. Ich gebe dir auf den Geldschein das Kleingeld heraus, zähle es dir in die Hand, die nicht erdig ist, helle, schmale Hand, und dann gebe ich dir noch eine Rose dazu, die schönste vom Wagen, sie lag verborgen, denn ich wollte sie nicht verkaufen, sondern jemand schenken, dem man nichts verkauft. Auf jeder Fahrt bringe ich eine kleine Königin aus den Gärten mit, für die ich nur den Glückspfennig der Freude empfange. Daran merkst du es vielleicht, daß ich es bin. Und so wäre ich doch noch zu dir gekommen, unscheinbar, nicht verkleidet, mit den Blumen zugehörig deiner Welt. Über Rosen und Levkojen, über Schleierkraut und grünen Farnen, Engelsüß und Calendula, gäben wir uns die Hand, über Primeln und Vergißmeinnicht.

Dann hätte ich die Botschaft erfüllt. –

Damals wußte ich davon im Zuge noch nichts. War es eines der Vorrechte der Jugend, die ich einlöste, die keinen Umweg kennt? Aber als der Zug hielt, als ich ausgestiegen war und an der stampfenden, riesenhaften Lokomotive vorüberkam, fühlte ich meine Flucht wieder unbedeutend werden.

Es waren die beiden Heizer, ihre starren, fettigen, von Kohlenstaub geschwärzten Gesichter, die oben aus der kleinen Luke des Führerstandes herausblickten, von der Lokomotive herunterblickten auf das Gedränge. Es war ihr Blinzeln, ihre Augen waren gerötet von der Glut der Kesselfeuer, von dem ständigen Fahrtwind, der ihr Augennaß trocknete, ihr Blinzeln dort oben über den vielen Hüten und Schultern, das mich beirrte. Ich las es wie einen Kommentar, mit den geschwärzten, schläfrigen, entzündeten Lidern in einer Art Heizer-Code ausgedrückt, und wer den Code kannte, konnte das Blinzeln lesen. Vielleicht hieß es nur: »Her und hin. Hin und her.« Ich war übernächtig, überwach, sagen wir es mit dem richtigen Wort, ich war etwas durchgedreht. Sonst hätte ich nicht denken können, daß sie meine Flucht zerblinzeln konnten, zu nichts. Denn ich hatte nur das ›Hin‹ im Sinn, und sie kannten die Bewegungen der Welt, den gleichmütigen Pendelschlag, sie fuhren hin durch die Räume und Länder, Stunden und Fernen, aus denen sie wieder herankamen, hin und her.

Mit einem zweistöckigen Omnibus fuhr ich durch die Geschäftsstraßen der Stadt, drängender, hastender, vormittäglicher Fahrzeugverkehr. Ich war allein unter meist abwesenden Menschen, unwillkürlich suchte ich in ihren Gesichtern nach einer Ermutigung, einer Zustimmung, Billigung meines Planes. Ich fand sie nicht. Unbeteiligt, stumpf und abgekehrt blieben ihre Züge, und die älteren Leute hatten jenen verzichtenden Zug von Betrogenen angenommen und verfestigt, verdrossen und bitter, ich wußte nicht, worum sie betrogen worden waren. Gewiß nicht um eine Kleinigkeit, um das Beste? Nicht um die Freuden der Welt, an diesem Tisch hatte jeder wohl einmal gesessen und ihn geleert, gründlich, man wollte ja ›etwas vom Leben haben‹, wenn man sich angestrengt hatte. Und dann waren sie doch um das Beste gekommen. Betrogene? War es etwas Unsichtbares, Unnennbares, das sich nicht erwerben ließ mit den Mitteln, die ihnen ihre Anstrengungen eingebracht hatten? Dachten sie darüber nach in den Omnibussen, wenn sie zu ihren Beschäftigungen fuhren? Ein Traum? Hatten Sie einen Traum verraten? Waren sie einem Gelöbnis der Jugend abtrünnig geworden, das Leben nicht hinzugeben für die zweifelhaften Sicherheiten?

Ich mußte aussteigen und die Straße suchen, das Haus, in dem du wohntest. Ein vielstöckiges, altes, unübersichtlich langes Haus, ein Haus aus mehreren Häusern, von der Länge einer kleinen Straße, eines mittleren Ozeandampfers. Überall gab es Eingänge, doch nirgends eine Hausmeisterstube, keinen Lift. Aber ich wußte, daß es das fünfte Stockwerk war, und so stieg ich schließlich bis unters Dach. Den Koffer hatte ich im Bahnhof aufgegeben. Je höher ich gestiegen war, um so ruhiger war es geworden ringsum. Neben den Speichern hier oben war es ganz still. Dämmerig am hellen Tag. Das Treppensteigen hatte mich erschöpft, die Nacht ohne Schlaf, die Fahrt. Ich setzte mich auf eine große Kiste. Sie trug die Aufschrift:

BÜCHER! VOR NÄSSE SCHÜTZEN!

Ein weiter, halbdunkler Gang, Lattenverschläge auf der einen Seite, an den Türen hingen große Vorhängeschlösser. Vorspringende Mauerpfeiler, gekalkt, Kamine, dunkle Winkel, in ein bleiches Licht getaucht, das gefiltert wurde durch verstaubte, spinnwebverklebte Dachfensterscheiben, ein unbeweglicher, schattenfahler Schein wie unter Wasser. Die stille Luft bewahrte den Speichergeruch, der lau und abgestanden war, wie die Stille selbst, leblos, abgeschieden. Der Speichergeruch war eine Gegenwart aus der Kindheit, haftete dem rissigen, ausgetrockneten, von der Sonne versengten, gedörrten Dachgebälk an, eine aus dem Tag verzauberte Welt, manchmal riecht es seifig-süßlich nach feuchter, aufgehängter Wäsche, stockig und fad nach Staub, muffig nach Matratzen und alten Möbeln, aber ich wollte hier nicht den Tag verträumen. Ich stand auf, der dämmerige Gang wurde enger, ein halbdunkler Seitengang tat sich auf, und plötzlich sah ich dich, noch fern, am Ende des Ganges in einem Raum mit schräger Decke, in einer Dachküche stehen. In einem langen, weißen Kittel, beschäftigt, Äpfel auf einer Kochplatte zu braten. In diesem Augenblick, den ich mir nicht hatte vorstellen können, war es mir, als hätte ich das Deck eines großen Schiffes betreten. Es zog so ruhig dahin, daß seine Fahrt nicht zu spüren war, aber um mich herum befand sich alles in einem steten, unaufhaltsamen Gleiten. Du gingst in der Küche, auf dem Schiff herum, wie in einer Welt, die von der übrigen getrennt war, für sich, abliegend, ich hatte sie noch nicht erreicht, ich mußte die letzten Schritte noch hinter mich bringen, dir entgegen.

Ich war nicht verzagt, der Buchstaben auf meinem Arm war verbunden, der Zettel lag auf dem Küchentisch zuhause, aber nun spürte ich nicht mehr mein Gehen, ein Tor schien vor mir in der Luft, nicht verschlossen, sondern angelehnt, und dahinter war es lieblich und leuchtend wie aus unerschöpflichem Blühn, ich ahnte, dort hinter dem Tor war Seliges, nach dem wir uns ein Leben hin unbeständig sehnten, sichtbar geworden, strahlend, erscheinend. Aber während ich den dämmerigen Speichergang hinabging, b l i e b das Tor vor mir in der Luft, ich hätte nun die Worte sagen müssen, die ich nicht kannte, die Bitte, die ich nicht wußte, die du nicht wußtest, denn du warst unter den Türrahmen der Küche getreten mit einem sanften, lächelnden Herschauen. Und das große, fremde Schiff zog mit uns dahin, aus der Bucht des Tages hinaus und fort in unsichtige Fernen, das Tor blieb geöffnet vor mir in der Luft und ich fürchtete, daß ich niemals hindurchgehen könnte.

War es dies, was meinen Vater in die Tiefe des Verzehrens getrieben hatte, dieser nie endende Weg, diese nie zu mildernde Qual, unvereint bleiben zu müssen immerdar, geschieden von der seligen Lieblichkeit eurer verstrahlenden Ursüße? Und wieviel wußtet ihr davon? Durch die Jahrtausende war dieser Zug unterwegs nach euch, dieser Goldschürferzug der Liebe, Stafette der sich Verzehrenden, die nie ans Ziel kam, die nie abriß oder umkehrte, und immer bliebt ihr verwundert und nachsichtig, wenn einer alles verließ, Heimat und Hof, Haus und Tisch und Bett, die Stätte, die sein Leben und Werk war, wenn er die Treue brach und die Ehre verlor, um aufzubrechen zu einem jungen Gesicht, zu einem Lächeln, Lippenschein und Augenglänzen, ihm nachzugehen durch die Welt, einer unerträglichen Verheißung folgend, die ihr nicht ausgesprochen, die ihr nicht kanntet, wie das Licht nichts von seiner Fülle sieht, geblendet von einer Vision, aufzubrechen wie zur Stunde der Auferstehung, die nur die letzte Kreuzigung sein wird hier auf Erden. So konnte ich meinen Vater sehen, geschlagen, genagelt an die Kreuzbalken seines tiefsten Traumes, seiner niemals zu lindernden Sehnsucht nach jener unwirklichen Entrückung in euren Armen.

Lief ich in der endlosen Stafette weiter? Hatte er mir, im Laufen, ehe er am Weg zusammenbrach, den Stab gereicht, der ich neben ihm herlief, im Hinsinken mir sein Vermächtnis zurufend, nicht nachzulassen im Endlauf? Ich wußte nicht, ob die Bahn der Stafette durch diesen Speicher führte, ich war jetzt vor dir stehen geblieben, ich hatte den Hut abgenommen, ich hörte mich sagen: »Ich wollte Sie besuchen, gern einmal besuchen. Ich weiß nicht, ich habe, ich versäumte,

Ihnen vorher zu schreiben, ich fürchte, daß ich ganz ungelegen komme.«

Ich wunderte mich, daß ich es einigermaßen vernünftig herausbrachte, daß es kein Stammeln und Lallen wurde. Aber bei den ersten Worten gabst du mir schon deine Hand, mit einem zustimmenden, glücklichen Lächeln. Eine leichte, feingliedrige, sehnige, nicht unzarte Hand, die ich hielt, während ich weitersprach, nicht mehr allein, eingetreten in den Stromkreis deines Lebens, es war, als hätte ich jetzt das unsichtbare Tor in der Luft berührt, die Klinke umschlossen, um es zu öffnen. Nicht die Stunde, nicht das dämmernde Licht, nicht die Stille der Speicher konnten mir jetzt beistehen, während ich deine Hand hielt und noch immer deinem Lächeln entgegenzog, die Worte sagend, die nichts mehr bedeuteten, in deine Gegenwart einkehrend wie in das Elternhaus unserer Zuflucht, und einen Augenblick dachte ich, so wird es einst wahrgesagt worden sein, und dann blieb es eine alte, vergessene Prophezeiung, aus einer Hand, die längst begraben war, gelesen, in die Zukunft gesprochen: »Eines Tages wird er in einem Speicher vor einem Mädchen stehen, damit ihn sein Geschick richtet.«

Ich hörte dich sagen, Jessie, daß ich jetzt mit dir frühstükken sollte. Du gingst in die Giebelküche zurück, um das Frühstück auf einem Tablett herzurichten, während ich noch einmal Coras Lippen an meinem Mund spürte, den Druck ihres Armes, die Wärme ihrer Glieder, während ich noch einmal den Betrunkenen singen hörte, traurig und verloren, die Stimme im Abteil zu mir sprach, als sollte mich dies alles nun zu dir begleiten.

Ich trug das Tablett, und wir gingen in dein Zimmer, das nur drei Wände hatte, weil die vierte Wand aus Licht war, blau und golden, viele kleine Scheiben, die ein riesiges Fenster bildeten. Trat man nah heran, sah man die Felder der Dächer und Schornsteine unter dem Dunst. Ich stellte das Tablett auf einen runden, kleinen Tisch, stand noch etwas ratlos herum, während du den Tisch decktest, dann sah ich das Bild an der

Wand. Das Fremdartige darin zog mich an. Nebel und Regen, und im Vordergrund auf einem Hügel am Meer eine Holzhütte, einige Tannen, seitlich davon ein hölzerner Steg über einem breiten, durch felsiges Geklüft strömenden Wasser, dahinter ein steiler, sandiger Hang, kaum zu erkennen im Regen, und darüber fort wiederum kleinere Tannen und Strauchwerk, alles eingehüllt in Nebeldunst und Regen, der die Konturen auflöste. Es war ein Druck, ohne Farben, nur Nässe und feuchter Dunst und die verhüllte Ferne.

Ich hatte bisher Bilder unwillkürlich daraufhin betrachtet, ob man in ihren Landschaften herumgehen konnte wie in der Wirklichkeit, hier konnte ich nicht einmal eintreten. Ich wäre überall versunken.

»Gefällt es Ihnen?«

Ja, es gefiel mir, ich nickte, ich konnte nichts dazu sagen.

»Eine Regenlandschaft, von einem Chinesen aus dem 13. Jahrhundert«, wurde mir von dir erklärt. »Aber schon wie zeitlos, der Atmosphäre überlassen, empfinden Sie's auch so? Den unstofflicheren Elementen zuliebe gemalt, Luft und Regen, Licht und Wasser, mein Vater hat es mir geschenkt. Und nun kommen Sie bitte, dieser Stuhl ist bequem, Sie sehen müde aus.«

Ich saß vor dem kleinen Frühstückstisch am Fenster dir gegenüber, in dem bequemen Armstuhl, unbeholfen, sah dich Tee eingießen, eine geröstete Brotschnitte belegen mit Gurkenscheiben, die ich nicht anzubeißen wagte, so nah vor dir hätte ich nun nicht mehr sprechen können, meine Hand zitterte, als ich die dünne Teeschale zum Mund führte, und du sprachst weiter von Malern und von der Malerei. Zu mir, dem Angestellten von Spinger & Spinger. Dem Sohne Arthur Orlins', dem Enkel eines verstiegenen und weitherzigen Landpredigers.

»In unserer Welt«, sagtest du, »in unserer Gegenwart malt man ganz anders, weil man anders sieht. Stofflicher, körperlicher, dinglicher. Man photographiert ja auch schon seit Jahrzehnten. Man malt stets ein Objekt, oder Eindrücke, die Chinesen versuchten, gleichsam aus der Menschenzeit hinauszugelangen, um die Landschaft in jener anderen Zeit zu erleben, darin die Bäume und die Gewässer leben, Baumzeit, Wasserzeit, die Zeit der Luft und des Himmels. Aber Sie sind müde und ich spreche Ihnen da von ganz ungewohnten Dingen.«

»Bitte, sprechen Sie weiter«, bat ich bestürzt, betroffen. Ich verstand nichts von Malerei, aber ich verstand jedes Wort von dir, sofort, ich brauchte gar nicht darüber nachzudenken. Es war, als wäre mir durch deine Gegenwart ein unbekannter Sinn erstanden, mit dem ich über jeden Verstand hinaus begriff, Baumzeit, Wasserzeit, wie einleuchtend war mir das jetzt. Aber wo hatte ich bisher gelebt, was hatte ich gelesen? Ich würde nicht zu einem Gärtner in die Lehre gehen, oder erst später, ich würde in die Bibliotheken gehen, und nachdem ich geduldig und gründlich die richtigen Bücher gelesen haben würde, ich wollte mir Hefte anlegen und Auszüge machen, würde ich die Museen besuchen, und nach den Museen würde ich in den Stammcafés den Künstlern zuhören, am Nebentisch, und vielleicht würden sie mich eines Tages in ihre Ateliers mitnehmen, aufmerksam und still wollte ich in den Dachstuben unter ihnen sitzen, in einem Winkel, und ihnen zuhören.

»Ich habe nicht viel gelesen«, hörte ich dich sagen, »aber ich habe meinem Vater zugehört all die Jahre, da er der gute Geist meines Lebens war. Er ist es ja doch geblieben. Ich erinnere mich, daß er mir einmal erklärte, was er an der Malerei unserer Zeit vermißte. Er nannte es den ›Sinn‹. Und er meinte, den Malern sei der ›Sinn‹ verlorengegangen. Technik, Stil, Komposition, Ausdruckskraft, Intensität können den ›Sinn‹ nicht ersetzen. Aber dieser ›Sinn‹ sei nicht zu erklären. Wer den Himmel nur als Licht und Ferne, Farbe und Raum erlebte, erlebte nicht den ›Sinn‹ des Himmels. Bilder sollten ›Sinnbilder‹ sein. Die chinesischen Maler wären dem Unwägbaren zwischen Himmel und Erde nachgegangen, sie hätten noch um den ›Sinn‹ der Landschaft gewußt. Man versucht das in unserer Sprache mit ›Atmosphäre‹ zu umschreiben, aber das erinnert zu sehr an Wettereinflüsse, Klima, Jahreszeit. Versuchen Sie bitte auch diese Oliven, sie sind nicht bitter.«

So sprachst du mit mir, es ist unmöglich, daß ich alles wörtlich wiedergegeben habe, ich behielt den ›Sinn‹, ich konnte ihn gut behalten, weil ich bis zu dieser Stunde von solchen Dingen nie etwas gehört hatte, und später, sieben Jahre lang dann wieder nichts mehr. Sie blieben in meinem Leben zurück wie eine Erklärung, die man einmal verstanden hat, solange die Gegenwart des Erklärenden dauerte, und dann behält man den ›Sinn‹ und versteht ihn nicht mehr. Man versteht, daß man ihn einmal verstanden hat.

Ich weiß, meine Lage hier ist weitgehend unglaubhaft. Ich habe in meinem Leben hundert und aber hundert Romane gelesen, zu einer anderen Lektüre habe ich es nicht gebracht. Auch phantastische Romane, und Detektivromane. Und ich habe das meiste darin geglaubt, oder für möglich gehalten, für wahrscheinlich. Aber meine Geschichte, wenn ich sie gelesen hätte, hätte ich sie geglaubt? Ein Makler verschwindet, wird angeschossen, sitzt später in einem Eisenbahnwagen, auf Pfosten, im Wasser, und wartet auf einen Schatten, der bei Sonnenuntergang auf einen Vorhang fallen soll. Und erinnert sich, während er Tee trinkt. Er erinnert sich nicht nur, er erzählt lautlos seine Erinnerungen einem Zuhörer, der nicht im Raume ist, er streicht sieben Jahre aus seinem Leben und erzählt dir, was ihm durch dich widerfahren ist. Einst, damals, Jessie, erinnerst du dich noch?

Orlins kehrt in die Gegenwart zurück, nimmt den Bleistift und streicht folgende Worte auf dem Stichwortbogen aus:

»Ankunft in der Stadt, Speicher, Küche.«

Es wird nicht mehr bis Sonnenuntergang reichen, denkt er, noch dreizehn Stichworte, die Sonne geht ja schon unter. Ich bin hungrig geworden.

Er stand auf, er wollte den Karpfen nicht braten, er wollte ihm die Freiheit geben, zur Flucht verhelfen.

Und er wollte nicht viel Lärm machen im Eisenbahnwagen, über dem Wasser hört man die Geräusche weit. Er ging in den kleinen Küchenraum, dort war es dunkler, es gab nur ein Fenster, nicht ratsam, den Fisch durch das Fenster ins Wasser zu werfen, konnte beobachtet werden. Er suchte den Boden nach einem Ausguß ab, Abfluß. Schließlich hob er den Eimer und fand darunter in einer Vertiefung ein grobes Sieb in den Boden eingelassen. Das Sieb ließ sich herausheben. Er griff in den Eimer und versuchte den Fisch zu fassen, der Karpfen war glitschig, entglitt seiner Hand. Er mußte mit beiden Händen zupacken, mit dem stumpfen Maul voran steckte er den Fisch in die Vertiefung, hörte ihn fallen und ins Wasser plumpsen. Fahr wohl, kehr zurück in die fließende Tiefe, zu den wandernden Wassern.

Er setzte das Sieb wieder ein, stellte den Eimer darüber, tauchte die Hände hinein, trocknete sie am Taschentuch ab, schwach rochen sie noch nach Fisch. Er war hungrig, er kniete vor dem Regal mit den Pfannen und Töpfen, öffnete die kleine Kiste, nahm der Reihe nach die grünen Dosen heraus, sie trugen keinen Aufdruck. Öffnete die Deckel, feuchtete den Zeigefinger an und probierte ihren Inhalt, weiß, pulverisiert. Mehl, Salz, Trockenmilch, Eipulver, Zucker, Grieß. Er sah sich nach einem Löffel um, einem Gefäß.

Ich werde mich nicht aufhalten, denkt er, *nichts kochen, ich sitze ja zugleich noch an dem kleinen Frühstückstisch, Jessie gegenüber, vor sieben Jahren, es sind noch 13 Stichworte, und die Sonne geht schon unter. Ich darf mich hier nicht aufhalten, sonst wird mir der Schatten auf dem Vorhang entgehen.*

Er beeilte sich, fünf Löffel Zucker in den Steingutnapf, fünf Löffel Milchpulver, fünf Löffel Eipulver, Safrangelb, er rührte das Ganze um, nahm noch einmal die gleichen Mengen aus den Dosen, blickte sich nach Trinkwasser um, fand nichts und ging mit dem Napf, nachdem er die Dosen in die Kiste zurückgestellt hatte, in den Wohnraum zurück, den Vorhang nicht mehr aus dem Blick lassend. Er goß den Rest Tee auf die Zucker-Ei-Milch-Mischung, rührte um, ein dicker Brei entstand, nahrhaft und süß. Er aß ihn langsam auf, strich mit dem Finger den Napf aus, leckte den Finger ab, fühlte sich gesättigt, und nun war draußen die Sonne untergegangen. Nun mußte die Luft über dem Wasser abkühlen, er stand auf und ließ das Schiebefenster am Gurt herunter, den braunen Eisenbahnvorhang zog er noch nicht zurück.

Aber die Luft draußen war noch warm, die stickige, vom Zigarettenrauch getränkte Luft des Raumes begann zu entweichen, feierlich still war es draußen auf dem Strom. Orlins kehrte zum Tisch zurück, die eindringende Abendluft tat ihm wohl. Er setzte sich auf die Bank, er konnte die Stichworte noch lesen, schwach, das Wort »Atelier« war noch nicht durchgestrichen, mußte beendet werden. Wenn sie ihn hier alleinließen, nicht abholten, wollte er sich drüben in das hohe Bett legen. Er zündete sich eine Zigarette an, da er etwas gegessen hatte, schmeckte der Rauch besser.

Er kehrte zurück durch die unsichtbare Gegenwart der sieben Jahre, in das Atelier ohne Malzeug, ohne Staffelei, an den gedeckten, runden Frühstückstisch, im Morgenlicht, er nahm wieder in dem bequemen Armstuhl Platz, Jessie gegenüber.

Da saß ich nun bei dir, Jessie, auf der Flucht angekommen, trank mit dir Tee, zu einer Stunde, in der ich sonst regelmäßig an meinem Pult bei Spinger & Spinger saß, beschäftigt mit der Kartei der Kunden, sie stand links auf dem Pult, rechts stand die Kartei der Stichworte, Immobilien, Ziegeleien, Villen, Zuckerfabriken, Brauereien, Sanatorien, Rennställe, Cafés, Tennisplätze, Lagerhäuser, Kinos, Fischdampfer. Kunstwerke waren nicht darunter, mit ihnen befaßte sich der Kunsthandel. Fischdampfer waren nicht immobil, die Grenzen waren fließend, es wurden auch Schaubuden angeboten und Zirkusunternehmen gesucht. Ein langjähriger Kunde suchte seit Monaten nach einer gutgehenden Beerdigungsanstalt, war bisher nicht angeboten worden. Spinger & Spinger, Niederlassungen in allen größeren Städten, vermittelte das Erdenklichste. Eines der Firmenplakate, auch bei Inseraten angewandt, zeigte einen Mann mit erhobenem Zeigefinger, sein Gesicht strahlte über und über, ein breites, zufriedenes, wohlgenährtes, etwas feistes Gesicht. Darunter stand:

ERLEUCHTET STRECKT ER SEINEN FINGER:
OBJEKTE VERMITTELT MIR SPINGER & SPINGER!

Die schief nach oben stehende Zigarre des zufriedenen Mannes qualmte, zwischen weiße Musterzähne geklemmt, sein Hut saß unternehmungsfreudig schief, aus der Stirn gerückt.

So hatte ich die Jahre zugebracht, ›Objekte‹ vermittelt, eine Tätigkeit, die keinen erkennbaren Zusammenhang mit mir selbst hatte, meiner Lebenszeit. Verrichtungen, die dazu dienten, das Leben zu fristen, nicht darben zu müssen mit meiner Mutter, am Leben zu bleiben, nicht unterzugehen. Das Bild eines Schiffbrüchigen im Meer fiel mir ein, der die Bewegungen der Arme und Beine ununterbrochen ausführt, um nicht zu sinken. Das Schiff, das ihn trug, ist längst ins Meer hinabgesunken, vielleicht war das Schiff seine Kindheit, sein Elternhaus, und nun muß er ein Leben lang schwimmen, um den dunklen Streifen in der Ferne zu erreichen, über den weiten Wassern, den Streifen Land, der sein Lebensabend sein wird. Dort steht unter Platanen ein kleines Häuschen mit einem Gemüsegarten, Sonnenblumen und Wicken am Zaun, dort kann er die Glieder ausruhen, dort wird er nie mehr schwimmen müssen. Unterdessen rannen die Jahre dahin, die ich mir verdienen mußte, nur das Wochenend gehörte mir, befristet war ich frei, ein Gefangener, den man aus der Zelle führt, hinaus, unter den Himmel, und der Wärter blickt auf seine Uhr und sagt: ›Du hast bis Montag Zeit, geh hin und lebe.‹

Damals, in deiner Nähe, am kleinen Frühstückstisch, ahnte ich, daß das Leben und die Freiheit nicht die Vergnügungen waren, die Zerstreuungen, die Lustbarkeiten, Wochenendbetrieb, ›Stimmung, Humor‹. Sondern das andere, die Spiegelung des Unscheinbaren, die Zwiesprache mit dem Augenblick, das Verweilen im Garten, am Zaun, in der stillen Luft, abends, auf einer Gartenbank, allein.

Während ich dir dort oben zuhörte vor dem großen Fenster, Tee mit dir trank, war es mir, als kämen die Dinge rings um uns, die leblosen Gegenstände, aus ihrer reglosen Namenlosigkeit hervor, träten geheim heraus aus ihrer erstorbenen Sachwelt, der alte, bemalte Schrank an der Wand, die große, rotbraune Tonvase auf dem Büchergestell, der kleine, blaue Sessel dort in der Ecke im Schatten. Sie schienen aus ihrem Dingschlaf zu erwachen, um teilzunehmen an dieser Stunde, lautlos, es war ihnen nichts nachzuweisen, ihr Ausdruck hatte sich nur um eine unmerkliche Spur verändert, sie erschienen mir jetzt ausdrucksvoller, und dann konnte ich mit einem Mal nichts mehr ungeteilt wahrnehmen, es schmolz alles rings zusammen, Licht und Luft und Dinge, mit dir, mit mir, zu einem Ganzen in der Zeit, das nicht erstarrt war wie auf einem Bild, sondern zu fluten schien, zu strömen, mich mit seiner Essenz durchströmte, die zugleich süß war und traurig, wie Klänge, unnennbar, wie die Essenz des Lebens selbst.

»Nun hören Sie nicht mehr zu, weil Sie träumen«, sagtest du in diesem Augenblick, mich mit deinem Lächeln überraschend, und zugleich traten die Dinge ringsum stumm zurück in das alte, gleichmütige Dauern, löste sich die Verschmelzung, benommen blickte ich dich an, ich hatte das noch nicht erlebt. An der Tür wurde geklopft. Du gingst zur Tür und kamst mit einem Telegramm zurück. Du hattest es im Gehen geöffnet und gelesen. Ein Instinkt, eine Witterung ließ mich spüren, daß etwas hier zu Ende war. Ich war schon, durch eine Nachricht, durch eine Botschaft, vertrieben worden.

Mit einem Blick auf die kleine Armbanduhr hörte ich dich sagen, daß dir dann nicht mehr viel Zeit bliebe. Du warst errötet, sahst mich an, und es tat dir leid, daß du es mir sagen mußtest, denn es war das Urteil für mich. »Eine Nachricht, die den Verschwundenen –, die meinen Vater betrifft.«

Ich nickte und stand auf und blickte zu den Dächern hinunter. Wäre es nicht an m i r gewesen, zu erröten? Denn i c h hatte dir nichts gebracht, keine Nachricht, nicht einmal einen kleinen Blumenstrauß. Ich war nur gekommen, um von deiner Gegenwart zu nehmen, von deinem Bild, Lächeln und Stimme, während du ihn noch immer suchtest, deinen Vater. Damals hattest du mir noch nicht die Geschichte erzählt, der ich (*gestern, vorgestern? ich habe keinen Kalender*) im Lastwagen zuhörte, nachdem uns das Schiff nachts an den Kai gebracht hatte, deine Geschichte. Heute kann ich es mir ausdenken, daß er dir jeden Augenblick begegnen konnte, wie er mir unter der verschneiten Tanne begegnet war, der Verwalter des Wassers, der Anwalt der Bäume. Auf der Straße, hinter einer Hausecke konnte er dir entgegentreten, denn er war ja in deiner Nähe geblieben, nachdem er über die grüne Gartenleiter fortgegangen war. In der Dämmerung konnte er dir aus einer stillen Anlage entgegenkommen, aber er unternahm ja das Äußerste, um sich dir n i c h t zu zeigen, so nah bei dir, er liebte dich doch und litt unter dieser Trennung, und vielleicht verschaffte er sich von Zeit zu Zeit doch einen flüchtigen Trost, indem er dir auflauerte, geduldig wartete, bis du an ihm vorüberkamst. Vielleicht sitzt er dann zwischen spielenden Kindern in einer Anlage auf einer Bank, ein wenig verkleidet für diesen Besuch bei dir, den du nicht wahrnimmst, er kennt deinen täglichen Weg, vom Hause durch die Anlage zu den Omnibushaltestellen, und so sitzt er in der heißen Morgensonne auf der grünen, noch taufeuchten Bank, stützt sich auf seinen Stock, er hat eine Brille mit dunklen Gläsern aufgesetzt und den Hut in die Stirn gezogen. Die eine Hand hält er etwas vor den kleinen, grauen Spitzbart, der ihn verraten könnte, den du während des Todessprunges im Zirkus gesehen hast, und es kommen jetzt immer mehr Kinder zu dem eingefaßten Sandplatz, mit roten und blauen Eimerchen, kleinen Schaufeln mit gelben Griffen, sie backen ihre Kuchen aus Sand mit den Tortenförmchen, bauen ihre Burgen und treiben in ihrem mutwilligen Kinderlärm durch die Kinderzeit, Sandhaufenzeit, und so ist es ihm nur recht. Denn dadurch wird er noch um ein Teil mit verborgen, vor dem großen, hochgewachsenen Mädchen, das zwischen den grünen Knallerbsensträuchern mit raschem Gang zur Anlage hereinkommt. Vielleicht hat er dich lange nicht mehr gesehen, und so nah, lang her, über ein Jahr.

›Jessie‹, denkt er auf der grünen Bank, von der er in diesem Augenblick nichts mehr spürt, aber er vergißt nicht, die Hand vor den kleinen Bart zu halten. Er rührt sich nicht, er sieht, du bist größer geworden, vielleicht, weil er etwas kleiner geworden ist. Und sieht noch mehr, liest es ab von deinem Gang, wie du den Kopf hältst und die Arme beim Gehen, fühlt, wie die Versuchung ihn überkommt, ein kleines Boot, auf das eine hohe, schäumende, sprühende, glasgrüne Woge zu kommt, die Versuchung, die Hand vom Spitzbart fortzunehmen, Brille und Hut abzulegen und die Arme zu heben. Und rührt sich nicht. Und fühlt, wie du durch ihn hindurchgehst. ›Meine Tochter‹, denkt er still. Niemand kann wahrnehmen, was mit seinen Augen vorgeht, sie bleiben hinter den dunklen Gläsern verborgen.

Und so gehst du an ihm vorüber, groß und jung und unbeirrt, ihn beschenkend, und vielleicht wünscht er jetzt, daß du ihn nicht mehr suchen möchtest. Nicht, daß du das Suchen aufgeben solltest. Denn das hat er inzwischen erkannt, welche Aufgabe dir damit zugefallen ist. Du solltest den Sinn des Suchens lernen, erfahren, nicht nur die Sehnsucht des Suchens, die Bemühung, die Witterung für Versunkenes und Verschollenes, sondern die Wege finden, auf denen sich die Verwandlung des Suchens vollzieht, von außen nach innen, und zuletzt würde das Suchen dem unsichtbaren Sinn dieser sichtbaren Welt gelten, der verlorengegangen war. Er mußte in den Erscheinungen leben wie eine Stimme, ein Zeichen, ein Klingen, wie ein Gefühl, das uns in einem stillen Augenblick widerfährt, auf einem Sandweg am Wald, aus Gräsern und Zweigen, im goldenen Licht, durch das die Schmetterlinge schweben, eine Liebesempfindung, die uns rührt, aus Halmen und Blättern, Sandkörnern, aus der warmen Luft, dünstig nach Rinden und Laub, aus der nahen, hiesigsten Schicht dieser Welt, verlorengegangen, und niemand suchte nach diesem Sinn heute mehr.

Da gehst du an ihm vorüber in den Lichtern der Morgenstunde, und er blickt dir lange nach. Er fühlt, daß er es wieder ertragen wird, er weiß, daß er noch fortbleiben muß für unbestimmte Zeit, verschwunden.

»Wir wollen noch einen Augenblick hinaufgehen«, hörte ich dich sagen.

Ich folgte dir schon aus dem Atelier über den dämmerigen Gang und dann über die steile, knarrende Bodenstiege auf den steinernen Dachgarten. Der lichtblaue Morgenraum des Himmels war nun dein Feld, du gingst vor an die hüfthohe Brüstung, während ich noch betroffen dastand, als könnte ich die in Licht und Dunst flimmernde himmlische Ferne ermessen, den Gartensaal eines Sommermorgens. Die Türme und Dächer zogen den Blick weiter, über den aufblinkenden Strom hin, in dem die Schiffe und Rauchfahnen stillzustehen schienen, beglänzt und von der Höhe aus ihren irdischen Maßen ins Ungewichtige gerückt, weiter über die dunstblauen Ebenen hin, die lagernden, grünschwarzen Wälderteppiche, hügelaufwärts nach den verschwingenden Höhenmassen, und dahinter leuchteten die geöffneten Tiefen der Weiten, Spiegelungen der oberen Räume, Sinnbild des Unaufhörlichen, den Grenzen enthoben, nie einzuholen, wie die Zeit nicht einzuholen war, nicht zu überholen vom Wind und vom Licht. Aber dort unten in den gemauerten Verliesen, in den Betonschächten, auf den Asphaltalleen die betriebsame Geschäftigkeit der Allesvermittler. Ich sah dich vorn auf der Brüstung sitzen, der Wind wehte eine Haarsträhne über deine Stirn, Licht glänzte in deinem Haar, schimmerte um Wangen und Lippen, dort saßest du, als sei dies die Gartenbank der Welt, und hinter den Weiten verbarg sich nichts als die reine Vollkommenheit eines unendlichen Sinns.

Gingst du hier in die Lehre der Fernen, war ich mit dir heraufgekommen, damit sie mir noch einmal gezeigt wurden? Ich wollte mein Leben ändern. Nicht zu den Blumen sollte ich gehen, nicht zu den Gärten, nicht in die Museen, sondern zu den Fernen, die den Stunden ihr Maß raubten, immer entschwebend, zwischen Zukunft und Vergehen nicht abnahmen, das Dauern bezeugend vor der Größe immerfort weilender, riesiger, bebilderter Räume.

»Mein Vater«, hörte ich dich sagen, »schrieb einmal eine

Geschichte von einem Manne, der eine Kamera erfunden hatte, mit der man die Träume filmen konnte. Was müßte das für eine gespenstische Offenbarung werden für sie alle, die Träume einer Millionenstadt, aus einer einzigen Nacht! Für sie alle, die des Glaubens sind, sie lebten recht und billig. Ein Röntgenobjektiv für Träume, mit Tonstreifen für das Seufzen, für das Stöhnen, für die Schreie und das Weinen. Welche Ängste und Wünsche kämen da zum Vorschein!«

Weiter, dachte ich, Sie müssen weitersprechen, denn Sie haben mich nicht ohne Grund hier heraufgeholt.

»Sehen Sie dort hinten den silbergrauen Turm?« hörte ich dich fragen. Ich nickte. Weiter. Nun mußte es kommen. »Mein Vater schrieb auch einmal eine ›Turmgeschichte‹. Ich habe das Manuskript unten im Atelier. Sehen Sie sich den Turm genau an. Auf einem solchen Turm erschien eines Tages eine überlebensgroße Gestalt, niemand hatte gesehen, wie sie dort hinaufgekommen war. Und mit einer einzigen Bewegung ihres riesigen Armes brachte sie den Verkehr auf den Straßen zum Stillstand. Nicht nur auf den Straßen, in den Fenstern, auf den Omnibussen und Schiffen, in den Schnellzügen und auf den Brücken erstarrte alles vor Staunen. Verwundert, neugierig beobachteten sie die übermenschliche Gestalt, die nicht von dieser Erde kommen konnte, wo war sie plötzlich hergekommen? Und in der zunehmenden, sich ausbreitenden Stille begann unverhofft ihr dröhnendes, schallendes, höhnisches Spottgelächter. Ein Donnerlachen, nicht heiter, nicht überschwenglich, sondern lieblos, erbarmungslos, vernichtend. Alle spürten, sie wurden ausgelacht, der Fluch der Lächerlichkeit wurde über sie ausgestoßen, der Riese auf der Plattform des Turmes krümmte sich zuweilen vor Lachen. Er rief ihnen auch verschiedenes zu, die Meinungen gingen durcheinander, später, es gab Dutzend Versionen. ›Hört auf, ihr blamiert euch!‹ behaupteten die einen. ›Laßt nach, ihr habt euch schon unsterblich lächerlich gemacht!‹ behaupteten die anderen. Das Unbehagen unter ihnen nahm zu, die immer Eifrigen organisierten das Ganze bereits. Sie ließen sich auf den Riesenleitern der Großfeuerwehren in die Höhe treiben, um ihre Schnappschüsse zu machen, die kühnen Pioniere der ›Wochenschau‹ waren auch darunter. Später waren sie verblüfft, daß sich auf ihrem Film lediglich die leere Plattform des Silberturms zeigte, auch das Gelächter war nicht einzufangen gewesen, der Tonstreifen blieb stumm.

Das peinliche Unbehagen wuchs. Dann hörte das Lachen auf, und der himmlische Hüne begann eine Rede mit Worten, die an Posaunenstöße erinnerten. Die Rede konnte mitstenografiert werden, später gab es auch darüber Unstimmigkeiten, Lesarten. Der stimmgewaltige Riese rief:

›Ich wollte einen Abstecher zu euch machen, wollte sehen, was ihr treibt. Bis ich euch fand, war nicht ohne Mühen. Ihr seid ja mit Messungen bewandert. Sonnensysteme, Billionen Lichtjahre, Ewigkeiten voller Milchstraßen, ihr wißt ja Bescheid, die himmlischen Ozeane dehnen sich weit, man muß gut zu Fuß sein, ich meine zu Flügel, um zu euch zu kommen an einem Vormittag, denn zu Mittag muß ich zurück sein in der vorderen Ewigkeit. Geduld, ich werde euch die Flügel zeigen.‹

Der Riese steckte die Hände in die Taschen der baumlangen Hosen, und die Leute sahen an seinen Schultern ein Flügelpaar sich schräg nach oben entfalten, dessen Spannweite sie auf mehrere hundert Meter schätzten. Auch hierüber gab es später Zank und Streit.

›Der Gestank, der aus euren Röhren steigt‹, posaunte der Himmelswanderer weiter, ›kitzelte mich in der Nase, ich mußte niesen, gerade so lange brauchte ich, um einmal rund um euren Planeten zu schweben, eine Nieserlänge. Ich bin an Enttäuschungen gewöhnt. Es ist mein Salz. Aber auf diese Gimpelfalle war ich noch lange nicht gefaßt. Was treibt ihr eigentlich im Nu? Unseren Nu würdet ihr in ein paar tausend Jahre einteilen, ich will euch nicht mit Lichtjahren kommen, im Grunde ist's überall das gleiche, nach dem Nasenkitzel kommt der Nieser, gleich, wie lange es dauert. Also ihr macht G e s c h ä f t e. Damit ihr satt werdet, euch kleiden könnt, feste

Häuser habt und eure Reisen hinter euch bringt. Gut. Davon spricht man nicht, gehört noch im weiteren Sinn zur Verdauung. Was tut ihr sonst? Ihr guckt durch Röhren, guckt den Himmel ab, vortrefflich, bringt nichts ein und macht berühmt. Weiter. Bohrt der Erde Löcher in den Bauch, um den Saft rauszupumpen, damit ihr in euren Räderkästen herumgondeln könnt, oder um durch die Luft zu flattern mit Krach und Gestank. Weniger erfreulich. Wie haben es die Tiere bei euch, Elefanten, Wale, Büffel, Bären? Wieso – im Zoo? Im Zirkus? Ach so, ich sehe, die Robbe auf Rollschuhen, Eisbär Johnny auf dem Motorrad. Es sind wohl bald die letzten Exemplare? Was habt ihr mit den übrigen angefangen? Soso, erlegt. Zur Strecke gebracht, Weidmannsheil. Ihr habt ja tüchtig aufgeräumt hierzulande. Wer hat euch das erlaubt? Not kennt kein Gebot? Ich habe keine Aufstellung mitgebracht, das nächste Mal, sonst würde ich euch Zahlen nennen, ihr habt es gern mit Zahlen, würde euch abfragen. Wie geht ihr mit der Erde um? Ihr treibt Schindluder mit ihr. Wer deckt das alles mit seinem Namen? N a t u rwissenschaft heißt bei euch das edle Streben, die Erde ratzekahl zu fressen, die Tiere umzubringen, was habt ihr dafür vorzuweisen? Erkenntnisse, Entdeckungen, Erfindungen? Wozu? Um damit um so gründlicher ans Werk zu gehen mit dem Verwurschteln, was kreucht und fleucht muß daran glauben. Wo wollt ihr hin? Eine schöne Bescherung treff' ich da an. Doch damit ist's nicht genug, euch selber springt ihr an die Kehle, wozu führt ihr so viel Kriege? Verstehe, im Namen der Freiheit. Ihr seid euch nicht einig um die Beute, das Verhackstücken geht euch nicht schnell genug? Ihr habt viel Blut vergossen, nicht nur das von Tieren, bringen die Toten euch so viel ein? Im Namen der Freiheit, Unabhängigkeit. Wer hat euch denn das L e b e n gegeben? Auf die Erde gesetzt? Gehört euch ein Grashalm? Vermessen. Ich sehe schwarz für euch, für die Guten unter euch. Ich schwebte an mancher Schlacke draußen vorüber, glaubt nicht, daß ihr mit dem Tode quitt seid, Strich darunter, bezahlt. Das könnt ihr nicht bezahlen, was ihr hier verzehrt habt, kaputtgeschlagen, ausgetilgt, es summiert sich, es ist verbucht. Ich bin nicht euer Buchhalter, ich bin kein Aufseher, mir fiel nur auf, ihr treibt euren Unfug mit soviel Wichtigkeit und seid so m i ß v e r g n ü g t. Was habt ihr vor? Dort hinten sehe ich noch einige Tempel, stille Leute über alte Schriften gebückt, ihr könnt sie nicht sehen, liegen Gebirge und Meere dazwischen, die Leute scheinen versunken im Gebet. Ich will sie besuchen, will sie mal anschweben. Euer Rummel hier ist billig. Sagt mir nicht zu. Was habt ihr mit den Geschwindigkeiten vor? Keine Zeit? Schneller leben? Wohin? Bevor ich abschwebe, eine letzte Frage. Das Beten habt ihr ja aufgegeben, seid selbstherrlich geworden, habt euch Apparate gebastelt, die für euch Dienst machen. Ihr schreibt doch wenigstens Gedichte? Ihr haltet davon nichts? Ihr wollt nichts besingen, eure Bäume, eure Flüsse, die Täler und die Weiten? Eure Toten nicht verehren? Ich sehe, es liegt euch nichts am Verehren. Was die Welten schuf, was die Welten in der Waage hält, was die Elemente schuf und den Geist, das ist euch schnurz in euren Metropolen. Ihr seid fürs Handfeste, Beten und Träumen für die Narren, ihr wollt Geschäfte machen, und wer euch daran hindert, dem gebt ihrs mit Pulver und mit Blei. Ich schwebe ab, mein Besuch hat sich nicht gelohnt, ihr habt so viele Uhren, ihr hört nicht mehr, was die Stunde geschlagen hat. Aber den paar Einsichtigen unter euch, den paar Nachdenklichen, Unscheinbaren, Stillen rufe ich zu: Bleibt bei euren alten Schriften, laßt euch nicht verdrießen von all dem Lärm und dem Gestank, bleibt weg von den Geschäftemachern, haltet euch im Grünen auf, am Wasser, seid nachsichtig mit den Tieren und freut euch an den blühenden Fluren und am himmlischen Licht, und laßt euch nicht beirren, wie ihr auch immer die erschaffenden Mächte nennt, ihnen im Gebet zu danken für die Freude, die euch im Sinnen und im Fühlen widerfährt! Es ist nicht die letzte Station und nicht die erste, ihr werdet noch manchmal umsteigen im Lauf der Geschicke, so wahr ich jetzt weiter schwebe. Euch allein sage ich Lebwohl, denn wir werden uns wiedersehen‹!«

Du schwiegst, und ich sah, daß du nachdenklich geworden warst. Da hattest du mir eine Geschichte deines Vaters erzählt, ich wußte nicht, daß er Geschichten geschrieben hatte, und dann fühlte ich, daß dies schon der Abschied war. War ich zu früh gekommen? Nicht die letzte und nicht die erste Station, ich würde noch manchmal umsteigen auf der Fahrt zu dir. So nahm ich noch einmal dein Bild in mich auf, wie einer, der erkennt, daß ihm nichts anderes zu tun übrigbleibt. Da sieht er dich auf dem Rand der Brüstung sitzen, vor den Türmen und Fernen, und er glaubt, daß er jetzt doch noch etwas tun müßte, auch wenn es verrückt oder unsinnig wäre. Denn in diesem Augenblick, da seine Flucht gescheitert ist, will er alles Bisherige vergessen, die Botschaft von dir und daß er gelobte, sein Leben zu ändern, weil er dich bis an die Schwelle des Erträglichen, Säglichen bewundert und liebt. Da steht er vor dir auf einem Dachgarten im lautlosen, leuchtenden Morgenschwung, und dein Bild lebt sich in ihn ein, Augen, Wangen, Stirn und Haar, dein Mund, der zu ihm gesprochen hat, er blickt dich an, er spürt die Woge in sich im Heranfluten, er sieht nicht nur, wie schmal und wie voller Wohlklang deine Glieder sind, deine Gestalt, er fühlt dein Bild, dein Schönsein, er durchkostet die Lockung, er ahnt, daß der Augenblick gekommen ist, d a s e i n t o t e r V a t e r e i n e C h a n c e h ä t t e, ihm zu Hilfe zu kommen, einzukehren bei ihm, um ihm nicht nur die Macht seiner Wünsche zu verleihen, sondern um mit der ruhelosen Erbschaft seiner Verlorenheit, die er im Grabe nicht loswerden kann, selbst in ihm einzubrechen, zu einem letzten, zur Ohnmacht verdammten Versuch, über die Schwelle jener unerkannten Welt zu dringen, vor der er sein Leben in der gespenstischen Gesellschaft seiner Träume und Visionen zubrachte, und die er auch im Zusammenbruch nie überschritt.

Vielleicht fühlte er das jetzt, der auf dem Dachgarten vor dir steht, während der Wind den dünnen, weißen Kittel um deine Glieder spannt, fühlt, daß er nicht mehr allein ist, daß er zittert, wie sein Vater erzitterte, wenn es ihn überkam vor den

Schönen, den seltsam Schönen, und das ist genug. Mehr braucht er nicht zu fühlen, weil er mehr nicht ertragen könnte, und vielleicht standest du deshalb auch auf und sagtest, du hättest noch einiges vorzubereiten für deine Reise, weil du fühltest, daß er im nächsten Augenblick nicht den Verstand, wohl aber seine Identität verlieren könnte, mit diesem erblaßten, vom unerträglichen Sich-nach-dir-sehnen entstellten Gesicht, blaß wie unter Wasser, ertrunken in der Tiefe seiner Liebestraurigkeit.

Ich ließ mich von dir über das Dach hinunterführen. Auf dem Speichergang gabst du mir die Hand, und eine letzte Frist.

»Wenn Sie heute abend noch hier sind, wollen Sie um acht im Bahnhof sein?«

Ich nickte, ich hatte dir von meiner Flucht nichts erzählt. Eine kleine Reise, ein unverhoffter Besuch. Eine letzte Frist, um acht im Bahnhof. Hauptbahnhof.

Erst als ich im Bett ausgestreckt lag, in dem billigen Hotelzimmer, als ich versuchte zu schlafen, kam ich wieder zu mir. Mein Hut hing am Haken an der Tür, der alte, braune Lederkoffer stand auf dem Boden unterm Fenster. Ich hatte die Vorhänge zugezogen, es war in der frühen Nachmittagsstunde. Ein billiges Zimmer im vierten Stock. Die Wände hatten hier keine Tapete, waren gestrichen in verdünntem Hellgrün, das nachgeblaßt war. Tür und Bettstatt in der gleichen wäßrigen Farbe, ein dürftiges Wassergrün, und während ich diesen Raum vom Bett her betrachtete, erschien er mir von einer fast beabsichtigten, kahlen Unsinnigkeit, nur dem Namen nach ein Zimmer, schäbig, der Widerspruch einer Wohnstatt, das Wohnliche war längst abgenutzt, verbraucht, abgewaschen und ausgekehrt. Etwas Verdorbenes haftete dem Gelaß an, ein schlechtes Gewissen, als wär es mißbraucht worden, es hatte keinen Freund, ein Niemandszimmer, nicht mißvergnügt, aber doch heimlos und unbestimmbar elend.

Dann war ich doch eingeschlafen. Als ich erwachte, als ich auf dem Bettrand saß und mich anziehen wollte, war es schon fünf. In drei Stunden sollte ich dich wiedersehen, im Hauptbahnhof, und danach? S i e b e n J a h r e d a n a c h? Das wußte ich damals nicht. Ich vergaß das Anziehen, ich saß auf dem Bettrand und rauchte eine Zigarette, und die jungen Leute fielen mir wieder ein, die ich hatte fortgehen gesehen, aus den Küchentüren im spüllichtgrauen Treppenhausfrühlicht.

Ich zog den Rauch tief ein und fragte mich, ob sie mit d i e s e m Augenblick gerechnet hatten, mit dem Augenblick auf dem Bettrand? Sie hatten die erste Nacht hinter sich gebracht, nun erwachten sie in einem fremden, schäbigen, wässerig grün gestrichenen Unzimmer. Unsichtbar überzogen von wässerig dünnem Elend, saßen auf der Bettkante, ratlos, allein, eine Zigarette rauchend. Ahnten sie schon, was sie verloren hatten, weggeworfen für die neue Freiheit? Es war unerträglich für sie zuhause gewesen, und doch einmalig ihr Zuhause. Alles Fremde erschien ihnen jetzt feindselig, waren sie schon mißtrauisch geworden? Die Mächte des Feindseligen in dieser Welt hatten bisher nur unbedeutende, alltägliche Chancen besessen, konnten nur flüchtige Eingriffe vornehmen, verwunden, schnell verheilt. Es stand zuviel Schützendes dazwischen, nicht nur die alten, bewahrten Dinge, die ihnen mitgehörten Zuhause, die Kammer, in der sie die Krankheiten überstanden und das Fieber, kindheitvertrautes, verblaßtes Tapetenblumenmuster, in den Fiebernachmittagsstunden gezählt, das selbstgezimmerte Bücherbrett an der Wand, die ungestrichene Kiste mit Briefen unterm Bett mit dem billigen Geheimschloß aus Messing, mit dem Geheimwort aus vier Buchstaben, der Platz am Eßtisch, der alte Teller mit dem Sprung und die Tasse mit der kleinen Kerbe am Rand, ihre Tasse, mit den beiden blauen, verschnörkelten Anfangsbuchstaben, sondern die Rufe der Mutter und der Schritt des heimkommenden Vaters abends, es ist untergegangen für sie, sie haben es im Stich gelassen. Und vielleicht mußten sie jetzt, auf dem Bettrand, in die hohle Hand blicken, als läge es dort drin, was sie dafür gewonnen, eingetauscht und erworben haben. Die Freiheit? Und sie spüren das Feindselige unsichtbar, die immer einigen, verbündeten Mächte, wie sie sich den jungen Mann dort auf der Bettkante betrachten, der jetzt für sie r e i f werden wird. Sie besprechen ihre Chancen, er hört sie nicht, aber er fühlt, daß er ihnen nun ausgeliefert sein wird. Das Rauchen hilft nicht mehr, man muß hart bleiben, denkt er, denn die Lippen zittern vor Traurigkeit. Dieser junge Mann ist wohl zu früh ausgerissen, warum weint er denn? Er weint, seit vielen Jahren zum ersten Mal. Nicht, weil ihn die Mutter nie mehr rufen wird, er solle zum Essen kommen, nicht, weil er nie mehr durch die alten Türen gehen wird, nie mehr zum Stuhl am Fenster, durch das man den großen, breitästigen Nußbaum draußen vorm Tor sieht, und den roten Briefkasten an der Ecke, und den einarmigen Zeitungsmann auf dem Fahrrad, der die Zeitung aufs Fensterbrett legt mit einem pfiffigen Augenzwinkern und einem vieldeutigen Grinsen in dem dunkelbraunen Veteranengesicht mit der großen Schläfennarbe und dem kurzen, borstigen Schnauzbart, den er schon in der Kindheit bewunderte. Sondern weil er jetzt spürt, daß ihm nichts mehr freundlich gesinnt sein wird auf der Welt, daß ihm nichts mehr arglos vertrauen wird, daß sie ihn t r e i b e n werden, drängen, hetzen, um ihn ruhelos zu machen, ratlos, verwirrt, und mit diesem Zimmer hier finge es an, die gleichgültige und insgeheim ihm nachspürende Macht der Fremdnis, die er für die Freiheit hielt, mit dem Weinen auf der Bettkante finge es an, womit würde es enden?

Aber das waren doch ausgesprochen unwahrscheinliche Gedanken, dachte ich, unwahrscheinlich düstere Gedanken, die würden sie nicht am ersten Morgen schon denken. Vielleicht fanden sie die Arbeit, die ihnen zusagte und sie voranbrachte, vielleicht wartete die Mutlosigkeit so lange auf sie, bis sie ihr neues Leben in der Freiheit gegründet hatten, die neue Heimat. Und dann haben sie ein kleines Haus und eine Frau, ihre Frau und ihre Kinder, und die Mutlosigkeit wartet noch immer, was bedeuten ihr Jahre, sie west zwischen den Zeiten, sitzt in den Zwischenwänden der Jahre, denn es steckt noch zuviel Kraft und Widerstand in dem Ausersehenen, er ist noch nicht reif, nicht mürbe geworden. Und dann ist es eines Tages soweit. Vielleicht an einem kühlen, grauen, noch wolkendunklen Morgen. Und der Mann, der vor vielen Jahren, zwanzig oder dreißig Jahren, in einem fremden, kahlen, unsinnig trostlosen Logierzimmer auf dem Bettrand saß, und in die Hand weinte, die leer war wie die Luft der Freiheit, kommt an diesem Morgen in die Küche und sieht den Zettel auf dem Küchentisch liegen, von einer Untertasse festgehalten. Er hat nur diesen einzigen Sohn, und wenn das Leben oft keinen Sinn mehr zu haben schien, dann konnte er daran denken, daß es dieser Sohn sein sollte, dem Sinn und Mühen und die Last eines geduldig ertragenen Lebens galten. Und nun ist von diesem Sinn nur noch ein Zettel übriggeblieben. Ein halber Bogen liniertes Papier, flüchtig mit blauschwarzer Tinte beschrieben. Jetzt hat ihn die Mutlosigkeit doch noch in ihre Fänge gekriegt, der unsichtbare Sensenschwung hat ihn niedergemäht. Nun wird er keinen Widerstand mehr leisten. Da steht er im fahlen Küchenfrühlicht und starrt noch immer auf den Zettel, den ihm das Leben hingelegt hat, die Freiheit. Dafür ist er einst fortgegangen von zu Hause in die Fremdnis und Feindseligkeit der heimatlosen Welt, hat er geschuftet und ein neues Leben, ein Heim gegründet, für einen Zettel auf dem Küchentisch. Und nun muß er noch die paar Schritte gehen, von der Küche über den kleinen Flur ins Schlafzimmer, an das Bett seiner Frau, um die vier Worte zu sagen, und wenn er sie gesagt hat, ist es genug, und sie sind fertig mit ihm, die ihn erlegt haben. ›Mutter‹, sagt er und hält den Zettel in der Hand, es ist das Los, das er am Schluß gezogen hat, die Niete, ›Mutter, Paul ist fort!‹

Ich drückte die Zigarette in der Seifenschale auf dem Waschtisch aus und zog mich an, nahm den Hut vom Haken und den Koffer vom Boden, denn hier wollte ich die Nacht nicht zubringen. Ich warf die grüne Türe hinter mir zu, daß der Bewurf von der Wand rieselte im Flur, stumm und wie getrieben verließ ich das fadenscheinige Stundenhotel. Ich brachte den Koffer zum Hauptbahnhof, mit dem Gepäckschein war es mir leichter, ich hatte noch zwei Stunden Zeit, ich ging in das nächste Speisehaus und schlang ein billiges, kaltes Essen hinunter, Kartoffelsalat, Rote Rüben, Anchovis und gefärbten Lachs. Danach ging ich in das Kino gegenüber. Ich geriet mitten in einen Kriminalfilm, ich wollte vergessen, daß meine Flucht mißglückt war, ich wollte mir nicht vorstellen, was mich am Ausgang erwartete, im Hauptbahnhof, nach dem Abschied von dir. Ich war kopflos geworden, ich hatte schon aufgegeben, ich fühlte, ich zählte nicht mehr, ich hatte versagt, ich war gestrichen worden. Ich sah mir diese Mordgeschichte an, die Verfolgungen über die Dächer, es wurde gekämpft und geschossen, und das Gute, das in dieser Welt den Sieg noch nie davongetragen hatte, hier siegte es von Akt zu Akt, Meter um Meter, denn es hatte sich mit der skrupellosen Macht verbündet, es schlug zu, es triumphierte, es vernichtete die Widersacher. Es war die Fälschung, an der sich die Zuschauer erwärmten und erhitzten, sie konnten danach getrost nach Hause gehen, die Welt war in Ordnung, die Bestie wurde umstellt und zur Strecke gebracht, das Gute blieb, wenn auch erst im allerletzten Augenblick, siegreich, man hatte sein Geld nicht umsonst ausgegeben.

Geblendet und verwirrt, getäuscht trat ich wieder auf die Straße hinaus, es war noch abendlich klar und hell draußen, und als ich vor den Hauptbahnhof kam, sah ich dich aus einem anfahrenden Omnibus steigen. Ich drängte mich durch das Gewühl zu dir, du gabst mir deinen Koffer und gingst, die Fahrkarte zu lösen. In der großen Haupthalle brannten alle Lampen, Männer und Frauen, Mädchen und junge Leute, die aneinander vorbeidrängten, sich in den Weg liefen, sich anstießen, voreinander auswichen, die mit ihren Schritten und Rufen das unaufhörliche summende Raunen verstärkten und unterhielten, sie alle hatten jenen wie stehengebliebenen, verstörten Blick, von der Hast erglimmend, erstarrt, diesen auf ein noch nicht sichtbar gewordenes Ziel gerichteten Blick, der ihre Bewegungen ziellos und zerfahren erscheinen ließ. Dann sah ich dich mit der Fahrkarte zurückkommen, im hellen

Trenchcoat, der Schein der vielen Lampen, von Staub und Rauch durchzogen, fiel auf uns herab, das brausende, summende Raunen umgab uns und das Schieben, Drängen, kofferschleppende Hasten der Reisenden. Da trank ich noch einmal dein fremdes, hohes, bestürztes Lächeln im gelben Licht, und während wir die letzten Worte miteinander sprachen, mit lauten Stimmen, denn das Rollen der Züge drang herüber, die Dampfstöße der tiefatmig fauchenden, zischenden Lokomotiven, mußte ich an das Plakat denken, das es nicht gab! Es war ein großes Plakat in Blau, Gelb, Rot und Grün, es hing über den Fahrkartenschaltern, und es stand nicht darauf: ›Besucht die westlichen Berge!‹ oder: ›Die blaue See im Süden erwartet deinen Besuch!‹ Sondern unter dem Bild des Mannes im Reisemantel und der karierten Decke überm Arm, der jungen Frau im blauen Reiseschleier, stand in hohen, leuchtenden, roten Buchstaben:

DER ABSCHIED ERWARTET DICH

Der Mann blickt in das Gesicht der jungen Frau, sie hat ihre schmale Hand im gelben Handschuh schon aus dem Händedruck gelöst. Sein Blick ist angespannt, als suche er noch immer nach dem fehlenden, dem ausgebliebenen Wort, das es nicht geben kann, gleich wird sie noch einmal nicken, und dann wird sie fortgehen. Und der Mann weiß, daß sie nicht nur die Reisedecke mitnehmen wird, die er ihr jetzt geben will. Der Abschied erwartet dich. Sie wird noch einmal winken, und er wird das Wort, das es nie gibt, noch immer nicht wissen. Aber er könnte es aufzählen, was sie mitnimmt, sein Bestes? Als hätten sie beide, nicht nur in den unvergeßlichen, schwingenden Niederbrüchen der zeitlosen Nächte, sondern in dem unwandelbaren Ernst und Vertrauen ihrer verbündeten Nachbarschaft etwas erschaffen, ein nicht mehr aufzulösendes Ganzes, das ihre Art zu denken und zu sehen verschmolz, nicht nur eine gemeinsame Luft und ein witterndes Gefühl, das sich ohne Zeichen verständigt, sondern ein geheimes Werkzeug, ein Instrument, ein Gangwerk, das die Verbindung zum Leben draußen auf ihre Weise einmalig regelt und ordnet, Schwankungen und Gefahren überwindet, und das unsichtbare Gangwerk kann nur von ihnen beiden zugleich betreut werden. Aber davon scheint die junge Frau nichts zu ahnen, sie denkt an die sichtbaren, an die praktischen Dinge, sie wird sich beeilen müssen, um den Zug noch zu bekommen, der in zwei Minuten abfährt, vielleicht will sie dann aus dem Fenster noch eine ›Illustrierte‹ kaufen, eine Zeitschrift für die Dame, ihr Platz ist bestellt, ihre Koffer sind im Gepäcknetz untergebracht, nur der Mann weiß, daß er vielleicht noch den Ausgang der Haupthalle erreichen wird, dann wird das Gangwerk stehen bleiben, wie ein Herz, das aussetzt und danach mit gänzlich verändertem Schlag wieder beginnt. Ein Schlüssel, den man zerbricht, und nun nimmt jeder von ihnen eine zerbrochene Hälfte mit, und keiner kann damit mehr das gemeinsame Zimmer aufschließen, ein Plan, den man mittendurchreißt, und keiner kann mehr ohne die fehlende Hälfte den gemeinsamen Schatz finden, ergraben. Und er weiß nicht, ob sie die fehlende Hälfte wieder mitbringen wird, ob sie dann noch zu seinem Stück passen wird. Der Abschied erwartet dich. Und in der Haltung des Mannes, in dem Ausdruck seines gesammelten Gesichtes ist etwas, das an jene Sekunden in einem Schleusenwerk erinnert, in der gläsernen Kabine oben, da die Hand des Mannes auf einem Hebel liegt, er hört den Strom draußen rauschen und anschwellen, er blickt auf die Meßgeräte und tanzenden, zitternd ausschlagenden Zeiger, er weiß diesmal nicht, ob die Dämme halten werden oder ob die Flut alles einreißen wird, aber er darf den Hebel noch nicht herunterwerfen, denkt nur: ›Gleich. Gleich ist es soweit.‹ Und als die Frau vor ihm nickt, ihr Blick hat sich flüchtig verdunkelt zu einer letzten, tiefen Zärtlichkeit, legt er sich mit ganzem Gewicht auf den Hebel und reißt ihn herunter.

»Hören Sie«, hörte ich dich sagen zwischen den Dampfschüssen der Lokomotiven, »Sie sollen jetzt nicht so traurig werden. Wir sehen uns wieder. Einmal sehen wir uns wieder.«

Ich nickte in dem gelben, rauchdunstigen Lampenschein, ich konnte kein Wort sprechen, als hielte hinterrücks eine unsichtbare Hand meine Kehle umschlossen. Und ich hörte es in meinem Kopf singen. ›Ja ja, die Wolke, die Wolke war schuld daran‹, sang es in meinem Kopf. Da gabst du mir die Hand.

»Ich danke dir, Gilbert Orlins«, hörte ich dich sagen, »für deinen Besuch, für deine Begleitung, für deine Freundschaft.«

Zum letzten Mal sah ich dein lieblichstes, unwillig süßestes Lächeln auf mich zukommen, dann kam dein Gesicht ganz nahe, und ich las die Worte mehr von deinen Lippen ab, als daß ich sie vernahm:

»Auf Wiedersehn, Gilbert Orlins. Ich nehm sie mit, ich will sie nicht verlieren, deine geheime Brüderschaft, leb wohl!«

In dem Eisenbahnwagen unter dem Brückenbogen ist es dunkel geworden. Die Sonne ist längst untergegangen, der Schatten auf dem Vorhang ist nicht erschienen. Orlins nimmt den Bleistift, er muß das kleine Feuerzeug anzünden, um lesen zu können. Im Schein der gelben Benzinflamme streicht er die folgenden Worte durch:

>   Atelier
>   Dachgarten
>   Turmphantasie
>   Hotelzimmer
>   Kino
>   Bahnhofshalle
>   Abschied

War es unvorsichtig, im Wagen Licht zu machen? Draußen über dem Wasser ist es still und noch immer nicht dunkel.

M o r g e n, denkt er, *will ich mich der ›Passage‹ widmen, dem ›Wirtshaus‹, ›Jim zum zweiten Mal‹, dem Sterben meines Vaters.*

Er steckt das Feuerzeug ein, zieht die Schuhe aus, mit den Kleidern legt er sich auf das hohe, unter ihm nachgebende Bett, er sinkt ein, sinkt bald in Schlaf. –

Orlins erwachte von einem Stechen und Bohren in der linken Schulter, er warf sich herum, schlaftrunken dachte er nur, daß es noch dunkel sei, noch früh, noch Zeit bis zum Wecken, *Cora schläft noch*, dachte er, *die Kinder schlafen noch, es ist noch ruhig im Haus.* Als er zum zweiten Mal erwachte, noch immer schlaftrunken und schweren Blicks, starrte er eine Weile verständnislos in die helle Waggonstube. Er fand sich mit diesem Blick nicht zurecht bei den Dingen, die ihn umgaben, er lag in einem fremden Zimmer. Er kannte sich hier nicht aus, die Dinge halfen ihm nicht im Zurechtfinden, sie gaben ihm das Erkennen nicht ein, durch das allein wir zuhause sind in der Welt, die uns ewig fremd bliebe, wenn wir vergäßen, wenn uns die Erinnerung nicht wie das Tasten den Blinden hülfe, uns voranzufinden. Es war wie ein leichter Blitz durch sein Denken zuckend, als er erkannte. *Nicht zuhause. Verschwunden. Keine Post heute. Kein süßer Kaffee mit Rahm, keine Brötchen mit Orangenjam, keine Zeitung.* Er hatte sich in dem hohen Bett aufgerichtet, wie spät? Die Uhr stand noch immer, er fuhr sich durch die wirren Haarbüschel, nahm den kleinen Schildpattkamm aus der Rocktasche und kämmte sich. Er war unrasiert, sein Anzug war zerknittert, er gähnte und stand auf, suchte seine Schuhe, zog sie an und beugte sich über den Tisch, eine Zigarette anzündend, da lag der Bleistift, die linierten Bogen, er las die durchgestrichenen Worte, rauchend, las das nächste Stichwort: »Passage«.

Er hatte Durst. Gleich, gleich würde er in die Passage gehen und stehenbleiben, er stand ja noch dort an jenem Abend vor sieben Jahren, nach dem Abschied von Jessie, stand noch dort und blickte in das Ladenfenster, Schaufenster hinein, sah die Stümpfe aus Hartgummi, die Kunstglieder –, er hatte Durst, er erinnerte sich der Worte auf dem Zettel: ›Nehmen Sie den Benzinkocher.‹ Er ließ die Gestalt, die er vor sieben Jahren einmal gewesen, in der Passage vor dem Schaufenster stehen, wenn er nichts tat, konnte sie sich dort nicht mehr vom Fleck rühren, und ging in den kleinen Küchenraum, kniete auf dem Boden, zog den Benzinkocher unterm Küchenherd hervor, stellte ihn auf die Herdplatte, schraubte ein wenig, pumpte, ließ das Feuerzeug anspringen, da brannte der bläuliche Flammenkranz. Ob er sich einst, nach welcher Zeit, an diesen Augenblick –? Erinnern? Vielleicht war es schon Mittag draußen, nach den Schatten zu schließen, stand die Sonne schon hoch, ob sie noch kommen würden, um ihn abzuholen? Er schöpfte eine Handvoll aus dem Wassereimer, den der Karpfen bewohnt hatte, der Fischgeschmack, er schluckte etwas davon, würde verschwinden, wenn das Wasser lange genug kochte. Er könnte ja hinausgehen auf die Plattform und Flußwasser schöpfen, aber man könnte ihn erblicken, anrufen, fragen, er sollte sich hier nicht bemerkbar machen. Er füllte den Wasserkessel, stellte ihn auf den Flammenkranz, in der Küche war die Teebüchse nicht zu finden, er mußte dort drin in der Stube suchen. Bevor er die Küche verließ, füllte er den Napf wieder mit Zucker, Milchpulver, Eipulver, trug ihn hinein auf den Tisch, dann öffnete er den Kleiderschrank. Regenmäntel, Ölmäntel, hohe Wasserstiefel, ein zusammengerolltes Segel, Bücher, ein Malkasten, weiße Segeltuchschuhe, Blechbüchsen mit blaugerandeten, handgeschriebenen Schildchen: »Ingwer«, »Anis«, »Cuminium«, »Nelken«, er wühlte den Schrank von oben bis unten durch, fand keinen Tee. Er hörte das Wasser draußen brodeln, sprudeln, schloß den Schrank, setzte sich hinter den Tisch auf die Bank, wischte das feuchte Gesicht mit dem Taschentuch trocken. Ob die Lehrer in der Schule heute seine beiden Kinder fragen würden: ›Wurde euer Vater noch nicht gefunden?‹ Er zog am Tisch die Schublade heraus, griff flach bis nach hinten, spürte steifes, kantiges, eingedrücktes Staniol und zog die halbvolle Packung heraus, »Flowery«, roch befriedigt daran, steckte das Stanniolpäckchen ein und trug die Teekanne in die Küche. Er spülte die Kanne aus, goß kochendes Wasser hinein, schüttete es wieder aus, warf einen großen Löffel Teeblätter hinein, ließ die Kanne noch etwas erhitzen über dem sprudelnden Wasser, dachte daran, daß es Sonntagnachmittag war, als er den kleinen alten Erfinder im halbdunklen, kühlen Hausflur des Hotels traf, zum ersten Mal, goß nur soviel kochendes Wasser in die Kanne, daß es zwei Finger hoch über den Teeblättern stand und dachte daran, daß er mit dem alten Pat die Treppen in dem kleinen Hotel hinaufging, in das Bad trat und Jessie zum drittem Mal in seinem Leben sah. Wollte auf die Uhr blicken, um den Tee zehn Minuten ziehen zu lassen und überlegte, daß man der Zukunft nicht diese Aufmerksamkeit zuwandte, mit der man die Vergangenheit betrachtete, daß man sich nicht genügend vorbereitete, aufpaßte, sich auf die Lauer legte, denn warfen nicht alle Ereignisse Schatten voraus? Nichts trat urplötzlich ein, bevor eine Tür aufging, hörte man einen Schritt, draußen ...

Man wußte nicht, was morgen geschah, aber wußte man immer genau, was gestern geschehen war? Hatte man wirklich alles mitbekommen, nicht nur die Tatsachen, das Nachweisbare, sondern das andere, jenes, das »zwischen den Zeilen« stand und nie nachzuweisen war, den Sinn? Geschah alles durch Zufall? Aber man wußte, daß keine Ursache ohne Wirkung blieb, keine Wirkung ohne Folgen, daß alles miteinander zusammenhing, unübersehbar, aber doch ein unaufhebbarer Zusammenhang, und geschah alles unabwendbar?

Ich muß in die Passage zurück, dachte Orlins. *Ich wurde hier nicht abgeholt, weil ich noch in der Passage stand, weil ich noch nicht wieder zurück war aus sieben Jahren. Man fordert hier reinen Tisch von mir. Man erwartet, daß ich weiß, woran ich bin. Die Unauffindbaren nehmen es mit dem Wiederträumen genau, sie empfehlen mir nicht bestimmte Werke zum Studium, sondern mein Gewissen, die Lektüre meiner Erinnerungen.*

Er füllte die Teekanne nun bis zum Rand mit kochendem Wasser, drehte den Benzinkocher ab, trug die Kanne hinein auf den Tisch, goß etwas Tee über die Zucker-Milch-Ei-Mischung, zog die gestrickte, blaue Haube über die Kanne und rührte die schmackhafte Paste an. Sie sättigte schnell. Der Tee hatte die rechte, dunkelbraune Färbung erhalten, noch einmal stand er auf, um den Zucker in der Küche zu holen. Gesüßt, trank er zwei Tassen, schlürfend, hintereinander, dann zündete er sich eine Zigarette an, der Wind draußen wehte den braunen Vorhang zuweilen schräg in die Höhe, ließ ihn flattern und teilnahmslos wieder herunterfallen, Orlins beschloß, das Schiebefenster nicht zu schließen. Wenn der Wind den Vorhang hob, konnte er das Emailleschild lesen:

NICHT HINAUSLEHNEN!

Wenn man die Zukunft mit einem fahrenden Eisenbahnzuge verglichen hatte, der auf unbekannte Stationen zueilte, dann mußte man sich aus der Zukunft hinauslehnen, um die Vergangenheit, die ständig zurückblieb, länger im Blick zu behalten, während sie ständig schwand. Man konnte nichts aufhalten in der Welt, hielt man einen Zug auf, eine Uhr an, zog die Zukunft unaufhaltsam durch uns hindurch, ließ uns altern und lieferte uns dem Verfall aus.

Orlins schloß einen Augenblick die Augen, um sich aus der Fahrt in die Zukunft hinauszulehnen, bis er die dämmerige Passage wieder erblickte, in der er vor sieben Jahren stehengeblieben war, abends, als er von Jessie Abschied genommen hatte im Hauptbahnhof.

Er sieht sich wieder in der Passage stehen, in die Auslage des Schaufensters blicken, es ist nicht nötig, daß einer zu ihm tritt und ihm mit kurzen Worten erklärt, daß er mit seiner Flucht gestrandet sei. Mißlungen, mißglückt. Er ist nach dem Abschied von Jessie in den abendlichen, erleuchteten Straßen herumgelaufen, ohne Ziel, automatenhaft. Das Uhrwerk ist noch für eine Weile aufgezogen, bewegt sich, dahin, dorthin, durch nichts gesteuert als durch das ständige Ausweichen, um nicht anzustoßen, und nun hat es vor diesen anstößigen Auslagen haltgemacht, abgelaufen? Büstenhalter, über wächserne Brüste gespannt, Brüste aus Hartgummi, teerosenfarbig getönte, starre, harte Brüste, Strumpfbandhalter um weibliche Hüften gespannt, der obere Teil des Rumpfes. fehlt, harte, runde Schenkel, wo die Schenkel zusammentreffen, ist das Strumpfbandkorsett zugeknöpft. Stahlhaken, an

Unterarmstümpfen befestigt, Schädelplatten aus dünnem Silber, Kautschukzehen, Beinprothesen, warum hatte er hier haltgemacht?

Er hatte unwillkürlich von allen Auslagen der Stadt die unverhüllteste getroffen! Das Schaufenster der Gebrechen. Verunstaltungen. Mißratenheiten. Hier war der goldfarbene, reife Apfel durchgeschnitten, und man konnte den Wurm darin sehen, wie er sich durch das saftige Fruchtfleisch fraß und zugleich verdaute. Er dachte an das gekrümmte Rückgrat des Buchhalters, an die Senkfüße der Briefträger, für die man hier »Einlagen« vorrätig hatte. An die Verfettung der »Korpulenten«, an die verstümmelten Glieder, Unfallstatistik. Das Feindselige war ununterbrochen am Werk, hier hatte man es einkalkuliert, hier wurde die Kalkulation ausgestellt, hier blickte er der Stadt gleichsam unters Augenlid.

Er war einem Mädchen nachgefahren, mit einem alten Koffer, einem Päckchen Banknoten, mit 28 Jahren Lebenszeit, die verstrichen war. Er wollte sein Leben ändern, und war von Jessie verabschiedet worden. Ohne Ziel. Er dachte daran, daß er ein Pferd haben könnte, am Sattel eine Pfanne und einen Kaffeekessel, die Satteltaschen mit Vorräten gefüllt. Er wäre in die westlichen Berge geritten, allein, durch die Tage und über die Ebenen voller Verlassenheit, durch die verschwundenen Stillen der Einsamkeit. Er sehnte sich angesichts dieser Gebrechensartikel nach einem willkürlichen, in der Rauheit des Wetters und der Bergklüfte ungeordnet verlaufenden Wanderleben, den Anfälligkeiten, dem Gerümpel der Schäden und Schwächen entgangen, und er wußte nicht, daß seine Wünsche nach einem wilden, ihn zu allen Abhärtungen zwingenden Leben nichts anderes bedeuteten, als dies: aus der Gefangenschaft seines Geschickes auszubrechen. Daß diesen Wünschen ein altes, ein tiefes, unerklärliches Heimweh zugrunde lag. Niemand, keiner hatte die Worte gefunden, um zu sagen, wonach dieses Heimweh ihn zog. Es mußte ratlos und unbestimmt bleiben. Als wäre in dieser die Erde bewohnenden Menschengestalt noch eine zweite eingeschlossen, die nicht von dieser Erde war, die ihre Heimat verloren hatte, den Ort, wo man ihre Sprache verstand, die sie hier nicht mehr sprechen kann. Und sie hat vergessen, wo diese Heimat lag, und auf welchen Wegen sie hierher gekommen ist in diese Gestalt, mit diesem Zwilling zusammen. Nur dieses Heimweh ist geblieben, unerklärliche, letzte, verblassende und zehrende Erinnerung. Und nun geht er mit dieser zweiten, unsichtbaren Gestalt in sich herum, die sich im Gängeviertel des Alltags kaum mehr regt. Nur wenn er einmal die Stadt hinter sich läßt, in die Felder hinauskommt, zwischen Ginsterbüschen und Waldrand dahingeht, und über den Äckern mit Spargelkraut und Apfelbäumen in den Rauch der Fernen sieht, da regt sie sich wieder in ihm. Er steht auf dem Feldweg still und betrachtet das sandige Grasland, die vereinzelten, unbeweglichen Kiefernbüsche, und die zweite Gestalt in ihm beginnt, überhand zu nehmen. Es ist völlig still über den Feldern, es ist ein später, blauer Herbstnachmittag. Leichter als Rauch ist die Luft, er fühlt eine tiefe Mühelosigkeit über den Feldern liegen, fühlt, wie das unerklärliche Heimweh in ihm heraufkommt, ihn überschwebt, durchweht, er spürt die Gegenwart dieser unsichtbaren Gestalt in sich, als stünde er mit einem Fremden zusammen in der milden Herbstluft auf dem verlassenen Feldweg. Und der Fremde spricht nicht mit ihm, aber er fühlt jetzt, daß dieses Heimweh einen Klang besitzt, daß es nach einer Frage klingt, und die Frage könnte lauten: »W i e bin ich hierher gekommen?«

Er kann die Frage verstehen, aber er kann sie nicht beantworten. Er selbst hat diese Frage sich oft gestellt. Er kann dem Fremden in sich nicht sagen, wo sie beide hergekommen sind. Er kann nur über die blauen Felder blicken in den Rauch der Ferne. Er kann ihm den Weg nicht sagen, der dorthin führte, wo dieses unerklärliche Heimweh von ihm genommen würde. Ja, sie sind fremd auf der Erde. Der Kiefernbusch hat die Wurzeln unter die Erde getrieben, dort ist er zuhause. Das Reh, das in leichten Sprüngen durchs Kraut setzt, der Häher im Geäst, der Baum, der sein Nest verbirgt, sie sind zuhause hier. Er allein ist der Fremde. Er mag das Land bebauen, sein Haus errichten, Fenster einsetzen und Türen, damit er die Fremdnis weniger fühlt, wenn die Nacht über das Land weht, damit er sein Haus verschließen kann. Und erst, wenn er eingeschlafen ist, wenn sich die Türen und Fenster seines Lebens geschlossen haben, im Schlaf scheint er an einem Ort einzukehren, wo er nicht mehr der unstete Fremdling ist, und er weiß nichts davon. Wenn er am anderen Morgen die Lider hebt, hat er noch einen Atemzug lang, wie einen Schatten im Gefühl, die Empfindung, in der Nähe einer unaussprechlichen Heimat geweilt zu haben. Zugleich beginnt die Fremdnis wieder, zu tönen, tönend an ihm zu zehren.

Als ihn das Mitleid mit den Verstümmelten, den Gebrechlichen ergriff, konnte er sich von dem Schaufenster in der Passage lösen. Während er an unbeleuchteten Schaufenstern vorbeiging, an einem Kinoplakat mit dem Filmtitel

MÄNNER MÜSSEN SO SEIN

vorüber, die düsterste Stelle des Ganges hinter sich ließ, fiel ihm das Bild eines Wirtshaushofes ein, das sich ihm vor einigen Minuten im Vorbeigehen eingeprägt hatte.

Nicht etwa, weil dieser Anblick eine Ermunterung oder Trostverheißung enthalten hätte. Er hatte nichts als einen stillen, dunklen Wirtshof gesehen, darin Gartentische und Stühle standen, verlassen, und an der Mauer den dürftigen, kümmerlichen, staubigen Baum mit den schwärzlichen Blättern, von einem schrägen Lichtschein, der aus einem der Fenster des oberen Stockwerks des langgestreckten, alten Hauses durch das Dunkel schnitt, schwach angeleuchtet.

Nach einigem Herumlaufen fand er den dunklen Wirtshof wieder. Das Bäumchen an der Mauer war jetzt nicht mehr beleuchtet. Auf dem öden Hof stank es nach Müll und Urin. Die Luft schien von Moder und Schimmel durchsetzt, feucht und gärend.

Was suchte er hier? Dachte er hier seinesgleichen zu finden? Er setzte sich an einen der leeren Tische, die Tischplatte war gesprungen, gequollen, mit Staub und dünnem Ruß bedeckt. Aus den Fensterladenritzen drangen vereinzelte Lichtpfeile in den Hof, er klopfte auf die Tischplatte und rief mehrere Male, die dunklen Mauern warfen seine Rufe zurück, dann schloß sich die Stille des Hofes wieder wie eine geheime Tür. Wo war er hier hingeraten? Er hatte noch keine Erfahrungen im Ausrücken, Flüchtiggehen, keine Praxis, er war erzogen worden zu sparen, es hatte ihn Mühe gekostet, in einem fremden Hotel einzutreten und ein Zimmer zu verlangen, und er hatte das billigste gewählt. Diese Tische hier schienen für andere Gäste aufgestellt, unsichtbare, die er vielleicht verscheucht hatte. Zu traurig lautlosen Zusammenkünften, schien es ihm, trafen sie sich hier, zum Feierabend des Elends, die Klagen und das Weinen der Unglücklichen, Verlassenen, das die Mauern nicht aufnahmen, das die Luft nicht erlöste, das hohle Stöhnen der Kranken, die in den dunklen Hinterzimmern lagen und nicht mehr genasen, die Schreie der Selbstmörder, wenn sie aus dem Fenster sprangen oder den Rasiermesserschnitt in die Kehle machten, die verlorenen Träume der Armen, Leid und Vergeblichkeit der Gescheiterten, Zerbrochenen. Hier schienen sie zusammenzukommen, die Klagen, das Weinen, das Stöhnen, die Schreie und die Träume, die niemand mehr aufnahm, eine ruhelose, in Schatten und Schweigen umherirrende Ansammlung, und das schwärzliche Bäumchen an der räudigen Mauer war vielleicht ihr Heil- und Troststrauch, ihr Armengrün, Schattenlorbeer und Todespalme. Auf diesen Seelenfriedhof hatte ihn das Leben noch nicht geworfen, noch nicht? Alles hatte seine Zeit, auch die Jahreszeit des schimmligen, fauligen Verwesens. Gaststätten in guter Geschäftslage, mit zahlungsfähiger Stammkundschaft, auch sie wurden von Spinger & Spinger vermittelt. Wo hielt sich der Makler auf, der die u n n e n n - b a r e n Wünsche vermittelte, wo war sein Büro? Der die Geschicke vermittelte, neuzeitliches Schicksal in gut erhaltenem

Zustande, elendfrei, von Anfällen verschont, solider Kreislauf, garantiert helle Zukunftslage, mildtätig, auch im Herbst frei von Trübsal und Anfechtungen? Hartgummibrüste in Büstenhalter gepreßt, Strumpfbandkorsett über Gipsschenkeln, zuknöpfbar. Zwischen Brüsten und Schenkeln lief des Menschen vergänglicher Pfad, wenn das Tor der Schenkel hinter ihm zuschlug, wenn die Brüste geleert waren für seinen Durst, mußte er den vergessenen Pfad wieder suchen, die Tränke der Rosenspitzen, das Tor zur unstillbaren Lustfahrt.

Er war aufgestanden in dem dunklen Hof, hier wurde er nicht bedient, hier waren solche Gäste nicht erwartet. Aber während er auf die Wand des Hauses zuging, um eine Tür zu suchen, fiel ihm ein, w e r sich dieser Ausgesetzten annehmen konnte, wer sich an dem stillen Weinen, an den furchtbaren Schreien, an dem langen, matten Stöhnen sättigen konnte. Er wollte es nicht zu Ende denken, bevor er nicht in Sicherheit war, er stand schon in einem Hausgang ohne Tor, tastete sich um eine Ecke herum, da wurde der Gang von einer Lampe an der Decke erleuchtet. In den Mauerwinkeln hingen fette Spinnweben, aus den Wänden war der Kalkbewurf losgebrochen, die Ziegelsteine kamen darunter zum Vorschein wie die Zähne in einem versteinten, übertünchten Riesenmaul, Bleistiftkritzeleien bedeckten die Wände, unzüchtige Darstellungen, unzweideutige Aufforderungen, das eine zu tun, woran man dachte, wovon man nicht sprach, die Lustfahrt der Geschlechter. »Um neun, Antonio!« stand an der Wand, mit einem Nagel in den Bewurf gekratzt. Darunter stand: »Napoleon konnte auch nur mit Wasser kochen.« Er ging weiter, es roch hier nach säuerlichen Bierpfützen, ein dumpfes, murmelndes Brausen schien noch von einer Tür zugehalten, er fand die geteerte Tür, mit blauer Kreide stand darauf:

ZUM GEBOGENEN FINGER

Als er die Tür aufzog, schwoll das Brausen ihm entgegen, der laue, fettige Dunst von gebratenem Fleisch, Zigarrenrauch, der Dunst von Schweiß und Bier und Speisen, es ging abwärts einige Stufen, hinunter zu einem Buffet, hinter dem ein Mann mit schwarzer Gummischürze stand, die Hemdsärmel aufgekrempelt.

»Nummer 7?« fragte der Mann mit einem eindeutigen Lächeln, das keiner Erklärung bedurfte, »oder wollen Sie erst in das Speiselokal? Dann bitte hier eintragen, und es wird hier vorausbezahlt.«

Er zahlte für Nummer 7 voraus, er dachte, daß er eine Unterkunft für die Nacht haben mußte, er bezahlte die Nacht, bevor sie geschah, die Nacht des eindeutigen Lächelns. Der breitgesichtige Mann mit dem madenfarbenen, fettigen Gesicht hatte die einzige Haarsträhne auf dem von winzigen Schweißperlen berieselten kahlen Schädel festgeklebt, in Ringelform, ein pomadeglänzender, schwarzer Haarwurm.

Orlins mußte wiederum einige Stufen hinabgehen, in die Gewölbehallen, Trink- und Speisehallen. Er sah die fünf Brüder hinter dem riesigen Schanktisch, ununterbrochen Biergläser füllend, ohne aufzublicken schoben sie die gespülten Gläser unter den rinnenden Strahl, der in den Gläsern aufschäumte, sie strichen den dicken, weißen Schaum mit einem brieföffnerähnlichen Elfenbeinmesser ab. Die rechten Hände schoben die gefüllten Gläser nach vorn, während die linken gleichzeitig die leeren Gläser unter den Bierstrahl schoben, ununterbrochen, sie schwitzten auf ihren Stirnen, die nicht übermäßig hoch waren, faltig, umso kräftiger waren die Nackenwülste, die Armmuskeln. Orlins mußte sich zwingen, den Blick von ihnen zu nehmen, s i e wußten, was zu tun war, er wußte es nicht mehr, er hätte in diesem Augenblick unbedenklich teilgenommen an ihren Verrichtungen. Der größte der fünf Brüder, der ganz hinten stand, schlug plötzlich mit dem noch leeren Bierglas auf den siebartig ausgestanzten, verzinkten Blecheinsatz des langen Schanktisches, worauf die Verwandlung der Tätigen eintrat. Ihre Rücken in den schwarzen Westen strafften sich, ihre linken Hände fuhren zum Bierhahn, drehten den Strahl ab, als das Glas gefüllt war, fast gleichzeitig lehnten sie sich zur Wand zurück, um die gefüllten Biergläser auf einen Zug leerzutrinken. Nach diesem Schautrinken war Orlins durstreif. Er ging weiter, um sich einen Tisch in einer unbesetzten Ecke zu suchen, von Gewölbe zu Gewölbe, unterirdische Trinkerviertel der Stadt, und vielleicht war er jetzt wieder u n t e r der Passage angelangt, unter dem Schaufenster der Hartbrüste und zugeknöpften Schenkel. Zwischen zwei vorspringenden, durchbrochenen Wänden, mit kernigen Sprichworten bemalt, fand er zuletzt einen Tisch in einer Ecke, an dem niemand saß, da es hier etwas dunkel war, ständig zog. Eine Tür im Hintergrund pendelte zuweilen hin und her im Luftzug, auf die Tür war mit blauer Kreide ein Mann gemalt, der vor einer Mauer stand, den Kopf senkte, die Beine auseinandergestellt, man sah nur seinen Rücken. Orlins setzte sich hin, schob das leere Bierglas mit dem welken Schaumrand zur Seite, ein gefülltes Glas wurde vor ihn hingestellt, er trank es auf einen Zug aus, stellte es hin. Der Kellner mit dem großen Nickeltablett stellte ihm sogleich ein frisches Glas hin, er hielt sich mit seinem Vorrat ganz in der Nähe auf. Orlins trank wieder, als müßte er eine alte, unbekannte Vorschrift befolgen, einhalten, als er das dritte Glas in dieser Schnelligkeit getrunken hatte, begann er sich schon lautlos mit sich selbst zu unterhalten.

»Los!« sagte die eine Stimme in ihm, »voran, hinunter damit, voran und hinunter! Keine Bedenken, man hat Ihnen schließlich nicht schlecht mitgespielt.«

»Und ob man mir mitgespielt hat«, sagte die andere Stimme in ihm, zu der er hielt, für die er Partei ergriff, und er trank.

»Lassen Sie es jetzt mal darauf ankommen«, sagte die Gegenstimme, »keine Flausen, wozu diese Pimperlichkeit, dieses Geziere, ohne Füllung steigt kein Ballon, und Sie wollen doch steigen, schweben und fliegen!«

»Und ob ich fliegen will!«, sagte die Stimme in ihm, die seine Partei hatte, »ich bin lange genug gekrochen, durch Müll und Staub, durch die Flohwinkel des Alltags, ich will hinauf!«

»Oder haben Sie noch etwas zu verlieren?« fragte die Gegenstimme.

»Nichts zu verlieren«, antwortete die zum Nichts, zum Aufbruch, zum blinden, wütigen Aufstieg entschlossene Partei. Und er trank ein weiteres Glas, rülpste, er mußte schon langsamer trinken, es gelang schon nicht mehr auf einen Zug. Als wollte er etwas ins T r e i b e n bringen, das noch nicht von der Stelle wollte, das festgefahren war, er selbst wollte in dieser Biersicht forttreiben, die leidige, zudringliche Nähe seiner selbst verlieren.

Er wußte nicht, daß er eine der alten Vorschriften gegen die Tränen befolgte, unzulänglich und alles verschlimmernd, die Notlösung für den sofortigen Unglücksfall, die erste Hilfe, die sich als Verheerung erweisen mußte nach den Gezeiten des Kreislaufes. Aber die Vorschrift vererbte sich durch die Generationen, sie linderte die Umschnürung des Elends, die Polypenfänge der Verzweiflung erlahmten und fielen ab, und dann spürte er, wie alles in ihm in Bewegung geriet, und wenn er aufsah, schwankten die Mauerbögen, nun war es wohl so weit. Schwerfällig stützte er die Arme auf den Tisch, die beiden Stimmen waren von Biermengen überspült, ertränkt, das Gefühl eines Triumphes stellte sich ein, die Lust, etwas in sich zu vernichten. Vielleicht wollte er das Vermächtnis zerstören, das die Schar lange in Gräbern zu Moder zerfallener Männer und Frauen ihm hinterlassen hatte, Vermächtnis rastloser Wünsche, unstillbar zehrender Begierden, er wollte nicht länger das Geschöpf ihrer unsinnig genährten Hoffnungen sein, ihres entsetzlichen Verlangens, e r l i t t n i c h t m e h r.

Das Gespenst der Verzweiflung hatte sich abgewandt, war aus ihm fortgegangen. Er litt leicht mehr, aber nun wurde ihm etwas anderes geschickt in den Biertaumel, es fühlte sich an, unhörbar, wie die herbstliche Leierkastenmusik der Traurigkeit. Zuerst schien es wie Linderung und Trost, in dem Taumel des Traurigseins dahinzuschwanken, bis er mit einem Male wieder an Jessie denken mußte, wie sie unter der Tür der Küche vor dem langen Speichergang stand, ihn anlächelnd, erwartend, und er wußte, daß ihn jetzt nur noch eines erwartete, das Flennen, das flennende Elend.

Diesen Augenblick schien sich der Mann, der durch die Tür mit der blauen Zeichnung »Für Männer« hereintrat, ausgesucht zu haben, unter den verschiedenen Augenblicken, die ihm zur Wahl standen. Er trat, den Hut schief in der Stirn, an den Tisch und setzte sich Orlins gegenüber. Orlins erkannte ihn nicht gleich, obwohl ihm der verbeulte Hut bekannt vorkam. Der Mann nickte ihm zu, blies den dicken Schaum vom Bierglas, das sogleich vor ihn hingestellt worden war, und trank ihm zu. Damit sah Orlins sein Gesicht, unter dem Hutrand, das runde, zerknitterte Gesicht mit dem wunden Blick des bekümmerten Affen. Die grauen Augen mit den entzündeten Lidern tränten, es sind die Augen, in die sein Vater geblickt hat, wenn er in der Dämmerung draußen über die Straße kommt zu dem Fenster und den Bekümmerten fragt: ›Hast du einen Augenblick Zeit, Jim?‹

Für einen Augenblick schien es ihm, als fände er in den tränenden Augen eine Spur von dem Blick seines Vaters, die dort haften geblieben war, als könnte ihn sein toter Vater aus diesen bekümmerten Augen noch einmal anblicken, mahnend, fern, über den Rand des Grabes hinaus, fragend, und Orlins konnte die Frage nicht deuten und ihm die Antwort nie mehr bringen. Aber nun hob der Mann sein Bierglas plötzlich hoch, schräg hielt er es in die rauchige, schwadige Luft, blickte mit den schwimmenden Augen zur Decke, er schien das Gewölbe nicht mehr zu sehen, der Blick des Mannes wurde dunkler und schärfer, als fixierte er einen Punkt fern am Horizont, und dann vernahm Orlins die Stimme, die ihn in der Früh im dunklen Abteil heimgesucht hatte, und die Stimme sagte:

»Dein Wohl, Arthur«, sie klang schwerfällig, bedächtig krächzend, »und laß uns nicht verderben, wenn du dort unterwärts etwas ausrichten kannst.«

Der Mann trank das Glas leer, schlug es auf den Tisch, der Kellner lief herbei und stellte ein frisches Glas hin, dann schob der Mann, der sich Arthurs Freund genannt hatte, den

Hut aus der Stirn, rülpste laut und wischte sich das Tränenwasser mit dem Handrücken aus den Augen.

»Sehr geehrter, junger Mann«, sagte er darauf, starr blickend, »ich wußte es wohl, daß wir uns wiederfinden. Hoffe, daß Sie nun alles erledigt haben, nicht auf Erden, nur für diesmal, verstehn? Als Ihr Vater, als Arthur starb, sagte er zu mir, wörtlich: ›Jim‹, sagte er, ›es war nicht alles umsonst. War ein Fehler in der Konstruktion, und ich hab ihn gefunden.‹

›Wie meinst du das, Arthur?‹ fragte ich ihn«.

Der Mann schwieg, senkte das Gesicht und zog den verbeulten Hut wieder über die Augen. Er schnüffelte, schnob durch die Nase.

»Warum trinken Sie nicht?« fuhr er Orlins an, Orlins schüttelte den Kopf, er spürte, daß er gelallt hätte, wenn er hätte antworten müssen, es trieb und wogte unablässig hinter seiner Stirn, er hatte genug.

»Gut«, sagte Jim und schob den Hut wieder hinauf, »Sie waren ja nicht dabei, als er starb, niemand, nur mich ließ er rufen. Zwei Straßen weiter hatte er ein Zimmer gemietet, möbliert, für die Abfahrt, eine von diesen freiwilligen Krankenschwestern sorgte für ihn, er schickte sie ins Kino, als die Stunde kam, da er sich fertigmachen mußte. Seine Familie sollte sich das nicht mit ansehen, verstehn? Er wollte sie schonen. Wollte allein sein, wenn es soweit war, und dann ließ er mich doch noch rufen, hatte noch etwas auszurichten, ließ mich durch einen ›Roten Radler‹ rufen. Ganz bestimmte Gedanken, hatte er früher einmal zu mir gesagt, werden sich erst in der letzten Stunde einstellen, dann ist das Haus in Aufregung und an Ruhe und Einsamkeit nicht mehr zu denken. Ich wußte gar nicht, daß es so schlimm stand, dachte, er wäre krank, war schon ziemlich dunkel, als ich in das möblierte Zimmer trat. Aber ich sollte kein Licht machen.

›Laß das Licht noch fort, Jim‹, sagte er vom Bett her ›hast du dir etwas zum Trinken mitgebracht?‹

›Nichts, Arthur‹ sagte ich, ›ich dachte nämlich, weil du so krank bist ...‹

›Auf dem Tisch liegt Geld für 'ne ganze Flasche‹, sagte er aus der dunklen Ecke her, ›hol dir etwas Kräftiges heute!‹

Ich nahm das Geld vom Tisch und ging runter auf die Straße und nebenan in einen kleinen Laden, der nur gute Sachen hatte, Elixiere, verstehn? Ich probierte aber erst einige scharfe Lagen, denn ich fühlte mich plötzlich nicht mehr auf der Höhe, Arthurs Stimme hatte merkwürdig geklungen. Der Budiker hielt mir einen Vortrag von der Harmonie der Essenzen, von trockener Milde und hartem Schnitt in den gebrannten Wassern, Fachgeschwätz, ich ging mit einer guten Flasche wieder zu Arthur hinauf. Verwechselte das Stockwerk, ich hatte auf nüchternen Magen getrunken. Tappte also in ein verkehrtes Zimmer. Aus dem Nebenraum rief mir sofort eine Frau zu, ich sollte die Schürze anziehen und nicht mehr lange fackeln, und den Aalen die Köpfe abschneiden. Ich kann keiner Fliege ein Bein abzupfen. Ich sollte aufpassen, daß die Aale nicht wieder durchgingen. Das letzte Mal wäre ein Aal bis in den ersten Stock hinuntergekommen, eine Dame wäre auf ihm ausgeglitten und hätte sich das Genick brechen können. Mir wurde immer übler. Rückwärts schlich ich mich hinaus, einen Stock tiefer fand ich Arthurs Zimmer wieder. Er schien jetzt zu schlafen oder hörte mich nicht kommen. Ich stellte die Flasche vorsichtig im Dunkeln auf den Tisch, zündete ein Streichholz an, da traf mich sein Blick. Er sagte, ich sollte die Kerze auf dem Schrank anzünden und etwas davorstellen.

Dann mußte ich mich mit dem Stuhl ans Bett setzen, mit der Flasche, und sah sein eingefallenes, gelbliches Gesicht mit den spitzen Backenknochen, und wußte, daß er jetzt für immer auf Reisen ging. Es schnickte mich.

›Hör zu, Jim‹, sagte er leise, ›komm noch etwas näher, ich glaube, ich habe an alles gedacht, keinen Posten vergessen, die Rechnung ist fertig. Vierundfünfzig Jahre, mit Dank erhalten, sie sind bezahlt, netto Kasse, ich habe dich rufen lassen, weil ich dir noch etwas erzählen muß.‹

Ich holte Atem und sagte, ich könnte es nicht glauben, daß

er nicht wieder gesund werden sollte. Log ihn an, zum ersten Mal. Er las mir die Lüge von den Lippen ab.

›Trink jetzt erst mal ordentlich‹, sagte er zu mir, ich trank aus der Flasche, schluckte den Widersinn hinunter. ›Ich glaube, daß ich den Fehler gefunden habe‹, fuhr er fort, und ich schämte mich, daß ich aufstoßen mußte. ›Mein ganzes Leben lang‹, sagte er und drehte das Gesicht von mir weg und blickte zur Decke, ›hab ich nur nach dem e i n e n gesucht, das nicht der Alltag war, und das wie die Träume sein sollte, mitten am Tag, nach dem verbotenen Eingang, der Geheimtür, ich tat nichts anderes als s u c h e n, es genügte nicht, das war der Fehler. Das Suchen genügte nicht, Jim. Als ob jemand, der ein Stück Land bekommt, das ist sein Leben, anschirren läßt, mit dem Wagen voll leerer Säcke fährt er hinaus auf sein Land, um die Säcke zu füllen, er sucht vergebens, er wird nichts finden, er wird wieder mit leeren Säcken zurückkommen.

Ich war ausgezogen, um etwas zu finden, wer war ich denn? Ich dachte nur immer an mich, an das, was ich finden wollte, die verrufene Stelle, den verbotenen Ort des Glücks, dort, wo die Zeit nicht mehr das Leben ist, und der Raum nicht mehr durch die Zeit läuft, das gab es nicht, e s k o m m t n i c h t d u r c h d a s S u c h e n i n d i e W e l t, ich suchte das Wunder, anstatt mich vorzubereiten

Nun ist es zu spät, Jim. Ich habe alles angefangen und nichts vollbracht, es ist gut, daß ich das noch herausgefunden habe, daß ich Bescheid weiß, wenn die Fragen gestellt werden, dort, dort drüben. Hat es geklopft?‹

›Es hat nicht geklopft, Arthur‹, sagte ich, die Tränen tropften mir vom Kinn, da lag er vor mir in dem billigen Eisenbett und ging ein, ich sah doch, daß er Schmerzen hatte, sprach mit mir, als sei gar nichts, sagte, ich sollte trinken, damit ich nicht am Nebensächlichen kleben bliebe. In dem schwachen Kerzenschein sah sein Gesicht wächsern aus, tief in den Höhlen lagen die Augen, und dann hörte ich deutlich, wie jemand an die Tür klopfte.

›Mach ihm noch nicht auf‹, flüsterte Arthur. Aber da ging die Tür schon auf, ein Mann mit einer schwarzen Binde über dem rechten Auge blickte herein. Er stützte sich auf einen Stab.

›Wollte um Entschuldigung gebeten haben‹, sagte der ungewöhnlich große Mann in der Tür, hielt verblüfft mit offenem Mund inne, das gelbe Gebiß mit den langen Zähnen zeigend, verstört, er schluckte, bevor er weitersprach. ›Wollte gefragt haben, ob hier einer reingekommen ist, per Zufall. Es sind wieder Aale durchgegangen, wenn ich nicht störe. Behalten Sie ihn ruhig, wenn Sie ihn finden. Ich mache mir nichts aus ihnen, schneide ihnen nicht gern die Köpfe ab, sind doch auch Geschöpfe, meine ich, mit Verlaub, aber sie ist nun einmal versessen auf die fetten Tiere, widerlich.‹

›Hier ist niemand‹, sagte ich, ›kein Aal hereingekommen.‹

›Wohl zu ruhn‹, sagte der Mann mit der schwarzen Binde und schloß schüchtern die Tür.

›Komm noch etwas näher‹, sagte Ihr Vater zu mir, ›kann nicht mehr viel sprechen, sie s a n g nämlich in der Nacht, damals, du weißt, als ich auf dem Fußboden lag.‹

Er meinte das Landhaus, mit den Nelken im Garten, das Mädchen lag im Bett, und er lag auf dem Fußboden.

›War doch noch eingeschlafen zuletzt‹, fuhr er fort, leise, ich mußte mein Ohr hinhalten, ›davon wurde ich wach. Hörte sie im Dunkeln über mir singen, lieblich und rein, es war so still in dem alten Haus, so schön hatte noch niemand gesungen. In einer fremden Sprache sang sie, Jim, und das Singen wurde ganz unirdisch, als wäre noch eine andere Stimme hinzugekommen, ich lag am Boden und mein Herz wurde mir schwer. Als hätte sie erst jetzt ihre Seele wieder bekommen, so sang sie dahin, als ginge ein Licht in ihrer Seele auf, eine Knospe, aus der das Licht blüht, als wäre im Schlaf die Stimme eines Engels in sie gekommen, und nun sangen sie zu zweit, jubelten ineinander, das ging nicht mehr über menschliche Lippen, als würde es nicht mehr schlagen, das Herz, sondern singen. Und da ahnte ich, daß dies die Antwort sein konnte auf mein

Grübeln nach Gott, dreimal Freude und Herrlichkeit, ahnte, daß Gott einen Hauch schicken konnte, einen Ton in die Seelen, wenn sie gestimmt waren, unschuldig, wie das Licht in der Früh überm Grat, daß sie jubeln und lobpreisen mußten ohne Ende, ohne Grund? Danksingen den Lichtrötungen, seligen Frührotschimmern in weiten Höhen, den himmlischen Mühelosigkeiten in blauen und goldenen Strahlen, Jubel und Lob der Himmelszeit. Ich schloß die Augen und hatte etwas Schöneres nicht gehört auf der Welt. So war ich zum Hören geworden.

Ein einziges Hören, Jim, und ihr Singen wurde immer seliger, und ich wurde immer geringer, ich hatte keinen Wunsch und keinen Verstand mehr, keine Erinnerung und keinen Namen, ein Etwas war ich nur noch, das irgendwo in der Welt in eine Decke gehüllt am Fußboden lag und zum Hören geworden war, über Jahr und Tag hinaus, und das Hören war nichts als ein Fühlen, als hätte sie alles andere in mir fortgesungen bis auf die Luft, mit der ich auch noch das Hören, das Fühlen zu atmen schien. Wie sollte ich danach wieder aufstehen und mich mit Händen und Füßen zurechtfinden in dieser ausgestorbenen Welt?‹

Seine Stimme war schwächer geworden, ich hielt die Hand dicht hinters Ohr, jetzt drehte er sein Gesicht mir zu, sah mich an und flüsterte:

›Jim, bist du noch da? Ich kann dich nicht sehen, sie haben mir etwas in die Augen geweht, schicken den Nebel, Jim, hörst du es, da singt jemand, über einem dunklen Wasser, da weht ein schwarzer Wind, in einem dunklen Haus weint jemand, da weint eine in der Nacht, im Wind weint sie, ich muß fort, Jim, hörst du das schwarze Brausen, es geht alles unter, sie kommen, sie kommen, Jim, es ist – es ist soweit ...‹

Seine Stimme brach, er zuckte zusammen und bäumte sich, ich sah alles nur noch verschwommen durch die Tränen hindurch, es schüttelte ihn, es war, als zerrten sie schon von drüben an ihm, um ihm die Seele herauszureißen, die Kerze auf dem Schrank brannte mit einem Mal ganz hoch, flackerte, die Schatten an der Wand schienen zu taumeln, ich mußte aufstoßen vor Jammer und Übelkeit. Aber ich konnte ihn noch atmen hören, sie hatten ihn noch nicht geholt, und solange sein Atem ging, hatte ich noch Hoffnung. Eine Krise, dachte ich, hoffentlich ist diese Krankenschwester bald zurück. Es ist keine Schande, es Ihnen zu sagen, daß ich mich jetzt fürchtete, ich fuhr gehörig zusammen, als ich die Schläge draußen auf der Treppe hörte, da schlug jemand mit einem Stock auf den Stufen herum und stieß lange und gräßliche Verwünschungen aus, ich beruhigte mich, als ich die Stimme erkannte, sie gehörte dem Einäugigen, der nach den Aalen gefragt hatte.

Wie oft habe ich mir seither Vorwürfe gemacht, daß ich mich von ihm einschüchtern ließ, daß ich nicht sofort einen Arzt holte, sondern die Schnapsflasche umklammerte und ihn leiden ließ, aber er wollte keinen Arzt, sagte, sie verstünden nichts vom Tod, wären nur aufs Leben dressiert, und der Tod wäre so wichtig wie das Leben. Er röchelte jetzt, Ihr Vater, es war ein schreckliches Würgen und Keuchen, nirgends stand ein Fläschchen mit Arznei, die ich ihm hätte eingeben können, zur Linderung, in meiner Ratlosigkeit nahm ich einen tiefen Schluck aus der Flasche, ich wäre jetzt gern mit ihm zusammen, Hand in Hand, hier abgereist, ich war doch nur noch für ihn dagewesen, da ließ das Röcheln nach, plötzlich wurde er wie von fremden, unsichtbaren Händen im Bett hochgerissen, er streckte die dürren Arme aus und schrie:

›Es ist genug! Es ist genug!‹

Zweimal rief er das, fiel aufs Kissen zurück und gab die Seele auf. Ich nahm seine Hand, seine Augen waren weit offen, blickten zum Kleiderschrank hinauf, als hätte er dort etwas Schauriges gesehen, was immer noch da war, aber da oben stand nur die Kerze mit dem Pappdeckel davor. Ich hielt seine Hand, murmelte ein Vaterunser für ihn, hoffte, er spürte es, daß ich noch bei ihm war, gleich, was sie jetzt mit ihm anfingen, und als ich mich über ihn beugte, um ihm die Augen zu schließen, für immer, war sein Gesicht müde und friedlich geworden, zärtlich und mild, verstehn, und doch aufmerksam, als lauschte er, als hörte er zu, ich konnte es nicht hören, was dort drüben erklang, über den schwarzen Wassern. Überstanden, dachte ich, die Überfahrt, hol über, bald wird er mich von der Fähre aus nicht mehr sehen können, leb wohl, Arthur, und der ewige Frieden sei nun deine Habe dort drüben.

Ich ließ seine Hand erst los, als sie kalt wurde, da stand ich auf, nahm die Kerze vom Schrank, riß das Kalenderblatt ab und schrieb unter die Zahlen:

›Acht Uhr abends. Soeben ist Arthur Orlins in die ewige Ruhe eingegangen. Gott sei seiner Seele gnädig!‹

Und dann hörte ich das Geräusch. Und als ich den Kopf hob, war das Fenster über seinem Bett aufgegangen. Es ist der Wind, dachte ich und spürte, daß ich eine Gänsehaut bekam, und nun hörte ich auch das Rauschen, das Brausen, und im gleichen Augenblick flog hinter mir die Tür auf und die Kerze ging aus, etwas flog mir ins Gesicht, und als ich danach greifen wollte, war es fort, das Brausen war in ein Heulen übergegangen, im ganzen Hause schien es jetzt zu stöhnen und zu ächzen. Es m u ß t e ja kommen, dachte ich, und fummelte wie verrückt in meinen Taschen nach Streichhölzern, fand keine, spürte, wie etwas in der Luft vor sich ging, wie es mir kalt ins Gesicht hauchte, ich hatte kein Streichholz und tappte zur Tür, um den Lichtschalter zu drehen, während das Fenster auf und zu flog, aber nun war schon alles durcheinander, die Tür war verschwunden, ich tastete an der Wand entlang, stieß mit dem Kopf gegen die Tür, wollte hindurch und fiel in den Kleiderschrank, der aufgegangen war und hörte draußen jemand rufen. Ich hatte mich in einen Mantel verwickelt, der auf mich runtergefallen war, wickelte mich frei und gab Antwort, ein Glück für mich, daß da noch ein lebendes Wesen in der Nähe war, denn ich konnte mir selbst nicht mehr helfen.

›Was machen Sie denn dort drin?‹ rief die Stimme, und ich antwortete, ich könnte die Tür nicht finden, wüßte nicht, wo der Lichtschalter sei.

›Es gibt kein Licht‹, rief die Stimme auf dem Flur. ›Hat eine Störung gegeben in der Leitung, die Aale sind durchgegangen, Sie müssen mir helfen, kommen Sie heraus!‹

Dem Klang der Stimme nach tastete ich mich durch den dunklen Raum und durch die offene Tür und stieß mit ihm zusammen. Er hielt mich sofort fest, groß und kräftig, wie er war.

›Hören Sie mal‹, sagte er, ›es scheint Ihnen wohl nichts auszumachen, daß das Treppenhaus voller Aale steckt, was haben Sie denn dort drin im Dunkeln gemacht?‹

›Lassen Sie mich los‹, sagte ich, ›dort drin ist jemand gestorben!‹

Jetzt wurde seine Umklammerung stärker, zugleich kam es mir vor, als hielte er sich an mir fest, denn er begann am ganzen Leibe zu zittern.

›Haben Sie jemand umgebracht?‹ fragte er heiser, schnatternd, ›sagen Sie die Wahrheit, Sie wollen wohl jetzt durchgehen, wie? Ich zerbreche Ihnen sämtliche Knochen im Leibe. Wo haben Sie das Geld?‹

Der Wind heulte im Hausflur, das Fenster schlug drin auf und zu, und ich hing in der Umklammerung eines Halbverrückten.

›Wenn ich auch nach Schnaps stinke‹, sagte ich, ›so bin ich doch noch imstande, Sie und Ihre Kinder und Kindeskinder zu verfluchen. Wenn Sie mich nicht loslassen, werde ich den furchtbarsten Fluch, den Sie jemals gehört haben, über Sie bringen, so wahr mein alter Freund Orlins dort drin gestorben ist.‹

Sofort ließ er mich frei, blies mir ins Gesicht und gab mir einen Stoß, daß ich gegen das Treppengeländer flog, wo ich mich fing und schleunigst hinuntertastete. Kam nie dahinter, was das alles bedeuten sollte. Legte mich zuhause ins Bett und war wochenlang krank, konnte nicht zu seiner Beerdigung gehen. Das andere wissen Sie ja.«

Der Mann, der sich Jim nannte, wischte sich mit dem Handrücken das Wasser aus den Augen, zog den Hut wieder ins Gesicht und sagte nichts mehr. Er trank auch sein Bier nicht mehr aus, sondern stand auf, murmelte etwas, daß er mal hinausmüsse, gleich wieder zurückkäme, und ging etwas taumelnd durch die Pendeltür mit dem blauen Kreidemann. Er kam nicht mehr zurück, es war auch nicht nötig, er hatte ja sein Geschäft verrichtet, seine Aufgabe erledigt. Orlins zahlte die Zeche, die Flucht war aus, er hatte noch einmal die Stimme seines Vaters vernommen, durch die Stimme Jims, er wiederholte sich den wichtigsten Satz: ›Ich dachte nur immer an mich, an das, was ich finden wollte, die verrufene Stelle, den verbotenen Ort des Glücks, das gab es nicht, es kommt nicht durch das Suchen in die Welt, ich suchte das Wunder, anstatt es zu vollbringen.‹

Er wollte diese Worte nicht vergessen. Was hatte er denn bisher vollbracht? Er war ausgerückt, weil er ein Mädchen suchte, den verrufenen Ort, die verbotene Stelle des Glücks, das Wunder, und er hatte zuletzt eine Geschichte gefunden, die Geschichte vom Sterben, es war genug. Er konnte gehen. Er stand auf, er sah wieder klar, man konnte sich nicht entgehen. Er wollte wieder zurück, dort, wo er den Zettel geschrieben hatte, er wollte den Zettel wieder fortnehmen vom Küchentisch. Er war nicht umsonst gewesen, dieser Fluchtversuch, er hatte genug erfahren unterwegs, es war, als ginge er nun in Begleitung seines toten Vaters zurück.

Als er zum Bahnhof kam und den Koffer auslöste, den Koffer, der einst in jenem Landhaus gestanden haben mußte, in dem sein Vater nachts auf dem Fußboden lag und das Mädchen singen hörte im Bett über sich, singen und jubeln, waren es noch einige Minuten bis zum Abgang des Frühzuges.

Er schlief während der Fahrt, ein Mann, dem er die Station genannt hatte, wo er aussteigen mußte, weckte ihn rechtzeitig. Als er die Stadt hinter sich hatte und über die stillen Felder nach Hause ging, sagte er sich, daß man nichts überstürzen durfte. Er wollte warten. Er wollte der Zeit, den Jahren, der Zukunft nicht vorgreifen. Wohl wußte er nicht, daß Cora, daß sie beide ein Kind haben sollten aus jener ersten Nacht, der gestrigen, aber er wollte sich nicht mehr entziehen, er wollte das Haus mit ihr bauen und in seinem neuen Büro arbeiten und warten, er konnte sich jetzt Zeit nehmen, um sich vorzubereiten, wofür? Für die Stunde, die er nicht kannte. Für die Stunde nach sieben Jahren, Sonntagnachmittag, gegen fünf. Er wußte nichts von dem überlieferten Ausspruch des ›Dunklen von Ephesos‹, daß man in den gleichen Fluß nicht zweimal hineinsteigen könne. Aber er spürte, daß ein anderer am Morgen vorher hier fortgegangen war, ein anderer den Weg zu dem roten Backsteinhäuschen zurückging. Das dämmerige Frühlicht schwebte gewichtlos über den Feldern, in den Senken des braunen Feldwegs blaute noch die Schattenkühle der Nacht, wieder schien es ihm, als ob die Stille voller Anwesenheit sei, eine Gegenwart, die weiter reichte, als bis zu den Horizonten. Er ging durch den stillen Garten, am Brunnen vorüber, wo ihm die Wolke erschienen war, sie war nicht schuld, sie gehörte dazu, vielleicht war sie beteiligt an diesem Wirken, das ihn wieder zurückführte. Auch im Hause war es noch ruhig, die Mutter schlief noch, er trat in die Küche, der Zettel lehnte nicht mehr am irdenen Milchkrug, sondern hing an einem Nagel an der Wand, über dem Brotkasten, der im weißen Email die blaue Aufschrift trug:

UNSER TÄGLICH BROT GIB UNS HEUTE

Er nahm den Zettel vom Nagel und steckte ihn ein, er wollte ihn aufheben, zur Erinnerung an diesen Tag. Dann zog er in der Küche die Schuhe aus. Einen Zettel schreiben und fortgehen, dachte er, damit ist es nicht getan. Mit dem Suchen ist es nicht getan. Leb wohl, Jessie. Vergiß mich nicht.

Leise stieg er die dunkle Treppe hinauf in sein Zimmer. Eine Treppenstufe knarrte. Seine Mutter hörte ihn.

»Bist du es, Gilbert?« rief sie aus ihrem Zimmer.

»Ja, ich bin's, Mutter«, antwortete er und blieb aufatmend auf der Treppe stehen.

»Dann ist's gut«, sagte sie langsam und erleichtert.

IV

Nun kann Orlins die letzen Worte durchstreichen. Er nimmt den blauen Bleistift, zögert. Mit dem Erinnern, denkt er, mit dem Durchstreichen von Stichworten, ist es nicht getan. Man wird mich abholen, sie werden Aufgaben für mich haben. Er zündet sich eine Zigarette an, bald die letzte. Dann streicht er die folgenden Worte auf dem linierten Bogen durch:

> Passage.
> Wirtshaus.
> Jim, zum zweiten Mal.
> Wie mein Vater starb.
> Die Aale.
> Das Ende der Flucht.

Der Wind bewegt den braunen Vorhang am offenen Fenster nicht mehr, der Wind ist fortgeweht. In der Eisenbahnwagenstube ist es still, er hört das Ziehen des Wassers draußen, ein leises Rauschen. Denkt, *das Wasser fließt, es ist die Luft, die das Rauschen bewirkt. Das Fließen der Zeit erwirkt keinen Ton. Hinterläßt viele Spuren, überall, Spuren in mir. Ich habe sieben Jahre gelebt, inzwischen, seit damals, als ich in der Früh nach Hause kam und den Zettel vom Nagel nahm. Die Schatten stehen schon schräg, der Nachmittag fließt dahin, ich warte auf den Schatten auf dem Vorhang.*

Das Haus in der Drachenstraße war gebaut worden, Büro, Schreibtisch, Telefon. Die eigene Firma, Vermittlungen, Cora, die beiden Kinder, völlig glaubhaft, nicht anzuzweifeln, kein Wort ist darüber zu verlieren. Hatte er gewartet? Man wartet immer. Nichts zu berichten? Kino, Spaziergänge, Wahlen. Sein Leben hatte sich geändert, er ging nicht mehr zu Spinger & Spinger. Er konnte es nicht mit dieser großen Firma aufnehmen, Niederlassungen in allen größeren Städten. Sein Firmenspruch war nicht so zündend:

OBJEKTE ÄNDERN IHREN HERRN,
ORLINS VERMITTELT SCHNELL UND GERN!

Kleine Firma. Sonntagsbraten, Kalbsnierenbraten. Der Anwalt des Wassers und der Bäume aß nichts von Tieren. Die beiden Kinder wuchsen heran, gingen zur Schule, einmal eins ist keins. Zuweilen, abends, vorm Einschlafen, wenn Cora schon in dem Doppelbett neben ihm schlief, die Kinder im Nebenzimmer tief im Schlaf lagen, war Orlins noch einmal aufgestanden, im blauen Schlafanzug. Ging ins Wohnzimmer, leise, ließ die Tür offen, um niemand zu wecken, rauchte im Dunkel eine Zigarette, still im Sessel in der Fensterecke. Es war alles in Ordnung, Haus und Garten ruhten im Frieden der Nacht. Steuern bezahlt. Bekannte nannten ihn einen Glückspilz. Saß still im Sessel im dunklen Wohnzimmer, rauchte eine Zigarette und sah vor sich hin. Es war alles in Ordnung, er konnte sich getrost schlafen legen, und er hatte die tiefe Gewißheit zugleich, daß nichts mehr stimmte. Ohne Grund, sozusagen. Gesunde Kinder, etwas eigenwillig, normal. Daß nichts stimmte. Das Grab seines Vaters wurde von einem alten Gärtner gepflegt. Die Mutter lebte noch in dem roten Backsteinhäuschen, schrieb oft, kam oft zu Besuch. Daß nichts mehr stimmte. Ein einziger, ununterbrochener, nicht aufzufindender Widersinn. Lautlos, unsichtbar, Objekte ändern ihren Herrn.

Und im Grunde wartete er darauf. Wartesaal. Verspätungen werden bekanntgegeben. Sein Zug war nicht mit sieben Jahren Verspätung gemeldet. Zug fällt aus. War Orlins ausgefallen? Hatte jemand gerufen? Nichts. Der Buchstabe auf seinem linken Unterarm, das J, war längst vernarbt. Jugendtorheit. Jugendgewohnheiten verursachen Schwinden der Manneskräfte, Aufklärung erfolgt gegen Beifügung von Rückporto. Zwei gesunde Kinder. Als ob nichts mehr stimmte.

Ursache und Wirkung, Zusammenhänge. War sein Vater damals in das einsame Landhaus gegangen und hatte das fremde Mädchen eingemauert, damit der Sohn vermittelte, schnell und gern? Im Sessel in der Fensterecke. Als hinge ein riesengroßes Schild von der Wohnzimmerdecke herab, und auf dem Schild steht ein anderer Firmenspruch. Von höherer Hand? Im Dunkeln nicht zu lesen. Nur zu ahnen. Etwa:

»Aus Wahn und Widersinn tritt fort,
Geheimnis ruft am Niemandsort.«

? ? ?

Niemand sagte ihm, daß dieses Leben hier nicht das letzte Wort war. Er kannte keinen Niemandsort. Er kannte die Zukunft nicht, er wußte nicht, was in sieben Jahren geschah. Wußte nicht, daß er nach sieben Jahren durch einen Spiegel ins Wasser blicken würde, dorthin, Tor der Unstillbarkeit. Er stand auf, knipste Licht im Wohnzimmer an, kein Schild, keine Worte, wortlos ging er ins Bett. Nichts zu berichten.

Im Eisenbahnwagen unter dem Brückenbogen war es dunkler geworden, Orlins stand auf, trat ans Fenster, spähte hinter dem Vorhang hinaus, nun würde die Sonne untergehen. Da vernahm er ein schwaches Geräusch draußen, über sich, in der Luft, dann sah er den S c h a t t e n. Der Schatten pendelte auf dem Vorhang, Orlins packte den Vorhang, er knüllte ihn zusammen, hielt ihn zur Seite und sah den grünen, pendelnden Wassereimer an einem Strick, Wagenseil, in der Luft hängen, kein Zweifel mehr möglich, da war ein Name mit weißer Kreide auf den grünen Eimer geschrieben, er preßte die Lippen zusammen, fast hätte er aufgeschrien vor Überraschung, Lust und verrückter Freude, da senkte sich der Eimer, das Seil wurde von oben nachgelassen, lief gerade vorbei, hinunter, hielt, wurde angezogen, und der schwappende, überfließende Eimer verschwand am Fenster vorüber in die Höhe, die Kreideschrift hatte das Wasser abgewaschen. Kein Zweifel mehr, auf dem grünen Eimer hatten drei weiße Buchstaben gestanden:

PAT

Genug. Er geriet in kopflose Unruhe, fliegende Gedanken, die Gedanken riefen sich Worte zu, er mußte hier die Spuren vernichten, die linierten Bogen mit den Stichworten zerreißen, die Papierschnitzel fortstecken, war er mit einem Hut hierher gekommen? Ein Mann ohne Hut konnte am Ufer auffallen, er mußte sich beeilen, riß den Kleiderschrank auf, zog eine blaue Sportmütze heraus, sie paßte, dann begann er plötzlich zu lachen, vor Angst. Eine kalte, ziehende Angst, die unaussprechlich süß war wie das Schwindeln, das ein Rauschgift erzeugen kann, lachend taumelte er einige Schritte in der Waggonstube herum, lachend vor Angst und Unaussprechlichkeiten, er hatte diesen Augenblick unaufhörlich bezahlt, seit gestern, erinnere dich, die Wiederträumer waren gekommen, wiedergekommen, gutes Gedächtnis, dein dankbarer Sohn Gilbert. Er ging in den Küchenraum, schob den Benzinkocher unter den Herd, öffnete die Tür und trat, vorsichtig Umschau haltend, auf die Plattform des Wagens. Blickte auf das schon dunkel dahinfließende, kühle, spiegelglatte Wasser, metallisches Blau mit moorigem Braun und Algengrün ineinander, Abendkühle, atmete die vom Fluß durchdunstete Luft ein, Gerüche von Muschel, Fisch und Algen und beobachtete unbeweglich den Uferpfad. Er hörte die laufenden Schritte in der Abendstille, bevor er den vorübertrabenden Mann erblickte, der die Fäuste gegen die Brust im blauweiß gestreiften Trikothemd preßte und mit verzerrtem, und wie erloschenem Gesicht dahinspurtete, mit flatternden schwarzen Kniehosen. Auf dem Rücken war ein Papierschild mit großen Zahlen befestigt, die Nummer

347

Ein Bote, ein Zeichen? Der Läufer entfernte sich flußabwärts, leichtes Getrappel erklang unterm Brückenbogen, ein Esel trabte hervor, nickend, silbergestreiftes Maul und schimmernder Silberbauch, einen Mann tragend, der quer überm Sattel saß und die Beine baumeln ließ, eine kurze Pfeife rauchend, trabte vorüber. Verschwand. Orlins wartete noch einen Augenblick, ungeduldig, der Uferpfad blieb unbegangen, er stieg das Trittbrett hinunter, trat auf die Laufplanke, sie wippte unter seinem Schritt, er erreichte das Ufer, blickte sich um, er hatte das Erinnerungs-Verlies verlassen. Niemand war zu sehen, kein Anruf. Der morastige Uferdunst stand um ihn, Mücken umsirrten sein Gesicht, er setzte sich in Bewegung, hatte er die Prüfung dort drin bestanden? Er stieg die grasige Böschung zur Brücke hinauf, ein Motorrad raste oben vorüber, raste durch seine freudig glimmende Angst fort, der Abendhimmel wurde schon grün, in der Mitte der großen Brücke hielt ein langer, grüner Wohnwagen mit zwei schnellen, braunen Pferden. Gehörten nicht in das Gespann, tänzelten, waren unruhig, schmale, hohe, edle Pferde. Orlins blickte sich um, er bemerkte die drei Rennboote auf dem Fluß, Vierer ohne Steuermann, in dieser Bootsklasse hatte er einen Pokal gewonnen, damals, dieser Pokal war umgefallen, als er Jessie zum ersten Mal sah am Gartentor, er sah, wie die Tür des grünen Wohnwagens hinten aufging und sah endlich den kleinen alten Pat in der Türöffnung, winkend.

Orlins lief über die Fahrstraße der Brücke auf den Wagen zu, sah das schwache Kopfschütteln des alten Erfinders, der sich gebückt hatte und die kleine Wagentreppe herunterließ, stieg die Treppe hinauf in den Wagen, half Pat wieder die Stufen heraufziehen, schloß die Tür, Pat drehte den Schlüssel zweimal um, da fuhr der Wagen an, und Orlins ließ sich auf das Wachstuchsofa zwischen den verhängten Fenstern nieder. Der Wagen rollte über die Brücke, im Trab, das Pappdeckelschild an der Wagenwand schaukelte hin und her, der kleine Alte stützte sich auf die Tischkante, blickte Orlins mit geschäftiger Unruhe in den Augen an, und sagte:

»Konnten gestern nicht kommen, Pläne mußten geändert werden, Verhaftungen, hatten unseren Sender angepeilt, alles in Ordnung, haben Sie Hunger?«

Die alte, hohe, brüchige, heimsucherige Stimme. Orlins nickte, sagte, daß es damit keine Eile habe, lehnte sich behaglich in die Ecke des schwarzen Sofas und sah zu, wie der dürre, kleine Mann mit leisem Kopfschütteln an dem blauen Küchenschrank hantierte, Messer und Gabel aus der Schublade nahm, einen Teller mit Ölsardinen auf den Tisch stellte, einen angeschnittenen Brotlaib ein Wasserglas, dickwandig, während das Gefährt dahinfuhr im Trab. Während der alte Erfinder das Brot schnitt, las Orlins den aus Zeitungsbuchstaben zusammengesetzten Spruch auf dem schaukelnden Pappdeckel:

WEIT IST DAS NETZ DES HIMMELS,
DOCH NICHTS ENTWEICHT IHM

Der alte Pat schob ihm die Brotscheiben über den Tisch, der Teller mit Ölsardinen war mit dunkelgelbem Öl halb gefüllt. Orlins tunkte das Brot hinein, da stellte der kleine Alte ein Salzfäßchen hin und füllte das dickwandige Glas mit dunklem Rotwein, verkorkte die Flasche wieder und stellte sie in einen Korb unterm Tisch. Orlins streute Salz auf das eingetunkte Brot und verschlang die Sardinen und die Brotscheiben mit wachsender Gier. Trank den dunklen Wein auf einen Zug hinunter, fuhr sich mit dem Handrücken über den fettigen Mund, fühlte Sättigung, Beruhigung, kramte die letzte Zigarette aus der Tasche und sah zu, wie Pat wieder sein Glas füllte. Der Wohnwagen rollte auf einer Landstraße dahin, die Pferde gingen jetzt im Schritt. Pat setzte sich auf den Stuhl, legte die Arme auf den Tisch und schloß die Augen.

Orlins rauchte die letzte Zigarette, er fühlte, daß er noch immer nicht ganz hier war, als wäre unter dem Brückenbogen in der Waggonstube eine Empfindung von ihm zurückgeblieben, die ihm jetzt fehlte, die er verloren hatte. Es war nichts anzuzweifeln, er hatte dort unten einen Tag und eine Nacht allein zugebracht, mit Erinnerungen beschäftigt, grabend, Stollen um Stollen in den Abhang des Lebens, in die Hügel der Vergangenheit. Er konnte davon hier nichts mehr nachweisen, er hatte die linierten Bogen mit den Stichworten zerrissen. Merkwürdig erschien es ihm, daß er diese Erinnerungen nun gleichsam ein zweites Mal besaß, es war besser, nicht weiter an diesem Geweb zu spinnen, Erinnerungen an erinnerte Erinnerungen. *Wir fahren,* dachte er, *in einem grünen Wohnwagen durch den Abend, durch das Land, Pat hat die Augen geschlossen, sieht jedoch nicht ermüdet aus, scheint dabei wach zu sein und zu horchen. Es ist gut, daß ich nicht mehr unter der Brücke sitze, daß sie mich abgeholt haben, befreit aus dem Verlies der Erinnerungen. Eine Beschäftigung, die mich ziemlich mitgenommen hat, Befehl der Unauffindbaren? Wer sind sie? Hier sitzt der Mann am Tisch, der Adlersfall überstanden hatte, der mit dem Eisenbahnzug verunglückt war, wie war das mit seinem zerstörten Lebenswerk? Ich fühle, daß ich hier keine Fragen zu stellen habe. Man läßt mir Anweisungen zukommen, Briefe, Zettel.*

»Wollen Sie die Abendzeitung lesen?« fragte Pat, der die Augen geöffnet hatte. Orlins nickte. Pat stieg auf den Stuhl, hob den Glaszylinder von der leicht schwankenden Hängelampe ab, zündete den Docht an und steckte den Zylinder wieder auf. Das gelbe Petroleumlicht breitete sich mild im Wohnwagen aus. Danach öffnete Pat die beiden Fenster und zog die grünen Fensterläden vor. Mittlerweile hatte Orlins über den Spruch auf dem Pappdeckel nachgedacht. Der Himmel war ein großes Netz, unendlich groß und unsichtbar, auch die Sterne hingen in dem Netz. Auch die Sterne konnten aus diesem Netz nicht entfliehen, nichts konnte entweichen, keiner konnte entkommen. Niemand konnte sich seinem Geschick entziehen.

Nun reise ich im Wohnwagen weiter, dachte Orlins. Pat zog die Schublade am Tisch auf und schob ihm eine Zeitung zu, sie roch nach Druckerschwärze, es war die »Abendpost«. Der Schatten der Hängelampe pendelte leicht darüber hin. Pat tippte mit dem runzeligen Zeigefinger auf die mittlere Spalte. Orlins betrachtete das unscharfe Foto. Man sah eine hübsche, junge Frau im Garten stehen, dahinter waren die Häupter von großen Sonnenblumen, schwärzlich, geneigt. Die junge Frau lächelte. Obwohl ihr Gesicht von dem großen Strohhut beschattet war, konnte man gut ihre Augen und ihr Lächeln erkennen. Sie stützte sich auf den blinkenden Griff eines hellen Kinderwagens, dessen vordere Hälfte nicht mehr auf dem

Bild war. Neben ihr stand ein Mann in den dreißiger Jahren, er kniff die Augen in der grellen Sonne zu, hielt seinen Hut ungeschickt in der Hand, mißmutig? Über dem Foto stand:

UNGLÜCKSFALL ODER VERBRECHEN?

Der Text unter dem Bild lautete:

> Eigene Meldung.
> Der oben abgebildete Makler Gilbert Orlins ist Sonntagnachmittag in der Nähe seiner Wohnung Drachenstraße 37 zum letzten Male gesehen worden. Der Verschwundene trug hellgrauen Anzug, grauen Hut, braune Halbschuhe, graues Sporthemd, grünen Selbstbinder. Führt größeren Geldbetrag mit sich. Sachdienliche Mitteilungen an die Ermittlungsstelle der Landeskriminalpolizei, Abt. Fahndung, Eisenmarkt 114, Zimmer 69.

In diesem Augenblick erkannte er, daß er auf gewisse Weise schon nicht mehr mit dem Verschwundenen identisch war. Er blickte auf und begegnete dem Blick des alten Mannes, Verwunderung und Einfalt drückten diese Züge aus, Staunen und die Bereitschaft, j e d e r z e i t a n d a s U n m ö g l i c h e z u g l a u b e n, unablässig wiederträumend mit offenen Augen. *Diese Wiederträumer scheinen nichts mehr zu vergessen*, dachte er. Jetzt fuhr der Wagen langsamer und hielt. Die Petroleumlampe schwang aus und hing still. Draußen klopfte jemand an den Fensterladen, dreimal.

»Wird Oliver sein«, sagte Pat und stand auf, die alte, ruhelose Geschäftigkeit war in ihm erwacht. Sein Kopf tickte stärker. Er setzte den alten schwarzen Hut auf, schloß die Tür auf und blickte hinaus, draußen war es schon ziemlich dunkel. Eine fremde Stimme sprach unter der Tür. Pat antwortete flüsternd. Dann kletterte ein ungewöhnlich langer und dürrer junger Mann mit einem gelben Strohhut auf den roten Haaren in den Wagen. Pat schloß die Türe ab, der Wagen fuhr weiter.

Orlins rückte in die andere Sofaecke. Der rothaarige Mann lachte lautlos, er zeigte dabei große, gelbe Zähne, legte den Strohhut unter den Tisch und bot Orlins sein Zigarettenpäckchen an. Pat holte aus dem blauen Küchenschrank ein zweites Glas, füllte beide Gläser mit dem dunklen Rotwein, stellte die Flasche in den Korb am Boden und nahm wieder auf dem Stuhl Platz. Orlins fühlte, wie sich die Stimmung im Wagen verändert hatte durch das Erscheinen des Rothaarigen, der neben ihm saß, mit den langen Beinen unterm Tisch nicht zurechtkam und beim Rauchen die Zigarette nicht aus dem Mund nahm. Nun tranken sie sich zu, wieder lachte der junge Mann lautlos, sein längliches, mageres Gesicht war mit Sommersprossen bedeckt.

»Hier ist das Geld«, sagte Oliver und zog aus der Hosentasche einen zerknüllten Pack Geldscheine, legte das Geld auf die »Abendpost«. Pat strich die Scheine einzeln glatt, legte sie sorgfältig aufeinander, zählte sie und wickelte einen schwarzen Zwirnsfaden darum.

»Ging alles glatt«, sagte Oliver und lachte lautlos, »es gab eine kleine Störung, als das Mädchen auf dem Scheiterhaufen stand.« Er trank einen Schluck Rotwein, wischte sich die sommersprossige Stirn trocken. Blies den Zigarettenrauch aus Nase und Mund.

»Der Holzstoß brannte schon lichterloh«, fuhr Oliver fort, »und einige Augenblicke konnte man das Gesicht des Mädchens nicht mehr sehen und nur noch die Flammen. Als man das geschwärzte Gesicht durch den Rauch wieder sah, die Brauen waren versengt, und die Haut schon etwas verbrannt, ihr Kopf war kahlgeschoren, da passierte es. Eine Frau sprang auf, rief um Hilfe und wurde ohnmächtig. Es gab Tumult, die Leute schrien nach Licht, ich mußte stoppen und die Beleuchtung andrehen. Das Publikum war aufgebracht, die Frau, die um Hilfe gerufen hatte, lag ohnmächtig auf dem Fußboden. Füllst du noch einmal nach, Pat? Sie nehmen noch eine Zigarette? Feuer habe ich nicht, danke. Ich hatte genug für diesmal und ließ den Gehilfen an die Apparate. Die Leute randalierten, sie wollten etwas anderes sehen oder aus dem Saal einen Scheiterhaufen machen. Der Gehilfe setzte eine andere Spule ein. Er kannte sich schon aus. Titel: ›Was eine Frau im Frühling träumt‹. Lief an, als ich die ohnmächtige Frau aus dem Saal ins Büro trug. Die Leute waren schon zufrieden, nun kamen sie auf ihre Kosten. Ich wußte natürlich noch nicht, daß ich einen neuen Fall für uns hatte. Im Büro kam die junge Frau wieder zu sich. Dieser Tropfen ist wirklich nicht schlecht, Pat, auf deine Gesundheit, zum Wohl! Ich sagte der Kassenfee Bescheid, ließ mir die drei Monate auszahlen, sie hatten den Chef schon geholt, er begann sich für die junge Frau auf der Couch zu interessieren. Ich schlug vor, sie mit einer Taxe nach Hause zu bringen. Der Chef bot ihr seinen Wagen an. Muß ich heute Nacht noch reden, Pat? Der Dichter wird sprechen? Gut. Sie ging auf meinen Vorschlag ein. Sie war nicht aus der Stadt, wohnte in dem kleinen Landstädtchen dort drüben, lag ja auf meinem Weg. Als ich sie vor dem hübschen, alten Landhaus absetzte, lud sie mich zu einer Tasse Tee ein. Ich wollte dich nicht verfehlen und berechnete die Zeit. Zwei Stunden. Aber dann war euer Wagen doch schon durchgekommen, ich holte euch mit einem Bananenauto wieder ein. Gut, wir tranken im Garten Tee. Sie war doch noch ziemlich mitgenommen von der Verbrennung. Heilige Johanna, vielleicht zu naturalistisch. Sie hatte völlig vergessen, daß es nicht die Wirklichkeit war. Die Illusion war vollkommen. Sie konnte das Mädchen nicht länger brennen sehen. Dann erzählte sie mir, daß ihr Mann Richter sei. Wir können uns diesen Richter mal vornehmen, er ist reif, überreif sozusagen. Spezialist für Hinrichtungen, denen er regelmäßig beiwohnt. Verliest das Todesurteil, gibt dem Scharfrichter das Zeichen. Hinterher erzählt er zuhause alle Einzelheiten, sie will nichts davon wissen, muß aber zuhören, kann sich dem nicht entziehen. Unnatürlich.«

»Ist dieser Richter«, fragte Pat, »mit den Hinrichtungen zufrieden?«

»Sehr zufrieden«, sagte Oliver. »Mit einer Ausnahme, nämlich, daß sie nicht in der Öffentlichkeit stattfinden. Er kämpft darum, schreibt Zeitungsartikel und Broschüren. Sie erzählte mir, wie er sich das ausgedacht hat. Eine große Sporthalle, statt des Boxrings in der Mitte das Schafott. Rauchverbot, Kinder sind zugelassen, der Keim des Verbrechens soll frühzeitig abgetötet werden durch Abschreckung. Kein Mörder hat im Augenblick, da sein Opfer fällt, an die Hinrichtung gedacht. Presse und Wochenschau durch die Behörden verpflichtet, zu berichten und Aufnahmen zu machen. Eintritt frei. Und nicht nur e i n e Hinrichtung, auf vier hatte er sich festgelegt, h i n t e r e i n a n d e r. Hunde dürfen nicht mitgebracht werden, er hat eine Abneigung gegen Hunde. Will das Gesetz durchbringen, ist Wahlkandidat.«

»Dann ist die Stunde für ihn gekommen«, sagte Pat, »ich meine, für uns.«

»Wir wollen ihm eine Hinrichtung vorführen«, sagte Oliver, den Rauch aus Nase und Mund ausstoßend, »die ihn befriedigen wird, für immer. Sie war ihm schon einmal durchgegangen, zu Verwandten, er holte sie wieder zurück. Sie hält es mit ihm nicht mehr aus. In einem Schrank zuhause, im Schlafzimmer, sammelt er Andenken an seine Opfer. Taschentücher, am liebsten naß von Tränen. Ist betrübt, daß die Tränen darin trocknen, verdunsten. Wir wollen seine Tränensammlung bereichern. Es fehlen ihm noch die eigenen.«

»Haben alle Hände voll zu tun«, sagte Pat.

»Führt ein Verzeichnis der Taschentücher«, fuhr Oliver fort, »die kleinen, die von Frauen, mit Hohlsaum und Spitzen, Blumenstickereien, sind die Kronen seiner Sammlung, die er versichert hat. Abends, bevor sie zu Bett gehen, schließt er den Schrank auf, angeblich, um nachzuzählen, er hat die Taschentücher der Toten mit Reißzwecken angeheftet, übereinander, in Reihen. Über jedem Taschentuch ist ein Bild des Opfers angebracht, Zeitungsfoto. ›Ich tue nur meine Pflicht‹, soll er ständig äußern.«

»Nichts anderes«, sagte Pat, »werden auch wir tun.« »Vor dem offenen Schrank«, fuhr Oliver fort, »gerät er dann in stille Ekstase, im Schlafzimmer. Sie hat keine Kinder. Er liebt sie sehr, auf seine Art. Vermutlich würde er auch ihr Taschentuch im Schrank aufhängen, dann wäre seine Sammlung vollständig. Ich gab ihr einen Wink, daß sich das bald ändern würde, sie würde ihn dann längere Zeit nicht mehr sehen. Wenn er je wieder zurückkäme, hätten wir in dem Schrank eine kleine Änderung vorgenommen. Ich konnte sie also etwas trösten. Sind wir schon da?«

Der Wagen stand. Pat ging zur Tür, schloß auf, spähte durch einen Spalt hinaus.

»Schraube den Docht niedriger«, sagte er, sich nach Oliver umblickend. Oliver erhob sich, er war lang genug, er kam ohne Stuhl aus, er schraubte den Docht der Lampe herunter, bis auf ein kleines, bläuliches, zuckendes Flämmchen. Es war fast dunkel im Wagen. Orlins hörte, wie sie die kurze Wagentreppe in die Haken hingen. Da wurde er von Pat gerufen, er stand auf, ging um den Tisch herum, setzte die Mütze auf, trank sein Glas noch aus und stieg die Wagentreppe ins Dunkel hinunter. Pat nahm ihn an der Hand, der Himmel hatte sich bezogen, man sah keine Sterne. Sie gingen übers Gras und auf einem Feldweg weiter, allmählich konnte Orlins die Umrisse erkennen, Büsche und Bäume, dann sah er die schwach leuchtende Milchglaskugel über der vorspringenden Steintreppe des dunklen Hauses. Nirgends war Licht hinter den schwarzen Fensterscheiben. Er hörte, daß hinter ihm auf der Straße die Pferde abgeschirrt wurden. Jemand pfiff im Dunkel, in der Nähe. Sie blieben stehen, rührten sich nicht. Am Hause oben wurde ein dunkles Fenster geöffnet, jemand pfiff dort oben zurück. Hand in Hand gingen sie weiter, Oliver war nicht mehr bei ihnen. Sie stiegen die Treppe hinauf, in dem großen Hausflur brannte eine vergitterte Lampe unter der Decke. Am Ende des Flurs ging eine Tür auf, aber niemand blickte durch den dunklen Türspalt heraus. Orlins fühlte, wie jemand sie beobachtete. Während sie in den ersten Stock hinaufstiegen, sah er durch das Treppengeländer, wie sich die Türe langsam schloß. Auch hier oben brannte eine vergitterte Lampe unter der Decke. Ihr Licht war trüb und genügte nicht, die beiden langen Gänge, die im rechten Winkel an der Treppe zusammentrafen, mehr als einige Schritte weit zu erhellen. Pat war stehengeblieben, das Treppensteigen machte ihm Beschwerden. Am Ende des breiteren Ganges pitschte ein Wassertropfen regelmäßig nieder. Sonst war es völlig still. Das große Haus schien wie ausgestorben, auf die dunkelbraunen Türen waren Zahlen mit schwarzer Farbe gemalt. Die Stufen knarrten zuweilen, als sie hinauf in das zweite Stockwerk stiegen. Auch hier hielt Pat ein, um zu verschnaufen, oder aus einem anderen Grund. Er hielt einmal die Hand hinters Ohr, schüttelte den Kopf, murmelte vor sich hin. Hier oben war die gleiche, trübe Beleuchtung. Sie wollten schon in den dritten Stock hinauf, als aus einem zurückspringenden Winkel, der völlig im Schatten lag, jemand heraustrat und sie anhielt. Orlins fuhr zusammen, Pat griff in die Tasche. Der breitbrüstige, stämmige Mann mit den funkelnden, schwarzen, wachsamen Augen trug einen Helm und die schwarze Uniform der Landesfeuerwehr. Er hatte seinen langen Arm ausgestreckt, um sie anzuhalten.

»Wohin?« fragte er mit gedämpfter Stimme, das große, glatte Kinn hebend.

»In den dritten Stock«, sagte Pat.

Orlins betrachtete das funkelnde, kurze Beil, das der Mann an dem breiten, schwarzen Gürtel trug, eine gefährliche Waffe.

»Das genügt nicht«, sagte der Wächter.

Pat zog die Hand aus der Tasche, reichte dem Feuerwehrmann seine Taschenlampe. Der Mann senkte den Helm mit dem Messingknauf und dem Nackenleder und öffnete die Taschenlampe. Er schien in dem aufgeklappten Deckel etwas zu suchen, Orlins gab Pat ein Zeichen, es war der günstigste Augenblick, den Mann zu überwältigen. Pat schüttelte den Kopf, der Feuerwehrmann nickte, klappte den Deckel zu, gab Pat die Taschenlampe zurück. Richtete sich auf und grüßte, die Hand am Helm. Pat grüßte flüchtig mit dem flattrigen, schwarzen Hut, der Feuerwehrmann trat in den Schatten des Mauerwinkels zurück.

Sie stiegen zum dritten Stock hinauf. Hier lehnte, gegenüber dem Treppenabsatz, ein schwarzes, handgeschmiedetes Wirtshausschild an der Wand. Es stand auf dem Kopf. Orlins bückte sich, drehte den Kopf und las die geschmiedete Inschrift, die vergoldet gewesen war:

GASTHAUS
ZU DEN
DREI LILIEN

Ein verlassenes Gasthaus, dachte Orlins, *ein ehemaliges Wirtshaus. (Objekte ändern ihren Herrn.)* Hier oben hatte der graue Anstrich an den Wänden Blasen geworfen, die Blasen waren geplatzt und heruntergefallen, lagen in grauen Häufchen auf dem Fußboden. An der Decke leuchtete die gleiche vergitterte Lampe, sie drangen in den schmäleren Korridor vor, Pat knipste die Taschenlampe an, beleuchtete die kleinen, schwarzen Nummern auf den Türen. 111, 112, 113. Hier war der lange Flur zu Ende, Pat bückte sich, versuchte durch das Schlüsselloch zu blicken. Tief unten im Hause wurde eine Tür zugeschlagen. Dann wurde gegen einen Stein gehämmert. Nach diesen Geräuschen ging die Stille im Hause wieder zu, wie ein Auge, das sich schließt, bis auf einen Spalt, durch den Spalt im Lid beobachtend. Pat drückte die Klinke von Nr. 113 nieder, stieß die Türe auf, suchte den Lichtschalter, er drehte ihn mehrere Male herum, es gab kein Licht. Orlins schloß die Tür. Pat leuchtete mit der Taschenlampe in den dunklen Raum, länglich, von saalartiger Größe. Sie horchten, es schien ihnen, als wären für einen Augenblick Stimmen im Hintergrund, wie hinter einer Wand, verklungen. Pat leuchtete die Wand Schritt für Schritt ab. Ein hohes, schwarzes Klavier, mit Staub bedeckt, ein verstaubter Immortellenkranz mit blaßrosa Schleifen lag auf dem Deckel. In den beiden Kerzenhaltern steckten zusammengerollte, schwarzgerandete Todesanzeigen. Dann kamen sie an einem roten Plüschsofa vorüber. Es war zerschlissen, die beiden Löwenköpfe aus Messing, rechts und links, waren plattgedrückt, die Ringe, die sie ursprünglich im Maul trugen, waren herausgebrochen worden, lagen auf dem Fußboden. Unten stand eine rostige Spiralfeder heraus. In der Sofaecke stand ein Bierglas mit einem Sprung, 6 Bleistiftstriche auf dem kleinen Etikett zeigten an, daß der letzte Trinker ein halbes Dutzend Biere daraus getrunken hatte. Wieder blieb Pat stehen, horchte, gleichzeitig leuchtete er das Pappschild an, das an dem altmodischen Kleiderständer hing und die Aufschrift trug:

VORSICHT STUFEN!

Pat ging auf den Fußspitzen weiter. Leuchtete in einen alten, gelben Kinderwagen, darin ein schwarzer Hut lag, eingedrückt, ein blaurotes Kinobillett stak im Hutband, die nackte Puppe, die über dem Rand lag, hatte keinen Kopf mehr, Holzwolle quoll aus dem ausgebrochenen Hals. Pat fuhr sich mit der linken Hand um den Kragen, zupfte an dem schwarzen Querbinder. Er leuchtete diese Dinge wie mit einer geheimen Absicht ab, als suchte er ihren verborgenen Sinn, als suchte er nach einem Zeichen. Plötzlich fiel der Lichtstrahl in eine hohe, schwarze Maschine, sie reichte bis unter die Decke. Kalt und düster, verstaubt, unbeweglich stand das Phantom vor ihnen, Walzen, Hebel, Stangen und Zahnräder, gelbes Schmierfett war aus den Lagern gequollen, vertrocknet, verstaubt, am Schwungrad lehnte eine zusammengerollte Fahne. Vorsichtig nahm Pat die Fahne und lehnte sie gegen die Wand, dann faßte er den Griff des Schwungrades und drehte daran, im gleichen Augenblick öffnete sich ruckend, lautlos eine Tür in der Wand.

Unwillkürlich waren sie zurückgetreten, Pat leuchtete in die Türöffnung, dort stand jemand und hob die Hand vor die Augen, aus dem Hintergrund erklangen Stimmen, jemand rief »Halt«, dann war es still. Pat senkte den Lichtstrahl, ließ das Schwungrad los.

Orlins hatte Jessie erkannt. Noch eben an die Dinge zerstreut, fühlte er, wie mit einem Male eine geheimere Identität ihn einigte und erhob. Ihr Anblick weckte ihn jäh, erklang in ihm traurig und bang, berührte ihn brennend, spurloser Glutwind aus der verschollenen Fremdnis von Sommern aus Blumen und Fernen. Er vergaß den dunklen Saal, fühlte sich losgebrochen aus dem Gewebe bisheriger Stunden, geholt vom sinkenden Augenblick. Er fühlte sich in ihrer Zukunft enthalten und gezeichnet wie der schillernde blaue Kreis auf einem roten Schmetterlingsflügel, schlafendes Lid des Pfauenauges. Wieder erschien sie ihm als Sinnbild, nicht jenes Lebens, das in die Tage eintrat unter der Haustür der Jahreszeit, sondern jener verborgenen Herkunft, die sich im Gebild eines Wangenrandes, einer Armbeuge, in der Rundung eines schreitenden Schenkels offenbarte, doch nicht verriet. Es war die erscheinende Schrift eines Wirkens, das den Frühwind und das fallende Rosenblatt schrieb, einer Schrift, die in der Säulenstille hoher Bäume erschien wie im Schimmer erschlossener Lippen, in des Auges spiegelndem Nachtblau, in der zögernden Vorschrift der Liebe aus Blick und Wink. Schrift, in die Luft geschrieben, die um ihre Arme, ihre Hüfte weilt, in ihren Atem geschrieben, der ihre Brüste mild erhob und gleitend in den Gezeiten trug.

Er sah, wie Jessie ihre Hand Pat hinstreckte, sah, wie der alte, unruhige Erfinder die Taschenlampe auf das schwarze Gestänge der Maschine legte. Sie leuchtete dort weiter, der kleine, alte Mann umschloß mit beiden Händen Jessies rechte, schmale Hand, neigte den tickenden Kopf, sah, wie sie mit der Linken seinen flattrigen, schwarzen Hut abnahm, ihn auf die Stirne küßte und ihm einige Worte zuflüsterte. Pat nickte, sie setzte ihm den Hut wieder auf, er ließ ihre Hand und verschwand durch die dunkle Türöffnung, ruckend, wie taumelnd.

Orlins hatte die Hand erhoben, langsam, wie im Erstaunen vor den Mund geführt. Er fuhr sich mit staubigen Fingern über die trockenen Lippen, schluckte mit trockener Kehle, während Jessie jetzt auf ihn zutrat, den Lichtstrahl durchschreitend.

Sie sind allein in dem dunklen, langen Saal. Er hat den Atem angehalten, wie vor einem ungewissen Sturz. Sie legt die Hände um seine Schulter, er fühlt einen Nadelstich, es ist die Stelle, wo ihn der Streifschuß verwundete. Da sie größer ist, berührt ihr Atem seine Stirn.

Er will sprechen. Lächelnd verneint sie.

»Ich weiß es, Gilbert Orlins«, sagt sie ruhig.

»Sprich noch mit mir«, sagt er. »Ich höre dich gern.«

Er spürt ihren Duft, möchte sich neigen.

»Wem sind wir denn verschrieben?« fragt sie ihn.

Er denkt die Antwort nicht, antwortet nicht. Fühlt ihre Gegenwart wie Strömen, Taucher, der unter ihre Nähe taucht.

»Niemand«, antwortet sie für ihn, »sind wir hier auserkoren.«

Sein Fühlen schwingt durch den klaren Stimmenklang.

»Wir sollten«, fährt sie fort, »unzertrennlich sein.«

Er nickt.

»Im Spiegel, Gilbert Orlins«, sagt sie ruhig, »hast du mich gesehen, im Wasser.«

»Unzertrennlich«, wiederholt er, ratlos.

»Versiegelt«, sagt sie und tritt zurück, läßt seine Schultern, ihre Lippen haben ihn kurz und fest berührt. Sie nimmt die Taschenlampe, er folgt ihr, verloren an ihre Anmut. Spürt noch die Berührung ihrer Lippen.

Sie schließt die Saaltür hinter ihnen, leuchtet über den dunklen Flur. Ihre Lippen hatten ihn wie aus der Mitte des Lebens berührt.

Sie leuchtete eine Tür in der Wand an, die Tür hing oben in Rollen in einer Eisenschiene. Jessie schob die Tür zur Seite, sie traten in den Schrank dahinter, sie schob die Tür wieder vor. Aus dem Schrank traten sie in einen unregelmäßigen Gang, der von den Rückwänden der hohen, alten Möbel gebildet wurde, Kasten und Schränken, Kisten und Bühnenkulissen. Durch grüne Fensterläden, die am Boden standen, schimmerte Licht. Sie befanden sich in einem weiten, von Möbeln angefüllten Saal. Unter der hohen Saaldecke waren

Drähte gespannt, Antennen. Durch eine Lücke in den Rückwänden der Möbel sah Orlins, während sie weitergingen, zwei Hände, die im Schein einer Kerze einen gefüllten Ladestreifen in das Karabinerschloß schoben. Aus einer anderen Lücke winkte stumm eine Hand. Ein Lautsprecher brummte auf, wurde mit einem Knacken abgeschaltet. Eine Uhr schlug einmal. Jessie führte ihn in einen Seitengang, sie hob einen grünen Vorhang zur Seite, ließ ihn in eine Möbelstube ohne Wände eintreten, ohne Decke. Die hohe Saaldecke darüber wirkte wie ein Treppenhausdach. Die Stube war nichts als eine Möbelgruppe im Saal. Sie zündete ein Streichholz an und hielt es an die drei gelben Kerzen auf dem runden, schwarzen Tisch, es wurde hell in der kleinen, wandlosen Stube. Orlins setzte sich auf die Bank vor dem Büchergestell. Auf dem Tisch stand ein schwarzes Glas mit drei weißen Rosen. Der hohe Bücherschrank gegenüber enthielt keine Bücher. Auf den unteren Regalen standen gelbe Kürbisse mit roten und grünen Streifen. Oben lagen Maiskolben, Äpfel, Kastanien, Birnen, Schalen mit Hagebutten, Nüssen und Bananen. In der Vitrine daneben waren vier Reihen von bunten Schiffswimpeln ausgespannt. An der hohen Wanduhr neben dem grünen Vorhang fehlten Türe und Uhrwerk. Ein Menschenskelett stand darin mit einem Pappschild auf der Brust. Es trug die Aufschrift:

GEDENKT, O IHR LEBENDEN,
DER SÜSSIGKEIT DES AUGENBLICKES
DER NIEMALS WIEDERKEHRT.

CATHERINE DOROTHY USHVILLE

Auf der anderen Seite des Vorhangs stand eine alte, dunkle Truhe. An dem grünen Fensterladen dahinter hing an einem Draht ein Fischglas mit einem grünen Frosch darin, der auf einer kleinen Leiter saß.

Der grüne Frosch blinzelte im Kerzenschein. Jessie öffnete die Truhe, stellte zwei blaue Eierbecher mit Miniaturlandschaften auf den Tisch, eine Dose mit Zigaretten, eine vierkantige Glasflasche mit Henkel, die eine schwarzrötliche Flüssigkeit enthielt. Sie füllte die Eierbecher mit dem ölig fließenden Trank, setzte sich auf die Bank, klappte den Kragen ihres Trenchcoats herunter, strich eine dunkle Haarsträhne aus der Stirn und blickte Orlins aufatmend und lächelnd an. Auch rings, in dem unübersichtlichen Saal war es still geworden.

Jessie nahm ihren gefüllten Becher, hielt ihn in Augenhöhe, sie wartete lächelnd, bis Orlins ihr zutrank. Der Kräuterbrand schmeckte süß und zugleich bitter, nach Salbei und Ananas. Er trank ihn aus und sah, daß der grüne Frosch eine Stufe höher stieg. Aus der Büchse nahm Orlins eine Zigarette und zündete sie an der Kerzenflamme an. Jessies Lippen schimmerten feucht von dem öligen Getränk, er erinnerte sich, wie diese Lippen, voll, gespannt und fest an seinem Mund lehnten. Es knackte hinter ihnen im Saal, da umschloß Jessie sein Handgelenk, bat ihn, zuzuhören.

»Achtung, Achtung«, sprach eine leise Stimme hinter ihnen in dem weiten Saal, es knackte wieder, die Lautstärke wurde erhöht, jetzt klang die Stimme fast schallend, »hier ist der Sender Uranus. Sender Uranus. Sie hören den Bericht des Dichters Ernest Irving, der wieder unter uns weilt.«

Stille, ein Dreiklang von Schalmeien, Stille, noch einmal der Dreiklang. Dann begann eine ältere Stimme, zuerst etwas zögernd, bebend:

»Freunde, unsichtbare Zuhörer. Ich erzähle, gekürzt und gedrängt, die Geschichte meiner Befreiung. Als das Feuer im Hof der Irrenanstalt West ausbrach, verhielt ich mich still und erinnerte mich an die Worte der Freunde, die mir am Morgen auf einem Zettel zugesteckt worden waren. Ich legte meine Manuskripte in einen Sunlight-Karton, darüber die Habseligkeiten, die man mir gelassen, die kleine Spieldose, die Achatkugel, den ›Don Quichotte‹ und zuletzt die getrockneten Farnblätter. Die Wärter eilten draußen durch die Gänge. Ich verschnürte den Karton, als ein Wärter hereinkam und mir zurief, ich sollte nur retten, was noch zu retten sei, das Feuer könnte, wenn der Wind drehte, jeden Augenblick auf das Hauptgebäude übergreifen. Die Seelen finden sich aber erst n a c h der Panik. Ich trat ans Fenster, der Feuerschein erleuchtete draußen das Friedhofsdunkel der Nacht. Erhellte den Hof und die Blumenrabatten der Anstalt. Der Lagerschuppen brannte an den vier Ecken, nach dem Rezept, nach dem das Feuer angelegt worden war. Die Flammen loderten schräg aus den Dachluken, ich öffnete das vergitterte Fenster und lauschte dem Knistern und Prasseln. Der Nachtwind strich mir die heiße Luft ins Gesicht, in dem zischenden Brausen und flackernden Sausen schien mir eine Geschichte erzählt zu werden, aus dem Feuerepos der Welt. Die glimmenden Funken schwebten stiebend davon, ein Braten, Schmoren, Fressen, Verschlingen und Saugen war überall zu Gange, bis die Löschmaschinen eingriffen und armdicke Strahlen hineinpreßten. Mit ›Halali‹ trafen weitere Löschzüge ein, die Helme der Feuerwehrmänner blinkten im roten Feuerschein, da ging noch einmal die Tür hinter mir auf.

Dieses Mal kam niemand herein als ein Luftzug. Aber mit dem Luftzug war etwas anderes hereingekommen, nicht auf Füßen, denn die Jahre der Kindheit sind schwebend und mühelos. Ich erinnerte mich, und begriff. Ich begriff, daß ich alt und unwissend geworden war, um noch einmal der Kindheit angetraut zu werden, ein verwitweter Bräutigam. Unaufhörlich zog es durch die Tür mit lautlosen Falterschwingen herein, holte mich ein durch ein halbes Jahrhundert, ich war über die sechzig hinaus, doch die Kindheit überwintert lange und mein Haar war grau. Sie schlug noch einmal ihre Keime in mir auf, und mit den Keimen wuchs ich nach innen fort.

Männer und Frauen, die ihr dieser Stimme Gehör schenkt, manche von euch werden meine Bücher kennen. Männer, vielleicht in einsamen Leuchttürmen, auf Schiffswache an Bord der die Meere durcheilenden großen Dampfer, Frauen in den Spitälern, Altersheimen oder in abgelegenen Bahnwärterhäuschen, die ihren Mann im Nachtdienst abgelöst haben, wenn ihr meine Bücher zuhause auf dem Bücherbrett stehen habt, dann werft sie jetzt ruhig ins Feuer. Denn sie sind aus einem Irrtum entstanden. Es waren Irrfahrten, weil sie ausschließlich vom Leben der sogenannten E r w a c h s e n e n handelten. Legt sie ins Feuer, ich gebe keinen Deut mehr für das Leben der Erwachsenen, denn es ist eine schlechte Nachahmung des verlorenen Paradieses, dessen blauer Wolkenschein einst über jeden von uns dahinglitt, was ich euch nun erklären möchte.

Sie spritzten draußen aus langen Schläuchen Wasser ins Feuer, die rote Flammenglut wurde durchnäßt und ging ein. Auch hier hatte ich ein Sinnbild vor Augen. Wurde einst unsere Kindheit, unsere Traumglut durch die Feuerwehr der Erwachsenen nicht mit kalten Wasserstrahlen bekämpft, bis sie durchnäßt war und einging? In unsere Hoffnungen, Traumbilder und Phantasien, in die Erwartungen des Wunders wurde der kalte Wasserstrahl der Vernunft gepumpt, triumphierend und ruchlos. Und was wurde uns dafür geboten, frage ich euch? Für den gelbgrünen Bach zum Beispiel mit den flinken Stichlingen, den Gänseblumen am Rand, barfuß standen wir im fließenden Wasser, und der alte Weidenbaum streute seinen Mittagsschatten über uns, durch den die Zitronenfalter schwebten, hinüber nach dem hellblauen, hohen Vergißmeinnicht im Gras, frisch und mit Goldtupfen wie winzige Sterne, und um uns stand ein fremder, verschollener Hauch, spurlos und doch süßer als der Duft von Goldlack, älter als der Schlick, aus dem Schilf und Binsen wuchsen, was wurde uns denn dafür später geboten? Etwa die Verheißung ›Dem Tüchtigen gehört die Welt‹? Etwa: ›Früh übt sich, was ein Meister werden will‹? Etwa: ›Gut rasiert, gut gelaunt‹? Oder: ›Wer photographiert, hat mehr vom Leben‹? Ich will nicht damit sagen, daß wir immer bei dem kleinen Bach hätten bleiben können. Auch er wurde inzwischen kanalisiert, aber warum haben wir später vergessen, daß uns dort ein Pfand in die Hand gegeben worden war, in der heißen Luft, unter der weißen Sommerwolke, ein Pfand aus dem verlorenen Paradies, das sie uns abgenommen haben und nicht einlösten? Denn die Versprechungen der Erwachsenen sind abgekartetes Spiel, Falschspiel, Trug, Makulatur. Soviel wert wie die Inserate über das beste Hühneraugenmittel der Welt. Nämlich nichts, keinen Fünfer, nicht soviel, wie wenn ein Hund bellt hinterm Armenhaus.

Gewiß, ich werde mich kurz fassen. Drei Jahre war ich unter falschem Namen eingesperrt in diesem Irrenhaus, bis meine Freunde die Spur fanden und die Befreiung vorbereiteten. Man ist hinter uns her, man kann einen Geheimsender anpeilen, vermutlich nähern sich im Augenblick schon Polizeitruppen diesem Stadtviertel, man wird mir ein Zeichen geben, aber noch habe ich Zeit, zu euch zu sprechen. Ich wußte jetzt, daß ich noch e i n Buch zu schreiben hatte, gegen den Strom, gegen den Strich, und es würde nicht mehr vom Leben der Erwachsenen handeln, von ihrem Glücksspiel, von ihrer Vergnügungs-Industrie, von ihren mordbrennenden Pionierfahrten mit Weihrauch, Bibel und Feuerwasser durch Tropen und Arktis, zum Ruhme Gottes, eines weißen Gottes, denn die farbigen Völker mußten dabei über die Klinge springen. Ich werde keinen Roman von Erwachsenen mehr schreiben, dachte ich, lieber von Kindern und Narren, ich hatte endgültig genug von den Erwachsenen, denn ich wußte, daß ihnen im Grunde n i c h t s m e h r h e i l i g war. Daß sie schon lange vor nichts mehr zurückschreckten. Nicht vor Verführung und Heiratsschwindel mit Engeln, wenn die nicht unsichtbar wären, und das jungfräuliche Lager einer Königin bot ihnen nicht mehr die unschuldige Freude, die ihre Großväter noch kannten. Ich hatte genug von dem gefirnißten Ach und Weh dieser Mündigen, dieser Wahlberechtigten, die uns diese nahtlose, drahtlose Welt der Feinmechanik und der Spaltung der Urteilchen eingebracht haben, des Fortschritts mit Stundenkilometern und Hochfrequenz, genug von dieser Welt, in der alles verbucht, kassiert, erklärt und vermessen war, staatlich geprüft, Arbeit und Urlaub nach Kilo und Watt, und wer den Ernst und die Wichtigkeit ihrer Entdeckungen und Erfindungen bezweifelt, wer am Tage träumt und mit seinen Träumen spazierengeht, kommt in die behördliche Unterkunft, in die staatliche Spinnerei, Klapsmühle mit Kaltwasserzelle, aus der mich zu befreien sich meine Freunde soeben anschickten, ehe ich gänzlich zu Normalmaß vermahlen wurde. Ich werde mein letztes Buch schreiben, dachte ich, auf der Suche nach der verlorenen Kindheit des Lebens, auf ihrer Wagenspur, auf ihrer Hasenfährte, dem verklungenen Leierkastenklang des verlorenen Paradieses nachziehend, das uns keine Sommerfrische mehr zurückbringt, kein Dorfkrug, kein Trickfilm und keine Reise von Pol zu Pol, im Abonnement verbilligt. Geduld, dachte ich, ich werde nach dem ausgefransten Zauberteppich suchen, vielleicht liegt er hinter einem morschen Lattenzaun an der Landstraße, unter einer Kellertreppe, auf einem verlassenen Speicher, wo die Spielsachen und die Puppenschleier in einer Kiste vermodern, ich werde euch kein Märchen von Klein-Robert im Wunderland erzählen, ich will euch noch einmal dorthin führen, wo Himmel und Erde im Zustand der alten Verzauberung rauschen und schweben, dorthin, wo kein Erwachsener seinen Groschen-Bazar aufgeschlagen hat, wo uns keine Vernunft mehr trügt, und keine Erfahrung mehr narrt, in die Hahnenfußwiesen der P o e s i e, die moderner ist, als ihr ahnt, für die ich euch die Augen öffnen will, ehe ich die meinen zumache. Ist es nicht trostlos, daß wir alle so v e r n ü n f t i g geworden sind, so phantasielos erwachsen, rechtschaffen nüchtern, mit allen Kämmen verständig gekämmt, in allen Wassern gerecht, und dafür das Beste verloren haben, für das es kein Wort gibt, das uns in der Kindheit einst streifte wie Fledermausflügel, verloren, verleugnet, vergeudet und verloren?

An dieser Stelle meiner Betrachtungen wurde ich durch einen lebhaften, kleinen Feuerwehrmann unterbrochen, der eilig in meine Zelle trat. Er forderte mich auf, unverzüglich mitzukommen. Ich nahm den Pappkarton unter den Arm und ging mit ihm hinaus, den verlassenen Gang hinunter und in die Teeküche. Dort schlossen wir uns ein. Er holte aus dem

Speisenaufzug eine komplette Feuerwehruniform, die ich nun über die weißblau gestreiften Anstaltskleider zog. Als ich den Kinnriemen am Helm festzog, den breiten Gurt mit dem kurzen Beil umschnallte, fühlte ich mich schon sicher und ruhig. Ich probte die ›Hab-acht-Stellung‹ und den Feuerwehr-Gruß am Helm, mein kleiner Berufskollege nickte befriedigt, dann verließen wir die Teeküche. Niemand hielt uns an, als wir ein Stockwerk tiefer stiegen. Vor der Tür mit der großen Mattscheibe und der Aufschrift ›Direktion. Eintritt untersagt!‹ blieb mein Begleiter zurück. Ich öffnete, ging durch das leere Vorzimmer und trat in das Allerheiligste ein, durch die gepolsterte Doppeltür. Der große Medizinmann saß an seinem Schreibtisch und schrieb eifrig und unverdrossen ins große Krankenjournal, worin die vielen, unglaublichen Krankengeschichten verzeichnet sind. Am Fenster lehnten, nachlässig und gelangweilt, zwei große, stattliche Feuerwehrmänner. Sie spielten mit ihren Handbeilen. Als sie mich erblickten, machten sie mir ein Zeichen und drehten mir wieder den Rücken zu.

›Ich bin gekommen‹, sagte ich unvorbereitet und lockerte den Kinnriemen, der Helm drückte mich etwas, ›um zwischen Tür und Angel, aus dem Stegreif sozusagen, einige Worte mit Ihnen zu reden.‹

›Ich erkenne Sie‹, sagte der große Wasserarzt, ›Sie haben sich verkleidet.‹ Er hielt mit dem Schreiben inne, legte seinen Füllfederhalter in das aufgeschlagene Journal, stützte das kleine Kinn in die beringte Hand und fuhr fort:

›Die Lage ist etwas ungewöhnlich, die Telefonleitungen sind durchschnitten, falsche Feuerwehrleute halten mich in Schach, und Sie sind auf freiem Fuße. Das entbindet mich nicht meiner Verpflichtung, Ihnen zu sagen, daß Sie noch in Behandlung sind, daß Sie keineswegs geheilt sind, und daß Sie besser daran täten, in Ihrer Zelle zu verbleiben, als sich völlig desorientiert der exakten Realität draußen zu überantworten. Ich habe Sie hiermit g e w a r n t!‹

›Mit dieser exakten Realität‹, sagte ich, ›habe ich auch noch ein Wort zu reden, in meinem nächsten Buche. Nennen wir das Kind beim Namen. Ihre Realität erscheint mir als ein Zerrbild der Wirklichkeit, verbeult und ramponiert, aber hochgepäppelt auf Lehrstühlen, Nachhilfestunden mit dem Polizeiknüppel. Das Wahnbild einer Wirklichkeit, der nichts mehr heilig ist, in der nichts mehr standhält vor dem Experiment, in der nichts mehr stimmt und alles aufgeht, in der noch immer der arme Mann für den reichen Mann sich plagt, wen schreibt ihr denn eigentlich gesund? Wer einsteigt in euer Karussell, sein Schäfchen aufs Trockene bringt für König und Vaterland, wer an die sogenannten voraussetzungslosen Methoden der Erforschung glaubt, die uns schließlich immer entsetzlichere Weltkriege einbringen, nur nicht den Segen des Himmels. Denn der Himmel ist gegen die Mechanisierung und für die Wunder des Lebens. Eure exakte Realität, machte sie nicht erst vor kurzem Bankrott im Großen Krieg? Da ließ der weiße Mann die Katze aus dem Sack, denke ich, und der farbige Mann konnte damit nicht konkurrieren. Gesund ist bei euch, wer nicht aus dem Ringelreihen tanzt, sonst tanzt der Gummiknüppel auf ihm und die Zwangsjacke wird sein Altersheim. Wohl eingerichtet, eure Realität, moderne Entlüftung, Wasserspülung, Kalorien-Einmaleins, doch die wahren Totengräber des geschöpflichen Lebens sind woanders zu suchen, in jenen öden, kahlen Klassenzimmern, wo der ›Dritte Grad‹ früh an den Kleinen vorgenommen wird, von fadenscheinigen, schütteren Paukern mit Wasserscheitel und Schuppenverschleiß, denen wir das Verhängnis der sogenannten Rechtschreibung, die Bruchrechnung des Profits und den frühen Widerwillen gegen die Dichter verdanken, die sie unerschrocken uns verekeln, indem sie ihre Werke jahrelang verhackstücken. Denn dort wird der erste, blindwütige Infanterismus, der Fußdienst der Seelen betrieben! Das wollte ich Ihnen noch erläutern. Verschanzt hinter eurer penetranten, eurer teuflischen Wichtigkeit, müßt ihr doch eines Tages, sozusagen hinterrücks, ins Gras beißen, das euch bitter schmecken wird und von dem ihr nicht wißt, in welchen Jagdgründen es wächst und was man euch dereinst dort fragen wird. Nicht nach Ursache und Wirkung, nach Plus und Minus, nicht nach dem Satz vom Widerspruch, nicht nach dem Gesetz von der Erhaltung der Energie, sondern vielleicht danach, ob ihr euer Vesperbrot einmal mit einem Hungrigen geteilt habt. Ob ihr einem Frierenden euren Mantel gabt, ob ihr einmal gebetet habt um Gnade und um Erleuchtung, ihr selbstherrlichen Forscher und Schriftgelehrten. Meine Zeit in eurer Klapsmühle ist um, ihr Feinschmecker, ihr würdevollen Verführer von jungen, hübschen Waisen, ihr Witwentröster, das Manuskript muß geschrieben werden, die Freunde werden es setzen und drucken, nicht irgendein wohlwollender, geschickt kalkulierender Z w i s c h e n h ä n d l e r, drucken und verteilen, unentgeltlich an die Mühseligen und Beladenen, auf den Omnibussen, in den Hoch- und Untergrundbahnen, in Stehbierhallen und im Zoo. Und der Milchmann wird das Buch den Wöchnerinnen ins Haus bringen, der Veteran, der das Laub zusammenkehrt in den herbstlichen Anlagen, wird es den Kinderfräuleins in die Kinderwagen legen, die dort auf den Bänken ›Nur für Erwachsene‹ in der Morgensonne sitzen und stricken. Über unseren Geheimsender werde ich von nun an regelmäßig den Erniedrigten und Beleidigten ein Wort zu sagen wissen, das ihnen die Augen öffnen soll über eure famose exakte Realität, die so eingerichtet ist, daß s i e ein Leben lang sich abschuften müssen, damit die Gerisseneren ungestört weiter genießen können, im Schwall und Rauch ihrer Fortschrittsphrasen, bis ihr sie eines Tages wieder in die Schützengräben schicken werdet, wo sie noch immer wie die Löwen für euch gekämpft haben, des Glaubens, es ginge um die gerechte Sache und nicht um e u e r H a b u n d G u t! Vielleicht werden sie dann doch die Achtung vor euch verlieren, die eingedrillte Ehrfurcht, den unverständlichen Respekt vor eurer ›Terminologie‹, dieser Gaunersprache der Unterdrücker. Leben Sie wohl!‹

Damit ließ ich den erhaben, bedeutend und nachsichtig blickenden Seelenfänger unter der Obhut der kräftigen Feuerwehrmänner zurück. Der lebhafte, kleine Feuerwehrmann schmuggelte mich aus der Anstalt hinaus und hierher. Aber da wir auch unseren Widersachern die Chance geben wollen, gehört zu werden, wurde der so geschmähte Medizinmann hierher gebracht, unter Bewachung, um vor euch seine Verteidigung selbst zu führen. Er wird jetzt über unseren Sender zu euch sprechen, hört aufmerksam zu, damit euch das Übel gleich an der Quelle klar wird. Hiermit erteilen wir dem bisherigen Leiter der Irrenanstalt West das Wort.«

Stille, Schalmeienklang, Stille, ein Räuspern, eine knappe, kalte, gewandte Stimme:

»Hier spricht, mit verbundenen Augen, in den Händen von Anarchisten, Dr. Chichester zu Ihnen, Chefarzt und Direktor der Nervenklinik West. Es bedarf daher wohl kaum noch einer Rechtfertigung meinerseits. Da es sich jedoch, in diesem Falle, nicht nur um meine Person handelt, sondern um eine Sache von schwerwiegenden Folgen, um den Versuch bewußter, fahrlässiger Irreführung und öffentlicher Aufwiegelung, erfülle ich auch unter diesen etwas ungewöhnlichen Umständen nur meine Pflicht. Eine selbstverständliche Pflicht, wenn ich Sie hiermit vor den Lehren meines Vorredners mit gebührendem Nachdruck warne. Wir lehnen es im allgemeinen ab, zu den nicht uninteressanten, aus der Luft gegriffenen und daher jeglicher B e w e i s e ermangelnden Behauptungen unserer Patienten, von ihren oft gut entwickelten, phantasievollen Wahnsystemen ganz abgesehen, auch nur einen Augenblick ernsthaft Stellung zu nehmen. Dieser Vorfall soll indessen zum Anlaß dienen, über die Deutung eines Krankheitsbildes hinaus einige grundsätzliche Worte zu unseren Bemühungen, die der Erforschung der Wahrheit, der Bekämpfung des Irrtums, sowie der Bekämpfung der aus dem Irrtum entspringenden Irrlehren dienen, an Sie zu richten. Unnötig, auf den Widerspruch aufmerksam zu machen, der vorliegt, wenn sich der Patient einer wissenschaftlichen Entdeckung, in diesem Falle der Kurzwellen, bedient, um die exakte Wissenschaft zu widerlegen. Unnötig, weitere Widersprüche aufzudecken, der Versuch ist zudem keineswegs neu,

Errungenschaften zu verdächtigen und in Verruf zu bringen, die kein vernünftiger Mensch sich weigert, als das Resultat jahrhundertelanger, gewissenhafter, strenger, ja ungewöhnlicher geistiger Bemühungen anzuerkennen. Unnötig, sage ich, auf Einzelheiten einzugehen, etwa die Namen, Ihnen schon allzu bekannter Forscher, Entdecker und Erfinder aufzuzählen, der Kampf wird so und so weitergeführt werden, er ist uralt, dieser Kampf gegen das Chaos, gegen den Ungeist, gegen Aufruhr und Destruktion. Niemals wäre eine Kultur entstanden, nie eine Neuzeit, eine moderne Welt wissenschaftlich fundierter Aufklärung, die mit dem Plunder mittelalterlichen Aberglaubens aufräumte, wenn dieser Kampf aufgegeben worden wäre. Ein Kampf, lassen Sie mich diese Selbstverständlichkeit hier aussprechen, des Lichtes gegen die Finsternis, der Erkenntnis gegen die Unwissenheit. Wenn wir die Ansichten des Dichters Irving, dessen Bücher ich persönlich schätze, sie sind v o r seiner Erkrankung entstanden, zu den unseren machen wollten, würden die Kliniken für psychisch Erkrankte augenblicklich geöffnet und ihre Insassen auf die Menschheit losgelassen werden, die Polizeitruppen von den Straßen verschwinden, die Anarchie das Land verwüsten. Wir haben nur die Wahl, und unser persönliches Ergehen spielt dabei keine Rolle, auszuharren auf unserem Posten oder unterzugehen. Wer die Gesetze achtet, braucht nichts zu befürchten, wer arbeitet, wird weder hungern noch frieren, und die Glaubensbekenntnisse sind frei. Im übrigen steht es uns nicht an, über das, was möglicherweise nach dem Tode sein wird, Hypothesen aufzustellen, hier liegen die Grenzen unserer Erkenntnis, und es widerstrebt uns, unklaren Phantastereien kritischen Feststellungen gegenüber den Vorzug zu geben. Ich bin Arzt, ich habe zur Politik, zur Frage der Religion nichts Fachliches zu sagen, auch die Literatur ist nicht mein Gebiet. Meine Aufgabe ist es ausschließlich, den kranken Menschen zu heilen, damit er wieder lebensfähig wird, oder, um es mit den Worten des großen Meisters der Seelenheilkunde zu sagen, arbeits- und liebesfähig. Mehr habe ich hier, mit verbundenen Augen, in den Händen der Aufrührer, nicht vorzubringen.«

Stille, Schalmeienklang, Stille. Dann ließ sich noch einmal die bebende Stimme des Dichters vernehmen:

»Männer und Frauen, der Arzt hat zu euch gesprochen, die Stimme der Aufklärung, der sezierenden Vernunft, und es war nicht die Stimme eurer Träume. Nicht die Stimme der F r e u n d s c h a f t , und es war nichts weniger als der Hauch der Unendlichkeit. Wir sind keine Aufrührer, keine Anarchisten, wir verurteilen den gewaltsamen Umsturz, unsere Arbeit dient älteren, geheimeren Ordnungen, als sie euch aus den Gesetzbüchern bekannt sind. Wir sind auch keine politische Partei, wir wollen keinen Wahlsieg, die Weisheit wird niemals die Mehrheit erringen, die Mehrheit war stets im Unrecht vor dem Genius, und wer sich bewußt der Mehrheit bedient, um die Macht zu erringen, treibt schon Anarchie! Denn das wahre Wesen der Macht ist zerstörend, ist der Umsturz zur Erringung der totalen Macht, hierzu dienen alle Versprechungen und Programme machtgieriger Parteien, schallend von edlen Absichten, das Wohl des Volkes vorgebend, uneinig untereinander, sich untereinander beschimpfend, wüst und schamlos, sie machen sich den Rang streitig im Verkünden wirksamer Verbesserungen eurer Lage, g l a u b t i h n e n n i c h t , Papier ist geduldig, und die Redner werden gut bezahlt. Hört nicht auf ihr altes Lied, ein Trommlerlied, ein Rattenfängerlied zum Stimmenfang, fallt nicht mehr darauf herein. Wenn sie die Macht erst errungen haben, seid ihr verraten und verkauft. Uns geht es um etwas anderes, wir sprechen nicht davon, wir handeln. Ihr seid nicht allein durch Maschinen und Profitjäger vergewaltigt worden, ihr leidet noch mehr unter euren eigenen Vorurteilen, Gewohnheiten und A n s i c h t e n , die man euch von früh an beigebracht hat. Wir wollen euch davon befreien, wir werden euch ein Zeichen geben, einen Wink, einen Hinweis auf eine geheime, verlorene Spur, die ihr noch in der Kindheit lesen konntet, als ihr noch nicht verödet, berechnend und den Vergnügungen dieser exakten Realität verfallen wart. Denn diese Vergnügungen sollen euch zerstreuen, sollen den Verdacht zerstreuen, daß ihr die B e t r o g e n e n seid. Eine milde Spur, eine stille Spur, unsichtbar, eine Spur einsamer und tiefer Empfindungen, eine schwebende Spur, der die Dichter eures Volkes nie müde wurden, zu folgen. Es ist die Spur der g e h e i m e n P o e s i e unseres vergänglichen Daseins. Auf diese Spur wollen wir euch wieder bringen, locken, verführen, aber davon will ich ein ander Mal zu euch sprechen, man hat mir jetzt einen anderen Wink gegeben, ein anderes Zeichen. Ausreichend besoldete Polizeimänner riegeln bereits die Häuserblocks ab, sie haben Nachtdienst, wie wir, und sie werden sich morgen von ihren Anstrengungen erholen. Wir müssen die nächtliche Sendung beenden, ihr hört uns eines Nachts wieder auf dem 10-Meter-Band, um die gleiche Zeit. Laßt euch nicht beirren, übt F r e u n d s c h a f t und B a r m h e r z i g k e i t ! Der Sender Uranus schaltet ab.«

Ein Knacken in der Luft, Stille, Schritte. Die Kerzen auf dem Tisch waren herabgebrannt. Orlins griff in die Zigarettendose, zündete sich eine Zigarette an. Jessie füllte noch einmal die beiden Eierbecher. Noch hatte er alle Worte im Ohr, im Sinn. Es war das erste Mal, daß ihm etwas von den Lehren der ›Unauffindbaren‹ bekannt geworden war. Da trank Jessie ihm zu, er kippte das Elixier hinunter. *Eine geheime Spur*, dachte er, sog den Rauch tief ein, er fühlte sich nicht nur von diesem Trank schwingend geworden. Die Stunde, der Raum schienen geräumiger geworden, Jessie lächelte ihm schweigend zu, mochten die Polizeitruppen hier eindringen, er fürchtete nichts mehr. Da kamen die Schritte auf den Vorhang zu. *Poesie*, dachte er noch, als würde ihre Anrufung noch immer hinter ihm in der Luft erfolgen, er wollte seine Tage dieser schwingenden Spur zuwenden, und während der grüne Vorhang sich hob, ahnte er, daß er noch einmal ganz zurück mußte, daß man nicht mit dem Verschwinden beginnen durfte, daß man sich nicht entfliehen konnte und seinem Namen nicht entschwand, zurück, aber doch darüber hinaus, hinaus und weiter, zu Cora und den Kindern hinunter und hinüber, weiter, hinweg. Da sah er den kahlköpfigen, kleinen Alten ruckend unter dem Vorhang hervorkommen, blinzelnd blickte sich Pat im Kerzenschein um. Jessie nickte ihm schweigend zu, leise ging Pats Kopf hin und her, in dem alten, schwarzen Anzug schien er jetzt schräg am Tisch zu hängen, er stützte sich auf die Tischplatte, sah dem grünen Frosch zu, der die kleinen Sprossen abwärts stieg. Dürr, zäh und schmächtig stand der alte Erfinder vor ihm, in dem gelben, faltigen, altersfarbenen Gesicht blickten die glimmenden, schwarzen Augen wissend und einfältig, die gelbe, magere, zittrige Greisenhand streckte sich langsam nach ihm aus.

»Man erwartet Sie«, sagte die hohe, brüchige, geschäftige Stimme.

Orlins stand auf, öffnete die Lippen, aber Jessie lehnte am Bücherregal mit geschlossenen Augen, schien zu schlafen. Da ging er auf Fußspitzen um den Tisch herum und folgte wortlos dem kleinen Alten. *Klabautermann*, dachte er, unter dem grünen Vorhang durch, durch den Gang an den Rückwänden der Möbel entlang, durch schwebende Lichtstreifen und Stimmengeraune, *auf Fußspitzen*, dachte Orlins, *muß man nach Hause kommen, leise, still, weck die Kinder nicht, quer durch die Kindheit muß man nach Hause kommen.* Sie verließen den Gang, schlüpften unter einem roten Vorhang hindurch und standen in dem länglichen Raum, dessen Wände aus Spinden bestanden. Hinter den Drahtgittern der blauen Spinde sah Orlins Feuerwehrhelme hängen, Uniformen, Hüte und schwarze Umhänge. In einer Ecke standen drei Eisenbetten übereinander, mit blauweiß gewürfeltem Bettzeug überzogen, gefaltete, weiße Wolldecken lagen am Fußende. Auf dem länglichen Tisch in der Mitte brannten zwei dicke Wachskerzen, die nach Honig dufteten. Ein schmaler, junger Mann im weißen Kittel wusch sich die Hände in einer kleinen Waschschüssel und kehrte ihm den Rücken zu. Pat deutete auf die Bank am Tisch, Orlins setzte sich hin, da half ihm Pat, den Rock und das Hemd auszuziehen. Jetzt drehte ihm der junge Mann den länglichen Kopf zu, lächelte ihn vergnügt an, er hatte zartblaue, milde Augen, und streifte die Gummihandschuhe über. Als der Arzt in der weißen Emailleschale klimperte und ein vernickeltes Instrument ergriff, drehte Pat behutsam mit den kleinen, dürren Händen Orlins' Gesicht zur Seite. Orlins zuckte unter der kalten Berührung der Sonde zusammen. Dann brannte eine Feuerträne in seiner Schulter, der Arzt arbeitete schweigend und rasch, verband die Wunde, trat zurück und zog die Gummihandschuhe aus. Zog den weißen Kittel aus, hing ihn in einen Spind und kletterte an den Eisenbetten hoch, legte sich in das oberste Bett. Pat half Orlins, Hemd und Rock wieder anzuziehen, danach stieg Pat in das mittlere Bett, zog die weiße Decke über sich und streckte sich aus.

Erschöpft lehnte Orlins gegen die Tischkante. Er sah, wie Pat unter der Decke eine Scheibe Rosinenbrot hervorzog und hineinbiß. Der Arzt im oberen Bett hatte sich eine Zigarette angezündet. Im Saal waren wieder Stimmen zu hören, durch eine Lücke in den Spinden sah Orlins einen Trupp Männer vorüberkommen, ein Mann mit verbundenen Augen wurde von Feuerwehrmännern fortgeführt. Dann setzte das Klopfen ein. Es klang schwach und regelmäßig, aus einer Ecke des weiten, unübersichtlichen Saales, in dem es plötzlich still geworden war. Es war ein sorgfältiges, gewissenhaftes Klopfen, das ständig wanderte. Pat hatte das Rosinenbrot aufgezehrt.

»Die Polizei«, sagte Pat und wischte sich die Krümel vom Mund, vom Kinn, »hat uns aufgespürt. Sie klopft nun die Wände ab. Es kann die halbe Nacht dauern, sie arbeitet systematisch und wird uns doch nicht finden. Es sind im Grunde tüchtige und ordentliche Leute, mit Kombinationsvermögen, ohne Phantasie. Bis sie dahinterkommen, daß dieser Saal nicht mehr zum Haus gehört, haben wir ausgeschlafen, gefrühstückt und das Weite gesucht. Wir sind hier über der alten Zuckerfabrik. Vergessen Sie nicht, die Kerzen auszublasen. Gute Nacht!«

Pat zog die Decke über den Kopf, das Klopfen im Hintergrund wanderte weiter. Orlins zog die Schuhe aus, löschte die Kerzen, auf Strümpfen tastete er zu dem unteren Bett. Er streckte sich aus, fühlte, daß er auf einem Strohsack lag, zog die Decke über sich, hörte das Klopfen, sorgfältig, gewissenhaft, wollte sich auf die Seite drehen, da drehte ihn der Schlaf schon aus den Wahrnehmungen fort.

V

Als er erwachte, sah er Pat am Tisch sitzen, die Kerzen brannten, das Klopfen hatte aufgehört. Pat schraubte an einem Benzinkocher, das Wasser summte im Topf, es roch nach Benzin, nach Kerzen und nach Kaffee. Im Saal begann eine Uhr zu schlagen, sieben Uhr. Ein großer Feuerwehrmann trat unter dem roten Vorhang herein. Er stellte die Basttasche auf den Tisch, legte die Hand an den Helm, Pat sprang auf und schüttelte ihm die Hand. Orlins sah, wie Pat aus der Einkaufstasche die frischen Brötchen hervorholte, die Tafelbutter, ein Bündel geräucherter Fische und eine Zeitung. Der Feuerwehrmann grüßte, machte kehrt und verschwand mit der leeren Markttasche. Pat saß am Tisch und blätterte die Zeitung durch. Gleichgültig, ob ihm jemand zuhörte, begann er vorzulesen: »Niederlage der Polizei! Anarchistische Umtriebe! Der Brand der Nervenheilanstalt West! Chefarzt wird entführt und spricht über den Geheimsender der Anarchisten! Die Rede Prof. Dr. Chichesters ist auf Seite 2 abgedruckt.« Der Kaffee kochte über, Pat ließ die Zeitung fahren, zerrte den Topf vom Kocher. In diesem Augenblick sah Orlins, wie der Art, er sah zuerst nur die beiden weißen Leinenschuhe neben sich auf dem Bettrand, aus dem Bett herunterkletterte. Orlins blieb noch liegen. Er sah, wie der junge Arzt aus einem Spind Teller und Tassen holte und den Tisch deckte. Wortlos schenkte Pat Kaffee ein, biß in ein Brötchen, legte es hin, trank einen Schluck Kaffee, nahm die Zeitung wieder zur Hand und las vor:

»Ordnung und Sicherheit waren von jeher gewissen Elementen ein Dorn im Auge. Man wird hoffentlich bald kurzen

Prozeß mit ihnen machen. Wie lange gedenkt die Regierung sich die Herausforderungen eines Geheimbundes bieten zu lassen? Wer ist der Chef dieser Bande, die von einer geradezu vorbildlichen Organisation ist? Warum ist es nicht möglich, rechtzeitig einen falschen Feuerwehrmann von einem echten zu unterscheiden? Mit der Parole ›Auf der geheimen Spur der Poesie‹ wird eine Nervenklinik in Brand gesteckt. Unter der Losung ›Zurück zur Kindheit!‹ wird ein angesehener Nervenspezialist in seinen Diensträumen überfallen, werden Telefonleitungen zerschnitten, wird ein Geisteskranker befreit, wird schließlich unsere Zivilisation lächerlich gemacht. Wir hoffen, daß diesmal selbst die äußerste Linke unzweideutig ihren Abstand zu solchen Elementen zum Ausdruck bringen wird. Bild links oben: Der brennende Lagerschuppen. In der Mitte: Prof. Dr. Chichester mit seiner jungen Frau, vor seinem hübschen alten Landhaus, einer ehemaligen Abtei. Rechts unten: Der bekannte Neurologe, geknebelt, mit verbundenen Augen vor der Anstaltsmauer.«

Pat legte die Zeitung auf den Tisch und griff nach den Räucherfischen, die der Arzt auf einem Teller zerlegt und entgrätet hatte.

»Ein lahmes, zahmes, bürgerliches Blatt«, sagte Pat kauend und trank einen Schluck Kaffee, »wagt kaum, die Regierung anzugreifen. Wir müssen die radikalen Blätter abwarten. Kurz vor den Wahlen sind sie vorsichtiger, sind ihnen die Stimmen wichtiger als die Polizei. Aber hier steht etwas Erfreuliches von einem Hühnerhalter:

›Ein Mann, der in einer kleinen Stadt des Mittelwestens lebt, hatte ein Steckenpferd: das war die Hühnerzucht. Freilich hatte seine Liebhaberei einen nicht ganz altruistischen Hintergedanken, nämlich den, sich ab und zu einen schönen Braten zu sichern. Seine Hühner waren ihm ans Herz gewachsen, er pflegte sie mit Liebe und bildete sich sogar ein, daß sie bei seinem Herannahen hocherfreut ›sängen‹. Eines Tages erschien er in einem höchst sonderbaren Aufzug vor seiner Frau. Er hatte sich in einer Leihanstalt eine Maske besorgt, dazu einen falschen Bart aufgeklebt und eine sehr komische Kopfbedeckung beschafft. ›Glaubst du, daß man mich so erkennt?‹ fragte er seine Gattin. ›Wen willst du eigentlich zum besten halten?‹ fragte die Gemahlin mit einem leisen Unterton der Besorgnis, denn sie konnte nichts anderes annehmen, als daß ihr sonst fast immer nüchterner Gatte plötzlich die Balance verloren habe. ›Ich muß heute die Hühner töten‹, erklärte er ihr. ›Aber ich habe nicht das Herz, sie wissen zu lassen, daß ich es bin‹!«

»So sind heute die meisten«, sagte ein großer, alter Mann, der durch den roten Vorhang eingetreten war, »vor ihrem Gewissen verkleidet. Sie haben nicht das Herz, es wissen zu lassen, daß sie es sind!«

Pat und der junge Arzt waren aufgestanden, um den Dichter Irving zu begrüßen. Auch Orlins verließ das Bett, auf Strümpfen trat er vor den Dichter, um ihm die Hand zu geben. Der Dichter trug Kamelhaarpantoffeln, er hatte die Feuerwehruniform, die er bei seiner Befreiung benützte, noch nicht abgelegt, nur Helm und Gürtel fehlten. Sein mächtiger Kopf war von einer struppigen, grauen Mähne bedeckt, dichte, buschige Augenbrauen, aus denen einzelne Haare wie Käferfühler hervorsprießten, saßen über den großen, tiefliegenden grauen Augen. Von Ohr zu Ohr zog sich ein ungeschnittener, silbergrauer, halblanger Bart, aus den Ohren sprießten ebenfalls einzelne lange Haare. Nur die breite, gewölbte Stirn war frei von dem verwilderten Haarwuchs. Lächelnd drückte er allen die Hände und setzte sich auf die Bank am Tisch. Der junge Arzt schenkte Kaffee ein, stellte dem Dichter einen Napf mit Sirup hin.

Herr Irving tunkte das Sirupbrötchen in den Kaffee. »Später«, sagte er kauend, »am Tag der Tage, an dem nichts mehr verschwiegen werden kann, dann sind sie es alle nicht gewesen. Ist die Polizei abgezogen? Das Frühstück wird diesen gewissenhaften Beamten heute früh nicht so gut schmecken wie uns. Sie haben umsonst geklopft. Es wurde ihnen nicht aufgetan.«

Der junge Arzt holte aus einem Spind einen Rucksack, füllte eine blaue Thermosflasche mit Kaffee, wickelte die mit Fisch belegten Butterbrötchen in Seidenpapier und brachte beides im Rucksack unter.

»Ich freue mich auf unseren Ausflug«, sagte der Dichter, »ich war schon auf dem Schornstein, wir haben klares, wunderbares, leuchtendes Wetter. Soll ich dies hier anbehalten? Ich frage nur aus Vorsicht.«

»Wir haben im Spind einen Försteranzug für Sie, Herr Irving«, sagte der junge Arzt mit einem Lächeln, als müßte er niesen.

»Vortrefflich«, sagte der Dichter, »wäre ich nicht in den Revieren der Sprache beruflich unterwegs, dann würde ich mich den grünen Revieren widmen. Was schreiben die radikalen Blätter?«

»Haben noch keine bekommen«, sagte Pat.

Orlins hatte zwei Tassen Kaffee getrunken und vier Brötchen mit Räucherfisch verspeist. Er machte Pat ein Zeichen, er mußte dringend wo hin, und er kannte sich hier nicht aus. Seine Schuhe hatte er inzwischen angezogen.

Pat stand auf, entschuldigte sich und führte Orlins hinaus.

Er folgte dem kleinen, alten Manne durch enge, winkelige Möbelgänge und dachte, wenn hier die Polizei eingedrungen wäre, hätte sie für jede Möbelecke einen Beamten benötigt, um den Saal gründlich zu durchsuchen. Zudem gab es kein Licht und keine Fenster, oder sie waren verschalt. Im Saal war es noch still. Pat hatte wieder seine Taschenlampe und leuchtete voran. *Ob Jessie noch hier oben war, ob sie noch schlief?* Pat war stehengeblieben und deutete auf eine angelehnte Tür, dahinter ein Petroleumlämpchen brannte. Als Orlins wieder herauskam, stand Pat noch in der Nähe und winkte ihm. Dann leuchtete er die Mauer ab und öffnete eine eiserne Luke. Sie mußten sich bücken, um einzutreten, gebückt tappten sie voran, bis sie sich wieder aufrichten konnten, ganz oben war ein runder weißer Lichtfleck. Steigeisen führten in der runden Mauer in die Höhe. Pat begann schon, hochzusteigen. Orlins folgte langsam, er war behindert durch die verwundete Schulter. Je höher sie kamen, umso heller wurde es. Schließlich waren sie oben, blickten über den Kranz des Schornsteins hinaus. Nur einen Augenblick schwindelte es ihn. Als er die Augen wieder öffnete, konnte er ruhig in den blauen Sommermorgen hinaus sehen. Weit unter ihm lief eine Landstraße, schlängelte sich und verschwand hinter grün bewaldeten Höhen. In der Nähe lag ein ansteigendes Kleefeld mit einem Baumgarten in der Mitte. Links davon dehnte sich ein Kiefernwald, rechts waren große Maisfelder, kräftige, leuchtende Farben in der Morgensonne. Der Himmel darüber war fleckenlos blau. Er atmete tief ein. Staunend blickte er in die morgendliche Landschaft hinunter. Fast kam es ihm unerlaubt vor, Wälder und Felder so aus der Höhe in ihrem stillen Fürsichsein auszuspähen. Aus ihrer natürlichen Größe waren sie in die Verkleinerung der Entfernung gerückt, als hätte er sich über sie erhoben, die doch mächtiger waren als er, dauernd, älter, die ihn überdauerten, die ihn nicht kannten. Als blickte er in ihr heimliches Gewese hinein, in der Landschaft verborgenes Tiefengesicht, unverrückbar, die Bilderinschrift der Erde. Weite und Dauer. War er denn bisher nie bei Sinnen gewesen, daß ihm dies entgangen war? Von Schatten durchwirkte, leuchtende, strahlende, im Glanz von warmen, vollen, erdigen Farben ergründende, erbraunende, ergelbende und erblauende, funkelnde, blitzende Landbilderruh. Da lag es unter ihm, das Land, schweigend mit seinem Niemandswort, mit seinem Erdenklang, bunt und blühend, hatte es wirklich der Einweihung durch die Wiederträumer bedurft, damit er die Niemandsschrift lesen konnte, unter dem Himmel hingeschrieben mit Laubgeleucht und Felderbraun, mit Sommerglanz und Lichterbläue? Hingeschrieben über Sand und dichte Hecken, Schattenwege und hohes, blühendes Gras, mit den Buchstaben der großen Bäume und den graugrünen Felsen, mit Binsen und Schilf und Zittergras, in der weiten, verweilenden Meilenschrift, in blauen und grünen Meilen, durch fließende Wiesenwasser und moorige Tümpel, was ging denn hier mit ihm vor? Er ließ sich einfangen von diesem milden, fast unmerklichen Hingezogenwerden, das ohne Hand nach ihm langsam und leise zu greifen begann, ihn ergreifend wie Sehnen, wie der Hoffnung Lust, mit den Fingern des Fühlens winkte ihn die Landschaft ans Herz. Kein Rufen, und doch wie verschollen von verklungenen Rufen. Er fühlte, wie ihn die Freude hinausführte an den Saum der Wälder, an den Rand der Hügel, als wäre er selbst Raum von diesen Räumen geworden, da er sie in einem Fühlen spiegelte, atmete er nicht die eine Luft mit ihnen? Die Freude ging in ihm auf, als klänge nun wirklich der Landschaft Prangen in ihm her, als rücke sie herein in ihn, als besäße er in seiner Seele jenen leuchtenden Hauch, aus dem die Landbilderfülle gewirkt und gewoben war, und nun erschufen sie sich noch einmal in ihm, hielten ihr Gezweig in seiner Seele ausgebreitet, Lichttropfen in laubgrüner Luft, bilderten auf in ihm mit Matten und Weiden, mit Rain und Ranft, erklangen im Niemandsklang in seiner still atmenden Freude, als hätte es dereinst die Verwandlung des Schauenden in das Geschaute gegeben. Ein Wort rief ihn fort.

Pat hatte hinter ihm gerufen. Zeit, hinunterzusteigen. Sie wollten heute einen Ausflug machen. Im Hinabklettern dachte er an das Grab seines Vaters, Arthur Orlins, in einem gemieteten, fremden Zimmer gestorben, in der Erde begraben unter Ulmen und Efeu. Was von ihm sterblich war, starb immerfort in Ulmen und Efeu hinunter, hinüber. Und im Sohn gloste die Unrast fort. *Ich bin ein Makler geworden*, dachte Orlins, *ich kannte mich zwischen Himmel und Erde nicht aus.* Kein Lobgesang auf das Land fiel ihm ein. *Gloria in excelsis deo, das deutet nur zur Höhe, et in terra pax hominibus bonae voluntatis, das galt dem Menschenreich und noch nicht der Wälder und der Felder Ruh. Friede den Wäldern, Wassern und Feldern, die guten Willens sind!*

Sie krochen durch den niedrigen, dunklen Fuchsgang in den Saal zurück. Wieder leuchtete Pat voran durch die Möbelflure, still, überall war es still, kein Laut, keine Stimme, kein Schritt. Auch in dem Raum mit den Spinden und Betten war es dunkel. Pat zündete eine Kerze auf dem Tisch an, blickte sich um, nahm den Zettel zwischen den Kaffeetassen auf. Orlins blickte dem kleinen Alten über die Schulter, sie lasen: »Die Straßen sind bewacht, geht einzeln in den Wald!«

Aus einem Spind nahm Pat einen schwarzen Hut, setzte ihn auf, suchte nach einer Kopfbedeckung für Orlins. Er fand einen vergilbten, weichen Strohhut. Orlins probierte ihn, er paßte, Pat verbrannte den Zettel über der Kerzenflamme. Horchte. Nichts regte sich im Saal. Dann setzte er sich ruckartig in Bewegung, leuchtete voran, durch schmale Gänge mit grünen Fensterläden, übereinanderstehenden Schließkörben, Koffern, plötzlich knackte es in der Nähe wie von einem Schritt. Sie blieben auf der Stelle stehen, hielten den Atem an. Pat knipste die Taschenlampe aus. *Friede den Lüften, dem Licht und den ergrünenden Weiten, die guten Willens sind. Die Straßen sind bewacht.* Pats Lampe leuchtete auf, sie gingen weiter und kamen an ein Gerüst, das bis zur Decke reichte. Pat trat an einen der Gerüstbalken, drückte auf einen dicken, schwarzen Knopf. Da begann es unter ihnen zu summen, zu poltern und zu rumpeln. Die Eisenplatten im Fußboden begannen sich zu heben, klappten hoch, schlingernd, ruckend, und unaufhaltsam tauchte die Plattform des Warenaufzuges auf und hielt im Gerüst. Sie traten in den Aufzug, Pat drückte auf den Knopf, rumpelnd und schlingernd begann sich der Aufzug zu senken. Knarrend und schaukelnd fuhren sie in die Tiefe eines taghellen, verlassenen Fabriksaales. Voller Erwartung betrachtete Orlins die aufgestapelten Fässer, die Drahtsiebe und Kettenhaufen, an den Transmissionsrädern fehlten die Treibriemen, die Fabrikfenster waren dick verstaubt, leere Bierflaschen standen herum. Da hielt der Aufzug, und sie stiegen aus. Stiegen über Schubkarren und Eimer hinweg, an den Wänden hingen vergilbte Betriebsvorschriften, »Erste Hilfe bei Unglücksfällen«, Plakate mit schematischen Figuren, die Anweisungen gaben, wie man mit Ertrunkenen umging, um sie wieder zum Leben zu bringen. Auf Fußspitzen stiegen sie eine ächzende Treppe hinab, hielten sich am Geländer, kamen unmittelbar in den grünen, in der Morgensonne leuchtenden Fabrikhof. Hier war es heiß und still. Disteln und Löwenzahn blühten zwischen dem Anschlußgeleise, dessen Schienenspur rotbraun mit Rost überzogen war. An den Mauern standen hohe Brennesseln, scharfhalmiges Gras. Ein großer, dunkelbrauner Schmetterling erhob sich aufgeschreckt und flog über die Mauer davon. Pat rieb sich die Hände, es gefiel ihm hier, er riß eine gelbe Löwenzahnblume ab und steckte sie sich ins Knopfloch. Er besichtigte den verlassenen Fabrikhof wie eine Wohnung, die er mieten wollte. Orlins saß auf einem Sandhaufen und sah ihm zu. Pat kletterte in den hohen Güterwagen, hantierte darin herum und kam auf der anderen Seite wieder heraus. Er wischte die Fensterscheiben an verschiedenen Stellen blank und spähte in die leere Fabrik. Schraubte den Hydranten auf und wusch sich unter dem spärlich rinnenden Strahl die Hände. Eine Stimme von draußen, hinter der Backsteinmauer, ließ sie aufhorchen. Dann brummte ein Motorrad vorüber, und es wurde wieder still. Pat winkte Orlins, sie gingen um den Güterwagen herum, die Torflügel dahinter standen offen, kamen in offenes Feld, Wiesengelände, wateten durch hohes Unkraut und Gras, immer auf den nächsten Weidenbusch zu, um sich rechtzeitig hinwerfen zu können. Auf der Landstraße drüben rollte eine Lastwagenkolonne vorbei, der Staub wehte herüber, sie hielten auf die Ziegelhütten einer Ringofenbrennerei zu. Dann mußten sie die Landstraße überqueren und sahen den Bettler mit dem weißen Spitzbart.

Der Bettler saß am Straßengraben und winkte ihnen eilig. Sie prüften die Sicht und gingen in Abständen durch den Graben zu dem Bettler. Warm und still war die Luft. Die Schwalben flogen hoch. Der Bettler hatte einen aufgetrennten Sack vor sich ausgebreitet, mit Backsteinen beschwert. Sein Bettelteppich. Es lagen noch wenige Geldstücke darauf. Er faltete die Zeitung, in der er gelesen hatte, zusammen, schob die Lesebrille auf die von Wind und Wetter gebräunte zerfurchte Stirn und deutete den beiden an, sich hinter den Weidenstrauch zu setzen.

»Wir können uns auch so unterhalten«, sagte er, »und Sie werden nicht gesehen. Ich habe Sie auf den ersten Blick erkannt, mit Ihrem Tick müssen Sie ja überall auffallen. Wollen Sie ein Täßchen Kaffee?«

»Vielen Dank«, sagte Pat, durch die Weidenzweige spähend, »wir haben schon Kaffee getrunken. Wieso haben Sie mich erkannt?«

»Sie sind«, sagte der kleine Bettler mit dem kurzen, weißen Spitzbart, er stocherte mit einem Zweig in der Holzkohlenglut, die zwischen zwei aufgestellten Backsteinen glühte und seinen Kaffeetopf wärmte, »ein Mitglied, wenn nicht der Anführer einer berüchtigten Bande, die unter der irreführenden Bezeichnung ›Die Wiederträumer‹ einen Umsturz plant. Sie heißen Pat Flint, von Beruf sind Sie Erfinder. Aber Sie brauchen nichts zuzugeben, ich bin auf Ihrer Seite.«

»Woher«, fragte Pat, »woraus schließen Sie diese Dinge?«

»Ihr Brustbild«, sagte der Bettler, »steht im ›Morgen-Echo‹. Sie müssen also vorsichtig sein und nicht immer hinter dem Strauch hervorblicken. Sie können durch die Zweige sprechen. Ich habe gute Ohren, war früher Musiker.«

»Könnten wir einen Blick ins ›Morgen-Echo‹ werfen?« fragte Pat. Orlins, der längere Arme hatte, nahm die Zeitung entgegen. Eine schwarze Limousine fuhr langsam vorüber, aus dem Fenster warf eine Frauenhand ein kleines, blaues Saffianportemonnaie. Ehe es den Bettelteppich berühren konnte, hatte der Bettler es im Flug aufgefangen und sich gleichzeitig tief verneigt.

»Ein Goldstück«, hörten sie ihn vorn auf der Straße murmeln. Dann lasen sie den Bericht, die Stechmücken verscheuchend, die ihre Gesichter umschwirrten.

NEUESTER BANDENSTREICH
DER ANARCHISTEN!

PHANTASTISCHES UNVERMÖGEN DER POLIZEI!
DIE BRENNENDE IRRENANSTALT

DAS REDEDUELL VORM GEHEIMSENDER
INTERVIEW MIT PROF. DR. CHICHESTER
EIN WAHLTRICK?

»Wir können das meiste überfliegen«, sagte Pat und Orlins dachte, daß sie beide gut daran täten, sich bald zu rasieren, um nicht noch mehr aufzufallen. Daß er sich seit Tagen nicht mehr gewaschen hatte, befriedigte ihn insgeheim. Was stand auf manchen Arzneiflaschen aufgedruckt? »Nur äußerlich!«

»Ein Zwischenfall«, sagte Pat und schlug eine Bremse an seinem Halse tot, »der uns noch nicht bekannt war.«

Zu zweit lasen sie:

»Gegen drei Uhr dreißig heute Nacht bemerkte unser Berichterstatter an der nördlichen Anstaltsmauer einen Matrosen, der so betrunken war, daß er nicht begriff, daß der Mann, der auf einem Prellstein im Mauerwinkel lehnte, gar nicht trinken k o n n t e. Der Matrose hatte eine Flasche mit scharfem Fusel, vermutlich falschem Genever, dem Kauernden an die Lippen gesetzt, der einen Knebel zwischen den Zähnen trug. Unser Berichterstatter vertrieb den Seemann, löste den Knebel, knipste mit Vacu-Blitz die Szene und befreite den Direktor der Nervenklinik von seinen Handfesseln. Die erste Frage Prof. Dr. Chichesters an unseren Berichterstatter lautete: ›Sind die Kranken entsprungen?‹«

Pat blätterte um. »Wichtigtuerei«, murmelte er, »Chichester hatte Angst um seine Stellung, um sein Landhaus und dachte vielleicht in diesem Augenblick an die unverhältnismäßig hohen Rechnungen, die seine elegante Frau auf ihren Einkäufen hinterließ. Gloria Chichester. Seine zweite Frau.«

Gloria in excelsis, dachte Orlins.

»Uns wird ausschließlich interessieren«, fuhr Pat fort und überflog die Spalten, »ob sie eine Lehre daraus gezogen haben. Das Blättchen ist ultralinks. Hier hätten wir so etwas wie eine Stellungnahme.«

Orlins mußte niesen, der Bettler vorn an der Straße rief »Wohlsein, Gesundheit zu wünschen!«. Orlins dankte.

Sie lasen: »Wie nicht anders zu erwarten, drückt sich die bürgerliche Presse mit einer gewissen Zurückhaltung über diesen Vorfall aus. Die Wahlen sind kommenden Sonntag. Wir sind der Stimmen unserer Wähler sicher. Wir stehen daher nicht an, diesen unblutigen Anarchisten (es wurde in keinem Falle bisher auch nur jemand verletzt) eine gewisse Sympathie entgegenzubringen, mit dem Vorbehalt allerdings, den wir gegen jede Art von Splitterparteien haben. Das schaffende Volk wird Verständnis haben für diese modernen Rinaldo Rinaldinis, die mit den herrschenden sozialen Zuständen nicht einverstanden sind und auf ihre Weise versuchen, das Los der Unterdrückten zu lindern.«

Pat gähnte und faltete die Zeitung zusammen.

»Nichts gelernt«, sagte er. »Könnten im Notfall nicht auf sie rechnen. Müßten selbst ein Blättchen herausgeben, haben zuviel zu tun.«

Pat betrachtete noch einmal sein Brustbild auf der ersten Seite, er schüttelte stärker den Kopf, er konnte sich nicht erinnern, woher sie das Foto hatten, wann er mit diesem schwarzen Schlapphut geknipst worden war. Orlins reichte dem Bettler die Zeitung hinüber.

»Ich verfolge«, sagte der alte Bettler über die Schulter, »seit einiger Zeit mit Aufmerksamkeit Ihre Moritaten, wenn Sie diese Bezeichnung erlauben. Von meinem Standpunkt aus, also vom Straßenrand, nehmen diese Dinge eine eigene Beleuchtung an, die Sie nicht enttäuschen sollte. Meine Biographie wird Sie nicht interessieren. Ich wollte ›hoch hinaus‹ und landete im Graben. Da sitze ich noch. Es ist ein einwandfreier Straßengraben. Man wirft mir im Vorüberfahren meinen Unterhalt zu. Ich sehe die Welt vom Erdboden aus, von unten, ich schlucke viel Staub, es ist Ihnen bekannt, daß wir aus Erde gemacht sind und zu Staub werden dereinst. Gut. Daß S i e sich immer wieder aufraffen, die Welt zu verbessern, ist lobenswert. Lohnt es sich? Vergeuden Sie nicht Ihre Stunden damit?«

»Wie meinen Sie das?« fragte Pat durch die Zweige.

»Ich meine«, sagte der Bettler, »daß Sie vielleicht andere Dinge versäumen. Zum Beispiel den Wind. Er bringt die Botschaften, aus der Höh, und sie stehen gewiß nicht in den Zeitungen.«

»Warum lesen Sie Zeitungen?« fragte Pat.

»Eben deshalb«, sagte der Bettler. »Um mir den Unterschied vor Augen zu führen. Ich lese die Neuigkeiten, um zu erfahren, daß man keinen Schritt weiter kommt. Es ist alles geblieben, wie es vor abertausend Jahren gewesen ist. Daß Sie selbst auch nichts von den Apparaten halten, ist mir bekannt. Sie lenken nur ab. Ich will Ihnen meine Theorie vom unaufhaltsamen Rückschritt nicht demonstrieren. Vor vielen tausend Jahren waren wir vermutlich einmal weiter, ich meine, daß der Mensch einmal viel bedeutender war. Er verstand die Sprache der Tiere, und die Elemente redeten mit ihm. Wir wollen hier an der Landstraße nichts von Göttern sprechen. Aber nehmen Sie heute einmal einem durchschnittlichen Mann alle Apparate ab. Nicht nur den elektrischen Feueranzünder, die Kaffeemaschine, das Telefon und das Heizkissen, setzen Sie ihn nur für einen Augenblick auf eine Insel, auf der er an nichts Not leidet, sie ist warm, es gibt Süßwasser zu trinken, Kokosnüsse, Datteln, Geflügel. Er kann sich Palmwein zubereiten und Tabak rauchen, ohne Apparate kann er also genau so gut schwelgen, oder noch besser, denn er hat ein Eingeborenenmädchen in der Hütte, meinetwegen sogar mehrere. So, und nun stellen Sie mal bei ihm den sogenannten Fortschritt fest. Ich meine natürlich nicht den praktischen. Wie steht es damit? Wie sieht es da bei ihm aus? Ich meine mit seinem alten Adam? Denn wenn er eines Tages aufgerufen wird, drüben, wo man die Listen führt, kann er nicht die Apparate mitbringen von hier. Man interessiert sich dort nicht für Apparate. Wenn man die vielen Sternenhimmel in Gang zu halten hat, wir kennen sie gewiß nicht alle, die Milchstraßen und sogenannten Sonnensysteme, seit Äonen, dann sind unsere Apparate Blech dagegen. Wie sieht es also mit ihm aus, ohne Apparate, mit dem puren Adam? Er sitzt auf der Insel und schwelgt. Fortschritt und Kultur hat er zuhause gelassen. So, nun sind die Elemente wieder um ihn, das Meer, der Wind, der Äther, das Licht und die Erde. Sagt ihm das vielleicht etwas? Hört er vielleicht das Wort, das sie sprechen seit dem Anfang der Zeiten? Er hört nichts. Wozu läuft er auf der Erde herum? Nachts sieht er den blitzenden Sternenhimmel, vielleicht das südliche Kreuz, nun, er wird das albern finden, kein ausreichendes Licht, um zu lesen. Es interessiert ihn nicht, er hat es ja nicht gemacht. Kümmert ihn nicht. Die Elemente sind ihm lästig. Seine Ohren sind verstopft. Er hört die Botschaften nicht, das Rauschen der Meere ist langweilig und monoton, am Morgen geht wieder die Sonne auf, ohne Apparate, ohne sein Zutun, er hat nicht auf den Knopf gedrückt, es läßt ihn gleichgültig. Ich frage Sie, war das immer so? Nein. Er ist verkümmert, er hat den Rückschritt angetreten, ich spreche nur vom weißen Mann. Er jagt Kurzwellen um die Erde, was bringen sie ihm? Unterhaltungsmusik. Was teilen Sie ihm mit? Die Abendnachrichten. Könnte er den Wind hören, der hat andere Abendnachrichten für ihn. Könnte er nachts am Sternenhimmel lesen, da stehen andere Überschriften als in seinem Abendblatt, in seiner Nachtausgabe. Sie sehen hiermit, daß ich auf Ihrer Seite bin. Ich gehe keinem Berufe mehr nach, weil mich die berufliche Tätigkeit abhält. Wovon, das werden Sie selbst wissen. Außerdem spare ich. In einem Jahre vielleicht kann ich das Billett kaufen, die Schiffskarte. Dann lasse ich mich absetzen, was halten Sie vom Indischen Ozean? Malariafliegen? Tropenfieber? Es soll noch recht gesunde Inseln geben. Ich will Sie nicht aufhalten. Wenn Sie Hilfe benötigen, wenden Sie sich an meinen Bruder Albert, er ist Verwalter dort drüben in der Ziegelei. Sie können das längliche, braune Haus von hier aus sehen. Aber vielleicht ist er wieder krank, wünsche wohl zu reisen!«

»Wir werden stets«, sagte Pat und stand auf, auch Orlins hatte sich erhoben, »mit besonderer Genugtuung an Ihre Worte denken. Auf Wiedersehn!«

»Auf Wiedersehn!« sagte der Bettler, »und sehen Sie zu, daß Sie noch in die Ziegelei kommen, bevor man Sie erwischt. Ich habe jetzt wieder Sirenen gehört, es sind Motorräder mit Polizisten unterwegs!«

Orlins und Pat überquerten die Landstraße und schlichen auf die Ziegelhütten zu. Durch eine Klappe krochen sie in die vorderste Halle. Die Gerüste waren bis unters Dach mit gebrannten Steinen angefüllt. In dem lauen Schatten tappten sie durch die langen Gänge. Da hörten sie Stimmen, näherten sich einer der Klappen, die allesamt offen standen, legten sich vorsichtig auf den Boden und blickten durch das Gras hinaus in den Hof.

Im Hof saßen im Kreis, auf umgestülpten Eimern, drei Uniformierte. Sie hatten rote, schwitzende Gesichter, in ihrer Mitte stand ein alter Benzinkanister, auf dem sie Karten spielten. Hinter ihnen stand ein offener, dunkelgrüner Viersitzer mit Antenne. Sie kratzten sich, spuckten aus, spielten jedoch schweigend, zögernd legten sie die Karten ab. Ein starkes Tikken drang aus dem Wagen, gleichmäßig, wie von einer riesigen, unsichtbaren Uhr. Dann sprach eine überlaute Stimme, die weit über den Hof schallte:

»Achtung, Achtung, an alle C-Streifen, an alle C-Streifen! Der Polizeiminister hat bekanntgegeben, daß binnen vierundzwanzig Stunden der vermutliche Anführer der Anarchisten, Pat Flint, genannt der Ticker, einzubringen ist! Nach dieser Frist werden die hierfür eingesetzten Beamten auf der Stelle entlassen und gehen ihrer Pension verlustig, falls Flint nicht festgenommen wurde. Wir wiederholen: Pat Flint, unter Mittelgröße, fällt durch Tick auf, ständiges Kopfschütteln, schmächtig, schwarzer Anzug, schwarzer Hut.«

Die Polizisten kratzten sich gleichzeitig mit der freien Hand hinten am Kopf. Schweigend spielten sie ihre Karten aus. Da mußte Pat plötzlich niesen. Für einen Augenblick schienen die Beamten, die sich aufgerichtet hatten auf den Eimern, völlig erstarrt. Dann schmissen sie die Karten ins Gras und rannten, in Abständen verteilt, auf die Halle zu.

»In die Gerüste!« flüsterte Pat.

Es blieb ihnen kaum Zeit dazu. Sie durften dabei keinen Stein herunterwerfen. Vorsichtig kletterten sie in den Gerüsten hoch. Die Polizisten schlüpften bereits durch die offenen Klappen, leuchteten durch das Halbdunkel mit ihren Taschenlampen. Pat und Orlins machten keine Bewegung mehr, sie lagen beide ganz oben auf den Gerüsten ausgestreckt. Dort standen keine Steine. Sie hörten, wie die drei Männer sich verteilten, jeder nahm einen Gang. Schritt für Schritt leuchteten sie die Gerüste ab. Standen still, horchten. Einer schlug sein Wasser ab. Sie hielten den Atem an, jetzt stand auf beiden Seiten ein Polizist unter ihnen. Leuchtete hinauf, ging weiter, langsam. Wenn Pat noch einmal niesen mußte, waren sie entdeckt. Die Gefahr verringerte sich, die Schritte entfernten sich, bald waren die Stimmen wieder im Hof zu hören.

Orlins hörte, wie sie in den Wagen stiegen, der Anlasser röhrte einige Male, der Motor brummte auf, die Wagentüren schlugen, dann entfernte sich das Brummen.

Sie blieben noch eine Zeitlang auf den Gerüstlatten liegen. *Wenn die Schulaufgaben gemacht waren*, denkt Orlins, *durften wir in der Ziegelei hinterm Hause spielen. Sie war stillgelegt. Einige Schulkameraden warteten schon dort.* Sie hatten den weiten Weg aus der Stadt nicht gescheut. Die große, verlassene Ringofenziegelei war für ihre Spiele von einer geheimen, mit Furcht und wilder Abenteuerlust gemischten Anziehung. Man konnte durch die ›Fuchsgänge‹ kriechen, über Dächer klettern, man konnte sich so gut verstecken, daß einen keiner mehr fand. Nun hatte er sich wieder in einer Ziegelei versteckt. *Die Polizei im Land*, denkt er, *verhilft uns zu den alten Spielen. Räuber und Gendarm.*

»Kann mich bald nirgends mehr sehen lassen«, flüsterte der alte Pat in der Nähe bekümmert. »Können doch die Nacht hier nicht abwarten.«

»Vielleicht wird uns der Verwalter helfen«, flüsterte Orlins zurück.

Leise kletterten sie in den Gerüsten hinunter. Beobachteten

den Hof der Ziegelei durch eine offene Klappe. Nichts regte sich, einige goldbraune Hühner hatten sich in den Sand eingegraben und schliefen. Ein gutes Zeichen für sie.

»Wenn ich in fünf Minuten nicht zurück bin«, sagte der alte Erfinder leise, »dann kommen Sie nach.«

Orlins wollte erwidern, daß seine Uhr nicht mehr ging, aber Pat war schon unter der Klappe durchgeschlüpft und lief, ruckend, plötzlich einen Haken schlagend, die Hühner aufscheuchend, auf das längliche, braune Haus zu, blickte in das offene Fenster, zog sich am Sims hoch und verschwand darin.

Fünf Minuten, dachte Orlins und erwartete jeden Augenblick etwas Ungewöhnliches. Es blieb alles still, die Hühner hatten sich wieder beruhigt. Orlins versuchte über die Worte des sonderbaren Bettlers nachzudenken, konnte sich jedoch nicht richtig darauf konzentrieren, seine Aufmerksamkeit galt noch immer dem offenen Fenster dort drüben.

Jetzt mußten die fünf Minuten herum sein. Orlins kroch durch die Klappe, richtete sich auf und schlenderte über die rötliche Erde des Hofes. Wie zufällig kam er an dem offenen Fenster vorbei, blickte hinein. Drin war es halbdunkel und still. Er sah sich noch einmal um, kletterte aufs Fensterbrett und stieg in das Zimmer. Leise setzte er sich auf das niedrige Sofa, legte den Strohhut auf den Tisch. Es war ein großes, längliches Zimmer, der Länge nach von einem rotweiß gestreiften Vorhang abgeteilt. Der Vorhang war unter der Decke mit kleinen Ringen an einem rostigen Eisenstab befestigt, Wasserflecken mit rötlichen Rändern gaben dem Stoff ein vernachlässigtes, verkommenes Aussehen.

»Gib mir e i n m a l die Kraft, Herr«, sagte plötzlich eine hohle, kraftlose Stimme hinter der schmutzigen Markise, »gesund zu werden, damit ich hier alles mit Stumpf und Stiel ausrotte! Denn s o kann es nicht weiter gehen. Dauernd kommen hier welche herein. Nächstens kommen auch noch die Hühner, um mir die letzten Haare vom Kopf zu picken. E i n m a l nur die Kraft, damit ich das Haus zum Einstürzen bringe! Wer ist denn jetzt wieder drin?«

»Entschuldigen Sie, bitte«, sagte Orlins erschrocken. »Wir mußten uns verstecken. Bitte entschuldigen Sie die Störung.«

»Verstecken?« fragte die hohle Stimme hinterm Vorhang, dann begann sie zu husten, gequält, überdrüssig, ein langgezogenes, verächtliches Husten. »Was haben Sie denn gestohlen?«

»Nichts gestohlen«, sagte Orlins, »wir werden verfolgt.«

»Verfolgt?«

»Von der Polizei.«

»Die Pest über sie!«, sagte die hohle Stimme. »Die Pest hole diese Verräter ihrer Brüder und Schwestern. Nichtstuer, Aufpasser, Schikaneure! Vorhin haben sie Karten gespielt vor meinem Fenster. Pumpen sich auf mit der Luft der Wichtigkeit und sind doch nur bessere Straßenkehrer. Sollten zuvorkommend, hilfsbereit und Nothelfer sein und sind der Schrecken der Armen. Bleiben Sie sitzen, Herr. Sie sind hier am richtigen Ort. Eher explodiert meine Bombe, als daß einer von diesen Dickbäuchen den Mund hier auftut.«

»Sie haben eine Bombe?« fragte Orlins.

In diesem Augenblick ging die Tür im Hintergrund auf. Eine freundliche, kleine, ältere Frau strich sich die grauen Haarsträhnen aus dem Gesicht, nickte Orlins mit einem mitleidigen Lächeln zu, und sagte:

»Du sollst dich nicht aufregen, Albert. Es ist gleich so weit.« Sie zog die Tür von draußen zu. Einige Minuten blieb es still.

»Spinnen und Fliegen«, sagte die hohle Stimme leise. »Hunde und Hasen, Konstabler und arme Leute, es ist immer dasselbe. Die Hand und die Kehle, würgen und gewürgt werden, das sind die Geschäfte dieser Welt. Ich soll mich nicht a u f r e g e n? Ich w i l l mich aufregen! Ich b r a u c h e Aufregungen, verstehen Sie, was habe ich denn sonst noch auf der Welt? Aber eines Tages werden sich die Gewürgten vereinigen, die Hand von der Kehle abschütteln, den Würgern an die Kehle fahren. Dann werde ich meine Bombe brauchen können.«

Wieder öffnete sich die Tür. Ein Maurer trat ein. Er trug einen Kalkeimer und eine Kelle, hatte Kalkspritzer im Gesicht, eine Tüte aus Zeitungspapier auf dem Kopf. An dem leisen Ticken erkannte Orlins Pat, der in einem weiten Drillichanzug steckte. Über dem Knie hatte eine gespreizte Hand ihren Abdruck in grüner Ölfarbe hinterlassen.

»Nieder mit den Tyrannen!« rief die hohle Stimme hinterm Vorhang. »In die Hölle mit den Dickbäuchen, die sich wie die Wanzen vom Blut der Armen mästen. Schmort sie in Ölkesseln, verbrennt ihre Gebetbücher, auch die Pfaffen sollte man schmoren, denn sie haben Gott an die Reichen verraten!«

»Albert«, sagte die mitleidig lächelnde Frau, die hinter Pat hereingekommen war, »du sollst dich nicht aufregen, es ist gleich soweit.«

»Was sind wir Ihnen schuldig?« fragte Pat. Sie schüttelte den Kopf.

»Kommen Sie glücklich in den Wald«, sagte sie. »Unsereins kommt ja nicht mehr dazu, spazieren zu gehen. Aus dem Unglück führt kein Spaziergang hinaus.«

»Haben die Hühner schon gelegt?« rief die hohle Stimme.

»Ist gleich soweit«, sagte die hilflos lächelnde Frau.

Orlins setzte den Strohhut auf, Pat bedankte sich.

»Kommen Sie bitte mit«, sagte die Frau des Verwalters.

Sie verließen das Zimmer mit dem Kranken hinter dem Vorhang und gingen über den Flur, und dann durch einen kleinen Blumengarten auf die Landstraße. Die kleine Frau winkte ihnen zwischen den hohen Sonnenblumen nach. Pat ging, mit dem Eimer schlenkernd, voraus. Es wurde schon heiß. Plötzlich hörten sie die Sirene des Polizeiwagens hinter sich. Sie marschierten ruhig weiter, der Wagen überholte sie, es waren die drei Kartenspieler von vorhin, die um ihre fristlose Entlassung bangten. Hinter dem Wagen wirbelten Staubwolken hoch und verhüllten die Sicht auf der Landstraße. Pat winkte mit der Papiermütze hinterher. Dann rückte der Kiefernwald in ihren Blick, bald bogen sie in einen Waldweg ein. Hier war die Luft dünstig, im Schatten lau. Blaue Mistkäfer schillerten auf dem Weg mit den Wagenspuren. Pat stellte den

Eimer hinter eine Kiefer, zog eine große Tüte heraus und entnahm ihr seinen alten, schwarzen Hut. Die Papiermütze steckte er mit der Kelle in den Eimer. Nun gingen sie nebeneinander weiter, den Drillichanzug behielt Pat an. Als in der schattigen, grünen Ferne des Waldweges ein Mann auftauchte, warteten sie hinter einem Haselgestrüpp sein Herannahen ab. Es war ein großer, breitschulteriger Mann. Er ließ verdrossen den Kopf hängen, schleppte einen großen, schwarzen Blechkoffer. Er erschien ihnen harmlos.

»Guter Mann«, rief Pat, »erschrecken Sie nicht.«

Der Mann fuhr herum und starrte sie erschrocken an, er blieb stehen und stellte den Koffer auf den Weg. Sie traten hinter dem Gebüsch hervor und grüßten mit den Hüten.

»Wollten fragen«, sagte der kleine Pat, »ob Sie Leute im Wald gesehen haben?«

Der Mann schob seinen steifen, schwarzen Hut aus der geröteten Stirn.

»Wollen Sie nicht g e s e h e n werden?« fragte er unsicher.

»Wir suchen nämlich Arbeit«, sagte Pat. »Helfen bei Veranstaltungen, als Ordner, stellen vorher die Stühle auf, weisen die Plätze an und verteilen die Programme.«

»Ich habe eine Versammlung gesehen«, sagte der Mann, »wollen Sie vielleicht eine Kleinigkeit kaufen?«

»Wenn sie nicht zu groß ist«, sagte Pat. »Was haben Sie denn?«

Der Mann ließ die beiden Schlösser an seinem Koffer aufschnappen. Dann zog er eine schwarz und grün lackierte Schnellzugslokomotive heraus. Pat griff hastig danach, drehte sie in den Händen herum, betastete die beiden niedrigen Schornsteine, er schien den Wald vergessen zu haben, den Sommertag, schien schon weit fortgegangen zu sein, viele Jahre fort, da reichte ihm der Mann den vernickelten Schlüssel. Pat zog das Federwerk auf, stellte die Lokomotive auf den Boden, drückte einen kleinen Hebel herunter, da schnurrte die Lokomotive und fuhr mit den sechs hohen Rädern mühelos und schnell auf dem Waldweg dahin.

»Dieses Schiff«, sagte der Mann, während Pat hinter der Lokomotive herlief, »ist eine originalgetreue Nachbildung des im Kampf um das ›Blaue Band des Ozeans‹ mit voller Beleuchtung untergegangenen Ozeanriesen.«

Orlins nahm ihm den Überseedampfer aus der Hand, er hatte drei Schornsteine, drei übereinanderliegende Decks, unter der gelben Wasserlinie stand in Goldbuchstaben:

LEVIATHAN

Pat kam mit der Lokomotive unterm Arm zurück. Er starrte den kleinen Ozeanriesen wie ein Zauberding an, mit angehaltenem Atem. Seine schwarzen Augen glommen in tiefer Begeisterung.

»Für S i e natürlich zum Selbstkostenpreis«, sagte der Händler und ließ die Kofferschlösser wieder einschnappen. Orlins erinnerte sich, daß er einen größeren Geldbetrag in seiner Brieftasche hatte. Er bezahlte die Lokomotive und den Leviathan. Auf dem Vorderdeck war ein Schwimmbassin nachgebildet, kleines und großes Sprungbrett.

»Wo haben Sie die Versammlung gesehen?« fragte Pat, er konnte die Augen nicht mehr von dem Dampfer lassen, dessen Rot, Gelb und Grün in leuchtender Lackfarbe ihn anzog.

»Nicht weit von hier«, sagte der Spielzeughändler. »Halbe Stunde etwa, auf einem Hügel in einer Lichtung, man sieht schon den See durch die Bäume schimmern, wenn Sie sich immer links halten.«

Orlins kurbelte an der Ankerwinde, der kleine schwarze Anker senkte sich aus der Bordwand und schaukelte in der Luft. Sie dankten, grüßten und schritten weiter.

»Könnte ich nachher einmal das Schiff haben?« fragte Pat. Sie tauschten unterwegs noch einige Male die Lokomotive und den Passagierdampfer aus.

»Dieselbe Lokomotive kann es nicht gewesen sein«, sagte Pat, »die er dem kleinen Jungen schenkte, damals, im Warenhaus, Sie erinnern sich?«

Orlins, mit der Betrachtung des ›Leviathan‹ beschäftigt, erinnerte sich noch nicht.

»Durch eine ähnliche Lokomotive lernte er das Mädchen kennen, das er dann heiratete«, sagte Pat, und Orlins erinnerte sich an die Geschichte, die Pat von dem Mann erzählt hatte, dessen Frau verschwunden war, den man wegen Raubmords verhaftet und wieder freigelassen hatte. Es fiel ihm auf, daß Pat von Geschichten, die ihm nur erzählt worden waren, im gleichen Tone wie von Erlebnissen sprach. Als sei er dabei gewesen.

»Was wird mit d i e s e r Lokomotive beginnen?« sagte Pat vor sich hin. Sie folgten dem in leichten Windungen dahinlaufenden Waldweg. »Ich dachte schon daran«, fuhr Pat fort, »die Lokomotive i h m zu schenken. Vielleicht kehrt dann auch seine Frau zurück.« Er strich über den Rücken der Lokomotive, er schien sich in Gedanken ungern von ihr zu trennen.

Orlins hielt die Frage, die er aussprechen wollte, zurück. Wieder wunderte er sich, daß ihm hier eine unausgesprochene Anweisung im Wege war. Aber er schloß für sich, daß er diesen Mann bald, vielleicht heute noch, sehen würde, der in dem Haus mit den unterirdischen Gängen wohnte und in der Hütte auf der Flußinsel Pat seine Geschichte erzählt hatte.

»Sie können«, sagte Pat, »mit diesem Schiff auf allen Meeren fahren. Das ist ein großer Vorzug. Unausdenkbare Reisen. Ich bleibe auf das Schienennetz angewiesen. Quer durch den Kontinent. An den Häfen können wir uns treffen und den Platz tauschen. Ich kann auf Sie warten im Hafenbahnhof. Gewiß, Sie können untergehen, ich kann entgleisen. ›Ist der ›Leviathan‹ schon eingelaufen?‹ werde ich fragen. Außer dem Tender werde ich nur einen Wagen anhängen, einen Sonderwagen, für arme Leute und ihre Kinder. Quer durch den Kontinent. Sehen Sie, erst jetzt habe ich ihren Namen entdeckt, sie heißt ›Caritas‹. Ein ungebräuchlicher Name für eine Lokomotive. ›Der ›Leviathan‹ hat soeben den Lotsen an Bord genommen‹, wird man mir im Hafenbahnhof antworten.

Dann können wir die Passagiere austauschen. Wen haben Sie als Passagiere mitgenommen?«

Orlins zögerte.

»Sprechen Sie es ruhig aus«, sagte Pat. Er war stehengeblieben, hob die Hand über die Augen und spähte nach der Lichtung aus.

»Ich hatte an Fräulein Hobbarth und an ihren Vater gedacht«, sagte Orlins, ohne Pat anzublicken.

»Ich sehe die Versammlung«, sagte Pat, »gut, für die erste Reise, sehr gut. Und später? Wen nehmen Sie später mit?«

»Ich könnte einige junge Mädchen einladen«, sagte Orlins. Er folgte Pat in die kleine Schneise und sah nun auch den Hügel mit den Felsblöcken auf der Lichtung, zwischen den Kiefern schwang eine Schaukel hin und her. Auf einem Felsen stand ein Mann mit einem flachen Strohhut, die Hemdsärmel aufgekrempelt, und schien eine Rede zu halten. Er konnte die Zuhörer nicht sehen, sie mußten unter ihm in den Felsen sitzen.

»Gewiß«, sagte Pat, »die Zwölfjährigen, gut. Ich habe einmal, vor vielen Jahren, als ich in der Früh Milch holte, ein zwölfjähriges Mädchen gesehen. Sie stand auf dem Weg unter einer hundertjährigen Linde und betrachtete mich, vielleicht unbewußt lächelnd. Oder vielleicht war ihr Gesicht einfach so lieblich, daß man glaubte, es lächelte einen an. Sie sind mein Zeuge, Herr, ich neige nicht zur Schwärmerei, habe zuviel erfahren von der Rückseite dieser Welt. Gut. Als mich das Mädchen ansah, hatte ich für einen Augenblick, so lange, wie ein Blitz dauert, der niederfährt, den Eindruck, daß mich aus ihrem Blick noch jemand anderes ansah, nämlich ein Wesen aus einem der vielen Himmel, die wir nicht kennen. Sie können ebensogut sagen, ich sah in den Blick eines englischen Wesens, also eines Engels. Nun sind diese Bezeichnungen schon zu sehr mißbraucht worden. Ich stand einen Augenblick wie vom Donner gerührt, getroffen. Gut. Nach sechs Jahren sah ich das Mädchen wieder. Sie. war groß und kräftig geworden, stämmig, wie eine Magd, derb und stämmig, und aus ihren Augen, die eigentümlich flach geworden waren, sah mich höchstens noch eine Gans an, wobei ich gegen die Gänse, sehr kluge, wachsame Tiere, nichts Nachteiliges sagen möchte. Also die Zwölfjährigen, wenn ich Ihnen diesen Vorschlag machen dürfte. Ich bin ein alter Mann, habe Übersichten gesammelt.«

»Gewiß«, sagte Orlins, und er konnte jetzt den Redner hören, ohne noch seine Worte zu verstehen, »die Zwölfjährigen würde ich auf den ›Leviathan‹ einladen. Am Hafen könnten wir dann die Passagiere wechseln.«

Sie stiegen schon über die vorderen Felsen. Auf der Schaukel, die in den Ringen knarrte, saß der Dichter Irving, er winkte ihnen zu. Grüßend hoben sie die Hüte.

»Hier wollen wir bleiben und zuhören«, sagte Pat und deutete in eine flache Vertiefung in den Felsen. Sie ließen sich auf dem dunkelgrün überzogenen Basalt nieder.

Orlins hatte in dem Redner auf dem Felsblock den Artisten Charles Pitt erkannt.

»Man hat uns auch einen Geheimbund genannt«, fuhr Charles soeben fort. »Völlig zu Unrecht, nichts wäre einem Bunde unähnlicher als die ungebundenen, freundschaftlichen Beziehungen, die hier zwischen uns walten. Man sucht nach unserem Anführer. Wir befinden uns da in der größten Verlegenheit, es gibt keinen Anführer. Wir reden auch nicht der Reihe nach von den Felsen. Wir haben einen Ausflug gemacht, wer sich im freien Vortrag üben will, klettert auf einen Felsen, nachher klettert er wieder herunter. Die Gazetten sprechen von unseren Mitgliedern, von unserer Organisation. Bis zu diesem Augenblick weiß ich noch nicht, wieviel Freunde wir untereinander sind, kenne nicht einmal alle Namen der hier Versammelten. Ich fahre stets allein durchs Land, und dann treffe ich hier und da einen alten oder einen neuen Freund, bei dem sich zufällig noch einige andere Freunde befinden. Das ist alles. Außerdem hätte ein Bund zumindest Satzungen. Ich kenne keine einzige. Und geheim halten wir überhaupt nichts. Wir gehen der Polizei aus dem Wege, wie man Hindernissen aus dem Wege geht. Falls hier einer von der Polizei ohne Uniform in den Felsen sitzt und zuhört, möchte ich auch dies noch sagen, daß ich selbstverständlich nichts gegen ihn habe, sofern er nicht im Dienst ist. Denn im Dienst ist er ja nicht mehr er selbst, sondern ein anderer. Er folgt dann nicht seinem Gewissen, sondern den Dienstvorschriften einer auftraggebenden Macht. Sie gibt vor, die öffentliche Sicherheit zu erhalten. In Wahrheit unterdrückt sie jeden, der nicht dem vorgeschriebenen Verhalten folgt. So lebt im Grunde jeder nur, wie die Polizei es ihm erlaubt. Wir erkennen diese Macht nicht an, das ist alles, was ich zu diesem Punkt vorerst zu sagen hätte.

Im allgemeinen tue ich das, was mir mein Gewissen rät oder die Freundschaft. Ich erkenne meine Freunde an keinem Abzeichen. Sondern daran, daß sie versuchen, Gutes zu tun, und Schlimmes zu verhüten. Zum Schluß will ich noch sagen, daß, wer Lust hat, mit hinüber zur Insel fahren kann. Ich weiß nicht einmal genau, welcher Nation unser Gastgeber auf der Insel angehört, so bin ich jedesmal wieder im unklaren über seinen Titel. Seinen Namen kenne ich nicht, er steht auf keinem Türschild. Ich hörte schon, daß man ihn ›Baron‹ nannte, ein Freiherr also. Sein Schiff liegt schon dort unten am Strand. Ein Segelschiff. Ich danke meinen Freunden, daß sie mir so lange zugehört haben.«

Charles grüßte, sich verbeugend, mit dem flachen, breitrandigen Strohhut und kletterte vom Felsen herab. Er war mit seinen fünfzig Jahren geschwind wie ein Wiesel.

Orlins sah den jungen Arzt durch die Baumschatten kommen, er trug eine Tasche, grüßte freundlich lächelnd und reichte ihnen aus der Tasche ein Butterbrot. Pat fragte ihn nach einem Schluck Kaffee. Er konnte seinen Durst aus der Thermosflasche stillen. Auf den grünen Felsen, den Charles verlassen hatte, waren zwei Männer gestiegen, die nicht nur gleiche Anzüge und Hüte trugen, sondern in Gestalt und Gesicht fast ähnlich waren. Gleichsam zur Unterscheidung trug der eine der beiden Zwillingsbrüder eine blauschwarze Hühnerfeder am Hut. Orlins erwartete beinahe, daß sie nun auch gleichzeitig sprechen würden, zweistimmig sozusagen. Aber zuerst sprach der Mann ohne Feder am Hut.

»Wenn die Leute jemand nicht sehen, von dem sie gerade gesprochen haben, so sagen sie von ihm, er sei nicht da. Es kann daher sein, daß wir einen Anführer haben, sie sprechen von ihm, wir sehen ihn nicht, er ist nicht da. Er ist nicht sichtbar. Mein Zwillingsbruder Alfred und ich, wir denken, daß alles, auch wir, dem Zufall überlassen ist in der Welt. Aber der Zufall ist nicht sich selbst überlassen, so wenig wie zum Beispiel der Mond, der am Himmel, für unsere Augen, seinen genauen Fahrplan einhält. Was uns zufällt, denken wir, wird uns geschickt. Das verstehen wir unter Geschick, unter Schicksal. Es mag also bei uns einen Anführer geben, der uns hierhin und dorthin schickt, wir sehen ihn nicht. Ebenso vermute ich, daß wir ein Bund sind, o h n e e s z u w i s s e n, sollen wir etwas dagegen tun? Aber ich will nun zum Thema kommen. Wir wollten hier etwas erzählen. Wir haben uns kürzlich einen Mann vorgenommen, der seit vielen Jahren etwas betrieb, das man heutzutage als Vivisektion bezeichnet. Man versteht darunter den Versuch am lebenden Tier, der mit einer Verwundung oder Verstümmelung verbunden ist. Mein Bruder wird nun den eigentlichen Hergang erzählen.«

Der Mann schwieg, blickte seinen Bruder, der still zugehört hatte, an, und verschränkte die Arme über der Brust. Der Zwillingsbruder nahm seinen Hut mit der Hühnerfeder ab, drehte ihn mit beiden Händen und begann:

»Wir hatten in Erfahrung gebracht, daß der Gelehrte einen Hund hatte. Ein großes, schönes Tier, an dem er außerordentlich hing, und eine siebzehnjährige Tochter. Sie war sein einziges Kind, hieß Victoria. Er hielt seine Tierversuche vor ihr verborgen, sie wußte nichts davon. Wir lernten die Tochter kennen und auch ihr Steckenpferd, die Lyrik. Ihre eigenen Gedichte waren noch mittelmäßig, sie zeigten mehr Empfindung als Ausdruck. Damit rechneten wir. Die Freunde, die uns bei dieser Angelegenheit behilflich waren, sitzen hier in den Felsen. Falls ich nicht genau berichte, bitte ich um Zwischenrufe und um Berichtigung. Nachdem wir Victoria, die über das Wesen der Vivisektion unterrichtet ist und sie verabscheut, denn sie liebt als Lyrikerin die Natur und die Tiere fast überschwenglich, von den jahrzehntelangen, verborgenen Versuchen ihres Vaters erzählt hatten, wollte sie uns keinen Glauben schenken. Es erschien ihr zu ungeheuerlich. Ihr geliebter Vater konnte kein solches Scheusal sein, das sich mit dem Blut wehrloser Tiere befleckte. Um sie zu überzeugen, drehten wir im Laboratorium des Gelehrten, unter dem Vorwand, einen wissenschaftlichen Lehrfilm herzustellen, der nur in Hörsälen gezeigt werden durfte, einen Kurzfilm. Diesen Film zeigten wir Victoria. Sie sah ihren Vater, und sie sah die zerschnittenen Tiere unter seinem Messer. Das genügte. Wir weihten sie in unseren Plan ein. Unsere Vorbereitungen dauerten ziemlich lange. Wir haben hier einen jungen Arzt zum Freund, er teilt gerade Butterbrote aus, ohne seine Mithilfe wären wir nicht zum Ziel gekommen. Es gab große, technische Schwierigkeiten. Wir mußten Victoria und den Hund entführen. Eines Tages war es soweit. Der Gelehrte hatte nicht nur die Polizei, sondern eine Anzahl Privatdetektive auf die Spur seiner verschwundenen Tochter gehetzt. Ohne Erfolg allerdings. Ich kann sagen, daß wir einen innerlich gebrochenen Mann eines Morgens von seinem Laboratorium abholten, nachdem wir ihm sozusagen unseren Kopf als Pfand gegeben hatten, ihn zu seiner Tochter zu führen. Er war verwundert, daß wir ihn in einen großen, verdunkelten Keller führten, in dem eine Anzahl Stühle standen. An der Kellerwand war eine große Leinwand aufgespannt. Der Gelehrte hatte uns versprochen, genau unsere Anweisungen zu befolgen, kein Aufsehen zu erregen. Wir waren sogar damit einverstanden, daß er sich seinen Browning einsteckte, geladen. Wir selbst sind ja immer unbewaffnet. Selbst als Feuerwehrmann hatte ich nur blinde Patronen im Karabiner. Dies nebenbei. Wir sagten ihm, daß wir ihm einen kleinen Film zeigen müßten, um sicherzugehen, ob wir den Aufenthalt seiner Tochter auch wirklich entdeckt hätten. Er war aufs äußerste gespannt. Dann ließen wir den Film laufen. Den ersten Ruf gab der Gelehrte im dunklen Keller, vor der Leinwand von sich, als er seinen Wolfshund erkannte. ›Astor!‹ hatte er gerufen. Danach rief er nichts mehr, denn nun sah er mit zu, wie sein Lieblingshund in ein Laboratorium geführt, auf den Tisch geschnallt und aufgeschnitten wurde. Wir machten keine Pause. Der zerschnittene Hund wurde hinausgeschafft, der Tisch wurde gesäubert, dann sah der Gelehrte, wie seine Tochter auf einer Bahre, bis zum Kinn mit einem langen, weißen Tuch bedeckt, hereingefahren wurde. In diesem Augenblick wollte er aufspringen. Mein Bruder und ich, die rechts und links von ihm saßen, verhinderten das. Wir sagten ihm noch einmal, daß wir ihn in einigen Minuten zu seiner Tochter bringen würden, falls er sich unseren Anweisungen nicht widersetzte. Zuletzt mußten wir ihn doch festhalten, denn er schrie und tobte. Es war zuviel für ihn, mitanzusehen, wie der Bebrillte im weißen Kittel auf der Leinwand die Trepanation an Victoria vornahm. Dann schwanden ihm die Sinne. Als er wieder zu sich kam, hatten wir den Vorführungsapparat und die Leinwand fortgebracht. Im Keller brannten die Deckenlampen. Der Gelehrte kam auf dem Stuhl zu sich und nannte uns Betrüger und Mörder. Da hörte er einen Hund draußen bellen. In sein aschfahles Gesicht kehrte die Farbe zurück. Er hatte seinen Lieblingshund am Bellen erkannt. Als wir ihn nun fragten, ob er uns sein Ehrenwort verpfänden könnte, keinen Versuch mehr an lebenden Tieren auszuführen und kein Tier mehr zu töten, zog er seinen Browning. Im gleichen Augenblick hörte er draußen Victorias Stimme, sie sprach mit dem Hund. Seine Hände zitterten, er schoß nicht, er reichte meinem Bruder die Waffe und sagte: ›Mit diesen sechs Kugeln können Sie mich niederstrecken, wenn ich mein Versprechen, das Sie hiermit haben, eines Tages brechen sollte.‹ Harald steckte den Browning ein. Die Kellertür ging auf, Victoria, einen Strauß Gartenrosen schwingend, kam mit dem Wolfshund herein. Unser junger Arzt reichte dem glücklichen

Vater ein Glas Zuckerwasser. Danach zogen wir uns zurück. Aber wir sind im Briefwechsel mit Victoria geblieben. Sie kann heute leider nicht unter uns sein. In ihrem letzten Brief teilte sie uns mit, daß ihr Vater nunmehr von einer längeren Krankheit genesen sei. Und das er begonnen hätte, an seinem Buche zu schreiben. Sie verriet uns auch den Titel des Buches. Er wird es nennen:

EIN ARZT KLAGT SICH AN

Das ist alles, liebe Freunde.«

Der Sprecher schwieg, setzte den Hut mit der Hühnerfeder wieder auf und nahm die Hand von dem Felsblock, auf den er sich gestützt hatte, um sich ungeschickt zu verbeugen. Danach kletterten die Zwillingsbrüder von den Felsen herunter. Auch Orlins hatte ein Butterbrot mit geräuchertem Fisch gegessen. Eine Zeitlang war es in dem geräumigen Felsenlager still, ab und zu hörte man halblautes Sprechen. Obwohl die alten Waldbäume mit ihren dichten Nadelkronen den Glutstrom der Mittagssonne auffingen und dämpften, war die Luft auch in den Felsen heiß geworden. Orlins und Pat zogen ihren Rock aus, krempelten die Hemdsärmel hoch. Ab und zu wischten sie die Schweißperlen von der Stirn. Die Schaukel knarrte längst nicht mehr. Aber man konnte sie von hier aus nicht sehen. Der junge Arzt kam wieder vorbei und ließ ihnen eine Rolle Pfefferminz zurück. Obwohl sie für Pat bestimmt war, denn Orlins hatte Zigaretten erhalten, teilte Pat brüderlich. Orlins fühlte sich in der schwülen Mittagsstille schläfrig werden. Zurückgelehnt, schloß er für einige Sekunden die Augen, und öffnete sie überrascht, als die scheue und ängstliche Stimme in der Mittagsstille begann. Denn der Mann, der plötzlich dort oben auf dem Felsen stand, war lautlos hinaufgeklettert, barfuß. Er trug nichts als eine etwas zu große, leuchtende rote Badehose, einen riesigen Strohhut und eine Hornbrille mit rauchfarbenen Gläsern. Sein Gesicht war bleich, hohlwangig und länglich, sein schmächtiger Körper war gerötet, er würde einen Sonnenbrand bekommen. Scheu und unbeholfen lehnte er sich gegen den grünlichen Felsblock und öffnete den Mund.

»Freunde«, begann er bescheiden, und er sprach die erste Zeit etwas eintönig, »daß es mir vergönnt ist, mitten im Wald, in einem Felsenlager euch eine Geschichte zu erzählen, ist n i c h t mein Verdienst. Eines Abends kam einer von euch mit einem Sarg in mein Haus, er sitzt hier unter mir in den Felsen. Damals suchte ich noch Sicherheit, Gewißheit, Deckung. Ich war wegen Raubmord angeklagt gewesen. Elise, meine Frau, hatte mich verlassen und war verschwunden. Ich hatte genug von den himmlischen Vorführungen. Mein Haus besaß unterirdische Gänge, dort übte ich, mich zu verbergen, ich lernte die Regeln der Verborgenheit, ich befolgte den Brauch der Verlassenheit, in der Angst hüllte ich mich ein. Ich zitterte vor einem Klopfen, verschollen war ich, wie ein Schall in Gewölben, denn ich kannte d i e   l e t z t e n   B e s t i m m u n g e n nicht. In der Praxis der Deckung stützte ich mein Selbst ab. Da es nicht kugelsicher war, wollte ich es abschirmen vor den schwarzen Lichtgarben der Finsternis. Ich wollte es abdichten vor den Schwefeldämpfen des unteren Reiches, das uns nicht nur die Verwesung schickt, denn ich hatte noch keine Kenntnis von den l e t z t e n   B e s t i m m u n g e n. Es war die falsche Bahn, ich wäre noch tiefer in die Verselbstung geraten, wenn ihr mich nicht herausgezogen hättet, aus der Verschlossenheit in die Freundschaft. Ich kannte damals nur noch den eigenen Hilferuf. Ihr gabt mir das Gehör zurück, und dann hörte ich, daß auf dieser Erde Tag und Nacht um Hilfe gerufen und gefleht wurde, da war ich hörend geworden.

Freunde, ihr habt mir keine Aufgaben gestellt. Hörend erkannte ich sie selbst, denn die Freundschaft kommt nicht zu uns ins Haus wie der Eilbote, sie kann nur erworben werden durch Aufgaben, und die erste war, daß ich mein Selbst aufgeben mußte. Danach folgten die anderen mühelos. Erlaubt, daß ich von der Erledigung meiner letzten Aufgabe berichte. Es war an einem Sommerabend.

Ich war wieder in die Welt vorgedrungen, ich hatte meine Deckung aufgegeben, ich ging nicht mehr nur des Nachts durch die Anlagen. Und so traf ich sie an einem Sommerabend, nach den Bestimmungen, die nicht zu erforschen sind. Es war eine junge Frau, die durch die Anlagen ging. Aber sie verschwand nicht, sie kehrte wieder um, folgte einem anderen Weg, ging in einen Seitenpfad hinein und erschien wieder auf dem Weg, wo ich auf der Bank saß und alles mit ansah. Es war, als schleppte sie noch jemand mit sich herum, der unsichtbar war und ihr Tücher vor die Augen hängte, die sie herunterriß, um den Weg zu finden, den sie verloren hatte. Bis sie ratlos stehenblieb und ich aufstand und mich ihr näherte. Ihr Blick war nicht in dieser Stunde wach, er schien aus verschwundenen Jahren hervorzukommen, in einer Gegenwart zu weilen, die versunken, verfallen und begraben war. Ich fragte sie, wo sie hinwollte, und sie verstand mich nicht. Aber nun hatte i c h sie verstanden. Es war soweit. Das Blindentuch der Seele war um sie geschlungen worden. Es gelang mir, sie zu überreden, sich für eine Weile auf die Bank zu setzen. Zwischen uns saß etwas Unsichtbares, und es war mehr als die Angst, aus den Augenwinkeln blickte sie nach dem Gespenst hin, lodernd, glimmend, fiebernd, und ohne Laut schreiend vor Angst. Ich sprach mit ihr, um die Angst zu packen, niederzuzwingen, fortzuscheuchen. Ein warmer Sommerabend, unter einer alten, schon schattendunklen Kastanie. Schließlich fragte sie mich, warum ich eine Maske vorm Gesicht hätte, warum alle Leute so verkleidet wären. Freunde, ich wußte genug. Ohne eure Führung wäre ich nun ebenso ratlos gewesen. Aber so konnte ich die Lösung der Aufgabe beginnen.

Ich erhielt vorhin ein Butterbrot und eine Rolle Pfefferminz. Der sie hier austeilte, in den Felsen, unser junger, ärztlicher Freund, führte damals eine Station für leichte Fälle. Barmherzige Schwestern verrichteten dort in dem stillen, alten Haus unter den Platanen ihren Dienst mit Geduld und Hingabe. Auf Umwegen führte ich an diesem warmen Sommerabend die ratlose junge Frau dorthin, mit einem Tee aus Johanniskraut fand sie dann auch den Schlaf, den ihr die Angst genommen hatte, denn sie hatte mehrere Nächte nicht mehr geschlafen. Ich durfte sie bald dort besuchen. Da lag sie in einem weißen Bett in einem stillen Zimmer, eine Puppe im Arm und weinte vor sich hin. Als wären ihre Augen nicht mehr zum Sehen nötig, sondern um die Tränen fließen zu lassen aus dem Quell aller Schwermut. Bläulich dunkel war ihr Augapfel geworden, sie weinte ihr schönes, dunkelbraunes Haar naß, das dicht und lang ihr schmales Gesicht, ihre schmalen Schultern bedeckte wie ein dunkler Strauch. Immer wieder fragte sie mich, ob ich B e r n h a r d gesehen hätte. Ich brachte ihr Blumen mit, ich brachte ihr einen braunen, irdenen Krug mit und Sonnenblumen. Sie unterhielt sich mit ihnen leise wie mit Gesichtern, wenn sie sich allein wähnte, erzählten die Barmherzigen Schwestern. Mit der Puppe und mit den Sonnenblumen sprach sie, sonst mit niemand mehr. Dort lag sie lange, bis ihre Träume nicht mehr Tag und Nacht um sie herum alles verrückten und entstellten, bis sie wieder ohne Tee einschlafen konnte und wieder klarer wurde, bis ihre bleichen Wangen sich röteten und ihre Augen um die Iris weiß wurden. Und ich hatte mich diesem Anschauungsunterricht der Angst und Verlorenheit nicht entzogen.

Für unseren jungen, ärztlichen Freund war dieser Fall von Verstörtheit nicht ungewöhnlich, nach einer gewissen Zeit konnte er abklingen oder sich verschlimmern. Er klang ab, und unsere Patientin wurde wieder gesund. Sie öffnete den Sarg, sie stieg aus dem Grab ihrer Umnachtung in unsere Welt hinauf, und ihre Augen sahen wieder das Bilderbuch des Lebens und dienten nicht mehr dem Schluchzen und Fließen der Tränen.

Der zweite Teil meiner Aufgabe hatte begonnen. Ich lernte, durch eure Hilfe und Unterstützung, einen Staatsminister kennen. Er wohnte in einer altmodischen, großen Villa, die von einem Park umgeben war. Er war verheiratet und hatte ein Kind, ein Söhnchen, drei Jahre war es alt und hieß Ralph.

Ich besuchte ihn öfter und schrieb die Gespräche auf, die ich mit ihm hatte, und er unterstützte meine Arbeit. Es war nichts Ungewöhnliches, man kennt solche Bücher über bekannte Persönlichkeiten, man weiß, wie sie entstehen. Aber eines Morgens holte mich ein Beamter in Zivil, mit einem schwarzen Hut und ohne Weste, wie damals, auf dem Bahnsteig, als ich für Elise ein Magazin kaufen wollte, damals waren es zwei Beamte, aus dem Bett, aus der Wohnung, und dann begannen wiederum die Verhöre. Sie waren nicht mehr so eindringlich, es wurde diesmal nicht der dritte Grad angewandt. Und ich wurde bald wieder entlassen. Der kleine Ralph, das Söhnchen des Ministers, war nachts aus seinem Bett und über eine Baumleiter fortgebracht worden. Man wartete auf die Forderungen der Entführer, aber es wurde kein Lösegeld verlangt. Der kleine Ralph blieb verschwunden, unauffindbar. Die sogenannte fieberhafte Suche der Polizei führte zu keinem Ergebnis. Nur einen kleinen Schuh fand man von ihm, in einer Hecke am Waldrand liegen.

Der Minister erkrankte, und als ich ihn wieder besuchen durfte, war sein volles dunkles Haar weiß geworden. Er lag in einem stillen Zimmer, in einem weißen Bett und spielte mit einem kleinen Schuh. Er erkannte mich und dankte mir für meinen Besuch. Von nun an besuchte ich ihn öfter, und ich schrieb auch wieder unsere Gespräche auf. Der Minister genas langsam, kehrte in die Villa zurück, und der kleine Ralph wurde nicht mehr gefunden. Ein ganzes Jahr war vergangen, als ich dem gebeugten, weißhaarigen Vater eines Abends ein kleines Bild zeigte.

Wieder lehnte die Baumleiter an der Villa, und am Parktor wartete ein Mann auf einem Motorrad. Aber die Leiter wurde von niemand benutzt, und der Mann fuhr auf einen Wink von mir auf dem Motorrad wieder davon, denn der Minister ging nicht zum Telefon. Er betrachtete still und unbeweglich die Fotografie des kleinen Ralph, und er erkannte, daß die Aufnahme aus jüngster Zeit war und ihm sein v i e r j ä h r i g e s Söhnchen zeigte. Er b e g r i f f.

Zu dieser Zeit lebte er schon nicht mehr mit seiner Frau, der Mutter Ralphs zusammen. Sie blieb in einem kleinen, entlegenen Badeort, wohin sie nach der Entführung des Kindes gefahren war, und wo sie sich auf ihre Weise Trost verschaffte, und zwar unbedenklich.

Der Minister sprach an diesem Abend nichts mehr. Am nächsten Tage unternahmen wir einen Ausflug über Land. Um die Mittagszeit kehrten wir in einem Gasthof ein, in einem entlegenen Tal, in einer ehemaligen Mühle. Das Mühlrad stand viele Jahre still. Nach dem Essen führte ich den Minister über den kleinen Steg vor das rostige Mühlrad, öffnete eine verborgene Tür und ließ ihn in die Mühlkammer eintreten. Es war eine geräumige, helle Stube, mit Tisch und Bett und Schrank. Auf einem großen, weißen Schaukelpferd ritt ein fröhlicher, kleiner Junge. Ich schloß hinter dem Minister die Tür und setzte mich draußen ins Gras, am Ufer des spiegelblanken Baches.

Meine Aufgabe war beendet. Erklären muß ich euch nichts mehr, nur noch den Zusammenhang, der zwischen jener jungen Frau bestand, die ich an einem Sommerabend in den Anlagen traf, als sie verstört und ratlos umherirrte, und jenem Minister, dessen Vorname Bernhard war. Beide hatten nahezu ein Jahrzehnt miteinander gelebt, hatten einander angehört, und als sie sich kennenlernten, war Bernhard k e i n Minister gewesen. Sondern der Sohn einfacher, rechtschaffener, aber armer Leute. Ich weiß, daß man von Eltern nicht als von Leuten sprechen darf, denn sie sind ja die Heimat ihrer Kinder. Bernhard arbeitete damals in einer Eisenhandlung. Nachdem sie sich kennengelernt hatten, konnte er das Versäumte nachholen und die Macht, die heute das Wissen verleiht, erwerben. Als er die Macht erworben hatte, verließ er seine Gefährtin und heiratete eine andere Frau. Kein ungewöhnlicher, ein fast alltäglicher Fall. Sie ertrug diese Trennung, drei Jahre. Dann hatte das Ertragen ein Ende, und ich fand sie an einem Sommerabend in einer Anlage, wie ich es euch erzählte.

Wer hört das Weinen der Verlassenen, die mit ihrer Liebe nicht mehr aufgenommen werden von den Händen, den Armen, in denen sie einst wie in der Heimat ausruhten?

Meine Geschichte ist zu Ende. Der Minister erhält ein Ruhegehalt. Er wohnt in einem einfachen Häuschen, allein mit dem kleinen Ralph und einer Besorgerin. Täglich, gegen vier am Nachmittag, geht er mit dem kleinen Ralph spazieren, und ihr Spaziergang endet in einem anderen kleinen Häuschen, wo sie bei einer hübschen, stillen Frau im Garten Tee trinken und Kuchen essen. Und einmal in der Woche ist noch ein Dritter zum Tee eingeladen. Er hat die stille Frau einst besucht, als sie eine Puppe im Bett hatte und mit den Sonnenblumen wie mit Gesichtern sprach. Und er hat den Minister besucht, als er krank war und mit einem kleinen Schuh spielte, im Bett. Dieser Dritte hat hiermit seinen Bericht beendet. Er hat nur noch euch, seinen Freunden, zu danken, daß er seine Aufgabe gewissenhaft durchführen konnte.«

Der schmächtige, bescheidene Mann mit den silbergrauen Schläfen nahm den Strohhut ab, die dunkle Hornbrille herunter, verneigte sich blinzelnd gegen das Felsenlager, zog die rote Badehose zurecht und kletterte dann lautlos, unbeholfen und vorsichtig vom Felsen herunter.

Orlins bemerkte an Pat eine gewisse Unruhe. Der Kopf des kleinen, alten Erfinders schüttelte stärker, Pat setzte seinen alten, schwarzen Hut auf, erhob sich, wickelte die grüne Lokomotive in die Drillichjacke und murmelte, daß er bald wieder zurückkäme, daß er etwas zu erledigen hätte. Als Orlins sah, daß Pat nur einen längeren Umweg gemacht hatte und von der Rückseite zu dem Rednerfelsen hinaufkletterte, steckte er sich eine Zigarette an und fühlte eine Art Lampenfieber. Er sah, wie Pat den schwarzen Hut abnahm, ihn über seinem kahlen Kopf im Kreise schwenkte und sich dann mit untergeschlagenen Beinen auf dem Felsen hinsetzte. Unwillkürlich drückte Orlins den ›Leviathan‹ an sich.

»Der Nachmittag im Wald rückt vor«, begann Pat. »Wir alle sind unvorbereitet, der Termin war nicht bekannt. Aber wir wußten, daß Rechenschaft gefordert wird, nur dem Anschein nach leben wir ins Blaue hinein. Unser Leben rückt durch den Nachmittag im Wald vor, wir kennen die letzten Bestimmungen nicht, aber wir erkennen Gut und Böse, und damit die Aufgaben. Vielleicht verdient mein Bericht nicht, von euch gehört zu werden, es war in einem Zuchthaus. Ich hatte dort ungehindert Zutritt, wir fuhren jeden Morgen mit dem Milchwagen hinein. Oliver lud die Kannen ab, ich saß auf dem Bock und lenkte die Pferde. Nachdem ich mir die Sträflingskleider besorgt hatte, mein Kopf ist seit vielen Jahren kahl, blieb ich eines Morgens im Zuchthaus zurück. Beim Essenholen stand ich schon in der langen Reihe mit einem Napf. In der Zelle, in der ich abends mit den anderen eingeschlossen wurde, waren noch zwei Pritschen leer. In der nächsten Zeit klebte ich Tüten, flocht Körbe, schnitzte Holzlöffel und Bahnhöfe, Tunnels, Kirchen und Autobusse für die Kinder der Sträflinge. Man kannte mich längst und suchte noch immer nach meinen Akten. Ich wurde immer wieder in die Kanzlei geschickt, nach meinen Strafen gefragt, gewogen, gemessen, photographiert, die Fingerabdrücke hatten sie schon gemacht. Sie fanden aber die Akten nicht. Ich erzählte ihnen jedesmal eine andere Geschichte. Sie zeigten mir die früheren Protokolle und machten mich auf die haarsträubenden Widersprüche aufmerksam. Ich konnte mich nur über mein unvollkommenes Gedächtnis beklagen. Sie konnten mich auch nicht entlassen, dazu hätten sie wieder die Akten gebraucht. Neue Akten über mich hatten sie längst angelegt. Sie schwollen an, bis es dem Zuchthausdirektor zu bunt wurde. Da versuchte er es mit mir in seiner Dienstwohnung. Er lud mich zu einem Glas Rotwein ein, in seiner Bibliothek. Er war ein eifriger Rotweintrinker. Übrigens ein großer, kräftiger Mann, der nur schwarze Zigarren rauchte. Er hielt mir den Zigarrenkasten hin, bevor ich mich in dem weichen Ledersessel niederließ. Ich lehnte dankend ab, Nichtraucher.

›Nummer 3747‹, sagte er so laut, als säße ich draußen im Hof und er oben am Fenster, ›ich will Ihnen eine letzte Chance geben. Denken Sie genau nach und antworten Sie dann. Wa n n sind Sie hier eingeliefert worden?‹

›Leider‹, sagte ich, ›besitze ich meinen Taschenkalender nicht mehr. Ist mir abhanden gekommen. Und auf mein Gedächtnis kann ich mich nicht verlassen.‹

›Sie sind ein Angehöriger der sogenannten Intelligenz‹, sagte er, dicke, blaue Rauchwolken zwischen den gelben Zähnen hervorstoßend. ›Was führen Sie eigentlich im Schild?‹

›Sie verkennen die Einfalt‹, sagte ich. ›Ich habe nichts im Schild.‹

›Da Sie weder verrückt, n o c h ein Journalist oder ein Schriftsteller sind, was wir inzwischen feststellen konnten, trinken Sie noch ein zweites Glas? So muß ich Sie fragen, w a s Sie hier eigentlich wollen.‹

›Sie werden es mir nicht glauben‹, sagte ich. ›Ich wollte mich mit Ihnen unterhalten.‹

›Und? Zwar? Worüber?‹ fragte er und schenkte ein.

›Über den Tod‹, sagte ich und trank.

›Sie sind also ein Philosoph?‹

Ich schüttelte den Kopf. Ich bin der Milchmann, hätte ich beinahe gesagt.

›Über welchen Tod?‹ fragte er weiter.

›Durch Hinrichtung‹, sagte ich.

›Fahren Sie fort‹, sagte er und kaute grimmig auf der dikken, schwarzen Zigarre.

›Ich halte die Hinrichtung‹, sagte ich, ›für das einzige Verbrechen, für das es keine Strafe geben kann, weil es gar nicht zu sühnen ist. Es ist das abscheulichste, schlimmste aller Verbrechen.‹

›Warum sind Sie gegen die Todesstrafe?‹ fragte der Direktor.

›Weil sie gegen das Leben ist‹, antwortete ich. ›Man kann es nicht erschaffen, man kann es nur vernichten. Geboren werden wir, weil Vater und Mutter schon geboren wurden. Wer hat den ersten Mann, die ersten Eltern erschaffen? Die Hinrichtung durch die Todesstrafe ist einer der verhängnisvollsten Angriffe gegen die geheimen Ordnungen des Lebens.‹

›Demnach‹, sagte der Direktor des Zuchthauses gelassen, ›sind Sie im Auftrag einer Partei hier? Jedermann weiß, daß ich für die Bürgerpartei kandidiere.‹

›Das ist mir nicht bekannt‹, sagte ich. ›Ich bin in keiner Partei.‹

›Ich will keine Haarspaltereien mit Ihnen betreiben‹, sagte der Rotweintrinker. ›Wer einen Menschen umbringt, muß dafür mit seinem Kopf bezahlen, basta. Wo kämen wir hin, wenn wir Lust- und Massenmörder begnadigten?‹

›Zur Gerechtigkeit‹, erwiderte ich, ›zur Ordnung. Der Mörder ist aus der Ordnung geraten, man hackt ihm den Kopf ab, er kann nie mehr ein besserer Mensch hier werden. Er f e h l t uns. Außerdem muß er sich nun in der Totenwelt herumtreiben, von der wir so wenig wissen wie von unseren ersten Eltern. Herumtreiben und sich beklagen, daß er sich nicht mehr bessern konnte, b e v o r das Beil fiel. Wollen S i e auf diese Chance verzichten, den Fall gesetzt, daß man Sie hinrichten wollte?‹

›Raus!‹ sagte der Zuchthausdirektor, ›aber rasch. Alter Wakkelkopf.‹

Am nächsten Morgen gab ich Oliver das Zeichen. Meine Zeit war um. Ich hatte mich unterrichtet in der Praxis des sogenannten Strafvollzuges. Mit dem Milchwagen fuhr ich drei Tage später durch das Tor des Zuchthauses, wieder in Zivil, bis zur nächsten Straßenbahnhaltestelle. Dann fuhr ich mit der Straßenbahn zum Hafen. Dort ging ich in unseren alten Lagerschuppen. Ich besichtigte in Ruhe die Vorbereitungen. Verbesserte noch einige Konstruktionen, dann verfaßte ich meine Rede, es fiel mir ziemlich schwer. Vielleicht kann ich einigermaßen eine Geschichte erzählen, eine Rede bringe ich kaum zustande. Nach einer Woche bot sich die günstige Gelegenheit, den Zuchthausdirektor in der Stadt zu fangen und in den Schuppen zu bringen. Wir haben alle, die wir miteinander befreundet sind, hohe Strafen zu erwarten, wenn uns die Polizei einmal schnappt. Wegen Freiheitsberaubung zum Beispiel. Es ist ein Verhängnis, daß man die Leute erst fangen muß, um sie zur Einsicht zu bringen. Der Direktor war entgegenkommenderweise von uns so gefesselt worden, daß er bequem rauchen und ein Glas Rotwein zum Mund führen konnte. Trotzdem tobte er und beschimpfte uns. Wir saßen im Büro des Lagerschuppens. Er hatte die Vorbereitungen noch nicht gesehen. Er saß mir gegenüber an dem alten Schreibtisch, mit dem Rücken zur Tür, die Oliver von drinnen jetzt öffnete. Der Direktor, er hieß Colins, drehte sich herum, nichts Gutes ahnend und erblickte die Apparate. Sie waren hintereinander aufgestellt, gut zu übersehen. Die Nachmittagssonne, die durch die Fenster schien, ließ die Eisenteile blinken.

›Was soll diese Ausstellung hier?‹ fragte er, nicht ganz so sicher in der Stimme wie damals in seiner Bibliothek, als er mich ›Wackelkopf‹ genannt hatte.

›Wir brauchen diese Instrumente zu Versuchszwecken‹, sagte ich. ›Sie haben also jetzt die Wahl zwischen dem Galgen ganz hinten, der Guillotine in der Ecke, dem Elektrischen Stuhl hier vorn links, und dem schweren Handbeil dort auf dem Richtblock. Leider muß ich Ihnen vorher noch eine Rede halten. Aber gehen wir hinein und betrachten wir uns die Todesmaschinen aus der Nähe.‹

Oliver hob den Direktor, der mit den Fußfesseln nicht gehen konnte, aus dem Sessel. Er trug ihn hinein und setzte ihn in den Elektrischen Stuhl.

›Er ist nicht eingeschaltet‹, sagte ich. ›Sie können die Arme ruhig aufstützen. Gewiß denken Sie in diesem Augenblick, oder möglicherweise, schon nicht mehr so schnurstracks eingleisig über die Todesstrafe. Sie selbst haben vor vier Jahren ein Kind überfahren mit Ihrem Wagen. Freispruch, weil die Zeugen zu Ihren Gunsten aussagten. Das Kind war nicht sofort tot, aber das Gehirn hing heraus. Es starb unter großen Qualen. Versetzen Sie sich jetzt in die Lage eines Mannes in Ihrem Alter, Sie sind an die Fünfzig, der vorsätzlich einen Mord begangen hat. Sie haben ja genug Akten gelesen. Gut. Erinnern Sie sich an irgendeinen Fall, der Ihnen im Gedächtnis blieb, der Mann wurde auf dem Schafott hingerichtet. Denken Sie jetzt an seine letzten Augenblicke. Wollen Sie hier sitzen bleiben oder lieber auf diesem Brett dort liegen? Sie sollten mich nicht beschimpfen, ich meine es ganz ernst. Oliver, bring ihn auf die Guillotine! Schnall ihn fest!‹

Ich mußte also meine Rede unterbrechen. Oliver hob ihn aus dem Elektrischen Stuhl und trug ihn die Stufen zur Guillotine hinauf. Ich folgte ihm, und bevor wir den Direktor auf das Brett schnallten, drückte ich vor seinen Augen auf den schwarzen Knopf am Gerüst, worauf das Fallbeil heruntersauste. Der Bretterboden erzitterte für einen Augenblick. Nun drückte ich auf den roten Knopf, und das Fallbeil begann sich zu heben und fuhr nach oben zurück. Erst jetzt schnallte Oliver den kräftigen Zuchthausdirektor auf das Brett, so daß sein dicker Hals in der halbkreisförmigen Öffnung lag, aber mit dem Gesicht nach oben.

›Wir haben nicht vor‹, fuhr ich in meiner Rede fort, ›Ihnen auch nur eines von Ihren kräftigen, schwarzen Haaren zu krümmen. Wir wollen Ihnen nur behilflich sein, sich in die letzten Augenblicke eines Mörders zu versetzen. Von Ihrer Frau, von Ihren Kindern haben Sie Abschied genommen. Der Geistliche, Sie müssen sich ihn dort drüben am Fenster stehend denken, hat Ihnen den letzten Beistand gewährt und die Vergebung aller Sünden erteilt. Das Todesurteil wurde soeben verlesen. Nun ist es einen Augenblick ganz still. Es ist die letzte Stille, die Sie auf Erden hören. Denken Sie daran. Der Henker streckt die Hand nach dem schwarzen Knopf aus, sehen Sie meine Hand? Mein Zeigefinger berührt noch nicht den schwarzen Knopf.‹

›Halt!‹ schrie der Direktor des Zentralzuchthauses. ›Ich kann nichts mehr denken! Bringen Sie mich erst von diesem Brett herunter! Sagen Sie endlich, wieviel Sie wollen, Sie können einen Scheck haben. Aber sofort von diesem Brett herunter!‹

›Keinen Scheck‹, sagte ich.

›Ich habe höchstens dreitausend einstecken.‹

›Behalten Sie Ihr Bargeld, Ihre Dienstgehälter, und unterbrechen Sie mich nicht fortwährend. Sie kommen nicht eher von diesem Brett, bis Sie ruhig nachgedacht und vernünftige Antworten gegeben haben. Wie denken Sie jetzt über die Todesstrafe? Halten Sie es für richtig, daß Ihnen jetzt der Kopf abgehackt wird, weil Sie einen Menschen umgebracht haben? Wenn wir Sie begnadigten, könnten Sie ein besserer Mensch werden. Sie könnten G u t e s tun. Aber der gegenwärtige Strafvollzug läßt auch dies nicht zu. Sie müßten Tüten kleben, Besen binden, Körbe flechten.‹

›Nehmen Sie doch endlich Ihre Hand von dem schwarzen Knopf‹, unterbrach mich der Direktor, steif in die Höhe blickend, abwechselnd nach dem Fallbeil und nach meiner Hand am schwarzen Knopf blinzelnd, von der Sonne geblendet. ›In dieser Lage kann ich Ihnen keine vernünftige Antwort geben. Lassen Sie mich von diesem Brett herunter! Geben Sie mir ein Glas Rotwein, verdammt, ich hab es nötig, und lassen Sie mich eine Zigarre rauchen. Dann werde ich antworten.‹

›Zieh den Vorhang dort drüben vor‹, sagte ich zu Oliver. ›Die Sonne blendet ihn.‹

Dann löste ich den Riemen auf seiner Brust, so daß Herr Colins sich aufrichten konnte.

›Von diesem Guillotine-Brett dürfen Sie noch nicht herunter‹, sagte ich, ›es wird Sie inspirieren. Das Glas Rotwein und die Zigarre bekommen Sie sofort.‹

Oliver ging ins Büro und holte die Flasche und das Glas. Ich lockerte seine Handfessel, so daß der Zuchthausdirektor aus seinem Zigarrenetui, das ich ihm aus der Rocktasche zog, eine dicke, schwarze Zigarre nehmen konnte. Er trank den billigen Rotwein auf einen Zug hinunter. Dann begann er, vor Behagen stöhnend, wild zu paffen.

›Überlegen Sie jetzt mit mir‹, sagte ich, ›wie mißraten, verderbenbringend der heutige Strafvollzug ist. Nehmen wir an, der begnadigte Sträfling sei zur Einsicht gekommen. Durch den Schrecken der im letzten Augenblick unterbrochenen

Hinrichtung. Durch persönliche Belehrung, nicht durch Gemeinschaftsvorträge. Durch eine Erleuchtung. Und nun möchte er Gutes tun. Was macht man mit ihm? Man macht aus ihm einen Besenbinder. Tütenkleber, Korbflechter. Denken Sie nach!‹

Der Spitzenkandidat der Bürgerpartei stieß ungeheuer dikken Zigarrenqualm aus und schnickte mit den Fingern den Schweiß von der Stirn.

›Das kann ich nicht von heute auf morgen‹, sagte er, ›aus dem Handgelenk. Man müßte ihm andere Arbeiten geben. Zwingen kann man niemand, Gutes zu tun. Er kann das nur freiwillig, geben Sie mir noch ein Glas Rotwein. Vielen Dank. Es wird mir jetzt etwas einfallen.‹

›Sonst kommen wir morgen wieder‹, sagte ich, ›oder nächste Woche.‹

›Halt‹, sagte er, ›Feuerwehr, Freiwillige Feuerwehr, Großbrände, dort kann er sich bewähren in den höchsten Stockwerken, unter Lebensgefahr. Gäbe aber zuviele Feuerwehrmänner. Man müßte einteilen, was halten Sie von einer Hilfstruppe in Zivil? Freiwillige Helfer, nur mit einem Abzeichen am Revers, 'ne Art geheimer öffentlicher Hilfspolizei? Alten, schwachen, kranken Leuten behilflich am Omnibus, am Bahnhof, unsere Polizisten lümmeln doch nur herum; Aufpasser, denen die Hand am Gummiknüppel juckt. Leuchtet Ihnen nicht ein? Freiwillige Fahrstuhlführer in den Kaufhäusern? Ich kann eine solche alles umstürzende Reform ja nicht aus der Tasche zaubern. Oder als Zauberkünstler unentgeltlich in den Varietés? Im Zirkus Gutes tun? Ich bin noch verwirrt. Ich sehe aber ein, daß jede Strafe im Grunde auch nur ein seelischer Gummiknüppel ist, der den Bestraften weich und mürbe macht. Wie wäre es, wenn die Betroffenen sich selbst bestraften, gegenseitig? Große Versammlung im Zuchthaus, wenn ein Neuer eingeliefert wird, Gerichtshof aus Sträflingen, die ihn sich gewählt haben. Der Neue wird verhört, vernommen, und nun kann er sich seine Strafe selbst wählen, seine Buße. Erscheint Ihnen auch nicht zweckmäßig?

Aber ich kann mir doch nicht einen Mörder kommen lassen, ihm die Handschellen abnehmen und sagen:

Geh hin und tue Gutes, auf Wiedersehn. Ich könnte sie alle im Hof antreten lassen und zu ihnen sagen: Ihr wißt selbst, was Ihr verbrochen habt. Eure Strafen sind erlassen, gestrichen. Aber ihr kommt noch nicht raus. Ruhe! Ich gebe jedem von euch eine Chance, wieder rauszukommen, nur erfährt er die nicht. Aber die Chance kann nicht verfallen. Ihr könnt euch etwas ausdenken, jeder für sich, Buße oder gute Tat, meinetwegen eine Erfindung, Pläne, Reformen, auch des Strafvollzuges.‹

Ich löste dem Zuchthausdirektor die Handfessel. Er bedankte sich und rieb sich die Handgelenke.

›Ich wußte nicht‹, fuhr er fort, ›wie verfahren das alles ist. Nie darüber nachgedacht. Man hält ja alles Bestehende für selbstverständlich, eben weil es besteht. Man könnte also auch das Nachdenken in ihnen wecken. Haben nie selbständig gedacht. Ist zum verzweifeln.‹

Ich löste Herrn Colins die Fußfesseln. Einen Augenblick war es in dem alten Lagerschuppen ganz still. Oliver saß neben uns auf der Guillotine und rauchte. Dann tutete ein großer Dampfer im Hafen. Herr Colins klopfte gegen seine eingeschlafenen Füße.

›Mit der Verzweiflung‹, sagte ich, ›muß es anfangen, nämlich über diese staatliche Weltordnung. Sie ist immer von gestern, weil von Anno Tobak. Und wir leben mit einem Fuß schon im Übermorgen. Was sollen wir mit abgehackten Köpfen, wo wir jeden einsichtigen Kopf brauchen, um die Zukunft einzurichten? Vielleicht sind die Gescheiterten am ehesten dazu geeignet. Denn sie sind nicht zurechtgekommen mit der Ordnung von Gestern. Oder wollen Sie uns erzählen, hinter Gittern säßen nur die rabenschwarzen Schurken und Bösewichte?‹

›Lassen Sie es mich machen‹, sagte der Direktor des Zentralzuchthauses. ›Dieses Mal schafft es die Bürgerpartei. Wir brauchen für die Reform nämlich Staatszuschüsse. Ich werde mir einen Ausschuß zusammenstellen, Spezialisten, werde mich mit Ihnen beraten. Diese Reform ist Ihnen sicher.‹

›Mit Spezialisten werden Sie nichts erreichen‹, sagte ich, ›sie haben keine Phantasie, sonst wären sie keine Fachmänner. Holen Sie sich lieber einige blutige Laien, aber echte Phantasten, denen etwas einfällt. Schlimmstenfalls einen Romanschriftsteller, auch Lyriker sind oft findige Köpfe. Nun, Herr Colins, Sie sind frei. Noch irgendwelche Fragen?‹

›Bitte sagen Sie mir endlich, wer sind Sie nun eigentlich?‹

›Ich bin der Milchmann.‹

›Warum machen Sie sich jetzt über mich lustig?‹

›Oliver und ich haben die Milchkannen ins Zuchthaus gefahren. Sie sollten nach all dem keine Vorurteile mehr haben!‹

Ich knüpfte den letzten Riemen auf. Herr Colins rutschte vom Guillotine-Brett herunter.

›Stehen Sie jetzt auf‹, sagte ich und reichte Herrn Colins die Hand. Ich zog ihn vom Bretterboden hoch. Er drückte mir und Oliver die Hände.

›Wir brauchen solche Männer wie Sie‹, sagte er, ›wie heißen Sie in Wirklichkeit?‹

›Man nennt mich den alten Pat.‹

›Sie haben einen anderen Menschen aus mir gemacht, Pat. Sie haben mir die Augen für allerhand geöffnet.‹

›Nicht der Rede wert. Machte uns Vergnügen.‹

Seite an Seite gingen wir die Stufen der Guillotine hinunter. Ich wollte Herrn Colins den Vortritt lassen, er lehnte ab. Am Schreibtisch im Büro notierte sich der Direktor einige Stichworte für seine nächste Rede, skizzierte einen Gesetzentwurf. Wir konnten mit unserer Arbeit einigermaßen zufrieden sein. – Das war die Geschichte vom Zuchthausdirektor und Kandidaten der Bürgerpartei. Die Wahlen sollen nächste Woche stattfinden. Danke euch für das geduldige Zuhören. Freue mich jetzt schon auf den Besuch der Insel dort drüben.«

Pat stützte sich auf die Hände, stemmte sich hoch, grüßend schwenkte er den alten Schlapphut in der Runde. Die Drillichhosen rutschten ihm dabei herunter. Er mußte sie hochziehen und unter den Gürtel zwängen. Dann wandte Pat sich um und stieg nach hinten in die Felsen hinunter, ruckend sank sein schwarzer Hut zwischen dem grünen Geklüft tiefer und verschwand. Orlins sah gleich darauf den kleinen alten Erfinder unter den hohen Kiefern auftauchen, sah das leise tickende, fahrig blickende, kindlich greisenhafte Gesicht näherkommen und dachte, *da kommt einer durch den Wald, hemdsärmelig, geschäftig, in Drillichhosen und mit einem viel zu großen Hut, unscheinbar, und hat es doch schon mit vielem aufgenommen, nicht nur mit größeren Leuten, womit nahm ich es auf?*

Objekte wechseln ihren Herrn.

Pat ließ sich stumm in der Felsennische nieder. Mit einem fragenden Blick hielt ihm Orlins den Passagierdampfer hin, den Pat wieder an sich nahm, eilig hin und her drehte, betastete, wobei er sich gegen die Felsstufe zurücklehnte und dann die Augen schloß. Seine kleinen, mageren Finger gingen noch eine Zeitlang auf dem Schiff spazieren, dann umschlossen sie den ›Leviathan‹, und Orlins hörte den kleinen, alten Erfinder leise schnarchen. Das Schiff rutschte ihm aus den Händen, Orlins fing es auf, stellte es in den Felsenspalt.

Auf dem Rednerfelsen war niemand mehr erschienen. Es war so still im Felsenlager unter den Bäumen, als wären alle unhörbar fortgegangen. Da hörte Orlins eilige Schritte und sah einen schwarz uniformierten Feuerwehrmann ungeschickt auf den Felsen klettern. Er erkannte den stämmigen, breitbrüstigen Mann, es war der Wächter aus den »Drei Lilien«, er hatte sie gestern abend im zweiten Stock angehalten. Flüchtig führte er die Hand zum Helm, als grüßte er die Wälder.

»Noch besteht«, sagte er und stemmte die Faust auf das kurze Handbeil am Gürtel, »für den Augenblick keine unmittelbare Gefahr. Die Polizeistreifen wurden verstärkt und nähern sich aus verschiedenen Richtungen. Das Signal ist bekannt und wird rechtzeitig gegeben.«

Der Wächter nahm den Helm ab, der eine Rille auf der geröteten Stirn zurückließ, wischte den Schweiß fort, schluckte. Da kletterte der Mann mit dem flachen Strohhut, Charles Pitt, auf den Felsen, reichte dem Wächter die Thermosflasche, und in diesem Augenblick wollte Orlins den schlafenden Pat wecken. Aber der kleine Alte blickte bereits unbeweglich diesen Vorgängen zu.

»In dieser Lage«, sagte Charles auf dem Felsen, »ist es besser, wenn wir die nächsten Geschichten auf dem See erzählen. Ihr Reiz besteht nicht zuletzt in der ausführlichen, bilderreichen Schilderung. Und hier auf dem Felsen müßten wir sie kürzen, wegen bewaffneter Streifen, die Streifen sind es nicht wert. Laßt uns daher verteilt aufbrechen.«

Der Feuerwehrmann hatte die Thermosflasche geleert und gab sie Charles zurück. Orlins wollte aufstehen.

»Noch Zeit, Herr«, murmelte der kleine, alte Pat neben ihm und schloß wieder die Augen. Orlins lehnte sich zurück, da begann Pat wieder leise zu schnarchen. Charles und der Wächter waren vom Felsen verschwunden. Ab und zu hörte Orlins halblaute Stimmen, Geräusch von Schritten, die sich zögernd entfernten. Dann wurde es im Felsenlager völlig still, nur noch das leise Schnarchen war zu hören.

VI

Orlins versuchte, ruhig zu werden. Er dachte über seine Unruhe nach. Was ihn beunruhigte, war nicht der Augenblick, der Augenblick war friedvoll, still. Er lag im warmen Schatten, atmete die dünstige Wälderluft, konnte die tiefe Sommerstille fühlen, die Nachmittagswärme. Von Augenblick zu Augenblick währte diese Felsenruhe. Hatte er nicht in der Früh auf dem Schornstein erfahren, erlebt, wie sich die Landschaft in seinem Fühlen spiegeln konnte? Wie sie ihn mit den Fingern des Fühlens ans Herz zog? Wie er kein Rufen hörte und es doch klang wie verschollen von verklungenen Rufen, von verklungener Ruh? Und er hatte die Niemandschrift gelesen ...

So war es nicht der Augenblick, der ihn beunruhigte, sondern Vorstellungen, Gedanken, die nicht vergingen, während Augenblick um Augenblick hier in der lautlosen Tiefe der Zeit verscholl. Gedanken aus Worten, *Polizeistreifen nähern sich aus verschiedenen Richtungen.* Er wollte es Pat gleichtun, er wollte diese Gedanken überwinden, die Worte loswerden, da hörte er das H a l a l i. Mit einem Ruck richtete Pat sich auf, wach, lauschend. In der Wälderstille, aus der grünen Ferne hörten sie dreimal das Halali, ganz ruhig und rein wurde es geblasen und verklang. Da zog Pat seinen Schlapphut tiefer, stand auf, strich die Hemdsärmel herunter, zog die Drillichjacke an und knöpfte sie zu. Orlins stand wartend neben ihm. Pat nahm das Schiff unter den Arm, Orlins folgte ihm. Sie umgingen das Felsenlager, stiegen abwärts durch den Wald, da erblickte Orlins durch die Bäume die weite blaue, spiegelglatte Fläche des Sees. Während ihm dieses Wort einfiel, wunderte er sich, daß es entstanden war, denn der Spiegel war doch ein G e g e n s t a n d, starr, erkaltet, eine Sache, ein Ding ohne Regung, gleichsam ohne Temperatur, während dieser See, der blau durch die Bäume schimmerte, lebte, leuchtete. Das blaue Leuchten schien zu schwingen, war wie ein langer, gleichbleibender, weithin hallender Ruf. Kühl und zart, tief und rein fühlte sich das Blau für die Augen an, und die schwingende blaue Flut war angefüllt von etwas Unaufhörlichem, das sich unaufhaltsam, aber unmerklich wandelte in seiner Wasserzeit, in seinem Seetiefentag. Ein Spiegel dagegen hing doch gleichsam vor der Zeit und spiegelte ihr Vergehen spurlos.

Sie näherten sich jetzt dem Strand, überquerten eine Asphaltstraße, als Pat zu dem einsamen, gelben, zweistöckigen Hause am Straßenrand hinüberging. Orlins wartete auf der Straße und sah zu, wie Pat das Taschenmesser zog, die Klinge als Schraubenzieher ansetzte, um die beiden Holzschrauben aus dem weißen Emailleschild am grünen Torpfosten herauszuziehen. Auf dem ovalen Schild stand:

WARNUNG VOR DEM HUNDE!

Pat entfernte das kleine Schild, verjagte wütend eine Wespe und steckte es ein. Auf dem Gartentorpfosten blieb ein dunkelgrüner, leerer Fleck zurück wie ein unverrückbarer, ovaler Schatten.

Als sie über das ausgebleichte Kieselgeröll des abfallenden Strandes schritten, blickte Orlins sich um. Er sah, daß ihnen ein großer, schwarzer Hund langsam folgte. Sie blieben stehen, da hielt auch der riesige, zottige Hund.

Das Wasser war am Strand heller, lehmfarben, gelbgrün, erst weiter draußen wurde es tiefblau. Die Kimmung in der Ferne war ein blaßgrauer Dunststrich, ein schwebender Wasserstreifen. Unbeweglich wie die heiße Luft stand am Horizont ein einsames, weißes Segel. Über den Waldkuppen der gebirgigen Inseln draußen ruhten strahlende weiße Wolkenballen im Sommerblau.

Sie folgten einem ansteigenden Pfad, der wieder landeinwärts führte, und als sie die Höhe erreicht hatten, sahen sie den kleinen Segler am Ausgang der Bucht liegen. Der große schwarze Hund folgte ihnen noch immer.

Orlins sah, wie ein Boot unter dem Segler ablegte, das ein langer, rothaariger Mann an Land ruderte. Pat winkte ihm mit dem Schlapphut, der Mann erwiderte den Gruß nicht, vermutlich, weil er gegen die Sonne blickte und ihn nicht sah. Auch der Hund hinter ihnen war stehengeblieben. In der glühenden Nachmittagssonne kniete Pat auf dem steinigen Pfad nieder und lockte den Hund mit kurzen Pfiffen heran. Bellend lief das Tier näher. In diesem Augenblick vernahm Orlins zum zweiten Mal das Halali, klar, langsam und rein wurde es in den Wäldern geblasen. Pat nickte und rief den Hund heran. Widerstrebend setzte sich das große Tier dicht vor ihm nieder, da streckte Pat ihm die flache Hand ins geöffnete Maul. Der Hund klopfte mit dem buschigen Schweif auf den Boden. Pat zog die Hand aus dem Hundemaul, trocknete sie an der Drillichjacke ab und holte das Schild und ein Stück Bindfaden aus der Tasche. Er zog den Bindfaden durch die beiden Löcher und hing das Warnungsschild dem Hunde um den Hals.

»Husch! Fort!« rief er dann und klatschte in die Hände. Bellend jagte der zottige Hund den Pfad zurück.

Sie stiegen in die schilfige Bucht hinunter, das Boot fuhr soeben in eine alte Bootshütte ein. Durch sumpfigen Schilfgrund kamen sie zu dem langen, schmalen Steg, der zur Bootshütte führte. Die Geländerstangen waren an vielen Stellen heruntergeknickt, morsche Bodenbretter durchgebrochen, sie mußten mit ausgebreiteten Armen auf einem Balken weiter balancieren. Die Schilffahnen ragten über ihre Köpfe, immer dichter standen die hohen, spitzen, dicken Binsen. Als sie die Bootshütte erreichten, schwitzten sie. Pat zog die rückwärtige Tür auf, Orlins blickte über seine Schulter in den halbdunklen, länglichen Raum. Das Tor der Hütte zum See war wieder geschlossen. In dem grünen rechteckigen Bassin lag das Boot, es war Oliver, der auf dem seitlichen Gang saß und die langen Beine über dem Wasser baumeln ließ. Ein Schwarm kleiner Fische zog unter dem Tor langsam in das leuchtend grüne Bassin herein. Sie schlossen die Tür und setzten sich neben Oliver auf den Boden, die Hütte hatte kein Fenster. Oliver entblößte die langen, gelben Zähne zu einem Grinsen.

»Auch hier«, sagte er, und seine Worte klangen hohl in der stillen Wasserhütte, »ließen sich einige vortreffliche Geschichten erzählen.«

»Sicher«, sagte Pat, »es ist sicher nicht unwichtig, an w e l c h e m Ort eine Geschichte erzählt wird. Der Zusammenhang greift ein. Wenn du in einem reichen Hause eine Geschichte vom Elend in der Welt erzählst, klingt sie anders, als bei armen Leuten in einer kleinen Hütte. Doch wir erzählen unsere Geschichten nur uns selbst. Da hat man uns doch letzthin wieder eine Räuberbande genannt, und Charles einen modernen Räuberhauptmann. Die Räuber erzählten sich früher auch Geschichten. Und ein literarisches Monatsheft nannte uns ›Wiederträumer‹. Klingt nicht schlecht, erinnert aber an Wiedertäufer, wenn nicht gar an Wiederkäuer. Ein Schriftsteller griff diese Bezeichnung auf und schrieb eine Broschüre über uns unter dem Titel:

DIE ENTGLEISTEN ODER
DIE WIEDERTRÄUMER

Er hatte aus Zeitungsnotizen und Gerüchten eine spannende Geschichte zusammengebraut. Es wimmelte darin von Erpressungen, Entführungen, Brandstiftungen, wie in der Köderbüchse eines Anglers von Regenwürmern. Zuletzt gab er uns noch den Beinamen ›Die Unmöglichen‹. Die Schrift wurde beschlagnahmt und verboten, auf Grund des Schundparagraphen. Aber wenn es einmal der Traum der Völker war, an den Sieg des Guten über das Böse in der Welt zu glauben, dann träumen wir ihn wieder. Träumen und handeln danach, handeln wie in Träumen. Und erst Geschichtenerzählen ist das rechte Wiederträumen.«

»Das H a l a l i«, sagte Orlins. Gleichzeitig blickten sie unbeweglich auf das durchscheinende, gläserne, stille grüne Wasser, sie hörten das langgezogene Trompetensignal leise in der Ferne verklingen. Dann sprang Oliver auf, stieß das Tor der Bootshütte nach dem See zu auf, sie kletterten in das Boot, stießen es ins offene Wasser, Oliver ergriff die Ruder, wendete und ruderte voran, durch das stille, strahlende Leuchten des Seenachmittags dem weißen Segler entgegen.

Als sie anlegten, empfing sie niemand. Keine Seele war an Deck. Sie kletterten die Strickleiter hoch und stiegen die schmale Kajütentreppe hinunter. Im Salon saßen die beiden Zwillingsbrüder auf der weißen Bank und schliefen. Da kam Charles durch die Tür im Hintergrund herein, hinter ihm der Mann mit den schwarzen Augengläsern. Sie weckten Harald und Alfred, dann setzten sie sich an den großen, ovalen Tisch, auf dem ein weißes Tischtuch lag. Verwundert betrachtete Orlins die kleinen vergoldeten Stühle, auf denen sie Platz nahmen. Der junge Arzt kam herein und brachte auf einem Tablett eine große Teekanne und die Tassen, Milchkännchen und Zuckerdose. Pat verteilte die Tassen, nachdem er den ›Leviathan‹ unter den Tisch gestellt hatte, Charles schenkte den Tee ein, reichte Teekanne und Zuckerdose weiter.

»Wir haben also keinen Wind«, sagte Charles Pitt, zog aus der Tasche einen kleinen, vergoldeten Löffel und rührte in seiner Goldrandtasse.

Orlins saß zwischen Oliver und zählte im stillen ab, sie waren sieben Personen. Zwei Stühle blieben leer. In den weißgerahmten Bullaugen leuchtete das weite, silbrig schimmernde Blauwasser.

»Nur auf den ersten Blick«, sagte Charles, »könnte uns diese Teerunde als etwas Selbstverständliches vorkommen. Sie ist es nicht, sie ist sonderbar und u n g l a u b l i c h. Wir haben Alarmstufe 3. Wenn das Halali noch einmal geblasen wird, ist es aus. Werden wir in alle Windrichtungen versprengt. Nach meinen Berechnungen müßte das Schlimmste schon hinter uns liegen, es kann sich also nur noch um Stunden oder einen Tag handeln.

Kommen wir zum Wesentlichen. Wir sind keine Spieler, spielen allenfalls mit Spielsachen, und Spieler kennen nur Spielgesellen. Wäre das Schicksal aus unseren Reihen, unseresgleichen, dann könnten wir ihm danken für die Ernte dieser alten Freundschaft. Sie war bisher unsere Mitgift auf dieser Welt, unsere eiserne Portion. Wir mußten es stets zu weit treiben, obwohl wir wußten, was uns erwartet. Und man hält uns für vogelfrei. Man weiß nicht, wer uns die W e i s u n g e n erteilt. Wir wollen es auch nicht den Zwang zur Tugend nennen, es hört sich fatal an, oder gar die Rufe des Gewissens. Im Grunde sind wir die Soldknechte unserer Phantasie.

Hier sitzen wir auf dem Schiff des Barons, es heißt, ›Goldweiß‹, es sind die Farben der Sonne und des Lichts. Noch sind wir, vielleicht für Stunden, selbständig. Frei werden wir nie. Über die Gefahr denken wir nicht wie die Unwissenden, die sich die fahrlässige Parole zu eigen machten: ›Gefährlich leben!‹ Eine hybride Forderung. Wir sehen das Fieber, das durch die Gefahr entsteht, als verwirrend und zerstörend an. Es läßt sich gewiß nicht beschönigen, daß wir gefährdet sind, und n i c h t nur durch die Landespolizei. Wir balancieren an der Grenze des Möglichen. Wir wollen es nicht das Gute nennen. Das Böse ist nie in Gefahr! Das Unentdeckte, das Verborgene, das Leuchtende, das Geheime, Maß und Milde, sind immer in Lebensgefahr. Entdeckt, werden sie entweiht, entweiht, werden sie bekannt. In der Ö f f e n t l i c h k e i t sterben sie. Wir wollen es nicht das Eingeweihte nennen, lassen wir es verschlüsselt, für den Sehenden bleibt es immer hinreißend und überwältigend. Ihr könnt es auch die verborgene Heimat nennen, es wären neue Worte für ein altes Wort, und das alte Wort war ein Märchen. Vielleicht begann es: ›Es war einmal ein Königskind, das liebte einen Stern‹.

Genug. Die Mächte, die unter dem Himmel, über der Erde wirken, sind entzweit, aber unzertrennlich. Wo kein Licht scheint, kann die Dämmerung nicht aufwehen. Nur wo es still ist, kann ein Laut entstehen. Beide Schalen können nie gleichzeitig an der Waage sinken. Wir haben das Gleichgewicht im Ohr. Wenn es gestört wird, fallen wir. Das Fallen wartet auf die ganze Welt. Geduld, wir wissen nichts Endgültiges, auch von uns selbst halten wir nicht übermäßig viel. Aber vielleicht sind wir nicht u n n ö t i g im Gleichgewicht unserer Zeit. Das Wasser muß sich selbst ausweigen, mit den Pferden ist es schon anders, die haben wir ins Geschirr gespannt. Daß unsere Handlungen nicht unnötig waren, ist eine Annahme und unschwer als unerwiesen abzutun.

Man hat mich kürzlich auch einen Räuberhauptmann genannt. Räuber haben schon armen Köhlern geholfen und reiche Kaufleute geprellt. Aber sie hielten sich für frei, es mußte zu Mißverständnissen führen. Daß die Polizei ständig hinter uns her ist, kommt mir oft wie eine Verwechslung vor. Schließlich versuchten w i r auf unsere Weise, Ruhe und Ordnung zu bringen, wir sind keine private Geheimpolizei. Ein Parteiredner hat uns in einer öffentlichen Versammlung einen passenden Namen gegeben, er hat uns ›Die Unbrauchbaren‹ genannt. Man kann uns nicht gebrauchen, weil wir ungebräuchlich sind. Wie ich an dem Lärm draußen höre, hat man den Motor angestellt, so fahren wir nun zur Insel hinüber. Der Baron hat ein Fest für uns vorbereitet, wüßte nicht, womit wir es verdient hätten. Aber will nicht lieber jemand noch etwas erzählen, bevor es zu spät ist?«

Oliver streckte einen Finger hoch.

»Fräulein Hobbarth und Herr Irving«, sagte er.

»Nebenan«, sagte Charles, »der Dichter liest ihr vor. Aus seinem neuen Roman. Nehmen Sie solange ihren goldenen Löffel.«

Oliver nahm den kleinen goldenen Löffel und setzte sich auf die weiße Bank, lehnte sich an die Wand zwischen zwei Bullaugen.

»Da haben wir gehört«, sagte Oliver, »daß die Räuber sich für frei hielten. So war es auch mit den Soldaten. Ich wurde im letzten Krieg eingezogen, viele drückten sich hüben und drüben, viele kämpften, wenige kämpften nicht und drückten sich nicht. Auch ich ging dem Krieg, auf meine Weise, zuleibe. Ich teilte keine Handzettel aus, keine Aufrufe zu Sabotage und Widerstand, ich baute keine Höllenmaschinen in Munitionslagern ein. Ich hatte nur einen alten, geflickten Rucksack, darin standen zwei Kasten mit einem Wörtchen aus roter Ölfarbe darauf. Das Wörtchen lautete: ›Hochexplosiv‹, und die Kasten konnten so wenig explodieren wie eine Schüssel mit Grießbrei. Meine Marschbefehle lauteten auf ›Sonderauftrag‹ und waren von mir selbst ausgestellt. So ließ man mich meistens ungestört arbeiten.

Vielleicht erinnert ihr euch noch an die sogenannten mysteriösen Ereignisse, die vom Kriegsamt als die ›X-Fälle‹ bezeichnet wurden. Man konnte sie nicht aufklären, aber dementiert wurden sie oft. Fall ›X-1‹ war der Sieg der Großen Oktoberschlacht. Unser Hauptquartier gab damals, am gleichen Vormittag wie das feindliche, die ersten Meldungen über den verblüffenden Sieg heraus. Nachmittags stellte man fest, daß keine Schlacht stattgefunden hatte. Am Abend wußte man bereits, daß sich unsere sowie die feindliche Armeegruppe auf dem Rückzug befanden. Es war die Frucht monatelanger Arbeit von einigen Wenigen, hüben und drüben, die Arbeit mit kleinen Kästen. Ihr werdet es schon erraten haben, es waren Spezial-Funkgeräte. Nun war das Senden von völlig erfundenen Frontbewegungen nicht das Schwierigste, es kam auf die rechte Verschlüsselung an, der Schlüssel wechselte oft von Stunde zu Stunde. Als es geklappt hatte, funkte mir mein Mitarbeiter von drüben ›Rückwärts voran!‹

War eines meiner schönsten Kriegserlebnisse. Eine Schlacht ohne Schuß, ohne Gefallene, die Soldaten marschierten gesund nach rückwärts. Erinnert ihr euch noch an das Geheimnis des doppelten Waffenstillstands? Es war der Fall ›X-4‹. Dementis auf Dementis. Eines Nachts, 0.30 Uhr wurde an der Nordmeerfront der Waffenstillstand verkündet. Die Soldaten legten die Waffen nieder, hüben wie drüben, und betranken sich die ganze Nacht. Am Morgen wurde der Waffenstillstand als verfrüht abgeblasen. Inzwischen hatten die Soldaten erkannt, wie leid sie diesen jahrelangen Krieg schon geworden waren. Wie dick sie die weißen Bohnen hatten, die Kleiderläuse, die alten Fußlappen und die Urlaubssperre. Gar nicht zu reden erst von dem ständigen Angebrülltwerden, der unflätigen Bemutterung, dem Schnarren und Schnauzen, den vielen Ärmelstreifen, denen sie seit Jahr und Tag die Ehre bezeigen mußten. So dauerte es fast eine Woche, bis die ›Moral‹ der Truppe wieder die normale Temperatur hatte, die Disziplin wieder auflebte. Man schaffte frische Truppen mit neuem Gerät heran. Vielleicht wißt ihr nicht, wie schnell bei Nebelwetter ein Karabiner rostet, ohne Pflege. Kartuschen sind noch empfindlicher, die Temperatur des Pulvers muß ständig gemessen werden, wird bei den Schußwerten mit einberechnet. Dann kam der Befehl zum Angriff, wurde im letzten Augenblick widerrufen und der zweite Waffenstillstand durchgegeben. Neue Unordnung, Saufereien, neuer Überdruß. In einzelnen Abschnitten kannten sich die Soldaten, hüben und drüben, bald mit Vornamen. Eine Igelstellung tauschte z. B. ihre Grammophonplatten mit einem feindlichen Brückenkopf aus. Dann wurde auch diese Falschmeldung entdeckt. Und nun begann die Nordmeerfront allmählich zu versanden.

Schwieriger war unsere Arbeit schon bei dem Fall ›X-7‹, der überhaupt nicht bekannt wurde.«

»Da wir soeben anlegen«, sagte Charles und deutete nach dem vorderen, Bullauge, »der Mann in dem weißen Kittel am Steg ist der Baron, können wir erst später wieder zuhören.«

Oliver nickte, über das längliche, sommersprossige Gesicht grinsend, sprang auf, gab Charles den goldenen Löffel zurück und setzte sich wieder an den Tisch.

Orlins hörte, wie das tackende Klopfen des Schiffsmotors schwächer wurde und wie es verstummte. Dann ging durch das Schiff ein Ruck, ein Zittern, danach lag es still. Die Tür des Salons ging auf, der Dichter ließ Jessie vorangehen, stumm nickten sie den Freunden zu. Mit einem leisen, selbstvergessenen Lächeln, als wären sie noch gar nicht hier, sondern in einer Ferne, wo der Ort entsteht aus dem Augenblick und die Zeit nichts ist als des Augenblicks Haus. Sie setzten sich auf die beiden goldenen Stühle, die leer geblieben waren.

Orlins blieb mit seinem Blick um Jessies Stirn und Augen, als hielte sie ihn dort in Haft. Sie war noch im Trenchcoat, trug darunter den roten Badeanzug. Das helle Blond ihres Haares war feucht und glänzte matter, sie schien geschwommen zu haben, ihr Gesicht war gerötet und so frisch, als hätte sie soeben einen langen Schlaf beendet, um sich sofort kopfüber in den See zu schwingen.

Der Dichter blickte aus verwunderten Augen mild um sich, schien aber nichts wahrzunehmen, weil er noch die Bilder, die nicht hier waren, vor Augen hatte.

Orlins fühlte sich untergehen und aufgehoben in der Gegenwart dieser Augenblicke, die der Ankunft des Barons vorangingen. Er zählte in Gedanken die Freunde am Teetisch, zählte sich mit, zählte neun. Danach erkannte er, daß er einem gedankenlosen Mißbrauch gefolgt war, denn wieviel allein zählte das große Mädchen im Trenchcoat. Die Narbe aus ihrem Anfangsbuchstaben war geblieben auf seinem Arm, über sieben Jahre hin, zählte Jessie für ihn nicht doppelt, dreifach, siebenmal siebenzigfach?

Das Unrecht des Zählens wurde schon damit begangen, daß man verleugnete, wieviel dasjenige, was man zählte, für uns zählte, bedeutete, wog. Dann kam der Irrtum hinzu, daß man nach äußeren Merkmalen zählte. Hier sind es Menschenmerkmale. Wie konnte man jemand wie den kleinen Pat hinzuzählen zu einem anderen, sei es zu Charles, dem Dichter oder zu Oliver? Blieb die Zahl nicht allenfalls ein Schatten seiner unaufhörlich einmaligen, einzigen Eins? Und weil er einzig war, der kleine, alte Erfinder mit dem Tick, nur dieses eine Mal in der Welt, und vorher nie, und nachher nie mehr, wie konnte man dann dies Einmal mit anderen Einmalen zusammenzählen?

Orlins nimmt das Zählen zurück, das Unrecht zurück, man hat diesen Unfug erlernt einst draußen in dieser zählbaren Welt. Dann hörte er einen ruhigen Schritt die Kajütentreppe herunterkommen. Noch dachte er, *verweile, währe hin und ungezählt*, im Anblick Jessies wieder wie vor einer nahen Heimat einhaltend, wie wenn einer zögert und stehenbleibt auf dem Weg, da er drüben im Tal endlich die Heimat wiedersieht. Aber er kann ja die Heimat nicht selbst sehen, sie ruht immer im Sichtbaren unsichtbar am Grunde, nicht die kleine, unmerklich schiefe Kirchturmspitze ist es, nicht die moosalten Mauern und die wie dahinwankend versteinten Gassen und Winkel sind es, nicht der still durch die hohen Graswiesen unter den Weidenbüschen und Erlenreihen blank dahinfließende dunkelklare Bach, sie sind nicht schon die Heimat selbst, sie sind immer davor, und immer dahinter muß eine unkenntlich kenntliche Heimat liegen, wie hinter der leisen, schwebenden Schwelle eines Traumes. Wie wollte man die Heimat aufzählen, zusammenzählen, auszählen?

Verweile, dachte Orlins, während er den Schritt auf der Treppe hört, und dann erlebte er, wie ihn in diesem Nichts von Zeit, ehe die Tür aufgehen wird, der Blick Jessies mit einer strömenden Ausschließlichkeit trifft. Wie ihn das Blau dieser beiden Augen, dieser Blick aus Milde und Leuchten, schenkend weich durchdrang, durch ihn hinwehte wie der

Sinn einer geheimen Beschlossenheit, die sich selbst erschuf und von keinem Wort zu erreichen war, unerreichbarer als ungesprochen und näher als geoffenbart.

Die Tür wurde hinter ihm geöffnet, Jessie senkte den Blick, richtete ihn dann leicht und klar dem eintretenden Fremden entgegen. Aber nun standen sie schon alle von ihren Stühlen auf und blickten nach dem älteren, mittelgroßen Manne, dessen Haar an den Schläfen silbrig war, der sie aus lebhaften blauen Augen voller Herzlichkeit anblitzte. Sein weißer Blusenkittel war am Kragen und vorn an den Ärmeln mit einer schmalen Goldborte eingefaßt. Darunter trug der Baron weite schwarze Hosen, die über die hohen Schäfte der Stulpstiefel umgeschlagen waren.

Schon bei den ersten Worten hatte Orlins bemerkt, daß der Baron flinker dachte, als es ihm möglich war, mit dem Sprechen zu folgen. Diese Behinderung löste bei dem Immobilienmakler den ersten Impuls unmittelbarer Zuneigung aus.

»Meine Freunde«, sagte der Baron, »ich breche das Schweigen, das ich auf der Insel bewahre, um Ihnen zu sagen, daß Sie d i e s nicht tun dürfen. Sie müssen sich noch einmal hinsetzen, bevor wir an Land gehen. Überlegen Sie doch, was Sie getan haben! Sie haben sich vor mir erhoben, und es wäre an mir, mich jetzt vor jedem Einzelnen von Ihnen zu erheben. Aber wo würden wir hingeraten, wenn wir uns vor Menschen erheben wollten? So setze ich mich also mit Ihnen hin.«

Der Baron verbeugte sich noch einmal, wieder drückte er die linke Hand leicht ans Herz, er wartete, bis alle anderen saßen, dann nahm er auf der weißen Bank Platz.

»Auch dieser Augenblick«, fuhr er dann mit etwas Mühe im Sprechen fort, »der für mich so schön ist, berührt mich ungewöhnlich, weil er schon wieder dahineilt und verfällt, kaum, daß er für uns gültig war. Und ich hatte mich so lange auf ihn, auf euch gefreut. Ich habe euch manche Jahre nicht gesehen, bin aber über das meiste unterrichtet. So weiß ich auch, daß die Regierung zu einem großen Schlag gegen euch ausholt.

Auch auf der Insel werdet ihr nicht sicher sein, nur verstreut und einzeln seid ihr unauffindbar und nehmt die Farbe der Umgebung an. Doch ich wollte euch einmal wieder versammelt sehen, die Zeichen sind günstig und wiederum verhängnisvoll. Dennoch wollen wir uns nicht beeilen, auch das Verhängnis soll uns nicht in der Überstürzung antreffen.

Wieder habt ihr euch lange in der Widerwelt herumgetrieben. In den Zeitungen habe ich viel über euch gelesen, immer wieder seid ihr der Schutzpolizei entkommen, ihr wart nicht müßig, h e u t e sollt ihr es sein. Diese Insel dort drüben und das alte Schloß sind noch immer mein Geschenk an euch, das ihr bisher nicht angenommen, euch nicht angeeignet habt. So gut es ging, hielt ich Ordnung. Manches Dach ist durchgebrochen, manche Mauer wankt. Übrigens wartet auf e i n e n unter euch, ich nenne keinen Namen und blicke ihn auch nicht an, eine Überraschung. Falls ich sie wieder vergessen sollte drüben im Schweigen, dann erinnert mich daran, sagt mir das Stichwort ›Grotte‹.

Wohlan, ihr Willkommenen!«

Der Baron erhob sich, ging um den Tisch herum zu Jessie, und Orlins sah, wie sich das Gesicht des Inselherrn rötete, als er Jessie nacheinander beide Hände küßte. Zugleich empfand er, daß dieser Handkuß weder ritterlich noch galant gegeben wurde, sondern behutsam, scheu, zögernd, wie um die langen, leichten Hände nicht zu verscheuchen. Stumm, besonnen nickte der Baron Jessie zu, wandte sich um und bückte sich zu Pat nieder. Er ergriff die gelbe, dürre Hand des kleinen, alten Erfinders und drückte sie leicht ans Herz, öffnete die Lippen, brachte aber zuerst kein Wort heraus.

»Alter Pat«, sagte er dann leise, »daß du diesmal mitgekommen bist, ist für mich noch etwas Unglaubliches wie, ja wie, wie Elefanten in den Wolken oder Walfische im Hochwald. Große Flotten sind untergegangen, Länder und Städte wurden zerstört, aber das Schild hängt noch immer an seinem Nagel an deiner Tür. Ich habe es heute frisch gestrichen mit Ölfarben, weiß, und die Buchstaben in Gold. Und ich habe endlich den Titel daruntergesetzt, der dir schon immer gehörte und den keiner kannte. Und nun bin ich ungeduldig, dich zu deinem Zimmer zu bringen.«

Der alte Erfinder fuhr sich mit der freien Hand, mit dem Handrücken langsam über die Augen, danach schnüffelte er etwas, sein Kopf tickte stärker.

»Ich danke dir, Abraham«, sagte er. »Du hast dich nicht verändert, du hast w i e d e r übertrieben.«

»Meine Freunde«, sagte der Baron und richtete sich auf, »Charles, Herr Irving, Oliver, Harald und Alfred, Fräulein Hobbarth will ich nicht damit bemühen, und Sie, lieber Doktor, finden Sie, daß ich übertrieben habe?«

Sie schüttelten alle ruhig die Köpfe. Der junge Arzt verneinte mit einem verschämten Blinzeln. Nun drückte der Baron jedem die Hand, niemand durfte sich dabei erheben, schließlich stand er vor Orlins, blitzte ihn aus seinen graublauen Augen an, setzte zum Sprechen an, die tiefe Narbe unter seinem linken Auge rötete sich, brachte nur ein Zischen hervor, wartete einen Augenblick und sprach dann flüssig:

»Zu meiner Entlastung bitte ich auch um Ihre Bestätigung, lieber Herr Orlins. Gut, danke. Ihre Gattin wurde inzwischen von uns verständigt, durch Boten, sie ängstigt sich nicht länger, und Ihre beiden Kinder sind wohlauf. Ob Sie dereinst zurückkehren wollen und wann, daß konnten wir der begreiflich Betrübten nicht beantworten. Darf ich Sie nun bitten, sich ebenfalls an dem Geschenk der Insel zu beteiligen?«

Der Baron reichte Orlins schnell und herzlich die Hand, Orlins dankte stotternd.

Da sagte der Baron: »Nun laßt uns vom Wasser heruntergehen, es ist Zeit, daß ich an Land wieder schweige.« Orlins erhob sich mit den anderen, die dem Baron durch die Tür des Salons folgten. Pat bückte sich und holte den Dampfer unterm Tisch hervor. Er stellte den Dampfer auf den Tisch und nahm einen gehäuften Löffel Zucker aus der Goldrandzuckerdose. Ruhig und wie lauschend kaute und schluckte er den Zucker. Aus einer Tasse, in der sich noch ein Rest Tee

befand, trank er einen Schluck, danach erwachte seine alte
Geschäftigkeit wieder. Ruckartig stieg er die Kajütentreppe
hinauf, Orlins folgte ihm. Oben an Deck verweilten sie einen
Augenblick und blickten über den See. Das Seewasser blaute
weit unter dem hohen Himmel hinaus, aber drüben, auf den
waldigen Höhen der Insel, glühte das späte Nachmittagslicht
einzelne ferne Pappeln an, die einen blassen, goldenen Schimmer
an ihren schmalen Laubrändern vor der weißlichen Weite
des Himmels trugen.

Über eine kleine Laufbrücke verließen sie die ›Gold-Weiß‹
und folgten dem breiten Landungssteg, an dessen Ende die
Freunde, der Baron in ihrer Mitte, sich unter den Schatten der
hohen Bäume bereits entfernten.

Unvermittelt fiel es Orlins wieder ein. Ihre Schritte hallten
hohl über den Planken in der hohen Nachmittagsstille, und
während er den Duft des Seewassers atmete und den Geruch
wieder vergaß, hört er die Stimme des alten Maklers wieder,
Martini, der von einer Insel erzählt.

Nach der Tagung des A. M. V. (Allgemeiner Makler Verband)
sitzt ihm der alte Martini gegenüber, in dem rauchigen
Restaurationsraum, Orlins sitzt in einem Stuhl mit Armlehne,
der weißhaarige Makler sitzt auf der breiten Bank an der
Wand, die Ventilatoren rauschen, die Kellner gehen leise und
gewandt durch die dicken Rauchschwaden, die jetzt fortgezogen
werden. Ruhig stellen sie die hohen, schmalen Biergläser
auf die viereckigen Filzuntersätze, die auf den runden Marmortischen
liegen. Ihre Tätigkeit erweckt den Eindruck, als
wäre das Fortnehmen der leeren Gläser, das Hinstellen der
gefüllten mit einem höflichen Murmeln nur ein Vorwand.
Als handelte es sich um andere, den Gästen nicht bekannte
Dinge. Etwa um ein strenges, geheimes Zeremoniell, vielleicht,
um unsichtbare Gefahren abzuwenden, oder um eine
Balance, die ihnen anvertraut ist, zu halten, und niemand
bemerkt, daß ein Absturz alle gefährden wird. In das Brausen
der Ventilatoren spricht der weißhaarige Martini, die
kurze Pfeife mit dem durchgebissenen Mundstück hat er aus

dem breiten, lippenlosen Mund genommen, deutet mit dem Mundstück auf Orlins, in die Luft stoßend, spricht: »Propheten, Farbige, Artisten! Womöglich noch D i c h t e r beherbergt er dort! Komischer Kauz, spricht auf der Insel kein Wort, nur auf dem Wasser, an Bord des alten Segelkahns, ein Baron Sowieso von Soundso. Aber ein erstklassiger Baumbestand, Nutzhölzer, nichts geschlagen, kaum durchforstet. Natürlich m u ß das Schloß eines Tages einstürzen. Läßt keine Reparaturen ausführen, niemand auf die Insel, alter Familienbesitz. Das Projekt, das ich ihm auf dem Schiff vorschlug, die Pläne waren fix und fertig, fand er a b s t o ß e n d, hören Sie zu? Kein großer vierstöckiger Kasten, sondern lauter einzelne, kleine, bezaubernde Einfamilienhotels, mit eigenem Garten, der übrige Inselwald ein einziger, märchenhafter Hotel-Park mit kleinen Teichen, Felshöhlen, Grotten, die schon natürlich vorhanden sind. Es wäre die erste, einzigartigste Hotel-Insel der Welt geworden, ein Millionen-Projekt, jeder Gast sein eigenes Hotel, mit einem gelben Briefkasten vor der Tür, der täglich dreimal geleert wird. Ich bitte Sie, a b s t o ß e n d?«

Abstoßend, denkt Orlins, *täglich dreimal abstoßend, dreimal geleert*. Versucht, die Identität herzustellen zwischen diesen beiden Inseln. Dort, auf die sie zugehen, und jener, von der Martini sprach, stellvertretender Vorsitzender des A.M.V. Identität. Ununterschiedenheit. Mißlingt völlig. Der Unterschied liegt im Unglaublichen. Im Drillichanzug, den er sich in der Ziegelei entliehen hat, betritt der alte, kleine Erfinder soeben den Boden der Insel, sandiger Boden. Auch Orlins verläßt die letzte Bohle des Landungssteges.

Die schattenlose, sengende Glut blieb zurück, schrittweise glitten sie hinein in den glutlosen Schatten der riesigen alten Bäume. Gingen dahin unter den schwebenden Dächern aus Laub und Reglosigkeit, unter dem knorrigen Gebälk lastend gespannter Äste stieg der Weg in die Höhe, wurde die Luft lau und zuweilen kühl, wenn sie über eine der vermummt rieselnden Quellen herüberzog. Roch nach Gras und Laub, Laub und Sommertag, nach Rinden, nach Erden, nach verborgen im Dickicht duftenden Blüten. Im Halbdämmergrün war die Gesellschaft vor ihnen längst verschwunden.

Nach Schatten, dachte Orlins. Nach Schatten und Frieden roch hier die Luft. *Hatte der alte Makler Martini nicht behauptet, daß auf der Insel das Gras nie gemäht wurde?* Violette Distelköpfe ragten aus den hohen, grünen Gräsern, gefleckter Fingerhut. Auf der Höhe des Weges kamen sie an den bemoosten Wall, die Ringmauer ohne Tor, denn die beiden Torflügel fehlten, als hätte man sie aus den Angeln gehoben und fortgetragen. Sie drangen in den weiten Schloßhof vor, darin die Stille aus dem pelzigen, bräunlichgrünen Moosbelag aufzuschweben und das Wort der Einsamkeit sich überall spurlos zu wiederholen schien, aus einem Munde von verklungener Luft, dies Wort aus währender Lautlosigkeit und dem Triumph unkenntlicher Übereinkunft. Unwillkürlich gingen sie leise, als fürchteten sie, dies schweigende Ineinanderdauern einer unsichtbar hinter der Luft liegenden Unverletzlichkeit zu verstören, zu vergrämen.

»Zugewachsen«, sagte der kleine, alte Erfinder leise. Er deutete auf die Front des niedrigen Mittelbaues. Die Vorderseite des Schlosses war bis zum Dach mit breitblättrigen Schlingpflanzen bewachsen. Pat griff behutsam durch das dichte, grüne Schlinggeranke und rüttelte an einem geschlossenen Fensterladen. Der grüne Laden bewegte sich nicht, sämtliche Fensterläden waren geschlossen, verriegelt und zugewachsen.

Dahinter, empfand Orlins, haust nichts als die Schweigsamkeit. Durchdringt die alten Mauern mit ihrem Gewese aus unhörbarem Vergehen.

Als sie sich umwandten, erblickten sie beide gleichzeitig die reglose Gestalt eines langen, grauhaarigen Negers. Er stand drüben auf der Terrasse im Schatten des langen, zweistöckigen Seitenflügels, hielt in den Händen ein Tablett und starrte dunkelhäutig, dunkeläugig zu ihnen herüber. Sogleich setzte Pat sich in Bewegung, geräuschvoll ruckte er durch den Abendfrieden des Schloßhofes, voller Bewunderung für die kaffeebraune lange Hose des alten Negers, die an roten, gekreuzten Bändern von den breiten Schultern hing und bis zur gewölbten Brust reichte. Geschäftig ruckte Pat die bröckeligen Sandsteinstufen hinauf. Orlins betrachtete die kräftigen, dunkelbraunen Füße des schwarzen Mannes, der barfüßig war, die Haare auf seinen Zehen waren ebenfalls ergraut. Nur der Blick des großen alten Negers bewegte sich, die runden, schwimmenden, dunklen Augen spiegelten eine Stille, die älter war als das Abendgewebe der Insel.

Auf dem hölzernen Küchentablett, das der sanftäugige Schwarze vor der breiten Brust hielt, standen zwei Untertassen. Die linke enthielt honigfarbene, große Rosinen, die rechte geschälte Mandeln. Pat aß nur von den Rosinen, steckte sich aber eine Handvoll Mandeln in die Tasche. Da lachte der alte, schwarze Mann lautlos und freundlich. Orlins nahm Rosinen und Mandeln, während er sie kaute, folgte er mit dem Hören einem leichten Schritt, der drinnen vorüberging. Er kannte diesen Schritt.

»Du kommen mit mir?« fragte der Bote mit dem Tablett.

»Ich bin der alte Pat«, sagte der kleine Erfinder vor dem baumlangen Wächter. »Nennst du uns auch deinen Namen?«

»Abu Obeida Ibn Aldjarrah.«

»Dann führ uns hinein, Abu Obeida«, sagte Pat und streckte ihm seine kleine, dürre Hand hin. Auch Orlins reichte dem Boten die Hand. Dann folgten sie ihm über die Terrasse in den gewölbten, dämmerigen Flur. Abus Gang war wiegend lautlos, er stellte das Tablett in eine der tiefen Fensternischen. Pat zog aus dem kleinen Myrtenbaum, der in einem grünen Kübel am Aufgang der breiten Treppe zum oberen Stockwerk stand, eine weiße Karte, streichelte das dichte, kleinblättrige Gestrüpp. Orlins blickte ihm über die Schulter. Es war eine Postkarte mit dem Aufdruck

INSELPOST

Die Anschrift, mit Bleistift geschrieben, lautete:

    Dem, der sich genannt fühlt.

Pat drehte die Postkarte herum, sie lasen:
»Spät ist nicht zu spät. Aber die Frühe weilt nicht.«
Keine Unterschrift. Orlins erkannte ihre Handschrift. Auch der alte Pat hatte die Schrift erkannt, denn jetzt gab er Orlins die Inselpostkarte. Der barfüßige Abu ging vor ihnen die Stufen hinauf.

Während Gilbert Orlins dem alten Neger und dem geschäftigen Pat auf der Treppe folgt, denkt er noch einmal zurück. Der sich genannt fühlt. Nicht an vorhin, nicht an gestern. Weiter zurück, während er Schritt um Schritt hinaufsteigt, geht er weiter zurück. Die steinerne Balustrade ist in der Mitte ausgebrochen, nun wendet sich die Treppe links hinauf, und Orlins wendet sich mit und immer weiter zurück. Durch das sonnerhellte Badezimmer geht er an dem hohen, schrägen Wandspiegel vorbei, zwischen der weißen Mauer und dem gelben Wandschirm, fort in das stille Spiegelbild hinein, über die gebräunte, schmale Mädchengestalt im Wasser hin, hinaus in den blauenden Blick, streift vorüber an Lippen und Wangenrand, neigt sich tiefer an der Schultern Rund, schwingt im zaudernden Schauer über der sanften Brüste Schwelle, an den hohen, ruhenden Säulen der Schenkel hin, schwindet hinunter und fort durch das sich neigende Tal des goldenen Vlieses. Durch die lange, dunkle Allee der versunkenen Jahre kommt er hervor, über die toten Stunden der Niewiederkehr treibt es ihn hinaus in einen Abend aus einzigem Frühling, zögernd weilt er im Primelduft vor der weiten Himmelsruh, unter der weißen Abendwolke kommt er daher, durstig von dem klaren Quell, dessen Klarheit nie mehr stillt. In die Kammer tritt er ein, über den begrabenen Augenblick hindurch, da dieses hohe Mädchen am Fenster der weißen Wolke zunickt, wie zum Abschied, ehe sie über das Haus und davonschwebt. Damals, Jessie, weißt du noch ...

Damals, denkt er, während er hinter dem langen Neger und dem kleinen, alten Erfinder durch den dämmerigen Flur des oberen Stockwerks geht, *damals war es zu spät, weil es noch früh war, nun wird es später und immer früher, doch die Frühe weilt nicht.*

Der barfüßige Neger blieb am Ende des langen Flurs im dämmernden Licht stehen. Langsam, lautlos deutete er auf eine grüne Tür. Dort hing ein Pappschild an einem Nagel. Es war mit weißer Ölfarbe gestrichen, Orlins roch die frische Farbe, sie waren davor stehengeblieben. Er las die Aufschrift, es waren kleine, goldene Buchstaben:

KÖNIG PAT
Reich der Einfalt

Pat nahm leise den alten, flattrigen schwarzen Hut ab. Als er die Hand nach der kleinen Messingklinke ausstreckte, beugte der Neger den grauen Kopf, wandte sich lautlos um und ging. Pat zog die Hand zurück, rief ihm nach:

»Komm zurück. Spiel mit mir, Abu.«

Der alte Neger kehrte um und kam lächelnd zurück.

»Du willst doch mit mir spielen, Abu?« fragte Pat.

»Gern spielen mit dir, König Pat«, sagte der alte, schwarze Mann. Pat nickte und zog die grüne Tür auf. Er wartete, bis der Neger und Orlins eingetreten waren, schloß dann die Tür. Sie gingen durch den halbdunklen Gang, zwischen den eingebauten Schränken hin, in den hinteren, geräumigen Teil des hohen, dämmerigen Zimmers. Orlins sah, bevor er über den schilfumkränzten Leiterwagen stieg, in dem Schneckenhäuser, Muscheln und glatte, weiße Steine lagen, ein Bilderbuch und ein Farbkasten, daß links aus der Wand das schwarze Mundstück eines Sprachrohrs hervorstand. Dann erblickte er die schräg aus der Mitte des Zimmers zum Dachboden hinaufführende schmale Stiege. Die Luke der Falltüre oben war geöffnet. Er trat vorsichtig zwischen die vielen Eisenbahngeleise, gab acht, daß er mit den Schuhen keinen Bahnhof und kein Tunnel umwarf, bückte sich einen Augenblick über den langen Güterzug auf freier Strecke, der, mit Kohlen und Holz, Fässern und Kisten beladen, vor einer Brücke hielt und stieg dann die Treppe zum Dachboden hinauf, setzte sich auf halber Höhe hin. Vor den kleinen Kabine in den Nischen zwischen den Fenstern hingen bemalte Vorhänge. Drüben, in der dunkleren Seite des Zimmers, zog Pat den Drillichanzug aus, hing sich einen schwarzen, langen Umhang um. Orlins sah, wie Pat mit dem alten Neger still an den Kaufläden vorüberging, die vor der Wand mit der dunkelgrünen Tapete nebeneinander am Boden standen, wie in einer winkeligen Straße. Gegenüber war die Schienenspurwelt mit den Bahnübergängen, Signalmasten, Drehscheiben, Laternen ohne Licht, in Ruh, in der Reglosigkeit lackierter, mechanischer Spieldinge, befriedet, weil unabänderlich bewahrt vor der friedlosen Unruh der traumlosen Sucht, immerfort Ungetanes zu tun.

Vor dem gelblackierten Gebäude mit den Telefondrähten auf dem Dach, vor dem »Postamt« blieben Pat und der alte Neger stehen, bis Pat das Schild mit der Aufschrift »Geschlossen« vor die Tür gestellt hatte. Machten wieder halt vor einem der größten Kaufläden, poliertes braunes Holz, das Ladenschild aus Glas mit Leuchtfarbe befand sich in Höhe der Fensterbank, »Kolonial- und Spezerei-Waren«. Zehn Reihen Schubladen mit Schildchen, oben stand ein Karussell mit rotem Dach, daran an Drähten gelbe und blaue Schiffchen hingen.

»Hier«, sagte Pat, »wollen wir bleiben. Und nun nenne ich dich Abdul, weil wir in der Spielstadt sind. Du mußt dich auf die Straße setzen.«

Pat rückte die Ladentheke mit der schwach blinkenden gelben Messingwaage an den Straßenrand, ließ sich vor den Schubladen nieder, Abdul setzte sich mit gekreuzten Beinen in die leere, stille Straße.

»Ich merke es dir an, Abdul«, sagte Pat, »daß du nicht viel Zeit hast, man wird dich vielleicht bald rufen. Also nur ein kleines Spiel. Das große Spiel heißt ›Weltvergessen‹, das kleine Spiel heißt ›Selbstvergessen‹. Mehl und Grieß, Zucker und Salz, Erbsen und Linsen, Kaffee und Tee sind im Laden. Mandeln habe ich mitgebracht, kommen in das leere Gefach hier, wenn auch Ingwer darauf steht. Die blauen Tüten hängen gebündelt am Zwirnsfaden. Wir haben keine Ladenuhr, es wird bald sechs schlagen. Jetzt sprich mir nach:

Guten Abend, Herr. Bin ich hier recht im Kaufladen Pat?«

Der alte Neger, der auf der Straße saß, sprach es langsam und richtig nach. Orlins auf der Stiege über ihnen im stillen, dämmrigen Zimmer hatte vergessen, daß er unversehens mitspielte, in Gedanken saß er neben Abdul, wartete, bis er an die Reihe kam.

»Gut«, sagte Pat, »kaufe ein. Verlange ein Pfund Kaffee zum Beispiel. Zuvor will ich Sie begrüßen. Guten Abend, lieber Herr, was darf es wohl sein?«

»Ein Pfund Kaffee zum Beispiel«, sagte Abdul.

Ein Geräusch ließ Orlins nach der Tür blicken. Sie öffnete sich langsam und ein gelbgesichtiger, kleiner Mann mit einer schwarzen Hornbrille blickte herein. Er nickte lächelnd, schloß die schwarzen Augenschlitze und verschwand wieder. Pat füllte kleine Kaffeebohnen aus Schokolade mit der winzigen Mehlschaufel in die blaue Tüte, die in der Waagschale stand, wog ab, schüttete hinzu, gut gewogen. Ein Geräusch in der Höhe lenkte Orlins' Aufmerksamkeit ab, er blickte sich um, bemerkte die geräumige Schlafkoje über den eingebauten Schränken, ein aufgedecktes Bett mit einem Holzgitter ringsum stand darin. Der Raum gegenüber unter der Zimmerdecke war eine niedrige, kleine Küche, eine Leiter zwischen den Schränken führte hinauf. Orlins sah in dem Halbdunkel vier reglose Gestalten um den Tisch vor ihren Tellern sitzen, kleine Männer mit langen Bärten und spitzen roten Hüten. Orlins blickte wieder in die Kaufladenstraße hinunter, das Verkaufen ging ruhig weiter. Pat und Abdul aßen die Kaffeebohnen aus Schokolade auf, Abdul kaufte eine Tüte Zuckerperlen, silberne, rote, grüne, gelbe. S p i e l s t a d t W e l t v e r g e s s e n. Die Tür öffnete sich wieder, ein großer, alter Mann trat ein. Gleichzeitig hörte Orlins wieder das Geräusch in der Höhe. Er erkannte den Dichter Irving, der im Gang vor den eingebauten Schränken stand, die Schränke öffnete und vor sich hinmurmelte. Dann stieg der Dichter über den großen

Leiterwagen, bog vor der Eisenbahnstrecke in die Straße der Kaufläden ein, bückte sich zu Abdul nieder und sprach leise einige Worte mit ihm. Abdul nickte und stand auf.

»Sage auf Wiedersehn, König Pat«, sagte Abdul und reichte Pat die große, schwere, sanfte Hand hin.

»Warst mir willkommen, Abdul«, sagte der kleine, alte Erfinder hinter der Theke, »komm bald wieder.«

Orlins folgte mit dem Blick noch einen Augenblick der hohen Gestalt des barfüßigen Negers, der lautlos hinausging, sah, daß sich der Dichter vor dem Kaufladen niederließ.

»Womit kann ich Ihnen dienen?« fragte Pat.

»Mit einem neuen Spiel?« fragte der Dichter.

»Das soll es sein«, sagte Pat, »verkaufen oder tauschen?«

»Tauschen«, sagte der Dichter, »ein Wortspiel. Welche fehlen Ihnen?«

Pat hielt dem Dichter die Tüte mit den Zuckerperlen hin. Sie aßen davon, er schien nachzudenken.

»Hätte gern für diesen Augenblick ein Wort«, sagte Pat.

»Vorüber«, sagte der Dichter, »vergangen. Wo ging er hin?«

»Fort«, sagte Pat. »Dorthin, wo keine Wege sind. Aber ich will ein Zeichen machen, für einen der nächsten Augenblicke. Könnten wir ihn nicht etwas länger dauern lassen?«

»Was geben Sie dafür zum Tausch?« fragte der Dichter.

»Was willst du dafür?« fragte Pat.

»Das Gegenteil«, sagte Irving, »das Wort von seinem Gegenteil. Gib das Zeichen.«

»Jetzt!« sagte Pat und drückte eine Waagschale nieder.

Im gleichen Augenblick hörte Orlins einen Schritt auf dem Dachboden.

»Spielwortwelt«, sagte der Dichter in der Kaufladenstraße.

Der Schritt kam langsam über den Dachboden, auf die Luke zu.

»Das Gegenteil vom Spiel«, sagte Pat, »ist Widerspiel«.

Der Schritt kam an die Luke, hielt ein. Orlins blickte hinauf.

»Weiter«, sagte der Dichter, »etwas muß jetzt noch kommen.«

In der Dachbodenluke erschien ein Gesicht.

»Zuerst«, sagte Pat und ließ die Waagschale los, »will ich im Laden Licht machen, damit wir das Karussell sehen.«

Orlins konnte das Gesicht in der dunklen Luke über sich nicht erkennen. Unbeweglich blickte es ihn an. Er hörte, wie die Tür geöffnet wurde, blickte hin, im Kaufladen brannte eine kleine Laterne. Der kleine Chinese mit der schwarzen Hornbrille kam flink herein, ging zu dem Sprachrohr an der Wand, reckte sich auf den Fußspitzen und zog die Kapsel vom Mundstück. In diesem Augenblick begann eine Spieldose zu klimpern, die Spieldose war im Karussell, das sich drehte, die bunten Schiffchen schwangen nach außen, stiegen höher. Die Spieldose spielte das Kinderlied: ›Maikäfer flieg. Dein Vater ist im Krieg, deine Mutter ist in Pommerland, Pommerland ist abgebrannt. Maikäfer flieg.‹

»Eins, zwei, drei«, sagte der Chinese ins Sprachrohr, »hier sind drei, Herr.«

Vier, dachte Orlins, drei und ein Gesicht. Der Gelbgesichtige steckte die Kapsel auf das Mundstück.

»Es ist der kleine Sing«, sagte Pat. Orlins blickte wieder zur Luke hinauf, da nickte ihm das Gesicht langsam und ernst zu. Orlins erhob sich auf der Stiege.

»Das Widerspiel ist Tun«, sagte der kleine alte Pat, und Orlins stieg hinauf, dem Gesicht in der Luke entgegen. »Weiter«, sagte der Dichter. Das Spieldosenlied war zu Ende.

»Das Gegenteil«, sagte Pat, »vom Spielwort ist das Tatwort. Das Gegenteil der Welt –«

Orlins hörte die folgenden Worte nicht mehr, das Gesicht in der Luke war verschwunden. Er war in den stockdunklen Dachboden eingetreten. Da ließ ihn eine Berührung erzittern. Um sein Handgelenk hatte sich eine Hand gelegt, geschlossen. Als gerieten die Räume seines Lebens wieder in Bewegung, gleitend, schwebend, fühlte er sich einem Aufruhr entgegentreiben, einem Aufruhr von unerträglichen Hoffnungen. Da sie ihn leicht von der Luke fortzog, folgte er der Hand, über den dunklen Dachboden.

»Jetzt kommen Stufen«, sagte Jessie neben ihm, ohne stehenzubleiben.

Auf der Wendeltreppe wurde es nach oben zu heller, drang die Dämmerung durch die kleinen Luken des Turms herein, sah Orlins, daß Jessie ein blaues, langes Kleid trug, leichte Seide. Sie mußten sich unter der Türöffnung bücken, als sie in das niedrige, runde Turmzimmer traten. Mattes Abendblau leuchtete aus der Himmelsferne in den Fensterbogen.

Im nächsten Augenblick ertönte ein Summzeichen aus der Wand, drei tiefe Summtöne. Jessie öffnete den kleinen Wandschrank, zog die Kapsel vom Sprachrohr, wartete lauschend, unbewegt über die Bank gelehnt. Orlins blickte im Raum umher, die Reihe der Buchrücken entlang auf dem schwarzen Regal, über die weiße Seerose in der Silberschale hin, vorüber an dem kaum handbreiten Spiegel im gerieften goldmatten Rahmen. An der geweißten Mauer hing ein Bild, sommerlicher Waldweg mit dem Schildchen CONSTABLE auf dem lackschwarzen Rahmen. Sein Blick lief der roten, geflochtenen Schnur entlang, die um Jessies Hüften geschlungen war, während er die ganze Zeit fühlte, daß ihm Jessie wieder unbekannt geworden war. Die sich dort zum Sprachrohr neigt, im Sommerabendlicht, hat eine fremde Lebensgestalt bezogen, Freundin, Fremdling, unerkannt, als wäre sie über eine Grenze hinweggegangen, an der Verlassenheit entlang und hinüber. Hinaus und entkommen dort, wo Verlassensein zählte. Und nun wird er sie wieder suchen, über den Rand der sieben Jahre hinaus, über die erzählten, gehörten, erlebten Gesichte und Stimmen fort, näher als damals und fremder als dereinst, geht in ihrer Gegenwart um wie in der Fremde, zugleich hört er die Worte aus dem Sprachrohr dringen:

»Die Alarmbereitschaft wird erhöht. Die Polizei bemannt ihre ersten Boote.«

Jessie steckte die Kapsel über das Sprachrohr, schloß den braunen Wandschrank. Nachdenkend, besonnen hob sie den Blick zu Orlins, so daß er begriff, wie unbeirrbar sie noch immer in einer Freude sich aufhielt. Sie nahm seine Hand, es ist eine Freude, fühlte er, schonender als Frieden und dunkler als Traumlicht. Sie zog ihn zu der halbrunden Bank, kaum spürbar strich sie über seine Hand.

Bevor sie zu ihm sprach, wußte er, daß dies nun eine ungenannte Jessie war, in keiner Dachstube damals war sie zu ihm gekommen, niemals hatten diese Arme in einem dunklen Saal an ihm geruht, vor der Maschine mit dem Schwungrad, vergeblich und widerrufen schien der Lippen Einigung und Fall, von ihrem Mund besiegelt. Denn dies Gesicht ist ihm wieder unvertraut, ist nicht hinzugekommen zu ihren früheren Zügen, die er kennt, sondern wie aus der Ferne hervor, unter dem geprägten Relief des Lebens aufgegangen wie aus der Innenseite ihres Gefühls. Als hätten sich unsichtbare Hände über ihre Stirn gelegt, um alles darunter um eine Spur zu verändern, Braue und Augenlinie, Lidrand und die Figur aus der wie lauschenden Wölbung des Mundes unter dem beglänzten Rund schmaler Nasenflügel. »Gilbert Orlins«, sagte Jessie, und die blauen Monde unter der gebräunten Stirn, unter dem Geleucht des wie seit je in seinem Schlaf aus Schimmer ruhenden Haares erscheinen in seinem Blick, als sollte die Nacht seines Lebenshauses ganz erhellt werden, »Gilbert Orlins, erinnerst du dich noch? Damals stand ich in meines Vaters Zimmer und die Uhr schlug zehn, in der Diele. Einen Zinnienstrauß und ein Diplom hielt ich in der Hand, und das Zimmer war leer. In der stillen, warmen Gartenluft draußen schwebte das Vogelsingen hin, das Zimmer war leer, und auf dem Tisch lag sein Brief, und in der Fensteröffnung lehnte die grüne Gartenleiter. Goldlack, Primel, Honigbär. Hatte er mich einst so genannt? Über die grüne Leiter war er fortgegangen, für lange, mich verlassend. Damals wußte ich noch nicht, wie weit ich nun auch fortgehen mußte, über die Verlassenheit hinaus, über mich selbst hinaus. Dorthin, wo ich die Mühe und die Sorge um mich selbst verlor, damit ich die Sorgen der andren erfuhr, jener, die für immer gezeichnet sind mit dem Mal, das die Angst bei ihnen anbringt wie ein Kreidezeichen an der Tür. Die Angst, die ihnen das Licht um eine Spur dunkler erscheinen läßt, die ihnen den Bissen im Mund noch mit dem Geschmack des Elends vermengt.

War mein Vater einst fortgegangen, aus unserem Hause, fort von mir, um sich den großen Bäumen anzufreunden, des Wassers Geselle, der Tiere Anwalt zu werden, der Gefährte der Luft und dem Lichte gläubig, so mußte ich zu den Geängstigten gehen, zu ihnen, die bei einem Klopfen hinter der Tür erschrecken, vor einem Schritt im Flur. Wer hat ihnen denn die arglose Freude abgelistet, Gilbert Orlins? Und nun dringt etwas in ihr Leben ein, von draußen, wie aus der bestirnten Kälte über der Welt, und sie frieren auch in der Sonne, als wären sie innen bereift. Ich ging zu ihnen, zu ihrem vermummten Elend, um bei ihnen zu lernen. In die Lehre ging ich dort als der Lehrling ihrer Armseligkeit. Die Freunde halfen mir, wie ich ihnen geholfen hatte bei ihren Handlungen. Ja, lieber Gilbert, nun wären wieder Geschichten zu erzählen, aber die Polizei bemannt die Boote, und die Alarmbereitschaft hat man erhöht. So will ich nicht säumen. Ich fühlte mich meinem Vater wieder nah, als ich mich selbst nicht mehr suchte und längst nicht mehr ihn, nicht sichtbar weilten wir von da an in der Nähe miteinander, und dann erkannte ich, daß er im Grunde gar nicht von mir fortgegangen war. Daß er mich nie verlassen hatte. Vielleicht aber war er nun auf der Suche nach mir? Und er hatte die besseren Verbündeten. Sie waren besser als die Angst, die Not: die Hilfe der Bäume, der Rat des Wassers, die Wegweiser des Lichts. Und der Wind konnte ihn führen.

Aber er ist jetzt h i e r, Gilbert Orlins! Er ist auf der Insel, der Baron hat mich zu ihm geführt, und so hab ich ihn wirklich wiedergesehen! Mich aber sah er noch nicht, ich durfte ihn nicht stören, er schrieb. Wiedergesehen, Gilbert, er war es wirklich, und es war wahr, es war wirklicher als wahr. Und wenn die blauen Laternen vor der Grotte brennen, dann soll ich zu ihm kommen. Und du kommst mit mir, du, ›der sich genannt fühlt‹.«

Orlins nickte. Hatte sich in der Zeit eine Richtung geändert? Hatten sich die Spitzen der weißen Seerosenblüte geregt? Er atmete tief ein. Er wird sich des flüchtigen Aroms wieder bewußt, Duft nicht nur von Mädchenhaar. Fremd, wälderstill. Arom aus Atemspur und dem schlafend Einstimmigen, Frauenruh und dem hellen Heimlichen des Leibes, warm von Leben, ihn befriedend mit der Schonung des Teilnehmens, wie anvertraut der Glieder Lager, reglos Spiel, arglos, gewährend.

Er kann die Empfindung dieses Duftes nicht herausnehmen aus der Empfindung dieser Stunde, den Empfindungen, die ihm ihr Anblick zuträgt. Nah auf der Bank, schmal, groß, im blauen Kleid, die Seide ist nicht glatt, Rohseide, gefärbt, Vergißmeinnichtblau. Nicht trennen von der Empfindung, die mit der Berührung ihrer Hand eindringt, die Hand liegt auf seiner Hand, zieht ihn jetzt zu sich heran, näher, an ihren Arm, zu ihrer Schulter. In die Vielfältigkeiten dieser Empfindungen, aus dem Füllhorn der Stunde ihn überschüttend, ist die Erinnerung an die kleine Spielstadt häuslich eingemengt, an König Pat, Maikäfer flieg. Zusammenhangsfluten, fortflutend, wird er schon die Beute unverhoffterer Freude, nimmt die Bereicherung zu, bedrängend, ihn über den Rand seiner fühlenden Gestalt drängend in die Entfaltung, in die Mächtigkeit der Entzückung. Als hätte er einst oder wann immer dies wie ein Versprechen gegeben, größer zu fühlen, unbeengter, in höheren Räumen, im Fernenhaften, wenn ihn das Riesige überdehnt wie Jubel, und nun kann er nicht ins Äußerste überschwingen.

Er ertrug das Äußerste nicht, er mußte sprechen.

»Sprichst du noch mit mir, sprich noch mit mir, hör nicht auf, Jessie, jetzt nicht.«

Sobald er wieder zuhört, findet er zurück, wieder zu sich. Wer war er in diesen Augenblicken gewesen?

»Als ich mich selbst nicht mehr suchte«, er hörte ihr zu, vor den schwebenden blauen Monden ihres Blicks wie vor Träumen bestehend, »und nicht mehr ihn, und was ich war, zu den Verlassenen mitnahm, mußte ich lernen ...«

Er war noch ein anderer gewesen, den er nicht kannte. Als gäbe es in der Hinterlassenschaft seines Lebens, verborgen unter seinem Namen, hinter ihm, noch einen Gilbert Orlins, dem er manchmal im Traum begegnet, den das Erwachen von ihm trennte, der nicht von einer Mutter geboren und getröstet sein konnte, sondern aus Traumsinn gebildet und ihm voraus lebte, zeitlos und doch in seiner Zukunft schon umgeht, der unvermittelt in ihm erscheinen konnte, in Eile, um ihn ins Riesenhafte hinauszuziehen ...

»... lernen, wie es sich zugetragen, daß die Verlassenheit sich ihrer bemächtigte wie Winterzeit. Als könnte plötzlich aus einem einzigen Abend im November ein langes Leben werden, Novemberabendleben, dem sie nicht mehr entrinnen, weil sie sich e i n m a l bis in den Grund der Seele trügen ließen ...«

Und doch war er noch einmal alles gewesen, was er je war und sein wird, unkenntlich und ungewiß, aus dem Bestimmten ins Unbekannte, aus dem Gekannten ins Mögliche geraten, und das Mögliche war nichts als die Dauer und weite Grenzenlosigkeit des Lebens. Als hätte er, mehrere Atemzüge lang, an der Schulter dieses Mädchens, das vor dem Himmel ohne Namen und nur die sich wandelnde Figur eines Schicksals blieb, die Tiefe des Daseins fühlend erfahren, tiefer als Ferne, in ihren Ausblick eingetreten, hinaus in ihr fort und fort waltendes Nichtmehrsterblichsein ...

»... vielleicht nur ein Licht, Gilbert Orlins, das diese Frauen einmal getrogen hatte. Ein noch scheues Licht, leuchtend in einem Gesicht, da sie es besänftigten, berührten, an sich nahmen. Ein Erglänzen, einmal, um eine Stirn, die sich neigt, Schimmer und Schein an einer Wange, über eine Schläfe hin, und sie ließen sich trügen. Sie mußten es für das Unmögliche halten, Licht in der Heimat, die es nicht gibt. Dann erfuhren sie, daß dieses Licht mit der Freude erlosch, die sie in jenem Gesicht jäh erschufen, daß dieses Leuchten mit dem Jubel schwand, den sie entzündet und zum Lodern gebracht. Daß dieses Strahlen ermattete mit dem schrecklichen Hingerissenwerden ins Selige, das sie bewirkt und der blinden Entfesselung des Außersichseins überliefert hatten, in der arglosen Handreichung ihrer Liebe ...«

Zu fragen war nichts mehr. Die Antworten, die das Widerfahrene ihm hätte bezeichnen können, waren dem Raum der Worte nicht mehr zu entnehmen. Die Worte, die bekannt waren, waren nicht grundlos genug, das schattenstille Verstummen einer ernsten und reinen Begeisterung zu erfassen, eines ihn wie über Gipfel hinaus wehenden Überschwenglichseins. Was war es denn, was er an der Seite des Mädchens erlebt hatte?

An einem Sommerabend sitzt er in einem Turm. Auf einer Bank, neben einem Mädchen. Es hält seine Hand umschlossen, leicht lehnt er an ihrem Arm, an ihrer Schulter, an ihr, die ihn unverwandt ansieht, Mädchenangesicht. Geleucht in Frieden. Eindringlich froh, dies nur zu sein, Mädchen, Frieden, und blau und blond sind Worte für Farben, es geht hier nicht um Erscheinendes nur, sondern zugleich um ein den Raum nicht betretendes Tanzendes, den Schall nicht erweckendes Tönen, Konzert nicht nur aus Lichten, sondern auch aus den Bildern der Wehmut, dem herbstreinen Duft, den die Luft nicht aufnimmt, weil er einem Blick angehört, aus allem Erleuchten, das nicht mehr sichtbar dem unerlotbar Klaren strömenden Fühlens eignet. Berührtsein ineinander sich legender Hände, dieser Stunde Eigentum, ihrer lauteren Unwiederbringlichkeit. Innig und golden diese Gunst, denn während sie ihm erzählte, lächelte sie schenkend weiter ihn an. Den, der sich genannt fühlt. Aber die Frühe weilt nicht.

Als sollte er ein einziges Mal vergessen. Verlernen und vergessen, wie unerprobt es um die Worte stand, die man um jene Ereignisse gebildet hatte, die nichts Greifbares hinterließen. Denn ein Erglänzen, Erschimmern von Freude blieb weniger zu fassen als Licht. Vergessen und verlernen, um zu lernen, im Innern eines höchsten Erstrahlens ohne Worte auszukommen, weil sich die Schichten ineinander durchfluteten, denen die Worte angehörten, und weil das Erzittern noch wie Erblühen war, das Erblühen aber ein Erklingen, und alles Erklingen in seiner Seele doch nur ein dem Himmel entsinkendes reines Licht, gesegnet und schlicht wie des Herbstabends Ruh, mild, der Liebe Schein. Glück, Glücklichsein, beglückt, das schien vor Zeiten und wohl für immer ins unreine Uneinige geraten, wie vom Quell fort liegengeblieben in Lachen, getrübt, wo es abstand und sich verfärbt hatte ...

»... und danach allein, Gilbert Orlins. Verlassen und allein, und es wurde dunkel ringsum für sie. Aber das Dunkelwerden ist nicht der Heimat Abend, das Verlassensein beginnt hinter der Dämmerung, im Veröden des Lichts. So vereinsamten sie, die sich trügen lassen mußten von einem Leuchten. Dies mußte ich hinzulernen, als ich zu ihnen kam, als ich mich abgewandt hatte aus mir, um den Elendsfunken in der Asche zu suchen, glimmend, ärmlich, um ihn noch einmal zu entfachen, nicht zu den Freudenfeuern unvergeßlicher Tage, aber doch zu einem wärmenden reinen Flämmchen. Denn es ist nicht nur dunkel, dieses Verelenden, sondern kalt.

Und als ich lange genug mit den Hoffnungslosen geweilt, konnte ich auch dich wieder rufen, Gilbert Orlins. Du warst nicht verlassen, aber doch wie einer, der sich ganz verlaufen und verloren hat, aber es schon vergißt. Der sich damit abfindet, daß er in ein verkehrtes Leben geriet. In ein Dahinleben, das schließlich zu einem Verleugnen jenes heimlichen Hochsinns werden mußte, dem wir uns verschworen haben. Jener Ahnung eines unmöglichen Lebens, die uns mehr gilt als alles, was auf dieser Erde zu verlieren ist. Du warst nicht nur abtrünnig geworden, sondern du hattest vergessen. In der Erleichterung des Vergessens hattest du dich eingerichtet und Sicherheit und Bestätigung gefunden. Und doch hatte dich e i n m a l die Spur gestreift, sich die Hand dir genähert und dich fast berührt, die Hand, die den Nebel so still macht und die den Herbst entzündet, die Brände der Schwermut, und über wen sie hinstreicht, der wird des Unmöglichen inne, dem ward das Gut anvertraut.

Die Freunde hatten mir berichtet von dir, von einem Mann, der als Makler lebte, mit Frau und Kindern. Aber ich hatte das deine, das Menschenbild nicht vergessen. Sie sind die Wenigen genannt, Gilbert Orlins, die Unauffindbaren, die sich dem Umgang mit dem Unmöglichen heimlich verschwistert haben, das man nicht sieht, nicht hört, und nie vergißt. Du warst für ihr Los geeignet, vielleicht ist es immer herbstzeitlich, herbstzeitlos, und nicht nur deines Vaters wegen, der ein Leben lang nicht nachließ, die Spur zu suchen. Nicht nur der Stunde wegen unterm Abendhimmel, als dir die Wolke erschien, sondern weil du e i n m a l, dereinst, an das unbegreifliche Wirken des geheimen Lebens, an das Licht der Träume, an die Verkündigung des Verborgenen geglaubt hattest. Rufen, Gilbert, und als ich dich rufen konnte, durch das Z e i c h e n, konnte ich dir das andere Zeichen geben. Mich selbst konnte ich dir zeigen, im Licht, im Wasser, im Spiegel, im Spiegelwasserbild.«

Er nickte ihrem Gesicht zu. Sie ließ seine Hand, um ihr Gesicht noch einmal ihm zuzuneigen, näher, so daß sein Blick auf ihren Mund fällt, Frucht erglänzend sanft, erschimmernd, Lippen wie lauschend, sinnend über das Erwarten, bevor er sich in dieses Begegnen begibt, Erglühen, erbebendes Anruhn, bevor er sich in dieses sich steigernde Schwinden begibt, da Not und Mangel auffahren ins Nichts, wo er das Verlieren findet, die Bestärkung erfährt durch das Zarte, das so traurig Süße der Milde.

Sie stand mit ihm auf von der Bank, ging mit ihm zu dem mittleren Fenster, er öffnete den kleinen Fensterflügel. In der Fensteröffnung konnten sie nur beide mit ihren Köpfen nebeneinander hinausblicken, ihre Schulter lehnte an seiner Seite. Still, wartend, blickten sie zu dem Hügelhang hinunter, aber die blauen Laternen brannten noch nicht. Einmal dachte er daran, wie a n d e r s alles geworden wäre mit ihm, hätten ihn diese Worte, und nach den Worten der Mund, der sie sprach, damals getroffen, verwundet mit diesem durchsüßenden Heilen. Früher, früher als damals und unglaublicher als je, als könnte er jetzt etwas davon zurückbringen durch die Flucht der Jahre, wie Gemach um Gemach durcheilend, in denen nichts weilt als das Dunkel alles Vergangenen, etwas von diesem sich anruhenden Gegendruck ihrer Lippen, sanft und reich, zurückbringen hinter die Geflohenen, die verwirkten Jahre, ein Schweigen am Lippenrand, mädchenweich, versonnen, verwundert sinnend, fast ein Laut, verborgen, fast ein Klagen unter der Fülle. Ein Mann, der sich anschickt, die Erinnerung an den Plan nicht nur, sondern an die Vollendung eines Kusses fortzubringen, rückwärts, durch ein Gewühl von Erinnerungen, hinunter, vielleicht in jenen Abend hinunter, dort unterzubringen vor einem Schaufenster, in einer Passage, die nur schwach erleuchtet ist. In einer fremden Stadt, abends, allein, am Ende dieses Schiffbruchs, den er seine Flucht genannt hat. Vor dem Schaufenster des Gebrechens angelangt, als welcher Verwandelter? Vielleicht spürt er noch das, was zuerst wie ein Tupfen war, nachgiebigen Mundes, gelassen, der Unrast entfremdet, sinnt ihm nach, verschont, gedenkend des Glücksortes, verweilend, und zugleich weiß er sich noch einmal umgeben von dem nahen Duft wie von unsinnig fremden, nie sichtbar werdenden Blumen, einem Mädchenduft, Sträuße unglaublicher Blumen, Wange und Haar, Kleid und Glieder, Duft eines fast unsüßen Mildseins, denn es kann sich für ihn längst nicht mehr darum handeln, daß er eines Mädchens Mund berührt, sondern daß sich aus der wie Nacht verhohlenen Fremde der Erde etwas bekennt, zu ihm bekennt, unverwehrt, rein, eine Essenz, noch nicht dem Himmel und nicht mehr dem Irdischen verfallen.

Er weiß, sie ist nicht mitzuzählen wie viele, weiß, daß ihn ihr Anruf damals getroffen hätte, auch wenn nicht vorher das Bild der Wolke ihn nah an ein äußerstes Fühlen geführt. Ihre Ankunft im Garten, ihr Besuch in der Kammer, kleines, rotes Backsteinhaus, hatten ihn mit einem Eingeweihtsein versehen, Einsicht, daß er dies ändern mußte, dieses sein Leben. Ändern, Leben, dein Leben ändern. Niemals zuvor und später nie mehr, bis er sie wiedersah in jener Seitenstraße,

Hotel zum bleichen Stern, hatte er dieses Urteil über sich selbst vernommen. Denn dieses Mädchen ist nicht von jener Welt, jener Art Welt, wie sie jedermann kennt, nennt und bewältigt, über ihren Verunstaltungen wohnt sie, da sie nicht abläßt, das Verrufene als Herkommen, das Nachbild des Lebens, Nachahmung, schlecht und falsch, als Wahrbild, als des Sinns Inbild zu l e u g n e n. Beheimatet über den Rand dieser Welt fort, und doch näher als alle Straßen, als alles Gerede, Handeln und Bewirken, näher dem n i c h t s a l s N a h e n, aber schon wieder undeutlich den vor Eifer Zerstreuten, lesbar nur dem, der l a u s c h t. Deutlich wie unter dem Licht der Träume. Und aus dieser verschlüsselten Nähe hätte sich ihm eine Mildigkeit, sich zu ihm bekennend, einend verwoben, erglühend, der Lippen leiser Vorwand. Und nun könnte er diese Gebrechensartikel nicht mehr so ausschließlich auf ihre Herkunft hin betrachten, Elendsbezirk der Verunstalteten, sondern anders, sondern als bedrohliche Überrumpelung, als die Herausforderung einer kalten, nichts als unerbittlich zerstörenden Macht, die das unaufhaltsame Hinschwinden alles Sichtbaren fordert. Stahlhaken, Schädelplatten, Beinprothesen, sie schienen als die Mitteilung der Erbarmungslosigkeit abgefaßt, und sie betrafen die Gefährdung alles des Erlebens Teilhaftigen. Und er hätte die Mitteilung gelesen, er hätte Kenntnis genommen, begriffen, daß es zu g e d e n k e n galt. Zu gedenken jenes nie genug und nie inständig genug zu rühmenden Niewieder des Hier und Nun, Fülle, Fülle, Herrlichkeit, und nicht zuletzt und nicht zumindest auch dieses eines Märchens Schatz und Kleinod zu gedenken, gefunden, als ihm diese leise, diese lange und leise Einigung an ihren Lippen widerfuhr. Ihn befriedend mit einem Hauch, kaum zu erspürendem Rosengeschmack, während der jahrtausendealte Sog des Vergehens schon um diesen seligen Nu strudelt und zerrt, zerrt und saugt, sausend unhörbar, aber nie zu entmächtigen, nie, nie, niemals die Frist beseligter Stille, Windstille reinen Dauerns gewährend. Zu gedenken dieser wahrhaft abtrünnigen und tödlichen Ewigkeit, die mit ihren Totengebirgen und

Schädelstätten hinter uns zunimmt, sich türmend ins immer Riesigere, erbaut von der Trauer um alles Unwiederbringliche, die nie einhält, ins Unermeßliche mit unserem Schwinden zuzunehmen.

»Jetzt«, sagte Jessie, neben ihm, im Fenster des Turmzimmers, »jetzt sind sie angegangen. Jetzt scheinen sie, Gilbert, die blauen Laternen!«

Und er sah, wie hinter dem Laub der dunklen Sträucher bläulich die Lichthöfe der beiden Laternen aufgingen, leuchteten, wie ihre Ränder in der Dämmerung verebbten, die als regloser, grauer Rauch um das Laubwerk des Hügelhanges wob wie aus einem fremden Bereich der Zeit, Lichtrauch aus Geisterzeit, während er die Reise beendete, die er reglos durch das Nichtsein, durch der Jahre Nichtwiederfinden, wie unter einem Schild angetreten hatte. Schild eines Mädchenbildes, das ein altes Wappen trägt, das keiner zeichnet, das keiner zu Ende schreibt, weil es sich aus dem Verborgenen bildet, das der Mund nicht mehr spricht.

Im gleichen Augenblick hörten sie das Rollen und sahen den laufenden Mann, der den Leiterwagen durch den dämmerigen Schloßhof zog. Glaubten zuerst, der große, alte, gebeugte Mann liefe mit dem Leiterwagen im Kreise, bis sie erkannten, daß es eine große Acht war, die er auf dem bemoosten Hof mit dem Leiterwagen annähernd rund und richtig laufend beschrieb. Hinter den wehenden, silbrig grauen Schilffähnchen saß reglos im Wagen ein kleiner Mann. Er hatte einen spitzen roten Hut auf dem Kopf mit einer dicken, gelben Quaste. Sein Mantel zeigte ein stark leuchtendes Muster von grellgrünen und tiefvioletten Rauten. Auffällig an seinem kleinen Gesicht war die unnatürlich lange, spitze Nase. Sah wie ein beingelber Vogelschnabel aus. Wie eine schüttere Schnur aus Werg hing der hanffarbene dünne Bart an seinem Kinn, das Ende des Bartes steckte in der Manteltasche. Unmittelbar blieb der große alte Mann mit dem Leiterwagen stehen, pustend, verschnaufend. Er trug einen blauen Matrosensweater und breite, dunkle Seemannshosen. Jetzt setzte er die runde Matrosenmütze, die keine Bänder hatte, ab. Im gleichen Augenblick sprang der kleine alte Mann aus dem Leiterwagen, wobei einige Schilfwedel geknickt wurden. Während sich der Matrose an der Deichsel über das dichte, verwilderte graue Haar fuhr, führte das bärtige Männchen langsam die Bewegung aus, die man macht, wenn man den Schlag eines Autos zuwirft. Es war jetzt so still auf dem Schloßhof, daß Orlins das »Plob« hörte, schwach nur, den Zungenschnalzlaut, der das Zuschlagen der unsichtbaren Wagentür beschloß. Sogleich brach sich das lebhafte Männchen die spitze Nase aus dem Gesicht, zupfte den Bart vom Kinn, warf beides in den roten Hut und den Hut in den Leiterwagen. Orlins hatte längst die beiden erkannt. Nun setzte der kleine alte Erfinder wieder seinen Schlapphut auf.

»Die Achterbahn«, sagte der Dichter an der Deichsel, »führt uns scheinbar immerzu fort, indem sie uns in ihrem Achter behält. Ich fühlte es wieder deutlich beim Laufen, diese Acht ist nichts als die Figur des Widerspruchs. Und mit dem Widerspruch schließen wir erst Außen und Innen zu.«

»Hast du das Wort gefunden?« fragte der kleine alte Pat. Eine Weile blieb es auf dem dämmerigen Schloßhof still. »Während ich den Leiterwagen zog«, sagte dann der Dichter, er setzte die Matrosenmütze wieder auf, »bemerkte ich, daß nicht nur die Spielzeit heute abgenommen hat. Es ist auch etwas mit den Worten vor sich gegangen. In der Gegenwart ist die Zeit, in der die Leute spielen können, meist im Zustand des Fragmentes, sie ist nicht mehr vollendet. Mit der Uhr gemessen, sind es noch die gleichen Stunden. An den Buchstaben gezählt, sind es noch die gleichen Worte. Aber ihr Sinn hat abgenommen. Die Zeit und die Worte haben an ihrem Gewicht verloren. Laß mich einige hersagen: ›Insel, Abend, Sommer. Schloßhof, Achter, Leiterwagen.‹ Hast du's gemerkt? Und man scheut sich vor neuen Kleidern.«

»Kann man die alten nicht flicken?« fragte Pat.

»Geflickte Worte tragen sich lang.«

»Hofabendsommer«, sagte Pat, »Achterspielfahrt.«

»Inselschloßwagen«, sagte der Dichter Irving.
»Weltspielleiter«, sagte Pat.
»Die nächste Sprosse auf dieser Leiter«, sagte der Dichter, »führt zu den Worten, für die es nichts mehr gibt.«
»Außer Kurs?«
»Überstiegen, verklettert! Wortnote ohne Deckung, Bedeutung ohne Heimat, obdachlos. Ein Wort ist dort zuhause, wo es hindeutet. Jeder kennt die Bedeutung der zwei Worte, die in den Kneipen auf die Hintertüren geschrieben stehen: ›Zum Hof!‹ Auch der Hof gehört zum Bestand der Welt, dort kann ein Wort zufrieden und sicher wohnen. Wie aber, wenn du die Hintertür aufmachst, es ist dunkel dahinter, und du vertraust dem Wort und machst den nächsten Schritt und fällst, kopfüber in die Tiefe? Aber auch sonst sollte man vor Worten warnen. Sobald wir wieder in Tätigkeit treten, draußen, in der Weltgeschichte, sollen als erstes kleine, rote Plakatstreifen gedruckt werden, mit dem üblichen Totenkopf über gekreuzten Knochen und der Aufschrift:

VORSICHT WORTE!

Besonders geeignet für Wahlplakate. Aber auch für Zeitungen, Lehrbücher, für sämtliche politischen Schriften.
Natürlich auch passend anzubringen in den Versammlungslokalen, in den Kollegs am Katheder. Diese Garderobenummern des Nichts machen die Welt für die Hölle reif.«
»Verstehe«, sagte Pat, »steig ein, wir wollen eine Wortfahrt machen.« Fast zärtlich deutete er auf den hellen, ungestrichenen, schilfumkränzten Leiterwagen.
Drei tiefe Summtöne, das Summzeichen summte in der Mauer. Orlins und Jessie wandten ihre Gesichter ins Turmzimmer. Jessie ging zum Wandschrank, klappte auf, entfernte die Kapsel vom Sprachrohr.
»Das Fest wird in einer Stunde beginnen«, sagte die kehlige Sprachrohrstimme, »Achtung, Alarmbereitschaft bleibt unverändert. Wir rufen zur rechten Zeit!«

»Komm«, sagte Jessie Hobbarth, großes Mädchen im blauen Kleid mit der geflochtenen, roten Schnur um die Hüften, die ihr schmal hochgewachsen sind, wohlgewachsen. Sie steckte die Kapsel auf, klappte den Schrank zu. »Komm, Gilbert, zu den blauen Laternen!«

Das Turmzimmer konnte Orlins nun verlassen, da er die Wendeltreppe mit Jessie hinunterging, denn es harrte aus in ihm mit seiner Zeit, die er einmal, bald, nicht mehr die Turmstunde nennen würde, Turmabendstunde, sondern ›Deine und meine, unsere Zeit‹, da er an dem Arm der Freundin, befriedet, an ihrer Schulter, geschont, Mangel und Zeit entgangen, Dauern selig erfuhr. Da er schon wie mit ihren Lippen, ihren Mund als sein Leben, als seines Lebens Schweigen spürend, unter der Last der Fülle schwieg.

Die Wendeltreppe endete auf einem langen, stillen, von Schatten wie mit dunklen Vorhängen umhüllten Flur. Hier nahm Jessie wieder ihn an der Hand, nebeneinander stiegen sie die Stufen hinunter durch die beiden Stockwerke, die steinerne Abendstille. Als sie in das schwindende Licht des Schloßhofes hinaustraten, waren die beiden Leiterwagenspieler verschwunden.

Jessie führte ihn über den Hof, hinter den von Schlingpflanzen umwachsenen Mittelbau an ein schwarzes, kleines, geschmiedetes Tor in der Mauer, die dunkel und dicht prangender Efeu überhing. Da wurde sie vom Eifer der Freude erfaßt, getrieben, mit größeren Schritten eilte sie durch das hohe, stark und brütend duftende Kraut am Randweg des Hügels, der sich mutwillig bog und schlang, unter den Weidensträuchern hin, unter den Haselgebüschen, Pulverholz und Akazienzweigen hin, während Orlins, Schritt haltend, dem Wortspiel noch nachhing. *Weltspielleiter, Spielweltleiter,* während er den blauen Schein der Laternen durch die dunklen Büsche schimmern sah, verschwinden und näher erschimmern. Eine Sandmulde durchschreitend, gelangten sie zwischen ungefügen, efeubewachsenen Felsblöcken zu dem Aufgang der Grotte. Die beiden gußeisernen, grünen Laternenpfähle am Höhleneingang erinnerten Orlins an die Laternenpfähle auf einem nächtlichen, verlassenen Kai, dem er sich einst auf einem Schiff genähert, vergessen wann, entfallen wo, nur das Bild war im Spiegel des Fühlens geblieben. Es ist ein Schiff und eine Nacht, dunkles Meer und ein stiller Kai, auf der Kaimauer brennen Laternen auf gußeisernen Pfählen, die Abstände zwischen den Laternen sind weit, an den Enden ist nichts als Dunkel, hört der Kai in die Nacht hinein auf, der Kai ist leer, leerer als öd, und dahinter die unter den schwarzen Bergen der Nacht niedrig und fahl in ihrer Ödnis aus Stein starren Häuser, dunkle Fenster, dunkle Giebel. Vier Uhr, sagt jemand neben ihm auf dem dunklen Heck. Lautlos schiebt ein verebbender Schwung das stille Schiff dem Kai entgegen, durch bedrohlich ungewissen Nachtraum. Nur hinter der großen Glasscheibe in der Mitte der dunklen Häuserfront brennen Lampen, bewegen sich manchmal Schatten, zögernd, um wie ermattet wieder stillzustehen. Dort wird er eintreten, den Ödniskai fliehend, eintreten, die Tür hinter sich zumachen können, um etwas zu trinken, ein Café, das geöffnet ist, die Nacht ist kühl.

»Komm nun hier herum«, sagte Jessie. Sie ließ seine Hand, er folgte ihr unter die zerklüftete Wölbung des Grotteneinganges, »und nimm dies noch um dich«, hörte er im Dunkel ihre Stimme. Aber er kann sie noch sehen, sie ist stehengeblieben, er atmet die nach modriger Erde und Gestein schmeckende Luft, sieht in dem Nochnichtdunkel die ruhige Gebärde der sich hebenden Arme, sie nimmt etwas von ihrem Hals, nur ihre Hände sind ungeduldig, als sie es um seinen Hals legt, ein dünnes Kettchen, nach dem Gewicht wird es ein Goldkettchen sein, das er nun selbst unter den Kragen des Hemdes schiebt, wo es sich nicht kalt anfühlt, lau, fast warm, warm von ihrem Hals. Um ihren Hals geruht. Sanfter zieht sie ihn nun fort, sie dringen weiter in den Höhleneingang vor, dort hinten schwebt ein schwacher Lichtschein, zwischen dunklem Gestein wie eine schwach leuchtende Wand aus Luft. Sie müssen sich nun bücken, treten in den inneren Zugang zur Grotte, aber vor den Stufen, die dort hinunterführen, bleibt Jessie plötzlich wie von unsichtbaren Händen festgehalten stehen. Auch Orlins hat den stillen, im Kerzenschein schreibenden Mann erblickt.

Es ist ein schmalschulteriger, schmächtiger Mann in einem hellblauen Schoßrock. Sie sehen nur seinen Rücken, er sitzt auf einem Drehstuhl ohne Lehne, gebeugt, an dem großen Schreibtisch, auf dem zwei dicke braune Wachskerzen brennen. Das gelbe, seidene, weiche Halstuch steht hoch aus dem Rockkragen hinten hervor. In der tiefen Stille ist das Kratzen der Schreibfeder zu hören. Die dunkle Sehreibtischplatte hat zahllose Wurmlöcher, stellt Orlins fest. Das Holzgewinde des Drehstuhls ist da und dort abgesplittert. Ein mittelgroßer, schmächtiger Mann, das weiche, fast glatte Haar silbergrau, zartsträhnig, gescheitelt, frauenhaft schlank dieser Rücken in seiner Anmut, schreibend gebeugt. Orlins hört Jessie tief, langsam und tief atmen, er blickt sie noch nicht wieder an. Sie hat ihn mitgenommen in diesen Augenblick, auf den sie seit vielen Jahren gewartet hat, gewartet, kommst du, komm mit, er betrachtet die Dinge dort unten auf dem Schreibtisch, die Steine, das Häuschen, die Schildkröte. Glatte Steine, wie sie am Grund der Bäche und Flüsse liegen, graue mit weißen Streifen, rötelfarbene, schieferblaue, fettweiße, entlang der Hinterkante des Schreibtischs aneinandergereiht. Zwischen den beiden Kerzenhaltern, weiße Türme mit goldenen Streifen, liegt reglos die kleine Schildkröte. Hornig dunkelgelb, rote und gelbe Schneckenhäuser liegen um sie herum, schwarze Muscheln. Der Federhalter des schreibenden Mannes ist sehr lang, ein dünner Stecken, Haselgerte. Unter dem linken Kerzenturm steht das Häuschen, zweistöckig, mit rotem Dach und grünen Fensterläden, aus Pappe geklebt. Ein weißer Wattebausch auf dem Schornstein versinnbildlicht den Rauch. Im oberen Stock ist ein Fenster geöffnet, in der Fensteröffnung lehnt eine Leiter aus winzigen Holzstäbchen, grüngestrichen.

Noch immer steht Jessie unbeweglich neben Orlins, selbstvergessen, selbstversunken, an den Anblick des schreibenden

Mannes verloren. Die Schildkröte schiebt den knorpeligen Kopf und Hals unter der Schale hervor, streckt die Füße heraus, bewegt sich auf die schreibende Hand zu. Der Mann legt den Haselstecken hin, nimmt die grüne Leiter vom Haus, hält sie in die Luft.

»Die Zeit«, sagt er ruhig, »die Stunde.« Gleichzeitig beginnen die beiden Kerzen zu flackern. Er stellt die Leiter vors Haus, mit der Papierschere schneidet er die glimmenden Dochtenden ab. Für kurze Zeit wird es dunkler in der Grotte. Ohne hinzusehen, greift er unter den Schreibtisch, zieht aus dem Rucksack dort unten ein Bündel Papiere, eng beschriebene weiße Bogen, blättert darin, nimmt eine Seite heraus und kreuzt sie mit dem großen Rotstift an. Als er das Bündel zur Seite schiebt, ändert die Schildkröte ihre Richtung, sie erklettert den Papierstoß, der unter ihr nachgibt, zusammensinkt, danach zieht sie Kopf und Füße ein. Wie ein Briefbeschwerer liegt sie nun dort, denkt Orlins.

»Sieben«, sagt der schmächtige Mann ruhig. Er sucht den langen Federhalter. »Sieben Uhr, als ich das Fenster öffnete und über die grüne Leiter in den Garten stieg. Damals, als ich meine – als ich Jessie verließ.«

In diesem Augenblick hörte Orlins den sanften Laut. Zugleich ein Rascheln im Stroh. Einen klagenden Ruf neben sich, der schon zu einem Jauchzen erglänzt, als bewegte sich in diesem Laut eine Gestalt, die hinausschwingt, Tanzfigur, aus der Stimme, in den klagenden Jubel. Orlins sieht, wie Jessies Arme sich erheben, als tauchten sie aus dem Wasser des Vergessens auf, während der schmächtige Mann hochfährt, sich vom Schreibtisch abstößt und mit dem knarrenden Drehstuhl eine halbe Umdrehung ausführt, mit den Strohsandalen bremst, aufspringt. Das gelbe Seidentuch an seinem Halse hat sich noch mehr verschoben, unwillkürlich hebt er die kleine Hand vor den Mund, den das Staunen öffnete, der Atemstoß des Ergriffenwerdens. Über sein mageres, gebräuntes, zartes Gesicht fällt ein Schatten, Erblassen, die dunklen Augen sind im Schmerz der Freude geweitet, das Rascheln im Stroh hält an.

Jessie ist die Felsstufen hinuntergelaufen, da läßt der schmächtige Mann die Hand vom Mund sinken. Noch steht er allein da, allein wie u n t e r w e g s, als wäre hier niemand mehr außer ihm. Als hätte ihn das Traumbild überwunden und hochgerissen, ein Gesicht, das ihn mit einem unerbittlichen Sehnen befällt, allein unter den großen Freunden, den Bäumen, weit von allem Verständlichen fort, am Ufer eines ewig unverständlichen Wassers, das klar und still seine schmächtige Gestalt spiegelt, vom Licht umgeben wie vom verläßlichsten Raum, aus der Luft genährt, die über dem Wasser steht, hinter den Bäumen, im Lande der Luft allein. Durch die Luft dringt ein Rascheln, Rascheln von Stroh, und nun gibt er die Einsamkeit auf. Verläßt den Traumort am Wasser, tritt unter den unsichtbaren Bäumen hervor, den ausgestreckten Armen Jessies entgegen.

Orlins wird den Blick wenden, aber eine unerwartete Veränderung in den Bewegungen der Beiden läßt ihn vergessen, wegzublicken. Sie sind still voreinander stehengeblieben, jeder von ihnen hat die Hände hinter dem Kopf verschlungen. So nicken sie sich zu, langsam, dreimal. Noch immer hält das Strohrascheln an. Da nehmen ihre Gesichter die leichte Drehung, die ihre Lippen einander nah bringen wird, und nun kann Orlins fortblicken. Er sieht an der Grottenwand einen Strohhaufen, der sich bewegt, ein weiches Silbermaul schiebt sich heraus, ein kleiner Esel stellt die Hinterbeine hoch, steht auf und schüttelt die Strohhalme von sich.

Dann blickt Orlins wieder zu den beiden stillen Gestalten. Sie halten die Hände nicht mehr hinterm Kopf, denn sie haben die Arme umeinandergelegt. Jessie ist viel größer, so lehnt der schmale Kopf mit dem silbergrauen Haar an ihrem Hals, ruht ihr Gesicht, geneigt, ihre Wange, an seiner schmächtigen Schulter. Die Begegnung ist geschlossen, das Wiederfinden im Raum geeint, geschlossen sind noch ihre Augen, befriedet die Stirnen, wie einen Traum erwartend lehnen sie da aneinander, wie auf einen Traum lauschend. Wie für immer einem nichts mehr fordernden Frieden anvertraut, der auch die Sehnsucht der Wermutsfreude, die Bitternis der salbeifarbenen Seligkeit überwand.

Nun dringt aus einer zweiten Richtung das Strohrascheln zu Orlins heran, er sieht ein wolliges Schaf aus einer Strohhöhle ihn anblicken, engliegende Augen, schmaler, gebogener Stirnrücken, runde, behaarte, weiche Schnauze. Hört zugleich den schmächtigen Mann sprechen, leise, ruhig:

»Honigbär.«

»Ja, Väterchen«, Jessies Stimme, Singsang, atmend.

»Goldlack.«

»Väterchen.«

»Primel, Goldlack, Honigbär.«

»Jaaa! Liebes Väterchen.«

Der kleine graue Esel läuft um den Schreibtisch herum, auch das Schaf kommt heran.

»Frieden«, sagt der schmächtige Mann. Er öffnet die Augen, blickt um sich, erkennt Orlins, nimmt die Arme von Jessie, winkt.

»Kommen Sie herunter.«

Während Orlins die Felsstufen hinuntergeht, beugt sich der alte Hobbarth zu den Tieren, sie blicken zu ihm auf, leise spricht er mit ihnen, krault ihre Köpfe, schickt sie ins Stroh zurück.

»Willkommen. Unter der Tanne, ich erinnere mich genau, im Schnee, Sie fragten mich einst im Wald nach dem rechten Weg.«

Drei tiefe Summtöne, das Summzeichen ertönt aus der Grottenwand.

Der schmächtige Mann reicht Orlins die Hand, dann geht er zur Felswand, bückt sich, hantiert in einer Vertiefung, lauschend bleibt er dort stehen.

»In einigen Minuten«, spricht die Stimme aus dem Sprachrohr, »soll das Fest beginnen. Die Polizei hat die letzten Boote bemannt.«

Der alte Hobbarth steckt die Kapsel über das Sprachrohr, kommt zurück. Er führt Jessie zu dem Drehstuhl, dann setzt er sich neben Orlins auf die Kante vom Schreibtisch. Die Tiere liegen ruhig im Stroh. Hobbarth streckt den Arm aus, er nimmt das Häuschen auf die Knie, unverwandt blickt Jessie ihren Vater an, schimmernd liegt eine lange blonde Strähne über ihrer hohen Stirn, streift die Wange, die noch gerötet. Der alte Hobbarth nimmt die kleine grüne Leiter in die Hand, Beweisstück, fährt damit durch die Luft, als enthielte sie die Vergangenheit.

»Morgen«, sagt er zu seiner Tochter, »ist dies alles nicht mehr. Wie es gestern noch nicht war. Morgen ist es schon wie nicht mehr wahr, wie es gestern noch nicht wirklich war. Als ich über die grüne Leiter fortging, vor Zeiten, sie zählen nicht nach Jahr und Tag, lebte ich noch in einem anderen Wissen und Fühlen. Etwas fehlte mir damals, und ich ging auf die Suche danach. Ich ging fort von dir, fort von unserem Haus, und ließ dich und mich allein. Durch das Land ging ich hin, über die Feldwege fort, auf der Suche nach dem fehlenden Weg. Ich will euch nicht fragen, was mir da noch immer im Wege war. Ihr werdet es hören. Das Haus war mir nicht mehr im Wege, unser Leben ließ ich zurück, suchte und ging und fand nicht den fehlenden Weg. Hauslos war ich geworden, ohne Heim war ich nun, niemanden hatte ich mehr. Einen Rucksack hatte ich mitgenommen, Decke, Topf und Stock. Keine Schriften, auch lesen wollte ich nicht mehr. Geringes, leichtes Gepäck, und ich trug noch zuviel mit mir herum. Wieder einmal machte ich eines Abends Rast im Wald, an einem fließenden Wasser. Geschwiegen hatte ich, seit ich fortging, aber auch das Schweigen konnte mich noch nicht führen, das schweigende Sinnen brachte mich nicht auf den fehlenden Weg. Am Wasser saß ich, abends, unter den Bäumen, unruhig ruhig zog es dahin, helldunkel, unaufhaltsam. Da war mir, als ob mir ein Rat erteilt worden wäre, in der Stille des Waldes, in dem Augenblick, da ich aus dem fließenden Wasser trank. Aus den hohlen Händen hatte ich getrunken, Herbstwasser, und eines Rates wurde ich dabei inne. Aber der Rat enthielt eine Frage, die sollte ich an das fließende Wasser richten. Ich sollte das Wasser befragen, abends, nach dem einen, nach dem meinen, nach dem rechten, dem fehlenden Weg. Herbst war es, im Wald stand der Herbst, aber er stand nicht nur dort, und er ging nicht nur um. In seinen Stand hatte er den Wald erhoben, das Land, herbstliche Zeit. Gilbend schmeckte die Luft, vom Gilben war ein Herbstrauch in der Luft, welkbittersüß, strauchgilbsüß, rindenduftsüß, wie Weinduft aus gelbem Laub. Und die Stille ging in das brennende, glühende Erglänzen, in das Laubgeleucht des Waldes über. Als gäbe es nun eine rote Stille, herbstrotbraun, goldgelbbraun, der Stille herbstlohendes Gold. Und als ich die Frage gestellt hatte, im Schweigen, an das Wasser gerichtet, lauschte ich, wartend. Lange lauschte ich da ohne Antwort. Nichts als das Fließen vernahm ich, leise, über der Stille. Es erklang keine Antwort, und ich lauschte vergebens. Im vergeblichen Lauschen widerfuhr mir Erleben, nichts vernahm ich als das Fließen, nichts erlebte ich als das Fließen. Keine Antwort hörte ich, und das Antworten hörte nicht mehr auf, das Fließen, das Wasser hörte nicht auf zu fließen. Nach dem rechten Weg hatte ich es befragt, und es hörte nicht mehr auf, zu antworten, zu fließen.

Unter den Bäumen, im Herbst, an einem Abend am Wasser, da ward mir inne, daß ich das Fließen finden sollte. Das Feste mußte ich fortan verlieren, was hielt mich denn fest? Das Wissen, das Denken, die W o r t e hielten mich fest. Die Worte waren nicht fließend, beharrten, bestanden, blieben fest. Zuviel Worte wußte ich, voller Worte war noch mein Schweigen, wortlos mußte auch noch mein Schweigen werden. Ich mußte die Worte verlieren. Wortlos waren die Bäume, wortlos die Luft, Strauch und Licht, Fluß und Erde. Wortlos färbte es der Herbst, das wortlose Laub, wortlos blieb das Fließen für immer.

Wunderlich seht ihr mich an, da ich soviel Worte gebrauche, nun, da ich durch die Wortlosigkeit ging, in die Bäume ging, durch das Fließen ging, im Licht, in der Luft, im Wasser. Es gab keinen Weg, nichts mehr gab es für mich, und das

Nichts war Fließen. Also sagte eine Stimme, die nie war, zu mir: *Fort. Fließ fort: Wort um Wort.*

Ohne Weg war ich nun, wohin? Das fragte ich das Wasser nicht. Im Fließen kam es her, woher, wohin? Das Fließen währte immerfort. Durch Welt und Feld, durch Wald und Welt, an Bäumen hin, an Büschen fort. An den Wegen her, unter den Stegen hin, an Binsen, Schilf und Wasserlinsen fließend fort. Unter den Schiffen zog es hin, unter den Riffen fort, mit den Fischen weit, in alle Sumpfdotterblumeneinsamkeit. Über Sand und Stein, rein, fließend, allein. Unter den glatten, den weichen Mäulern hin, den trinkenden, Reh und Esel, Pferd und Lamm, unter den Möwenflügeln, unter dem Vogelschnabel, wolkenspiegelnd, mit Käfern, Nattern und Molchen fort.

Hatte ich den fehlenden Weg gesucht? Er war überall, in der Luft, in des Wassers Schall. Im Licht, im Baum, unter dem herbstlichen Wolkentraum.

Wunderlich seht ihr mich an, nun ich wieder wortmächtig geworden bin. Worte geschrieben habe ich hier in der Grotte, lange, am Tisch, geschrieben habe ich davon, wie ich die alten Worte verlor und die Zeichen, die Gesichte und Laute der Bilder fand.

Doch das war nicht mein Weg. Das Fließen sollte ich finden, weltfließend sollte ich werden, als ich weltflüchtig, der Welt abtrünnig geworden war. Die Zuflucht der Worte, die Welt der Worte sollte ich aufgeben, verlassen. Nicht mehr mit Worten sollte ich schweigen, sondern mit allem W e s e n d e n. Still sollte mir der Sinn werden für die Zeichen und Laute des allüberall fließend Wesenden.

So ging ich unter, aus den Worten fort, in die Bäume unter, in die Luft unter, aus der Welt fort, wie ihr sie kennt, in das Licht unter über der Erde hin.

Einst hatte ich einen Namen. Ich ließ ihn zurück, Person und Namen ließ ich fort, namenlos, wortlos, niemand sollte ich werden, wesend, fließend. So ließ ich mich mit dem Wasser ein, wie es das Licht einläßt, es bliebe sonst unsichtbar.

Weich und nachgiebig war das Wasser, flüssig und zart, und konnte doch den Fels zerstören. So ließ ich mich mit der Luft ein, atmend, hauchend unsichtbar war die Luft, nachgiebiger als Wasser, wegloser als das Licht, der Fernen Haus und Ruh, weich wie der Stoff der Träume. Und war doch mächtig im Tosen, Donnern und Erbrausen. Wo war ich hingeraten, atmend, fließend, schallend ins Verschollene? Als wäre ich vor das Tor der Welt getreten, hinaus, und ich war nur durch einen anderen Atem in die Welt wiedergekommen, in die Wortlosigkeit des Wesenden. Wortlos offen waltete mir nun die Welt, ins Offene war ich geraten, durch mich selbst war ich hindurchgegangen wie durch einen noch ungeträumten Traum, durch den Grund alles Träumens. Und nun erlebte ich eine andere Zeit. War mir die Menschenzeit verloren? Hatte ich die Zukunft überlebt? Das Fließen war nicht mehr im Augenblick, ich hatte mich umgedreht, das Fließen war unaufhörlich. Der Augenblick war im Fließen wie die Ewigkeit darin war, das Fließen währte unaufhörlich, das Unaufhörliche war älter als die Ewigkeit, jünger als die älteste Zukunft. Alles war es, dieses Fließen, nicht mehr zu nennen war es, denn auch das Nennen war noch in der Zeit. Unteilbar war es, nicht endlich und nicht unendlich, nicht mehr sterblich und ewig ungeboren, die Heimat der Heimat war das Fließen. So ließ mich das Unaufhörliche sein strömendes Ganzes ahnen, sein Alles, und ich fühlte einen Schauder. Da saß ich am herbstlichen Wasser, abends, und war niemand mehr. Niemand wie ein Tor ohne Tür, wie ein Licht ohne Lampe, wie ein Laut ohne Wort. Und als ich niemand mehr war, sah ich ein Licht über mir, und das Licht kam von einem Stern. Da ahnte ich etwas vom Wesen der unaufhörlichen Himmel, einen Hauch, eine Spur. Die Spur eines Sternes sah ich dort oben im herbstlichen Abendreich. Da erhob ich mich am Wasser, kniete am Ufer hin, im Herbstgras, im gilbenden Laub. Nicht mehr in Sorge war ich da und nicht mehr froh. Ruhig, nichtig wie Niemand war ich, und der Abendstern erglänzte unter mir im fließenden Wasser. Da fiel mein Blick auf meine Hände, des Niemands Hände. Sie waren mir mitgegeben, nicht nur, um Wasser zu schöpfen, um aus ihnen zu trinken. Zeichen konnte ich mit ihnen bilden, geloben konnte ich mit ihnen, und ich hob sie auf, der Höhe, dem Himmel, dem Stern entgegen, dem Schweigen in der nachtblauen Unaufhörlichkeit. Wortlos gelobte ich da, lauter zu bleiben, lauter und ruhig wie der Blick unter dem schlafenden Lid.

Niemand war ich geworden, nicht mehr froh, nicht mehr traurig. Da überkam mich mit einem Male ein namenloses, tiefes, wortloses Sehnen, das wie die Seele alles Fühlens war. Als wäre mir das Herz wieder hörend geworden, sehend in dieser Niemandsbrust, als wäre ich aus dem Sterben ins Leben eingegangen, unhörbar, wie das Licht des Abendsterns ins Wasser sinkt. Da ahnte ich, daß alles Wesende f ü h l e n d war und alles Fühlen s e h n e n d, da war ich vom Sehnen aufgenommen. Und es glich nicht mehr dem alten Menschensehnen, dem nagenden, zehrenden, sehnenden Fühlen. Ob ihr es recht deutet, wenn ich euch jetzt sage, daß es ein Sehnen war, fortan, für immer m i t a l l e m W e s e n d e n z u f ü h l e n? Mit dem fließenden Wasser zu fühlen, mit dem sinkenden Sternenschein, mit der kühl werdenden Abendluft. Ein Sehnen mitzufühlen, mit den stillen, reglosen Bäumen, mit den dunklen, wortlosen Zweigen, mit dem gilbenden Gras und den herbstlichen Blumen, mit allen Lichtern und Lauten der Erde. Fühlend wollte ich da die Freundschaft erwidern, die sie uns wortlos schickten, die nicht nur bis an die Schwelle unserer Haustür ging, sondern bis hinter den schwebenden Vorhang des Träumens.

Kniend am Ufer des ziehenden Wassers bat ich das Fließende darum, der Freund alles Wesenden wollte ich werden, denn unser Menschenland wußte davon längst nichts mehr. Das Fühlen und die Freundschaft zu dem allüberall Wesenden war vergangen und verloren. Nichts fühlten die Heutigen mehr, wenn sie dem Wesenden Schaden zufügten, sich seiner sanften Unaufhörlichkeit bemächtigten, seiner lauteren Gestalt, um sie zur Ungestalt zu entstellen, sein Leuchten zu trüben, seinen Glanz fortzuwischen, sein Erstrahlen zu löschen. Die Freundschaft der seligen Fülle hatten sie mit dem dürftigen, kalten Verheeren erwidert.

Erst danach dachte ich an das Schicksal der Tiere. Aber davon später, genug nun der Worte, der Baron erwartet uns längst, das Fest wartet auf uns.«

Der schmächtige Mann ordnete sein leuchtend gelbes Halstuch, rutschte von der Schreibtischplatte herunter, nahm die Schere und knipste die glimmenden Dochtenden ab. Auch Jessie erhob sich. Bewegt, ernst war ihr schmales, hohes Gesicht, erhellt wie von wehenden, inneren Lichtern. Dunkel glänzte ihr Auge, als erblickte sie noch immer, unverrückbar, den Sinn dieser gehörten Bilder, als lauschte sie weiter diesen sich wandelnden Gesichten, verwoben in die Schau dieses fließenden Weges, von seinen Lauten wie von geheimen Entzückungen getroffen.

Benommen war Orlins aufgestanden. Widerfahren waren ihm verklungene Worte, aus der Wortlosigkeit hatte da einer erzählt, einem Wassererzähler hatte er gelauscht, verschollen waren die Laute, und ihr Sinn wirkte nun in ihm fort, fließend ungreifbar.

»Nun bin ich für euch wieder der alte Hobbarth«, sagte der schmächtige Mann. Er berührte Orlins leicht an der Schulter, ging mit ihm zu Jessie, trat zurück und blickte den Mann und das Mädchen zögernd, wie auf eine nicht sichtbare Ordnung hin an, eine Entsprechung, die er jetzt mit einem Nicken zu bestätigen schien. »Der alte Hobbarth«, fuhr er fort, »nicht nur ein Vater, der seine Tochter nach langen Jahren wiedersah. Sondern einer, der sein Schreiben erlernt, der die Weisungen beschreiben will, ein Ratgeber der Freundschaft. Denn ich will ihnen einen Wegweiser aufschreiben, errichten, zu den Wassern, zur Freundschaft mit dem Wasser, am fließenden Wasser erfuhr ich den wortlosen Weg. Den Ungenannten, ihnen, die unterwegs sind in Häusern und hinter Mauern, in Anlagen, abends, in Dachkammern, auf Brücken, nachts, unter den gestirnten Fernen, dort, in den Kellern und Dachböden, den Sonderbaren, den Ungläubigen, denen kein Glaube mehr genügt, den Erstaunten, denen ein Traum zu groß war, und nun irren sie durch Bahnhöfe und Wartesäle, von Haus zu Haus, und finden die Treppe nicht, das Nummernschild unter der Laterne, die Stimme hinterm Vorhang, die Hand hinter der Tür, die dort wartet im Flur seit vielen Träumen, finden die Kreideschrift nicht an der Kellermauer. Ihnen, die durch die Städte tappen wie Erblindete, den Blindenhund suchend, der sie hinausführt aus dem Krächzen und Heulen der Widerwelt, den Verwunderten, die wortlos die Lippen bewegen müssen am hellen lichten Tag, als hinge ihnen am Mund noch der Luftfaden eines verknäuelten Traums, all diesen in sich selbst Verschwundenen, diesen wahrhaft U n a u f f i n d b a r e n. Wir kommen schon, ja, wir kommen wirklich, Ibn Aldjarrah!«

Der schmächtige Mann hatte sich umgewandt. Leicht, behutsam winkte er einem Schatten zu. Der Schatten bewegte sich in einer Vertiefung der Grotte, ähnlich der Öffnung zu einem Stollen, und Orlins erkannte zuerst einen Arm, der eine Tür in der Mitte umschlungen hielt, eine gemalte Tür aus Tuch, ein gelbes Türbild auf blauem Vorhang. Dahinter blickte sie jemand an, still, mit der herzlichen und traurigen Geduld eines weltalten Kinderblicks, unverwandt, der grauhaarige, große, alte Neger.

Die Unauffindbaren, dachte Orlins. Wieder dieses Wort, im Turmzimmer hatte er es zuletzt gehört, als Jessie erzählte, wie sie nach ihm gerufen hatte.

»Und nun«, sagte der schmächtige Mann und trat wieder zu ihnen, zwischen sie, und er schob sie noch nicht voran, »nun ist es nicht mehr zu früh, euch zu sagen, wie unzertrennlich ihr erst seid, wenn ihr für euch, nah und bald, wieder unauffindbar werdet. Was mit euch gesprochen wird, könnt ihr mir nicht sagen, wortlos bleibt es Wort für Wort, und im Echo erkennt ihr euch wieder.

Ein Widerhall davon klingt mir zu, Blick, der den Wind durchdringt, über alle Fülle fort werdet ihr wieder allein sein, verlassen in der geheimen Gesellschaft des Sehnens. Aber nun kommt!«

Er schob sie beide voran, und Orlins hörte das Strohrascheln auffahren in der Stille der Grotte. Er sah die beiden Tiere im Stroh aufstehen, sie kamen schon auf den schmächtigen Mann zu, der kleine Esel, das wollige Schaf. Gleichzeitig kamen sie an, schnuppernd das Schaf, die langen Ohren schüttelnd der silbermäulige Esel.

Der alte Hobbarth beugte sich zu den Tieren, leise sprach er mit ihnen, geduldig kraulte er sie hinter den Ohren, geduldig hielten sie still.

»Geht wieder ins Stroh, kleine Freunde«, sagte er, »wir können jetzt nicht zusammen spielen. Seid nicht betrübt. Ihr wißt, daß ich niemand euch vorziehe.«

Er griff in beide Taschen, brachte die Hände mit bräunlichem, körnigem Zucker zum Vorschein. Sie leckten die Handteller sorgfältig rein. Mit einem Klaps schickte er sie fort, sie trollten zufrieden davon, legten sich wieder ins Stroh.

Abdul hatte mit glucksenden, brummenden Lauten zugesehen. Er hielt den Türvorhang höher, als sie alle hindurch gingen. Orlins kam als Letzter. Aber sie traten noch nicht ins Freie, standen in einem niedrigen, halbrunden Vorraum, in dem eine Laterne schien, an einer Kette hing sie von der Felsdecke herab. Ihr Schein lag auf einer Schütte aus frischen, harzduftenden Tannenzweigen, von dem sich das kleine Reh, nicht erschreckt, wie mühelos, anmutig flink erhoben hatte. Still stand es im gelben Laternenlicht, angstlos, voll scheuen Zutrauns, blickte zu dem Freund des Wassers auf. Der schmächtige Mann berührte es nicht. Den schmalen Kopf geneigt, als hätte man ihn betrübt, gescholten, blickte er reglos in die großen, dunklen, sanft erglänzenden Augen des schmalfüßigen, kleinen Rehes. Niemand bewegte sich mehr, keiner verließ das Schweigen. Nur für einen Augenblick sah Orlins sich um. Auch der große, alte Neger hielt den Kopf gesenkt, grauhaarig. Die schweren, sich wölbenden Lippen ruhten dicht aufeinander, so sah es aus, als schmollte er dem kleinen Tier oder seinem eigenen, fremden Los. Aber sein alter Gefährtenblick blieb dem Geschöpf der stillen Wälder sanft und traurig zugetan, behutsam und ratlos. Jessie allein war nicht bedrückt, ihr Gesicht blieb in den stillen Schimmer der Freude gehüllt, vertrauend froh, zart ohne Wehmut.

Als hätten sie abzubitten, standen sie um das junge Reh, stumm, verwiesen. Nicht nur seiner Hilflosigkeit, lieblich samtäugiges, waldäugiges Geschöpf. Als wären sie nun gering geworden, auch noch vor seinem Lager aus Tannenreisern, als hätten sie ihr Gesicht verloren vor der geheimen alten Himmelsschrift der Anmut. Als wären sie nun die Geringsten geworden, ohne Herkunft und nicht mehr berufen, im Angesicht der Verkündigung sanftmütiger Schuldlosigkeit. Als hätten sie abzubitten vor einer fremden Instanz, die sie nicht mehr hört, unerreichbar in Fernen. Abzubitten für alle, die je geboren und wieder in Gräbern verborgen worden waren, abzubitten diese trübe Beladenheit, in der sie sich, abtrünnig und entzweit, vergangen hatten an den Lichtern des Lebens. Diese trübe Beladenheit ohne Freude, Trost und Sinn. Abtrünnig der Freundschaft, die aus der hohen Fülle der Welt wie aller Frühen erglühendes Licht sie noch immer umgab, entzweit mit dem Heimathaus, Quellspiegel der Erde. Beladen mit den Mühen ihrer Trübungen nahmen sie es hin, nicht mehr vordenklicher Brauch schon, verbrieft wie seit je, wahrheitslos einzudringen, einzubrechen in diesen Glanz aus Fernen, Wassern und Wäldern, das Verhängnis des Erlöschens niederziehend über den Lichtgrund des Lebens.

Nicht Nutzen bewegte ihren lichtlosen Sinn, er blieb nur das Wahnbild der verhohlenen Urregung, trügend sie selbst, unglaubhafter Vorwand für die Wüsten, die nach ihnen währten. Sondern ihr Widersinn war unruhig unstillbar geworden, unersättlich verlangend nach dem alles Grauen noch weit hinter sich lassenden N i c h t s. Nie mehr zu versöhnen, vollzogen sie die Rache für die erlittene Abkehr. Übten sie die Vergeltung, gleich an dem Weben des Lebens wie an dem eigenen, der Rachgier unverwehrten Wesensglanz, um diese jahrtausendweite Abkehr zu ahnden, Fall aus dem schuldlosen Einssein mit dem strömenden Weltengrund. Noch immer währte dieser Abkehr Fall, v e r w i r k t e s Innesein weltüberfliegender Beseligung. Ertaubt für den Klang, der mit den Gestirnen klingt, erblindet für die Liebesscheu unter dem Lidrand des Rosenblattes. Entstellt in der Dunkelheit ihrer Abkehr, des Sinns irre, zogen sie über den Lebensbereich, ihn verheerend, Goldsucher des Nichts. Für das verklungene Echo der Himmelsgezeiten forderten sie den Niederbruch ins Nichts. Verstießen sie sich tiefer ins Ausgeronnensein. Dem Ganzen, das heil war in Wurzeln und Wipfeln, entraten, entsungen, waren sie die Verschworenen des Heillosen geworden. Mußten sie von immer her mit Blick und Wort, mit Hand und Gerät den Totschlag begehen an Wasser, Baum und Stein, an Blume, Stern und Tier. Seit je an allem ihnen Verschwisterten, an ihrem Spiegelbild.

VII

Schweigend winkte der alte Hobbarth. Orlins ging als letzter aus dem gelben Schein der Laterne fort, Jessie und Abdul waren dem schmächtigen Manne schon ins Freie gefolgt. Die Felswände verengten sich zu dem Ausgang ins Dunkel. Draußen waren die drei stillen Gestalten wenige Schritte vor ihm kaum zu sehen. Da erschien ihm der schweigsame Zug wie eine Schar Schuldiggesprochener, die ihre Freiheit hinter sich ließen.

In der sommerdünstigen, luftigen, warmen Stille war für eine Weile die Sicht noch wie in einer nahen, unbeweglich dunklen Wolke geronnen. Nur die Laute der Schritte im Gras waren deutlich, die Laute kamen mit leisem Rauschen zu ihm her, während die Schritte im ungesichten Abend sich entfernten. Er tappte den Lauten nach und geriet mit den Händen zuerst und dann mit dem Gesicht in ein Gebüsch, kleines

Laub, ein Zweig schwebte leise auf und nieder, zarter Bitterduft von grünem Holz und Rinden hing darüber und ringsum. Er war stehengeblieben und schloß die Augen für einen Nu, um das Sehen für das Abenddunkel, für dieses luftstille Mattdunkel einzurichten, anzugleichen diesem Klima des Lichtes, dieser Temperatur aus Dämmerung und Erblassen, Schattengewebe der Erde. Als er die Augen zumachte, sagte etwas in ihm, keine Stimme, denn sie war ohne Laut und ohne Worte und er hörte nur den lautlosen Sinn: *schuldig*.

Er blickte wieder in die Dunkelheit, ging um das Gebüsch herum und dachte, daß er für sich als Milderung seiner Schuld auf die Dunkelheit hinweisen konnte, in der er sich bisher befand. Die stimmlose Stimme hörte ihn an und gab ihm die wortlose Antwort. Wer gelernt hatte, die Wahrheit zu sehen, sah klar und weit in der Finsternis.

Er hatte noch nicht gelernt, er sagte es nicht der Stimme. Verschwundener Schüler. Huschend lautlos umzirkte ihn das Flattern einer Fledermaus, dunkler als das dunkle Licht, das sich leise erhellte vor seinem Blick, ins Geräumige sich öffnete hinter Sträuchergarben und laubigem Geäst. Unmerklich schwand die weite Wand aus Schattenluft der Tiefe zu, nun roch er im Gehen schon die Düfte, unterscheidend, Kamille, Minze, und plötzlich von oben her dicht und süß Akazienblütenrauch. Immer schwächer klangen die Schritte vor ihm in der Abendweite fort. Er wollte rufen und besann sich. Es blieb unüblich hier das Übliche. Niemand rief, sie suchten einander, verloren und fanden sich wieder im Unauffindbaren. Er ging weiter unter dem Blütenrauchen hin, sommersüßes Arom, wie den Rand des innigsten Überschwangs übersteigend, des Duftens Fülle überfüllend, des Blühens Fülle überblühend. Dann sah er über sich den im leisen Flimmern still im Unerreichbaren verweilenden Stern. Weit, weit, in dem wie unter Höhen versunkenen Fernengrund, in der stillen, weiten Unermeßlichkeit, Gestirnschein kühl und vor Fremdnis klar, aus der Unendlichkeit rein. Der Stille Abendlicht, des Himmels Leuchtzeichen im unausdenklichen All.

Er dachte im Weitergehen, daß er ein Schüler war. Noch der untersten Klasse. Er war den geheimen Lehrern nachgegangen, verlockt, in der Straße fünf Uhr sonntagnachmittags, auf offener Straße den Geheimlehrern heimlich gefolgt. In eine Seitenstraße, »geh bitte vor«, in ein Hotel, »und richte schon den Tee«, in ein Badezimmer vor einen Spiegel, »ich komme in einer Minute«, vor die Zeichen der Anmut im Sonnenwasser, Hand und Schenkel, Brüste, Mund und Vlies und Leib und Augenpaar, »in einer Minute«, in einen Steinbruch, ans Meer, auf ein Schiff, auf eine Insel, »denn ich komme in einer Minute nach«.

Schüler. Familienstand: ledig, gestrichen, verwitwet, gestrichen, Alter: fünfunddreißig. Geschlecht: Vater. Zweimal Vater. Vielmal zwei nicht, da zwei sind ein Leib, ein Leib im anderen, zwei miteinander mal eins.

Besondere Kennzeichen: keine. Ohne Muttermal. Merkmale, äußerlich? Schulterstreifschuß, leicht, schmerzt nicht mehr. Verbunden.

Eine brüchige Stimme sprach aus dem dichten, dunklen Holunderbusch zu ihm. Friedlich, verschlafenes, friedliches Krächzen. Orlins blieb stehen und drehte das Gesicht nach dem schwärzlichen tiefen Busch. Noch konnte er darin niemand erkennen, er schloß die Augen, fühlte sich schläfrig, von der verschlafenen Stimme angesteckt, öffnete sie und konnte den bleichen Schimmer eines Gesichtes zwischen dem Laub deutlicher sehen, während er die Stimme längst erkannt hatte.

»Daß diese kleinen Tiere«, sagte die Stimme im Holunderbusch, »am Leben geblieben sind! Die Hasen, die Rehe, die Eichhörnchen und die Igel. Ein Versehen der Polizei.«

Der alte Pat kam aus dem Busch hervor, in dem krumpeligen, schwarzen Anzug, den großen Schlapphut unterm Arm.

»Wäre fast hier eingeschlafen, im Stehen«, sagte er, »habe jetzt Hunger, wollte noch auf Sie warten. Kommen Sie mit? Wette, daß sie schon überall hier unter den Büschen liegen, Spione, Lauerer, aber ein junger Hase überschlägt diese Polizeistreifen, seit Generationen, und ein Reh allein widerlegt die gesamte Landespolizei. Es fehlen die Akten, sind zu keiner Existenz berechtigt, unbekannt verzogen. Irving gab mir vorhin einen Schluck. Schluckschluckschluck aus der Feldhüterflasche, da horchte der Magen hin, und das Knurren verging wie im Traum.«

Während er mit Pat, der sich bei ihm einhängte, auf die Schloßmauer zuging, dachte Orlins, daß er ihr Schüler geworden war, immer wieder werden wollte, Jessies Schüler, in der letzten, heimlichen Klasse.

»Die Efeumauer ist nah«, sagte Pat. Er deutete mit dem Schlapphut hin, »König Einfalt ohne Brot, ein Königswort für ein Abendbrot, ein Sommerabendessen. Ich habe einen Wortlauf hinter mir, jetzt hier herum, zum Mittelbau, nicht zu der Vorderseite, diese Schlingpflanzenfenster sind doch nur für Niemandsaugen da, für den Hof, die Hofzuschauer. Wir gehen durch den Hinterhof mitten ins Stück. Nur ganz leise, denn die Tür ist angelehnt, im Flur spricht jemand, Irving mit der Flasche, das gehört noch nicht zum Fest.«

Behutsam, väterlich, lautlos wurde Orlins von dem kleinen Alten durch die Hintertür des Schloßflügels in den dunklen Flur geschoben. Sie lehnten sich an die Wand und hörten zu. Aus der Tiefe des langen, dunklen Flurs klangen die Worte ruhig heran, schwebten durch die stille Luft an ihre Ohren.

»Literatur«, sagte der unsichtbare Dichter am Ende des Flurs, »Romane, Novellen! Was die Neugierde nicht lernen soll, behält sie im Gedächtnis. Was der Geist immer wissen sollte, fließt in den See der Vergessenheit. Romane und Novellen! Ihr Einfluß ist so verheerend wie unauffällig. Sickerwirkung, immerzu und von allen Seiten in die Seelen hinunter. Auf die Dauer ist niemand unempfindlich, unempfänglich, und d e n imprägnierten Leser gibt es nicht. Sie färben alle nach, Charles. Die Blinkzeichen des Geistes, die säkularen Blinkzeichen schweben allein durch die Einsamkeiten der Zeiten. Es ist das Heu, an das sich die Unersättlichen halten, das leichte, aber schmackhafte Heu von den üppigen Wiesen der Literatur, öffentliche Scheunen in jedem Ort. Es mundet ihnen Tag und Nacht, heimlich schmeckt es am besten, und kommt ein Schritt an die Tür, dann rasch in die Schublade oder unters Kopfkissen. Und nur die Einsichtigen wissen, w a s hier nachgeschlagen wird, es steht sonst nirgends, in keinem Lexikon. Und daß sie dabei wie die Süchtigen lernen, und spannend ist es außerdem. Und nun lernen sie von diesen Autoren, daß sie nicht nur zu n i c h t s verpflichtet sind, sondern daß dieses Leben n i e i h r e n A n s p r ü c h e n g e n ü g e n w i r d. Zwischen den Zeilen wird jedem Leser diese Bescheinigung ausgestellt, unaufgefordert, unbedenklich, wahrhaft großzügig, die Berechtigung auf seine Ansprüche bescheinigt. Noch immer hat alles Unheil damit angefangen, mit dieser grundlosen Verdächtigung des Lebens, von Ansprüchen begangen. Romane und Novellen! Dort, zwischen den Zeilen wird die Saat ausgestreut, und sie fällt nicht in die steinige Ödnis, sie fällt weich, und sie schlägt Keime und Triebe auf in der Unersättlichkeit des süchtigen Lesers. Auch der Leser kommt nicht dahinter, daß diese Literatur von den Dingen handelt, welche der Autor nicht bekam. Und wenn der Autor sie bekam, verlor er sie bald wieder, weil sie seinen Ansprüchen nicht genügten. Da ist doch des Teufels Vermessenheit am Werk, Charles. Und was bewirkt nun diese Literatur Tag und Nacht, Romane und Novellen? Eine unheilbare Infektion, die Infektion des Haderns. Hadern ist Friedlosigkeit. Und nun beginnt, zuerst noch in Gedanken, die Jagd nach den Phantomen der ins Kraut geschossenen Ansprüche. Es gibt auch unscheinbare Romane und Novellen. Sie legen ihrem Leser nahe, im Unglück seine Zuflucht nicht in Wut und Raserei zu suchen, sondern in der Ausdauer. Sie stellen ihm keinen Bezugschein auf Ansprüche aus, Gaukeleien der Unrast. Sie raten ihm, geduldig zu bleiben, manchmal einen Spaziergang zu machen am Abend, draußen, vor der Stadt, auf den Feldwegen, unter den stillen Bäumen. Dort sind keine taghell erleuchteten Auslagen hinter spiegelndem Schaufensterglas, dort sieht er nicht die großen, fremden, teilnahmslos und unerreichbar erscheinenden Mädchen, modisch, blaß, kühl und zur lieblichen Gleichgültigkeit gefroren. Dort sieht er das Feld im sinkenden Licht und den Abendhimmel, leer von Verheißungen, rein von Stille, hinter der ein Walten wirkt, das seine entfesselten Ansprüche sich nie erträumten. Aber diese Bücher legt er beiseite. Er bringt sie dem Fräulein von der Leihbibliothek zurück, uninteressant, langweilig, nahezu altmodisch, unmodern. Nichts für Ansprüche. Nichts für die Unersättlichkeit. Nichts für die Unheilbaren. Aber nun laß uns in den Saal gehen, Charles. Diese Literatur hetzt sie öffentlich zu Tollheiten auf.«

»Sicher«, sagte Charles, »wenn die Ansprüche genügend erhitzt worden sind, dann lassen sie sich zu allem verführen, und wenn es zu ihrem Untergang auf dem schnellsten Wege führt. Warum marschieren sie in den Krieg, ohne Tritt marsch? Was suchen sie vorm ungekannten Feind? Den Sieg? Vielleicht den Sieg über ihre entfesselte Leere. Zum Hades mit dieser Literatur, die ihnen den Zahlungsbefehl ausstellt auf eine ruchlose Seligkeit.«

Stille. Schritte. Leises Schließen einer Tür. Stille.

»Wort für Wort«, sagte der kleine, alte Erfinder im dunklen Flur, er stieß sich von der Wand ab. »Unterschreibe jedes Wort. Dachte mir das schon immer so. Selbst welche nie gelesen, Romane und Novellen.«

Er zog die Taschenlampe aus der weiten Rocktasche, knipste sie an, lenkte den weißen Lichtstrahl auf den Boden, die großen Steinplatten. Ruckend zog er voran, Orlins folgte ihm, da glänzte ein Lichtschein aus der dunklen Mauer auf, verdämmerte, erlosch, als hätte Pat mit seinem unruhigen Herumleuchten die Spiegelfläche in ihrer Dunkelheit mit Licht verwundet, getroffen, so daß sie aufzuckte, flackernd. Pat war vor der hohen, weißen Saaltüre stehengeblieben, er beleuchtete das Schild unter Glas, abgeblätterter Goldrahmen. Auf dem vergilbten Papierbogen darunter waren Farnblätter und Vogelfedern aufgeklebt, ringsum. Mit Tusche stand in der Mitte geschrieben:

BLAUER SAAL

Unter dem Staub der Freundschaft
Blaut des Gedenkens Zeichen

Pat öffnete die hohe Tür, Orlins vernahm das leise Klirren von Geschirr, Tassen, Löffel, er sah die matt leuchtenden, blauen Lampions in der Höhe, hintereinander an einer Schnur aufgehängt, die quer durch den Saal gespannt war. Er sah in dem bläulichen Helldunkel, während er auf den weichen Teppich trat, herblickende Gesichter von den Wänden, er konnte nicht ein einziges Gesicht erkennen. In unregelmäßigen Zwischenräumen standen kleine, weißgedeckte Tische an drei Saalwänden rings, Gestalten saßen dort, ihre Hände waren mit den Tassen, auf den weißen Tellern beschäftigt, ruhig, selbstvergessen herblickend, trinkend, kauend, stumm.

Pat ging quer über den weiten, blauen Teppich auf eine große Statue zu, leuchtete sie an. Sie war in der Mitte des Saales aufgestellt, der Kopf und der linke Arm des Torsos, leicht sich beugende, große Frauenfigur, fehlten. Nun wurde an verschiedenen Tischen leise gesprochen. Pat nahm das Täfelchen vom Sockel, beleuchtete es. Orlins las:

SANDALENLÖSENDE APHRODITE

(Cyrene)

Pat hielt die Taschenlampe schräg nach unten, das Licht strahlte vom blauen Teppich matt zurück, ließ den Torso der Göttin in einem dämmermatten Helldunkel erschimmern. Orlins hatte solche Statuen schon gesehen, früher, Cora besaß einige Bücher mit diesen Abbildungen. Aus der Zeit ihrer Abendkurse, sie hatte nicht nur Stenographie erlernt, dort, sondern Bildungskurse besucht, Literatur, Kunstgeschichte, mit Lichtbildern. Er hatte mit ihr diese Bücher manchmal betrachtet, sie hatte ihn zuweilen, an Sonntagvormittagen, in die Säle des Kunstvereins mitgenommen. Dort waren die Nachbildungen griechischer Statuen an den Wänden aufgestellt.

Der Zauber, von welchem Cora gesprochen hatte, blieb für ihn im Stein unerweckt. Nie war dieser Zauber aus des Steines Ruhen hervorgegangen, fremde, wie ins Vergangene weit entrückte, entfernte Verschlossenheit.

Hier, in diesem Augenblick, jetzt, unverhofft, begegnete ihm, hell in einem über das Begreifen hinausreichenden Erfühlen, eine Spur. Den Sinn erhellende Blitzspur aus noch verhülltem Glanz, ahnend ihn bewegend, erfassend, das versteinte Geheimnis in seiner Zeichenschrift. Er fühlte eine schwimmende Wärme in den Gliedern, rinnend, erglühend, seine Brust durchfliegend, hinter der Stirn, im Rücken, unter den Schultern rann der Schauer herab. Unversehens hatte sich das Sehen aus dem Betrachten, das noch nach dem Verstehen, Begreifen trachtet, in ein Ertragen, ertragendes Schauen verwandelt.

Für einen Augenblick stand er wie in das Vergessen gerückt, wie in einer leeren Ferne hinter der Zeit, die sich schon mit dem Geleucht des Fühlens wie mit den himmlischen Farben wolkenlos erglühender Weiten erfüllt. Dann ruhte dieses Schauen einkehrend aus über der aus der Steinruhe zu ihm her erglänzenden Leibesanmut, ertrug er die leichte, gelöste Beugung dieses Leibes, Vorwand sanft sich erhöhender, sich ins Unerträgliche erhöhender Lieblichkeit, Beugung von dem milden Bogen der rechten Hüfte herüber, warm, offen vor der Luft, lindes, lichtes Runden. Sein Schauen folgte der Beugung bis in den Schatten der kaum geneigten, reinen, hohen Brüste, unter dem Rand ihrer Knospen hin, Rosenfülle der Schwermut, dort traf ihn zuerst ein Klang ernster Liebessüßigkeit, aus einem unvergänglichen Erklingen. Über die Leibesmitte hin erlebte er dies schauende Vergehen, in sich geneigte Wölbung, über des Nabels Innenrund, wurde sein Schauen fortgehoben nach dem erahnten Ansatz des Schenkels, Bogen des Liebesganges unter der schwingenden Fülle der Hüfthöhe, wurde der Klang dunkel und tief, überwand ihn der Glanz dieser ins Reine gereiften Herrlichkeit, unerreichbar und morgenscheu, Zauberland des Leibes der Göttin, aus dem fernen, fremden Wasser der Anmut ins Schauen tauchend. Reicher als rein, klang dieser, wie durch sein Fühlen e n t s t e i n t e n Glieder Erklingen, in ihm fort, ihn in dies Liebesinnesein erhebend. Erwärmend geheim, sternenkühl blieb für ihn der Brüste nie zu streifender Tau, anemonenfrüh, Blütenmaß der Liebeslieblichkeit. Fremder, des Unerträglichsten Ruhm. Erhöht über alle Vollendungen, fern, über alle Entzückungen hinaus, zerbrach, zerschellte an ihrer unsterblichen Mächtigkeit der Seele tiefste Liebeslust. Der Seele nie umfangenes Sehnen. Dieser Seele nie erklungenes Rufen aus der erglühenden Sanftheit erstrahlender Liebesarme, Liebeslicht sinkend unter Brüsten, über die Gestirnbögen der Schenkel hin, nach innen prangend, einer Ewigkeit Ursüße, der Seele Klage, unstillbar.

Als ertrüge sie dieses ahnende Schauen nicht mehr, diese im Verblauen rauschende Stelle aus der hohen Meeresstille steigender Liebesflut. Er senkte den Blick. Pat knipste den weißen Lichtstrahl aus, wandte sich fort.

Während er hinter Pat über den weiten blauen Teppich geht, nach den dunklen Fenstern, behält er haltlos, verhaltend, dies bedrängende, wie Berührtsein erlittene, in sein inneres Schauen sich immerfort vertiefende Eindringen, stumpfknospige, weiche, zitronenbogig weiche, knospige Spitzen, der Brüste Spitzen stumpf und leis sich durch seine Sinne rundend. Nie erhört genug den wie in die gläserne Zeit des Spiegels verbannten Augen, der Gefangenschaft Augen, ihn mit dem Salz der Zärtlichkeit durchprangend, dem Liebessehnen, dem Übersehntsein. Der Göttin furchtbare, ihn mit unnennbarstem Verlangen steinigende Gewalt.

Pat deutete still nach den blauen, hochlehnigen Stühlen. Unter dem verhängten Fenster, an einem kleinen Tisch setzten sie sich gegenüber. Pat schob den Schlapphut unter den

Stuhl, zündete ein Streichholz an, die blaue Kerze in dem Zinnleuchter überfriedete den gedeckten Tisch mit gelbem Schein. Nirgends brannte eine Kerze auf den Tischen rings an den drei Wänden. Die vierte Wand war ohne Tische und Stühle, leer, wie gemieden. Orlins betrachtete die schadhaften Goldrandtassen, die kleinen Inselbilder auf den Tellern, den Porzellankorb. Zwischen den Kuchenstreifen leuchtete ein kleiner Vergißmeinnichtstrauß, hellblau, goldsternig. Pat steckte ein Stück Streuselkuchen in den Mund, da trat der alte Neger lautlos heran und goß aus einer blauen Kanne dampfenden Kakao in ihre Tassen. Ging barfüßig leise fort zu den anderen Tischen. Orlins sättigte sich mit Kuchenstücken, der Kakao war mild und süß, Pat tauchte die Kuchenenden, die knusprigen Krusten in das heiße Getränk. Hastig, hungrig leerten sie den Kuchenkorb, tranken die Tassen leer. Noch einmal erschien Abdul und füllte sie. Im Saal war leises, murmelndes Reden, Löffelklirren. Zuweilen blickte Orlins nach den unbeleuchteten Tischen die Wände entlang, die unter dem blauen Mattdunkel der Lampions undeutlich und verschwommen blieben, ihre Umrisse nie fest annahmen, als wären sie in einem unmerklichen, zögernden und reglosen Schwinden unterwegs. Nur für einen Augenblick verdächtigte Orlins dieses süße Getränk. Aber er fand keinen Nachgeschmack auf der Zunge, Spur einer Droge, einer die Sinne verändernden Essenz. War das bläuliche, schleierige Licht um einen Schatten unwirklicher geworden? Er konnte nirgends die Gestalt Jessies erblicken.

Er beobachtete Pat, fand nichts Ungewöhnliches in dem Gehaben des alten Erfinders, der die Kuchenkrümel mit angefeuchtetem Finger überall antupfte und in den Mund steckte. Da bemerkte er einen Lichtschein in der Höhe und vergaß seinen Verdacht. Geländerstäbe wurden dort oben sichtbar, eine Galerie über der leeren Saalwand, der Lichtschein verdoppelte sich, zwei weiße Lampenglocken schwebten heran. Auf der langen, leeren Galerie trug jemand zwei große, brennende Petroleumlampen vor sich her. Dann erkannte Orlins den Lampenträger. Der alte, grauhaarige Neger stellte die Lampen vorsichtig, lächelnd, als unterhielte er sich geheim mit ihnen, auf die Brüstung, die Mitte der Galerie nach beiden Seiten abschätzend, nickend, schraubte den Docht höher, worauf sie heller brannten und überzeugte sich bedächtig, daß aus den Glaszylindern kein Ruß flockte. Mild fiel der gelbe, weiche Schein durch das bläuliche Mattdunkel der Lampions in den Saal und hüllte den Torso der Göttin in eine Luftinsel von Licht.

Pat blies geschäftig die blaue Kerze auf dem Tisch aus, rückte den hochlehnigen Stuhl herum, lehnte sich zurück und sah mit leisem Kopfschütteln zu den Lampen hinauf.

Orlins zählte die blauen Lampions an der Schnur, zwölf, aber es waren schon fünf davon erloschen. An den Wänden rings wurde es hinter den undeutlichen Tischen ruhig, auf der Galerie knarrte eine Diele, erklangen gleichmäßige, eilige Schritte. Da rückte der Saal in die Lautlosigkeit ein, kehrte in seine Fremdnis zurück.

Aus dem Dunkel der langen Galerie tauchte hinter den Milchglasglocken ein Fremder auf, ein mittelgroßer, älterer Mann. Er rückte die beiden Lampen auseinander und stützte sich dazwischen auf das Geländer. Sein Gesicht war dunkelgrau, wie mit Asche eingerieben oder mit Staub, Spinnweben klebten an dem verkrumpelten Hut, die flattrige Krempe hing bis über die Augen, Sägmehlstaub lag auf dem hochgeklappten Rockkragen, hing an den ausgefransten Rockärmeln, auf dem groben, zerfaserten roten Halstuch.

Der Fremde schüttelte sich, es staubte um ihn, der Staub flog auf und schwebte durch den gelben Lampenschein grau und dünn vorüber. Dann öffnete er die grauen Lippen, setzte zum Sprechen an, schloß sie aber wieder mit einem Fauchen. Der Saal unter ihm sank in die Stille fort.

»Der Herr der Insel«, sagte der Staubbedeckte auf der Galerie, da mußte er noch einmal zum Sprechen ansetzen mit einem kurzen Fauchen, »der Herr der Insel führte mich in diese Rolle ein. Sie hat die Aufgabe, an einem Abend im Sommer die Grenzen des Willkürlichen zu beseitigen und das Fest unserer Vorstellungen mit dem Zeichen der Weihen zu beginnen. Wohl wissen wir alle, daß die Rollen längst verteilt sind, nämlich vom Ende her. Daß wir immerzu auf das Ende hin spielen. Es ist unbekannt wie wir selber. Wir wissen von uns nur, daß wir uns ständig hinter uns lassen wie eigene Verschwundene. Wer abends die Treppe hinuntergeht und die Haustür aufmacht, weiß nur dies, was hinter ihm liegt. Was sich auf ihn zu bewegt, in den Straßen, in der ungewissen Zeit, kennt er nicht.

Freunde! Ich habe diese Rolle übernommen, damit ich zu euch sprechen kann heute abend, sonst ist auf der Insel Schweigen mein Wort. Ich habe euch die Insel und das alte Schloß geschenkt. So ist diese Rolle echt, ich habe nur die Schale behalten für die Wegzehr.«

Der verkleidete Baron öffnete den Kittel und zog eine Kokosschale heraus, stellte sie zwischen die Petroleumlampen.

»Als der letzte Gast«, fuhr er fort, »komme ich zu eurem Fest, aus der verschwundenen Zeit bringe ich die Zeichen der Insel mit. Wir wissen, daß wir Geduldete sind unter dem Himmel, in der himmlischen Herberge der Zeit. Daß uns nichts gehört als das Heimliche, die heimliche Gegenwart, nichts, nicht einmal der Staub. Geduldete: Duldet auch mich nun auf dem Fest der Verschwundenheit und nehmt das Angebinde der Insel in eure Freundschaft auf.«

Der Baron rückte die Petroleumlampen weit auseinander. Das Petroleum wogte leicht in den Glasbehältern, die grauen Dochtstücke schwammen am Grunde leicht umher. Der bestaubte Gast hatte sich gebückt und hob mit beiden Händen einen großen Weidenkorb auf das Geländer.

Pat wippte ungeduldig mit dem Fuß, sein Kopfschütteln war stärker geworden.

Während Orlins zur Galerie hinaufblickt, den Worten des letzten Gastes nachdenkt, um ihren Sinn herumtastend denkt, denkt er zugleich, mit einem anderen Selbst, an die Große. Denkt: *die Blonde. Große Blonde. Freundin.* Im blauen, seidenleichten Kleid, über den Hüften spannt sich die geflochtene, rote Schnur, blonde Große. Sucht ihre Gegenwart zu erfühlen, aber erst viel später, danach, lange danach wird er sich daran erinnern, daß er sie hier plötzlich im Saal vergaß. An diesen Augenblick wird er sich erinnern, da er Jessie vergißt, nicht nur die blonde, blonde Große, sondern Bisheriges, alles, was dem Vergessen erreichbar ist, an diesen Augenblick des Unverhofftseins, das nicht erschreckt, da der Bettler dort oben die schwere, goldblütige, schwarzhäuptige Sonnenblume am dicken grünen Stiel hochhob und rasch und sicher vor die Füße der gebeugten Göttin hinunterwarf.

Orlins holte das Atemholen nach, große, grüne Moosplaggen sanken wie dicke, pelzige Lappen durch die Luft, landeten weich auf dem blauen Teppich, da dachte Orlins wieder an die Große, Schilfbüschel flogen vorbei, flogen in der Luft auseinander, nach allen Seiten flatternd nieder. Der bestaubte Dulder warf einen langen Erlenzweig hinunter, er streute Büschel von harten, spitzen Binsen aus, warf schwarzgrüne Efeuranken und breite Kastanienzweige über das Geländer hinab, holte einen Nußbaumast aus dem Korb, hinunter, einen Zweig mit vielen kleinen grünen Eicheln, großblätteriges Buchenlaub, helles Silberpappellaub, Holunderzweige, hinunter, einen dichten, leicht rauschenden Wacholderzweig, kleine Taubnesseln, rote und weiße, blühende Geißblattranken, Vergißmeinnichtsträuße, großen Löwenzahn und zuletzt die schwerköpfige, violette Distel.

Um den Torso der Göttin ruhten dicht die grünen und blühenden Zeichen, der Bettler auf der Galerie richtete sich auf, verschnaufend. Lockerte das zerschlissene Halstuch, wischte mit dem Handrücken über das Gesicht, dort blieb ein heller Striemen zurück, die andere Hand hing noch in den Weidenkorb. Er zögerte, öffnete die Lippen, schnaubte, dann zog er behutsam die langstielige, die große, hellrosablasse Rose aus dem Korb.

Er schloß die Augen, das dunkelgraue Staubgesicht vergaß. Vergaß die Rolle, vergaß Staub und Asche, Rosenduft atmend kehrte es in den Frieden des Friedens ein, in den Wunsch der Stille lächelnd verloren. Dann warf er die Rose blitzschnell nach oben, die linke Hand gegen das Herz gepreßt. Gegen die Saaldecke prallte die Rose, entblätterte unter dem Anprall, rieselnd, schwebend, sich im Schweben drehend, fielen die Rosenblätter auf die Göttin herab, ruhten sanft auf ihren Schultern, sanken auf ihre Brüste, glitten über ihre Schenkel in ihren Schoß.

Noch ehe das letzte Rosenblatt auf den Torso niederschwebte, lief aus der entferntesten Ecke des Saales ein bärtiger, graumähniger großer Mann, mit den langen Armen rudernd, über den weiten blauen Teppich auf den Blütenfall zu. Unvermittelt blieb er vor dem verstreuten Lager aus Binsen und Laub, Moos und Schilf, Blumen und Efeu stehen. Er faltete die großen Hände und neigte das Haupt mit der Silbermähne. Wie vor einem unsichtbaren Wildgrab stand er still, verweilend, gedenkend. Dann bückte er sich langsam und zog unter den Taubnesseln und Schilfhalmen den dichten, dunkelgrünen Wacholderzweig hervor, hob ihn hoch, wandte sich um und rief zu dem verstummten Dulder hinauf:

»Im Namen der Freunde! Im Namen der Nesseln, der Moose und Holunder, der Binsen, Schilfe und Pappelwunder, komm nun in dieses Stück herunter. Aufgezogen ist der Vorhang über der grünen Verkündigung, wir spielen schon das Janusstück, in letzter Stunde, zur grünen Kunde. Aber wir spielen nicht nur, was einmal war, wir spielen noch weit vor Tag und Jahr, wir finden die Rollen, die es nicht geben kann, so fange ich nun mit dem Wacholder an.

Ich habe die Stunde schlagen hören, da einmal deutlich gesprochen werden kann! Die Jahre des Frührots sind ausgekräht von den Hähnen der verborgenen Zeit, wir tappen nicht mehr im Wind, denn wir stehen bald vor der richtigen Tür, nun wir endlich hinter der Welt hervorkommen. Es sei genug der Verwechslungen, genug der Lebensläufe und der P e r s o n e n! Es sei ein Ende mit allen Namen und Geburtsregistern. Deutlich muß es gerufen werden über die Efeuranken hin, den Pappelblättern und Eicheln zu, wir wollen ihn entlassen, wir wollen ihn aufgeben, den langen Irrtum, die alte Eigenmächtigkeit, den trüben Hintersinn der Person. Wer sind wir wohl, daß ein Stückchen Erlenrinde nichtiger wäre als die Hand, der Finger, der sie schält? Daß doch einmal einer, nicht überstürzt, sondern mit Bedacht, erlebte, wie ihm die eigene Hand mählich zu Staub zerfiele, und er dauerte noch, sichtbar oder nicht sichtbar, der Arm zu Staub, die Füße zu Staub, und er dauerte noch und legte die zu Staub gewordenen Glieder von sich, zu all dem Staub der Welt, nicht nur der Rinden, vielleicht sähe er dann diesen Irrtum ein, aufzutreten hier als der Jemand, Person, die mit Namenszug unterzeichnet. Die Stunde, Freunde, ist nah, sie ist nicht unser, die Stunde der grünen Berichtigung. Unser ist nur das Gedenken. Die Stunde, da wir uns dieser Verwechslungen begeben. Wie schreibt der Löwenzahn seinen Namen ins Jahr? Er blüht und verfliegt, fort, mit dem Wind. Kindheit, Kindzeit, Altern, fort, mit den Faltern, mit dem Wind, Staub über Staub. Gebt sie auf, die verfahrenen Rollen, Rost und Staub, beladen, legt sie ab, lang waren sie überfällig, die verkrusteten Eigenheiten, **festlich wird uns zumute, wenn wir nicht mehr wissen, wer wir sind!** Ernest Irving, fahre davon! Charles Pitt, davon, Pat und Oliver, davon, Vater und Tochter Hobbarth, und die ich nicht beim Namen nannte, fort und davon! Freunde, Abdul und Abraham, verlaßt das Ich und Du, laßt es entschweben, das Selbst, davon. Festliche Rollen erwarten uns, damit wir die alten schneller hinter uns bringen. Auf dem Teppich liegen sie, zu unseren Füßen, die wir uns immer über sie erhoben haben. Greift zu. Vom Regen gewaschen, frische Rollen, vom Wind gekämmt, grüne Rollen, aus dem Wurzelunten in die Luft, aus dem Dunkel nach oben getrieben, in das fahrende Licht unter die Wolken geschrieben! Ich halte meine Rolle schon in der Hand, wacholderwärts will ich mich weiter wenden, frohlockend laßt uns die verlassene Herkunft mit den Worten der vierfachen Auferstehung beenden:

Denn Bein wird Stein,
und Stein wird Wein,
und Wein wird Geisterschein!«

Orlins sah, während sie von den undeutlichen Tischen von den Wänden her über den Teppich zu dem Dichter kamen, wie sich die weiße, hohe Saaltüre langsam öffnete. Eine brennende Laterne halb erhoben, trat der alte, große Neger mit einem schwarzen Pappschild vor der Brust still in den Saal. Orlins konnte die weiße Aufschrift nicht lesen. Er sah, wie die Freunde um den Dichter herum näherkamen und sich nach den Blumen und Zweigen auf dem Teppich bückten, zugleich hörte er den ersten, tiefen und zarten Flötenton von der Galerie, blickte hinauf und sah den Bettler zwischen den leuchtenden Lampen aufgerichtet sich her und hin wiegen, das kurze schwarze Flötenrohr an den Lippen. Die beiden Männer, die sich im Hintergrund der Galerie aufhielten und still mit ihren Stimmen einsetzten, zweistimmig, konnte Orlins nicht sehen. Wie Vogelpfeifen, schwebend, weich, dunkel und klar, begleitete die Flöte die unverzagten, tiefen Stimmen, die behutsam, bedächtig sangen:

Weit über dem Mond lag ihr Schuh!
Mit Sternpatt kämmt' ihr Haar sie zu.
Tief im Kometenwind, schuhschuh,
Umfing sie mich mit Tausendruh.

Die Tausendruh war wolkenblau,
Sie träumte mir als Himmelsfrau,
Sie letzte mich mit Engelstau,
Weit über der Myriadenau.

Noch während sie oben sangen, hatte Orlins Jessie wiedergesehen. Sie stand hinter der Göttin, nun trat sie hervor, suchend blickte sie sich um. Neben ihr bückte sich Charles und zog Moosstückchen vom Teppich, steckte sie in die Taschen, der Mann mit den rauchfarbenen Brillengläsern band sich eine lange Efeuranke um den Hals, schlang sie zweimal herum. Oliver hatte sich eine rote und eine weiße Taubnessel hinter die Ohren gesteckt, der alte Hobbarth hielt einen Nußbaumzweig in der Hand und hörte still zu, zupfte die Blätter ab und schob sie rundum in das gelbe Halstuch, das letzte Blatt behielt er in der Hand, rieb mit den Fingern daran und hielt es, die Augen schließend, an die Nase.

Das Lied war verklungen, der Flötenspieler zwischen den Lampen war verschwunden, der Dichter deutete mit dem Wacholderzweig auf Abduls schwarzes Schild und rief:

»Nun kommt in die Gewölbe hinunter!«

»Ich habe einst«, sagte der alte, kleine Erfinder zu Orlins, rutschte mit dem hochlehnigen Stuhl wieder herum und stützte die mageren, kleinen Arme auf den Tisch, »nicht nur eine Eisenbahnkatastrophe mitgemacht, die mich mein Lebenswerk kostete.«

Das unablässige, zittrige Kopfschütteln ist stärker geworden, es ist wie das Selbstgespräch einsamer, alter Leute, die mitten im Sprechen die Worte vergessen und nun mit dem Kopfschütteln weiter in den Stummheiten treiben, die nicht mehr mitzuteilen sind. Pat richtete die verwunderten, durch die Erinnerungen dringenden Augen auf Orlins. Und Orlins hatte den Eindruck, als käme dieser Blick nicht mehr bis an sein Gesicht heran, als endete er vorher irgendwo auf seinem Wege durch die Luft, weil er dort etwas anderes sieht. Wie wenn einer nicht mehr wach ist und noch nicht tief im Schlaf und die Augen offen hält, wie ein Blick, der sich draußen selbst zu sehen scheint.

»Eine Hinrichtung mit angehört«, fuhr Pat fort, »aus einem verschneiten Blockhaus im Norden eine Tote herausgetragen, Herr, gib ihr den ewigen Frieden. Und habe nicht einen Augenblick daran gezweifelt. Ich bin nun herumgekommen, in dieser Welt, lang, nicht nur auf Dächern, nicht nur in unterirdischen Gängen, und in einer Scheune hing ich und zappelte schon in der Schlinge. Und habe nicht einen Augenblick daran gezweifelt. War alles so, wie es sein mußte, aber seit einer Weile kommt mir hier etwas merkwürdig vor. Haben Sie selbst nichts bemerkt? Als ob ich alles nur in Gedanken sähe. Halt, antworten Sie noch nicht. Ich will meine Vermutung erst ganz aussprechen. Vermute, daß wir gar nicht h i e r sind. Nach allem, was hier vorgefallen ist. Liege wahrscheinlich auf dem Boden und schlafe, in einem Zimmer, wo es dunkel und still ist. Schlafe fest. Wenn meine Annahme stimmt, dann könnten Sie mich jetzt nicht wecken. Alles, was Sie jetzt tun, ist dann von mir geträumt. Denken Sie nach, geträumt oder nicht geträumt, die Polizei müßte schon längst hier im Saal sein! Schnelle Boote. Ich habe auch das Stichwort für meine Vermutung gefunden. Es ist die Zeit, die hier nicht mehr sich selbst gleicht. Halt, noch einen Augenblick, dann können Sie antworten. Traf ich Sie heute abend im Holunderbusch? Ich kann natürlich jetzt nicht nachsehen, ob ich dort noch liege, weil ich nicht wach bin. Vielleicht liege ich schon in einem Keller, und es ist längst Morgen. Dann ist die Polizei hier gewesen und hat mich nicht gefunden. Dann sind auch die Zeitungen schon erschienen, und ich könnte sie jetzt lesen. Die Schlagzeilen: ›Fehlschlag der Polizei. Geheimbund plötzlich unauffindbar.‹ Wenn Sie dann nichts mehr von uns sehen werden, hören werden Sie etwas. Wenns nur Schritte sind. Oder ein Zeichen, wir halten uns immer unten. Was Sie mir jetzt sagen wollen, habe ich Ihnen nur in den Mund geträumt. Es wird uns noch mehr verwirren, wir sind vielleicht schon v e r w e c h s e l t. Es wird jetzt still im Saal, die letzten Freunde gehen hinaus. Das Träumen war bisher die natürlichste Verwechslung, oder Irving hat uns verhext. Ich werde mir die Distel anstecken, am besten nehmen Sie ein Rosenblatt, ist am unauffälligsten.«

Während Orlins dem alten Erfinder zuhörte, blickte er zugleich an ihm vorbei in den Saal, blickte durch das Gehörte hindurch, durch die Gedanken, die das Gehörte in ihm erregten, ungehindert hindurch wie durch die Luft des schwach erleuchteten hohen Saales. Er blickte nach einer Hand. Langsam und leicht bewegte sie sich in der Luft, streckte sich aus, verweilte schwebend, als könnte sie auf der Luft ausruhen, um ihm jetzt Zeit zu lassen, die Mitteilung zu hören, die sie mit jeder Regung ihm zuschickt, unverhüllt nunmehr, bis er die namenlose Deutung fühlt, mit jener stillen, nur der Verzauberung verliehenen Gewalt, der Freundin Hand, bis er die scheue Macht ihrer träumerischen Besänftigung fühlt, befriedend, wie Wasser zärtlicher Anflug der Anmut, die schonende Beruhigung dieser leisen, sich wendenden Gebärden. Hand, die durch die Luft zieht wie unter der Zeit, die zum Boden fährt und weilt, sich um Blumen schließt, Blumen von ungewichtig sich regenden Fingern umringt, wie in die Umarmung geschlossen. Die mit den Blumen in die Höhe schwebt, anruht am sanft schwingenden Hüftrand, blaue, goldsternige Dolden, Vergißmeinnicht, um ihnen einen Ort zu geben unter der roten Schnur, am weichen Seidentuch des Kleides, Blumenort über den Feldern des heimlichen Leibes. Erst nun, jetzt, blickte die Große zu ihm her. Ihre Hand zog von der Hüfte fort, leicht über den Schenkelbogen in die Luft hinauf, um ihm das Zeichen zuzuschreiben ins Vergehen, Finger, die über ein unsichtbares Gesicht in der Luft die Liebkosung bringen aus dem Vorrat geheimer Innigkeit. Durch der Entfernung Nichts und Fall ihn mit der Lieblichkeit des Fühlens erfüllen.

»... am besten nehmen Sie ein Rosenblatt«, hörte er die Stimme am Tisch, »ist am unauffälligsten.«

Im gleichen Augenblick wandte sich Jessie ihrem Vater zu. Sie nahm seinen Arm, der schmächtige Mann mit den Nußblättern im gelben Halstuch führte sie um die Zweige am Boden herum nach der Tür. Als die letzten verließen sie den Saal, dachte Orlins, wenn wir nicht träumen.

Die Stille verändert die Dinge, unmerklicher wie Zeit übt sie ihre Gegenwart aus. Ihr Gewebe scheint aus der Ruhe alles Vergangenen gebildet wie aus unsichtbaren Vereinigungen, schwebend in der Ratlosigkeit, sich ausbreitend ins Nichtsalsverweilen wie im Innern einer geheimen Jahreszeit.

Flüchtiger als ein Augenblick war der Eindruck, den Orlins gehabt hatte, plötzlich nicht mehr im gleichen Saal wie vorhin am Tisch zu sitzen. Sein Schweigen wie mit dem eigenen Kopfschütteln verneinend, erhob sich Pat zögernd vom Stuhl und fischte nach seinem Schlapphut darunter, setzte ihn schräg nach hinten auf den Kopf, schnickte mit der Hand etwas Unsichtbares in der Luft fort.

Orlins ging hinter ihm her über den blauen Teppich, näherte sich dem Torso der Göttin, auf dem die blaßrosa leichten Rosenblätter ruhten. Zaudernd nahm er ein kleines, zarthelles Rosenblatt aus ihrem Schoß, legte es gegen die Lippen, nahm es in den Mund. Pat drehte den violetten Distelkopf vom grünen holzigen Stengel ab, steckte die Blüte in das Knopfloch der krumpeligen schwarzen Jacke, tupfte leicht mit dem Finger dagegen. Schlendernd gingen sie durch den stillen Saal, an der offenen Tür drehten sie sich um. Die Petroleumlampen auf der Galerie waren verschwunden. Der mittlere der drei blauen Lampions, die noch leuchteten, flackerte leise und erlosch. Pat knipste die Taschenlampe an.

Er lenkte den schmalen weißen Lichtstreifen über den Steinboden des Flurs, rötliche Sandsteinplatten. Nach einer Weile bückte er sich und hielt die Lampe dicht über den Stein. Orlins bückte sich neben ihm. Sie betrachteten das kleine Kreidezeichen. Es war ein Kreis mit einem Pfeil darin. Gebückt, wandte Pat den tickenden Kopf und blickte unter dem Hutrand Orlins ins Gesicht.

Denkt an seine Theorie, dachte Orlins, *hat nicht darauf verzichtet*. Orlins nickte ihm zu. Sie richteten sich auf und gingen weiter, dem Lichtstrahl folgend. Sie gingen in der Richtung, in die der Kreidepfeil zeigte. Unter der angelehnten Tür entdeckten sie auf der Schwelle das zweite Kreidezeichen. Der Pfeil wies im rechten Winkel nach draußen. Sie traten in den dunklen, weiten Schloßhof hinaus.

In der blauen Dunkelheit bewegte sich nichts, die Gerüche blieben in der warmen Luft reglos über dem Boden, wie in der Luft angewachsen. Wenn sie stehen blieben, hörten sie durch die Stille ein fernes, leises Rauschen, ein stetes Hin und Her, als kehrte jemand diesen Laut mit einem riesigen Besen aus Luft heran und wieder fort.

Der See, dachte Orlins und sah den alten, kleinen Mann wieder auf dem Boden knien. Er hatte das dritte Zeichen gefunden, leuchtete es ruhig an, nickte. Orlins blickte in die Höhe, weite, zweite Welt der Nacht, die Gestirne funkelten klar, flimmerten leise, fern.

Mit dem Lichtstrahl deutete Pat gegen die untere Mauer des Seitenflügels, der einen Turm auf dem Dach hatte. Sie gingen in der Richtung des Zeichens, das Pat auf dem Schloßhof entdeckt hatte, auf die Rückseite des hohen Schloßflügels zu, auf einen niedrigen, vorspringenden, stollenähnlichen, Anbau mit schrägen Türflügeln. Pat leuchtete die Schwelle an, Orlins sah das Kreidezeichen zum vierten Mal. Daneben war ein großes O hingemalt.

»Oliver«, flüsterte Pat und zog den schrägen Türflügel auf, klappte ihn nach außen zurück. Orlins dachte, daß es der Anfangsbuchstabe seines Namens war. Die Tür hatte wie krähend in den Angeln geknarrt. Pat trat in den Gewölbeeingang und leuchtete die breiten, steilen Stufen hinunter, der Lichtstrahl erreichte nicht das Ende der Stufen.

»Die Scharniere sind längere Zeit nicht geölt worden«, sagte Pat leise, »warum wollen Sie nicht hereinkommen?«

Zeit oder Nichtzeit, dachte Orlins, *es ist diese Sommernacht, jede ist wie eine letzte, keine kommt wieder. Ich könnte zum Wasser gehen, ich könnte mich nun an alles erinnern, auch an die Stunde, droben, im Turm. Die letzte Nacht?*

»Ziehen Sie diese Tür vorsichtig hinter sich zu, gut. Und nun bleiben Sie einmal ganz still, können Sie es hören? Sie hören es nicht? Aber Sie müssen es doch hören. Jetzt ist es fort, aber es kommt sicher wieder. Warten Sie, rühren Sie sich nicht, kein Laut.«

Orlins stand noch auf der oberen Stufe, er schloß die Augen, um schärfer zu hören, roch die dumpfe, stockige Luft, schwach nach Schimmel, faulendem Holz, altem Gestein, er hörte das vermummte Summen der Stille in den Ohren. Als er die Augen öffnete, war es pechschwarz um ihn. Pat hatte die Lampe ausgeknipst.

»Da Sie es nicht hören«, sagte Pat einige Stufen unter ihm und ließ die Lampe aufleuchten, »wird es für mich Zeit. Ich sollte jetzt aufstehen, ich sollte wach werden und mich umsehen, bevor es zu spät ist.«

Pat drehte sich plötzlich herum und packte Orlins am Schuh.

»Was –?« fragte Orlins, zusammenfahrend.

»Jetzt«, flüsterte Pat.

»War es ein Schrei?« fragte Orlins. Er fühlte den Schauder über den Rücken rinnen, zwischen den Schultern. Wieder hatte Pat das Licht ausgeknipst. Aber er konnte nichts hören. Er hörte die leisen, wie klagenden Atemzüge des alten Mannes und das strichartige, streichende, regelmäßige leichte Wetzen, das hinten am Rockkragen entstand, das Kopfschütteln des alten Pat. Während er das pulsende Schlagen stärker spürte, das Herzklopfen, dachte er noch einmal an ihre Hand. Große, schmale Hand, die das Vergißmeinnicht an der Hüfte hinter die rote Schnur bringt, die auffährt und in die Luft zu schreiben beginnt, leise, um ein Gesicht aus Luft ihm die drei Worte zuschreibt, die er nicht nachspricht, die er nicht vergißt. Große. Die Blonde, Freundin.

»Ein Schrei,« sagte Pat auf der dunklen Treppe unter ihm, »am Grunde von alten Gewölben wäre es noch das Nächste, Natürliche sozusagen. Klang ganz anders. Aber wir müssen hinuntergehen. Was ich jetzt tue, es ist mir wie erdacht, erfunden auf der Stelle. Alles Geträumte flieht mit spurloser Geschwindigkeit, mit Willkür und Launen, ist wie in die Zeit, wie unter Wasser gepreßt.«

Er knipste den Lichtstrahl an. Leuchtete nach oben, an die Gewölbedecke, über die schwärzlichen großen Steine, bis sich die haardünnen Beine eines Weberknechtes zitternd bewegten, tastend, noch ziellos. Pat fuhr erschreckt mit der Lampe durch die Luft, leuchtete die lange, steile Treppe hinunter.

Eine Zeitlang stiegen sie im gleichen Schritt abwärts, hintereinander. Es klang wie ein einziger Schritt, der zugleich an zwei Stellen ist. Orlins zählte die Stufen, er hatte schon achtzehn Stufen gezählt, als er das Zählen vergaß, weil er die fernen Klänge hörte.

»Jetzt«, sagte er und blieb stehen. Aber Pat ging noch einige Stufen hinunter, und als Pat still stand, war es vorüber. Es war, wie wenn in einem hohen, alten Hause fern, tief unten eine Tür langsam geöffnet wird. Der Türspalt wird breiter, und die Geräusche werden gleichsam größer, sie werden über das Hören hingeschüttet, wie man etwas aus einem Sack ausschüttet, der ein verschlungenes Durcheinander von Pfiffen, Klängen, Klingeln und kurzen, rollenden Trommelläufen enthält. Pfeifend ineinanderschwingende Weisen, noch nicht übersichtlich für das Gehör, da fällt die Tür wieder zu und das Gehörte bleibt unerkannt.

»Jetzt höre ich es nicht«, sagte Pat, er hielt die Lampe steif ausgestreckt nach unten, »aber da S i e es nun gehört haben, könnte es ein Traumversuch sein, uns zu verwirren. Das Spiel der Träume artet meistens aus. In jedem längeren Traum gibt es Zwischenräume, es sind brüchige, undichte Stellen im Boden, durch die man hinunterfällt, man stolpert im Bett, wie vorm Einschlafen. Wir wollen daher ganz vorsichtig sein, um nicht zu stürzen. Dort unten können wir alles auf die Probe stellen.«

Mit einer endgültigen Bedächtigkeit, unbeirrbar und wie mühelos, stieg der kleine Alte in das fremde nächtliche Gewölbe hinunter.

Der Lichtstrahl hatte den Boden erreicht, sie stiegen das letzte Drittel der langen Treppe abwärts, und Orlins erinnerte sich an den Verdacht der im blauen Saal in ihm aufgestiegen war, als er den Kakao getrunken hatte. Dann beschäftigte er sich wieder mit der Theorie des kleinen alten Erfinders. Er glaubte für sich herausgefunden zu haben, daß sich sein Denken um eine Spur verschoben hatte, schräg aus dem Gewohnten hinaus, leicht wie Ahnung die Zweifel überwindend, die sich noch einstellten, und er dachte, wenn es hier nur im Traum hinunterging, dann wollte er nicht wach werden, jetzt nicht, nicht eher, als bis er die Hand wieder spürte, bis sich die leichte, schmale Hand auf ihn legte, an die er immerfort dachte. Und falls dies hier alles geträumt war, konnte sie es doch jeden Augenblick tun. Er bezweifelte erst wieder alles, als sie am Boden des Gewölbes standen, da erschien ihm hier vieles nicht ausreichend, nicht traumhaltig genug. Er machte Pat darauf aufmerksam.

Der kleine, alte Erfinder hörte geduldig und ungläubig zu, lenkte den Lichtstrahl in ein langes Seitengewölbe. »Traumgespräche«, sagte er leise, zufrieden und unbeirrbar. »Vielleicht liest man es jetzt schon in den Zeitungen. Mitunter liegt diesen Träumen sehr viel daran, daß man sich selbst beweist, oder gegenseitig, nicht zu träumen. Dann lassen Sie uns träumen, daß wir aufgewacht sind. Man träumt aus dem Bett hinaus in die Kleider, aus dem Hause hinaus auf die Straße, dort träumt man sich voran, mit dem Beweis, längst nicht mehr zu träumen. Zugrunde liegt diese unverständliche Unersättlichkeit der Träume. Sie tarnen sich, solange es noch geht. Wenn sie uns davon überzeugt haben, daß wir nicht träumen, dann wiegen sie sich erst in Sicherheit. Dann können sie alle Register ziehen. Haben Sie heute mittag oder wann gestern das Halali im Bootshaus gehört oder nicht? Ich hatte vorher dem großen Hund das Warnungsschild um den Hals gebunden. Sie haben es gehört, gut. Niemand, kein Traum auf der Welt kann uns dieses Halali mehr ausreden, oder austräumen. Wenn die Polizeiboote bemannt waren, ist die Polizei längst gelandet und hat die Insel durchsucht und wieder verlassen. Mit der Uhr in der Hand dauert ein geträumter Abend und eine Nacht gewöhnlich zwei bis drei Sekunden. Und wie lange dauert nun diese Verwechslung? Dieses Fest, das noch immer kein Ende nimmt, läßt sich nicht mehr erklären, weil wir den Anfang im Traum verloren haben.«

»Dort«, sagte Orlins und deutete ins Dunkel. »Dort sah ich ein großes Zeichen, als der Lichtstrahl vorbeiglitt.«

»Dann soll es die Probe sein«, sagte Pat und folgte der ausgestreckten Hand mit dem Lampenstrahl. Sie gingen auf die schwere, vor Alter wie fettig gewordene Eichentür zu. Ruhig beleuchtete Pat den großen Kreidekreis. Ein Kreuz aus vier Pfeilspitzen war hineingemalt. In den vier Feldern standen die Worte:

LICHT	WASSER
ERDE	LUFT

»Sie bezeichnen mithin die ältesten Dinge unter dem Himmel«, sagte Pat und zog an dem schweren, rostigen Eisenring, »ist mir im Traum noch nicht vorgekommen.«

Die mächtige Eichentür bewegte sich lautlos in den Angeln. Sie traten in den Gewölbegang, im letzten Augenblick bemerkte Orlins das Kreidezeichen auf der Rückseite der Tür.

Es war der gleiche riesige Kreidekreis, ohne Kreuz, untereinander standen darin die Worte:

NIMMER DIR,
NIMMER MIR,
RUH UND LEID,
STERN UND ZEIT,
MENSCH UND TIER.
WELT AM MORGEN.

»Die Antwort«, flüsterte Pat, »jetzt haben wir die Antwort bekommen, das Traumtelegramm, verschlüsselt. Haben Sie je geträumt, daß ein Traum sich dem Ende nähert, dem letzten Akt? Sie wissen nicht, daß er Ihnen gehört, der Traum, solange Sie träumen. Nimmer dir, nimmer mir. Auf keinen Fall dürfen wir nun die alte Vorsicht außer acht lassen. Ich möchte hier unten nicht ersticken, die Luft wird zunehmend dumpfer hier. Schließen Sie die Tür bis auf einen Spalt, ganz still jetzt. Hören Sie, hören Sie sich dieses Dudeln an, klingt das nicht wie aus einem –, sehen Sie, das Wort will nicht, daß ich es finde, will sich h i e r nicht aussprechen lassen. Aber Sie wissen doch, was ich meine?«

»Ganz genau«, sagte Orlins, »ich habs auf der Zunge, aber ich kanns nicht sagen, als wärs nicht meine Zunge.«

Während sie den gewölbten Gang hinuntergingen, während Pat die großen Steinquadern der Wände ableuchtete, in denen nirgends mehr eine Öffnung war, hörte Orlins zweimal ein völlig neues Geräusch. Als er es zum zweitenmal hörte, faßte er Pat am Arm. Pat nickte und eilte weiter.

»Unter der Erde nichts Ungewöhnliches, meine ich«, sagte Pat im Gehen, »ein Pferd hat gewiehert. Falls wir immer noch nicht träumen, kann es nur an der Polizei liegen. An der Kommandostelle. Wird Befehlsänderung durchgegeben haben. Diese Lampe läßt ständig nach, wird schwächer, wir laufen am besten das letzte Stück. Dort hinten sehe ich ein Geländer, im Dunkeln ist ein Geländer der einzige Halt.«

Nun liefen sie, und der Lichtstrahl, der mit ihnen vorauslief durch den langen, verlassenen Gang, wurde blasser, trübe, dann wurde er plötzlich grell und erlosch, wenige Schritte vor dem Eisengeländer.

»Wo sind Sie jetzt« fragte Pat aus der Finsternis.

»Hinter Ihnen«, sagte Orlins. Im gleichen Augenblick hörte er über sich das erbrausende Tönen, Klänge von Pfeifen, Schalmeien, Flöten und Trommeln. Dann waren die Töne, wie von einer Hand aus der Luft fortgewischt, verschwunden.

»Hier geht es nur nach oben«, sagte Pat schräg über ihm. Orlins streckte die Hände ins Dunkel aus. Er berührte den Arm des kleinen, alten Erfinders, Pat lenkte ihm die Hand auf das Geländer. Schweigend stiegen sie nach oben, hintereinander. Das Geländer führte sie im Kreise herum höher. Nach jeder Runde rückte das Geländer näher, wurde die Treppe enger. Dann waren die Stufen zu Ende, sie blieben stehen und tasteten die Mauern ringsum ab. Es gab keine Öffnung. Keine Tür.

»Falls wir nun feststecken«, sagte Pat und kniete auf den Boden, »haben wir gewonnen. Wir müssen gleich wach sein.«

Wie im Triumph über die steinerne Ausweglosigkeit erklang hinter den Mauern wieder das brausende Klingen, rollte das Trommeln, schwebte das Pfeifen und Dudeln mühelos leicht mit dem Blasen der Schalmeien hin, durchwehte die Dunkelheit mit der heimlichen Gegenwart sich selbst lobpreisender Klänge. Pat untersuchte im Dunkeln jeden Winkel des steinernen Bodens, jede Kante, sorgfältig. Dann richtete er sich auf.

»Es ist zu Ende«, sagte er erleichtert. »Entweder wachen wir jetzt auf oder wir kommen nicht mehr heraus.«

Orlins streckte die Hände nach oben, berührte einen Zapfen und zog daran. Der Zapfen gab nach. Eine Klappe schlug gegen seine Hand. Er hatte die Öffnung gefunden. Er zupfte Pat am Ärmel, da verschwanden die Töne, die Stille kehrte in die Mauern zurück.

»Ich kann Sie hinaufheben«, sagte Orlins, »die Öffnung dort oben ist groß genug.«

Er bückte sich, faßte Pat unter den Kniekehlen und hob ihn hoch, da verschwanden Pats Beine schon aus seinen Händen.

»Muß ein großes Faß sein«, hörte er die Stimme des kleinen, alten Erfinders von oben, »alles rund und hohl.«

Orlins zog sich an der Klappe mühsam in die Luke hinauf, dann brachte er die Knie auf den Rand der Klappe und ruckte hoch, der alte Pat zog ihn an den Schultern herauf. Unter ihm erklang ein dumpfes Klappen.

»Jetzt«, sagte Pat, er kniete am Boden, »jetzt hat sich die Klappe geschlossen. Der Einstieg ist verschwunden, nach meiner Theorie …«

Orlins konnte die nächsten Worte Pats nicht mehr verstehen, denn die Flöten und Trommeln, Schalmeien und Triller erklangen unmittelbar laut um sie herum. Er streckte die Hand aus und zuckte zurück, die Wand drehte sich langsam, aber der Boden, auf dem sie standen, bewegte sich nicht. Vorsichtig prüfte er mit den Fingerspitzen nach verschiedenen Richtungen die runde Wand. Er hatte sich nicht getäuscht, sie drehte sich langsam um sich selbst. Da verschwand die unsichtbare Musik, das Drehen verlangsamte sich, die Wand stand still.

»Ich denke«, sagte Pat neben ihm, »daß ich von Erfindungen etwas verstehe. Ich meine reale Erfindungen. Wenn meine Theorie hier nicht mehr ausreicht, dann wollen wir ruhig die andere Wahrheit aussprechen. Es ist das Alpdrücken, oder wir stehen in einem Faß. Warten Sie noch, es ist kein Faß, sondern ein Schornstein. Ein Schornstein, der sich dreht, um sich selbst, in dem es nach Pferden riecht und der sich nur durch Töne in Bewegung setzt, durch Flötentriller und Trommelschläge. Versuchen Sie jetzt, nachzudenken, wenn sich nicht alles dreht in Ihnen. Versuchen Sie, mir eine entschlossene Antwort zu geben. Keine ausweichende. Wenn wir noch immer schlafen, wird uns nur ein Ruck befreien. Gibt es noch einen Ausweg für uns?«

Orlins begriff, daß man ihn vor eine Aufgabe gestellt hatte. Bisher war er mitgenommen worden, überall hin, seit jenem Sonntagnachmittag. Es waren ihm Geschichten erzählt worden, und er hatte sich an die verschwundenen Jahre erinnert. Hier hatte er eine Aufgabe zu lösen. Er dachte ruhig und glaubte bestimmt zu wissen, nicht zu träumen. Gut, sie befanden sich in einer Lage, aus der es nur in Träumen einen Ausweg gab. Er konnte über die Auswege, die es im allgemeinen in Träumen gab, nachdenken. Er konnte einen Ausweg e r t r ä u m e n, mehr blieb ihm nicht.

»Vielleicht das Nächstliegende«, sagte er leise vor sich hin. Diese Wand, die noch immer still stand, lag am nächsten.

»Klopfen«, sagte er dann laut. »Wir sollten anklopfen.«

»Hätte nicht die geringsten Bedenken«, sagte Pat, »wenn es nicht unsere letzte Chance wäre. Tun Sie es noch nicht. Die Möglichkeit, daß jemand ›Herein!‹ ruft, ist gering. Und nach dieser Chance bleibt uns überhaupt nichts mehr. «

Sie schwiegen und lauschten eine Zeitlang.

»Wir werden noch nicht gequält«, sagte Orlins und atmete erleichtert auf.

»Damit warten die Träume bis zuletzt«, sagte Pat. »Erst im letzten Augenblick lassen sie das Grausige auf uns los. Diesen Trumpf haben sie sich aufgehoben, denn sie wissen, daß wir dann mit einem Schrei erwachen, keiner hält das aus. Fällt Ihnen etwas auf? Mir war, als hätte ich etwas vorgelesen, meine Stimme klang anders als sonst. Das ist nicht mehr meine Sprache, ich fürchte, daß es jeden Augenblick zu spät ist, ich hatte die Trommeln und Schalmeien vergessen. Klopfen Sie, rasch!«

Dreimal schlug Orlins mit der Faust gegen die dünne Wand. Sogleich sahen sie einen Streifen Licht aus mehreren Farben, Rot, Grün und Blau, ineinander übergehend. Der Lichtstreifen wurde schnell größer, die Wand ging vor ihnen auf. Leise sagten sie beide gleichzeitig: »Ah ...«

Vielleicht war dieser Laut schon unvorsichtig. Er konnte alles wieder verscheuchen, was sie nun sahen. Um kein weiteres Geräusch zu machen, um nicht zu wanken, legte Orlins seinen Arm langsam und leicht auf die schmächtige Schulter des kleinen, alten Erfinders. Pat schwieg. Er schien den Atem anzuhalten. Sein Kopfschütteln ruhte bis auf ein leichtes Zukken am Hals.

Unbeweglich und dicht stehen sie nebeneinander. Durch die geöffnete Tür in der runden Wand können sie unbehindert die vielen farbigen Lampen draußen betrachten, die gleichmäßig und still zwischen den schwarzen Samtvorhängen glühen. Gelbe, grüne, blaue und rote gläserne Kugeln. Aber Orlins empfindet noch nicht die lautere, selbstvergessene Freude. Die blinkenden Messingstangen können jeden Augenblick verschwinden, die funkelnden Spiegellatten können im nächsten Augenblick fort und davon sein. Rauch und Spiegelung, will er denken, er will dem Zweifel nachgeben. Die schwarzen Samtvorhänge mit den silbrigen, etwas schiefen kleinen Halbmonden und den glitzernden Sternen könnten wie Rauch verwehen. Er schrickt zusammen, als er Pat neben sich flüstern hört, denn er hat die s c h w e b e n d e   H a n d bereits erblickt.

»Koloriert«, flüstert Pat. Das schwache Kopfschütteln ist zurückgekehrt. »Bunte Träume, äußerst selten, daß sie so lange leuchten.«

Eine schmale, längliche, leichte Hand. Behutsam voll unbedachter Anmut schwebt sie aus dem schwarzen Samtvorhang hervor. Sie streift den großen, blauen Kinderdrachen, der Drachen dreht sich leise hin und her, die roten Papierquasten erzittern. Nun fassen die Finger still in den Samt und nehmen den Vorhang mit sich hoch, die grünen und roten Lichter fließen wie farbige Wasser über die eingebogenen Finger, gelbe und blaue Lichtwellen fluten über das schmale, zarte Handgelenk. Orlins sieht nun den erhobenen Arm und den Ansatz der Schulter, dort beginnt das ärmellose, graue, dünne Tuch des Kleides, sieht die weiche, schimmernde Biegung des Halses, das hohe, schmale, verwundert äugende Gesicht, in farbigen Lichtern glühend. Verwundert heräugend.

D i e   Ä u g e n d e, denkt er, S a n f t e, G r o ß e. Er hat jede Vorsicht vergessen. Rittlings sitzt sie auf einem großen, weißen Einhorn, das unbeweglich springt. Sie winkt. Lächelnd winkt sie ihm. Wie im Traum tritt er durch die offene Tür, er hat den unbeweglichen, kleinen, alten Mann vergessen. Er tritt auf den weichen Sägmehlboden, sinkt etwas ein, er sieht die Große, Blonde auf dem Einhorn, ihre Schenkel bewegen sich, da sie sich ganz zu ihm herdreht. Er glaubt, unter dem dünnen grauen Kleid die Freundin unverhüllt zu sehen und schrickt unter dem Anschlag der Glocke zusammen. Die große Schiffsglocke, die er nicht sieht, läutet dreimal. Seine Hand hat die Messingstange umfaßt, er stellt einen Fuß auf den erhöhten Boden und zieht sich mit einem Ruck hinauf. Da fährt der Boden und die Messingstange langsam mit ihm davon, die Trommeln und Schalmeien ertönen, die Triller und Pfiffe, nun sieht er schon die mattgelbe Orgel vorüberkommen und den großen, rothaarigen Mann dahinter, der das Schwungrad dreht, sieht das große weiße Pferd mit dem blauen Federbusch auf dem Kopf nickend drüben mitgehen, eingespannt in weißes Ledergeschirr, darin überall kleine, rautenförmige Spiegel aufblinken, sieht die Spiegelsäule in der Mitte, den Spiegelturm des Karussells, drehend, aber die Tür, durch die er soeben den Spiegelturm verlassen hat, ist geschlossen und unauffindbar. Er sucht die Gestalt des kleinen, alten Erfinders und sieht zuerst den großen Schlapphut zwischen den braunen Höckern eines großen, hölzernen Kameles auftauchen, sieht Pat das Kamel erklettern. Fahrend im Kreise erblickt er zwischen den Samtvorhängen und blitzenden Messingstangen die zerzauste Mähne des Dichters, der auf einem grauen Elefanten reitet. Er sieht den schmächtigen, alten Hobbarth zwischen den aufgestellten Flügeln eines großen, weißen Schwanes sitzen, die Orgel fährt wieder vor ihm vorüber, das nickende Pferd läuft mit, da wendet er sich um und läßt die Messingstange aus der Hand. Er blickt im Fahren, unter dem kurzen, rollenden Prasseln der Trommelläufe, unter den Schalmeienklängen zu der Großen hinauf, fühlt, wie ihm das Sehen zu taumeln beginnt, lehnt den Kopf an ihren Oberschenkel und schließt die Augen. Spürt ihre Hand ruhig, leicht, sanft über sein Haar sich legen. Da schlägt die Schiffsglocke an, dreimal hintereinander, das Fahren läßt nach, das Karussell schwankt leise, bevor es still steht.

Orlins öffnet die Augen, richtet sich auf. Jessies Hand gleitet über sein Haar fort. Die Orgel ist verstummt. Er hört die Stimme des Dichters, blickt sich nach ihm um, sieht den staubgesichtigen Bettler drüben zwischen den Tieren mit einem Weinkrug stehen, hochaufgerichtet auf dem Elefanten schwingt Irving den Wacholderzweig über sich her und hin. Nun er den Dichter erblickt hat, versteht er jedes Wort, hört noch das Ende des ersten Satzes:

»... ausgesät in die Verschwundenheit! Durch die Unterführung der Unwelt hindurch, der Widerweltgeschichte, unter dem Viadukt der Unweltgeleise hindurch in die namenlose Trift, in die grüne Wildstille der Tiere hinaus! Elefanten und Bären, Kamele und Antilopen, Flamingos, Pelikane und

Schwäne, geisternd sind wir heute mit euch Zuhause unter den knisternden Lichtern des ungebleichten Zeltes, für niemand aufgeschlagen, leuchtet es noch den Ameisen und gibt den Bienen Halt im Fliegen, erklingt es von der leisen Wanderschaft der Schwalben, der Störche und der Wildgänse. Sinnbildlich fahren wir rund mit euch durch die luftige Zukunft, ihr Grünspechte und Schildkröten, ach laßt uns noch einmal euch einholen, im Kreise, laßt uns einmal die grüne im Wind verschwundene Entrückung ahnen, in der eure Heimat steht seit dem Gedenken, das nicht mehr mit uns beginnt, das weit, weit hinter uns liegt, dort, wo es die unerforschlichen Falter durch die Lianen der Urwälder lautlos geleitet. Was wissen wir von euren verborgenen mächtigen Göttern? Sie hegen und nähren euer Überallsein in der grünen Niemandszeit, nie habt ihr sie verloren, wir haben die unseren alle verloren, weil wir euch hier die Heimat verwiesen, weil wir euch umstellten und erlegten. Ihr kennt unsere Sprache nicht und versteht jeden Laut, der über die Geisterlippen des Herzens kommt, auch hier, unter dem Schloßhof, unter der Sommernacht, auf dem bunten, unterirdischen Karussell hört ihr uns geduldig träumend, im Fliegen und im Grasen zu. Denn eure Götter haben euch die Antennen erhalten und weit über die Lande und Wasser gespannt. Menschen, mit uns kann es heil und festlich nicht mehr werden, Personen, von ihren Göttern verlassen, gestürzte, erblindete und ertaubte Geister, die nichts mehr von den versunkenen Weissagungen der Wasser verstehen, nichts mehr von den Wahrsagungen des Windes, geblendet für die unermeßliche, Nacht für Nacht weiterschreibende Himmelsschrift der funkelnden Riesen der Unendlichkeit. Libellen, Heuschrecken, Eidechsen und Grillen, eure Widerkunft ist fern über unsere steinernen Friedhöfe erhaben, eure Auferstehung zieht weit an unseren Grabsteinen vorüber, nehmt uns in die festliche Freude eures grünen Friedens mit, schenkt uns einen Hauch aus eurer unverwelklichen, geduldigen und überschwenglichen Zukunft! Unser Fest konnte nicht von draußen her beginnen, geisternd wollen wir zu euch verschwinden, fühlend wollen wir mit euren Sinnbildern noch einmal um die unaufhörliche Wiederkehr reisen. Könntet ihr uns das Tor aufschließen unserer Gefängniszeit, ihr würdet nicht einen Augenblick zögern, auch wenn wir seit Jahrtausenden euch quälten, euch mit plumpem, herzlosen Unfug in den Manegen, unter den Zirkusdächern der Welt betrübten. Oh, ihr Eisbären und Seehunde, ihr würdet nicht zaudern, trotz allem, uns auszulösen aus der öden Verdammnis unserer Gefangenschaft mit dem Lösegeld eurer friedlichen Wärme, eurer unüberwindlichen Herzensgeduld. Denn unsere Hände und Füße sind längst erkaltet, von innen her, und fänden wir auch noch einmal die Türklinke zum verlorenen Frieden, wir könnten sie nicht mehr öffnen. Die Tür, vor der es zu spät geworden ist. Als wir euch verstießen, haben wir uns selbst und für immer verstoßen, zu spät, ich höre die Glocke schlagen, ich höre, was die Stunde geschlagen hat, aber ich will das Glas noch zu euch erheben, von einem Bettler, von unserem in Staub verhüllten Bettler gefüllt mit dem Rebenwasser der Insel, ich hebe es auf zu euch, die ihr den Tod nicht nennt, aus dem mit Blut und Verderben, aus dem mit Fäulnis und Nichtigkeit erfüllten Menschental hoch zu euch, in euer grünes Fährtenreich, in euren stillen Liebesmittag, mit dem Wacholderzweig schließ ich die Stunde auf für diesen Schluck der Inselerde, ich trinke ihn euch zu in der Andacht der fahrenden Verwandlung, nun schenkt uns die Spur eurer geisternden Brüderschaft wieder!«

Orlins hört die Schiffsglocke weiter läuten, lauter, mahnend, die Abstände sind kürzer geworden, hintereinander, nun läutet sie unaufhörlich. Er sieht noch den Dichter das Glas austrinken, während rings auf dem Karussell die Männer von den großen, hölzernen Tieren klettern, noch nicht unruhig, aber doch gelenkig, flink. Da zieht Jessie ihn aus dem selbstvergessenen Zuschauen am Arm fort. Sie gehen an dem weißen Einhorn, an dem großen, goldenen Horn vorüber, an dem Kinderdrachen vorbei, ununterbrochen schallt das Läuten der Glocke fort.

Alarm! denkt Orlins. Er folgt der Freundin, es wird Alarm geläutet. Er geht mit Jessie an den äußeren Rand des Karussells und sieht, daß sie von einem Haken an der Treppe, die nach oben führt, eine grün glühende Laterne nimmt. Aber nun steigen sie nicht nach oben, sie gehen um die Stiege herum, die Glocke wird noch immer stark und gleichmäßig geläutet. Da verlassen sie den Boden des Karussells über eine flache, weiße, hölzerne Treppe, die ins Dunkle hinunterführt, an schwärzlichen Mauern vorüber, über steinernen Boden hin. Das Läuten hallt schon schwächer hinter ihnen, sie treten in den gewölbten, steinernen Gang und das Läuten verliert sich hinter ihren Schritten.

Ruhig leuchtet Jessie mit dem grünen Licht voran, sie hält die Laterne nach unten, der grüne Schein geht über die großen Steinplatten am Boden hin, streift die dunklen Mauern. Orlins weiß, daß sie beide nicht träumen. In diesem Augenblick, für den er später kein Kennzeichen haben wird, wenn er ihn im Flusse der Erinnerung sucht, ahnt ihm ein auf die Gegenwart zukommendes Geschehen, das er noch nicht weiß. Als bewegte sich etwas in der Zukunft über ihm, das er nicht sieht. Er kann diese letzte Seite nicht sehen, die sich bewegt hat, die man nun umschlagen wird, nicht mit Ungeduld, sondern mit der gelassenen Unbeirrbarkeit des Unwiderruflichen. Die letzte Seite eines Buches, das er nicht liest, in dem er gelesen wird, es sind unermüdliche Augen, sie sind fern wie niemals und nah wie immer, offen und undurchdringlich.

Er fühlt die Hand der Freundin in seiner Hand, einen langen Gang gehen sie durch das unterirdische Gewölbe, mit dem grünen Laternenschein, Hand in Hand fühlt er ein herbstfarbenes Traurigsein, ein Schwinden, ein Vorüber, Bald, Vorbei, dem er entgegenkommt.

Sie stehen vor einer Treppe, Jessie leuchtet die unterste Stufe an, Orlins sieht nirgends ein Zeichen, da nickt Jessie, und sie gehen nebeneinander die stille, breite, steinerne Treppe hinauf. Die grüne Laterne trägt sie erhoben, sie hält seine

Hand nicht mehr, ohne Eile ist sie und stumm, und Orlins denkt daran, daß sie jetzt stehenbleiben müßte, nicht um sein Schweigen zu hören, in dem er wie in einer Einöde von dunklem, uferlosen Wasser schiffbrüchig weitertreibt, Schweigen um Schweigen dahin, sondern um ihm die Frist zu geben, die ihn erwartet, ehe die letzte Seite umgeschlagen ist, ehe er zu Ende gelesen wird.

Ein Schüler, wohin? Er atmet die Gewölbeluft ein, steinig, staubig, in der Abgeschlossenheit dumpf und wie ermattet, wie alt und welk gewordene Luft. Er neigt sich näher zu der neben ihm über die Stufen leicht vorgebeugt steigenden Freundin, näher, um das ihn wie aus dunklem Erglänzen bewegende leise Arom ihres Haares, ihres Kleides, ihrer Glieder zu spüren.

Sie sind oben angekommen, der grüne Laternenschein beleuchtet das Balkenwerk einer Tür, an der es keine Klinke gibt, nur einen langen, rostigen Riegel. Jessie vermag diesen Riegel nicht zu bewegen. Es ist der Augenblick, denkt Orlins, auf den er gewartet hat, schweigend, da sie neben ihm stehen wird, um ihm die Frist zu geben.

»Wir müssen es beide versuchen, zugleich,« sagte Jessie. Das rostige Eisen läßt sich nur ruckweise zurückschieben. Die Tür gleitet nach draußen, frische, milde Nachtluft schwimmt ihnen entgegen, um ihre Gesichter. Schräg durch schwärzliches Baumgeäst sehen sie die Gestirne blinken. Jessie stellt die brennende Laterne hinter die Tür, auf die oberste Stufe, lehnt die Türe an, sie lauschen ruhig. Dann gehen sie nebeneinander unter den dunklen Bäumen fort, zwischen Gestrüpp und Sträuchern hin. Zuweilen hört Orlins ein Summen aus der Ferne, es verschwindet, sobald wieder das hohe Gras unter ihren Füßen rauscht. Der Pfad wird schmal, bald müssen sie sich zwischen dem hohen, dichten Gestrüpp hindurchzwängen, das Sternenlicht ist schwach, schleierig halbdunkel, sie kommen in eine grasige Mulde hinunter, hier umgibt sie windlose, warme Luft.

Jessie ist stehengeblieben, ruhig fährt sie mit beiden Händen über das lange, lose über den Schultern liegende blonde

Haar, streicht es sanft zurück, Orlins kann das tiefe Summen wieder hören, während er sie anblickt. Da nickt sie ihm langsam zu. Sie hat es die ganze Zeit gehört. Nun wird sie mit ihm sprechen, fühlt Orlins. Nun, über den Rand der letzten Seite hin. Nun wird sie noch einmal mit ihm im Bunde sein, um das über allem Vergehen schwebende Zeichen zu vollenden, dem er gefolgt ist bis in diese Stunde, die schon unter die Zukunft reicht. Um das heimliche Mal ihrer gefährdeten Wanderung zu errichten, im Unverlierbaren ihrer Vertriebenheit.

»Gilbert Orlins, erinnerst du dich noch?«

Gleich. Er wird es sagen. Er wird es nicht sagen können. Das spurlose Erzittern läuft über die letzte Seite. Die letzte Seite wird umgeschlagen, mit ihm, wird umgeblättert über ihn hin, nun wird er zu Ende gelesen, im Sternenlicht.

»Ja, Jessie.«

»Eine Wolke, Gilbert Orlins, ein stiller Abend, fern. Eine weiße Wolke im Abendlicht. Ein Frühlingsabend, damals, im Garten.«

»Ja, Jessie, damals.«

»Fern, Gilbert Orlins. Die stille Luft, weit im Land, kein Laut. Nur im Garten, in der Laube.«

»Ja, Jessie. Nur in der Laube. Dort sitzt die Mutter, und die Erbsen springen in die Schüssel. Nur die Erbsen klingen in der Schüssel.«

»Der Klingelzug am Tor, Gilbert Orlins. Der rostige Draht scharrt am Pfosten, dann läutet das Glöckchen am Haus.«

»Ja, Jessie, oben im Haus, am offenen Fenster sah ich dich zum ersten Mal.«

Er bereut das Wort. Er fühlt, seit je und für immer ist ein anderes Wort dazu vorbereitet, Wort vom ›letzten Mal‹.

»Die Jahre, die dort hinter dem Abendlicht ruhn, Gilbert Orlins. Hinter der Wolke, hinter dem Abschied im Bahnhof, damals, fern.«

»Ja, Jessie, fern.«

Er denkt an der Bahnhöfe unsichtbares, unauffindbares Plakat. ›Der Abschied erwartet dich!‹ Damals nicht nur, nah, stetig nah. Von überall, aus dem fahrenden Licht, aus der fallenden Zeit, werden die Worte geholt, um die Mahnung des Verlöschens in die Verliese der Luft zu schreiben. Damals? Bald.

»Der stille Nachmittag, in der Sonntagsstille, Gilbert Orlins. Die Sonne schien ins Fenster nieder, als ich im hellen Wasser lag. Im Spiegel leuchtete das Wasser, als du mich in der Stille sahst, in der Spiegelstille. Du konntest es lesen, wie es geschrieben war.«

»Ja, Jessie. Im Spiegel las ich, wie es geschrieben war.«

»Gerufen, Gilbert Orlins. Gerufen warst du durch ein Zeichen im Fenster. Die Spur ist dir geblieben, über den Worten, im Sinn.«

»Ja, Jessie, die Spur des hohen Sinns.«

»Bald finden wir uns nicht mehr, Gilbert. Bald sind wir wieder fern.«

Er nickte der Freundin zu.

Sie wandte sich um, langsam bog sie einen niederhängenden Zweig der Weide zur Seite, ging über die grasbewachsenen Stufen auf die dunkle Terrasse des Gartenhauses.

Orlins folgte ihr auf die verfallene Terrasse. Da standen Weidenkörbe, Gartengerät, daran Erde klebte, Laub, Strohhalme, das Geländer hing schief, überwachsen von Efeuranken. Hinter den staubigen, blinden Fensterscheiben schien Regloses zu wohnen, in die Stille vermummt. Die Tür stand halb offen, als ginge noch immerfort Vergangenes hinein, um in der Reglosigkeit, im Verschwundensein zu hausen. An der offen stehenden Tür gingen sie vorüber, ans Ende der Terrasse. Jessie legte eine Hand auf die Sprosse der Gartenleiter, die schräg angelehnt war, sanft, als berührte sie einen Freund.

»Mit Polizeibooten, Gilbert, kommen sie jetzt über den See. Wir gehen über die Gartenleiter fort. Einmal stand eine am offenen Fenster, zu Hause, an einem Frühlingsmorgen, eine grüne Gartenleiter, damals, fern. Als er fortgegangen war.«

»Ja, Jessie, damals, als ich es in den Zeitungen las, als ich dir schrieb.«

»Als die blauen Laternen brannten, Gilbert, fand ich ihn wieder. Über die Gartenleiter gehen wir von der Insel fort.«

Er hört das Summen von Booten über dem See, in der stillen Luft der Sommernacht, während er ihr nachblickt, die auf der Leiter hochklettert und auf dem Dach verschwindet. Dann hört er ihre Schritte nicht mehr.

Er klettert hinauf bis zum Dach, es ist eben, flach, rings ist ein Geländer aus weißlichen Birkenstangen. Er schwingt sich über das niedrige Geländer, eine fußhohe Schicht langer Binsen bedeckt das Dach. Jessie hebt in der Ecke ein Bündel Kleider auf, entrolltes, es ist ihr heller Trenchcoat und der rote Badeanzug.

Im gleichen Augenblick sieht Orlins draußen, zwischen den Sternen, einen rasch aufsteigenden grünen Stern. Einen zweiten daneben, drei, vier, fünf, sie verlöschen spurlos im Nachtblau.

»Leuchtkugeln«, sagte Jessie leise. »Ihr Angriffssignal. Wir haben noch das Schiff. Wasser, Schilf und Binsen.«

Er wird diesen Worten einmal nachsinnen, bald. Vielleicht an einem offenen Fenster, an stillen Abenden, wenn er in einen Garten hinausblickt. Dort wird er sitzen und warten. Auf das unverwechselbar eine, das unauffindbar bleibt. Nachsinnen wie einem Vermächtnis.

Er hat den veränderten Klang ihrer Stimme wahrgenommen, nicht getrübt, nicht traurig, wie von Erinnerungen verändert, die er nicht kennt. Als wäre eine andere Zeit in ihre Stimme gekommen, als wären sie nicht mehr hier auf der Insel, in einer unauffindbaren Zeit.

Über die federnde Binsenstreu geht er auf das lauschende Mädchen, auf die stille, scheu verweilende Gestalt zu. Mit keinem anderen Weg wird er einmal diesen Gang über das Dach vergleichen können, diese Nachtstunde, während die grünen Leuchtkugeln aufsteigen und verlöschen, während das Summen der Boote vom See herüberdringt, den er nicht sehen kann unter den hohen, dunklen Bäumen. Diese Schritte werden schon hinter der letzten Seite verschwunden sein, eh' er sie denkt.

Die Freundin beugt sich nieder, um das Bündel wieder hinzulegen. Sein Erinnern durchfährt vor dieser Bewegung eine Helligkeit, in der ihm der Torso der Göttin erscheint, die Sandalenlösende im blauen Saal. Als wäre sie aus der gestirnten Nacht unsichtbar hinter die Freundin getreten, spurlos still, ihn mit dem Salz der Zärtlichkeit durchprangend, der Göttin jähe, ihn mit dem unnennbarsten Verlangen steinigende Gewalt.

Das Rosenblatt, das er dort von ihrem Schoß genommen und an die Lippen legte, zwischen die Lippen schob, ist längst in seinem Mund vergangen. Was er dort schauend ertrug, übermächtigt ihn hier mit erglühendem Sehnen. Er sieht einen Hauch von lächelnder Verwunderung, einen Schimmer von staunendem, lächelndem Lauschen in dem stillen Gesicht der Scheuen, Innigen. Fühlt, wie er schon vor ihr kniet, ehe er sich zu den Binsen niederläßt, nicht nur vor ihr allein. Nicht nur vor ihrem stillen, in die Nacht gehüllten Bild. Nicht nur vor der Verheißung des fliehenden Lebens, die zaubrische Begegnung zu suchen, den Wirbel der Fülle, den strömenden Grund des Erblühns, sondern vor einer fremden, Tod und Wiederkunft, Trauer und Heimsuchung, Traum und Zukunft verbergenden Gestalt.

Als hätte sie ihm dies Wort aus Wehmut und Ruhe, aus Lächeln und Ruhm zugerufen, nahm ihr Blick den Knienden zögernd, sinnend, ihn mit Erwartung besänftigend, mit der geheimen Frist schonend, verwundert auf.

Kniend vor ihr sieht er die Freundin unbewegt, aufgerichtet, nur ihr Atemholen wird bewegter, und zugleich sieht er den Torso wieder im schleierigen Licht des blauen Saales, unter dem blätternden Rosenfall, sieht sie die Arme erheben, wie von anderen, fremden, gelassen mächtigen, unsichtbaren, spurlosen, sanften Armen angehoben, im Sternenlicht. Sieht ihre Hände unter dem nun wie blicklos gewordenes Lächeln in der dunklen Luft das ärmellose Kleid an den Schultern berühren, um es unaufhaltsam abwärts zu bringen. Von der Biegung des schmalen Halses zu den sanft ruhenden Wölbungen der Brüste nieder, über die Hügel und Knospen der Brüste abwärts, über die Bögen der Hüften hin und über die nah und klar sich rundenden hohen Schenkel nieder, über die Knie fort zu den Füßen hinunter, auf die Binsenstreu. Die Füße gehen aus dem leichten Stoff hervor, die Hände gehen von den Knien herauf, sich zusammenfindend in der schmalen Neigung, in der Beuge des Schoßes.

Vor den fernen Zeichen der leise flimmernden Sternbilder schaut der Kniende die enthüllte hohe, ihn mit Schauer und Beseligung erfüllende, das Schauen herrlich bestürzende Gestalt. Als träte nun die andere, Fremde, aus dem Vergangenen alles Unvergangenen, aus der Entfernung des Göttlichen hervor, um sich die Dauer des Augenblicks, den Atem der Wärme, Nähe, herschwindend aus gestirnten Verschwundenheiten, zu holen. Leib der Aphrodite.

Mit dem Hören eines anderen, dem er nach draußen, der in die Zeit gerückten Welt verfallen bleibt, nimmt er das herandringende Summen wahr, das lauter wird, unterwegs nun überall in der Sommernacht.

Schüler, kniend vor den Feuerstellen des Schönen.

Kniend nun nicht mehr allein. Schon kniet die Große, schimmernd Enthüllte neben ihm, auf der Binsenstreu. Er spürt den warmen, bedrängenden Duft ihres Leibes, scheues Arom ihrer Lieblichkeit. Gelöst und entfacht ist sein Fühlen. Nun blicken sie, nebeneinander, ruhig, über das Birkengeländer hinaus, hinauf in die leise blinkenden Zeichen der nächtlichen, unaufhörlichen Weite.

Sich hinsetzend, berühren sich ihre Arme. Noch immer blicken sie hinaus. Als wäre dies ihnen aufgetragen, die ferne, unverrückbare Schrift dort oben zu lesen, die im Unendlichen einhergeht und wandert und strahlt. Schrift des Unwandelbaren, noch einmal zu lesen die unabwendbare Schrift der Oberen, aus der sie hier auf die Erde hingeschrieben worden sind, unten, der Mann und das Mädchen. Jahr um Jahr, in die rasch gilbenden Seiten der Lebenszeit, bis in die Seite dieses Augenblicks.

Dann hört Orlins mit dem Hören des anderen, dem er in der dauerlosen Zeit verfallen bleibt, das Summen der Boote nicht mehr. Er vernimmt den leisen, ruhigen Schlag des Herzens, über dem seine Wange lehnt, den sanften Herzton des Mädchens. Aus dem Arom des die Nähe umhüllenden Leibes schwingt zaubrisch Schönes warm durch ihn hin, begibt er sich in das leise, erglühende Verwunschensein, in die sich neigende Ausfahrt des Herzens. Geschlossenen Auges, in sich ruhenden Blicks, erfährt er die Märchenzeit der Liebesstunde. Klingen die nachgiebigen Wege des Lippenrandes in ihm fort, befällt ihn die scheue, innige Zeit ihres Atems. Wie unterwegs in fremder Welt, Wälder und Ströme des Liebesinneseins fliegen mit ihm vorüber. Über alles Bisherige hinaus reisend, ausfahrend in die quillende, blühende Einkehr des Lieblichsten, der tiefen Liebeslust. Zeit, die aus der Zeit verfällt. Freude, die nun die letzte Fährnis hinter sich läßt, findend ins Suchen mündet, schwebend, sich überschwebend dorthin, wo die Welt am Traumrand beginnt, dem Gefälle des Insichseins zutreibend, strömend dem sich erhöhenden Schwinden zu. Schwingend, schwingend, über das Sinken hinaus. Reiner, eilender fortschwingend eine ungeschützten jähen Helligkeit zu, aus der sich nun, wieder ungeborgen, der bittere Ruf des Schluchzens ins Verlieren entfernt.

Die auf die Erde geschrieben sind, aus der Fernen All, aus der Zukunft der wandellosen Bilder in die schwindende, in die unaufhaltsame Lebenszeit. Geschrieben bis auf das Blatt dieser erlittenen und schon gilbenden Liebesstunde, das über den Feuerstellen der Lust verglimmt.

Dritter Teil

Nun wird er aufstehen.

Niemand ist gekommen. Die Wasserfläche blaut still und weit. In der Nähe steht das Wasser glasgrün, durchscheinend der graugrüne Schlammgrund. Das Licht blitzt in Streifen über dem See, blinkt, glitzert. Die Sonne steht hoch in der wolkenlosen Himmelsferne, die Schatten sind fast schwarz. Es wird Mittag sein.

Niemand. Kein Zeichen. Auf dem Geländer der Bootshütte hängen seine Kleider, sie dampfen nicht mehr, sind getrocknet, auch die Schuhe sind wieder trocken. Er taucht eine Hand ins Wasser, kühlt das brennende Gesicht, Stirn und Wangen. Er hat hier unbedeckt im Sonnenfeuer geschlafen, ausgestreckt auf der schmalen Veranda der Bootshütte. Auf der Brust, auf den Armen, auf dem Bauch und den Beinen ist die Haut gerötet. Die Benommenheit hinter der Stirn wird schwinden.

Orlins richtet sich auf, für einen Augenblick wird es schwarz vor seinen Augen, er lehnt sich an die Bretterwand. So ist er im Schatten. Die Stille ringsum ist ohne Bedrängnis. Kein Ruf, keine Stimme, kein Schritt. N u r d u r c h e i n e n Z u f a l l, denkt er. Dann sieht er ein, daß dies oberflächlich gedacht ist. Erinnert sich. Als der Polizeikutter das Schiff rammte, als das Schiff sank, sprang er ins Wasser und schwamm. Er hörte die anderen springen, sehen konnte er in der Dunkelheit nicht viel, eine Zeitlang hörte er die anderen noch schwimmen, dann bekam er schon Schilfstengel zwischen die Hände, hörte ein Auto hupen, änderte die Richtung im Wasser und streifte mit den Füßen, als er sie einmal sinken ließ, schon den weichen Schlammboden. Da stieß er im Schwimmen mit dem Ellenbogen gegen einen Pfosten im Wasser, sah die Scheinwerfer der Boote weit draußen über das Wasser kreisen, zog sich an dem Pfosten unter den langen

Bootssteg und hörte einen Motor in der Nähe aufbrummen und den Wagen losfahren. Gebückt kroch er unter dem Steg im Wasser weiter, er hörte noch einen langgezogenen Pfiff auf einer Trillerpfeife, wenn er nicht in der verkehrten Richtung kroch, mußte er bald aufs Trockene kommen. Durch die dichten, hohen Binsen tappte er langsam weiter, kam wieder zwischen Schilfstengel und feuchtes, scharfkantiges Gras, an dem er sich die Hände schnitt und dann auf federnden Erdboden. Er war noch immer unter dem Brettersteg, zog sich über den schrägen Erdboden hinauf, legte sich nun völlig erschöpft auf den Rücken und war so durch und durch naß, daß es sich anfühlte, als läge er noch immer im Wasser. Er konnte hier unbemerkt liegen unter dem Steg und die erste Helligkeit abwarten. Das Brummen der Motorboote ließ nach, verschwand nach und nach, über dem Wasser wurde es still, in großer Entfernung fuhr ein Motorrad vorüber. Er dachte, daß er hier nicht einschlafen wollte, daß er gern geraucht hätte. Daß er jetzt gern in trockenes Heu gekrochen wäre. Aber er leistete keinen Widerstand. Vor Mattigkeit schlief er ein.

Fröstelnd wurde er in der kühlen Frühe wach. Da dachte er an die grüne Gartenleiter, als hätte sie ihm bis hierher Geleit und Schutz gegeben. Die Sommerfrühe war reglos, meilenweit still, als wäre sie dicht vor der Wirklichkeit, als wäre sie noch nicht in die Wirklichkeit eingegangen, als spiegelte sich ihr Abbild erst in der Zeit. Er dachte an die Gartenleiter, er fror jetzt unter dem Steg auf dem feuchten Boden, in den nassen Kleidern, dachte daran, daß Jessie einen Badeanzug angezogen hatte, dort oben auf dem Dach, ihren Trenchcoat darüber. Über die Gartenleiter hatten sie das Dach des Gartenhauses verlassen, waren zum Landungssteg gegangen und als die letzten an Bord der »Gold-Weiß«. Als das Schiff auf den dunklen See hinausfuhr, ohne Lichter, zwischen den beiden Inseln hindurch, riet ihm der kleine alte Pat, der auf einer Bank am Bug saß, die Schuhe auszuziehen und in die Taschen zu stecken. So hatte er die Halbschuhe in die beiden Rocktaschen gezwängt.

Orlins blinzelt, reibt sich die Augen. Er zieht das Hemd vom Geländer und streift es über den Kopf, es ist ganz heiß. Zieht Strümpfe und Schuhe an, die verkrumpelten Hosen, danach die Jacke. Die Wunde an der Schulter schmerzt nicht mehr. Der Verband ist verschwunden. Muß ins Wasser gefallen sein, als er sich auszog und die Kleider zum Trocknen über das Geländer hing.

Nun, denkt er, *nun ist's soweit.* Er ist aufgestanden blickt durch die Eisenstäbe des Fensters, das keine Scheibe hat, in die dunkle, stille Bootshütte. Nun ist nichts soweit. Wendet sich um und blickt auf den See hinaus, die Hand über den Augen. Er hat weit draußen ein Boot bemerkt. Ein Mann sitzt am Steuer, ein anderer steht in der Mitte, bückt sich und zieht etwas aus dem Wasser. Fischer? Er winkt ihnen nicht. Er denkt, daß er in den Uferbüschen jemand finden wird. Ob sie ebenfalls, ob sie alle entkommen sind? Ob er jemand von ihnen bald in der Nähe, in den Uferbüschen finden wird? Er zieht die Brieftasche heraus, die Geldscheine kleben zusammen, sind noch etwas feucht.

Er geht auf der Veranda um die Bootshütte herum, öffnet eine Brettertür und blickt in die verwitterte Kabine. Niemand. Ein Haufen welkes, dunkles Buchenlaub liegt auf dem Boden, hölzerne Tritte führen nach unten ins Wasser, das grün und gläsern die nächsten Stufen sehen läßt, die mitten im Wasser aufhören. Ein Schwarm kleiner Fische stiebt davon. Was sucht er hier?

Er ist sich des Erlittenen nicht bewußt. Solange er noch handelt, wird ihn die Ausgestoßenheit nicht überholen. Noch ist alles Vergangene zu dicht hinter ihm, die Eindrücke waren überstürzt und gewalttätig, er kann diesen Sprung ins Unbekannte noch nicht wahrhaben. *Sie werden sich in den Ufergebüschen verborgen halten*, denkt er.

Über den langen Bootssteg geht er ruhig auf die Bäume und Büsche am Ufer zu. Binsen stehen im niedrigen Wasser, hohe Schilfstengel. Es geht kein Wind. Scharen von kleinen Fischen wenden unter Wasser und gleiten erschreckt davon.

Am Ufer geht er einen schmalen Pfad entlang. Unter den alten Bäumen hin, Buchen, Platanen. Manchmal bleibt er dicht am Wasser stehen, hebt die Hand über die Augen und beobachtet die weite Wasserfläche. Lauscht. Die heiße Reglosigkeit gibt nichts kund.

Mit einem Male leugnet er nicht mehr die Gewißheit, die ihn die ganze Zeit begleitet. Er wird hier niemand mehr finden. Erst in diesem Augenblick ist er völlig allein. Es ist, als sei er im gleichen Land in einer fremden Zeit. Bis er erkennt, daß alle Gegenwart fremd ist, weil sie noch eben die Zukunft war. Es ist, als käme er aus einer fremden Zeit zurück. Zurück in die Zeit, die er nun selbst sein wird, er ist noch auf der Suche. Und er kann den unermüdlichen kleinen alten Pat nicht danach fragen.

Vielleicht, denkt er, *vielleicht werden sie mich finden, wenn ich sie nicht mehr suche. Ich will mich jetzt nach einer Straße umsehen, ich träume ja nicht, ich habe noch nichts Verkehrtes getan.* Keine Uhr, kein Kalenderblatt, aber er weiß, daß er erst jetzt von Gestern fortgeht, er geht durch heute Mittag hin, denn er hat das Suchen aufgegeben. »Ausgesät in die Verschwundenheit!« Die Rede des Dichters auf dem Karussellelefanten begann damit, er erinnert sich daran wie an einen Hinweis.

Bald wird er alles wahrhaben müssen, was nun hinter ihm Stunde um Stunde verschwindet. Bald. Jetzt noch nicht. Wagenrollen in der Luft gibt ihm hier im Gras zwischen den Büschen und Schilffeldern die Richtung an. Als er das Ufer verläßt, spürt er, daß er hungrig ist.

Solange er keinem Menschen begegnet, bleibt die Gegenwart wie verzögert, verspätet. Er geht über eine eingefriedete Wiese mit Apfelbäumen. Kleine, grüne, wachsgrüne Äpfel. Noch bevor er das Gatter öffnet, hat er das staubige, weißliche, lange Band der Landstraße erblickt. Dort steht er still. Es ist noch immer ringsum alles wie voller Verspätung. Er kennt sich noch nicht aus, kennt sich nicht aus noch ein. Die stille, heiße Luft, die verlassene, staubige Landstraße, der frühe Sommernachmittag. Käfer und Fliegen schwirren über das hohe Gras am Rande. Die Schatten der Bäume liegen darüber. Die Schatten des Vergangenen sind die unsichtbaren Erinnerungen.

Er kann diesen Ort in der Welt, das in der Sonne erglänzende hohe grüne Gras, die grüne Mauer der Büsche die Landstraße hinunter, die starkästigen Bäume, die breite, stille, verlassene Landstraße mit den schwarzen Baumschatten über dem weißlichen Staub nicht wahrnehmen, als wäre er, nichts suchend, auf einem Spaziergang hierher gekommen. Er ist auch nicht der Mann, der um diese Stunde jetzt, wer weiß wo, fern, vor der kleinen Staffelei sitzt auf einem Feldstühlchen und die Palette auf den Knien liegen hat, sich zurückbeugt, den Pinsel wie zielend erhoben, prüfend, das linke Auge geschlossen, auf die Leinwand und wieder in die grüne, luftige Tiefe der Wiesen, Büsche und Bäume starrt, als genügte es nicht, ihren Ausdruck zu erkunden, sondern darüber hinaus gleichsam ihren Sinn, das was sie für sich selbst sind, zu erfassen. Er ist nur unterwegs. Er denkt nicht, daß er noch immer jeden Augenblick hier auf dem Hintergrund von Gestern erlebt, daß alles Zukünftige immerfort in diesen Rahmen aus Gestern und allem Zurückliegenden tritt wie ein Bild, das sich ständig verändert im unabänderlichen Rahmen. Dann hört er das schwache Rollen hinter sich näherkommen und stärker und lauter schallen, sieht das graue Lastauto mit dem blauen Führerdach größer werden und näherkommen und tritt vor und winkt. Ein Mann Mitte Dreißig, ohne Hut, in einem verkrumpelten Anzug. Das Lastauto fährt vorüber und hält mit laufendem Motor, die Tür der Führerkabine schwingt auf, Orlins läuft einige Schritte, der Fahrer blickt durch den blauen Rauch der Zigarette, die er mit dem Mundwinkel hält, blinzelnd zu ihm herunter. Nickt. Vielleicht hatte Orlins noch einmal ein Zeichen erwartet. Orlins steigt ein, der Fahrer hat die Hände wieder am Steuer und blickt geradeaus.

Orlins zieht die Türe heran und schlägt sie zu, der Fahrer schaltet, geradeaus blickend, die Zigarette im Mundwinkel, und fährt an, schaltet wieder und noch einmal und holt die versäumte Zeit auf. Kein Zeichen, nichts. Der Fahrer spricht nichts, ein hemdsärmeliger, älterer Mann mit gebräuntem Gesicht, mit wenigen, tiefen Falten, wie sie im Lachen entstehen. So sieht der Mann auch noch heiter und ohne Anlaß vergnügt aus, wenn er gleichmütig über die Landstraße hinblickt. Vielleicht wartet der Fahrer in der unaufhörlich ratternden Kabine, daß Orlins spricht. Aber Orlins kennt das Wort nicht, das Kennwort für diesen noch rings grün umfriedeten Nachmittag. Er denkt nur, daß er noch immer handelt. Etwas fehlt. Er kann noch nicht zur Besinnung kommen. Er wird solange das Nächste tun, bis er die Besinnung erreicht. Dann bemerkt er, daß ihm die Landstraße plötzlich völlig vertraut ist, daß er sie kennt, als hätte er sie die ganze Zeit mit verkehrten Blicken betrachtet. Er ist früher schon hier gewesen, oft, er kennt sich wieder aus. Es ist, als hätte ihn der Rahmen, der aus dem Gestern gebildet die Bilder des Heute verändert, solange verwirrt. Er bittet den Fahrer, ihn am Eingang der Stadt abzusetzen. Der Fahrer nickt, geradeaus blickend. Grüne Gartenzäune, Hecken und einzelne weiße Häuser, Häuser hinter großen Kastanien, Häuserreihen aus rotem Backstein, einstöckig ohne Vorgärten, mit breiten Rasenstreifen davor, zweistöckige Häuser, dann überholen sie einen gelben Straßenbahnzug. Der Fahrer schaltet die Gänge zurück, bremst im Leergang, der Wagen rollt aus, steht mit laufendem Motor. Orlins hat den Geldschein klein gefaltet und schiebt ihn in die Vertiefung unter der Scheibe, zwischen die Putzwolle und das Ölkännchen. Der Fahrer nickt dankend, blickt wieder geradeaus, Orlins klettert hinunter, springt vom Trittbrett, wirft die Wagentür zu. Das Lastauto fährt davon und Orlins steht allein auf der breiten Straße, er wartet ein herankommendes Auto ab und geht hinüber auf den Gehsteig. Rings ist nun die Stadt um ihn, fremd und bekannt, sie ist im Gang, diese Stadt, mit Radfahrern, Omnibussen, Straßenbahnen und allen Vorüberkommenden. Wo es stiller wird, in den Seitenstraßen, erscheint sie ihm noch näher, diese Stadt, zwischen Gemüseläden, Uhrmachern, Bügelanstalten und Papiergeschäften nistet ihr Gewese in der Verborgenheit des Augenscheins.

Orlins tritt in einen stillen, kleinen Laden, in dem es fast halbdunkel ist. Ein ruhiger, alter Mann mit schwarzer Hornbrille stellt die Kaffeetasse auf einen Stuhl und erhebt sich. Orlins findet eine graue Sportmütze, die ihm paßt, einen grauen Regenmantel, es sind getragene Sachen, der Preis ist nicht hoch. Verläßt den Laden. Nebenan der Friseursalon ist still und leer. Er läßt sich rasieren. Niemand betrachtet fortan seinen Anzug auf der Straße abfällig, niemand beobachtet mehr sein Gesicht. Unbehelligt bewegt er sich unter den hohen Häusern fort. An der Ecke ist das Café. Es ist so still, als wäre es geschlossen, als hätte man vergessen, die Glastüre abzuschließen. Er schließt leise die Tür und geht durch das leere Café in die vom Buffet entlegenste Ecke. Hängt die Mütze an einen Haken, setzt sich an den runden Marmortisch. Ein Mädchen im kniefreien, schwarzen Kleid mit weißer Schürze und weißem Häubchen auf dem spröden, gewellten dunklen Haar erscheint mit blassem Gesicht vor ihm und wiederholt gleichmütig die Bestellung. Tasse Kaffee, drei Brötchen, Portion Butter, Packung Zigaretten, Streichhölzer.

Orlins wartet auf dem Stuhl, die Arme auf der weißen Marmorplatte, bis das Mädchen mit dem blassen, überdrüssigen Gesicht das Nickeltablett mit der Kaffeetasse und dem Milchkännchen bringt, mit der kleinen Würfelzuckerpackung, den Teller mit den Brötchen und dem gerillten Streifen gelber Butter. Die Zigarettenpackung und das Streichhölzerheft zieht sie aus der Schürzentasche. Wartet, bis sie durch das leere Café zum Buffet zurückgegangen ist, seinem Blick entschwunden. Er bricht das Brötchen auf, legt den Butterstreifen hinein, tunkt das Brötchen in den heißen, schwarzen Kaffee und spürt die warme Butter auf der Zunge. Er fühlt die erste, beginnende leichte Sättigung. Trinkt die Tasse leer, gießt die Milch hinein und wirft die Zuckerstückchen dazu. Er reißt das Zigarettenpäckchen an, zieht die Zigarette heraus, trinkt die gezuckerte Milch und zündet mit dem Pappstreichholz die Zigarette an. Raucht. Rauchend ist er nun in der Stille allein. Er wartet noch eine Zeitlang, zieht den Rauch tief ein, nun wird er nicht mehr handeln. Zur Besinnung kommen.

Auf dem Nebentisch liegt eine zusammengefaltete Zeitung. Er zögert, dann streckt er den Arm aus, holt sie herüber, schlägt sie auf, rauchend beginnt er die Schlagzeilen zu lesen.

Liest nochmals den Kopf:

WELT AM MORGEN

Liest:

SPITZBERGEN – DIE DARDANELLEN DER ARKTIS

Liest:

BESPRECHUNGEN ÜBER DAS NEUE KABINETT

Schlägt die Seite um und liest:

LOKALES

POLIZEIPRÄSIDENT STELLT SEIN AMT
ZUR VERFÜGUNG

Er liest die Zwischentitel:

NIEDERLAGE DER POLIZEI – VERZÖGERUNG IN DER
BEFEHLSGEBUNG?
RAZZIA AUF DER »INSEL DER FREUNDE«.
DIE »GOLD-WEISS« DES BARONS WURDE GERAMMT. EIN
UNTERIRDISCHES KARUSSELL ENTDECKT.
GEHEIMBUND »DIE UNAUFFINDBAREN« – SÄMTLICHE
MITGLIEDER ENTKOMMEN.
ANARCHIE – ODER DIE PFLICHT DER FREIHEIT?

Er hört eine Uhr, die er nicht sehen kann, im stillen Café schlagen. Eins.

Entkommen. Er faltet die Zeitung zusammen und schiebt sie auf den Nebentisch. Nun könnte er den Geldschein hinlegen, die Mütze vom Haken nehmen, aufstehen und fortgehen. Fort wohin? *Jessie entkommen. Pat entkommen. Entkommen wohin.* Er weiß den Wochentag nicht, könnte die Zeitung zu Rate ziehen. Eine Stimme unter vielen Stimmen sagt in ihm: *Seit Sonntag nachmittag.*

Er schließt die Augen und denkt: *Ich brauche mich nicht zu rühren. Etwas rückt fort, auch wenn ich mich nicht rühre. Ohne mich, zugleich mit mir, zugleich in mir, fort und fort, die Welt rückt weiter, von gestern fort mit jedem Augenblick. Allüberall. Wie Gestern versinkt, sinkt Heute immerzu herein von Augenblick zu Augenblick.*

Er schüttelt den Kopf, öffnet die Augen und denkt: *Ich bin jetzt ein wenig verdreht.* Da sagt die Stimme unter den vielen Stimmen in ihm: *Du hast es nie bedacht.*

Er hat es nie bedacht, das Gehen. Das Gehen, das keiner sieht, das Kommen, von niemand gehört. Das Vergehen, das keiner mehr finden kann. Unauffindbar ist das Vorhin schon vergangen.

Nie bedacht, wie wäre alles anders gekommen, die entgangenen Jahre, die entglittenen Jahre, anders gekommen, anders gegangen. Was er von nun an tun wird, wird er wie ins Vergangene hinein tun, zu all dem Vergangenen hinzu. Er sollte es bedenken. Die Stimme hinter den vielen Stimmen in ihm sagt: *Halt. Halt ein.*

Er wird nach einem Halt suchen, nach einem Anhaltspunkt. Der nicht kommt, der nicht vergeht. Er drückt die zu Ende gerauchte Zigarette in dem gläsernen Dreikantaschenbecher aus. Wo käme man hin, wenn man nicht mehr einhalten könnte? Aus dem unablässigen Verschwinden nicht mehr zurück.

Ungeübt, nicht vorbereitet, nicht wissend sucht er die Stelle, den Ort, wo ihn das Verschwinden nicht mehr trifft. Wo ihn das Vergehen übergeht. Wo ihm der flüchtige Augenblick das Unzerstörbare läßt, die Gewißheit seiner selbst, den Sinn, der durch alle Augenblicke hindurchreicht. Er hat es nie bedacht. Das Fräulein mit der weißen Schürze hat es nie bedacht. Es handelt sich nicht darum, das Verschwinden aufzuhalten, es ist gekennzeichnet: Unaufhaltsamkeit.

Er möchte den Tag von diesem Halt, den er noch nicht findet, von dieser Haltestelle aus beginnen. Und den gefundenen Ort, den geheimen Stand, nie mehr verlassen.

Der Tag wird vergehen, und der Abend wird kommen, und man wird den geheimen Ort im Sinn behalten, nicht mehr verlieren. Man wird den geheimen Ortssinn nicht mehr verlieren.

Unterwegs im Nachdenken hat er das Wort wieder gefunden. Dies ist einst gesprochen worden, damals, fern, gestern, das Wort vom hohen Sinn. Während Stunde um Stunde rings wie ins Sinnlose sinkt, dauert über dem Schwinden unauffindbar der Sinn. Der hohe Sinn. Wie der Engel über dem Grabe, denkt Orlins, die Grabmalfigur, der steinerne Engel, der das Gesicht in den Händen verbirgt, geneigt, über den Gräbern sinnend.

Wenn er den Sinn erahnt, ahnend erlebt, wird er den Ausblick nicht mehr verlieren, den Ausblick über dem weiten Sinken, den Blick im hohen Sinn.

Er denkt, daß dies ihm mitgegeben worden ist, daß ihm die Freundin dies mitgegeben hat, er hat dieses Wort mitgebracht bis hierher. Er sinnt darüber weiter. *Dies Dahinleben, denkt er, dies Dorthinleben, dies Jedermannleben, es war so unmöglich möglich, es war wie ohne Sinn. Ich schlief die Nacht, ich erwachte den Morgen, ich trank und aß und war geschäftig, und hatte keinen Sinn. Als lebten mich die Ansprüche, die zu erfüllen waren, Orlins' Ansprüche, Coras Ansprüche, der Kinder Ansprüche, das Haus, der Garten und die Jahreszeit. Überall und immerfort trieben und wuchsen sie, wer säte sie aus, die unersättlich das Leben beanspruchten, die unerschöpflichen Ansprüche?*

Während er nach der Antwort sucht, hört er die Stimme des Dichters wieder, im dunklen Flur des Schloßflügels, damals, fern, gestern?

»Wenn die Ansprüche genügend erhitzt sind, Charles, dann lassen sie sich zu allem verführen, und wenn es zu ihrem Untergang auf dem schnellsten Wege führt. Warum marschieren sie in den Krieg, ohne Tritt marsch?«

Ohne Ansprüche lebte keiner so dahin, sie verwandelten sich in das Leben, ersetzten seinen Sinn. Verhinderten das Besinnen auf den Sinn. *Wir leben hin, um diesen Ansprüchen Genüge zu tun, um es mit ihnen zu etwas zu bringen. Außerhalb von uns selbst, während es die Zeit zu nichts bringt, die alles bringt. Und alles nimmt. Halt ein.*

Weil ich nichts besann, glaubte ich, was jeder glaubte, was alle zu leben glaubten, ich glaubte den Glaubwürdigen, nicht dem Besinnen. Ich habe mich vergangen, weil ich mich im Glaubwürdigen verlief. Ich habe mich am Sinn vergangen. Halt ein.

Halb zwei, schlägt die Uhr.

Schüler, der im Besinnen zur Schule geht. Der das Erinnern lernt. Erinnern an die erlebte Zeit. *Ich will fortan den Glaubwürdigen nicht mehr glauben, ich habe Unglaubwürdiges erlebt, ich will allein dem Erleben glauben. Ich war verschwunden aus der glaubwürdigen Welt, dem Glaubwürdigen entkommen, dem Erleben zugefallen, dem Zufall unterwegs gesellt. Ergeben, ich hatte mich ergeben, die Ansprüche verworfen, fortgeworfen, wie man die Waffen von sich wirft. Ich glaube an euch, Unvergeßliche, ihr Freunde, ich glaube an das Erzählen. Von Stund an will ich mich besinnen auf das Erleben allein. Ich will es einst erzählen. So wird es nicht verloren sein, zu all dem versunkenen Leben, das Erzählen verbirgt es vor dem Verfall. Bewahrt seinen Sinn über dem Schwinden ins Sinnverlorene.*

Schüler, um das Alphabet des Erzählens zu lernen. Er ist dem geheimen Ort näher gekommen. Er wird ihm immer näher kommen. *Besinnen und erzählen. Nicht hier. Nicht mehr hier.* Er ruft in das leere Café hinein, ruft die Überdrüssige, legt den Geldschein hin, nimmt die Mütze vom Haken, er steckt die beiden Brötchen ein und geht.

»Auf Wiedersehen!«

Schließt die Glastüre hinter sich, in der mit Glasschrift steht:

CAFÉ MINERVA

Tritt auf die Straße, wo Fremde vorübergehen, mit den Fremden geht er fremd vorüber. Aus den Häuserschatten in das heiße Licht, in die straßenwarme Luft, biegt in die nächste Straße ein, überquert einen Platz, den bestaubte Ligusterhecken säumen, durchquert den Sommertag der Stadt, bis er die Seitenstraße wiederfindet. *Dort, wo es um fünf Uhr war.* Er geht die schmale Gasse im Schatten entlang, von weitem sieht er schon das verwitterte, das grüne Schild, die Schrift, in der der Buchstabe fehlt. Hotel zum Bleichen Stern. Darin das B verschwunden. B wie Besinnen. Er will die Türe öffnen, die Türe ist verschlossen. Nun sieht er den bedruckten Zettel, sie werden auf Vorrat hergestellt, erhältlich in allen einschlägigen Geschäften:

WEGEN RENOVIERUNG
GESCHLOSSEN!

Erneuerung. Er läßt die Türklinke, hinter welcher sich die Erneuerung vollzieht. Geht vorüber bis zur Ecke, die Seitenstraße ist zu Ende. Dort drüben sind sie einst gesprochen worden, die Worte, damals, damals gegen fünf. Er geht über die Fahrbahn dorthin, auf dem Gehsteig hat er die Stelle erreicht. Kein Zeichen. Die Fremden gehen vorüber, er ist stehengeblieben, zieht die Mütze tiefer in die Stirn. Im stillen Sonnenschein denkt er die fünfzehn Worte wieder, als ließe sich mit ihnen das Nächste beginnen. *»Cora, geh bitte vor.«* Sie war in den Anblick ihrer Kinder versunken, die beide vorausgelaufen waren. Nun stürmten sie schon in den großen Garten. *»Und richte schon den Tee.«* Er denkt nicht, diese Worte wie ein Seil auszuspannen über der Tiefe der vergangenen Tage. Um auf dem Seil über die Tiefe zu laufen, im Gleichgewicht den Sinn. *»Ich komme in einer Minute nach.«*

Er kommt. Nun kommt es nicht mehr auf eine Minute an. Er ist einem Halt auf der Spur, einem Gleichgewicht, einem Sinn. Geht weiter und sieht das Gartentor, das rote Ziegeldach, 37, Drachenstraße. Es ist niemand im Garten. Der Verschwundene trug hellgrauen Anzug. Sachdienliche Mitteilungen sind an die Ermittlungsstelle zu richten. *Wenn jemand im*

Garten wäre. Die Fenster sind geschlossen, die Vorhänge sind vorgezogen. Orlins geht weiter, am Gartentor vorüber, er geht ruhig bis zur Straßenecke, biegt in das Mauergäßchen ein, wartet. *Niemand.* Als niemand kommt, kann er lange über die Mauer nach den roten Geranien vor seinem Bürofenster blicken. Das Bürofenster ist geschlossen. Wegen Erneuerung.

Mit einem Sprung sitzt er auf der alten, bemoosten Mauer, schwingt die Füße herum, springt hinunter auf die nachgiebige Gartenerde. Selbst wenn er den Haustürschlüssel hier in der Tasche hätte, könnte er nicht durch das Gartentor, unmittelbar auf das Gesicht des Hauses zugehen. Aus der Verschwundenheit auf die Haustreppe zukommen. Er überquert das fremde Gartengrundstück, das niemand hegt, das niemand pflegt, Löwenzahn, Margueriten und Disteln blühen, Sauerampfer und Klee wächst überall und Büschelgras. Durch die Fliederbüsche kommt er in seinen Garten, unter den Kirschbäumen nähert er sich der Rückseite des Hauses, hinter den Fenstern erscheint kein Gesicht. Dann geht er die sieben Stufen zur Waschküche hinunter, nach kalter Seifenlauge und Holzbütten riecht es hier, er geht an der Waschmaschine vorüber und nun die enge, halbdunkle Stiege hinauf. Kein Laut, keine Stimme, kein Schritt. Im Dunkeln tastet er nach der Klinke, zögert, atmet tief und langsam ein und öffnet die Tür. Steht in der leeren Küche.

Die Küchenuhr tickt an der Wand ruhig und unaufhörlich. *Ich brauche mich nicht zu rühren*, denkt Orlins, *die Welt rückt weiter fort. Von Gestern fort wie seit Jahrtausenden schon. Du hast es nie bedacht. Von damals fort zu bald. Von bald zu bald. Wie wissen wir, wann er vorüber ist, der Augenblick, der Sommertag, das Sommerjahr, vorüber bis zum letzten Jahr, mit seinem Hall und Schall, wir wissen niemals, wann.* Die Küchenuhr tickt weiter in der leeren Küche fort. Da denkt Orlins: *So ist es immer das letzte Jahr, der letzte Sommer, da wir nicht wissen, wann. Halt ein.*

Schüler, der das Unbegreifliche lernt. Es ist ihm alles wieder unbegreiflich. Die stille Küche, das stille Haus. Das Staunen wird er nicht mehr verlieren, das Staunen wird der Haltepunkt sein. Jener ortlose Ort im Unbegreiflichen, von dem man weit umher über das Schwinden blickt. Langsam geht er durch die Küche, niemand im Haus? Er geht durch die halbdunkle Diele leise ins Wohnzimmer, die Tischdecke liegt über dem langen Tisch, die gelbe Vase mit den blauen Glockenblumen steht in der Mitte, er schließt die Tür. Noch wie benommen von diesem stillen Haus geht er zum Fenster, legt die Mütze und den Regenmantel auf den Stuhl, zieht den weißen Vorhang zurück und öffnet das Fenster weit. Auf den grünen Plüschsessel, den er unters Fenster schiebt, setzt er sich nun, als geschähe dies alles erst vorläufig. Als wäre es eine der Proben zurückzukommen. Bis zur Hauptprobe. Noch ist es wie gedacht. Noch ist es nicht erlebt. Die warme Luft schwimmt durchs offene Fenster herein, fließt um sein Gesicht, sein Blick ist noch wie unterwegs, über dieser Rückkehr wie sinnend auf sie niederblickend. Im Turm der Kirche, die er nicht sieht, fällt ein Glockenschlag, nah, ein zweiter.

Zwei Uhr.

Verschallt in den Fernen des Nachmittags. Dann nähert sich das Gesicht unter dem gebogenen Rand des Panama. Ruhig kommt es heran. Als hätte der Mann hinter der Straßenecke gewartet, bis niemand mehr in der Straße war, denn die Straße ist jetzt völlig leer. Über den Gartenzäunen rückt es heran, über den Mauern schwimmt es her, ein hageres, älteres, fleckiges Gesicht, eine scharfe dünne Nase, distelgraue Augenbrauenbüschel, es starrt im Gehen unbeweglich geradeaus, wie über eine Schiene gleitend. Nicht gelassen, nicht besonnen, sondern entschlossen wie aus verhohlener Angst. Als wäre es entschlossen, sich nicht mehr zu senken, und wäre selbst die Welt hinter der Straßenecke zu Ende. Es würde dort weiter geradeaus blicken, ins Nichts hinaus, über die Leere des Sinnlosen fort.

Vielleicht ist es dies, denkt Orlins, *ich bin noch nicht entschlossen.* Aber da hält das Gesicht ein, der Mann steht still auf der

Straße und wendet das Gesicht langsam herum, mitten in seinen Blick. Als hätte Orlins hier, am Fenster, diesen Blick gewartet, beunruhigt. Orlins kann sein eigenes Gesicht nicht sehen, er weiß nicht, wie es dort draußen jetzt gesehen wird. Die fremden Augen, grau, glasig, kalt zwischen den zusammengezogenen Lidern, beobachten ihn. Das Gesicht drückt tiefen Unglauben aus. Nicht des Augenblicks, sondern aus einer vergangenen, längst unpersönlich gewordenen Zeit. Das Ungläubige ist in die Haut eingedrungen, um Wangen, Stirn und Mund, dort hat es das nachgiebige Fleisch unter einem Griff, der sich nicht mehr lockert, zusammengezogen, die ungläubige Verdrossenheit in den Falten befestigt.

Orlins fühlt, wie ihm der Schrecken durch alle Glieder stößt. Und es ist nicht die flüchtige Ähnlichkeit mit dem eigenen Gesicht, die den Schrecken auslöste. Es ist etwas anderes. Als würde ihm dort draußen aus der Zukunft sein Gesicht gezeigt, im Voraus von Jahrzehnten, als wäre aus einer Gegenwart, die erst nach vielen Jahren eintritt in einen Nachmittag, in einen Sommertag, über dem Gartenzaun sein hingealtertes Gesicht erschienen. Ungläubiger Verdruß. Das Gesicht dort draußen bleibt stumm. Aber in diesem Augenblick des Erschreckens tritt Orlins, mitten in der Probe zurückzukommen, s c h o n hier und n o c h unterwegs, in den Stand, das Gesicht zu lesen. Blitzschnell, schneller als blitzschnell hat er die Faltenschrift gelesen.

Er liest sie nicht mit Worten, es geschieht erfühlend, erlebend. Ins Mitteilbare übertragen, wären es die folgenden Worte: Vorbei. Vorüber. Vorüber und vorbei. Es ist schon spät. Es ist vertan. Ein Leben lang, vertan. Es wird niemand erfahren, der Blick hält sich entschlossen geradeaus. Vorüber, vertan. Hinter den Falten des Verdrusses dunkelt das Leben ins Ratlose hinaus. Ratlos vertan. Hinter dem ratlosen Dunkel ist Herbst. In der welkenden Luft des Herbstes vergilbt, was ratlos vertan. In der Verborgenheit verfärbt es sich, in der dunkelnden Traurigkeit. Nun ist es spät, nun wird es öd, auf dem herbstlichen Feld. Traurig in die Ödnis vertan.

Orlins senkt den Blick auf die Fensterbank. Er weiß die Antwort nicht, weiß nicht, warum es so bitter vertan werden mußte. Ohne Sinn vertan. Er kann dem fremden Gesicht dort draußen nicht die Antwort geben, die er noch immer sucht. Kann nicht sagen: Halt. Halt ein. Du hast es nicht bedacht. Wir haben es nie bedacht. Du hast den Ort nicht gefunden, über dem Schwinden den Halt. So hast du's wie blind vertan, unverdrossen, bis der Verdruß das letzte war, du kannst ihn nicht vertun. Nun blickst du geradeaus, aber du siehst nichts mehr für dich, siehst schon den Rand, der Tiefe Rand, der Leere. Als fühltest du nun Stund um Stund, wie es dich leert, ausleert hinunter ins Leere, als fühltest du dich schon verschwinden, ringsum in dir, und blickst nun geradeaus, damit es niemand merkt, damit es keiner sieht, wieviel du schon verschwunden bist am hellen Tag, mitten aus dir. Wohin?

Das Gesicht noch immer gesenkt, wartet Orlins am Fenster auf den Schritt, Laut der Schritte. Er fühlt die bittere Scham, als hätte er eines Menschen Gesicht verleugnet, verraten, ans Nichts verraten. Eines Menschen Gesicht, spät, es ist vorausgegangen auf dem sinkenden Weg, den keiner mehr verlassen kann. In die Verlassenheit hinunter, in die Unabsehbarkeit hinaus.

Da vernimmt er den Schritt, zögernde, langsame Schritte. Langsam werden sie wieder gefestigt, entschlossen. Hallend auf der Straße verlieren sie sich in der Luft, in der Stille, in der Ferne des Nachmittags.

Er denkt jetzt, daß es die Schritte des Verlorenen sind. Verloren entschlossen, das ratlose Schwinden zu verschweigen hinter dem Blick, der unbewegt, der immerfort geradaus dringt.

Ich habe es bisher vertan. Orlins hebt den Blick und sieht sich um, wie nach einem Halt. Er fühlt, daß dies ein Abgesandter war. Nicht die Person, zahllos sind Namen und Person, im zahllosen das eine, des Menschen einziges, hiesiges, des Menschen Größtes, des Menschen unwiederbringliches Leben.

Nicht bestanden. Ich habe die Probe nicht bestanden, die Rolle schlecht gelernt. Ich wollte nur zurückkommen. Schüler, der die Rolle lernt. Nicht aus dem Land der entkommenen Freunde kam der Gedanke, er kam aus der Welt, aus der an der Vernichtung wirkenden Welt. Welt, die sich mit dem Vernichten eingelassen hat, draußen, ringsum, in Feld und Wald, in Ländern und Meeren, als müßten der Erde Hinschwinden sie beschleunigen. Vernichtung auch noch des Haltes, den er sucht, des Ortes, wo er die Besinnung findet. Mit der Besinnung vernichtet diese Welt den Sinn.

Besinnen, Gilbert Orlins. Nun ist ihm, als könnte er sich an etwas erinnern, das noch nicht war, und doch kann er sich darauf besinnen. Als könnte er sich im voraus an sein Leben erinnern, das noch nicht vergangen war. Als könnte er sich daran erinnern, wie es nun sein könnte mit seinem Leben, vom Ende her.

Er wird hier wieder wohnen, 37, Drachenstraße. In einem Wohnhaus wohnen wie gewohnt, wie er gewohnt hat hier bisher. Nur ist es wieder ungewohnt, denn er hat eingehalten mit dem Gewohnten. Als er vorüberfuhr dort hinten, damals, unter dem Verdeck des alten, klapprigen Viersitzers, Jessie am Steuer, Pat neben sich, hielt das Gewohnte ein, fuhr er ins Ungewohnte hinein. Er denkt zurück, es war einmal. Es war einmal ein Sonntag, nachmittags um fünf. Da hatte er Geburtstag um Mitternacht. Nun ist er bald zurückgekommen. Als könnte einer nach Hause kommen und sagen, ich nehme das Gewohnte, ich nehme mein Leben zurück.

Aber man kann sich nicht an die Zukunft erinnern. Wieder denkt er an die Zeit, die weiterrückt mit aller Welt, allüberall, die hier mit ihm vergeht. Zeit, sich zu besinnen. Orlins steht auf und sieht sich im Wohnzimmer um, als suchte er die Stelle, wo ihn niemand mehr erblickt, das Zelt, das ihn vor der Welt verbirgt. Da stehen Tisch und Stühle, Kommode und Schrank, da ist kein Zelt. Er rückt einen Stuhl, kniet auf den Teppich nieder, hebt die sandfarbene Tischdecke hoch und streckt sich unter dem langen Tisch auf dem Teppich aus.

Hier wird ihn kein Gesicht mehr finden, während er sich besinnt.

Fremd sieht das Zimmer von hier unten aus, fremd wie aus einem Zelt. Niemand hat in den Zimmern, in denen er wohnt, ein Zelt, um sich aus den Gewohnheiten zu entfernen, um sich zu besinnen. Früher, damals, fern, ist auch er, wie gewohnt, in ein Wirtshaus gegangen. Wo sie sich beim Glase entgehen. Wo sie sich gehen lassen, fort, wohin? Am Boden liegend, ist das Wohnzimmer wieder ungewohnt. Das Fenster steht noch offen, er kann die Welt noch hören. Im Turm der Kirche, die er nicht sieht, fällt der Glockenschlag.

Halb. Halb drei.

Das Tönen verklingt, schwingt durch die Luft hin, die es fortbringt in die Stille. Er hat die Augen geschlossen, nimmt den schwachen Geruch an seinem Anzug wahr. Nach Seewasser, nach Muscheln. Seine Augen haben sich über dem Anblick des Wohnzimmers geschlossen. Nun sieht er kein Zimmer, seine Person sieht er nicht mehr, das Sehen wird ihn nicht mehr beim Lernen beeinträchtigen, ablenken. Nun wird er die Rolle lernen. Zurückzukommen. Und es nicht zu vertun. Fortan hier wohnen und leben, hier sein und es nicht zu vertun. Bedenken. Wie still es ist, im Nachmittag, im Sommertag, still und warm.

Ich habe nicht mehr, denkt Orlins. *Mehr habe ich nicht. Als daß ich hier bin, mitten im Leben, als ich ins Wasser sprang, schwamm ich schon hierher zurück. Es ist mehr als viel, daß ich am Leben bin, es ist alles. Und wußte es nicht immer, daß ich so weit und still mitten im Leben bin. Auch unter der Brücke im Eisenbahnwagen, auch im Wald unter den Kiefern hab ich es wieder erlebt, dies ruhige im Leben sein, bis es noch einmal unbegreiflich war. Dort, auf einem Dach, auf einer Binsenstreu. Ich will es nicht vertun, im Leben will ich das Leben nicht vertun. Halt ein.*

Jetzt, von hier an, Tag für Tag will ich mich nicht mehr leben lassen, von keinem. Von den Ansprüchen nicht, von den Vermittlungen nicht, nicht von den Grundstücken und Immobilien. Und wo wird Cora sein, die Kinder? Von hier und nun an will ich es selbst, nicht mehr wie jedermann, nicht mehr wie alle Tage, allein, will ich es fühlend allein erleben, dies meine, dies eine Leben.

Er wendet den Kopf, legt den Kopf auf den Arm, *selbst leben ganz allein. Doch ist es nicht so unbegreiflich viel, ein ganzes langes Leben, es ist so viel für mich allein. Wie lang ist schon, wie viel ist schon ein Nachmittag, viel ist ein Sommertag, ein Haus ist viel, ein Jahr ist doch so viel für mich allein.*

Er will es nicht für sich. Reich genug, für viele reicht es aus. Doch will er es nun ehren. Er hat es nicht geehrt. Vertan, ungeehrt, unbedacht, ungeliebt, wie alle unbesonnen nur vertan. Weil ohne Sinn, vertan.

Sinnend, kehrt er aus den Sinnen ins Schwinden schläfrig fort. Schläft er sinnend ein.

Als er zu sich kommt, blickt er rings ins Halbdunkel. *Ich bin unterm Tisch eingeschlafen, auf dem Teppich, während die Welt weiterging. Zuhause. Es geht kein Schritt im Haus.*

Draußen gehn auf der Straße Schritte vorüber, die Straße hinunter, in der Dämmerung unter. So still allein.

Wenn er sich nicht bewegt hier unterm Tisch, wird es doch dunkler werden ringsum, im Haus, in den Straßen, dunkelt es unter dem Himmel hin. *Cora fort, die Kinder fort, ich bin im Haus allein.* Die Kinder sollten mit der Schule auf das Land, das fällt ihm ein. Vielleicht sucht sie noch nach ihm, dem Verschwundenen, Cora. Vielleicht ist sie zum Zahnarzt. Früher ging sie nach dem Zahnarzt ins Café, dort trank sie Schokolade und aß kleine Sahnetörtchen. Bevor sie dann ins Kino ging, rief sie ihn an, er saß am Schreibtisch drüben im Büro und nahm den Hörer ab. Aus der Telefonzelle im Café rief sie ihn an.

Orlins spürt an der linken Schulter ein Jucken, er muß sich kratzen, die Wunde ist schon zugeheilt, schmerzt noch leicht. Streifschuß vorm Lagerhaus. Danach lag er auch auf dem Rücken, wie jetzt. Im Spiegelkasten, unterm Möbelwagen. Er weiß es noch. »Nur wer nicht heimkehrt, der lebt schlecht.« Im leise dunkelnden Zimmer kann er sich mühelos erinnern. Es ist, als hörte er die Worte aus der Luft der entschwundenen Tage herüberdringen:

»Träumen ist Einkehr in ein älteres Haus.
Dort saßen einst Vater und Mutter beim Spind,
Und brachen das Brot, und hörten den Wind ...«

Er hört den Schritt draußen, er hat die Schritte sofort gehört. Sie kommen über die stille Straße in der warmen Abendluft zum Gartentor, in den Angeln fährt das Gartentor knarrend auf, und fällt klappernd ins Schloß zurück, scheppernd. Er hört sein Herz klopfen und hört die Schritte hinter der Abendstille groß und deutlich gehen, durch den Garten hin, in der Luft hin durch das offene Fenster dringen, um im Zimmer immerfort zu vergehen. Die Hand hinterm Ohr, hat er sich halb aufgerichtet, seitlich, mit dem Hören folgt er den Schritten draußen über die Stufen, bleibt vor der Tür mit ihnen stehen. Das schüttelnde Geklirr, der klirrende Schlüsselbund. Die Tür schlägt an die Mauer, fällt zurück ins Schloß hinter den Schritten. *Bald. Ach, bald.*

Ob er seine Aufgaben kann. Die Proben sind vorüber. Nun ist er im Wirklichen mitten darin. Schüler, der es gelernt hat und noch nicht kann. Die Schritte kommen eilig durch die Diele, am Wohnzimmer vorüber. Hören auf. Der Garten ist so still. Dann hört er die Stimme:

»Lena?«

Verhallt, geht in der Stille unter, hinter der Tür. Der Abend ist so still.

Die Schritte gehen die Treppe hinauf, höher, gehen schwächer, vergehen. Oben im Hause schlägt eine Tür, fern. Fern ist wie spät.

Stimmen, Geraune von Stimmen ineinander, es ist noch jemand im Haus. *Während ich hier auf dem Teppich schlief,* denkt Orlins, *kam das Mädchen zurück, Lena, vom Einholen zurück. Nun holt mich alles ein.*

Die Schritte kommen die Treppe herunter, jeder Schritt kommt auf ihn zu. Schüler, der sich besinnt, dem es nicht einfällt. Er fühlt, wie sich etwas über sein Fühlen hinweghebt und entgleitet, als käme er unter einer Wolke hervor, die ihn nicht mehr verhüllt, ins überall Offene, Weite, preisgegeben allem unabwendbar Einwirkenden. Die Schritte kommen auf die Tür des Wohnzimmers zu, die Klinke wird niedergedrückt, die Tür fährt auf, eine Hand streift über die Tapete. Das Erwarten ist umstellt, umringt vom unentrinnbar Nahen.

Er hört das Einrücken der Feder im Lichtschalter, gelbes Licht liegt plötzlich ringsum hinter den Fransen der Tischdecke auf dem Boden. An der Tür sind Atemzüge, die nicht näher kommen.

Orlins schließt die Augen, unbeweglich liegt er auf dem Teppich, unter dem Tisch, hält den Atem an, es ist, als würde nun das Zelt über ihm fortgezogen.

»Gilbert?« Der Stimme Unglauben. Verweht.

»Es ist niemand hier.« Der Stimme Verdruß. Vergeht. Da fährt die Tür zu, und die Füße gehen über den Teppich. Er hört den seufzenden Atemzug, lastend. Er hält den Atem nicht mehr an, atmet leise durch den Mund.

Gleich. Ach, gleich.

Er hört, während er zu zittern beginnt, wie ein Stuhl gerückt wird. Auf der Straße schweben Stimmen ohne Schritte vorüber, fahrende Stimmen, die sich im stillen Abend unterhalten, auf Fahrrädern schon vorüber. Hört die Geräusche des Hinsetzens. Dreht das Gesicht nach der Seite und sieht den schattendünnen, bläulichen Seidenstrumpf, das Bein, den blauen, leichten Halbschuh. Unter dem Rocksaum den Ansatz der Wade, zwischen den Stuhlbeinen im gelben Licht.

Frist, von Frist zu Frist. *Nun muß ich es können. Zurückzukommen.* In der Nähe seiner Wohnung zum letzten Male gesehen worden. *Ich darf es nicht vertun. Zum letzten Mal. Nun.*

»Erschrick nicht«, sagt er leise. Er hat ohne Stimme gesprochen. Unablässig tönt die Stille im Hören fort.

»Cora.«

Der Schrei blitzt auf.

»Ich bin es. Gilbert.«

Er kann sich nicht mehr regen. Zu spät. Zitternd, keiner Bewegung fähig, hört er den Schrei, der aus dem Grausigen fortzieht und gellend verhallt, hört er das Stöhnen, das stöhnende Weinen, das flehende, bittere Weinen, um Erbarmen flehend.

Schüler, der zitternd versagt. Der bittere, klagende Singsang des Weinens. Der nicht bestanden hat, ehe die Prüfung beginnt. Daß er verschwand, ohne Wort, ohne Gruß, das ist nun zu entrichten, Leid um Leid, der bittere Zoll.

»Cora.«

Er hört die Geräusche des Aufspringens, gelähmt verharrt er unterm Tisch, das Zittern nicht bezwingend. Sieht die Hand, die unter die Tischdecke fährt, in die Fransen faßt, die Tischdecke wird hochgerissen, Licht fällt unter den Tisch, er blickt in das tränennasse, schreckentstellte Gesicht.

»Gilbert.«

Er blickt in die dunklen, starr geweiteten Augen, flehend, um Hilfe, um Frieden, demütig: verlaß mich nicht!

Seine Hand geht der leichten, blassen Hand entgegen, umschließt sie ruhig, seine Hand zittert. Er ist zuhause.

»Ist dir –, ist dir etwas?«

»Nichts. Liebe Cora. Nichts. Nur das Licht.«

Er blickt in das bange Gesicht, das in seinem Blick suchend sinnt, da sieht er das schwache Nicken, sieht das Gesicht verschwinden. Hört die Schritte über den Teppich gehen zur Tür. Warnend ruft eine Stimme auf der Straße: »Arthur. Arthur!«

Hört das Drehen des Schalters, der Fußboden ist ins Dunkel verschwunden. Die Schritte kommen zurück, ihr Kleid streift die Tischdecke. *Ach, bald.*

Den schwachen Duft von Juchten nimmt er wahr, hört, wie sie neben ihm auf dem Teppich hinkniet.

»Gilbert.«

Sie spricht im Dunkel leise, der Sommerabend ist weit und still. Er hört das Hauchen ihres Atems, hört, wie ihre Hand über den Teppich streicht, umschließt die suchende Hand. Hand in Hand ist er zuhause nun, so war er nie zuhause. Nun wird es ruhig um ihn und weit, ringsum. Geisterweit.

»Deine Hand ist heiß. Gilbert.«

»Nicht auf den Knien, setzt' du dich neben mich. Hier. Gut.«

»Gilbert, fieberheiß.«

»Nichts, kein Fieber.«

»Ach, daß du wieder da bist.«

Geisterweit.

»Cora. Wenn du sprichst, riecht es nach Zahnarzt, war es schlimm? Nicht. Also schlimm. Sind die Kinder – nicht im Bett? Auf dem Land, mit der Schule, ja, auf dem Land. Ich weiß es noch. So still ist es draußen. Nun können wir so still sein hier, wie vergessen. Und ist wie selbstverständlich, und ists doch nicht. Nun hab ich es doch gelernt, Cora. Wie selbstverständlich, so war's bisher, lebten wir mit. Nun sollten wir vergessen. Ob du es kannst? Wir wollen es vergessen lernen, was alles selbstverständlich war. Hier, jetzt, nun sollten wirs versuchen. Alles. Auch den Namen. Zuerst den Namen. Fort, vergessen. Niemand, kannst du es? Auch die Stunde, den Abend, fort. Versuch es nun. Auch das Haus. Wie wir vergessen, so geht es fort, alles, was einmal unser, was einmal lange selbstverständlich war. Kannst du? Bald. Bald kommen wir zurück aus dem Vergessen. Es ist die Probe nur. Fühlst du nun, wie alles wieder für sich ist, fremd, fremd wie geheim. Bis in den Grund vergessen. Daß einmal dies so selbstverständlich war. Die Stille noch, noch das Dunkel, vergiß. Jetzt, kannst du es?«

»Ich kann's noch nicht.«

»Auch dich. Das Zimmer. Tisch und Teppich, vergiß. Die Zimmer Tür um Tür, die Türen, auch das Dach. Kannst du die Zimmer vergessen, alle, vergiß auch noch die Nacht, die Nächte, den Schlaf, in den Kissen, die Kissen, die Betten vergiß. Nun sprich es nach: Ich will alles vergessen.«

»Alles vergessen.«

»Und jetzt auch mich. Vergiß, vergiß. Ich bin nicht hier, ich war nicht fort, du hast mich nicht gekannt. Niemand war ich, kannst du es?«

»Ich kann es nicht.«

»Schließ die Augen, bleib still. Rühr dich nicht mehr und geh fort, dreh dich um und geh auf der Straße fort, ohne Laut, ohne Schritt, warst du im Kino, vorher? Geh nun dorthin zurück.«

»Im Kino hab ich an dich gedacht.«

»Geh aus dem Kino fort, zurück, es ist ein weißer Sessel, es blinkt ringsum, Chrom und Nickel, kalt, spürst du am Haar, das Polster im Genick? Denk an den einen Augenblick, es ist die Hand, die es jetzt tut, die dich jetzt trifft, hast du geschrien?«

»Ja, geschrien!«

»Es ist wie Zerrissenwerden, wie wenn das Vergessen zerrissen wird im Blitz. Denk an den Blitz, den Schrei, jetzt.«

Stille. Atemzüge, die eilen, eiliger werden, heftiger.

»Jetzt.« Der Stimme Zittern. Ihre Hand zuckt in seiner Hand, will hochfahren.

»Ich hatte dich vergessen, alles.«

»Nun höre mir zu. Cora. Nun hören wir nur noch Stimmen. Denk, daß wir es nicht sind, daß es niemand ist, daß wir nirgends sind. Nicht hier, nicht im Haus, nicht in der Welt. Wir kennen sie nicht, keine Welt. Noch nicht. Im Nichtigen sind wir nichtig, still, nicht wesend ...

Und n u n denk einmal wieder her, hierher, ins Dunkel, wir sind hier wieder nebeneinander, auf einem Teppich unterm Tisch. Du. Du und ich. Wie unbegreiflich ist es nun. Du und ich. Als hörten wir nun fremden Stimmen zu. Und sie erzählen sich, wie nichts mehr war, und wie es unbegreiflich ist, einander zuzuhören. Staunend. Staunend dürfen wir es wieder sein. Wundernd. Aus dem Unbegreiflichen sind wir nun hier, hierher gekommen, niemand weiß, daß wir nun hier zusammen sind. Es ist wie's in den Märchen stand. Als wenn wir nicht gestorben wären und lebten heute noch.«

»Gilbert. Ich kanns auch noch nicht glauben.«

»Nun sind wir lange groß geworden. Ich lag doch nie mehr unterm Tisch. Seit ich einmal klein war, seit ich nicht mehr klein war. Im Dunkeln unterm Tisch. Aus allem Selbstverständlichen fort. Es will schon wieder kommen, wir wollen es nicht, wir wollen es nicht mehr werden, wir wollen nicht mehr selbstverständlich sein. Morgen nicht, nicht übers Jahr, Stund um Stund nicht mehr. Und wieder erzählen, was geschah. Auch dies, was seit dem Sonntag war, nachmittags, seit fünf.«

Er fühlt, daß etwas fehlt. Daß er das Letzte noch nicht finden kann. Erkennt, daß er noch immer wartet. Auf etwas wartet, ein Zeichen? Woher?

»Gilbert. Ob du nichts essen willst?«

»Auch dies, Cora, ist mit ihm Hand in Hand, das Essen, das Trinken, mit allem Selbstverständlichen. Ich finde es doch gleich, es fehlte noch das Einende, das uns mit allem eint. Damals, als du klein warst, hast du abends nicht gebetet?«

»Ja, Gilbert.«

»Dort finde ichs vielleicht. Über dem Selbstverständlichen, das nur geschieht, das immer nimmt, das niemals nirgends dankt. Dankbar sein. Danken. Nicht einander, niemand hier. Daß wir hier still und wie vergessen sind, in einem Haus, an einem Sommerabend, der schon vergeht. Daß wir in Frieden sind, allein, ganz still allein in tiefem Frieden, in tiefer, tiefer Ruh. Dem Unscheinbaren danken, aus dem wir leben wie aus der Ruh. Dem Unverständlichen, das nicht mehr in den Worten ist, das nicht mehr in den Gedanken ist, und wir fühlen doch seine Spur, sein Gehn, sein Kommen und Vergehn. Ob wir es lernen? Ob wir es können, einmal, hier? Mit dir, mit deiner Hand, wir wollen es nun suchen, Hand in Hand. Suchend, wollen wir es wieder finden, das Danken.«

»Ja, Gilbert.«

»Daß es uns ruhig atmen läßt. Auch der stillen Luft, danken, dem Guten, das auch die Luft ist. Die wir nicht kennen, Sommerluft, warm, Abendluft, namenlos atmen wir sie immer. Als wir noch nicht waren, war sie hier. Wir bleiben nicht. Einst, wenn uns kein Atem mehr erhält, bleibt sie hier. Auch dem Licht. Morgen leuchtet es wieder früh, im Garten, draußen, überall unterm Himmel. Danken wir dem Licht, der

Luft, den guten Dingen. Vielleicht, weit, über allen Sternen weit, geht nun etwas vorüber, das uns nicht sieht, das uns nicht hört, das uns im Leben hält. Das alles Leben hält, von Stund zu Stund, von Jahr zu Jahr, das nicht mit uns verfällt. Weit. Über den Sternen weit. Dort, wohin es nicht mehr denken kann in uns, im Unausdenkbaren weit. Ihm danken. Dem Unausdenkbaren. Hier unten, hier, unterm Tisch, und auch für dies, daß uns nun nichts mehr selbstverständlich ist.«

»Jetzt bin ich froh, Gilbert.«

»Jetzt bin ich wieder, Cora. Es ist um alle Stille rings ein Frieden, ums Haus, um den Garten, um alles Dunkel. Auch für den Frieden danken. Es ist ein tiefer Frieden. Weit über allem Selbstverständlichen, und morgen kann er schon nicht mehr sein. Ist wie die Heimat der Zeit, dort, wo es wie Wunder ist, daß uns nichts vertreibt, daß uns nichts geschieht. Sprich es leise mit mir: Frieden. Dem Wunder, dem Unausdenkbaren, mit allem, mit meinem Leben, dank ich, für allen Frieden.«

»Mit meinem Leben. Mit allem, dank ich, dem Unausdenkbaren. Hier. Dem Wunder, für allen Frieden.«

Jetzt, jetzt hat er die Schritte gehört. *Nun, weil ich nichts mehr wollte, in Frieden weilen, nun kommen die Schritte. Ich wollte nichts mehr, und habe doch noch gewartet.* Über die Straße kommen die Schritte leicht und eilend zum Gartentor, *ach, Frieden.*

Aber er wird sich hier nicht rühren. Er spürt, wie Cora jetzt diesen Schritten draußen lauscht. Die Schritte stehn am Gartentor still. Durch die stille Luft kommt ein Ton, ein Klappen, zweimal. Durch das offene Fenster hört er hier unterm Tisch die Schritte leicht und eilend weitergehen.

»Was?«

»Es war am Briefkasten«, sagt Cora im Dunkeln neben ihm. Tief, langsam und tief atmet Orlins, fühlt das pulsende Herz erregt klopfen. Er hört die Schritte auf der Straße untergehn, im Abend fort. Und hört noch immer die Worte Coras. Vier. Vier Worte. Es war am Briefkasten.

Richtet sich auf.

»Gleich. Ich bin gleich wieder hier. Gleich.«
»Gilbert.«

Ruhig streicht er über ihre Hand, noch ruhig. Wendet sich um, unter der Tischdecke kriecht er gebückt hervor, richtet sich im Dunkeln auf, stützt sich gegen den Tisch, die Benommenheit schwindet schon. *Danken. Dem Frieden danken. Es war am Briefkasten.*

»Gilbert.«

»Ja, ich komme wieder, ich komme gleich zurück. Nur zum Briefkasten, Cora. Gleich zurück.«

Mit dem Knie stößt er gegen einen Stuhl, im Denken ist er schon draußen, am Briefkasten. Frieden.

Tastend findet seine Hand die Türklinke, er läßt die Tür hinter sich offen, tastet mit den Händen durch die dunkle Luft, hört seine Schritte in der Diele, erinnert sich, jetzt links, drei Schritte bis zur Tür.

Auch das Beieinandersein, denkt er, *auch dies, wie lange selbstverständlich. Und einmal nicht, einmal nicht mehr. Auf einem Dache einmal nicht.* Nun ertastet er die Tür, drückt die Klinke nieder, zieht die Tür weit auf, draußen ist schwache Helligkeit, Sternenlicht. *Einmal unter den Sternen nicht.* Die Sommergerüche dringen aus dem Garten heran. Er steht auf der Haustreppe und blickt zu den hellen Sternen auf. *Auf einer Binsenschütte nicht.* Einmal hat er dort auch hinaufgesehen, und nicht wie jetzt. Gestern? Er senkt den Blick, geht die Stufen hinunter. Alles Verschwundene ist Gestern. Durch den nachtstillen Garten geht er ans Tor. *Gleich zurück.*

Es ist, als hörte er ein unhörbares Rufen, hol' über. Von Drüben, über einen lautlos strömenden, dunkel und weit dahinziehenden Strom. Über dem Fließenden. Über der fließenden Zeit.

Er steht am Gartentor und blickt die dunkle Straße hinunter, die Hand über dem Briefkasten. Viele Straßen sind hinter der Straße hier. Erschrickt. Ein Klang fällt in die Stille, ein Glockenschlag. Einmal. Halb. Verhallt. Er dreht den kleinen Schlüssel um, die Briefkastentür geht auf. Seine Hand fühlt den hölzernen Kasten aus, fühlt den Briefumschlag, glatt und steif. Nun zieht er den weißen Umschlag heraus, verschlossen, die Rückseite ist ohne Absender, die Vorderseite ist ohne Anschrift, leer geblieben. Er öffnet ihn nicht. Gib Frieden.

Er steckt ihn in die Tasche. Es ist, als kämen nun die beiden Waagschalen in ihm aus dem Gleichgewicht, ins Erzittern, tanzend auf und ab, schwingend die beiden Schalen Hier und Dort, Hier und Fort. Er dreht den kleinen Schlüssel herum.

Blickt nach den dunklen Bäumen in der Straße, dunkle Dächer dahinter, vorn an der Ecke leuchtet das gelbe Licht der Laterne still durch Äste und Laub. Aus der Ferne hört er ein Rollen, lang, anhaltend, dann rollt es ferner, rollt in der Ferne aus. *Der Nachtzug, halb elf.*

In den Gärten ist es nachtstill. In den Straßen sind noch zuweilen Schritte. Stimmen, Geraune, zwischen Fensterläden schimmert Licht. Hinter allen Mauern draußen das Land. Hinter der Nacht der Morgen. Hinter Nacht und Morgen die unaufhaltsame Zeit. Weit.

Er zögert. Noch zögert er vor der Probe, die nicht die letzte ist. Als hätte er das Stichwort in der Tasche. Kehr um, halt ein. Es ist, als wäre dies noch einmal dicht davor, wirklich zu werden: Zurückzukommen. Wirklich mit dem nächsten Schritt.

Er lehnt sich an das Gartentor, die Augen in einer leichten, taumeligen Benommenheit geschlossen. Nun sieht er auch den stillen Zug. Geisterstill. Den stillen Bahnsteig, noch hält der Zug. Aus den offenen, dunklen Fenstern der Wagen blicken ihn die stillen Gesichter an. Noch steht der Zug, ruhn die Räder auf den Schienen. Still blicken sie ihn an, die geisterstillen Augen der Entkommenen. Die Große, Blonde, still. Sinnend, schmal und still. Dort, das Kopfschütteln wartet noch, hält still, nicht verwundert, nicht mehr ruhlos unentwegt, der alte, kleine Pat. Dort, den Wacholderzweig in der Hand, bärtig, der große alte Dichter. Im hellen Halstuch dunkle Nußblätter, schmächtig, der Freund des Wassers, der alte Hobbarth. Schief den Strohhut über den stillen, wachen Augen, Charles Pitt, Artist. Wie schwebend sind die Gesichter, geisterweiß. Auch des Bettlers Gesicht, des Staubgesichtigen, weiß, der große Schenkende hält die Almosenschale leicht ans Herz. Unbeweglich blicken sie ihn an, unverletzlich ist die Stille, der Frieden in ihren Blicken, die ernst und sinnend sind, dunkel, vom Sinnen gezeichnet, geheim vom Sinn gezeichnet, vom hohen Sinn. Bald. Ach, bald.

Noch einmal sucht er das schmale, scheue, hohe Gesicht. Blonde. Große. Freundin. Als erwartete er einen Wink, ein Winken, ein Zeichen. In den dunklen Wagenfenstern nickt niemand. Er denkt, daß die stillen Gesichter nicht nicken können, sie sind jetzt nicht in der Zeit, sie ist dort ausgeblieben auf dem stillen Bahnsteig, fehlt wie auf einem Bild. Bilderstill sind ihre Gesichter. Zugleich ist ihm, als wär es nah, das Zeichen, deutlich dicht vor ihm, und er erkennt es nicht. Fühlt, wie seine Frist verrinnt. In den bilderstillen Blicken sucht er nach dem Vermächtnis ihrer Freundschaft. Da ist es schon zu spät, der Zug beginnt zu fließen, geisterleis. Mit den Wagen fließen in den dunklen Fenstern die Gesichter vorüber, geisternd schwindet der Zug ins Nächtige hinaus.

Orlins sieht nun nichts mehr und öffnet die Augen, die Hand am Gartentor. *Sie haben gewartet,* denkt er. *In den Fenstern warteten sie still. Gewartet, daß ich es fände, das Zeichen, den Fund der Freundschaft. Ich hab es nicht bedacht. Sie haben auf mein Gedenken gewartet.* Er wendet sich um, wendet den Blick zum dunklen Haus. Langsam geht er durch den stillen Garten zurück. Er kommt noch einmal zurück, zum letzten Mal. Gedenkend. Unter den Sternen zurück. Er geht die Stufen hinauf, leise drückt er die Tür hinter sich ins Schloß. Steht in der dunklen Diele. *Gilbert Orlins*, denkt er, *nun ist es an dir.*

»Cora.« Er ruft ihren Namen leise. Hört sie antworten. »Kein Licht«, ruft er ihr leise zu. »Bring eine Kerze mit.« Er hört ihre Schritte kommen, vorübergehen, in den Angeln knarrt eine Tür, hört ihre Schritte auf den Fliesen, behutsam, zugleich hört er das leere Ticken, die Küchenuhr. Behutsam kommt sie durch die dunkle Diele zurück, schon geht er ihr entgegen, erfaßt ihre Hand, nimmt ihr den Leuchter ab.

»Komm.«

Hand in Hand, nebeneinander gehen sie leise bis zum Treppenabsatz, vier Stufen dort hinunter. Er drückt die angelehnte Tür zurück, die Treppe ist schmal, sie müssen nun hintereinander abwärts gehn. Dann sind die beiden im Kellergang. Er nimmt vom Leuchterteller die Streichholzschachtel, das Streichholz flammt auf, bläulich glimmt der Dochtfaden an, der Schein nimmt zu, sie blicken sich nicht an, sie blicken in den länglichen Lichtkern.

»Ich fand im Kasten einen Brief.«

An der Heizungsanlage gehen sie vorüber, er öffnet eine Lattentür, leuchtet in das längliche Kellergelaß. Über Körbe und Eimer hin, Kisten und Flaschen. Es riecht nach Staub, nach Stroh, nach Kienholz und nach altem Papier. Auf der staubigen weißen Gartenbank an der Kellerwand steht ein Nußknacker mit starrem Gebiß im roten Holzgesicht. Liegt eine verbeulte Blechtrompete, liegen Buntstifte, ein kleines Segelboot, ein Holzpferd ohne Kopf und Schwanz. In einem gesprungenen Henkelglas steckt der Pferdeschwanz mit dem geleimten Ansatz, dahinter steht ein roter Kastenwagen, kleine Bierfässer hängen an Ketten heraus. Orlins schiebt die Spielsachen auf die Seite, stellt den Leuchter auf den Boden, sie setzen sich auf die Gartenbank. Nun sieht er Cora an.

Unter dem geöffneten blauen Kostüm die weiße, dünne Bluse mit den gläsernen Knöpfen. Über die vollen, weichen Wölbungen der Brüste kommt sein Blick in ihren Blick. Ihre Lippen sind leicht geöffnet, glänzen feucht im Licht. Verwundert, sanft, sinnend, zart ist ihr brauner Blick. Das blasse Gesicht träumend ernst, verwandelt. Die blasse Stirne von weichen, braunen Locken eingehüllt, arglos, sanft und mild. Er sieht, daß ihre Wangen schmal geworden sind, auch um den Mund ließ, was sie ertrug, die Schattenspur zurück. Er nimmt ihre Hand, blickt in den Kerzenschein.

»Bisher, Cora. Bis hierher. Oder bis vorher. Wir wußtens wie alle, was wir tun. Wie auch einmal. So gingen wir einst Tag für Tag dorthin, Jahr um Jahr, Abend um Abend kamen wir wieder zurück. Und gingen wieder jeden Morgen hin und rechneten und schrieben dort und löschten dort die Stunden aus. Für jemand. Jemands Firma. Spinger & Spinger. Und einmal nicht mehr. Wie auch einmal. Da wurde das Fundament errichtet, der Keller hier gebaut. Hier fing es an. Das Haus errichtet. Die Zimmer, das Büro. Immobilien, Hypotheken, Finanzierungen. Hier unten fing es an, laß uns damit beginnen. Und einmal gingen wir dorthin, zu zweit, gelobten, sprachen die Formel und unterschrieben und kehrten wie eins, wie eines nun, zurück, verehlicht Jahr um Jahr. Wie wußten wir, daß dieses unser war, was wir nun wußten? Unseres allein. So wußtens alle, jedermann. Es war nicht unser, was wir wußten, gehörte niemand, dies Wissen hatten wir nicht für uns selbst gefunden. Mit jedermann, so hatten wir es selbstverständlich getan. Wie ohne uns, wie allgemein, als lebte uns ein jedermann mit. Wohnen, schlafen und das Tägliche tun, essen, trinken, das Beieinanderruhn. Und sagten nicht: Halt ein. Still, sprich nicht, einmal halt ein. Und sagten nicht: Wir sind ja nicht, wir sind ja allgemein. Allen gemein. Als lebten wir wie niemand und wie alle. So war das, was wir alle lebten, nicht wissend, von allen begangen, von allen vertan. Das konnte es nicht sein, Cora. Nicht unser Leben wirklich sein. Des Jedermanns Leben, wie von niemand begangen, wie von selbst vertan.

Wie auch einmal. Und als wir uns dort öfter sahn, zwischen den Pulten, fühlten wir uns erst vor einander so allein. So hätte es wirklich werden können, und wirklich bleiben. Ein Ernstes wirklich, nicht allgemein. Doch wußten wir es schon wie alle, hingezogen zueinander, wußten wir schon, daß wir es wieder fühlen wollten. Die Wünsche fühlen, das Streicheln, Haar und Wange, sanft, beieinander, leis. Einmal, damals, in einer kleinen Kammer unterm Dach. Dort suchten wir umschlungen nicht die Antwort ganz für uns allein. Wir fragten nicht, nun, im Ineinandersein: Ist dir nun wirklicher? Ist dir nun einsamer in mir? Fühlst du nun wirklicher, dies tiefer Deine, dies dein Allein? Fühlst du's nun einmal wirklich nah und ganz, dies Deine, dieses dein Leben allein? Fragten es nicht. Verließen es, wir ließen es im Stich, dieses, des Lebens inne sein. Fragten, liebst du mich.

Umschlungen, strömend, erzitternd, unnennbar, so hielten wir's für jedermannes Glück und Fall. So hob sich's von den Lippen, wie jedermanns Glück und Schrei, umschlungen wußten wir nichts allein.

Bis vorher, Cora. Bis ich verschwunden ging. In dies Allein hinaus, ins Einsame fort. So war ich niemals von mir fort allein. Ich war wie viele Jahre fort. Über Erinnerungen hin, so zog ich fort und fort, dort war es nun, als ging ich in mein Leben hinein. Ich hab es nie bedacht.

Wir haben es nie bedacht. Ein ganzes, ein wirkliches Leben, nun konnte ich gedenken.

Nun bin ich wieder hier, und nicht mehr ohne mich, und nun mit dir. Mit mir, mit dir bin ich nun wirklich hier, auf einer weißen Gartenbank, im Keller nachts, hier saßen wir noch nie. Nun kann ich das Erzählen auch, Cora, das Leben erzählen, den Sommer erzählen, bald, überall. Im Hause überall. Noch unterm Dach, noch auf dem Speicher, dort oben, Cora, abends, hinter den Kisten, wie niemand abends hinter Schränken, im Dunkeln, oder beim Schein einer alten Laterne, die noch dort oben steht, dort wollen wir oft sitzen, wenn alle längst im Schlafe liegen, dort will ich dir erzählen. Gedenkend. Oder im Garten draußen, im Gras, unter den Sträuchern, am Zaun unter dem alten Holunderbaum. Erzählen, wie es einmal war. Es war einmal ein alter, kleiner Mann, er mußte immerfort den Kopf schütteln, und weil er alt und klein war, nannten sie ihn den kleinen alten Pat. Erzählen. Er konnte Geschichten erzählen. So wird es anfangen, Cora, mit dem Erzählen. Und war einmal ein Mann, der eines Sonntags in der Straße verschwand.«

Ihr Gesicht ruhte an seinem Arm, zuhörend hatte sie die Augen geschlossen, ruhig strich er über ihr braunes, volles, weiches Haar. Er fühlte, wie ihm nicht nur dies eine, sein Leben anvertraut war. Einer Frau, der Kinder Leben, ganz, anvertraut.

»Gilbert. Hier saßen wir nie. Noch nie unterm Dach. Als du verschwunden warst, da merkte ich auch, daß das Gewohnte mit verschwunden war. Ich fand mich nicht zurecht. Erst als die Kinder auf dem Lande waren. Da war ich viele Stunden ganz allein. Das Mädchen hatte ich fortgeschickt, tagsüber, Lena. Dann wurde es so still im Haus, in den Stuben, auf der Treppe. Ganz still um mich herum. Da ließ ich manchmal die Türen offen, und aus der Küche hörte ich die Uhr ticken, im ganzen Haus, dann wurde ich selber still. Und ging durch die Stuben, ohne Eile, ich wußte nicht, was ich suchte. Und erinnerte mich viel. Langsam, still fand ich eine Spur von mir, von mir allein. Sie war schon alt, wie vergangen, vergessen. Unterm Staub vergessen. Ich sann ihr nach. Auf der Treppe saß ich gern, allein. Und sann. So kam ich zu mir, und zu dir. Ja, Gilbert, vertan. Wie mutwillig vertan. Mit Haushalten und Reden und Essen und Trinken und Schlafen vertan. Den Frühling, den Sommer, mit Haus und Garten, mit den Sorgen um uns alle, um die Kinder, um dich, mit dem Versorgen von morgens bis abends vertan. Auch mit dem Beieinandersein. Da war ich manchmal verzweifelt, im stillen Haus, auf der Treppe, allein. Die Küchenuhr tickte, die Stunden vertan. Und einmal war ich nicht mehr verzweifelt, es war mir, als hätte ich alles verloren. Als hätte ich gar nichts mehr, dich nicht mehr, nie mehr. Als wären die Kinder groß geworden, erwachsen, und fortgezogen, als wohnten sie in fremden Häusern. Wo war ich dann? Auch das Haus war nicht mehr hier. In einem fremden Haus saß ich auf einer Treppe und hörte das Ticken einer Küchenuhr. So war alles vertan. Und dann wurde ich wieder froh. Denn nun konnte ich wieder warten, ich konnte alles wieder erwarten, was nicht mehr war, und es konnte doch alles wieder einmal sein. Der Bote von der Insel, es schickte ihn ein Baron zu mir mit einer Nachricht, du seist wohlauf, kam erst am nächsten Tag. In dieser Stunde auf der Treppe, es war noch hell, vom Kirchturm schlug es sieben, da wußte ich noch nichts von dir, und du konntest doch einmal wieder bei mir sein. Deine Stimme, dein

Gesicht, dein Schritt, einmal, einmal wieder, hier im Haus. Und die Kinder konnten wieder klein wie gestern sein, und morgen wieder bei mir. So war ich froh und wartete, und wünschte mir etwas. Ich wollte einmal wieder wie verschenkt, ganz fortgeschenkt, so wollt ich einmal wieder sein.

Als du verschwunden warst, Gilbert Orlins.«

»Verschwunden, Cora.« Seine Hand ruhte in ihrer Hand. Dann ruhte sie dort, wo es den Händen zu ruhen unruhig und wie im Fallen war.

»Und wieder verschwunden sein, Cora. So wollen wir uns wieder verschwunden gehn, und niemand wird uns finden. Unauffindbar, in den Straßen, abends, bis wir uns immer wieder finden. Im Haus, im Keller, oben unterm Dach, können wir uns wiederfinden. In der Nacht, im Garten, unterm Holunderbaum. Mit einem Zeichen, das niemand kennt. Aus zwei Zeichen wird es eines sein, einsam, aus unserer Zeit, aus unserem Leben, einsam. Einsam wie die Luft, wie unser Los, wir sind doch wie allein. Mitten in der Welt sind wir doch wie allein. In einem Keller wie schon aus der Welt fort, überall können wir verschwunden sein, hier, neben dir, neben mir können wir ganz in unserem Leben sein, aus dem, was selbstverständlich war, verschwunden. Um uns verwundert wiederzufinden, um es wundernd zu erleben.«

Er holte langsam den weißen Briefumschlag aus der Tasche, am Rand riß er einen Streifen ab, sah das dünne, dunkelblaue Brieffutter. Zog das gefaltete Blatt heraus, mit blauen Linien, mit breitem Rand, Seite aus einem Schulheft. Faltete es auseinander, Schüler, der nach seiner Note sieht, las die mit roter Tinte geschriebenen Worte vor:

ENTKOMMEN!

Wir kommen wieder.
Behalte uns im SINN.
Gedenke des Zeichens.

D. U.

»Die Unauffindbaren.« Leise wiederholte er ihren Namen, geisternd, unaussprechlich fühlte er sich in der Begeisterung mit ihnen geeint, im hohen Sinn, im Unauffindbaren von ihnen gefunden.

ENDE

Anhang

Ernst Kreuder: Manuskriptseite zu »Die Unauffindbaren«
(Deutsches Literaturarchiv, Marbach)

ERNST KREUDER, geboren 1903 in Zeitz bei Halle, aufgewachsen in Offenbach, war Bankangestellter, Hilfsarbeiter, Wanderer, studierte Philosophie, Literaturwissenschaft und Kriminologie, schrieb vor dem Krieg Gedichte, Geschichten und für den »Simplicissimus«, nach Krieg und Gefangenschaft Romane und Erzählungen, von denen »Die Gesellschaft vom Dachboden« am bekanntesten wurde. Er erhielt 1953 den Büchnerpreis. Ernst Kreuder starb 1972 arm und vergessen in der Nähe von Darmstadt.
Werke u. a.: Die Nacht des Gefangenen, Erzählungen (1939); Die Gesellschaft vom Dachboden, Erzählung (1946); Die Unauffindbaren, Roman (1948); Herein ohne anzuklopfen, Erzählung (1954); Agimos oder Die Weltgehilfen, Roman (1959); Hörensagen, Roman (1969); Der Mann im Bahnwärterhaus, Roman (1973).

Begrüßung eines Verschollenen

Die Vokabel vom vergessenen Autor haftet an Ernst Kreuder wie das Pech am Unglückshelden im Märchen. Einmal, kurz nach dem Krieg, auf der Amplitude des Erfolgs ein jäher Ausschlag nach oben, dann, beschallt mit dem Lobesunisono zahlreicher Schriftstellerkollegen, die abflachende Bewegung hin bis zur bleiernen Gleichgültigkeit des Publikums. Ein unaufhaltsamer, gewiß tragischer Verlauf in der Nachkriegszeit.

Um aus Schuld, Not, Desorientierung, Verzweiflung und Versteinerung das zu werden, was wir sind, haben wir uns in einem Prozeß über Generationen hinweg vieler literarischer Talente, eines gewachsenen Vorrats an sperrigem Gedankengut und widerständigem Ausdruckswillen entledigt. Einer dieser Verlierer am Rand des Weges zum Wiederaufstieg der westdeutschen Gesellschaft ist Ernst Kreuder. In der Nazizeit, an deren Ende er bereits 41 Jahre alt war, konnte er nur auf die Monade des Selbst und auf einige Freunde setzen; Chancen als Schriftsteller hatte er kaum. Danach trat er mit seinem poetischen Reichtum in eine ausgenüchterte Welt, die seiner nur für einen Augenblick bedurfte, um sich dann – »Kahlschlag« und Kehraus der Werte verkündend – von seinem literarischen Möglichkeitsimperium abzustoßen.

Der 1972 verstorbene Ernst Kreuder ist trotz einiger Versuche, dieses Schicksal zu wenden, das Inbild des Verschollenen geblieben. Ganz und gar ein Fremder in einer Gesellschaft, die das Wunder nicht in der Literatur, sondern in der Wirtschaft suchte. Ein Heimatloser im Revier des zivilisatorischen Fortschritts, der unsere Städte nach dem Krieg mehr ruinierte, als es der Zweite Weltkrieg vermochte. Eine Widerstandsgröße auf dem Exerzierfeld des Zeitgeists, der allein der absoluten Gegenwart sich verpflichten will.

Als Schriftsteller kann man auf verschiedene Arten vergessen sein: nur unbeachtet zu Lebzeiten und dann nicht mehr berücksichtigt; in den Schatten eines größeren Werks geraten und dabei unkenntlich geworden; verjährt und zu einer antiquarischen Nebensächlichkeit verkommen; einmal zu hoch gehoben vom Lob der Kritik und danach fallengelassen oder einfach abgelegt als Irrtum. Nichts von alledem betrifft Ernst Kreuder. Er ist einfach nicht verwendet worden. Er hat mit seinen träumerischen Rebellen, romantisierenden Tunichtguten und Helden der Luftsprünge das Abseits als sicheren Ort gewählt und ist dort nicht abgeholt worden von den Kritikern und Literaturwissenschaftlern, vom Fachpersonal für die Bildung eines Kanons.

Seine Vergessenheit heißt: Er ist nicht in Beschlag genommen worden, und das sichert sein Werk als unverbrauchte Einheit. Kreuder hat in seinen Romanen eine Eigenzeit beansprucht: ein Asyl der Stille und der Unabhängigkeit von der Uhr. Darin enthalten sind utopische Möglichkeiten, bleibt ein Vorschein erhalten, ein Suchbild der Frühe und des Zaubers, die noch nicht gelöscht sind. Das Versteck jener Vergessenheit, in dem sich Ernst Kreuder befindet, garantiert ein gewisses Maß an Futur. So paradox nur kann man von diesem vertrackten, raffinierten Autor sprechen. Karlheinz Deschner, der dem – drei Tage nach Günter Eich gestorbenen – Ernst Kreuder einen Nachruf widmete, erwähnte den Schmerz des Vergessenwerdens und fügte hinzu: »Es gibt keinen seinesgleichen unter uns, und geht es mit rechten Dingen zu, wird man sich eines Tages wieder an ihn erinnern.« Die kalendarische Zeit, die seitdem vergangen ist, hat diese Behauptung nicht annullieren können.

Ernst Kreuder wurde 1903 im thüringischen Zeitz geboren, kam jedoch früh nach Offenbach. Wünsche, Pläne und Lebenspraxis des Jungen gingen in verschiedene Richtungen: zum Beispiel eine Banklehre und als Ziel die Fremdenlegion. »Auf dem polizeilichen Anmeldeschein fälschte er die Zahlen seines Jugendalters und meldete sich zur ›légion étrangère‹. Afrika im Sinn. Karl May im Sinn. Stanley und Livingstone. Groschenhefte ›Heinz Brand, der Fremdenlegionär‹ faszinierten. Ärztliche Musterung im Sammellager Griesheim: nichttauglich für den Wüstendienst. Zurück zu den verarmten Eltern, Hilfsarbeiter, Inflation.« Die Wünsche wandten sich vom Alltag weg dem Eros der unbestimmten Ferne und der selbstgewissen Abgeschlossenheit zu – wie später die Romanfiguren ihrer Wegesucht, einem Entfernungstrieb und der Neigung zum Abtauchen nachgeben. Er hat gleichsam seinen Figuren vorgelebt: einerseits das Studium der Philosophie, Literaturgeschichte und Kriminologie, andererseits (zusammen mit dem Lyriker Hanns Ulbricht) als Tramp durch den Balkan. »Jugoslawien, Albanien, Griechenland. Tippelnd und stromernd. Vorübergehend verhaftet und ins Gefängnis in Belgrad geworfen, weil unser Visum abgelaufen war. Ich kannte also die Not und das Elend der Unbehausten, Vertriebenen, Geflüchteten, Heimatlosen.« Frühe Versuche mit Feuilletons, dann Arbeit für den »Simplicissimus«, dessen Redaktion von den Nazis zerschlagen wurde. »Mit [Gerhard] Schoenberner stellte ich in meiner Kammer in der Tengstraße die letzte ›freie‹ Nummer des ›Simplicissimus‹ zusammen.« Kaum älter als dreißig Jahre zog er 1934 von München weg und für immer in die Abgeschiedenheit der »Kaisermühle« bei Darmstadt. Die Abwendung von der akuten Gegenwart und der Widerstand eines Rückzugs auf sich selbst fanden einen territorialen Ausdruck. Er versuchte, sich über Wasser zu halten »mit mehr oder weniger dämlichen Kurzgeschichten, sogenannten Räuberpistolen, für unsere mehr oder weniger ›gleichgeschalteten‹ Wochenblätter und Tageszeitungen«. »Mit einem gebrauchten Vervielfältigungsapparat zog ich hundert- bis zweihundertmal meine Räubergeschichten ab und schickte sie als Drucksache, drei Pfennig, ins ›erwachte‹ Deutsche Reich. Der Streukreis war damals umfangreicher, Magdeburg war darunter, Königsberg, Stettin, Breslau, Leipzig, Dresden usw.« Die fremdbestimmte Unausweichlichkeit holte ihn ein: 1940 einberufen, Ausbildung zum Flakkanonier, Kriegsgefangenschaft. »Sommer 1945! Doch er konnte wieder froh sein, unbeschwert lachen. Es kamen wieder Briefe und Zeitungen, und er konnte wieder hemmungslos lachen. Er schrieb eine Geschichte und nannte sie die ›Gesellschaft vom Dachboden‹. Rechtschaffen verelendet, Hungerödem, Geh- und Sitzschwäche und unverhofft heiter schreibend. Er hatte 57 Monate nichts mehr geschrieben, Briefe schon, keine Prosa, wüstes Bunkerdasein, Tag und Nacht rissen Bomben die Stadtviertel um. Schreiben, notierte er kürzlich, fängt nicht mit dem Niederschreiben an.«

Vermutlich war es ein verstecktes Selbstbild, das er (1965) nach einem Besuch bei Witold Gombrowicz in Buenos Aires beschrieb: »Drei Daseinshaltungen schien er entschlossen, nicht mehr aufzugeben: seine Zurückgezogenheit, sein kompromißloses, kritisches Denken und die unbeirrbare Bemühung, ›scheiternd‹ im Schreiben zu existieren.« Die Stunde Null, sowieso nur eine moralische Setzung gegen den unklaren Fluß der Übergangszeit, hat Kreuder in seiner Literatur anscheinend nicht vollzogen. Er war bereits der Autor zweier Erzählungsbände: 1939 die Sammlung »Die Nacht des Gefangenen«, 1944 die Texte »Das Haus mit den drei Bäumen«. Seine ausgeprägte Grundschrift hatte er schon vor 1945 erprobt; sein Weg in der Nachkriegszeit war vorgeschrieben. Gegen jeden Realismus, der mit der Erklärung der Tatsachenwelt auch ihre unabänderliche Gültigkeit mitbehauptet, waren der Traum und die poetische Existenz, das Apart als die aristokratische Note der Untergründigen, der kleinen Gemeinschaft, die »romantische« Offenheit der Phantasie als sein Thema schon umrissen.

Keine Frage, daß er den Zusammenbruch des Dritten Reiches als geistige Zäsur empfunden hat. Aber er wäre mit seinem Programm, das aus der existentiellen Vereinzelung seine Sicherheit gewinnt, längst hervorgetreten, hätten ihn nicht die Ausdrucksschwierigkeiten für seinesgleichen im Nazireich daran gehindert. Das plötzliche Verschwinden, der Rückzug, die geplante Verweigerung, die Heimkehr in den Untergrund sind Leitmotive des Erzählers Kreuder. Am Rand ist von der »Gesellschaft auf dem Dachboden« bis zum letzten, nachgelassenen Roman »Der Mann im Bahnwärterhaus« (1973) der Ort der inneren Rettung und der Verwandlung. Der Speicher und der Keller, die Irrenanstalt, Tunnel, Steinbruch, abgelegene Hütte, Insel, ein verlassenes Bahnwärterhäuschen an einer stillgelegten Strecke bilden das Territorium der Aussteiger. Sie sind die Wenigen im »Exil des Außersichseins«, skurrile Spinner, subversive »Weltgehilfen«, Outcasts, kuriose Sektierer, Geheimbündler, Einzelgänger, Freundschaftsapostel, die seine Bücher bevölkern. Ein Reflex jener stürmischen Lossagung, die der Prophet des Individualanarchismus, Max Stirner, in seiner Schrift »Der Einzige und sein Eigentum« von allen Institutionen und kollektiven Werten betrieb, ist in ihnen wirksam.

Und eben: »Die Unauffindbaren«. Der erste Roman Kreuders und zugleich sein dichtestes Werk entstand bereits 1938–40, ohne Aussicht auf Veröffentlichung, nur für die Schublade oder für den Nachlaß bestimmt. In dem Rückblick »Die Geisterbahnfahrt eines Lebenslaufes« (1972) hat Ernst Kreuder den Beginn der Niederschrift nach einem Unfall beschrieben: »Bei Novalis las er: ›Erzählungen, ohne Zusammenhang, jedoch mit Assoziation wie Träume.‹ Diesen Roman ›Die Unauffindbaren‹, begann er zu schreiben inmitten einer Diktatur von Talmi-, von Schrottfiguren, von banditenhaften Saalrednern, von Massenmördern. Nahezu 400 Seiten bis zu seiner ›Arretierung‹ durch die ›Wehrmacht‹. (Der Romantitel deutet nicht nur das insgeheime Exil an.) Das unvollendete Manuskript überdauert, hinter Schuhen und Mänteln im Schrank, das Gerase der Bomben, Dynamit und Phosphor. Es zeigten sich in diesen Seiten Ausdrucksgebilde, Sprachmittel, Stilformen, die vor dem Motorradsturz, vor der Gehirnerschütterung nicht vorhanden waren. Der Roman wurde beendet, nachdem der Clochard der Gefangenenlager heimgekehrt, nach einer Schreibstummheit von fünf Jahren, und nachdem der Schreibende wieder lachen konnte. Das Hinrichtungs-Regime, die Krematorien-Reichsregierung war vernichtet, ausgelöscht. ›Schaffensperioden‹ nach Unglücksfällen, Niederlagen, Entbehrungen, Zusammenbrüchen?« Der Erstveröffentlichung 1948 ging eine mehrfache Umarbeitung des Manuskripts voraus. Doch ist vermutlich wenig von dieser Aufbruchsneugier und dem Wagnis des Anfangs getilgt worden, die Kreuder als die Insignien seines Schreibprozesses überhaupt ansah: »Man schreibt ins Ungewisse hinaus und ist damit ein erster, noch uneingeweihter Leser, der sich an jeder Überraschung weiden kann, weil er sie buchstäblich mitten im Schreiben erst erlebt, gänzlich unvorbereitet. Auch vom Schluß weiß dieser schreibende Leser noch nichts, fasziniert schreibt er darauf zu. Anfang und Ende von vornherein zu wissen, entsetzlich, und wie ermüdend.« Er hat seine Freunde in den Roman gebracht, den Kreis der »Animalisten«, der sich auf Bachofen, Nietzsche und Klages berief.

Das Buch spielt nach dem »Großen Krieg« in einem Amerika, das wie ein Idealland der erzählerischen Vielfalt fungiert: technisch entwickelte Zivilisation und freie Natur sind mit diversen Lesebildern über die Neue Welt vermischt. An den poetischen Himmel dieses Schriftstellers hat man zu Recht die Fixsterne der deutschen Romantik, zum Beispiel Novalis, Achim von Arnim und E.T.A. Hoffmann geheftet. Genauso müssen Edgar Allan Poe, August Strindberg, Gustav Meyrink und Joseph Conrad erwähnt werden, und die Nähe dieses Romans zu Thomas Wolfe ist unübersehbar. Dem Buch vorangestellt ist jedoch wie eine Fanfare ein Motto Jean Pauls: »Die Dichtkunst ist kein platter Spiegel der Gegenwart, sondern der Zauberspiegel der Zeit, welche nicht ist.« So beginnt, ein überreiches Instrumentarium der metaphorischen Ebenen ausbreitend, diese ungemein komplexe Prosa. Naheliegend ist jedoch auch die Berufung auf William Faulkner. Er hat die Trennwand zwischen dem erzählenden Subjekt und dem erzählten Objekt – oft mitten im Satz – aufgelöst, und bei Kreuder taucht diese Technik, verwandelt als Spiel der Zeiten, wieder auf.

Eine Geschichte der Selbstfindung am exterritorialen Ort mit Hilfe eines geistigen Ordens wird erzählt. Gilbert Orlins, »Hypotheken, Immobilien, Finanzierungen«, verläßt, für ihn selbst nicht erklärlich, kurz vor seinem 35. Geburtstag seine Familie, indem er einem Zeichen folgt und in eine ihm unbekannte Seitenstraße einbiegt. In einem Hotel »Zum bleichen Stern« trifft er auf den Erfinder Pat; der Alte, der rhythmisch mit dem Kopf wackelt, ein Gestikulant der verrinnenden Lebenszeit und der gescheiterten Pläne, wird sein Begleiter. Im Spiegel erblickt er Jessie Hobbarth, eine frühere Geliebte, die einer zurückliegenden Zeit und einer anderen Geschichte angehört.

Ins Zeitenthobene, ins Zeichenhafte, ins Versteck, an abgelegene Orte und zu ungewohnten Passagen führt dieser Roman. Auf den ersten Seiten wird zusätzlich der Faden eines Kriminalromans aufgenommen: Die Polizei verfolgt die drei, kaum daß sie sich gefunden haben, als »Übeltäter und Außenseiter«, gleichviel. Die Jagd der Ordnungshüter gilt einem Geheimbund, dem die beiden angehören und in den Orlins initiiert wird: den Unauffindbaren, den »Wiederträumern«, den Anarchisten des Geistes und Steppenwölfen ohne politische Absichten.

Das Trio flieht aus der Stadt, es erscheint »wie in eine beschlossene, die Flucht bewahrende Abgeschlossenheit eingegangen«. Die drei fahren in die vergangene Zeit hinein, in »Erinnerungen und erinnerte Erinnerungen«. Geschichten im Zwischenreich von Gegenwart und Vorvergangenheit ereignen sich, etwas, »das durch seine gewinnende, einleuchtende Unwahrscheinlichkeit dem vertrauten, heimlichen, so anziehenden Wirrsal ungestörter Fieberträume ähnlich war«. Episoden vom Meer, Halluzinationen von Unglücken, schwarzer Nacht und Angst treiben heran, »die Wochenschau des Ungemeinen« rollt ab. Alles rückt an den Rand der Zeit, die aktuelle Gegenwart entsteht vor allem durch die itinerierenden Elemente des Kriminalromans, die das magische Raunen mit einem Trivialmuster konterkarieren. Eine Arche Noah, dieser Roman, mit Geschichten in einem unbestimmten Früher gefüllt – ein Buch entsteht, »an dem sie alle mit ihrem Leben schrieben«.

Jessie erzählt von ihrem Vater, der eines Tages über eine grüne Leiter verschwindet; hier und dort taucht er wieder auf als Anwalt »der Bäume und Tiere, Verwalter alles Verehrungswürdigen«. Sie malt die Verlockungen des Zirkus aus, »das Fahrende, Nichtbleibende, Unstete, das keine Sicherheit vorgab und dann vor allem doch das ständige Üben, Proben«. Der alte Pat erzählt von seinem ehemaligen Plan, »die alles umstürzende Geheimerfindung der Neuzeit« zu machen, von einem Blockhaus in der Einöde, von einer Selbstmörderin, der Tochter von Charles, dem Gedankenleser, der Jessie in den Zirkus eingeweiht hatte. So werden die losen Enden der diversen Erzählungen: Erinnerungen, Träume, Abenteuerepisoden, Erfindungen, aufgenommen und probehalber übereinandergelegt, bis sie wieder auseinanderlaufen. In diesem Dickicht aus Erzählungen, einem Lianengewucher gleich, geht die Orientierung des Lesers verloren, da ein zentraler Führer fehlt und wir uns einem Stimmengewirr ausgesetzt sehen, hierhin gezogen und dort festgehalten, im Fluge und zugleich zum Verweilen eingeladen. Wohl kein anderer deutscher Nachkriegsschriftsteller hat einen so dichten Raum aus Bildern errichtet, mit Blendwerk, Fallen, trompe l'œil.

Mit einem metaphysischen Surrealismus hat Kreuder den Kampf gegen die literarische Ernüchterung aufgenommen. Er erweist sich dabei als unaufhörlicher Verschwender. Der Roman »Die Unauffindbaren« ist ein vegetabilisches Labyrinth, ein verwirrend vielfältiger Bau, in dem die Gemeinschaft der »Wiederträumer« ihr Verwandlungsprogramm verkündet und an Orlins übt. Sie alle sind sehnsüchtig der Magie der Kindheit hingegeben, die auch ein Morgen soufliert, nicht nur das verlorene Einst ist. Sie sind suchende Spieler auf der Spur des Wunderbaren. »Eine milde Spur, eine stille Spur, unsichtbar, eine Spur einsamer und tiefer Empfindungen, eine schwebende Spur, der die Dichter eurer Völker nie müde wurden zu folgen. Es ist die Spur der geheimen Poesie unseres vergänglichen Seins.« Die Unauffindbaren – von ferne erinnern sie an die Turmgesellschaft in Goethes »Wilhelm

Meister« – geben Orlins die Aufgabe, die Zukunft durch die Erinnerung zu bewältigen. So steigt er in immer tiefere Schichten des Seins hinab. Der Synkretist Kreuder verbindet fernöstliche und mystische Gedanken miteinander. Bei einem Fest auf einem Inselschloß schließt sich der Bund, erfährt Orlins die Märchenzeit der »Liebesstunde«. Verwandelt zum »hohen Sinn« kehrt er zurück zu Frau und Kindern. In einem Brief liest er noch einmal eine Botschaft der Unauffindbaren:
»Wir kommen wieder.
Behalte uns im SINN.
Gedenke des Zeichens.«
Kreuders erster Roman erschien im zeitlichen Umfeld von Büchern wie Hermann Hesses »Glasperlenspiel«, Hermann Kasacks »Die Stadt hinter dem Strom« und Elisabeth Langgässers »Das unauslöschliche Siegel«. Fraglos gibt es zwischen den vier Romanen Verbindungslinien und eine gemeinsame Intention, literarische Realität metaphorisch zu überhöhen, den deskriptiven Soziologismus der zeitgenössischen Literatur zu überwinden. Kreuders Ziel, »den Roman um die veruntreuten epischen Dimensionen zu erweitern im Sinne der gesamten Weltvorgänge«, führte ihn mit diesem Buch jedoch zu einem Hermetismus, der einzigartig und ohne Vergleich ist.

Sein Buch verkörpert einen damals unerhörten Avantgardismus, dem Desaster der Ideologie und des Krieges, der Atombombe und dem Zusammenbruch der gesellschaftlichen Grundlagen einen dichterischen Raum entgegenzuhalten, in dem das Versehrte zu sich kommt, eine autarke Eigenwelt, einen Entwurf von zeitloser Zeit, ein Ineinander von Versenkung, Räsonnement über die Verhältnisse und utopischer Gegensprache. Dieses imaginative Konzept, ebenso kühn wie spielerisch und dahinter ein sehr realistischer Schmerz über die Lage, ist bereits Anfang der fünfziger Jahre aus der Gegenwart geraten. Kreuder erhielt 1953 den Büchnerpreis. Der wirkt, von heute aus gesehen, wie die Prämie für eine vergangene Leistung, wie das Eintrittsbillet zum Vergessen des Autors.

Er hat sich geweigert, den einmal eroberten inneren Raum, die Einsiedelei der »zweiten Zeit«, zu verlassen. Er hat keinen Grund gesehen, das in der Nazizeit mit Sätzen für die Schublade bewehrte Versteck nach 1945 aufzugeben. Sein Zorn, seine Enttäuschung, seine Bitternis über die Nachkriegsentwicklung und die nicht genutzten Chancen haben ihn nicht verführt, als engagierter sozialkritischer Realist aufzutreten. Er wünschte für sich im Gegenteil: »Das Denken sollte noch feiner sein als das dünnste Glas, damit es durch die Ritzen dieser Wirklichkeit hindurchströmen kann ins Ungewisse, denn dort beginnt das wahre Wirkliche, im Land der Drachen und Zwerge.« Ungebunden von der Entstehungszeit des Romans, keinem zeittypischen Umfeld verpflichtet, können wir heute die Spur dieses Verschollenen Ernst Kreuder wiederaufnehmen.

Wilfried F. Schoeller

ROTBUCH *Bibliothek*

Zu entdecken gibt es Bücher und Autoren, die aus dem Blickfeld oder gar in Vergessenheit geraten, lesenswerte Texte, die literarisch bedeutend und für ihre Zeit höchst aufschlußreich sind.

Zum Beispiel
Der Kölner Autor **Paul Schallück** mit *Ankunft null Uhr zwölf*, der, verdeckt vom langen Schatten des Freundes Heinrich Böll, in den fünfziger Jahren Romane schrieb, die zum Eindrucksvollsten gehören, was diese Zeit hervorgebracht hat.

Zum Beispiel
Die exzentrische **Gisela Elsner**, von Hans Magnus Enzensberger zum »Humoristen des Monströsen« ernannt, deren erfolgreicher Roman *Die Riesenzwerge* beispielhaft ist für die gesellschaftliche und künstlerische Avantgarde der frühen sechziger Jahre.

Zum Beispiel
Unsere Siemens-Welt von **F.C. Delius**, die mit literarischer List zur »Festschrift« arrangierten Fakten und Dokumente aus 125 Jahren Konzerngeschichte, ein Buch, das wie kein anderes nach 1945 zu heftigsten gerichtlichen Auseinandersetzungen geführt hat.

Alle Bücher der *Rotbuch Bibliothek* sind schön gebunden, fadengeheftet und mit einem Lesebändchen versehen. Ein kurzer Anhang mit Bio-/Bibliographie und einem Nachwort gibt Informationen über Autor und Werk.